CW01669816

N.G. KABAL

SOBE

Sobe
Yazar adı: N. G. Kabal

Yayıma Hazırlayan : Zeynep Hilal Kahraman
Editör : Ece Uyar
Son Okuma : Zeynep Güveli
Kapak İllüstrasyon : Mahdieh Seyedi
Kapak Tasarım : Meral Karduz
Sayfa Tasarım : Derya Balcı

Tür : Gerilim, Romantik
Kitap No : 2455

1. Baskı: Eylül 2022
ISBN: 978-625-448-916-7
Yayınevi Sertifika No: 12330

Martı Yayın Grubu
Maltepe Mah. Davutpaşa Cad.
Yılanlı Ayazma Sok. No: 8
Zeytinburnu / İstanbul
Tel: 0212 483 27 37 - 483 43 13
Fax: 0212 483 27 38
www.martiyayinlari.com
info@martiyayinlari.com

Baskı ve Cilt
Levent Ofset Basım ve Ambalaj San. A.Ş.
Merter Keresteciler Sit. Fatih Caddesi.
Karadal Sokak. No:13 34169
Merter / İstanbul
Tel : 0(212) 637 15 30
Sertifika No: 45163

N.G. KABAL

SOBE

MARTI

Bu kitap intihar düşüncesi, kendine zarar verme, madde kullanımı ve taciz gibi tetikleyici unsurlar içerir. Yetişkin okurlar içindir.

Sevgili okuyucu, genç yaştaki insanların baş etmekte zorlandığı sorunların işlendiği bu kitapta gerek güvendiğiniz insanlardan gerekse profesyonellerden yardım almanızın önemine değinilmiştir. Bu ve bu tarz sorunlarla baş etmekte zorlanıyorsanız bu kitap sizler için tetikleyici olabilir.

Kendiniz veya çevrenizde bu sorunları yaşayan arkadaşlarınız için yardım isteyebilir, güvendiğiniz yetişkinlere danışabilir veya gerekli kurumlarla iletişim kurabilirsiniz.

Bir yakınınız sizinle intiharı, kendine zarar vermeyi, tacizi, madde kullanımını veya diğer sorunları hakkında konuştuğunda ilk anda yardımcı olabilseniz de bu durum tek başınıza halledebileceğiniz bir sorun olamayacağı için kişiye yardımcı olacak kurum ve kuruluşlara başvurmanız gerekmektedir.

Bunun için Alo 191, YEDAM, Aile Hekimliği, Toplum Ruh Sağlığı Merkezi, İstanbul Büyükşehir Belediyesi Psikolojik Danışmanlık Merkezi, T.C. Sağlık Bakanlığı Merkezi Hekim Randevu Sistemi gibi kurum ve kuruluşlardan yardım talep edebilir ve randevu alabilirsiniz.

GÖZALTI

"Söz veriyorum Ansel Rogers, burada olduğum sürece sana bir şey olmayacak." Kırk sekiz saat sonra söyleyebildiğim tek şey bu kelimeler oldu.

Gözlerim, masanın üzerinde birbirine kenetlenmiş ellerimdeydi. Serçe parmağım titredi. Yüzük parmağımın kenarında bana ait olmayan kurumuş bir kan lekesi vardı. Elimi yıkamama izin vermişlerdi ama yeterince uzun süre değil. Yavaşça bakışlarımı ona doğru çevirdim. Tam karşımda duruyordu, aramızda bu masadan başka hiçbir şey yoktu ama ne çok şey vardı aslında.

"Bana çok şey oldu dedektif." Sesim uykudan yeni uyanmışım gibi çatallı çıkıyordu, oysa yetmiş iki saattir gözüme uyku girmemişti. "Burada mıydınız, yoksa değil miydiniz? Hangisi daha kötü..." Kendi kafamın içinde cevaplayamadığım soruları bir de sesli söylemek bana yardımcı olmamıştı. Omuzları yerçekimine karşı koyamadı, yüzünde mağrur bir ifade vardı. Ne hissediyordu? Hiçbir zaman anlayamamıştım.

"Konuşman gerekiyor." İlk kez bu kadar zorlandığını görüyordum. Bu bende gülme isteği yaratmıştı ama bunu yapabileceğimi sanmıyordum.

"Sizinle konuşmak için uğraştığım günlerden sonra bu kadar istekli olmanız gururumu okşamalı." Ellerimi çekip kucağıma bıraktım. Kelepçenin metalik sesi içeride yankılandı. Bileğimde yeni kesikler vardı ama yeterli değildi.

"Bana anlatabilirsin." Masanın üzerinden yavaşça eğildi. "Neler olduğunu anlat."

Gözlerim onu es geçip arkasındaki koyu renkli cama kaydı.

"Orada kaç kişi var?" diye sordum. "Kaç kişiye anlatacağım?"

Yeniden doğrulurken dudakları dümdüz bir çizgi halini aldı.

"Bir avukat tutmalısın." Durumu anlamıyormuşum gibi ifadesi değişti. "Cinayetle yargılanacaksın."

"Avukat tutmayacağım."

"Mahkeme sana bir avukat atayacak bu durumda."

"İyi."

"Birilerine haber vermek zorundasın."

"Hiçbir şey yapmak zorunda değilim. Artık değilim." Dünyadaki oksijen azalmaya mı başlamıştı çünkü nefes alırken zorlanıyordum. Hava içimde kalıyordu, sanki patlamak üzereydim.

"Hayatının geri kalanını bir suçlu olarak, tek başına geçirmek istiyorsan öyle olsun."

İstemsizce güldüm. "Değişen hiçbir şey olmayacak yani."

Kapı açıldığında bir şey söylemek üzereydi ama memnuniyetsizce ağzını kapattı. İki memur içeriye girdi, biri onun kulağına bir şey söylerken daha çok gerildi. Gözlerini benden ayırıp ayağa kalktı. Memurlar beni götürürken o bizden önce çıkmıştı. Masanın üzerindeki lambaya bir kez daha baktım ve titrediğini gördüm. Belki de hastalıklı beynim yeni yalanlar uyduruyordu.

Demir parmaklıkları üzerime kilitleyen memur bana acıyan gözlerle bakıyordu. Bahse girerim onunla bir caddede karşılaşsak bakacağı ilk şey bacaklarım olurdu ve gözlerinde böyle bir ifade olmazdı. Bana bir şeyler içmeyi teklif eder ve elleri eteğimin altına girecek bir kapı arardı. Ve hiç de zorlanmazlardı.

Köşedeki oturağa oturup başımı duvara yasladım. Kırk sekiz saat geçmişti ama kafamın içinde kilisenin çanı ve bir işkence gibi yere çarpan kan damlasının sesi yankılanıp duruyordu. Bileğimdeki kelepçeyi biraz daha oynattım. Sonra biraz daha. Ondan kurtulmaya çalışmıyordum. Bu hayattan kurtulmaya çalışıyordum. Hak ettiğimi bulmaya çalışıyordum. O yüzden biraz daha oynattım. Çelik derimi kolayca alt etti. İki günlük tahrişin altından milim milim kan sızmaya başladı. Biraz daha, sadece biraz daha kesmeliydi.

Kırk sekiz saat… Kırk sekiz saat olmuştu ve hiç kimse benim için gelmemişti.

1. BÖLÜM: BİLEĞİNDEKİ DİKİŞ İZLERİ

GÖZALTINDAN İKİ GÜN ÖNCE:

"Buraya kadar!" diye daha yüksek sesle bağırdım. "Sizinle işim bitti, artık arkadaşınız değilim." Gözümden yaşlar aktı. "Arkadaşınız oldum mu, onu bile bilmiyorum." Akmaya başlayan burnumu elimin tersiyle sildim. Kendimi patlamak üzere olan bir bomba gibi hissediyordum.

"Ansel," diye ağlayarak fısıldadı Maddie.

Ona bakmadan elindeki eşyalarımı aldım.

"Dur!" diye bağırdı kolumu yakalayan Dylan. Reflekslerim bana daha önce hiç böyle bir şey yaptırmamıştı ama daha önce bu kadar acı çektiğimi de hatırlamıyordum. Elimi yüzüne doğru öyle hızlı hareket ettirerek çarptım ki avucumun içi kor bir ateşin üzerine basılmış gibi yandı.

"Uzak dur," dedim geriye doğru birkaç adım atarak. "Benden uzak durun."

Koşmaya başladım. Kaçmaya başladım... Var gücümle kendimi onlardan olabildiğince uzağa iterken boynumdaki aptal kolye tenime vurup duruyordu. Beni koruması gereken her şey, beni sırayla deviriyordu. Aldığım darbelerin, şüphenin sızdığı ve yakıp kül ettiği zihnimin kamçılarından kurtulmaya çalıştım.

Ayağıma kramp girene kadar durmadım, uyuştum, sendeledim, soluk soluğa kaldım, tıkandım, ağladım. Issız bir yolun ortasında dizlerimin üzerine düştüm. Boğazımdan kaçan hıçkırıklara, gözlerimden akan yaşlara daha fazla mâni olamadım. Soğuk, bir kâğıt kesiği gibi tenimi yakıp geçerken kendimi olduğum yere bıraktım. Dalından kopmuş bir yapraktan farksızdım. Yalnızdım.

Yalnızdım.

Yalnızdım ve yalnızlık insana bunu yapardı.

Kalabalığın içinden alıp savurur, duvardan duvara çarpardı.

Yere düşen telefonum titredi. Bildirim, yanan ekran ışığıyla birlikte camın ardında belirdi.

"Artık sadece benimsin."

Dizlerimin üzerindeydim. Belki saatler sonra önümde yanıp sönen bir telefon ışığı ve başımın üzerinde beni tehdit eden, gözlerini üzerimden ayırmadan uçan bir *drone* vardı. Onun baktığı yerden öyle çaresizdim ki ne kadar yakınıma yaklaştığının farkında değildi. Yağmur yağıyordu ve o da benimle birlikte ıslanıyordu. Gözümden akan yaşları silmeden yanımda yere düşmüş çantama uzandım, her şey o kadar kısa süre içinde oldu ki kaçmaya vakti yoktu.

Çantanın sapından tuttum, çevirdim ve onu küçük bir pervane böceği gibi dönen cihazın üzerine fırlattım. Çantanın kulpu pervanelerine dolandı, aldığı darbe takla atarak yola, tıpkı benim gibi asfalta yapışmasına neden oldu. İşte o an ayağa kalktım, pervaneleri yolun üzerinde birkaç kez daha tekledi, uçmak için çırpındı ama sonunda teslimiyetle durakladı. Çantamı ondan ayırmadan önce gövdesinden sistemi kapattım.

"Ben mekanik fiziği görüyorum kahrolası," diye fısıldadım kameraya doğru. "Küçük böceğinin icabına tek başıma da bakabilirim."

Kolumla gözlerimi silerken yutkunmaya çalıştım. Kendi etrafımda dönüp gözetleyicimin kim olduğuna baktım. Yolun ortasındaydım, gelen arabalar ya da ağaçların arkasındaki rüzgâr hiçbir şeyi ele vermiyordu. Dönüp yolun kenarına bıraktığım montumu üzerime giydim, tüm vücudumun buz kestiğini hissediyordum. *Drone*'un pervanelerinden ayırdığım yarı yarıya parçalanmış çantayı omzuma takıp yolda elimde bir makineyle yürümeye başladım. Delirmiş gibi göründüğümden şüphe yoktu. Hâlâ avucumun içinde titreyen telefonu gözümü yoldan ayırmadan yanındaki tuşa uzunca basarak kapattım. Elimi cebime atıp düşük omuzlarımı önemsemeden adımlarımı hızlandırdım. Güneş batmıştı, karanlığın içinde bir başımaydım. Artık beni izleyebileceği gözü elimdeydi belki ama yine de savunmasız bir şekilde buradaydım.

Taş köprüyü geçip otobüs durağına vardığımda bedenim zangır zangır titriyordu. Cam duvarın önünde, diğer birkaç öğrenciyle birlikte beklemeyi sürdürdüm. Otobüs geldiğinde parmaklarım öyle donmuştu ki kartımı cüzdanımdan çıkarmak için bir süre uğraşmak zorunda kalmıştım. Montun kapüşonuna doğru iyice saklandım, insanlardan ve onların çirkin bakışlarından.

Ayağımı ön koltuğa yaslayıp elimdeki aygıtı incelemeye çalıştım. Siyah ve olabildiğince ağırdı. Avucumdan biraz daha büyüktü. Bunun beni nereye götüreceğini bilmiyordum ama belki üzerinde bir parmak izine rastlayabilirlerdi. Belki de bunu kontrol eden kişiyi bulabilirlerdi. *Drone*'*lar* hakkında çok bir şey bildiğim söylenemezdi ama uzaktan bir kumandayla ya da telefondan kontrol edildiklerini biliyordum, bu da ikisi arasında bir bağlantı olması gerektiği anlamına geliyordu. Ve yapmam gereken tek şey bunu cinayet büroya teslim etmekti.

Bu yüzden merkeze geldiğimizde döner kavşakta otobüsten indim. Bir mağazanın camının yansımasından kendime baktım. Berbat, hatta korkunç görünüyordum. Yanımdan geçen küçük bir oğlanın annesinin elini daha sıkı tutmasına şaşırmadım. Islak mendille yüzümün tümüne akmış siyah kalem lekelerini temizledim ama şişmiş gözlerim ve kızarmış burnum için yapabileceğim hiçbir şey yoktu.

Cadde gittikçe tenhalaşmıştı. Yol boyunca ilerleyip dedektif ofislerinin olduğu ana binadan içeriye girdim. Görevli memurlar etrafta koşturuyor, bazıları masalarının arkasında bilgisayarına gömülmüş sıkıcı evrak işlerini hallediyordu.

Kendimden emin olmayarak koridorda yürümeyi sürdürdüm. Bunu gerçekten bu aptal *drone*'dan bir şey umduğum için mi yoksa onunla yüzleşmek için mi yapıyordum, bilmiyordum ama onun odasının önünde durdum. Kapısının kenarında soyadının olduğu bir isimlik asılıydı. Ahşap kapıyı bir kez tıkladığımda vazgeçmiştim bile. Yüzleşmek bana hiçbir şey kazandırmamıştı, her şeye beter hale gelmiş ve daha çok acı çekmeme neden olmuştu. Kapı ardına kadar açıldı, en azından içeride olsa ve onu görsem belki biraz olsun rahatlardım ama odası boştu.

"Burada olmamalısın küçük hanım," dedi arkamdan gelen bir ses. Oldukça genç görünen üniformalı bir memur, üzerimden eğilip kapıyı kapatırken koridora doğru çekildim.

"Affedersiniz," dedim kısık bir sesle. "Dedektif Wallace'ı arıyordum."

"Burada değil."

Hangi cehennemde peki?

"Pekâlâ," dedim başımı sallayarak. "Teşekkür ederim."

"Onu neden arıyorsun?"

Güzel soru.

Gözlerim adamla birlikte elimdeki aygıta kaydı. Bir anlığına düşündüm, neden geldiğimden çok bahanemi ve kaygılarımı ama artık bir önemi olmadığına karar verdim. Bu işten sıyrılmamın, belki de bu kasabadan kurtulmamın en kestirme yolu karabasan gibi üzerime çökmüş bu katilden kurtulmamdı.

"Ben, cinayet davasıyla ilgili bir kanıt bulduğumu düşünüyorum." Elimdekini mümkün olduğu kadar havaya kaldırdım. "Eminim aslında." Bir an gözlerimi kapatıp Ashley'nin soyadını anımsamaya çalıştım. Babası dedektifin şefi olduğuna göre davayla yakından ilgiliydi. "Yetkili biriyle görüşebilir miyim?"

"Amigo kızların davası mı?" Kaşlarını havaya kaldırdı.

"O dava." Başımı sallarken uysal görünmeye çalıştım.

"Şef bugün erken çıktı, beni takip et." Arkasını dönüp elindeki evrak çantasını kolunun altına sıkıştırdı. Diğer elinde bir fast food zincirinden yemek paketi vardı, her adımıyla birlikte kâğıt paket hışırdıyor ve içerideki sessizliğin dengesini bozuyordu.

Daha küçük olan bir ofisin önünde durdu, kapıyı açıp içeri girmem için kenara çekildi. İçeriye doğru girip zaten oldukça küçük olan odaya göz attım, iki tane masa ve klasik evrak dolaplarından üç tane vardı. Müthiş derecede havasız ve dağınıktı. Masalardan birinin üzerinde "Morris", diğerinde "Atkins" isimlikleri duruyordu. Morris yazan masanın etrafında dolanıp elindeki paketleri üzerine bıraktı. Ceketinin iç cebinden rozetini ve cüzdanını çıkarıp onları da paketlerin yanına ekledi. Gömleğinin üzerinde bir askılık ve silahı vardı. Koltuğa otururken eliyle benim de masanın diğer tarafında kalan sandalyeye oturmamı işaret etti. Karşılıklı iki sandalye arasında duran sehpanın üzerine *drone*'u bıraktım.

"Memur Morris," diye kendini tanıtırken dikkatli ama yumuşak konuşuyordu. Onun da gözlerinin altından adeta yorgunluk akıyordu. Bu meslek insanı genel olarak bu hale mi getiriyordu, yoksa bu Ophelia Valley laneti miydi, emin değildim.

"Ansel Rogers," diye başımı salladım.

"Rogers..." diye tekrar etti, hafifçe kaşlarını çatarak. "Kim olduğunu şimdi anladım." Kahverengi saçlarını geriye doğru tarayıp omuzlarını gerdi. Popülerlik hakkında çok şey söylerler ama eminim hiç kimse bir cinayet davasının tanınanı olmak istemezdi. Mahcup bir şekilde ellerimi cebime sakladım.

"Dedektif Wallace nerede acaba?" diye sordum. Kendimi odanın içinde oldukça yabancı hissediyordum. Çok tuhaftı. Adam genç ve oldukça da tatlı bir surata sahipti. Bundan sadece bir belki iki hafta önce olsa onunla flört ederdim ama şimdiyse herkesten koşarak kaçmak istiyordum.

"Bu konuda bilgi veremem," dedi. Yemek paketini açarken "Aç mısın?" diye sordu. "Kötü bir gün geçirmiş gibi görünüyorsun."

Ah, ne demezsin.

"Hayır, teşekkür ederim." Daha sıkıntılı olamazdım. Gözlerim etrafta istemsizce dolanmaya başladı. Masasının arkasında duvara sabitlenmiş iki rafta birkaç ödül ve sertifika duruyordu. Bu büronun tüm memurları genç ve başarılıydı anlaşılan. Sertifikalardan birinden isminin Oliver olduğunu öğrendim. Oliver Morris.

"Pekâlâ," dedi, paketi bırakıp ellerini masanın üzerinde birleştirerek. "Davanın dedektiflerinden biri de benim, neden artık seni bu kadar geren şu kanıttan bahsetmiyoruz?"

Başımı sallayıp rahatsız bir şekilde *drone*'u masanın üzerine koydum. "Bu beni takip ediyordu," dedim. "Oldukça yakından." Bir dedektif olması beni şaşırtmıştı ama daha da merak ettiğim, davaya ne kadar hâkim olduğuydu. Artık Christopher konusunda eskisi kadar rahat değildim. Annemle ilgili olan bilgileri gerekli olduğu için üstlerine veriyorsa aldığım mesajları da diğer memurlara söylüyor olabilirdi. Ne kadar rahatsız edici olursa olsun bu onun işiydi ve buna ses çıkaramazdım.

Bakmak için ayağa kalkıp kuşbakışı bir şekilde eğildi. Parmaklarını özellikle uzak tutuyordu. Pervanelerin arasındaki birkaç deri detayı dikkatini çekmiş olmalıydı.

"Çantamı üzerine attım," dedim. "Pervanelere dolandı." Ve bu bana iyi bir çantaya mal oldu, o yüzden işe yarasa iyi olur.

"Son zamanlarda çocuklar bu aletlere çok meraklı," dedi hâlâ dikkatle incelerken. "Birisi rastgele uçururken yaklaşmış olabilir ya da..."

"Ya da işe yaramaz erkekler sapıklık yapıyor olabilir." Gözlerimi devirdim.

Dudaklarını onlar adına utanmış gibi birbirine bastırıp başını salladı. "Ama yine de parmak izi alıp değerlendirelim, neler bulacağımıza bakarız. Dedektif Wallace ve şefi de bilgilendireceğim." Bunu yapsan iyi olur çünkü mesaj ve gül detayından sana bahsedip bahsetmemem gerektiğini bilmiyorum.

"Teşekkür ederim," dedim. "Beni de bilgilendirirsiniz, değil mi?" Ayağa kalkarak yeniden ellerimi cebime koydum.

"Elbette." Masanın çekmecesinden birkaç kâğıt çıkardı. Üstün körü doldurmamı isterken kendisi kabaca *drone*'un fotoğraflarını çekmeye başladı. Kanıtla ilgili bir belge olduğu zaman böyle yapılması gerekiyormuş. "Artık gidebilir miyim?" diye sordum işlemlerin tamamen hallolduğundan emin olmak için. Bana bakıp kağıtları inceledi, daha sonra arada kalmış gibi "Seni tek başına gönderemem," dedi. "Ama on sekiz saattir görev başındayım ve gerçekten bir şeyler yemem gerekiyor."

"Ah," dedim daha da rahatsız olmuş bir şekilde. "Lütfen, sizi yeterince tuttum. Eve kendim gidebilirim."

"Nezaketten değil." Sevimli bir şekilde güldü. "Hava çoktan karardı ve sen riskli bir durumdasın. Yani ya benimle birlikte yemeğimi paylaşırsın ya da yemeğimi yemeden seni eve götürürüm." Sıcakkanlı birini görmek bir an dudaklarımın gülümsemeyle kıvrılmasına neden oldu. Yeniden yerime oturup "O halde siz yiyin, ben de bekleyeyim," dedim. Kendimi rahatsız hissetmiştim çünkü kimse yemek yerken tepesinde birinin dikilmesinden hoşlanmazdı.

Kapı açılıp içeriye yine aynı şekilde genç bir memur küfrederek girdi, yağmurda ıslanmış sarı saçlarını parmaklarıyla karıştırırken başını kaldırıp beni görünce duraksadı. "Ha siktir," dedi kendini daha da kontrol edemeyip.

"Dostum," dedi Dedektif Oliver. "Sanırım ağzını kapatsan iyi olacak."

Diğer memur dudaklarına fermuar çekiyormuş gibi bir hareket yaptı. Yanımdan geçerken özür diler gibi burnunu kırıştırıp diğer masanın arkasındaki koltuğa oturdu.

"Sorun değil," dedim. "Bazen küfretmek cümleleri tamamlar."

İkisi birlikte güldü. İfademi alan korkunç memurlardan ve *bay huysuzdan* sonra kendimi yeniden lisede gibi hissetmiştim.

"Arkadaşın kim?" diye sordu diğer memur, sanırım soyadı Atkins idi. Omzumun üzerinden ona döndüğümde isimliğini kontrol ettim ve kesinlikle doğru hatırladığımı fark ettim.

Dedektif Oliver yeniden yemek paketlerini açmaya koyuldu. "Arkadaşım değil," dedi daha resmi bir şekilde. "Ansel Rogers, bir kanıt getirmiş."

"Siktir," dedi diğer memur yeniden. "Favori kurban mısın?"

Gerilmekle gülmek arasında ince bir çizgide kalakalmıştım. Ne yapacağımı bilemediğim için sadece başımı salladım. İnsanların sizi bu şekilde tanıması garipti, yine de bir dedektiflik bürosunda önemli bir rol oynadığım davayla donatılmış insanların içinde daha fazlasını beklemenin mantıksız olacağını düşündüm.

"Sen ve arkadaşların çok zor günler yaşamış olmalısınız." Dedektif Oliver hamburgerini yerken sevecenlikle bana baktı. Bir an duraksadım ama sonra kelimeler daha hızlı battı zihnime.

"Kasabada herkes zor günler yaşıyor." Ellerimi dizlerimin arasına koydum. İçerisi küçük ve sıcak olduğu için mont ve bu konuşma terlememe neden oluyordu. Gerçekten rahatsız ediciydi ve kalkıp gitmek için çok istekliydim ama tuhaf görünmek de istemiyordum.

"Bütün ekip bu davanın üzerinde çalışıyoruz," diye devam etti kolasından içerken. "Sana en azından bir kahve söyleyelim mi?"

"Ben alırım," dedi diğeri ayağa kalkıp. "Kendim için de almaya gideceğim."

"Teşekkürler." İnsanların etrafımda pervane olmasına alışkındım ama onlar genellikle benimle yatmak istiyor ya da şaşalı grubumuza katılmak istiyordu. Böyle bir hayat yaşadığınız zaman insanlar size nazik davrandığında sorgulamaya başlıyordunuz. Benden bir çıkarları mı var, onlar da sadece güzel bir yüze ve vücuda sahip olduğum için mi bana gülümsüyorlar... Bunu hiçbir zaman bilemezdiniz. Tek kişi hariç, Christopher bana böyle hissettirmeyen tek kişiydi, hem de birçok kez onu rahatsız etmeme rağmen. Gerçi gerçekten rahatsız olduğunu düşünsem o şekilde davranmazdım, bu zamana kadar beni hep terslese de hiç böyle davranmayı kesmemi söylememişti ama belki de ben bunu kafamda yaratmıştım. Günlerdir telefonuma cevap verme gereği duymamasının pek fazla açıklaması yoktu.

"Paul biraz gevşektir," dedi arkadaşı kapıdan çıktıktan sonra Dedektif Oliver. "Ekibe yeni katıldı ama insan böyle küçük bir kasabada oldukça sıkılıyor."

"Sorun değil," dedim. "Açıkçası ifademi alan memurlardan sonra bu iyi hissettirdi."

"Kim vardı sorgunda?"

"Dedektif Wallace dışındakilerin isimlerini bilmiyorum ama kıdemli olmalılar, sizden daha büyüklerdi ve oldukça gerginlerdi."

Oliver, resmiyetinin izin verdiği kadar güldü.

"Bu adamlar işini ciddiye almak zorunda," diye savundu üstlerini. "İnsanların hayatı söz konusu. İyiliğiniz için sert olmak zorundalar."

"Evet," dedim başımı sallayarak. "Evet, biliyorum."

"Beni yanlış anlama ama pek iyi görünmüyorsun." Kaşlarını kaldırıp sorgularcasına bana baktı. "Sadece kötü bir gün mü, yoksa söylemediğin bir şeyler mi var?" Yemek yerken bir dedektifle bu şekilde konuşmak onu ciddiye almamı engelliyordu.

Yine de gülümseyip "Dedektif Morris," dedim. "Bir kıza nasıl iltifat edilmeyeceğini çok iyi biliyorsunuz." Tamamen kontrolsüz bir şekilde gülmeye başladım. Bir dakika önce adam güzel olduğum için mi bana nazik davranıyor diye düşünürken adam berbat göründüğümü söylüyordu. Sinirlerim bozulmuştu. Ellerimi durmak için ağzıma bastırdım ama gerçekten sinirlerim bozulmuştu ve o durduramadığınız kahkaha krizlerinden birine girmiştim. Neye güldüğümü bile bilmiyordum. Adamın yüzüne bakamıyordum.

Kapı açıldı, aralıktan gözleri bir kâğıdın üzerinde olan Dedektif Christopher Wallace, "Oliver, beklediğimiz yazışma geldi, duruşma tarihini vermişler," derken benim gülüşüm onun sözünü, onun varlığı benim gülüşümü kesti. İkimiz de birden bakışlarımızı birbirimize çevirdik.

Kısa bir an şaşırdı.

"Rogers?" dedi tek gözünü kısarak. Bir bana bir Oliver'a doğru gidip geldi bakışlardı. Ne yapacağımı bilemeden öylece durdum.

"Dedektif Wallace," deyip başımı eğdim selam vermek için. Olabildiğince resmi olduğuma memnun olmuştum. Bu bir şekilde daha iyi hissettirdi ama kalbim hızlanmıştı. Neden böyle oluyordu? Ona çok öfkeliydim.

"Burada ne işin var?"

"Ansel bir kanıt bulduğunu düşünüyor." Oliver ayağa kalkıp eliyle beni işaret edip sonra da *drone*'u gösterdi.

Christopher birçok şeye sadece gözleriyle tepki verebilen bir insandı. Oliver *"Ansel,"* dediğinde sorgulayıcı bir biçimde ona baktı ama sonra gözleri beni buldu. *Bay çok resmiyi* rahatsız etmiş olmalıydı.

Yine de masaya doğru yaklaşıp bir şey söylemeden *drone*'u incelemeye başladı. Eğiliyor, başını yana yatırıyor, kuş bakışı seyrediyor ve düşünüyordu... Ne düşündüğünü anlamaya çalışma cüretinde bulunmayacaktım. Bu sabah tüm sağduyumu yitirmiştim. Onunla ilgili konularda bile. Beni neyin hayal kırıklığına uğrattığını bile bilmiyordum. Ona kızmak için elimde geçerli tek bir nedenim dahi yoktu. Attığım mesajlar bile... Zaten evimin önüne diktiği memurlardan iyi olduğunu öğrenmiştim, onun arkadaşı değildim, neden özellikle bana mesaj atması gereksindi ki... Şimdi bu ofisin içinde bu saçma geliyordu ama gelin bunu bir de incinen yanıma anlatın dedektif.

"Neden bana haber vermedin?" diye sordu ama hâlâ *drone*'u inceliyordu. Sorunun hangimize olduğunu anlamamıştım ama Oliver bakışlarını bana çevirince muhatabın ben olduğuma ikna oldum ve inanamaz gibi kaşlarımı kaldırdım ama bakmadığı için görmedi.

Burada durup ona attığım mesajlardan bahsedemeyeceğim için "Buraya sizi bilgilendirmek için geldim," dedim. "Burada yoktunuz Dedektif M—" Bir an Oliver'ın soyadını unutunca yüzümü buruşturdum.

"Sadece Oliver yeterli," dedi. Yüzü gevşek değil, oldukça resmiydi ama elini rahat bir şekilde havada salladı. Ne sulu ne de huysuzun tekiydi. Christopher ellerini kenarına yasladığı masadan Oliver'a doğru bakarak doğruldu, mavi bakışları bana döndü.

"Dedektif Oliver yardımcı oldu," diye cümlemi tamamladım.

Oliver iyice doğrulup masanın arkasından çıktığında boyunun uzunluğu birden gözlerimi almıştı. Uzun ince ama yapılı bir fiziği vardı. Saçlarının kulak arkasındaki kısmı daha kısa tıraşlıydı, gözleri kahverengi bademler gibi kaşlarının altına yerleştirilmişti. Dedektiflere özgü olduğunu düşündüğüm şu resmiyet onda da vardı ama kasıntı değildi, mesafeyi kelimelerle değil, duruşuyla koyanlardandı ki bu da hoşuma gitmişti.

Hoşuma mı gitti... *Yeniden hoş geldin, Ansel.*

"Artık seni eve bırakabiliriz," dedi Oliver.

Memnuniyetle başımı kaldırıp çantamı kucağımdan çektim.

"Sen *drone'u* incelemeye gönder," dedi Christopher. "Ve acele et," diye ekledi. "Bu cihazların GPS özelliği var, bizi doğrudan geldiği yere götürecektir. Zaten bu kadar beklemen bile hata." Oliver'a pek de anlayışlı olmayan bir öfkeyle soludu.

Kapıyı açıp eliyle işaret etti. "Öğrenci Rogers."

Çıkmadan önce "Teşekkür ederim," diye gülümsedim Oliver'a ve biraz da mahcup olmuştum benim yüzümden azar işittiği için ama en azından sadece bir iğnelemeydi. Başını eğip selamladıktan sonra doğruca işine koyuldu.

Christopher koridorda önümden yürümeye başladı, ne yapacağımı bilmez şekilde gergin hissediyordum. Onunla olmak bana rahat hissettiren nadir şeylerden biriydi ve şimdi bunu da yitirmiştim. Elimdeki kesiklerin üzerinde dolaşan parmaklarımı sıkarak kendimi acıdan uzak tutmak için çabaladım.

Adını unuttuğum, hatta bana kahve almaya gittiğini bile unuttuğum diğer dedektifle koridorun ortasında karşılaştık. Bizi görünce durup bana doğru baktı. Christopher'a döndüğünde yüzündeki neşe silindi. Huysuzluğunun bana özgü olmadığını bilmek güzeldi.

"Gidiyor musun?" diye sordu akranıymışım gibi.

"Dedektif Oliver meşgul," diye açıklamaya çalıştım.

"Kahveni içtikten sonra seni ben bırakabilirim."

Bakışlarım yanımdaki huysuza döndü. Durumdan ve konuşmadan sıkılmış görünüyordu.

"Ben hallediyorum Paul," dedi. Elindeki iki kahve bardağını da alıp "Teşekkürler," deme zahmetinde bulundu. Paul sanki tavırlarından eğleniyormuş gibi ona sırıttı.

"Teşekkürler," diye fısıldadım, huysuz önden ve hızlı adımlarla giderken. Kendi odasının kapısını dirseğiyle açıp girmem için kenara çekildi. Nedenini bilmiyordum ve burada işim bitmişti ama yine de içeriye girdim.

"Otur," dedi. Ses tonu hayal ürünümün bir parçası değilse kızgın gibi görünüyordu ama bunun ne gibi bir anlamı olabilirdi ki. En kötü şartta bile kızgın olması gereken ben olmalıydım.

Kahve bardaklarının ikisini de masanın üzerine bıraktı.

"Benimle konuşmak istediğiniz bir şey mi var Dedektif Wallace?" Ellerim cebimde kaldı, oturmadım. Hareketim ve tavrım dikkatini çekmişti. Masanın etrafında dolanmak yerine ön tarafta durup yaslandı. Buradan bakınca bile bir heykel gibi muhteşem görünüyordu. Ama dikkatimi çeken şey muhteşem kol kasları değildi, üzerindeki tişört artık alışılmış bir durumdu ama hemen yanında duran koltuğun üzerine rastgele atılmış deri ceketi öyle değildi. Soru işaretleri de burada yaslandı kalbime. Bu o ceketti, Kylie'nin üzerinde gördüğüm.

"Dava üzerine benden başkasıyla konuşmanı istemiyorum," dedi. Mavi gözleri kararlı ve hoyrattı. Kahkaha atmakla bağırmak arasındaki ince çizgide sallandım.

"Anlamadım."

"Kime güvenip güvenmeyeceğimi bilemem, bu yüzden doğrudan davayı ilgilendiren şeyleri benimle paylaşmalıydın. Bugün aldığın mesaj gibi."

Harika, demek hâlâ mesajları görebiliyorsun, yani o siktiğimin telefonunu bir tarafına sokmamışsın. O halde neden bana bir cevap yazmayı çok gördün.

"Bakın *dedektif,*" dedim bugünü kendi adıma dürüstlük günü ilan edip. "Bu aralar canımı bir hayli sıkacak olaylar yaşanıyor. Bir haftadır ortalarda olmamanız ve telefonlarıma cevap vermemeniz de bu can sıkıcı olaylardan bir tanesi." Ellerimi cebimden çıkarıp önüme düşen saç tutamını kapüşonun içinden kulağıma sıkıştırdım.

"Üzerine yakın bir arkadaşımla bir motelden çıkarken görülüyorsunuz ve üzerinizde sizin olduğuna son derece emin olduğum bir ceket varken. Ve bunun da üzerine onu sizi gördüğünü söylememesi için tembihliyorsunuz." Yarım yamalak güldüm. "Kendime sizin işinizi yaptığınızı hatırlatmak için baskı uyguluyorum," kaşlarımı kaldırıp sağduyulu olduğumu göstermek için başımı salladım, "Belki de katil sizi tehdit ettiği için geri planda durdunuz, belki beni yalnız bırakıp onu bir tuzağa çekmeye çalışıyorsunuz ya da sadece canınız öyle istediği için beni yok sayıyorsunuz." Çenemi dikleştirip kaşlarımı çattım. "Ama orada öylece durup bana ne yapıp ne yapmayacağımı söyleyemezsiniz. Buraya işinin başındaki birine bulduğum bir kanıtı vermek için geldim, siz ya da bir başka dedektif, bunun bir önemi yok çünkü siz de benim için en az onlar kadar güvenlisiniz. Ne daha az ne daha fazla."

Benim diğer öğrencilerden bir farkım yoksa onun neden diğer dedektiflerden bir farkı olsundu ki?

Umutsuz bir romantik değildim, hayır, hiçbir zaman olmamıştım. Onunla ilgili fantezilerim olabilirdi ama hayallerim yoktu. Duygularım yoktu. Muhtaçlık, belki biraz ama daha fazlası değildi. Kendimi güvende hissetmiş, rahat hissetmiş olabilirdim, belki biraz koyuvermiş olabilirdim ama daha fazlası yoktu.

"O halde onlara aldığın mesajlardan da bahsettin mi?" Kollarını göğsünde bağlayıp gözlerini kıstı.

"Bu benim işim değil," dedim sakince. "Görev dağılımınızı bilmiyorum. Kimin ne kadar bilgi sahibi olduğu ekip arkadaşlarınızla sizi ilgilendirir. Ben bulduğum kanıtı teslim ettim." Ama bu sorundan, senin onlara mesajlardan bahsetmediğini anlayabiliyordum.

Tanrım, şükürler olsun.

"Otur, kahveni iç," dedi imayla. "Senin için onca zahmete girmişler."

"Bununla bir probleminiz mi var?"

Bana bakmadan masasının etrafında dolaşıp koltuğuna yaslandı. Oldukça gergin ve yorgun görünüyordu, benden önce kahve bardağını dudaklarına götüren o oldu. Her açıdan bunalmıştım, ellerimle yüzümü yelledim.

"Montunu neden çıkarmıyorsun Rogers, içerisi otuz derece." Evet bunu her saniye ben de hissediyordum ama sonuçta ondan saklayacak bir şeyim yoktu. Kapüşonu indirip montun fermuarını açtım ama üzerimden çıkarmadım. İçimde kısa bir atlet ve taytım dışında bir şey yoktu. Karnımın büyük bir kısmı açıktaydı.

İşaret parmağımla üzerimi gösterdim. "Dedektiflik bürosu için pek uygun bir kıyafet değil." Koltuğa oturup bacak bacak üzerine atarak kahve bardağına uzandım.

"Böyle şeyler seni durdurur muydu?"

Ona ters ters baktım.

"Evimde yarı çıplak dolaşan sendin." Omuz silkti. Onu biraz olsun tanıdıysam yine beni eski halime getirmeye çalışıyordu. Kendi çapında espri yapıyordu ama artık benim güldüğüm kısmı geçeli çok olmuştu.

"Çünkü bakmıyordunuz," deyip gözlerimi kahve bardağından ayırmadan bir yudum içtim. "Karşınızda çırılçıplak otursam yine bakmazdınız, hoşuma giden şey buydu. İnsanların çoğu gözlerimin hangi renk olduğunu bilmez." Çünkü karşımda durduklarında kimse gözlerime bakmaz. Gözleri hep kayar. Gözlerime baktıklarını sandığınızda bile aslında boşlukları dolduruyor olurlar. Hayal ediyor olurlar. Oysa ben senin karşına çıktım, çırılçıplaktım ama sen bakmadın. Bakmadığın için görmedin. Oysa nasıl bir cesaret sergilediğimi bilsen gözlerini benden alamazdın.

"Bunu tercih eden sensin ama," dedi. "Sürekli partilemek, eğlenmek, insanlarla takılmak, sevişmek. Ciddiye alınmak istenmeyen sensin. Kimseyi ciddiye almayan da sensin." Masanın üzerinde hafifçe eğildi. "Yargılamıyorum," diye ekledi ama buna gerek yoktu, yargılamadığını biliyordum, daha çok anlamaya çalışıyordu. "Ama istediğin hayatı yaşayıp bundan şikâyet ediyorsun."

"Şikâyet etmedim." Dilimi dudaklarımın üzerinde gezdirdim. "Evinizde yarı çıplak dolaştığımı söylediniz, ben de nedenini söyledim."

"Benden bir açıklama istemeyecek misin?"

Yine güldüm.

"Hayır, dedektif." Nefes alırken yorgunluk tüm bedenimi sarmıştı. "Bazen espri anlayışım tuhaf olabiliyor ve bazen ileriye gidiyor bile olabilirim ama ben sınırları bilirim. Sizinle aramda herhangi bir ilişki olmadığını, arkadaşım olmadığınızı biliyorum. Her zaman biliyordum. Sizden bir açıklama beklemiyorum, sadece sizin için endişelenmiştim."

Aramızdaki sessizlik kahvenin dibine çökmüş o çekirdek tozları kadar katılaştı. Yavaş yavaş birikti. Gözlerinden bir şeyler geçti ama yüzüne yansımadı, onları okuyamadım, belki de okumak istemedim. Nihayetinde, "Benim için endişelenmene gerek yok," dedi kısık bir sesle.

"Aklımda tutacağım." Zaten bir daha böyle bir işe kalkışmam. Bu benim boyumu aşıyor.

"Bana söylemek istediğin başka bir şey var mı?"

Bunun üzerine biraz düşünsem de aklıma spesifik bir şey gelmediği için dudak bükerek başımı iki yana salladım.

Rahatsız bir nefes alıp koltuğunda yaslandı. "İşte bu yüzden Rogers," dedi yeniden hiddetle. "Bu yüzden güvenimi zedeliyorsun. Bana söylemediğin çok şey var ve her gün yeni bir şeyler daha ekleniyor."

İşte şimdi şaşıran ben olmuştum.

"Bana Dylan'dan bahsetmedin. Senden istediğim isimleri bana teslim etmedin. Anneni gizledin. Bugün olan olayları da gizliyorsun. Samuel denen çocuk açıkça seni günlerdir takip ediyormuş, bunun önemli olabileceği aklına gelmedi mi?" Bu olaydan haberdar olmasına mı, yoksa saydığı diğer şeylere mi tepki vermeliydim kararsız kaldım. Söyleyecek makul bir cevap arıyordum ama bulamadım.

"O sadece benimle alay ediyordu," dedim Samuel'ı kast ederek ve karşılığını aldı.

"Buna biz karar veririz." Kaşlarını çatıp işaret parmağını bana doğru salladı. "Bugün Dylan tutuklandı, Samuel'in ailesi şikâyetçi oldu. Kylie ve Maddie de onlarla birlikte buradaydı. Olanları senden değil, onlardan öğrendim ve eğer senden öğrenseydim, tek bir şey söyleseydin, sürekli karşına çıktığını bile söyleseydin onu daha önce ben tutuklar, sorgulardım ve başınıza bu kadar şey gelmezdi." Öfkeyle ayağa kalktığında sandalyesi duvara çarptı. Neredeyse yerimden sıçrayacaktım. Bunun onu bu kadar öfkelendirmesi normal miydi?.. Ve diğer şeyler... Ben okuldan çıktıktan hemen sonra olmuş olmalı. Tanrım, bugün gerçekten fark atarak en kötü gün oluyordu.

"Üzerine seni izleyen bir *drone* buluyorsun ve bundan da en son benim haberim oluyor."

Nasıl oluyordu da sürekli ben hatalı çıkıyordum? "Onu bulur bulmaz buraya geldim!" dedim biraz çıkışarak. "Telefonum takip edildiği için ve zaten mesajlarımı görmezden geldiğiniz için doğrudan buraya geldim."

"Buraya gelip birilerine bana haber vermesi gerektiğini söylemeliydin." Ellerini masanın üzerine yaslayıp bana doğru yine kızgınlıkla çıkıştı.

"Buna devam edemem." Ayağa kalkıp eşyalarımı topladım. "Yeterince alttan alıyorum ama her şeyin sorumluluğunu üzerime yıkmanıza izin veremem." Kendimi daha ne kadar berbat hissedeceğimi bilmiyordum. Ben kapıya doğru giderken o masanın etrafında dolanıp daha erken davrandı. Kapıyla arama geçip karşıma dikildi.

"Tehlikedesin," dedi sanki bunun farkında değilmişim gibi. "Ama yeterince yardımcı olmuyorsun."

"Siz istediğiniz için bir katille mesajlaşıyorum. Bunun ne demek olduğunun farkında mısınız?"

"Sana bunu zorla mı yaptırıyorum?"

"Zorla olmaması bayılarak yaptığım anlamına gelmiyor. Zaten tüm hayatımı önünüze serdim."

"Yalan söylüyorsun. Kendinle ilgili çok fazla yalan söylüyorsun."

Yanından geçip kapıyı açarken "En azından ben arada bir şeyler söylüyorum!" diye tısladım. Kapıyı büyük bir gürültüyle arkamdan çarptım. Koridordan geçen birkaç kişi dönüp baktı ama uzun sürmedi. Bu büroda herkes dönüp işine bakmaya fazla hevesliydi.

Ana binadan çıkıp etrafıma bakındım. Otobüs durağına kadar yürüdüm. Aklım artık çoğu şeyi almıyordu. Herkes nasıl oluyordu da bana düşman olup beni suçluyordu? Yüzde yüz haklı olduğumu iddia etmiyordum ama tek hatalı olan da ben değildim.

Durağa yaslanıp nefes almaya odaklandım. Aklımı başıma almaya çalışıyordum, gerçekten sakin ve mantıklı olmaya çalışıyordum ama ağız birliği etmiş gibi hepsi üzerime geliyordu.

Siyah Audi durağın önünde durdu. Arabanın içinden eğilip yolcu kapısını açtı. Karanlığın içinde artık bir şeyleri seçmek oldukça zordu. İstemiyordum ama insanlara tavır yapan, mızıkçılık yapan, zorluk çıkaran kişi olmak da istemiyordum. Küçük bir kız çocuğu gibi ağlayarak kaçmak istemiyordum. Arabaya binip kapıyı örttüm, vakit kaybetmeden gaza bastı, araba öfkeyle homurdanıp yağmurlu yolda öne doğru atıldı.

"Yeni olayın bu mu?" Elinin içini direksiyona bastırarak tam tur çevirirken öfkesini ensemde hissettim. "Basıp gitmek mi?"

"Benden tam olarak ne istiyorsunuz?" Başımı ona doğru çevirdim. "Peşinizde koşup durmamı mı yoksa size yaklaşmamamı mı?" Bu olay artık kontrolden çıkmıyor muydu? Bana neden böyle davrandığını bile anlamıyordum. Bazı şeyleri ondan saklamış olmam ona bu hakkı vermiyordu, zaten işine yarayacak her şeyi öyle ya da böyle almıştı.

"Senden ne istediğini bilmediğimiz ama takıntı haline getirmiş bir katil var ve sen öylece etrafta dolaşıyorsun!"

Dişlerimi sıktım.

Benden ne istediğini ben biliyorum ve istediğini aldı ama bunu dönüp sana söylemeyeceğim. Çünkü bu bir şeyi değiştirmeyecek. Yapabileceğin daha fazla bir şey yok. Hiç kimsenin yok. Bu yalnızlığın altından ben kalkabilirim. Ben kalkmalıyım. Başımda istemediğiniz bir nöbet daha yazmayacağım size. Kapımın önünde bekleyen memurlardan daha fazlasını da istemeyeceğim senden. Bir daha başına dert olmayacağım. Bir daha benim yüzümden görevinden uzaklaştırıldığın için ağlamayacağım. Bir daha endişelenmeyeceğim senin için.

"Dylan nerede?" diye sordum.

"Serbest bırakıldı."

"Benim de ifademi almanız gerekmiyor muydu?" Sonuçta olayın sorumlusu bendim, yani en azından Samuel'in aleyhine ifade verebilirdim. Dylan'ın kiminle ne bok yediği ayrı meseleydi.

"Şikâyetçi olan ailesiydi, bu yüzden Dylan'ı aldık ama Samuel şikâyetçi olmadığını söyledi." Yan yan bana baktı. "Sevgilin için endişeleniyorsan bütün sorgu boyunca oldukça sakindi."

Ona ne şüphe. O sandalyenin üzerine oturup hepsiyle alay ettiğine emindim. Başının derde girmeyeceğini tahmin ediyordum. Dylan hep kendini kurtarmayı başarırdı. Onun o tehlikeli zihni her şeyden sıyrılmanın bir yolunu bulurdu. Hayatım boyunca hiçbir zaman Dylan için endişelenmemiştim ki ben hep onun karşısındakiler için endişelenmiştim. İblisin kök saldığı o karanlık herkesi kör ediyordu. Bir zamanlar bana da yaptığı gibi.

"Bence tek kötü gün geçiren ben değilim Dedektif Wallace." Dayanamayıp çantamdan bir sigara çıkardım. Islak pakete yüzümü buruşturssam da kuru izmariti olan bir tane bulmuştum. Ucunu ısıtmak için çakmağı birkaç kez sigaranın boylu boyunca dolaştırdım. "Bugün her zamankinden daha gerginsiniz."

"Kontrolüm dışında gelişen şeylerden hoşlanmam, Rogers."

"O zaman kötü haberi vermeme izin verin, kontrolünüz dışında cinayetler işleniyor bu kasabada!"

Bunun üzerine sadece bir kez bana doğru baktı ve gazı daha da kökledi. Yolun geri kalanında ikimiz de kendi içimize çekilip sakinleşmeye çalıştık. Öfkesinin yolundan çıkan planlarına olduğu aşikârdı. Üzerime alınmamak için gayret gösteriyordum. Benim öfkemse... benim öfkem her zaman olduğu gibi kendimeydi. Her şeye rağmen ondan bir açıklama bekleyen kendime. İnsanlar söz konusu olduğunda karşı tarafı suçlamayı bırakmayı iblisim öğretmişti bana. İnsanlara koz verirseniz bunu üzerinizde kullanırlar ve bu hiç şaşmaz. Bu yüzden artık bir şeyler beni rahatsız ederse onlara bu hakkı verdiğim için kendime saldırıyordum. İşler her zaman yolunda gitmiyordu ama bu sayede hâlâ hayattaydım.

Evin önüne geldiğimizde hâlâ evimi gözetleyen ve nöbetleşe çalışan memurların ekip arabasının önüne, merdivenlere doğru yamuk bir şekilde durdu. Arabanın farları yanınca iki çift göz kadrajımıza takıldı. Işığın yüzlerine çarpmasıyla Henry yüzünü kırıştırmış, Dylan sadece kaşlarını çatmıştı. Merdiven basamaklarında oturuyor, belli ki beni bekliyorlardı.

"Sana yardım etmeye çalıştığımı görmüyor musun?" diye sordu sonunda. Gözleri Dylan'ın gözleriyle kesişmişti, bakışlarını ondan almıyordu ama sanki bizi ondan gizlemek için kasıtlı bir şekilde arabanın farlarını bir anda kapattı.

"Görüyorum," diye fısıldadım. "Ama yardım edebildiğinizi düşünmüyorum. Bunu birlikte yapacağımızı sanıyordum ama bana haber bile vermeden kendi başınıza çalışmaya başladınız. Bir planınız varsa eğer bunu bana söyleyebilirdiniz. Ben her şeyi çok çabuk kabul ederim dedektif." Bir an duraksayıp yutkundum. "Neden biliyor musunuz? Çok şey kaybetmiş insanlar böyle yapar. Benim beklentilerim olmaz, hayal kurmam, umut etmem. Ben olanla yaşarım. Olanla baş ederim. Olanla teselli olurum." Uzanıp vitesin üzerinden bir gölge gibi hareket ederek elini tuttum.

"Bugün elimi tutarsanız parmaklarımı parmaklarınıza sıkı sıkı kenetlerim." Ellerimi yeniden kendime doğru çektim. "Yarın elinizi çekerseniz, ellerimi cebime koyup yoluma devam ederim. Neden diye sormam." Ben kimsenin peşinden gitmem. Hiç gitmedim ve hiçbir zaman da gitmeyeceğim.

Sonunda gözlerini, karanlığın içinde bile birbirlerini görüyormuş gibi bakan Dylan'ın gözlerinden çekip yavaş yavaş bana döndü. İlk defa gözlerinde bir tereddüt vardı.

İşte dedektif, ben zaten sizin gördüğünüzden ama sandığınızdan da fazlasıyım. Beni tanıyamazsınız çünkü buna izin vermem, beni çözemezsiniz çünkü sürekli değişirim. İnsanlar benim karanlık bir tarafım olduğunu düşünür ama ben duvarın üzerinde dikkatinizi dağıtan bir ışık oyunuyum. Gölgelerin arasında dolaşır, onları huzursuz ederim. Işığın masum olduğunu düşündürürüm ama karanlığı da köşeye ben kıstırırım. Benim neler yapabileceğimi asla öğrenemeyeceksiniz, neler yaptığımı hiçbir zaman anlatmayacağım, kimi sevdiğimi, kaç kişiyle seviştiğimi, annemin bazen ölme-

sini istediğimi, babamın mezarına hiç gitmediğimi, Dylan'ı neden kasabadan gönderdiğimi, arkadaşlarıma neden sırt çevirdiğimi. Çünkü bu benim sırrım, bu benim oyunum ve sadece ben bildiğim sürece devam edebilecek bir oyun. Bunlardan birine bahsedersem kuralları ihlal ederim. Kurallar ihlal edilirse oyundan çekilmeniz gerekir. Ama buna hazır değilim.

Çünkü bu benim. Katilinin hediye ettiği gülün dikenlerini söküp saçlarının arasına sıkıştıran kız da benim. Ondan kaçıp saklanırım. Ağaçların arasında gözünde bir göz bağı ile onunla alay edebilen de benim. Onunla karşı karşıya gelsem belki onu korkutacak olan da benim. Sizse benim zaaflarımı bilmek istiyorsunuz, bahse varım gözlerime baktığınızda görüyorsunuz, nasıl bir deliliğin içine battığımı. Bu yüzden diğerlerinden farklısınız. Onları korkutmuyorum çünkü gözlerime bakmalarına izin vermiyorum. Ama sizinle bir odada yine yalnız kalırsam gözlerime bakmadıklarından yakınırım. Çünkü hepsi bir oyun ve bu oyunda ben yalnız değilim. Bu kasaba büyük bir kutu ve bu oyun hepimizin kendine sakladığı sırrı.

"Kahverengi," diye fısıldadı. "Gözlerin kahverengi, kenarında koyu yeşil hareler var. Sağ gözünün kenarında küçük bir güneş lekesi var, bir damlaya benziyor. İnsanlarla alay ettiğin ya da oyun oynadığın zaman gözlerinin şekli hiç bozulmuyor, iri iri açılmış gözlerinle onlara benim avucumun içindesiniz der gibi bakıyorsun ama gerçekten gülümsediğinde -ki bu çok nadir oluyor, gözlerin küçülüyor. Alnında, sol kaşının üzerinde bir çizgi izi var, öyle anlarda, gerçekten gülümsediğinde o iz daha belirgin oluyor."

Arabaya bindiğimde montumu üzerimden çıkarmıştım, buna rağmen bunalmış hissediyordum. Avuçlarım terlemiş, saç diplerim kaşınmaya başlamıştı. Gözlerimdeki o kontrolü yitirmiştim. Kaşlarımı çatıp bekledim. Nefes almaya konsantre oldum.

Elimi tutarsan elini tutarım.

Elimi bırakırsan elimi bırakırım.

Ama elini uzatırsan ne yapacağım? Bunu hiç düşünmemiştim.

Bu araf beni bütün gün yaşadığım her şeyden daha çok zedelemişti. Ona öyle çok kızdım ki ona bu dünyada hiç kimseye kızmadığım kadar kızdım. Bana bunu yaşattığı için. Beni böyle arada bıraktığı için. Beni benimle karşı karşıya getirdiği için. Arabanın kapısını açıp hışımla dışarıya çıktım.

Montumu kucağımda sıkı sıkı tutarken parmağımın kenarına tırnağımı bastırıyordum. Arabanın karşısına geçip ona doğru döndüm. Dylan'ın arkamda Henry ile birlikte ayağa kalktığını duyabiliyordum. Yine de gözlerimi direksiyonun başındaki ona çevirdim.

Arabayı çalıştırıp geriye doğru sürdü. Toprak yolda sert bir viraj alıp arkasında bir duman bulutu bırakarak orman arazine doğru hızlı bir giriş yaptı.

"Ansel," diye dikkatimi dağıtan Henry oldu ama ben döndüğümde onların hareket etmesiyle birlikte yanan taraça ışığının Dylan'ı aydınlatan yüzüne bakmıştım. Avını takip ediyordu, bakışları dedektifin çoktan kaybolmuş aracının izlerini sürüyordu.

"Her şey yolunda mı?" diye sordu Henry.

Basamakları adımlarımı çarpa çarpa çıkarak kapının üzerindeki şifreyi girdim. "Ne demezsin," diye söylendim. İçeriye girdiğimde kapıyı çarpmak istiyordum ama açık bırakıp peşimden gelmelerine izin verdim.

"Sen iyi misin?" diye sordu bu defa. Onu çoğu zaman çok seviyordum, çoğu zaman bir kardeş gibi görüyordum ama aptallığı bazen beni delirtiyordu. Çoğu zaman bunu görmezdim çünkü aptalca davranmasına neden olacak eylemlerden uzak dururdum ama bugün gerçekten bu soruyu sorabiliyor muydu?

"Harikayım." Kinayeyle montumu koltuğun üzerine fırlattım. "Mümkünse yalnız kalmak istiyorum."

"Ben de mümkünse seninle konuşmak istiyorum," dedi. "Her şeyi yanlış anladın."

"Henry, sen git," diye araya giren Dylan oldu, ilk kez konuşmuştu. Salon kapısının girişine yaslanıp bir heykel gibi kollarını rahatça göğsünde birleştirdi. "Ben çözerim burayı."

"Emin misiniz?" diye sordu Henry.

"Git," dedim Dylan'ı onaylayarak en azından onunla kaldığımda rol yapmak zorunda olmayacaktım. Ve Tanrı şahidim olsun ki biraz daha zorlarsa Henry'nin kalbini geri dönüşü olmayan şekilde kıracaktım.

Yanıma yaklaşıp saçlarımın üzerine yumuşak bir öpücük kondurdu. "Ben her zaman senin yanındayım," dedi.

Sözler... Her zaman yok saydığınız ama tüketmekten hiç kaçınmadığınız harfler yığını.

Eminim öyledir.

Kapıdan çıkıp gidene kadar hiçbir şey söylemedim. Dış kapının sesi geldiğinde iblisimle tek başımıza kalmıştık. İçeriye girerken ışığı yakmamıştım, Henry'nin uzaklaşmasıyla birlikte taraçanın sensörlü spot ışıkları sönüp bizi çok sevdiğimiz o karanlığa maruz bıraktı. Televizyonu açtım ama sesini kıstım.

"Onunla ne konuşuyordun?" Ses tonu uyarıcı ve ürperticiydi. Kahrolası gözlerinden hiçbir şey kaçmazdı. Bunu beklemem aptallık olurdu.

"Gözlerimin renginden bahsediyorduk." Kumandayla rastgele kanalları gezerken tek derdim onun gözlerine bakmamaktı. Bunu yaptığım an her şeyi ele vereceğimi biliyordum.

Kısık sesle gülerek yanıma geldi. Kanepeyle aramda kalacak şekilde orta sehpanın üzerine oturup bacaklarını genişçe iki yana açtı. Dizlerim onun bacaklarının arasında kalmıştı. Bileğimi tutup kumandayı elimden kenara fırlattı. Tutuşu o kadar sıkıydı ki ona bakmak zorunda kaldım.

"Sana söylemiş," dedi yüzümü incelerken. İşte gelmek istemediğim o radde. "Gözlerinin renginden bahsetmiş. O yeşil hareleri de anlattı mı?" Nefesimi tutmamak için kendimle bir mücadeleye girdim. Bu gece en son ihtiyacım olan şey onu kışkırtmaktı.

"Saçmalama." Başımı yeniden televizyona çevirdim.

"Bana bak." Dizimin üzerine ellerini bastırıp bacağımı sıkıca kavradı. "Ondan etkileniyor musun?" Sesi buz gibi çıkmıştı. Başkasının üzerimde bir etkisi olması düşüncesi onu delirtiyordu. Ama ben de ondan farksız değildim. Bu düşünce beni de delirtiyordu.

"Etkilenmeyeceğimi biliyorsun." Sesim yeterince güçlü çıkmıştı çünkü onu değil, kendimi kandırmaya çalışıyordum.

"Güzel." Parmakları bacağımın üzerinde yavaş yavaş daireler çizmeye başladı. Baldırımın iç kısmına doğru ellerini kaydırdı. Parmakları bacaklarımın altından beni ona doğru çektiğinde bütün bedenimin hareketlendiğini hissettim. Yüzüne bakmak bile bendeki bir şeyleri tetikliyordu. Pürüzsüz teni, yumuşak ve dokunmaya aç bir şekilde bekliyordu. Kokusu beni bir büyü gibi ele geçiriyordu. Tanıdıklığı. Yanımda oluşu. En çok da buna yeniliyordum. Ne olursa olsun hep yanı başımda oluşuna.

"Bugün neler oldu?" diye sordu. Bir eli hâlâ dizimin üzerindeydi, ses tonu sıcaktı ve beni uyaracak kadar yakınımdaydı. Diğer eli boynuma tırmandı, köprücük kemiklerimin üzerine düşen küçük haç işaretiyle oynamaya başladı. Samuel'i dövdükten sonra en yakın arkadaşlarıma rest çekerek yaşadığım sinir krizinden bahsediyordu.

"Sen de oradaydın," diye fısıldadım.

"Kendini kaybetmenden bahsediyorum." Bakışlarını çıplak omuzlarımda, göğüslerimde ve dudaklarımda dolaştırıp beni iyice etkisine çekmeye çalışıyordu ve her zaman olduğu gibi başarıyordu. "Sen kendini kaybeden biri değilsin."

"Çok şey değişti."

Dudağının kenarı yukarıya doğru kıvrıldı. Kolyenin ucuyla oynayan parmakları yavaşça aşağıya doğru indi, küçük tişörtümün üzerinden iki parmağı hafifçe göğsümü sıkınca derin bir nefes aldım.

"Bazı şeyler değişmez," dedi tepkimden memnun olarak.

"Beni sinirlendirdiler." Gözlerimi kapatıp bana ne istiyorsa yapmasına izin vermeye karar verdim. Kendimi tutmak için sebeplerim yoktu, tek bir nedenim vardı: ona teslim olmamak. Bu yüzden belki de beni etkileyen o olmamalıydı. Ayağa kalktım, kolundan tutup onu da kaldırdım, kollarımı üzerinde dolaştırarak ve tüm bedenimi ona dokundurarak yer değiştirdim. Yavaşça bana doğru döndü, bedeninin sıcaklığını tüm bedenimde hissediyordum. İki elimin içini göğsüne bastırarak onu kanepenin üzerine ittim. Dizlerinin üzerine oturdum. Yüzünü sertçe ellerimin arasına alıp gözlerime bakmasını sağladım. "Sen de beni sinirlendirdin."

Parmakları tatlı tatlı bileklerimin üzerinde küçük daireler çiziyordu. "Bunu nasıl yaptım?" diye sordu. Sesi yumuşamıştı. Öfkesi ellerimin arasında dağılmıştı. Konuşmasında insanı mest eden bir arzu vardı. Ellerimin arasındaki yüzünü oynatıp burnunu avucumun içine sürttü.

"Fotoğrafı daha önce görmüştün ama oraya senin için geldiğini söylemedin." Christopher bunu inkâr etmemişti. Yorum yapmamıştı ama inkâr da etmemişti. Ne moteli açıklamış ne de ceketten bahsetmemişti. O yüzden onun cevabı şimdi daha önemli hale gelmişti.

"Öğrendiğin zaman nasıl tepki vereceğini görmek istedim." Dudaklarını avucumun içine bastırdı, dilini hafifçe parmaklarıma değdirdiğinde kucağının üzerinde biraz daha ona doğru kaydım, dikkatini dağıtacak kadar hareket ettiğimde gözlerini kapatıp nefes aldı. "Arada sırada geliyor," diye fısıldadı. "Henry de geliyor. Matthew da geliyor."

"Tepkim hoşuna gitti mi?" Ellerimi omuzlarına indirdim ama boynundan çok uzaklaştırmadım. Başımı yavaş yavaş ona yaklaştırıp cezbedici dudaklarına doğru baktım. Bakışlarındaki yakıcı ve yırtıcı o parıltı beklentimizi harlıyordu. Elleri daha çok kendine çekebilmek için kolayca belime dolandı. Çıplak tenim onun dokunuşun altında titriyordu. *Tanıdık.* Onunla ilgili en sevdiğim şey buydu. Bana nasıl dokunacağını çok iyi biliyordu.

"Kendini kaybettiğini görmek hiçbir zaman hoşuma gitmez, Angie."

Yavaş yavaş güldüm. Parmaklarım alnına dökülen kumral tutamları teker teker kenara çekerken ona ters bakıyordum. Elleri rahat durmuyor, belimden kalçalarıma iniyordu ama bu benim oyunumdu, onun mahvetmesine izin vermeyecektim.

"Buraya neden döndün, Dylan?" diye sordum kulağına doğru yaklaşıp. Nefesimi hafifçe kulağına doğru üfledim. "Arada seninle oynayacağımı biliyorum ama bir daha birlikte oynamayacağımızı sen de biliyorsun."

"Tehlikede olduğunu duydum." Her yanından ürperti akan bir tını vardı sesinde. Onun kolları arasında ufalan bedenim bütün sıcaklığını hissediyordu.

"O kadar da tehlikede olmadığımı biliyorsun." Parmaklarımı ensesine doğru kaydırdım, saçlarının diplerinden sıkıca kavrayıp başını bana bakacağı şekilde kaldırdım. "Biliyorsun, değil mi?"

Çok iyi biliyorsun. Birbirimize yaptığımız şeyleri, sana yaptığım şeyleri, kendime yaptığım şeyleri."

"Biliyorum," dedi. Elleri bu defa tehdide cevap verir gibi sarmıştı bacaklarımdan. Ne ima ettiğimi çok iyi biliyordu. Neyden bahsettiğimi biliyordu. Onu bu şekilde uyarmam canını sıkıyordu. İşte bu yüzden bu benim oyunumdu.

"Güzel," diye fısıldadım yavaş yavaş dudaklarına eğilirken. Benim yüzümde bir gülümseme, onunkinde somurtkanlık vardı yine de ben daha eğilmeden uzanıp dudaklarımı öpen o oldu. Eli öyle hızlı tırmandı ki sırtımdan boynuma, avucu saçlarımın arasından beni kendine hırsla çekiyordu. Dili dudaklarımı aralayıp oradan tüm benliğimi ele geçirebilecekmiş gibi beni öperken bu defa şehvetle titreyip mırıldandım. Hafifçe geri çekilip onun doğrulması için bacaklarımın üzerinde yukarıya kalktım. Kanepeye yaslanıp beni yeniden kendine çekti. Dudaklarımız birbirine büyük bir açlıkla kapanıyordu. O küçük tişörtüme uzandığında ben kollarımı kaldırıp dudaklarından zorlukla ayrılmıştım. Bir çırpıda çıkarıp yeniden dudaklarıma eğildi.

Tek eliyle kendi tişörtünü çıkardığında dudakları yeniden dudaklarıma, yüzümün her bir milimine sanki bu bir ihtiyaçmış gibi dokunuyordu. Beni öpmese ölebilecekmiş gibi bir tutkuyla. Elleri çıplak sırtımda dolaşıyor, göğüslerim onun çıplak göğsüne dokunuyordu. Bunun üzerinden, bu sıcaklığın üzerinden o kadar uzun zaman geçmişti ki bedenim onun üzerindeki hâkimiyetini kolay kaybetti.

"Seni özledim Angie," diye mırıldandı boynuma doğru. Nefes alışımı zorlaştırıyordu. Bütün gün, bütün hafta, bütün bir yıl bünyemde topladığım o şeytani düşünceleri beni öperek çekip alıyordu sanki. Ruhumu emdiğini ama bunun beni rahatlattığını fark etmek bedenimi daha sabırsız bir hale sokuyordu. Ellerim göğsünde, karın kaslarında ve nihayetinde pantolonunun düğmelerinde dolaştı.

"Henüz değil," diye güldü elimi çekip boynuna sararken. "Henüz bitirmedim." Sadece sesiyle ya da bu garip tutkusuyla bile sarhoş olmuşum gibi hissediyordum. Bazen beni seviyor mu benimle savaşıyor mu, emin olamıyordum. Birbirimizi sevdik mi birbirimizle savaştık mı? Her şekilde yenilmiştik. Beni sevdiğini biliyordum, beni o kadar çok seviyordu ki bunu bana her dokunuşunda ve o nezakette hissedebiliyordum. Ama sevgisinin yakıcı bir fırtınaya dönüşeceğini de biliyordum.

Elini başımın altına koyup kolayca beni kaldırdı, pratik bir şekilde yan dönerek kanepenin üzerine yatırdı. Yeniden yüzümü avuçlarının arasına alıp bu defa sertçe öpmeye başladı. Bedeninin ağırlığını üzerime vermek istemiyordu ama tırnaklarım kaburgalarının üzerinden etine o kadar saplandı ki bana istediğimi verdi.

"Hep acelecisin Angie," diye tısladı. Leğen kemiğimin üzerinden taytımı iterken kalçalarımı oynatarak hem onu daha çok çıldırtmak istedim hem de çıkarmaya çalıştığı şeyden kurtuldum. Dudakları dudaklarımdan boynuma, köprücük kemiklerime doğru acele etmeden her bir santimin tadını çıkarmak ister gibi sürünüyordu.

"Dylan," diye fısıldadım. Tamamen tahrik olmuştum bu artık oyun değil benim için bir ihtiyaç haline gelmişti. Dışarıdan ona saldırabilirdim, dışarıdan ona engel olabilirdim ama içimdeki ve bedenimdeki her bir parça onu istiyordu. Ona doğru çekiliyordu ve ona bütünüyle ihtiyacım vardı. Bedenimin üzerindeki tüm bu kontrole.

"Sen de beni özlemedin mi, Angie?"

Bu bir savaşsa kalbim onun tarafından işgal edilmişti. Ama bu aşksa onun kalbini ben incitmiştim.

Soluk soluğa kalmıştım.

Dudakları kaburgamın üzerindeki o haç işaretine kaydı. Kabarmış yara izine dilini dokundurdu. Bunu sadece o yapıyordu. Bunun ne kadar hoşuma gittiğini o biliyordu. Kendimi gererek inledim. Tıpkı o yara izini açtığı gün hissettiğim acıdan da zevk almam gibi.

"Dylan," dedim yeniden. Tam yaranın üzerine hafifçe dilini sürttü. "Bir daha söyle, *meleğim.*"

Derin bir nefes aldım.

Eli, sadece başparmağının ucuyla vücudumdaki ezbere bildiği çizgileri takip ederek bacaklarımın arasına doğru inerken dilinin ucu yeniden o yara izine dokundu.

"Dylan!" diye pes ettim. Hafifçe kıkırdayıp yaranın üzerinden yumuşakça öptü. Başını kaldırıp üzerimden çekildiğinde huysuzca kaşlarımı çattım. Televizyon ışığının yansıdığı beyaz teni mermer gibiydi. Üzerinde resim çalışması yapılmış bir heykel gibi.

"Bende yok," dedi kaşlarını çatıp.

Sehpanın üzerindeki çantamı çenemle işaret ettim. Uzanıp aldı, o çantanın içini karıştırırken ben hâlâ onun zayıf ama atletik bedenini inceliyordum. Çocukken yaptığım bir resme bakmak gibiydi. Sol kaburgasında büyük bir haç işareti dövmesi vardı. Adonislerinin üzerinde on santim kadar dümdüz bir çizgi vardı. Sağ göğsünün altında bir çember gibi yuvarlanmış bir hale yarası vardı.

Bulduğu folyo paketi bana doğru uzattı. Dişlerimle yırtarken pantolonunun düğmelerini açıyordu. Açtığım prezervatifi yeniden ona uzattım. Bana doğru eğildiğinde bir saniye için geri doğrulmasını durdurdum. Elim pantolonunun kenarındaki o uzun çizgiye gitti. Yara izinin üzerinde boylu boyunca dolaştı parmağım. Bir şey hissetmek ister gibi. Hatırlamak. Tanımak. Ya da kaçmak. Bir arzu, bir ihtiyaç, bir hata, bir yanlış, bir seçim, bir karanlık, bir yok oluş.

Kararsızca kaşlarını kaldırdı, üzerimde doğrulmuş bir şekilde dururken başını yana doğru yatırdı. "Bunu mu istiyorsun, Angie?" diye sordu. Başka bir çağrı. Sesi günaha çağıran bir melodiydi. Gözlerindeki gri mavi o bakış. Arzuyla titreyen o karartı. Oynamak istiyor. Her zaman oynamak istiyor. Onunla oynamak istiyor muyum?.. Yeniden yapmak istiyor muyum?.. Her zaman istiyorum. Beni oynatan o değil. Hiçbir zaman o olmadı. Buna neden olan ben oldum. Belki de onun da hayatını mahveden ben oldum.

"Sadece seni öpmek istiyorum," diye fısıldadım. Onun içindeki şeytanı uyandıran da mı bendim, bu kapımın önündeki karartının nedeni, aynı kapının önünü eşeleyip durmamızın sebebi? O kadar yakınıma geldi ki burnu burnuma değiyordu, tanımaya çalışıyor, keşfetmeye çalışıyor gibi, parmakları saçlarımı geriye doğru başımın diğer tarafına atıyordu. Dudakları bu defa yavaşça dokundu dudaklarıma, onu öptüm, özür diler gibi öptüm. Bağışlanmayı beklercesine öptüm. Tüm günahlarımızdan ikimiz de azat edilelim diye öptüm. Gözlerim yavaş yavaş dolarken onun öpüşü daha da sertleşti. Ne yapmaya çalıştığımı anlamış gibi. Engel olmaya çalışırmış gibi. İçindeki şeytanları kovmama izin vermek istemiyor gibi.

Üzerimden kalkmadan pantolonunu indirdi.

"Her zaman benimsin," dedi. Kimi ikna etmeye çalıştığını ikimiz de bilmiyorduk. "Bu sonsuza kadar böyle sürecek Angie." Usulca kulağıma fısıldadı. "Bu dünyanın üzerinden biz geçeceğiz. Seninle ben."

Yaşam bizim oyunumuz olacak.

Onu ilk gördüğüm andan beri istediğim şey buydu. En başında, yıllar öncesinde onu gördüğümde onun benim sonum olacağını ve benim de onun sonu olacağımı biliyordum. Ama yine de ona sahip olmak, tıpkı şimdi olduğu gibi bedeninin her zerresini hissetmek istiyordum. Ona karışmak, onunla bir bütün olmak ve bunun bütün vücudumda, tüm ruhumda hissetmek istiyordum.

"Biz her zaman biz kalacağız, Angie. Yaşam bizim oyunumuz olacak." O bedenimin sınırlarını zorlarken bacaklarımın arasına verdiği sızı tıpkı söylediği gibi bana yaşamı hissettiriyordu. Bir uçurumdan aşağıya atlamak gibiydi. İçimde ona karşı hissettiğim açlığı hissediyordu, bedeni bunu tanıyordu ve her hareketiyle ben doyum noktasına ulaşırken üzerimdeki o enerjinin geriye kalan tek şey olduğunu hissediyordum. Benden tüm kötülüğü almasına izin veriyordum. Bedenim onun var ettiği hazzın dalgalarıyla sarsılırken gözlerimi kapattım.

Parmaklarımın arasındaki saçları ısı ve nemle parlıyordu. Soluğu, göğsüme çarpan göğsünün şiddeti. Biriyle sevişmenin birden fazla anlamı vardı. Bu bazen sadece fizikseldi. O zaman bu kadar uzun sürmediğini biliyordum. Kaba ve gergin olduğunuz zamanlar sadece fizikseldi. Dylan ve ben agresiftik. Bu bir öç almaydı, günah çıkarma, meydan okuma. Orgazmın onun yüzünde yarattığı şey buydu, teslimiyet. Bu yüzden söyleyemeyeceği her şeyi onunla sevişirken duyabiliyordum. Her orgazmın sonunda yüzünün aldığı kırılmış ifadeyi tanıyordum. Çırılçıplak bir şekilde yüzünü göğsüme yaslayıp orada uyumayı sevdiğini biliyordum. Saçlarıyla oynamamdan hoşlandığını çünkü kimsenin onun için bunu hiçbir zaman yapmadığını biliyordum.

Dylan ile ilk tanıştığımda çocuktum ama ikimizin de oynamayı sevdiği şeyler çocukların sevdiği şeyler değildi. Arkadaş gibi büyüdük ama hiçbir zaman arkadaş olmadık. Sonra ben öptüm onu, ruhunu çekip içinden alırmış gibi.

Biriyle sevişmeyi o öğretti bana ama daha çok o öğrendi. Birlikte dünyayı keşfettik birbirimize bakarak. Birbirimizin gözlerinde pes ettik.

Ve kestik bileklerimizi ama sadece birimiz dikebildik.

Nefesi yavaş yavaş ritmini bulurken parmakları göğüs kafesimdeki çizgilerin üzerinde dolaştı. "Bunlar yeni," diye mırıldandı. "Artık bunu istemediğini sanıyordum."

Onu yavaşça üzerimden ittim. "İstemiyorum," dedim. Çantama uzanıp sigara paketini buldum, bir tane dudağıma kıstırırken parmaklarımın titrediğini görmedi ama titriyordu. Artık bunu istemiyorum ama kurtulmak o kadar kolay değil, benliğime işlediğimiz bu zehri.

"Bir dakika önce çok güzel inliyordun." O da doğruldu, pantolonunu çekip kanepenin sırtına başını geriye doğru atarak yaslandı.

"Bu sadece seks." Kendi kendime bunu birkaç kez daha tekrar etmem gerekti.

"Seninle sadece seks değil."

"Bir daha olmayacak."

Genizden bir gülme sesi çıkarıp ellerini dağıttığım saçlarının arasından geçirdi. "Bunun doğru olmadığını ikimiz de biliyoruz." Bakışlarını karanlığın içinde bana çevirdi. "Sen romantik bir ilişki istemiyorsun."

Dumanı dudaklarımı yuvarlayarak üfledim. "Sen benim ne istediğimi bilmiyorsun."

"Öyle mi?" Yeniden, bu defa kurnazca gülümsedi. "Bir zamanlar senin ne istediğini sadece ben biliyordum."

"Bir zamanlar." Ayağa kalkıp üst kata çıkmak için hareketlendim. Merdivenlerden çıkarken adımlarım sakindi ama bakışlarının üzerimde olduğunu sezebiliyordum. Doğrudan banyoya gidip aynanın karşısına geçtim. Sigarayı biraz daha içime çektim. Zayıf vücudumda dolaştı gözlerim. Uzun zaman olmuştu kendimi aynadan izlemeyeli. Bu yaralara bakmaya tahammül edemiyordum. Hepsi bir harita gibi ince işlenmiş izler.

Suyu açtım, duşun altına girip soğuk fayansların üzerine oturdum. Saçlarım ıslanırken dizlerimi kendime çektim. Yavaş yavaş ıslanan sigarayı bir kez daha içime çektim.

Fiziksel acının ruhtaki yaraları iyileştirdiği düşüncesi babam tarafından zihnime işlenmişti. Uzman bir cerrahtı, işini seven ve işinde çok iyi olan bir cerrah. O bana insanların yaralarını dikerek nasıl kendini daha iyi hissettiğini anlatıyordu. Annem, babam iş seyahatine gittiğinde beni başından atmak için depoya kilitlemişti. Sadece gürültü yaptığım ve bir vazoyu kırdığım için. Onun sorunu babamın arkasından tuttuğu yası değil, bana duyduğu öfkesiydi. Babam ortada yokken sık sık açığa çıkan öfkesi. Babam kadar güçlü olmak istedim. Birilerinin yarasını iyileştirip ruhumu iyi hissettirmeyi istedim. Depodaki neşter takımını bulduğumda yanımda başka hiç kimse yoktu, ben de kendi dizlerimi kestim. İlk yara öyle derin olmuştu ki acıdan ağlamak hatta bayılmak istemiştim ama onu bile becerememiştim. Elimi üzerine bastırıp saatlerce iyileşmesini beklemiştim.

Annem günün geri kalanında ne yaptığını anlayıp ağlayarak deponun kapısını açtığında yerde onu korkutmaya yetecek kadar kan vardı. Özür diliyor ve bir şeyim olup olmadığını soruyordu. Sadece uslu olmamı istediğini söylüyordu. İşini yapması için ona fırsat vermemi istediğini sayıklayıp duruyordu. Ona daha fazla engel olmamamı.

Beni alıp hastaneye götürdüğünde gülümsemiştim. Orada bir doktor olacaktı ve nihayetinde yaraları nasıl iyileştireceğimi öğrenecektim ama ben sekiz yaşına girdim, dokuz yaşına girdim, on yaşına girdim... On yedi yaşına kadar yaraları iyileştirmeyi hiç öğrenemedim.

Dylan tıp okumaya merak sardı. Benden önce o öğrendi. Belki de benim yaralarımı sarmak içindi, belki de içindeki sadistliği bu şekilde bastırmak içindi. İyileşmeyi ilk deneyen o oldu. Dizlerim kanadığında pansuman yapan o oldu.

"Bunu yapmaktan hoşlanıyor musun?" Bir gün gözlerime korkuyla bakıp bana bu soruyu sorduğunda arkasına bakmadan kaçacağını düşünüyordum ama kaçmayacak biri varsa onun da o olduğunu biliyordum. Sonra karanlığı öğretti bana, kendimi incitmeden nasıl keseceğimi ve nasıl iyileştireceğimi o yaraları. İlk defa onun üzerinde denememe izin verdi. Bu yüzden adonislerinin üzerinde hâlâ izi olan beceriksiz bir çizgi var. Bu yüzden kalbinin altında bana meleğim dediğini hatırlatan yuvarlak bir hale izi var. Bunu yapmama o izin verdi ama bunu yapmayı hep ben istedim. Onu teşvik ettim ve iyileştirmeye çalıştığı şeyleri daha da kanattım. Bir sadist ve mazoşist bir araya geldiğinde sonunda birbirimizden aldığımız hasarın büyüklüğü kaçınılmazdı. Günün birinde ben iz bırakmadan kesmeyi öğrendim ama hiçbir zaman bununla yetinmedim.

Babam öldü, annemle yalnız kaldım.

Babam öldü ben annesiz de kaldım.

Benim çektiğim acıdan zevk aldığını bir süre sonra hiç gizlemedi. Ölüme yaklaşmak istedim. Beni ölüme yaklaştırmasını istedim.

Dylan bana hiç hayır demedi.

2. BÖLÜM: YENİDEN KANAYAN YARALAR

Saçlarımı düzleştirmeyi neredeyse bitirmişken Ashley'nin beni almaya geldiğini söyleyen mesaj bildirimini aldım. Komodinin üzerinden bakıp cevap vermeden işime geri döndüm. Saçlarım bu haliyle daha derli toplu ve neredeyse belime kadar uzamıştı. O dağınık dalgalar bana zihnimin karmaşasını anımsatıyordu. Kirpiklerime bol rimel, yanaklarıma hafif bir allık sürdükten sonra dudaklarımı parlatıcıyla nemlendirdim.

Siyah uzun çizmeler, koyu gri mini bir kot etek ve bana neredeyse iki beden büyük siyah bir sweatshirt giymiştim. Aynadaki görüntü beni tatmin edince sırt çantama eşyalarımı yerleştirmeye başladım. Komodinin üzerindeki telefonumu şarjdan alıp kulaklığımı takarak aşağıya indim. Kahvaltıdan kalanları toplayıp etrafıma baktım. Ev sanki annem burada yaşıyormuş gibi dağınık ve pespayeydi. Oysa onun burada olduğu zamanlar bu evi bir gün bile pis bırakmamaya özen gösterir, her akşam yemek yapar, sabahları muhakkak kahvaltı hazırlardım. Doktoru bana hayatındaki düzenin onun akıl sağlığı için çok önemli olduğunu söylemişti ve onun için bunu yapmayı hiç ertelememiştim ama şimdi bu dağınıklığa bakıp kendi akıl sağlığımı düşünüyordum.

Dün gece duştan çıktığımda Dylan evden çıkıp gitmişti. Yeni bir haber değildi. Şaşırmamıştım. Dylan ile ilgili en temel şey buydu. Ne zaman ortaya çıkacağına o karar verirdi. Ne kadar kalacağına da öyle. Eskiden, onunlayken bazen sabahları uyanır ve onu yanımda bulamazdım. Bazen günlerce geri gelmezdi. O zamanlar ne yaptığını bilmezdim ama iyi şeyler olmadığını bilirdim. Bildiğim bir diğer şeyse her zaman bana döndüğüydü.

Söylediğim sözlerin onda uyandırdığı etkiyi zamanla görecektim ama az çok biliyordum. Benimle sürekli birlikte olan çiftler gibi romantik bir ilişki peşinde olduğu yoktu ama benimle olmayı istiyordu. Benimle olan tek kişi olmayı istiyordu. Belki de kasabada kalması iyi fikirdi. Zamanla buna alışıp beni yavaş yavaş aklındaki hapishaneden azat ederdi ama ben onu edebilecek miydim, bunu bilmiyordum. Bu hastalıktan önce hangimiz, nasıl kurtulacaktık bilmiyordum. Onu bir kızla yan yana düşündüğümde bu ilk önce beni rahatsız etmiyordu ama bana dokunduğu gibi onlara dokunduğunu düşünmek, işte o da benim bazı karanlık yanlarımı tetikliyordu.

Hava bugün güneşli olduğu için üzerime mont yerine şişme yelek aldım, Ashley'nin arabasına bindiğimde yeleği giydiğim kadar hızlı bir şekilde üzerimden çıkardım. Muhtemelen hızlı hareket ettiğim için fazlasıyla bunalmış hissediyordum.

"Tünaydın!" O büyük gülümsemesiyle bana baktığında istemsizce ben de gülümsedim.

"Dersin yok muydu sabah?"

Saat öğleden sonra 14.20'yi gösteriyordu. Yarım saat sonra blok dersim, onun ardından ödev teslimim vardı ve dün yaşananlardan sonra bugünün nasıl olacağını oldukça merak ediyordum. Artık üçüncü değildim. Dün onlara açıkça artık arkadaşları olmadığımı söylemiştim. Telefonumu sabah açmıştım ama Henry dışında kimseden bir çağrı ya da mesaj görmemiştim.

"Hayır," dedi Ashley arabayı çalıştırıp. "Sadece antrenmana katılacağım bugün, yalnız gideceğime birkaç saat erken gidip seni de alayım dedim." Yeniden gülümsedi. Birkaç saat mi? Neredeyse beş saat... Ona doğru başımı sallayıp dirseğimi cama yasladım.

Ayaklarım ve tüm hücrelerim geri geri gidiyordu, dün büyük bir sinir krizi anı yaşamıştım ve onlara bazı söylenmemesi gereken sözler söylemiştim. Haksız olduğum için değil, böyle bir gerilimin parçası olduğum için rahatsız hissediyordum. Bana kalsa onlardan uzaklaşacaksam da bunu yavaş yavaş yapmayı tercih ederdim. Ama işler benim kontrolümden çıkmıştı. Şimdi onlarla nasıl yüz yüze geleceğimi düşünüp mide kramplarımı tetikleyip duruyordum.

"İnsanlar senin gruptan ayrıldığını söylüyor." Ashley çekingen bir şekilde yandan bana doğru baktı. "Dün olanları duydun mu? Dylan bir süreliğine tutuklanmış. Babam anlattı."

"Duydum." Başparmağımı dişlerimin arasına sıkıştırıp dirseğimi dizime yasladım. Gözlerim açık gökyüzünü seyrediyordu. Bu hissi özlemiştim. Güneşin üzerime düşüp saçlarımı okşamasını.

"Gruptan ayrıldın mı peki?"

"Onun gibi bir şey."

"Bence yeni grup kurmalısın."

İlk defa şaşırarak ona doğru baktım. "Ne?"

"Sen oldukça popülersin," diye omuz silkti Ashley. "Onlara çok da ihtiyacın yok. Okuldaki bütün erkekler senin peşinde bu sana istediğin her şeyi yapma hakkı verir."

Gözlerimi devirdim. "Erkekleri fazla önemsiyorsunuz."

"Grupları önemsiyoruz. Grubun olursa daha güçlü durursun."

"Grupları da fazla önemsiyorsunuz."

"Yine de bir grup kurmalısın."

"Ve o gruba seni mi almalıyım?" Elimde olmadan güldüm.

"Ben iyi bir seçeceğim ve bir de Sasha."

Ona doğru dönerek hayretle baktım. "Sasha mı? Takımdaki yerimi almak isteyen Sasha."

"Eğer grubuna alırsan onu istediğin gibi yönetirsin."

"Öyle bir şey olmayacak."

"O zaman yenilmiş görünürsün!" diye şikâyet etti.

"Ashley," diye uyardım. "İnsanların hakkımda ne dediğini önemsiyor muyum sence? Zaten hakkımda söylemedikleri ne var ki?"

"Evet ama," dedi okul yoluna dönmek için taş köprüden geçerken. "Onların çoğunu seni kıskandıkları için söylüyorlardı. Senin yerinde olmak istedikleri için. Şimdiyse sen gruptan ayrılmış gibi değil, atılmış gibi görünüyorsun. Kylie senden her şeyini almış gibi görünüyor."

"Öyle bir şey yok."

"Fotoğraflar öyle söylemiyor."

Bıkkın bir nefes verdim.

"Her şeyin bir açıklaması vardır."

"Yani şimdi yine onların yanına gidip oturacak mısın?"

"Hayır ama..." Duraksadım.

"Bak, gördün mü? Gidip kafeteryada tek başına bir masaya oturmak eziklerin yapacağı türden bir şeydir." Yoldan gözlerini alıp bana doğru çevirdi. "Güven bana, bir yıldır tek başıma oturduğum için biliyorum."

"Ben olayın öyle olduğunu düşünmüyorum." Bu gerçekten şaşkınlık vericiydi. Bazı kişisel sırlarımızdan dolayı dostluğumuzun çok sağlam olmadığını biliyordum ama biz hiçbir zaman bu tarz şeyler gütmezdik, arkadaşlığımızda bir çıkar yoktu. Sadece en başından beri birlikteydik. "Şimdi gidip bir masaya tek başıma oturmak beni başka biri yapmayacak, aynı kişi olacağım."

"Sosyal hayatta değil," diye itiraz etti yeniden. "Gerçekte öyle ama onlar sana öyle bakmayacak. Daha çok şeyle uğraşmak zorunda kalacaksın."

"Grup yok Ashley," dedim kaşlarımı kaldırarak son kez. "İnsanları umursamak yok. Gerçek ezik kimlere denir biliyor musun?" Arabayı durdurduğunda gözlerim otoparktaki kalabalığa takıldı. "İnsanların düşüncelerine göre hareket edenlere."

Herkes güneşin tadını çıkarıyordu yine anlaşılan. Arabadan inmeden önce bakışlarımı etrafta gezdirdim ve bu esnada kalbimin yavaş yavaş hızlandığını fark ettim. Ön bahçede veya otoparkta görünmüyorlardı bu da ders saatime henüz on beş dakika olduğu için beni geriyordu.

Ashley el frenini indirdi. "Kafeteryaya gidiyor musun?" Bana şüpheyle bakarken arabadan indim.

"Elbette." Yeleği omzuma taktığım çantanın ipleri arasına sıkıştırıp yürümeye koyuldum.

Bugün benim için zor bir gündü çünkü herkes bir kez de olsa dönüp bana bakıyordu. Dün pek çok şey olmuştu. Önce anne diye sayıkladığım zavallı bir video tüm okulun duyabileceği şekilde anons edilmişti, insanlar bu yüzden ağladığımı görmüştü ve bir buçuk yıl öncesinde kalan dillere destan aşkım Dylan benim için yine bir çocuğu öldüresiye dövmüştü. Bu arada en yakın arkadaşım ve Dylan hakkındaki söylentiler alıp başını gitmişken bir de dedektiften vurulmuştum. İnsanlar son zamanlarda onunla benim hakkımda konuşuyordu ve bunun üzerine dün bu otoparkta arkadaşımla birkaç kişinin gözünün önünde birbirimize girmiştik. Büyük bir kavga değildi belki ama bizim yaptığımız küçük tartışmalar bile onlar için büyüktü, özellikle de dışarında bir erkek için kavga ediyor gibi göründüğümüzde... ama nihayetinde artık ne bok yediği belli olmayan bir avuç insandan ibarettik. Aslına bakılırsa alın benden de o kadar sayın öğrenciler. Alın benden de o kadar.

Yine de başım dik bir şekilde kulaklığımı takarak kafeteryaya doğru yürüdüm. Ashley biraz gerimde sanki beni takip ediyormuş gibi adımlarımı izliyordu. Kapıdan içeriye girdiğimde kalp atışlarım maksimum seviyeye ulaştı. Dışlanmış ve yalnız kalmış ve rezil olmuş hissediyordum ama öyle hissetmem, öyle davranacağım anlamına gelmiyordu. Sabah uyanmış ve yatağımın içinde bir saat tavanı izlemiştim. Bu anı düşünerek. Gözlerimi kapatmış ve içimden saymıştım. Bu an da bitecek. Bugün de geride kalacak. Bütün bunlar sona erecek. Artık yanlarına oturacağın bir arkadaş grubun yok, ne olmuş yani, dünyada insanlar açlıktan ölüyor. Nefes al, olan oldu, yara açıldı, bırak kanasın ve iyileşsin. Sonunda iyileşir.

Vücudundaki onlarca izden biliyorsun, yaralar kabuk bağlar Ansel.

"Peynirli bir sandviçle filtre kahve alabilir miyim lütfen?" Siparişimi vermek için çıkardığım kulaklığı boynumdan dolayarak omzumdan aşağı sallandırdım. Bir ayağımla kulağımda çalan şarkıya eşlik ederken gözlerim öylesine dolanıyormuş gibi kafeteryanın içinde dolandı. Pencerenin önünde daima oturduğumuz masada rastladım onlara. Maddie büyük yeşil gözlerini kocaman açmış bana bakıyor ve ağlayacakmış gibi duruyordu. Matthew yanındaydı, onun yanında da bana bakmayan, tam karşısında oturan Kylie ile masaya gömülüp muhtemelen bir soruyu çözen Dylan oturuyordu. Dört kişiler, muhteşem bir tablo.

"Kahveniz hazır."

Sesle birlikte başımı çevirip kadına teşekkür ederek karton bardaktaki kahvemi ve küçük bir tabağın içine bırakılmış sandviçimi aldım.

"Masaya gitmeyecek mi?" diye fısıldadı biri başka birine.

"Her zaman masaya otururlar," dedi bir başka biri.

Herkes o masaya gideceğimden emindi çünkü o bizim yuvarlak masamızdı. Tartışabilir, kızabilir, kırılabilirdik ama ertesi gün ne olursa olsun o masaya gidip otururduk. O sadece bir masa değildi. Ama belki de bizi bir arada tutan şey fazla anlam yüklediğimiz bir masaydı.

Fazla seçeneğim yoktu ve kalbim daha da hızlanarak, yüzüm ısınarak gerilimimi artırmaya devam ediyordu. Onlara çapraz kalan bir masaya sırtım onlara olabildiğince dönük bir şekilde oturdum. Yanımdaki boş sandalyeye bacaklarımı uzatıp bir ayağımı diğerinin üzerine attım. Eteğim hareketimle birlikte biraz daha yukarıya kaydı ama umursamadan kulaklığımı yeniden kulaklarıma geçirdim. Teslim etmem gereken ve birkaç gün önce kendimi eve kapatıp yaptığım proje ödevimi çıkarıp bir yandan sandviçi yerken bir yandan da meşgul olmak için konuları kontrol ediyordum.

Ashley bir noktada peşimden ayrılmıştı ama burada olsa ona *bak, gördün mü, o kadar da zor değil,* derdim. İnsanların sana nasıl baktığının bir önemi yok. Şu an bana da bakıyorlar ama onlar benim hayatım hakkında, benim hakkımda ne biliyorlar ki? Dışarıdan görüp sadece tahmin ettikleri kadarını belki çoğu da uydurma olan zırvaları... Hiçbir şey bilmeyen insanların benimle ilgili ne düşündüğü neden umurumda olsun ki. Üstesinden gelemeyeceğim bir acı değil bu, bir kesiğe bile değmeyecek kadar kolay baş etmesi.

Birisi ayaklarımı hareket ettirene kadar tamamen odaklanmıştım. Afallayarak başımı kaldırdığımda bana çarpık bir şekilde gülümseyen Dylan'ın gri mavi bakışları ile karşılaştım. Biraz önce ayaklarımın olduğu sandalyeye oturmuş bacaklarımı da kendi dizlerine koymuştu.

"Buradan bakınca çok seksi görünüyorsun." Bir dergi kapağında yer edinecek bir gülümsemesi vardı.

"Buradan bakınca da üçlü yapıyoruz gibi görünüyor." Dosyanın bir sayfasını çevirirken kendi halimize güldüm. Biraz önce Kylie'nin yanında oturuyordu ve şimdi benim masamdaydı. İnsanların ne düşündüğü umurumda değildi ama onlara da yazıktı bir noktada, izleyen olsam bu embesiller ne yapıyor diye yirmi dört saat Instagram *stalk*lardım.

Dylan herkes bize bakmıyormuş gibi bir kahkaha attı. "Cazip bir teklif olduğunu söyleyemem," dedi. "Ama seni paylaşmayı sevmediğimi biliyorsun."

Esprilerin arasına bile serpiştirdiği o güzel tehditleri... Bazen uyluklarımı ısıtıyordu.

"Sabah sabah yine Romeo'yu aratmıyorsun, şiir gibi sözlerin."

"O oyunun en sevdiğim kısmı neresi biliyor musun?" Sandalyesini bana doğru yaklaştırırken bacaklarımı tuttu. Daha yakınıma geldiğinde önümdeki kağıtlardan bakışlarımı kaldırmadım ama o flörtüz bir şekilde saçlarımla oynamaya başladı.

"Juliet'in öldüğü kısım mı, yoksa Romeo'nun mu?" Alayla bakışlarımı ona doğru kaldırdım ama kafeteryanın girişinde Dedektif Christopher'ın gözleriyle karşılaştım. Kapının önünde Kylie ve Maddie ile konuşuyordu ama gözleri üzerimizdeydi.

"Hayır, Angie." Dylan keyifle kulağıma doğru eğilip fısıldadı. Onun burada olduğunu biliyordu. "Romeo'nun geri döndüğü, Paris'in yenildiği sahne."

Christopher bakışlarını ona bir şey anlatan Maddie'ye çevirdi. Yanlış bir şey yapıyormuşum gibi garip bir huzursuzluk çarptı sırtımdan ama ne doğruydu ki? Bu kasabada olan, etrafımda olan, içinde bulunduğum hiçbir şey doğru değildi. Kulaklarımı tıkayıp ödevimi okumaya devam ettim.

"Peki, ya Romeo sen değilsen?" diye fısıldadım sadece Dylan'ın duyabileceği şekilde. "Ya sen yenilirsen?"

"O zaman Juliet öldüğüme emin olsa iyi olur."

"Çantamda bir levye olacaktı," dedim imayla. "Neden bakmıyorsun." Dylan bunun üzerine sessizce gülümsedi. Romeo Paris'i, Juliet'in mezarını ziyaret ettiğinde bir levyeyle öldürmüştü. Ama ben hiçbir zaman bir Shakespeare oyunu kadar dramatik ve Juliet kadar aptal olmamıştım.

"Derse gitmem gerekiyor." Saatimi kontrol ettikten sonra kahve bardağımı alıp çantamı yeniden omzuma attım.

"İyi dersler meleğim," diye seslendi arkamdan herkesin duyabileceği şekilde. Bir şey demeden yürümeye devam ettim. Kapının tam önünde konuştukları için üçü ile kafa kafaya geldim ama hiçbirinin yüzüne bakmadığım için sessizliğimi bir izin olarak algılayıp kapının önünden çekildiler. Dışarıya çıkıp nefes alışıma odaklanmaya çalıştım.

Kanasın Ansel, kanasın. İyileşecek. Acıtan kısım bitti. Yara açıldı, sadece sarılması gerek.

***

Amfi neredeyse boştu. Kendime her zaman olduğu gibi ön sıradan değil arka taraftan kuytu bir yer seçip bütün çirkin bakışlardan uzaklaşmayı denedim. İçerisi yavaş yavaş dolarken kimseyle göz göze gelmemek için yine kulaklığımı takmış notlarımın üzerinden geçiyordum. Böyle giderse benim de Kylie'den alacağım şey okul birinciliği olacaktı. Elimde ders çalışmak dışında bir şey kaldığı söylenemezdi.

Profesör içeriye girdiğinde kulaklığımı çıkarıp müziği kapatmak için telefona uzandım. Salon yarı yarıya dolmuştu ve arkadan onların ön sıradaki bedenlerini rahatça görebiliyordum. Maddie arada sırada arkasını dönüp kaçamak bakışlar atıyordu ama muhtemelen Dylan onu yanıma gelmemesi için tembihlemişti. Bunu istemediğimi, yalnız kalmaya ihtiyacım olduğunu biliyordu.

Telefonumdaki bildirimi açıp bir kez daha ürperdim.

"Ne zaman benimsin desem karşıma yeni bir engel çıkarıyorsun, öyle değil mi meleğim?"

Mesaj aynı bilinmeyen numaradan gelmişti. Bu defa kullandığı kelime iliklerime kadar sarsılmama neden oldu. Bu sözcüğü sadece Dylan'dan duymaya alışkındım. Psikopat katil beni gerçekten takip ediyor olmalıydı. Dün gece olanları biliyor muydu? Dedektif Christopher telefondan sesimi duyamayacağını, sadece kiminle konuştuğumu görebileceğini söylemişti ama bu yine de huzursuz ediciydi. Bir yanım bir an için rahatsız hissetse de Dylan ile karşılaşırsa katile acırdım muhtemelen. Yine de bir anlığına... Hayır, boğazım düğümlenmiş, göğüs kafesim kurumuş gibi hissettim.

"Beni istiyorsan, gel de al." Düşünmeden yazdığım mesajı hızlı bir şekilde gönderdim.

"Ne istediğine dikkat et meleğim."

"Bana öyle söyleme."

"Benimle buluşmaya hazır mısın?"

"Sen hastasın."

"Henüz hazır değilsin."

"Hiçbir zaman da olmayacağım."

"Olacaksın. Sen geleceksin benim ayaklarıma. Etrafındakileri temizlediğim için teşekkür edeceksin. Daha fazlasını yapmamı isteyeceksin."

Son mesajla birlikte tamamen sarsılıp ayağa kalktım. Birkaç kişinin bakışları bana doğru döndü ama umurumda değildi. Eşyalarımı toplayıp sınıfın ön kısmına doğru ilerdim.

"Affedersiniz," dedim konu anlatımı yapmaya başlayan profesöre. "Benim çıkmam lazım." Bedenim titriyordu, yüzüne bakmadan ya da adamın bir cevap vermesini beklemeden kendimi kapının dışına attım. Koridordan koşarak merdivenlerden aşağıya indim. Okulun bahçesine çıktığımda gözlerim dedektifin arabasını arıyordu ama ders başlayalı on dakika olmuştu, onun da kızların peşinden okuldan ayrıldığını düşündüm.

Bahçenin ortasında öylece kaldım. Bir yanım Dylan'a doğru gitmek istiyordu, ona her şeyi anlatmayı ve dikkatli olması gerektiğini söylemeyi; ama bunu yaparsam onu daha fazla kışkırtırdım. Onu katilin üzerine salardım. Biliyordum, peşine düşeceğini biliyordum. Ve karşı karşıya gelmelerinden deli gibi korkuyordum. Dylan sağduyulu biri değildi. Onun birini öldürmesini istemiyordum. Bu onu mahvederdi. İyileşme şansı varsa bile birinin kalbi onun ellerinde durduğunda o şansı kaybederdi.

Tam o anda kafeteryanın penceresinden göz göze geldik. Beni görünce dışarıya çıktı. Bana doğru gelirken aklımdan bir sürü şey geçiyordu ama hepsi bir anda silinip gitti.

"Angie," dedi kaygıyla kaşlarını çatarak. "Her şey yolunda mı?"

Ona doğru atıldım, parmak uçlarımda uzanıp kollarımı boynuna sardım. Bir an duraksar gibi oldu ama onun kolları da sıkı sıkı benim etrafıma dolandı. Bir başkası olsa yatıştırmak için sırtımı okşardı ama o olabildiğince sıkı sarıldı bana. Varlığını hissettirmek için. Kollarının arasında olduğumu hissettirmek için.

"Ben buradayım meleğim," diye fısıldadı. Kelime ilk defa midemi bulandıracak gibi oldu. Rahatsızca geriye çekildim. "Sorun ne Ansel?" Ellerini yüzümün iki yanına yerleştirdi.

"Peşimde olduğunu biliyorsun değil mi?" diye sordum. "Katilin benim peşimde olduğunu biliyorsun."

"Sana yaklaşmayacak," dedi kesin bir dille. Sözsüz bir emirdi bu.

"Ya sana yaklaşırsa?" Soru yeniden nabzımın hızlanmasına neden oldu. Yüzündeki ifade söylediğim şeyle birlikte dağıldı. Çatık kaşları şaşkınlıkla alnında havalandı. Asılmış dudakları beceriksiz bir gülümsemeyle kıvrıldı.

"Bunun için mi korkuyorsun?" Beni yeniden kendine doğru çekip saçlarımın üzerinden sertçe öptü. "Umarım yaklaşır meleğim," diye fısıldadı. "Umarım yaklaşır."

Yeniden rahatsızca geriye çekildim. "Hayır," dedim net bir şekilde. "Hayır Dylan, ona bulaşmanı istemiyorum. Bu işe bulaşmanı istemiyorum."

"Sana bulaştığında ben de bu işe bulaştım."

Alay eden tavrı sinirlerime dokunuyordu.

"Bu oyun değil."

"Kesinlikle değil," diye onayladı. "Benim olanı istiyor, bunun üzerine oynamam." Elini omuzlarıma koyup telkin etmek ister gibi sakince ve tane tane konuştu.

"Büyü artık." Kollarını omuzumdan ittim. "Bela istemiyorum Dylan. Başını belaya sokmanı da istemiyorum." Bunun boktan bir erkek savaşına dönmesini de istemiyorum. *Bunu halledecek sağduyuya sahip kişi sen değilsin.*

"Bu yüzden mi dersten çıktın?" diye sordu gözlerini kısarak. "Koşup bana sarılmak için mi?" Yeniden aklımı başımdan alan o yamuk gülümsemesini takındı.

"Ders sıkıcı," dedim baştan savar gibi. Aslında bulmayı beklediğim kişi dedektifti ama bunu da sana söyleyemem. Hayatımda doğru düzgün her şeyi anlatabileceğim kimsenin olmaması tırnaklarımı kemirmeme neden oluyordu. "Gidip biraz antrenman yapacağım."

"Orada kimse yoktur."

"Daha iyi." Yürümeye başladığımda adımlarını kolayca bana yetiştirdi.

"O halde gidip biraz soyunma odasını yâd edelim." Kolunu omzuma atıp güldü. Bugün havası tamamen değişmişti. Etrafına neşe saçmasının dünle ya da dün geceyle ilgili olup olmadığını merak ediyordum. İkimizin de yeniden aynı büyüye kapılması ürkütücüydü ama kolunun etrafıma dolanmasını seviyordum.

Yan yana yürürken "Söylesene," dedim. "Dün gece nereye kayboldun?" Elleri cebinde merdivenleri çıkarken yukarıdan bana bakıp pis pis gülümsedi. Piç kurusu.

"Merak mı ettin?"

"Belki."

Asıl tuhafı onunla yeniden okul koridorlarında yürümenin, hareket etmenin doğallığıydı. Bir buçuk yıl hiç geçmemiş gibi.

"Yalnız kalmaya ihtiyacın vardı. Dün oldukça zor ve uzun bir gündü."

"Bunun için mi?"

"Evet, endişelenme kimse seni rahatsız etmeyecek. Bunu sağlayacağım." Birden durdu. "Hoşlanmadığın birileri var mı?"

Bunu ciddi bir şekilde sormuştu, hoşlandığım insanlar Dylan'ın ilgisini çekerdi ama hoşlanmadıklarımı özellikle bilmek isterdi. Bu hep böyle olmuştu.

Omuz silkip konuyu değiştirdim.

"Okulun ne durumda?" Bunu ona hiç sormadığımı fark ettim, geldiğinden beri onunla doğru düzgün hiçbir konuşmamızın olmadığını da ama aslında olabilirdi. Ona yaklaşmaktan ve her şeyin eskiye dönmesinden o kadar korkuyordum ki ona şans vermiyordum bile. Ama şimdi yanımda yürürken, hareket ettikçe kollarımız birbirine çarparken, normal bir şeyler hakkında konuşurken onda korkulacak bir şey yoktu. Elinden tutup omzuna yaslanabileceğim kadar güvenli görünüyordu. Özlediğim bir çocukluk anısına benziyordu.

"Dondurdum," diye sakince açıkladı. "Harvard sadece zeki öğrencileri değil, aynı zamanda parası olanları seviyor."

"Burslu gittiğini sanıyordum." Sarmaşık birliği üniversitelerinden birine girmesi sürpriz değildi. Zekâsı insan standartlarının üzerindeydi. Böyle insanların hep doğuştan buna sahip olduğunu çünkü yaşayacakları bok gibi hayatlarda güçlü kalmaları gerektiğini düşünürdüm eskiden. Dylan'ın babası o çok küçükken hapishaneye girmişti, hangi eyalette olduğunu o da dahil kimse bilmiyordu, onun hayatını benden başka bilen pek kimse de yoktu. Benim babama olan sevgim kendime zarar vermeme neden olmuştu, onun babasına olan nefreti başkalarına zarar vermesine. Annesi başkasıyla evlenmişti. Bir koruyucu ailenin yanında büyümüştü ama sadece ben, onu o evde devletin sağladığı parayı almak için tuttuklarını biliyordum. Yasal bile değildi ve Dylan reşit olana kadar bu yüzden çok fazla sorun yaşamışlardı.

Basamaklarda durup eskiden kalma bir alışkanlıkla gülümsedi. Bakışlarını tavana çevirip düşündü, dilini dudağının üzerinde gezdirip yeniden bana döndü. "İnsanlar onlar gibi savaşmadığın zaman seni ordudan bile atarlar," dedi. "İhtiyacı olan insanlara yardım ettiklerini iddia ediyorlar ama bir dönem tökezlediğinde bursunu kesiyorlar. Yardım anlayışları sadece it gibi çalıştığın zaman aldığın yüksek puanlar."

"Dylan..." Kaşlarımı çattım parmaklarına tutunarak. "Senin onlar kadar çalışman gerekmez. Hiçbir zaman gerekmedi."

"Birkaç sınavı kaçırdım." Omuz silkti. "Zaten sıkılmıştım, dondurdum bir dönem." Merdiven basamaklarını yeniden çıkmaya başladı. Kızların soyunma odasına geldiğimizde yeniden ona dokundum ve bu git gide alışabileceğim bir şeymiş gibi geldi. "Sıkılma," dedim mahzun bir tavırla. "Sen çok iyi bir doktor olacaksın." Belki de hiç olmadığım kadar samimiydim. "Sen burada olmadığın zamanlar bu beni gülümseten bir hayaldi. Bir gün seninle yeniden karşılaşırsam bunun bir hastane koridorunda olacağına emindim."

Gücenmiş bir şekilde yüzünü astı. "İyi bir doktor mu?" Aheste aheste güldü. "O halde seni niye kurtaramadım?" Soyunma odasının kapısını açıp kenara çekildi.

İçime bıraktığı kara bulutla içeriye girdim, aklım söylediklerine o kadar takılmıştı ki dolabın önünde öylece duran Anna'yı uyukluyor sandım bir an için. Başı ahşap oturağa düşmüştü ve kapının aralığından kim baksa onun biraz dinlendiğini düşünebilirdi ama bir ses, anımsadığım ve hafızamın kara deliğini açan bir ses tamamen dikkatimi dağıttı. Yavaş ve korkak adımlarla ona doğru yaklaştım.

Bir çığlık. Vermem gereken makul tepki buydu ama yapamadım.

"Dylan," diye fısıldadım boğazım yırtılıyormuş gibi.

Kara delik beni içine doğru çekti.

"Dylan," diye fısıldadım geçmişin rutubet kokulu izlerinde.

"Dylan," dedim. "Dylan bileği!"

"Dylan," diye fısıldadım gözlerim kararırken. "Dylan, bileğim."

Kapı açıldı, duyduğu sesim miydi yoksa dizlerinin üzerine düşen bedenimin ve zemine çarpan çantamın bıraktığı tok ses mi?

"Ansel," diye seslendi. Gözleri bakıp donakaldığım yeri takip etti. Saçları yüzüne örtünmüştü, kesilmiş bileğinden akan kan zeminde küçük bir kan göleti oluşturmuştu, yere damla damla rahatsız edici bir ses çıkararak düşen bir kan gölü.

"Kahretsin!" Dylan bu defa benim aksime duraksamadan bir şey yaptı. Üzerinden tişörtünü çıkarıp onun bileğine doladı ve havada duracak şekilde kaldırdı. Bir yandan telefonuyla yardım çağırmaya çalışırken "Bir daha olmayacak," diye bağırdı. "Topla kendini."

"Dylan, bir şeyler yap."

"Kendine gel." Telefonunu kenara bıraktı. Kafamın içinde karanlık bir oda yanıp sönmeye başladı. *Sırt üstü uzanmıştım. O deri koltukta oturuyor ve dönüyordu. Kıkırdıyordu. Sarhoştuk. Saçlarını omuzlarından aşağıya savuruyordu. Ben bir hata yapıyordum. Ben hata yapıyordum. Ve ilk kez ölüme bu kadar yaklaşıyordum. Bıçağın nasıl soğuk ve keskin hissettirdiğini hatırlıyordum. Dylan'ın hoparlördeki sesini.*

Sağlık görevlileri Anna'yı sedyeye taşırken Dylan onlara neler olduğunu anlatıyordu. Görevli ona iyi iş çıkardığıyla ilgili bir şeyler söyledi. Dylan tıp öğrencisi olduğundan bahsetti. Soğukkanlılıkla her soruyu kusursuz bir şekilde cevapladı. Bunu daha önce yaptığını anlatmadı. Bunu daha önce bir kez yapamadığını da anlatmadı.

Anna'yı bulanın ben olduğumu, şokta olduğumu söyledi. Tüm bu süre boyunca hemen dibinde, kolunun altındaydım. Ayakta durmaya çalışıyor ve olanları takip ediyordum. Herkes okul bahçesine toplanmaya başladı. Maddie'nin babası Anna'nın ailesine haber vereceklerini söylüyordu. Ambulans bahçeden ayrıldığında bir polis memuru yanımıza gelip olanları anlatmamızı istedi. Dylan aynı şeyleri tekrar tekrar hiçbir kelimeyi atlamadan onlara da anlattı. Sadece başımı salladım. Evet, öyle oldu.

Bu defa öyle oldu.

Herkes gittiğinde kolumu ondan kurtardım. Oradan uzaklaşmam gerekiyordu. Ondan uzaklaşmam gerekiyordu. Bir arada olduğumuzda bu oluyordu. Bir arada olduğumuzda biri ölüyordu. Bir arada olduğumuzda birine yetişemiyorduk.

"Ansel," diye yakaladı kolumdan. "Ne halt ediyorsun?"

"Bırak!" Kolumu hırsla kendime çektim. Gözleri etrafa baktı. Otoparkta arabaların arasındaydık ve herkes neler olduğunu öğrenmeye çalışmakla meşguldü.

"İkimiz de yeterince acı çektik." Ellerini sakin olmaya çalışarak avuçlarını birbirine yapıştırıp parmaklarını çenesine bastırdı. "Cezamızı çektik!" dedi daha kısık bir sesle.

"Cezamızı çektik mi?" Sinirden gözümden bir yaş geldi. "Biri öldü Dylan," diye fısıldadım. "Bizim yüzümüzden biri öldü."

"Bu geçmişte kaldı."

"Hayır!" Çantamı omzuma attım. "Sen geçmişte kaldın. Biz geçmişte kaldık." Kalmalıydık. *Kalmalıydık.* Hepsi geçmişte kalmalıydı. Zihnim bulanıyordu. Şu an ve artık burada olmayan her şey birbiriyle yarışıyordu. Geçmiş şimdiki zamanıma kafa tutuyordu.

"Düzgün düşünemiyorsun." Kollarımı beni sakinleştirmek ister gibi sarsıyordu. "Bu birçok şey olabilir."

"Sen etrafımda olduğun zaman hiçbir zaman düzgün düşünemiyorum."

"Bunu bana yapma artık!" Birden kollarımı bırakıp bağırdı. "Yeter, usandım. Oldu ve üzerinden yıllar geçti!"

"Hiç üzüldün mü ki?" diye soludum ona inanamayarak. "Hiç pişman oldun mu? Acı çektin mi Dylan?"

"Acı çekmekten bahsetme!" İşaret parmağını öfkeyle bana doğru kaldırdı. "Bana sakın acı çekmekten bahsetme Ansel." Burnuma kadar yaklaşıp dişlerini sıktı. "Ne kadar acı çektiğimi biliyorsun. Karşıma geçip ben bedel ödememişim gibi davranma."

"Sen buna bedel mi diyorsun!"

"Ansel," diye seslendi arkamdan ama adımlarımı yavaşlatmadım. Bir an önce buradan çıkmak istiyordum ama herkes her yerdeydi. Polis memurları öğrencilerle konuşuyor, insanlar otobüs durağına doğru gruplar halinde ilerliyordu. Şüphesiz ki dedektifler de birazdan burada olacaktı ve bu halde onun karşısına çıkarsam oyundan çıkmak zorunda kalacaktım. Arabaların arasında tanıdık bir yüz görünce daha hızlı yürümeye koyuldum.

"Chris," diye seslendim. Onunla en son ne zaman konuştuğumu bile hatırlamıyordum ama şu an arabasına biniyordu ve en iyi seçeneğimin bu olduğunu düşündüm. Bir kez olsun şanslı olduğumu. Gözleri bana döndü, bir an geri adım atma ihtiyacı hissettim. Bakışlarında yolunda olmayan bir şeyler vardı. Öfke, kin, hüzün, belki hepsi. İstemsizce kaşlarımı çattım ve duraksadım.

"Ansel." Yutkundu ve gülümsedi. "Seni görmeyi beklemiyordum."

Belki de değişken ruh halim artık insanların gözünden bile bir ayna gibi yansıyordu.

"Affedersin." Ensemi kaşırken ona seslendiğim için pişman olmuştum bile. "Ben sadece, her yer çok kalabalık. Beni merkeze bırakabilir misin diye sormak istedim. Yani oraya gitmiyorsan sorun değil..."

Bir şeyi hesaplar gibi gözlerini kıstı ve dudaklarını birbirine bastırıp ağır ağır başını salladı.

"Binsene."

Çantamı kucağıma alıp yolcu koltuğuna yerleştim. Saçlarımı önüme düşürüp mümkün olduğunca kendimi gizlemeye çalışıyordum. Okuldan çıkana kadar nefesimi tuttum. Camdan kimseyle göz göze gelmemeye çalıştım. Orada neler olduğunu bilmiyordum. Ama geçmişte neler olduğunu biliyordum.

"İyi görünmüyorsun."

"Kötü bir gün," diye nefes verdim. Benimle konuştuğunu bile geç fark etmiştim ama böyle bir günde söylenecek en saçma şey iyi görünmediğimdi şüphesiz. Her şeyi geride bırakırsak bile okulda takımdan bir kız daha ölmüştü. Tanrım, kimse iyi olmamalıydı.

"Sarsılmış olmalısın." Silecekleri çalıştırıp yolu daha iyi görmek için gözlerini kıstı ama bana bakmayı da ihmal etmiyordu.

"Sen sarsılmadın mı?" Kaşlarımı çattım. "Birisi öldü. Bu korkunç bir şey."

"Haklısın. Ben sadece dikkatimi dağıtmakta, kötü şeylerin üstesinden gelmekte oldukça iyiyimdir." Yumuşak bir nezaketle sarf etti sözleri. Onu en son Kylie'nin partisinde gördüğümü hatırladım. Neredeyse iyi vakit geçiriyorduk ama sonra terasa çıkmıştık ve Dylan gelmişti.

"Bunu ben de yapabilmek isterdim," diye mırıldandım gayriihtiyari. Kötü şeylerin üstesinden gelme biçimim genelde daha kötü sonuçlara yol açıyordu ama sanırım herkes elinde ne varsa onunla yetinmek zorundaydı.

"Pekâlâ, o halde dikkatini dağıtalım."

"Bunun mümkün olduğunu sanmıyorum."

"Hımm..." Sevimli bir şekilde gülümsedi. "Geçenlerde sana ulaşmaya çalışıyordum ama telefon numaran bende yoktu."

"Öyle mi, neden beni arıyordun?" Hava sabah güneşliydi ama Ophelia Valley her zaman dengesiz hava durumuyla bilinen bir kasaba olmuştu. Bu eyalette bulutlar tıpkı eski sevgiliniz gibi ansızın ortaya çıkabiliyordu.

"Ansel, bu numaranı isteme taktiğimdi."

"Ah!" dedim gerçekten anlamamıştım ve açıkçası onunla uğraşmak istemiyordum ama beni bırakmasını istedikten sonra ona telefon numaramı vermemek için nasıl bir bahane uyduracağımı da bilmiyordum.

"Bana sen yazar mısın," dedi. "Ellerim dolu." Direksiyonu işaret edince kendimi zorlayarak güldüm. Telefonu çantamdan çıkarırken parmaklarım hâlâ titriyordu. Başka bir mesaj daha göreceğim korkusu içimi yiyip bitirmek üzereydi. Christopher eminim benimle konuşmak isteyecekti ve ne diyeceğimi bilmiyordum. Doğrudan onu aramadığım ve olayın ardından hemen okuldan kaçtığım için muhtemelen beni yine azarlayacaktı. Kahretsin.

"Ve şöyle bir şey olsun, hey Chris görüşebilir miyiz? Ya da Chris neden bugün birlikte bir yemek yemiyoruz? Chris bu gece benimle çıkar mısın?" Sesini incelterek sanırım benim taklidimi yapmaya çalışıyordu. Tanrım, ciddi misin. *Sadece neden çeneni kapatmıyorsun* yazsam nasıl olurdu acaba... Normalde onu tatlı bulduğumu hatırlıyordum ama şu an gerçekten biriyle flört etmek için doğru an mıydı...

O kadar hevesli bakıyordu ki bir şey söylemem gerektiğini düşündüm. "Bunlarda bunları sorma taktiğin mi?"

"Cevabını mesajlardan birini seçerek verebilirsin."

"Ah, pekâlâ. O halde Merhaba Chris, görüşelim mi? Oldu mu?" Daha fazla uzatmaması için saçma sapan mesajı yazıp numarasını söylemesini bekledim. Nihayet mesajı gönderip telefonu çantama tıktım. İstediğim tek şey yalnız kalmak ve biraz ağlamaktı. Yüzleşmek ve biraz daha vicdan azabı çekmek. Belki biraz sarhoş olmak ve birkaç yeni yara açmak. Sonra zorunlu hayatıma geri dönüp bu saçmalıkları sürdürecektim. Sadece on dakika istemiştim. Keşke insanların yüzüne bakıp *on dakika* diyebilsem ve o süre boyunca benimle hiç konuşmasalar ve bu normal bir şey olsaydı.

Memnun olmuş bir şekilde "Bugün benim için her şeyi ne kadar da kolaylaştırıyorsun," dedi.

"Anlamadım."

"Seni nereye bırakmamı istersin?"

Bir süre düşündüm. Onun arabasına binmek sandığım kadar iyi bir fikir değildi ve açıkçası eve kadar onu çekebileceğimi düşünmüyordum. Birkaç soru daha sorarsa onu öldürmek zorunda kalabilirdim ve direksiyonu kırmak şu an için dünyanın en mantıklı fikriymiş geliyordu.

"Sadece merkezde bir yere bırak," diye mırıldandım çantamı daha çok sıkarak. Git gide daha da köşeye sıkışıyordum ve gözlerim istemsizce bileğimdeki o silik beyaz ize kayıyordu. Neredeyse görünmüyordu. Dikkatli bakmayan gözlerden kaçardı. Sırf o yarayı kapatmak için medikal kremlere yüzlerce dolar ödemiştim ama yine de hayalet beyaz leke orada bana bakıp duruyordu. Sonunda onunla savaşmayı bırakmıştım. Ne zaman koşarak iblisime gitmek istesem o beyaz leke bir çift uyarıcı göz gibi beni dürtüyor ve engel oluyordu. Yaralar, benim emniyet kemerimdi. Durmam gereken yeri söylüyorlar, daha ileriye gitmeme engel oluyorlardı.

"Anlaşılan gerçekten kötü bir gün." Göz ucuyla bana bakıp yeniden yola döndü. "Şuna ne dersin, Perili Köşkte bir partiye gidiyordum. Kafa çocuklar var ve kafa dağıtmak için harika bir ortam."

"İyi bir fikir olduğunu sanmıyorum."

"Hadi ama," dedi. "Ben de iyi bir gün geçirmiyorum. Ve sen sürekli beni reddediyorsun."

"Gerçekten bugün iyi hissetmiyorum."

"Ansel benden gerçekten kurtulmaya çalıştığını düşünmeye başladım."

Ne hoş, demek anlayabiliyorsun ama yine de bu sinir bozucu ısrarını sürdürüyorsun öyle mi?

"Kabalık etmek istemiyorum, sadece yalnız kalmaya ihtiyacım var."

"Bunu görebiliyorum," dedi daha makul şekilde. "Muhtemelen şu an benden nefret ediyorsun ısrar ettiğim için ama güven bana yalnız olmak boktandır. Şu an sağlam bir içkiye ve biraz dağılmaya ihtiyacın var gibi görünüyor."

Ne diyebilirim ki haksız sayılmazdı. Ama yine de tek başıma içmeyi ve dağılmayı tercih ederdim.

"Hem daha yeni bir kız daha ölü bulunmuşken seni bu halde, tek başına bir yere bırakmak içime sinmiyor."

"Başımın çaresine bakarım."

"Senin tanıdığın kimsenin olmadığı bir parti, söz veriyorum ben de çenemi kapatacak ve senin bunalımını yaşamana engel olmayacağım. İstersen yanında bile durmam. Ama lütfen benden seni tek başına bu havada bir yere bırakmamı isteme. Evin dahil."

"Pekâlâ," diye teslim oldum. Biraz daha ısrar ederse onu tersleyecek ve muhtemelen daha sonra buna pişman olacaktım. Bir yanım aptallık ettiğimi söylüyordu ama diğer taraftan yapacak daha iyi bir işim daha da önemlisi gidecek bir yerim kalmamıştı. Dylan ya da Christopher'ın beni arayacağı ilk yer evim olacaktı ve şu an ikisiyle de konuşabilecek halde değildim. Sadece bir saat. Bir saat yalnız kalmak ve içimdeki şu delicesine ağlama isteğini atlatmak istiyordum.

Perili Köşk kasabanın eski konaklarından biriydi. Beş yıl önce sahibi öldüğünde çocukları burayı satıp kasabadan gitmişti. Her çocuk bir gün bu kasabadan çekip gitmeyi umuyordu. Yeni sahibi ise konağı elden geçirmiş ve organizasyonlar için ev sahipliği yapmaya başlamıştı. Daha önce Kylie'nin birkaç arkadaşıyla oraya gittiğini duymuştum ama ben hiç gitmemiştim. Maddie oranın keşler için olduğunu söylerdi ve Matthew ile Henry kesinlikle gitmememiz için bizi defalarca tembihlemişti. Kulağa kötü bir fikir gibi geldiğini biliyordum ama inanın bana kendimden geçtiğim çok zamanda bu kasabada daha kötü yerlere gitmiştim.

İçerisi sandığımdan daha karanlıktı. Bir mağarayı anımsatıyordu, renkli neon ışıklar yanıp sönüyor içeride uğuldayan elektro müziğin ritmine ayak uyduruyordu adeta.

"Chris," dedi yapılı bir çocuk onunla selamlaşırken. "Bugün gelmeyeceğini söylemiştin." Gözleri benim üzerimde dolandı ve pislik biri gibi güldü. Erkekler ve boktan imaları ama hayır bu gece kimse beni yatağa atmayacak, inan bana.

"Bir uğrayalım dedik." O da güldü ve erkeklere özgü o yumruklaşma selamını yaptılar. Bir an önce buradan çıkıp gitmek istiyordum ama bir yanım da yalnız kaldığım ilk anda düşüncelerimin yaratacağı o canavardan yatağın altına saklanmak istiyordu. Düşüncelerim çok yoğundu, çok yoğun hissediyordum. Aynı anda hem korkuyor hem öfkeleniyor hem de dönüşü mümkün olmayan bir suçluluk hissediyordum. Bir kadeh bir şey, sadece gevşemek için, beynimin durulması için. Kalbim o kadar hızlı çarpmıştı ki beni öldüreceğini düşünmüştüm.

"Susadın mı?" diye sordu Chris bir elini belime yerleştirip. Başımı salladım. Bir şeyler içmek her zaman konuşmak zorunda olmaktan daha iyiydi ve tanrı şahidim olsun ki bugün bir şeyler içmeye ihtiyacım vardı.

"Hemen geliyorum," diye fısıldadı kulağıma fazla yaklaşarak. Kendime sürekli onun sevimli biri olduğunu söylemeye çalışıyordum. Benim için elimdeki tüm seçeneklerden daha iyiydi. Kibar ve ilgiliydi, belli ki benden gerçekten hoşlanıyordu. Sadece sürekli yanlış zamanlarda karşıma çıkıyordu ya da yanlış kişilerin olduğu yerde.

Masaya yaslanıp ellerimi şakaklarıma bastırdım. Kemiklerim bedenimi bir mengene gibi sıkıştırıyordu. Anna'nın hali gözlerimin ardından gitmiyordu. Sedyeye bindirildiği, birilerinin ona müdahale ettiği, Dylan'ın beni geriye çektiği ve susmamı söylediği o an... Sözcükler benden bağımsız dışarı çıkıyordu. Yıllardır saklandıkları yerden çıkmak için an kollamışlardı. Acı o kadar baskındı ki elimi bir şeyi yutmakta zorlanıyormuş gibi göğsüme götürdüm.

Chris iki tane kokteyl bardağıyla geldi. Birini masanın üzerinden bana doğru itti. Biraz önce düşüncelerim müziği bile bastırıyordu ama ona bakınca müzik hiddetini artırmıştı. Kafamın içindekilerle birleşip beni köşeye sıkıştırdılar.

"Seni en son Kylie'nin partisinde bu kadar durgun görmüştüm," dedi. Hafif hafif sallanıyor müziğe eşlik ediyordu. "Yine eski erkek arkadaş meselesi mi?"

Balkonda onunla sigara içerken Dylan gelmiş ve geceyi unutulmaz kılmıştı.

"Öyle de söylenebilir." Saçlarımı omuzlarımdan geriye attım. Böyle düşünmesi hem daha kolaydı hem daha güvenli. Belki bu sayede benden uzak dururdu ama içgüdüleri o kadar da kuvvetli değildi.

"Neden ayrıldınız?"

Gözlerimiz buluştu. Bu soruyu çok önemli bir şeymiş gibi sormuştu ve dahası bunu sormaya cesaret eden ilk kişiydi.

"Yanlış kişi olayı." İçkiden büyük bir yudum aldım, votka tadı aldığıma emindim ama daha acı ve daha sertti. Bir anda öyle bir çarpmıştı ki beynimde bir çınlama hissettim.

"Doğru kişiyi bulmak için geç değil." Sevimli gülümsemesini takındı.

"Ah," dedim. Tamamen yanlış anlamıştı. "Yanlış kişi bendim." Biraz daha içtim ve acı biraz daha katlandı. Çok kuvvetli bir baş ağrısı gibiydi, içeriden vuruyor ve adeta kemiriyordu. Biraz daha içtim. Bir yangını içmek gibiydi. Yanıyordum ama durmasını istemiyordum.

"Yanlış kişi olduğuna nasıl karar verdin?" Beni seyrediyordu. Hiç dokunmadığı içki bardağını benim boş bardağımın yanına itti.

Her zaman biliyordum sadece itiraf edemiyordum. Saklamaya çalışıyordum. Kaçabileceğimi düşünüyordum. Unuturum zannediyordum.

"Ben böyle doğdum." Onun içkisini de içmeye başladım.

"Bugün her şeyi benim için gerçekten kolaylaştırıyorsun." Gülümsedi.

3. BÖLÜM: REVİR

BUGÜN

"Şimdi de kendini öldürmeye mi çalışıyorsun?" Kelepçeyi çıkardığında yüzünde memnuniyetsiz bir ifade vardı. Bana yine sinirlenmişti.

"Dikkat et Christopher," diye mırıldandım cansız bir sesle. "Beni önemsediğini düşünmeye başlayacağım." Sedyeye oturduğumda hemşire ters ters baktı. Yemek getirdiğinde tepsiyi uzatırken gördüğü kan onun ağız dolusu küfür etmesine neden olmuştu beni ise günler sonra gülümsetmişti. Bu kadar kandan hiç kimseye zarar gelmez dedektif, inan bana biliyorum.

Hemşire pansuman yaparken başımda bekledi. Dikişe gerek yoktu, biliyordum. Asıl dikiş atılması gereken şey beynimdeydi.

"Bunu daha önce de mi yaptın?" Hemşire bileğimdeki beyaz boğumu işaret etti. Yeni sıyrıkların daha altındaydı. Bileklerim bu kadar incelmiş olmasaydı kelepçe o izin üzerini kesebilirdi ve ben nihayet ondan kurtulabilirdim. Yarayı daha derin bir yarayla iyileştirmek mümkün müydü? Bilmediğim için sessiz kaldım. Pansuman yaptıktan sonra bandaj yapıştırıp işinin bittiğini ve bir sorun olmadığını söyledi.

Ayağa kalkarken sendeledim, kelepçeleri bileğime geçirmek yerine beni tuttu. Kokusunu almak bir anlığına bana kendimi iyi hissettirdi. Kendi yalanlarımda yeterince dibe battığımdan bu hisse tutunmadım.

"İyiyim," dedim doğrulurken. Ellerimi uzatıp bandajın üzerinden kelepçeyi geçirmesine izin verdim. Bunu yaparken her defasında geriliyordu, benim için sorun değildi. Çeliğin soğukluğunu hissedene kadar; ardından tüylerim diken diken oldu, kaşlarımı çattım ve deliriyormuş gibi hissettim. Bir sinir krizi geçirsem, ağlasam, haykırsam ne kadar rahatlayacağımı düşündüm. Göğsüme kilitlenmiş bir dolu hıçkırık vardı, beni azat etmeyen onlarca kirli düşüncenin yanında.

Kolumdan tutup beni götürürken çoğunlukla rol yapıyordu. Bütün o sert ifadesi sahteydi. Asıl hissettiklerini bastırmaya çalışıyordu.

"Bunu neden yaptın?" diye yeniden sordu.

"Hangisini soruyorsunuz?" O kadar çok şey yapmıştım ki artık takip edemiyordum. Sürekli soruyorlardı. Herkes sadece sürekli soru soruyordu. Neden yaptın, neden oradaydın, neden ayrıldınız, neden gitti, neden kestin, neden anlatmadın, neden sordun, neden… Sadece susmalarını söylemek istiyordum. Herkese kes sesini, kes şu kahrolası sesini, sus artık diye bağırmak istiyordum.

"Kendine zarar verme eğilimin gülünç değil, sana yardım etmeme izin vermiyorsun."

"Bana çok yardımcı oluyorsunuz." Hafifçe bileklerimi kaldırıp kelepçeleri gösterdim.

"Sorularıma neden cevap vermiyorsun?" Yüzünde gördüğüm şey keder miydi yoksa hâlâ hayal mi görüyordum?

"Bana her şeyi sordun ama onu öldürüp öldürmediğimi sormadın." Dikkatlice ona baktım tüm vücudu gerildi. "Çünkü cevabımdan korkuyorsun." Gözaltında bir hücrede geçirdiğim üçüncü günün sabahındaydık. Sorgu odasının dışında ilk kez yalnız kalmıyorduk. Hücreye birkaç kez gelmiş ve yine bir şeyler sormuştu. Bu soru haricinde her şeyi sormuştu. Neden oradaydın, orada ne oldu, onunla aranda ne vardı…

Kolumu daha sıkı tutup beni duvara yasladı. Gözleriyle etrafı kontrol edip kameralara takılınca elini çekti. Yeniden yürümem için işaret edip bu defa dirseğimden daha gevşek bir şekilde tuttu.

"Kanında yüksek miktarda alkol çıktı," dedi kulağıma belli belirsiz fısıldayıp. "O kadar içen biri kendinden fiziki olarak daha güçlü birini bıçaklamayı bırak, bıçağı tutamaz bile. Saklamaya çalıştığın neyse ortaya çıkmasına az kaldı." Bu bilgiyi benimle paylaşmasının yasak olduğuna emindim, neden böyle bir risk aldığını düşünüp kendime bir umut vermeyecektim.

"Ne zaman öğrendin?" diye sordum sertçe. "Ne zaman öğrendin?"

"Bu sabah."

Genizden gelen küçümseyici bir sesle güldüm.

Demir parmaklıklarımın kapısını açtı. İçeriye girerken engel olmadı ya da bir şey söylemedi. Kapıyı üzerime kilitlemesini bekledim. Gözlerimi onun üzerinden çekmedim bu defa. Neden bundan daha iyisi olduğunu düşünmüştüm ki.

"Orada neler olabileceğini düşünüp duruyorum, o kızları senin öldürmediğini biliyorum ama bıçağın karnına girişi, üzerindeki izler Chris'i senin öldürdüğünü işaret ediyor. Bunun kendini korumaktan kaynaklandığını düşünüyorum o halde neden kendini koruman gerekiyordu. Belki de katil Chris ve bütün suçu senin üzerine yıkmak istedi ama onu araştırdım, diğer cinayetler sırasında başka yerlerdeydi. İşte bu beni çıkmaza sokuyor. O gece kilisede ne yaşandığını bilmiyorum ama katil hâlâ dışarıda bir yerde."

"O halde neden beni burada tutuyorsun?"

"Çünkü sana ulaşmaya çalışacak."

"Nereden biliyorsun?"

"Ben olsam öyle yapardım." Kapıyı kilitledikten sonra arkasını dönüp gitti.

4. BÖLÜM: HİÇBİR ŞEY ESKİSİ GİBİ DEĞİL

MADDIE

Güneşli bir günde benim yaşımdaki kızlar ne yapıyorsa onlardan birini yapmak istiyordum. Erkek arkadaşımla film seyrediyormuş gibi yapıp biraz öpüşmek. Annemle alışveriş merkezinde dolaşmak ya da en yakın arkadaşlarımla göl kıyısında en seksi bikinilerimizi giyip güneşlenirken aptalca fotoğraflar çekmek. Ophelia Valley'de artık bunlar mümkün değildi. Yine de kırmızı rujumu sürerken şu an en önemli şey buymuş gibi taşırmamaya dikkat ediyordum.

Kızlar tuvaletine giren iki kişinin fısıldaşması beni görünce kesildi. Rujumu küçük çantama yerleştirip onlara gülümsedim ve nasıl olduklarını sordum. İnsanlar böyle gözlerini kaçırmazdı benden ama şimdi en yakın arkadaşlarımdan birinin katil olduğunu düşünüyorlardı. Tanrım, bugün okulda ne işim vardı ki?

Tuvaletten çıkıp cep telefonumu çıkardım, Kylie hâlâ dönüş yapmamıştı ve Matthew da canımı sıkacak bir cevap vermişti.

"Üzgünüm bebeğim ama Ansel'in savunulacak bir tarafı yok."

"Bunu söylediğine inanamıyorum."

Uzun ojeli tırnaklarım dokunmatik ekranı neredeyse parçalayacaktı. Derin bir nefes aldım ve bluzumu düzelttim. Böyle zamanlarda ortalarda olmak önemliydi. Biraz sarsılmıştık, tamam belki bir hayli sarsılmıştık ama toparlayabileceğimize inanıyordum.

Anna'nın ve Chris'in trajik ölümünün ardından tutuklanan biri olmasına rağmen insanlar hâlâ rahat değildi. Okula gelenlerin sayısı oldukça azalmıştı ama kafeteryanın daima bizim oturduğumuz masada can sıkıcı arkadaşıyla o küçük kızı görünce sinirlerim tepeme çıktı. Topuklarımı kasıtlı bir şekilde zemine vurarak masaya doğru ilerledim. Ashley ve bizimle aynı takımda olan Sasha nihayet dönüp bana baktığında yüzlerinde en ufak bir mimik bile kımıldamadı. İnsanlar artık bizi ciddiye almıyordu. Kendimi kandırmaya çalışsam da ben de artık bizi ciddiye almıyordum. Yine de oldukça yüklü miktarda para verdiğim çantamı masanın üzerine bırakıp "Sasha," dedim. "Bize müsaade et tatlım."

Sasha sorgulamadan Ashley'e bakıp masadan kalktı. En azından hâlâ sözlerimin bir değeri vardı. Ve neyse ki benim sandalyeme oturma cüretinde bulunmamışlardı. Sandalyeyi biraz kenara itip Ashley'e yakın olacak şekilde masanın kenarına kalçamı yasladım.

"Öt bakalım tatlı kuş, babandan neler öğrendin?" Ansel bu kızda ne buluyordu bilmiyorum ama bana kalırsa Ashley'nin tek iyi yanı iyi dedikodular getirmesiydi ve şu anda öncelikli olan babasından aldığı bilgilerdi.

"Hiçbir şey Maddie," diye fısıldadı. "Anna'yı Ansel'in bulmuş olması durumu daha kötü hale getiriyor. Orada neler olduğunu öğrenemedim. Sadece..." Duraksayıp kimse dinliyor mu diye etrafına baktı. Onunla birlikte ben de kafeteryaya göz gezdirdim ama zaten az kişi vardı ve kimse son günlerde bize bakmak istemiyordu.

"Dylan'ı sorgulayacaklarını duydum," diye öne doğru eğilerek fısıldadı.

"Peki Anna?" diye direttim ben de onun gibi fısıldayarak. "Bileklerini kendi mi kesmiş yoksa başka birisi mi?" Bunu düşündükçe tüylerim ürperiyordu. Salyangoz takımından hiçbir zaman hoşlanmamıştım, yıllardır karşılıklı birbirimize eziyet etmeyi severdik ama hiçbirinin gerçekten ölmesini istememiştim.

"Bilmiyorum," dedi kelimeleri bastıra bastıra. "Babam iki gecedir eve gelmiyor, onu sadece sabah gördüm. Hiçbir şey söylemiyor. Ansel'in gözaltına alındığının sızdırılmasından bile rahatsızlar."

Doğrulup yavaşça başımı salladım. Ona inanıyordum. Ansel'in başına gelenlerden sonra bana yaranmak için daha hevesliydi.

"İyi," dedim yapay bir tatlılıkla. "Bir şey öğrenirsen hemen beni bul." Çantamı alıp "Ve tatlım," diye ekledim. "Kafeteryada oturabileceğin bir sürü masa var ama bu onlardan biri değil."

Ashley alt dudağını dişleyip başını salladı. O kalkmak için çantasına uzandığında ben arkamı dönmüş kafeteryadan çıkmak üzere yürümeye başlamıştım. Yeniden pembe kılıflı telefonumu çıkarıp Kylie'yi aradım. Sesli mesaja aktarınca "Beni ara, yeni gelişme!" diye tıslayıp telefonu kapattım.

Ansel'in içine kapanıklığından, Kylie'nin ketumluğundan nefret ediyordum. İkisi de öyle çok şeyi kendine saklıyordu ki sonunda hepsi eski bir sandıktan taşar gibi ortaya çıkmış ve bizi paramparça etmişti. Bizi seviyordum ve bize bunun olmasından nefret ediyordum. Bu kasabadan ve katilden nefret ediyordum.

"Mads!" Kafeteryadan çıkmak üzereyken bana doğru hızlı adımlarla gelen Henry ile duraksadım. Nihayet tanıdık bir yüz. Hem de hiçbir şekilde beni yargılamayacak türden.

"Selam," dedim.

"Her şey yolunda mı?" Sorunun ne olduğunu anlamaya çalışırcasına yüzüme bakmak için eğildi. Boyu çok uzundu, Matthew'dan daha uzun. Tatlı mavi gözleri bana bakarken endişeyle kısılmıştı.

"Hiçbir şey yolunda değil." Ağlayıp makyajımı mahvetmemek için ellerimle yüzüme yapay bir rüzgâr yapmaya başladım.

"Gel," dedi bize bakan gözleri umursamadan elimden tutarak. "Biraz yürüyelim." Merdivenleri inerken eteğimin rüzgârda havalanmaması için elimi kendime çektim, Henry kısa bir an dönüp baktı ama önden yürümeye devam etti. Otoparkı geçene kadar üzerimde insanların arasında olmanın gerginliği vardı ama arka bahçedeki bisiklet yoluna vardığımızda rahatladım. Rüzgâr esiyordu ve normalde cildimi kurutacağı için bundan kaçınırdım ama şu an bu soğuk hava bana kendimi iyi hissettiriyordu. Yumuşak zemin topuklarımın sesini kesmişti, etrafta hafif bir uğultu dışında hiçbir şey yoktu.

"Sanki hayatımızın üzerine kara bir bulut çöktü," diye mırıldandım kollarımı göğsümde birbirine kavuşturup.

"Sabah bir dedektif kapımıza dayandı." Çatık kaşlarının ardından ileriye bakıyordu. Dudaklarım şaşkınlıktan aralanır gibi oldu ama sonra onları rujumu yedirir gibi birbirine bastırdım. Hayatımızın yeni normali buydu.

"Sorgulamak için mi?"

Henry başını salladı.

"Nasıl geçti?"

"Tatsız sorular. İçim hiç rahat değil. Ansel'i görmeme izin vermiyorlar. Babamdan avukatı olmasını istedim ama ona bir avukat atamışlar ve Ansel talep etmediği sürece değişiklik yapılamazmış."

Ayağımı yere vurup çocukken yaptığım gibi tepine tepine ağlamak istiyordum.

"Orada ne işi vardı Henry?" diye sordum. "Herkes onun Chris'i öldürdüğünü söylüyor!" Bunu ilk kez sesli söylemek göğsümde bir krampa neden olmuştu. Birkaç gün önce Anna'nın ölümüyle şoka girmiştik. Babam tüm öğrencilerin evlerine dönmesini istemişti. Annemle birlikte akşam kurabiye yaptık. Gece Ansel'e mesaj yazdım, Kylie ile kavga ettiği için bana da küsmesinin haksızlık olduğunu söyledim. Ama hiç cevap alamadım. Sabah uyandığımda hepimizin hayatı sonsuza kadar değişmişti. Babamın koridordaki ayak seslerine annemin hayret içindeki sorularına uyandım. Bana sadece geri yatmamı söylüyorlardı ama okulun sohbet grubuna ardı ardına mesajlar gelmeye başlamıştı bile.

Bir cinayet daha işlemiş.

Kızları Ansel Rogers öldürmüş.

O her zaman garip bir kızdı.

Dikkat ettiniz mi her zaman erkeklerle arası iyiydi.

Kendi arkadaşlarına bile saldırmış!

Anna'dan mesaj olayı için intikam almış.

Hepsi diğerinden daha korkutucu yığınla mesaj bir anda tüm sosyal ağlarda dolaşmaya başladı. İlk etapta hepsine cevap verip onlarla kavga etmeyi sürdürmüştüm ama yetişemedim. Tüm dünya en yakın arkadaşımın katil olduğuna birkaç saat içinde inanmıştı ve diğer en yakın arkadaşım ortalıkta yoktu. Bir anda o kızın arkadaşı olmuştum. Diğer çocukları öldüren kızın arkadaşı.

"Herkesin öğrenmek istediği bu..." Eliyle omzumu okşadı. "Bir şeylerin çok yanlış anlaşıldığı ortada."

"Anna'yı o bulmuş..." Ellerimle olanları hesap etmeye çalışıyordum. "O gün birden dersten çıktı. Endişeli bir hali vardı. Sonra Anna ölü bulundu. Yanında Dylan vardı. Ama sonra okulda Dylan'ı gördük, Ansel gitmişti. Bize eve gittiğini, sarsıldığını ve yalnız kalmak istediğini söyledi. Ben yanına gitmek istedim ama Dylan engel oldu. Ertesi gün bu haberi aldık. O gece ne oldu Henry?" Kaçırdığım bir şeyler vardı sanki. En sevdiği diziyi tekrar tekrar izleyip bütün replikleri ezberlemeyi takıntı haline getiren biriydim ben. Dizi oynarken oyuncularla birlikte replikleri söyler ve onları taklit ederdim. Bu yüzden bir sahneyi tekrar tekrar kafamda canlandırmak kolaydı ama eksik parçaları bulamıyordum.

"Okuldan Chris ile birlikte çıkmış," diye açıkladı. "Oradan bir partiye gitmişler, konaktaki parti."

"Tanrım!" diye yüzümü buruşturdum. "Oralardan uzak dururuz biz. Orada ne işi vardı ki?"

"Son günlerde çok dağıldı."

Bir söğüt ağacının altına doğru yürümeye koyuldum ama bir anda durup ona döndüm. "Sahi Dylan nerede?"

"Bugün ona ulaşamadım."

"Ben de Kylie'ye ulaşamadım." Kinayeli bir şekilde kaşlarımı kaldırdım. "Sence..." Git gide kendimi daha kötü hissediyordum. "O ikisi arasında bir şeyler var mı?"

Henry gözlerini ağacın dallarında gezdirdi.

"Kylie'ye neden motele gittiğini sordum ama beni neredeyse azarladı. Aralarında bir şey olmadığına inanmak istiyorum. Bu Ansel'e haksızlık olurdu."

"Sanmıyorum," dedi Henry biraz düşündükten sonra. "Dylan Ansel'in peşindeydi. Kylie ile arasında bir şey olmadığını söyledi. O bir şeyleri gizlemeye çalışan bir tip değil, eğer aralarında bir şey olsa söylemekten çekinmezdi."

Ona hak vererek başımı salladım. Ama Kylie hâlâ beni arada bırakıyordu. Ben ondan Dylan kadar emin olamıyordum. Belki de tek taraflıydı. Bu da gözlerimi yeniden Henry'ye çevirmişti. Yıllardır tek taraflı bir aşka sahipti. Bunun ne demek olduğunu biliyor olmalıydı ama ona soracak kadar acımasız değildim.

"Herkes çok mu şüpheli görünmeye başladı yoksa biz mi paranoyaklaştık?" Geldiğimiz yolu dönmek için geriye döndüm. Henry gülecek gibi oldu. "Sanırım her ikisi de," dedi. "Yine de tüm bunların biteceğine ve geride kalacağına inanıyorum."

"Gerçekten mi?" Kirpiklerimi kırpıştırarak ona baktım. Yine ağlayacak gibi olmuştum.

"Gerçekten," dedi cesaret verici bir biçimde gülümseyip. "Her gün insanların başına korkunç şeyler geliyor ama geride kalıyor. Bizim için de öyle olacak." Kolunu omzuma atıp benimle birlikte yürümeye devam etti. "Bir gün tüm bu anlara dönüp bakacağız ve bunlar yaşandı mı diye düşüneceğiz…"

"Lisenin ilk yılı sahneden düşmem gibi mi?"

Daha çok gülmeye başladı.

"Evet, öyle ama o kötü bir an değildi. Sen yine çok güzeldin. Tarihteki en güzel düşüştü bu."

Kıkırdayarak ona doğru döndüm. Gözleri birden fazla yakıncaydı, kaçınmak için doğal bir şekilde başımı omzuna yaslayarak yürümeye devam ettim. Gözlerimde görecekleri beni korkutuyordu. Onunla yürümek, konuşmak, ona yaslanmak her zaman çok tatlıydı. Onları karşılaştırmayı sevmiyordum ama Matthew ne kadar sinirlerimi bozuyorsa son günlerde Henry o kadar yatıştırıyordu.

"Seni eve bırakayım mı?" diye sordu. "Yorgun görünüyorsun."

"Babamla döneceğim." Saatimi kontrol ettim. "Bir şey öğrenirsen bana haber ver lütfen. Dylan veya Kylie'den haber alırsan da."

"Sen de haber ver." Kabaca el salladıktan sonra babamın ofisinin yolunu tuttum. Bugün zoraki girdiğim derslerden hiçbir şey anlamamıştım ve Kylie'nin ders kaçırdığına inanamıyordum. O ölüm döşeğinde bile olsa hiçbir dersi atlamazdı. Belki de eve dönmeden önce onu gidip kontrol etmeliydim. Beni böyle endişelendirmesi adil değildi. Son zamanlarda başımıza gelenleri düşündükçe bencilliği iyice canımı sıkar hale gelmişti. Ansel'in yerine kendimi koymak daha kolaydı çünkü Dylan yerine Matthew'u hayal edebiliyordum ama ikisi arasında bilmediğim başka bir savaş vardı sanki.

Sekretere gülümseyip kapıyı hafifçe tıkladıktan sonra ofise girdim. Babam düzgün ütülenmiş takım elbisesinin içinde masasının arkasında bir telefon görüşmesi yapıyor ve oldukça yorgun görünüyordu. Son yaşanılanlar tüm velileri okulun güvenliğiyle ilgili büyük endişeye düşürmüştü, babam her öğrencisi için onlar kadar üzülüyordu ama hiçbirimizin elinden bir şey gelmiyordu.

"Nasılsın tatlım?" diye sordu telefonunu kapatıp. Gözaltındaki morluklara bakılırsa bunu benim sormam gerekiyordu.

"Baba..." dedim yalvarır tonda. "Lütfen bana bir şeyler söyle, Ansel benim kardeşim gibi. Ona ne olduğunu bilmek zorundayım."

Üzgünce dudaklarını birbirine bastırdı. Eskiden babam Ansel'i çok severdi. Annem de öyle. Babası hâlâ hayattayken hep birlikte vakit geçirirdik. Kylie'nin ailesi pek katılmazdı ama Ansel ve benim ailem daima çok yakın olmuştu. Sonra babası öldü. Benim ailem onların yanında olmaya devam ediyor sanıyordum ama büyüdükçe anlamıştım. Babam sadece dışarıdan destek veriyor ve artık o yakınlığı istemiyordu. Son zamanlarda ise Ansel ile olan arkadaşlığımdan rahatsızlık duyuyordu. Birkaç kez bu yüzden tartışmak zorunda kalmıştık.

"Annesine ulaşamıyorum," dedim. "Dedektiflik ofisini aradım ama bana bilgi vermiyorlar. Senin bir şeyler bildiğine eminim. Söz veriyorum Kylie'ye bile söylemem." Ellerimi yalvarır gibi birbirine kenetleyip ona doğru salladım.

"Bu Ansel'in başına geldiği için çok üzgünüm," dedi. "Ama ben de bir şey bilmiyorum, dedektiflerin de bir şey bildiğinden emin değilim."

"Kimse bir şey bilmiyorsa onu neden orada tutuyorlar!"

"Maddie, soruşturma yapılıyor bunlar uzun sürer. Eminim suçsuz olduğu ortaya çıkacaktır." Bunu gerçekten inanarak mı söylüyordu bilmiyorum. O bize karşı her zaman mükemmel bir baba olmuştu. İsteklerimizi önemseyen, nazik, beklentileri olan ama onların altında ezilmemize izin vermeyen türde bir baba. Bazen onu öğrencileriyle paylaşmak zorunda kalıyordum ve bazen bu yüzden kıskançlık krizlerine giriyordum belki bu yüzden hâlâ beni o küçük çocuk sanıyordu ve sadece iyi şeyleri bilmemi istiyordu.

"Annesine ulaşabilirsin ama."

"Ulaşamam."

"Bayan Rogers nasıl olur da böyle bir durumda Ansel'i yalnız bırakır, kasabada bir katil vardı ve o akrabalarını görmeye mi gitti!" Bu artık anlayışla karşılayamayacağım bir meseleydi. Ansel her zaman yalnızdı, öyle hissetmemesi için elimden geleni yapıyordum ama babasını kaybettiğinde onunla ilgili birçok güzel şeyi kaybetmiştik sanki. Sonra Dylan gitmiş ve bambaşka biri olmuştu. Ama her zaman benimleydi. Bazen yanımda olduğu zamanlarda bile sanki orada değilmiş gibi hissederdim ama kollarımı etrafına dolarsam geçer sanırdım.

"Annesiyle ilgili bilmen gereken bir şey var." Babamın sözleri hüznümü böldü. Gözlerim dolmuştu. Orada tek başınaydı ve kimsesi yoktu. Onun için mücadele eden kimsesi yoktu.

"Maddie artık yeterince büyüdün, sana anlatacaklarımın ciddi şeyler olduğunu ve bir insanın kişilik haklarına saygı göstermen gerektiğini sakın unutma," dedi. Kaşlarımı çatarak bekledim. Ne beklediğimi bilmiyordum ama iyice gerilmiştim.

"Ansel'in annesi uzun zamandır ağır bir depresyonla mücadele ediyor ve şimdi bir klinikte tedavi oluyor." Çenesi kasıldı. "Ansel'in yanında değil çünkü kendinde değil."

"Ben..." dedim, anlamadım demek istedim. Sonra "Ne?" dedim ama aslında bir cevap beklemiyordum sadece kendi içimde uğradığım şoktan çıkmaya çalışıyordum. Aklıma Bayan Rogers'ın her zaman ciddi olan ifadesi geliyordu. Ansel'e karşı ne kadar katı olduğu. Onun hep disiplinli biri olduğunu düşünmüştüm. Onunla her zaman iyi anlaşmıştım ama düşününce... Çoğu zaman aslında Ansel'in ona annelik yaptığını anımsıyordum. Birbirlerine benzediklerini düşünürdüm. Annesiyle her karşılaşmasında ona öyle dikkatli bakardı ki öyle anlarda sadece Ansel'in garip biri olduğunu düşünürdüm. Ansel hep garip biriydi ama onu garipliğiyle seviyordum. Çok seviyordum. Annesine sürekli yemek pişirmesi ve gün içinde arayıp sürekli onu kontrol etmesi. Benim garip kız kardeşim sandığımdan daha yalnızdı.

"Ne zamandan beri?" diye sordum, ağlamaktan sesim boğuk çıkıyordu. Babam durduğu yerde yaslandı. Doğru sözcükleri ararken bocalıyor belki de kendini suçlu hissediyordu.

"Dönem dönem..." Gözlerini kaçırdı.

"Hasta akrabasını ziyarete gittiği bir yalan mıydı?"

Ağır ağır tepkimi ölçmeye çalışarak başını salladı.

"Neden hiçbir şey söylemedin?" Burnumu çektim. "Ansel neden söylemedi?"

"Tatlım, öyle istedi, Ansel de buna saygı duymak zorundaydı. Hiçbir ebeveyn çocukların gözünde yardıma muhtaç görünmek istemez. Böyle kendini daha rahat hissediyordu."

"Bunu bile bile Ansel'den uzaklaşmamı mı istedin?" Şimdi sinirlenmeye başlamıştım. Tüm yetişkinlerden neredeyse nefret ediyordum.

"Hayır, hayır..." dedi kötü bir şey söylemişim gibi itiraz ederek. "Uzaklaşmanı değil, sadece ayarı kaçırmamanı istedim. Birine yardım ettiğin sürece yardım beklemeye devam eder. Bu bazen yardımdan çok zarar verir Maddie."

"Ansel'e kimse yardım etmemiş!"

"Maddie..." diye yanıma gelmeye yeltendi hıçkırarak ağladığımı duyunca. Elimi kaldırıp onu durdurdum. Şu an bana gösterdiği şefkat vicdan azabımı daha çok artırıyordu.

"Sadece, sizin gibi değilim işte..." diyordu Ansel dudağının kenarını kıvırarak, her zaman. Ama ne demek istediğini şimdi anlıyordum. Bizim gibi değildi. Bizim kadar şanslı değildi. Ve günlerdir, haftalardır o evin içinde tek başınaydı. Tek başınaydı çünkü kimseye yük olmak istemiyordu. Babam onu tanımıyordu bile. Şimdi neden sürekli teklifimi geri çevirdiğini, neden bize gelmek istediğini anlıyordum. Babam annesine yardım ettiği için mahcup hissediyordu, daha fazla yük olmak istemiyordu. Tek başınaydı çünkü başka çaresi yoktu.

"Baba lütfen ona yardım et," diye daha çok ağlamaya başladım. "Ona yardım et, o çok yalnız." Gözlerimin arkasının bile yandığını hissediyordum.

"Biliyorum bebeğim," beni kendine doğru çekip sıkıca sarıldı ama ona yaslanamadım bile. "Elimden geleni yapacağım."

5. BÖLÜM: HATIRALARA BATAN CAM KIRIKLARI

Artık tanıdık gelen sorgu odasına alındığımda bir gün önce benim için atanan avukatım orada beni bekliyordu. Orta yaşlı ve tembel bir adama benziyordu. Ucuz takım elbisesi bana işinde ne kadar kötü olduğunu düşündürdü. Beni savunması için iyi bir avukat vereceklerini düşünmüyordum.

"Buraya otur," dedi. "Bugün sorguya savcı da katılacak. Sorulara basit ve net cevaplar ver. Kafanı karıştırmak isteyecekler ve muhtemelen başaracaklar. Chris Myers cinayeti için ellerinde yeterli delil var, diğer cinayetler için de seni suçladıklarını biliyorsun." Ona daha fazla bakamadım, sandalyeye otururken nabzım yine hızlanmıştı.

"Merhaba." İçeriye yüzünü oldukça iyi bildiğim Dedektif Christopher Wallace'dan önce savcı olduğunu tahmin ettiğim olgun bir kadın girdi. Avukata belli belirsiz başını sallayıp tam karşımdaki sandalyeye oturdu. Dedektif Wallace ikimizin de yüzüne bakmadan yanındaki sandalyeye yerleşti. Orada olmak istemediğini ve bir şeylerin mümkünmüş gibi daha da ters gittiğini anlamıştım. Bu nabzımın daha da hızlanmasına neden oldu.

"Bugünün tarihi 20 Şubat 2022.

Saat 14.00

Sanık Ansel Rogers'ın sorgusuna başlıyoruz.

Kimlik numarası 773-94-234.

Dava numarası 7467-43.

Sorgu Dedektif Chrsitopher Wallace tarafından yapılacak. Savcı Eliza Pier ve savunma avukatı Gregor Fiecher eşlik ediyor." Dedektif Wallace sadece önündeki dosyaya bakarak avukatın onayladığı bilgileri sesli bir şekilde hızlıca söyledi. Sonunda başını kaldırıp "Başlıyorum," diye ekledi. Savcı ve avukat yeniden başını salladığında "İçeride olanları düşünecek zamanın oldu mu?" diye sonunda gözlerini bana çevirdi.

"Daha önce de söyledim, bazı şeyleri hatırlamıyorum." Zihnimin tamamen bulanık bir kısmı vardı ama zaten o kısmını merak etmiyorlardı, o kısmı için o gece kilisede yaşananlar için açıkça suçlu olduğuma karar vermişlerdi.

"Eklemek istediğin ya da değiştirmek istediğin bir kısım var mı?" Yeniden dosyaya baktı.

"Dediğim gibi hatırlamıyorum."

"Evet ya da hayır kesin cevaplar vermelisin. Eklemek istediğin ya da değiştirmek istediğin bir kısım var mı?"

"Hayır."

"Okul arkadaşın Chris Myers'ı öldürdüğünü kabul ediyorsun."

"Hatırlamıyorum. Neler olduğunu bilmiyorum."

"Evet ya da hayır."

Cevap vermedim.

"Takımdan arkadaşın Anna'nın cesedini sen buldun."

"Evet."

"Tek başına gördün ve çığlık attın."

"Evet."

"Onu sen mi öldürdün?"

"Hayır."

"Bunu da mı hatırlamıyorsun?"

"Hayır. Yani hatırlıyorum. Yanımda biri daha vardı. Dylan onu bulduğumu gördü. Ambulansa haber veren oydu, ilk müdahaleyi yapan da."

"Biraz önce tek başına bulduğunu söyledin. Onu öldürüp pişman olup sevgilini mi çağırdın?"

"O sevgilim değil. Anna'yı kızlar soyunma odasında tek başıma buldum. Dylan kapıda bekliyordu."

"Daha önce bileklerini kestin mi?"

"İntihar etmedim."

"Daha önce bileklerini kestin mi?"

Cevap vermedim.

"Ders saatinde neden Dylan OcConer ile birlikte soyunma odasındaydınız?"

"Derste bunalmıştım, antrenman yapmak için salona gidiyordum. Bahçede onunla karşılaştım bana eşlik etmek istedi."

"Arkadaşlarının ifadesine göre dersten aceleyle, bir yere yetişmen gerekiyormuş gibi çıkmışsın. Ders başladıktan sonra. Sevgilinle buluşmak için mi dersi ektin?"

"O sevgilim değil."

"Burada uzun bir süre ilişki yaşadığınız yazıyor."

"Eskiden bir ilişkimiz vardı."

"Neden ayrıldınız?"

"İnsanlar ayrılır Dedektif Wallace."

"Ve her zaman bir sebebi olur."

"Ondan sıkılmıştım tamam mı, uzun zamandır birlikteydik."

"Chris'i de ondan sıkıldığın için mi öldürdün?"

"Onunla birlikte olmadım!"

"Hatırlamadığını söylemiştin."

"O gece neler yaşandığını hatırlamıyorum."

"O halde onunla birlikte olmuş olabilirsin. Onunla seviştiniz mi?"

"Hayır."

"Chris ile ilgili neler biliyordun? Onu ne kadar zamandır tanıyorsun?"

"Hiçbir şey. Onu sadece partilerde görüyordum. Birkaç kez yanıma gelmiş ve bana kibar davranmıştı."

"Seni rahatsız ediyor muydu?"

"Hayır."

"Ailesini tanıyor muydun?"

"Hayır."

"Yalan söylüyorsun."

"Onu tanımıyordum. Aynı okulda olduğumuzu bile bilmiyordum."

"Ama ailesinden birini tanıyorsun. Çok yakın arkadaşındı. Rebecca. Kız kardeşi. Herkes sizin oldukça yakın olduğunuzu söylüyor. Birkaç yıl önce ölmüş. Bileklerini kesmiş." Gözlerini gözlerime dikti. Sertçe yutkundum.

"Kardeşi olduğunu bilmiyordum." Soğukkanlılığımı bu soruya cevap verirken kaybetmiştim. Gözlerimi kaçırmak yanlış bir hamleydi biliyordum ama ellerime baktım.

"Rebecca'yı tanıyor musun?"

"Evet."

"Nasıl öldüğünü biliyor musun?"

"İntihar etti."

"Yanında mıydın?"

"Lütfen," diye ağlamaya başladım. "Becca en yakın arkadaşımdı! Chris'in kardeşi olduğunu bilmiyordum."

"O öldükten sonra Dylan kasabadan ayrılmış. Üçünüz yakınmışsınız bu doğru mu?"

"Evet."

"Dylan ile ayrılmanızın Rebecca'nın ölümüyle bir ilgisi var mı?"

"Hayır, evet. Bilmiyorum. En yakın arkadaşımdı ve öldü kötü bir zamandan geçiyordum."

"Neden ayrıldınız?"

"Size söyledim, uzun zamandır birlikteydik ve ben yorulmuştum."

"Neyden yorulmuştun? İkinizin harika bir çift olduğunu söylediler. Birbirinize çok aşıkmışsınız. Herkes senin o kasabadan gittikten sonra dağıldığını söylüyor. Bambaşka biri olmuşsun."

"Büyüdüm sadece."

"Ona aşık mıydın?"

"Belki, bir süreliğine."

"Evet mi hayır mı?"

"Evet Dedektif Wallace, ona aşıktım."

"Ama sonra seni terk etti."

"Ayrılmak isteyen bendim."

"Yorulduğun için."

"Başka insanlar tanımak istedim."

"Chris onlardan biri miydi?"

"Onu tanımıyordum. Sadece birkaç kez gördüm."

"Onun arabasıyla okuldan çıkmışsınız."

"Yağmur yağıyordu. Bir cinayet daha işlenmişti. Bir an önce okuldan ayrılmak istedim, bırakabilir mi diye ona sordum."

"Onunla bir ilişkin yok muydu?"

"Hayır."

"O halde bunları ne olarak açıklıyorsun?" Önüme birkaç fotoğraf karesi bıraktı. Birkaç tanesi partide çekilmişti. Chris'e sarılarak dans ediyordum. Ve bir tanesi de yolda çekilmişti. Koluna girmiş, ona yaslanmış yürüyordum. Ona sarılmıştım.

"Açıklayamam."

"Dylan ile olan ayrılığın seni değiştirdi mi?"

"Evet."

"Neden?"

"Birbirimize çok bağlıydık. Başka insanlar tanıma şansım oldu."

"Nasıl değiştin?"

"Bilmiyorum, belki sosyal olarak daha aktif."

"Pervasız ve aşırı. İnsanlar seni böyle tanımlıyor. Çoğu senin hakkında garip ve gizemli olduğunu söylüyor. En yakın arkadaşların bile. Kylie ve Maddie ile ne kadar yakınsınız?"

"Bakış açısına göre değişir."

"Rebecca ile daha yakındın öyle değil mi?"

"Bakış açısına göre değişir."

"Rebecca'nın ölümü mü seni değiştirdi yoksa Dylan'ın terk etmesi mi?"

"Büyüdüm Dedektif Wallace."

"Rebecca'nın bağımlı olduğunu biliyor muydun?"

"Evet."

"Ne kullanıyordu?"

"Bilmiyorum, kokain."

"Ona engel olmaya çalıştın mı?"

"Hayır."

"Çünkü sen de kullanıyordun."

"Evet."

"Hâlâ uyuşturucu kullanıyor musun?"

"Hayır."

"Rebecca ile birlikte uyuşturucu kullandınız mı?"

"Evet."

"Nereden alıyordunuz?"

"Bilmiyorum, Becca buluyordu."

"Uyuşturucuya başlamana o mu neden oldu?"

"Onunla birlikte kullandım."

"O öldükten sonra bir daha kullandın mı?"

"Hayır."

"Hiç mi?"

"Hayır."

"Chris'in öldüğü gece kanında uyuşturucu vardı. Senin de vardı."

"Söylediğim gibi hatırlamıyorum."

"Dylan ile Rebecca'yı sen mi tanıştırdın?"

"Bizi Dylan tanıştırdı."

"Nereden tanışıyorlardı?"

"Bu kasabada herkes birbirini tanır."

"Dylan'ın uyuşturucu kullandığını biliyor muydun?"

"Evet."

"Hâlâ kullanıyor mu?"

"Bilmiyorum."

"Dylan seni aşırı şeylere zorlar mıydı?"

"Beni zorlamazdı."

"O ve Chris tanışıyor muydu?"

"Bilmiyorum. Hayır."

"Emin misin?"

"Dylan birçok kişiyi tanır bilmiyorum, onları hiç yan yana görmedim."

"Anna'nın ölümünden birkaç gün önce onunla kavga etmişsiniz. Arkadaşı Jenny Holden onu sürekli tehdit ettiğinizi söylüyor. Dylan onun sevgilisini dövmüş seni üzdüğü için bu doğru mu?"

"Anna ile hiçbir zaman anlaşamadık ama bu karşılıklıydı. Her zaman atışırdık tüm kızların yaptığı gibi. Erkek arkadaşı sürekli beni rahatsız ediyordu. Tüm okul bunu gördü. Bu yüzden Dylan ile kavga ettiler."

"Ve sonra onu Dylan ile birlikte ölü buldunuz."

"Onu biz öldürmedik."

"Tek başına mı yaptın?"

"Ben yapmadım!"

"Chris'i sen öldürdün."

"Bu kadar yeter!" dedim ellerimi başımın arasına alıp. "Benden ne istiyorsunuz, yapın bitsin artık bu kadar yeter!"

Avukat araya girip "Uzun bir sorgu oldu," dedi.

"Bugünlük bu kadar yeterli," diye ilk kez konuştu Savcı. "Yarın devam edelim."

6. BÖLÜM: KURDA TAKINTILI KUZU

KYLIE

"Şimdi söyle bakalım minik Kylie," dedi elindeki zekâ küpünü çevirerek. "Ne zamanda beri dedektifle birlikte çalışıyorsun?" Bana bakmadı, elindeki küpün renkleriyle oynamaya devam ediyordu. Bir anlığına nefesimi tuttum, yalan söylemeyi düşündüm ama işe yaramayacağını tahmin ediyordum.

"Bir süredir," diye mırıldandım. Doğal görünmeye çalışarak "Nasıl anladın?" diye ekledim. Bunu gerçekten merak ediyordum. Zaman zaman beni korkutan buz gibi bir tebessüm dudaklarına yerleşti.

"Senin boş durmadığını tahmin ediyordum, onu biraz araştırınca babasıyla senin babanın yakınlığı dikkatimi çekti. Birbirinizi tanımıyor olmanız pek mümkün gelmedi."

Sıklıkla döşenmiş ağaçlar, konteynırlar, bankta oturan sevgililer, postasını teslim etmeye giden yaşlı insanlar, elektrik direkleri, bulutların yavaş yavaş birleşmesi ya da ayrılması... Hepsi anın hatırasıydı.

Koşarken hissettiğim şeyin ismi buydu, anı yakalamak. İnsanların çoğu bundan mahrumdur. Ben hayatımı geçmiş ya da geleceğin pençesinde değil yarattığım şu anın içinde yaşamayı severim. Bilirim, yaşadıklarımız bir göz kırpma anında merceğimize takılan-

lardan ibarettir. Bu yüzden her sabah güneşin doğumuyla birlikte kendimi yürüyüş parkuruna atarım, bacaklarım yavaş yavaş hızlanırken yanından geçip gittiğim her şeyi yakalamak için saliselerim kalır ama onları yine de hafızama kazırım.

Dün önünde durup soluklandığım duvarın üzerine birileri yeni resimler boyamış. Bir hafta önce sevgilisiyle oturduğu bankta çocuk bugün yalnız. Yavaş yavaş yürüyen o teyze iki haftadır yok belki de hayatı sona ermiş. Bunların hepsinin farkındayım. Ve nefesim ciğerlerimi zorlarken durup dizlerime yaslanır ama yine de etrafıma bakarım. Anı kaçırmamak için çünkü her şey sanılanın aksine bir anlığına gördüklerinden ibarettir.

Ve yeni biri, doğrudan gözlerim ona takılıyor. Benden birkaç yüz metre ileride o da tıpkı benim gibi koşusuna ara verip soluklanıyordu. Onu en son ne zaman gördüğümü hatırlamıyordum ama keskin yüz hatlarını seçmek o kadar zor değil. Babamla katıldığım kokteyllerden tanıyorum yüzünü, o da benim gibi oraya sürüklenenlerden.

Veliahtlardan.

"Christopher." Birbirimizi fark edince yürümeye başlayıp ortada buluştuk. Memnuniyetsiz bir şekilde kaşlarını kaldırdı ki buna şaşırmıyordum. Benim aksime o ailesinin ona bırakacağı hiçbir şeyi istemiyordu. Babası babamın yakın bir arkadaşı olduğu için bunu biliyordum.

"Kylie," dedi hâlâ resmi bir şekilde başını eğerken. Her zaman resmiydi, sohbet edilmesi kolay biri olmamıştı hiçbir zaman. Ben de pek kolay biri değildim ama benden birkaç yaş büyük olduğu düşünülünce insanlara alışmış olmasını bekliyordum.

"Hangi rüzgâr attı seni buraya?" Suluğumdan biraz su içerken gözlerim şüpheyle onu tarıyordu. Son duyduğumda Avrupa'da

bir yerleri dolaşıyordu ve onu en son gördüğümde ikimiz de Roma'daydık ve ben on beş yaşındaydım ama yine de yüzünün daha da oturması dışında pek değişmemişti.

"Görev için buradayım." Sıkılmış bir şekilde cevaplarken parçaları kafamın içinde yerine oturtmuştum.

"Demek gerçekten dedektif oldun, bunu duymuştum."

"Öyle."

"Babam senden bahsetti," dediğimde sinirli bir şekilde güldü. Tahminimce babasının babama olanları anlattığını düşünüp bundan rahatsız olmuştu. Haksız olduğunu söyleyemezdim. "Sana yardımcı olmamı istiyorlar."

"Teşekkürler, Kylie." Başını rahatça iki yana salladı. "Başımın çaresine bakıyorum."

"Yine de bir şeye ihtiyacın olursa haber ver." En az onun kadar memnuniyetsiz bir şekilde omuzlarımı indirip kaldırdım. Bizim gibilerin yapması gereken buydu. Birbirimizi kollamalıydık. Şimdi babalarımızın kurduğu bağlantıları çok da uzak olmayan bir gelecekte biz devralacaktık ne de olsa.

İşaret parmağıyla alnını kaşırken "Aslında bir şey var," dedi. "Kim olduğum aramızda kalsa olur mu? Birkaç gün sonra fakültenizde soruşturmaya başlayacağım ama insanların kim olduğumu bilmesini istemiyorum."

"İstemiyorsan ben bir şey söylemem," diye garanti verdim. Kimsenin benim işime karışmasını sevmezdim bu yüzden insanların işine de karışmıyordum -ki saklamak istemesinin sebebini gayet iyi anlıyordum.

"Teşekkürler."

"Terin soğumasın." Başımla selam verip yoluma devam ederken sadece elini salladı. Bizden sadece dört yaş büyüktü, bu dava için daha deneyimli birilerini çağırmalarını bekliyordum ve başkası olsa bunu şikâyet ederdim ama şimdi bir şey yapamayacaktım ve bu canımı sıkmıştı. Zaten haftalardır çözülemeyen bir sorunumuz için bu kadar genç bir dedektif atamanın mantığı neredeydi.

"Sonra o motel olayı var. O gün onunla sadece karşılaşmadın değil mi? Orada olacağını biliyordun, benim peşindeydi, beni izliyordu ve nerede kaldığımı senden öğrendi." Dylan küpü tamamlamıştı. Tüm renkler birbirini takip ediyordu. Konsolun üzerinde birkaç resim çerçevesi vardı, küpü Ansel ve benim üç yıl önce çektiğimiz fotoğrafın önüne bırakmıştı. Kayıkhanede takılıyorduk, ikimiz de bacaklarımızı sarkıtmış birbirimize yaslanıp poz vermiştik. O fotoğrafı seviyordum.

"Senden şüphelenmesinin yersiz olduğunu anlattım." Yatağımın üzerine oturup bağdaş kurdum. Onunla burada tek başına olmak garip hissetmeme neden olmuştu. Rahatsız hissettiğim çok fazla an olmazdı, oldukça nadirlerdi. Sorularına gelirsek cevaplarım da dürüst davranmıştım. Christopher uzun bir süre Dylan'dan şüphelenmiş ve bu konuda benden yardım istemişti. Ansel'i karıştırmak istemiyordu ki bu da benim kurcaladığım bambaşka bir meseleydi. Dylan'ın odasında uyuyakaldığımı kimseye söylememiştim, sabah kimseye görünmeden çıkarken Christopher ile karşılaşmıştım. Onu izliyordu ve çok başka bir şey görmüştü. Herkesin aklına ne geldiğini biliyordum ama hayır, Dylan ile aramda hiçbir şey olmamıştı. Sadece sohbet etmiş ve kitaplardan bahsetmiştik.

"Ne zamandan beri birlikte çalışıyorsunuz?"

"Saldırıya uğradığım zamandan beri."

"Ansel ile birlikte yaptığınız araba kazası mı?"

"Evet."

"Neden?"

"Şüphelendiğim şeyler vardı."

"Anlat." Kolunu konsola yaslayıp bir ayağını diğerinin önüne kırdı. Üzerinde kırmızı polo tişörtlerinden biri vardı. Ona çok yakışan eşofmanlardan giymişti. Saçları fönlenmişti ama yüzünde yeni olduğuna emin olduğum bir morluk vardı. Sormayı çok istiyordum hatta dokunmayı çok istiyordum.

"İlk önce neden Ansel'in telefonunda Matthew'ın parmak izleri olduğunu anlamaya çalıştım. Matthew'ın tutuklanıp serbest kalmasından sonra onunla konuştum. Kızların dikkati dağılmıştı, Maddie'yi aldattığı ortaya çıkınca bu detayı unuttular ama ben unutmadım."

"Elbette unutmadın." Gözlerini kısarak gülümsedi. Bunun kulağa iltifat gibi gelmesi gerekiyordu ama onun dudaklarında iğneleyici durmuştu.

"Ansel'in telefonu kaybolmuştu, Matthew soyunma odasında telefonu Maddie'ye vermiş. Maddie bunu o tutuklandıktan sonra söylemişti ama esas soru Matthew telefonu nasıl buldu çünkü o gün Ansel soyunma odasına hiç uğramamıştı, telefonu kafede bıraktığına emindi."

"Ve?"

"Matthew soyunma odasında birini görmüş ama kafası uçuk olduğu için doğru düzgün hatırlamıyor. Sadece telefonu Ansel'in dolabının önündeki oturağa bırakmış. Matthew Maddie ile öpüştüğü için önemsememiş sonrasında telefonu alıp Maddie'ye vermiş."

"Anlıyorum," dedi. "Sen de o kişinin katil olduğunu düşünüyorsun."

"Katilin Ansel ile bir derdi olduğunu düşünüyorum."

"Başka bir çıkarımın mı var?" Duruşu da ifadesi de ciddileşti.

"Ansel'i öldürebileceği çok zamanı vardı ama öldürmedi. Ansel daima yalnız dolaşır, bir süredir evde tek başına kalıyor. Sürekli otobüs kullanıyor ve okul yolunu defalarca tek başına yürüyerek geçti. Summer'ın anma töreninde göl kıyısında, boş depoya girdiğinde katil ona sırası olmadığını söyledi ama bence hiçbir zaman sırası gelmeyecek. Onu öldürmek istemiyor."

"Neden böyle düşünüyorsun?"

"Ben arabayla kaza yaptığımda Ansel beni saklamıştı, o uzaklaşırken kendime geldim. Katil onun peşinden gitti." Saçlarımı gerginlikten kulaklarımın arkasına sıkıştırdım.

"Seni gördü."

"Evet ama beni orada bırakıp Ansel'in peşinden gitti. Onu öldüreceğini düşündüm, kalktım ve ben de arkalarından gittim. Başıma darbe almıştım, ayakta durmakta zorlanıyordum bu yüzden çok yaklaşamadım. Bir ağacın arkasına saklandım. Ansel'in de bir ağacın arkasına saklandığını gördüm. O da gördü. Ama bir şey yapmadı. Orada durup onu seyretti sonra da bir müzik başlattı ve oraya güller bıraktı."

"Belki de avıyla oynamak istiyor, öldürmeden önce korkutmak istiyor. Seni ve Maddie'yi de öldüremedi. Sizi öldürmek için de başka fırsatları vardı."

"Bunu düşündüm. Bunu anlamak için de..."

"O hesabı açtın."

Dudaklarım aralık kalmıştı. Bakışlarımı pencereme sonradan eklenmiş demir parmaklıklara çevirdim. Bir açık verdiğimi düşünmüştüm ama her şeyi eksiksiz ve şüpheye yer bırakmadan yapmıştım. Kendime bile o hesaptan defalarca saldırmış, insanların hakkımda gönderdiği mesajları olduğu gibi yayınlamıştım. Hayır, hata yapmamıştım.

"Nereden biliyorsun?"

"Devam et." Önemsiz bir şeymiş gibi elini salladı. Bir kez daha soracaktım ama şu anki ruh hali hiç iyi değildi. Oldukça sinirli olduğunu ama maskelediğini görebiliyordum. Cesaret edemedim. Ki bu da oldukça hem de oldukça nadir olan bir durumdu.

"Ophelia.hell hesabını açtım ve insanların ilgisini çekecek haberler yazdım. Herkesin hesaba dedikodu ya da haber değeri taşıdığını düşündüğü saçmalıklar göndereceğini biliyordum. Neler geleceğini merak ettim."

"Benden hoşlandığın için bizim haberlerimizi yaptığını düşünüyordum, seni hafife almışım. Devam et." Kaşlarını kaldırıp sıradan bir şey söylemiş gibi rahatça durmaya devam etti. Bunu söyleyip öylece gözlerimin içine bakmayı sürdürdü. Dişlerimi birbirine sürtüp ben de onun gibi yapmayı denedim. Bu aramızda ilk kez konuşulan bir şey değilmiş gibi. Önemli değilmiş gibi. Çok sıradanmış gibi.

"Bir hesaptan sürekli bizimle ilgili haberler geliyordu. Ansel'i kışkırtmak için kurulan haberler. Sanki bütün arkadaşlarıyla, onu seven herkesle, onun yanında olan herkesle arasını açmaya çalışıyordu. Başka birisinin değil, Maddie'nin ya da benim değil. Ansel'e bizim kötü olduğumuzu kanıtlamaya çalışıyordu."

"Onu bizden korumaya çalışıyordu." Kaşlarını çatarak yere baktı. Ne çıkarım yaptığını kestirmek güçtü.

"Evet, sonra dedektife gittim ve bildiklerimi anlattım. Yaptığım şeyi yapmaya devam etmemi söyledi. Ben de öyle yaptım. Ama bunların olacağını bilseydim yapmazdım. Ansel'in başına gelenleri tahmin etseydim asla böyle bir şey yapmazdım Dylan."

"Hesabı incelediniz mi?"

"Bambaşka bir ülkeden ve saçma sapan bir adres çıktı. Hedef şaşırtmayı ve kendini saklamayı iyi biliyor."

Yavaşça bana doğru yaklaştı. İçgüdülerim geri adım atmamı söylüyordu ama aptalca olduğunu bildiğim başka bir şey, akciğerlerimin arasında atan bir şey heyecanlanmama neden oluyordu. Tek dizini kırarak yatağın üzerinden destek alıp üzerime doğru eğildi. İki parmağının tersiyle belli belirsiz şakaklarımı okşadı.

"Bunların altından sen çıkarsan minik Kylie, eğer bu bir tuzaksa bunu sana ödetirim." Günışığının altında griye dönen gözleri hemen yanımdaydı.

"Saçmalama," dedim soluklanarak. "Ansel'e neden zarar vereyim?"

Gülümseyerek kulağıma doğru biraz daha eğildi, nefesimi tuttum. "Sen ve benim tek ortak noktamız ne biliyor musun? İkimiz de bir şeyi isteyince alana kadar durmuyoruz. Ve senin ne istediğini ikimiz de biliyoruz." Geri çekildi. Odamın içinde etrafı bakışlarıyla kurcalayarak dolaşıyordu.

"Bu kadar ucuz bir oyunla hedefe gitmem ben."

"Hedef yok Kylie." Omzunun üzerinden bakıp yeniden fotoğraflara döndü.

"O seni istemiyor," dedim şuursuz bir şekilde. "Bu seni durduruyor mu?"

"O ve ben yok. Biz varız."

"Ben her zaman istediğimi alırım." Yataktan indim, karşısına geçmek ve dik bir şekilde durmak istiyordum ama bana dönmedi bile. Alayla güldü sadece. "Ne istediğini söyleyecek cesaretin bile yok senin ama kendini birilerinden daha iyi görüp duruyorsun."

"Beni öpmeni istiyorum."

İşte söylemiştim. O kadar zamanın ardından nihayet söylemiştim. Gergin ya da pişman hissetmem gerekiyordu belki ama oldukça iyi hissediyordum. Belki hiç olmadığım kadar özgüvenli. Yavaş yavaş bana doğru döndü. Ellerini ceplerine koydu. Aramızda sadece birkaç adım olan mesafeyi acelesiz bir şekilde kapattı. Tam önümde durdu. Bakışlarımı gözlerine kaydırdım. Odanın içinde bir çeşit ağırlık hissettim. Belki de usul usul bana doğru eğilmesindendi. Hazır olduğumu düşündüm. Ona doğru uzanmak üzereydim.

"Elbette istiyorsun." Önce gülümsedi sonra itti beni. Gitmek için dönerken kolundan yakaladım. "Bana sakın arkanı dönme."

"Söyleyecek daha ilginç bir şeyin mi var?"

"Öp beni," dedim. "Sadece bir öpücük. Nasıl hissettirdiğini öğrenmek istiyorum."

"Elbette istiyorsun." Yine o gülümseme.

"Bana ahlak naraları mı atacaksın? Ansel senin yokluğunda onlarca belki yüzlerce kişiyi öptü."

"Ben de başkalarını öptüm," diye onayladı. "Ama biz hangi sınırlarda dolaşmamız gerektiğini biliriz. Seninle onu incitmem. Alınma." Yanağımdan arsızca makas alıp yine arkasını döndü. Başımı çevirirken köşedeki aynada kendimi gördüm. Üzerimde hâlâ Lacoste tenis eteğim ve spor sutyenim vardı. Ne makyajım ne de saçlarım dağılmamıştı. İyi görünüyordum. İyiden de iyi görünüyordum.

"Benden ne istiyorsun?" diye sordum. Buraya sadece konuşmak için gelmemişti. Bildiğini söylüyordu çünkü bildiğini bilmemi istiyordu. Yine de asıl baklayı henüz çıkarmamıştı. Dylan benim evime gelen bir tip değildi. Babamın onu sevmesine karşın o babamdan haz etmiyordu, bunun babamın Ansel'e karşı olan küçük düşürücü davranışlarından kaynaklandığına emindim ama hakkında konuşmamıştık. Sabahın bu erken saatlerinde habersiz bir şekilde buraya gelmesinin tek nedeni beni dedektifle ilgili sorgulamak değildi.

"Vazgeçtim," dedi rahat bir tavırla.

"Anlamadım."

"Senden bir şey isteyecektim ama vazgeçtim."

"Ne?" Sinirle kaşlarımı çattım. "Neden?"

"Yapamayacağına inandığım için." Ona uzun uzun baktım. Ona bakarken her zaman rahattım ama bu defa o bana bakarken farklıydı. Gözlerinde bir kapan yatıyordu. Tuzağa düşüp düşmeyeceğimi merak ediyordu. İşte şimdi bana ilk kez Ansel'e baktığı gibi bakıyordu ve ben ilk kez aralarında ne olduğunu anlıyordum. Karanlık bir tehlike. Onda sevdiği şey buydu.

"Öyle bir şey varmış gibi," diye meydan okumasına karşılık verdim. Burada bir parantez açacak olursam evet en yakın arkadaşımın teknik olarak eski sevgilisinden etkileniyordum. Ama şuursuz bir şekilde değil. Onu kendime uygun bulmuştum ve istiyordum, hepsi bu kadardı. Ve istediğim şeyleri almaya alışkındım. Bana şımarık bir küstah demenizde hiçbir sakınca yok, kendimle barışık biri olduğum için her zaman istediğimi aldım.

"Bir parti vermeni istiyorum. Herkesi çağırdığın göl kıyısında bir parti."

Pencereye kadar gidip zarifçe yaslandım. Dalga geçiyor olmalıydı. "Saçmalama," diye tersledim. "Olanlardan sonra kim dışarıda olan bir partiye katılır. Herkes çok gergin."

"Yanılıyorsun." İşaret parmağını bana doğru salladı. "Herkes Ansel'in katil olduğuna ikna oldu. Hemen suçlamaya hazırlar. Her zaman hazırlar." Aniden taşkın bir öfkeyle sarmalandı. Öyle ki gözleri her şeyi açık etti. Sınırları yoktu. Bu beni genelde heyecanlandıran bir yanıydı. Ama ne istediğini gördüğümde sınırları olmasını diledim.

"Aman Tanrım..." Mırıldandığımda dudaklarını sımsıkı birbirine bastırdı. Ne yapmaya çalıştığını anladığımda bir adım geri çekilmek istedim. Ama daha karanlık bir şey kalbimi harekete geçirdi. Karanlık bir arzu. Yapmamanız gerektiğini çok iyi bildiğiniz ama yapmak istediğiniz şeyler vardır ya. İşte öyle. Arı kovanına çomak sokmak istiyordu.

"Başka bir kurban istiyorsun," dedim. "Onun katil olmadığını kanıtlamak için birisinin daha öldürülmesini istiyorsun." İtiraz etmesini beklercesine ona odaklandım. Yine dalıp gideceğim bir andı. Beyni farklı çalışıyordu. Bunu seviyordum. Yüzüne bakarken, kusursuz yüz hatlarında son derece sinirli o ifadeyi yakalasam bile.

"İsterse bu kasabadaki, eyaletteki ve dünyadaki herkesi öldürebilir," dedi inkâr etmeyerek. "Biraz bile umurumda olmaz."

"Bunu yapamayız," dedim.

"Sen yapamazsın." Başını salladı. "Ama ben yaparım. Ansel'e yaptıkları gibi. Kısasa kısas." İşte memurlara onun ismini vermemin nedenlerinden bir tanesi... Yüzündeki o birini öldürebilecekmiş gibi duran ifade. Hiçbir şeyden sakınmadığını bağırıyordu. Bu kadar ileriye gitmek benim için bile fazlaydı. Ama ona baktığımda bana değil dünyaya meydan okuduğunu görebiliyordum.

"Düşünmeme izin ver," dedim. "Bırak da kafamı toplayayım, başka bir yol bulurum."

Yanıma geldi. Kolumdan tutarken bu defa öfkeli ya da gergin değildi. Acı çekiyor gibiydi. "Anlayamıyorsun değil mi?" diye sordu. "Hayat senin küçük kalendeki küçük zaferlerinden ibaret değil. Biri olabilmek için büyük hamleler yapman gerekiyor. Beni sevecek kadar cesursun ama benimle oyun oynayamayacak kadar korkaksın. Gerçek bir zaferin tadına bakmamışsın hiç. Gerçek bir kayıp vermemişsin. Küçük şımarık bir kız çocuğu gibisin. Beni öpmek mi istiyorsun Kylie?" Dudakları dudaklarıma neredeyse dokunacak kadar yaklaştı. Nefesi yüzüme çarparken soluğumu tutmak zorunda kaldım. "Benim için ne kadar ileriye gidebilirsin?" diye fısıldadı.

"Parti olmaz," dedim. "İnsanlar hâlâ yaşanılanların etkisinde."

Bir anda kolumu bırakıp sırtını döndü. Ellerini saçlarının arasından geçirirken "Anma gecesi düzenlemeliyiz," dedim parmaklarımla eteğimin pililerini kavrayıp. "Ölenler için yas tutmalıyız. Herkes duygusal olacak vicdanen katılma zorunluluğu hisseder."

Yeniden bana döndüğünde kaşlarını kaldırmıştı. Yüzünde hem etkilenmiş hem de keyif almış bir ifade vardı. Dudağının kenarı kıvrıldı.

İlk kez bana gerçekten gülümsedi.

7. BÖLÜM: SORGU

ANSEL

"Neler hissettin?" diye sordu sertçe. "Onu öldürdükten sonra, yakalandığında neler hissettin?"

Göz kapaklarımı birbirine bastırdım. Her gece tekrar tekrar yaşamıyormuş gibi o ana gittim. Kilise çanları yeniden duvarların üzerinde yankılanıyordu. Ses onu düşündükçe zihnimde yükselmeye kulağımı çınlatmaya başladı.

"Polis!" Dediğini duydum birinin. "Ellerini kaldır. Orada kim var? Ellerini kaldır. Seni görebileceğimiz bir yere geç." Önümde cansız bir şekilde yatan beden kana bulanmış ellerimin hemen altındaydı. Biri öldüğü zaman bunu anlıyordunuz. Ruhu çekiliyor, bedeni bir çuval kadar cansız duruyordu. Çok fazla kan vardı. Ellerimde, kıyafetlerimde, yerde... Kan etrafımı sarmış beni içine almıştı. Canım yanıyordu. Ruhum o kadar acıyordu ki yanımda ölmüş bir şekilde durmuyor olsa bütün o kanın yaralarımdan aktığına emin olurdum.

"Ellerini kaldır!" dedi yeniden. "Yere yat!"

Birisi beni tutup yüzüstü yere yatırdı. Burnum zemine çarpınca soğukluk bir şok etkisi yarattı. Gözlerimi aralamaya ne olduğunu anlamaya çalıştım. Sadece titriyordum. Başımı kaldıramıyordum. Kafamın içinde öyle çok şey vardı ki yakalayamıyordum. Gözlerimi iyice açtım, uyanık kalmak, neler olduğunu anlamak istiyordum.

"Ölmüş," dedi birisi. Benden bahsetmediğini anladığımda başımı yere bıraktım. Yanağım zemine çarptı, gözlerim o yazıya bir kez daha.

Çünkü ölmüş kişi günahtan özgür kılınır.

Fotoğraf sesi duydum. Fotoğraflar çekiyorlardı. Sonra etrafımdaki her şeyi toplamaya başladılar. Çantamı, telefonumu, bıçağımı, saç bandımı, yere düşen yüzüğümü... Hepsini naylon poşetlerin içine koyuyorlardı.

"İyi misin?" dedi başka birisi. "Beni duyabiliyor musun?"

"Rebecca!" diye fısıldadı. "Rebecca!"

"Beni duyabiliyor musun?" dedi sağlık görevlisi. "Yaralı mısın?"

"Çünkü ölmüş kişi günahtan özgür kılınır," dedim.

"Yaralı değil," dedi.

Yaralı değil.

"Etrafı sarın," dedi birisi. "Kimse hiçbir şey söylemesin. Gizli yürütülecek soruşturma. Onu kaldırın, birisi kelepçelesin. Arka taraftan çıkacağız. Acele edin."

Kaos. Her şey hızlandırılmış bir film sahnesini anımsatıyordu. Bana suçlayan gözlerle bakıyorlardı. Panik. Nabzım çok hızlı atıyordu.

Beni doğrulttu, bileklerime kelepçeler geçirdi.

"Cinayet şüphesiyle tutuklusun. Bir şey söylemek zorunda değilsin, söylediğin her şey dikkate alınacak ve delil olarak kullanılabilecek."

Sallanmaya başladım.

"Çünkü ölmüş kişi günahtan özgür kılınır."

Sürekli birileri geliyordu. Yüzlerini seçemiyordum. Kaos. Bir savaş meydanı gibiydi. Silahlar doğrultulmuş. Sedye oradan oraya çekiliyordu. Etrafımıza bir bant çekildi. Ellerim havada titriyordu.

İki kişi kollarımdan tuttu, uzun bir koridordan geçtik. Ellerimi havada tutuyorlar, bir yere dokunmama izin vermiyorlardı. Önce bir duvarın önünde fotoğrafımı çektiler. Sonra apar topar başka bir odaya götürdüler. Hiç penceresi yoktu. Saçlarımdan, dirseklerimden, dizlerimden pamuklarla kan örnekleri aldılar. Tırnaklarımın arasında bir çubuk sokarlarken canım acıdı ama tepki vermedim. Hepsini yeniden torbalara koydular. Kan örneği, idrar örneği, dışkı örneği.

"Dilini kaldır." Beni oradan oraya savuruyorlardı. Ayakta durmakta zorlanıyordum. Söylediklerini takip etmeye çalışıyordum. Başka bir çubuk bu defa boğazıma kadar girdi. Kusmak için öğürdüm ama hiçbir şey çıkmadı.

"Üzerindekiler çıkar," dedi ağzı ve burnu maskeli kadın. "Her şeyi."

Ben hareket edemeyince onlar çıkarmaya başladı. İstemiyordum. Kendimi berbat hissediyordum ama çekiştirerek üzerimdeki tüm kıyafetleri çıkardılar. İç çamaşırlarımı da alıp kâğıt torbalara koyduklarında odanın diğer tarafında kalan banyoya götürdüler. Soğuk suyu üzerime tuttuklarında irkildim ama kan bedenimden akıp giderken titremek dışında başka bir şey yapmadım. Giyinmem için soluk gri renkte bir tişört ve alt verildi. Başka birisi giyinmem için kollarımı hareket ettirdi.

"Eşyalarına adli analiz yapmak için el koyuldu, daha sonra onları teslim alabilirsin," dedi odadan çıkarırken birisi.

Sonra kimsenin olmadığı bir hücrenin kapısını üzerime kapattılar.

"Hatırlamıyorum," dedim inleyerek.

"Kiliseye nasıl gittiniz?"

"Arabayla, bilmiyorum, emin değilim."

"Kanında uyuşturucu çıktı."

"Ben uyuşturucu kullanmadım."

"Zorlandığını mı söylüyorsun."

"Bilmiyorum! Neler olduğunu bilmiyorum!"

"Chris Myers ile partiye gittikten sonra neler oldu?"

"Daha önce de anlattım."

"Tekrar anlat."

"Köşkteki partiye gitmemiz için çok ısrar etti. Kabul etmek zorunda kaldım..."

"Zorladı mı?"

"Çok ısrar etti."

"İnsanlar her ısrar ettiğinde kabul eder misin?"

"Nazik biriydi. Bana her zaman nazik davranmıştı. Kabalık etmek istemedim. İyi bir fikir gibi gelmişti. Bu yüzden kabul ettim."

"Sonra ne oldu?"

"İçeriye girdik. Birileriyle konuştu. Ben bir masaya geçtim ve bir şeyler içmeye başladık."

"Sonra dans ettiniz."

"Dans etmek için beni kaldırdı, başkaları da vardı. Onları bulabilirsiniz. Onlara sorabilirsiniz."

"Sorduk. Partide çok eğlendiğinizi söylüyorlar. Senin kız arkadaşı olduğunu söylediler. Bütün gece sarmaş dolaşmışsınız."

"Kız arkadaşı değilim. Değildim."

"Yalan mı söylediniz?"

"Ben kimseye öyle bir şey söylemedim."

"Partiden ne zaman ayrıldınız?"

"Ne zaman ayrıldığımızı bilmiyorum. Çok yorgundum. Başımın ağrıdığını hatırlıyorum. Su istemiştim. Su getireceğini söyledi."

"Daha sonra kavga mı ettiniz?"

"Hayır. Hayır. Hatırlamıyorum."

"Bu bir cevap değil."

"Beni öpmeye çalıştığını hatırlıyorum. Onu reddettim. Uzaklaştırmaya çalıştım."

"Şimdi de bir taciz olduğunu mu söyleyeceksin?"

"Hatırladığım şeyler bunlar!"

"Onu bu yüzden mi öldürdün? Seni taciz ettiği için?"

"Ne yaptığımı hatırlamıyorum."

"Chris Myers'ın arabasına neden bindin?"

"Kaç kez daha söyleyeceğim. Yeni bir ölüm daha olmuştu. Kaldıramıyordum. Okuldan uzaklaşmak istedim ve ondan beni bırakmasını istedim."

"Onunla okulun otoparkında buluştunuz."

"Hayır, buluşmadık. Oradaydı, tesadüftü."

"Ona gönderdiğiniz mesaj öyle söylemiyor ama. O saatlerde görüşmek istediğinizi söyleyen bir mesaj yazmışsınız."

"Ben..." Nefes almaya çalıştım. "O bir şakaydı. Gerçek değildi. O istemişti. Numaramı almak içindi."

"Bugünlük sorgu bitmiştir."

"Hayır, bana inanmalısınız. Numaramı almak istiyordu. O şekilde mesaj atmamı o istemişti."

"Yakında duruşma olacak ve karar verilecek, götürebilirsiniz."

8. BÖLÜM: ANMA GECESİ

KYLIE

Gergin olacağımı düşünüyordum ama üzerimdeki siyah mini elbisenin açılmamasına dikkat edecek kadar rahattım. Eteklerini düzeltip etrafı seyrettim. Sabah tüm vaktimi organizasyon şirketiyle iskeleyi hazırlayarak ve babamı ikna ederek geçirmek zorunda kalmıştım ve öğleden sonra telefonumda gördüğüm üç çağrı ikna olmadığını gösterse de yapmaya devam etmiştim. İskelenin sonunda sadece Anna'nın değil ölen üç kızın da resimleri vardı. Sadece iskelede değil, sürekli gördüğümüz kayıp afişlerinin aksine bu defa onların mutlu oldukları birçok anın fotoğraf karesini göl kıyısı boyunca hem ağaçlara hem çardaklara özenle yapıştırmıştık. Siyah beyaz değil renkli ve canlı görünüyorlardı.

Oturduğum yerde üşüdüm. Bu gece aldığım risk daha sonrasında yaşanılabilecek şeylerle beni nasıl etkileyecekti düşünmemek için kendimi zorluyordum. Birine bir şey olursa? Gerçekten biri daha öldürülürse?

Kahretsin.

Gözlerim yeniden dedektiflerin kol gezdiği açık orman arazisine döndü. Onlar buradayken gelir miydi? Daha önce gelmişti. Tanrım, insanların bu kadar aptal olmayacağını düşünüyordum ama etraftaki kalabalık can sıkıcı boyuttaydı. Bir parti de yapsam geleceklerine artık emindim. Herkes düşünme yetisini kaybetmişti sanki. Ellerinde çiçekleriyle gelip bir anlığına fotoğraflara bakıp sonra kendilerine bir içki buluyorlardı. Birkaç çardak ötede birilerinin kahkahasını bile işitiyordum. Birileri Ansel'i suçluyordu. Birileri Anna ile aramızdaki düşmanlığı konuşuyordu. Bugün bile insanlar sadece önemsiz şeylerin peşindeydi.

Sonra gözlerimin hizasına o girdi. Dylan bir ağacın gövdesine yaslanmıştı. İlk gelenlerden biriydi ama hiç yanıma gelmemiş, benimle konuşmamıştı. Bana yaptırabildiği şey yüzünden içten içe ona öfkeliydim bu yüzden yanına gitmeyecektim. Arzular hırsları, hırslar gölge yanlarımızı tetikliyordu. Ona yenildiğimi bilmek bana kendimi zayıf hissettirmişti ama asıl kötü olan bunun hoşuma gitmesiydi. Kontrolün bende olmasına o kadar alışmıştım ki birisinin benim üzerimde kontrole sahip olmasının ne demek olduğunu hayal dahi edemezdim. Ama şimdi nasıl bir şey olduğunu hissediyor ve bundan hoşlanıyordum. Onunla daha çok konuşmak, daha fazla oynamak istiyordum.

Öpücüğümü istiyordum.

"Burada ne halt dönüyor?"

Sesi kendisinden önce ulaşmıştı. Ona dönerken açıklamamı daha önce hazırladığım için memnundum. Tüm bu saçmalığı hazırlamak uykusuz geceme ve gündüzüme mal olmuştu.

"Dedektif Wallace," dedim her zamanki gibi resmiyetle. Birlikte çalışmak bile onunla mesafemizi dostane bir seviyeye çekmemişti. Rahatsız olduğumu söyleyemezdim ama ona bayılıyor da değildim. Ama etrafımdaki herkes gibi onun neden Ansel Rogers'tan etkilendiğini merak ediyordum. Bu geceyle birlikte yavaş yavaş anlamaya başlamış olsam da.

Geceyi insanlar için bu kadar çekici kılan karanlık olması değil, gizlemesiydi. Birçok şeyi gizlemesi. İnsanların onda heyecan verici bulduğu şey de bu giziydi. Ve ona gizleyebildikleri. Bahse girerim Dylan bana yaptığı teklifi Ansel'e yapsa benim kadar rahatsız olmazdı. Ya da ona ayak uydurduğu için bu kadar heyecanlanmazdı. Tüm bunlar onun için de doğal gelişirdi. Çünkü tıpkı Dylan gibi onun da içinde çoktan keşfettiği bir parçaydı.

"Bu gece de nereden çıktı?" dedi sitemle çardağa girerken. "Bunca insanı buraya toplarken aklından ne geçiyordu?"

"Sakin olur musunuz," dedim resmiyetimden her zamanki gibi ödün vermeyerek. Başka bir fark daha. Ben kendi isteğimle onunla arama bir resmiyet mesafesi ekliyordum. Doğru olan buydu. Ama Ansel böyle yapmazdı. Onunla akranı gibi konuşurdu. Mesafeleri hiçe sayıp yine de herkese en uzak kalan o olmuştu.

"İnsanların üzerindeki gerilimi atması gerekiyordu," dedim. "Bütün oklar Ansel'in üzerinde. Bırakalım insanlar biraz yas tutsun ve gevşesin. Bilgiye ihtiyacımız var öfkeye değil."

"Katil hâlâ dışarıda."

"Ve belki bu gece ortalıkta görünür."

"Bunu bu yüzden mi yaptın?" diye sorduğunda içimden küfrettim. Nasıl böyle aptalca bir açık verirdim.

"Elbette hayır!" Kimse duymasın diye etrafı kolaçan ettim. "Her yerde bir ekip bekliyor zaten, buraya gelecek kadar aptalsa zaten yakalanır." Ve içten içe asıl tutunduğum şey bu ihtimaldi.

"Aptallık," dedi düşünmeden. "Hemen dağılıyorsunuz."

"Ansel nasıl?" diye sordum. "Ona ne olacak?"

"Bu bilgiyi seninle paylaşamayacağımı biliyorsun."

"Sadece iyi mi bilmek istiyorum. Davanın detaylarını ya da süreci değil."

"Bu saçmalık senin fikrin miydi?"

"Anna'nın arkadaşları perişan haldeydi. Otopsi yüzünden cenazesi yapılamıyor. Onu seven insanlara destek olmak istedim. Herkes bize de nefretle bakıyor. Biz artık katilin en yakın arkadaşlarıyız."

"Bir sorun mu var dedektif?" Dylan arkamdan gelip elini omzuma attığında bütün bedenim gerildi ve bu bir anlığına Christopher'ın gözlerine takıldı.

"Bu olanlar sana bir sorunmuş gibi gelmiyor mu?"

"Sorun olan çok şey var. Katili aylardır yakalayamamanız. Ölen kızlar. Ve en büyüğü de tutukladığınız masum kız." Dedektifin karşısında duruşundan da tavrından da bir an olsun ödün vermedi.

"Kylie," dedi Christopher kendini sıkarak. "Benimle gel." Bir an gözlerim Dylan'a kayacaktı ama bıkkınlıkla nefes verip peşinden gittim. Kendi aracının hemen önünde durup bana doğru kaşlarını kaldırdı. "Ansel her ne yaşıyorsa o çocuk yüzünden yaşıyor ve sen şimdi aynı şeyi sana yapmasına izin veriyorsun. Daha akıllı olduğunu sanmıştım."

"Bir dakika," dedim. "Neyden bahsediyorsun?"

"Onun ismini bana sen verdin," diye fısıldadı. "İlk ifadende Ansel'in tek sevgilisi diye sen verdin. Onun kasabaya getireceğimi biliyordun. Oldukça şüpheliydi ama senin aksine ben onun kasabaya neden döndüğüyle ilgilenmiyorum, neden kasabadan gittiğiyle ilgileniyorum."

"Okulu yüzünden..."

"Saçmalık!" dedi yeniden hiddetle. "İşte en başından beri atladığımız, kaçırdığımız şey bu. Ansel bir şeyler gizliyor, hepiniz bir şeyler gizliyorsunuz ama herkesin en büyük yalanı Dylan OcConer'ın kasabadan ayrılma sebebi. Kaçınız buna dahilsiniz, hanginiz gerçekten bilmiyorsunuz henüz bilmiyorum ama bütün oklar onu gösteriyor ve bu aralar sen de hedef tahtasında sık sık onun yanında görünüyorsun." Sürücü koltuğuna oturup kapıyı üzerinden kapattı. Lüks arabası toprak yolda hızla viraj alırken kollarımı göğsümde kenetleyip arkasından baktım.

Dylan neden kasabadan gitti?

Neden kasabaya döndü?

Ya da asıl soru, ne zaman kasabaya döndü?

"Hey karşılama komitesinde misin?" Matthew cipini önümde durdurduğunda hâlâ toz bulutunun içinde dalıp kalmıştım. Henry diğer taraftan indi, peşinden de Maddie.

"Annemden izin alana kadar iki kere rujumu tazelemem gerekti," diye söylenerek yanıma geldi Maddie. Ona gülümsemek istedim ama aklım düşünce selinden çıkamıyordu. "Başta saçma gelmişti ama dışarıda olmak evde düşünüp durmaktan daha iyi."

"Sana söylemiştim bebeğim." Matt kolunu onun omzuna atıp çardaklara doğru yönlendirdi. Henry onlara bakarken bir anlığına sadece bir anlığına aynaya bakıyormuş gibi hissettim ama çabucak kendimi topladım. Ben çaresiz bir aşık değildim. Seyirci değildim. Ben isterdim ve alırdım.

"Henry," dedim dikkatini çekmek için. "Aklımı kurcalayan bir şey var."

"Neymiş o?" İmayla gülümsedi.

"Dylan çok üzgün görünüyor. Onu ve Ansel'i düşünüyordum. Birbirlerine ne kadar âşık olduklarını hatırladım. Ama neden ayrıldıklarını hatırlayamadım. Dylan neden kasabadan ayrılmıştı?"

"Sen hiçbir şeyi unutmazsın," dedi alçak bir sesle. Bir yanım Maddie'nin belli başlı sorularla onu da zehirlediğini tahmin ediyordu.

"Ciddiyim," diye tekrar ettim. "Hatırlamıyorum."

"Hatırlamıyor değilsin Kylie, bilmiyorsun. İkisi farklı şeyler." Yürümeye koyuldu. Bana karşı gerçekten tavırlı olacağını düşünmemiştim. Yıllardır Maddie'ye âşık olduğunu düşünürsek bu iki yüzlü bir hareket olurdu. Matthew da onun arkadaşıydı.

"Tamam bilmiş çocuk. Merak ettim işte, neden gitmişti?" diye tekrar şansımı denedim.

"Neden Dylan'a sormuyorsun."

"Ciddiyim Henry, söyle işte."

"Bu neden bu kadar önemli?"

"Gerçekten mi?" diye sitem ettim. "Ansel şu an tutuklu olduğu için önemli. Basit bir soru sordum kahrolası kasabadan neden gitti?"

"Tamam," dedi ellerini havaya kaldırıp. "Biraz sakinleş. Neler olduğunu bilmiyorum bir sabah uyandım ve o gitmişti. İkisi de kurcalamamamı istedi."

"İkisi de," diye başımı salladım.

"Evet."

"Ansel o zamanlar oldukça dağılmıştı değil mi?" Henry haklıydı, ben hiçbir şeyi unutmazdım. O zamanı da oldukça iyi hatırlıyordum. Dylan'ın gittiğini öğrendiğim sabah ne kadar gergin olduğumu, saatlerce tenis kortundan çıkmadığımı. Ansel ile yüz yüze gelmek istemediğimi ama sonra endişelenmeme gerek olmadığını hatırlıyordum. Ansel atlatmıştı. Sorun bile etmemişti. Evet, dağılmıştı ama o kadar da kötü sayılmazdı. Her zamankinden daha çok bizim yanımızda duruyor ve her zamankinden daha çok diğer insanlarla konuşuyordu.

"Birkaç gün sonra daha çok dağıtmıştı."

"Yine de o gittikten sonra değişti." Düşünceli düşünceli başımı salladım. Bazıları kötü yönde değiştiğini düşünse de herkes Ansel'in asıl Dylan gittikten sonra popüler kız olduğunu biliyordu. Yüzünde hüzünlü bakış ama yaramaz bir gülümseme ile etrafta dans ediyordu. Çekici, muzip ve şüphesiz ki zekiydi. Kontrolü yoktu, istediği gibi davranmakta sakınca görmüyordu ve birden tüm erkekler onu öpmek istemeye başlamıştı. Maddie erkeklerin Dylan gittiği için böyle cesur davrandıklarını söylemişti ama hayır, bunun nedeni Ansel'di. Onda bir şeyler kopmuştu ama kimse bundan bahsetmemişti.

"Hepimiz biraz değiştik."

"Sana da çok garip gelmiyor mu? Son ana kadar çok iyi ve çok aşıklardı. Sonra birden birisi gidiyor hem de hiçbirimize hiçbir şey söylemeden, diğeri de kendini başka erkeklerin kollarına atıyor."

"Ben insanları yargılamam."

"Arada bir sorgulasan iyi edersin ama."

"Geliyor musun?" dedi yürümeye koyulup sıkılgan bir tavırla. Aynı sıkılmış ifadeyle başımı sallayıp peşinden gittim.

Dylan, Matthew ve Maddie'nin tam karşısında çardağın içinde oturuyordu. Bir bacağını diğerinin üzerine atmış Matthew'ın anlattıklarına dikkat kesilmişti. Biz geldiğimizde dönüp bakmadı. Henry selamlaşmak için omzuna vurup yanına oturdu. Maddie'nin diğer tarafına geçip kollarımı göğsümde bağladım.

"Zavallı kız," diye kulağıma fısıldadı Maddie. "Onu sevmiyordum ama şimdi ölmüş olması çok garip."

"Öyle," dedim ama açıkçası ne Anna ne de ölümü o an için umurumda değildi. Onun kadar duygusal ya da hassas değildim.

"Üç aslında çok değil ama bu ölen üçüncü kız," diye devam etti. "Sonsuza kadar sürecekmiş gibi geliyor. Katil hiç yakalanmayacakmış gibi."

"Katili yakaladılar bebeğim."

Maddie Matthew'a itiraz etmek üzereydi ama gerek kalmadı. Dylan ona öyle bir baktı ki Matthew oturuşunu düzeltirken "Affedersin kardeşim," dedi. "Uygunsuz bir şakaydı. Gelmeden birkaç bir şey içmiştim."

"Dikkatli iç," dedi Dylan buz gibi bir sesle uyarır şekilde.

"Eskiden ne kadar huzurlu bir kasaba olduğumuzu hatırladıkça ağlamak istiyorum," dedi Maddie.

"Tek aksiyonun istediğin renk elbise bulamadığın o günler olduğu mu?" Henry ona doğru takılarak sırıttı.

"Ya da bir sonraki maç," dedi Matthew. "O coşkuyu feci özlüyorum. Tüm kasabanın odağında biz olurduk şimdi ne maç kaldı ne coşku."

"Bir kere kahveci dükkanına hırsız girmişti ve yerel bültenler haftalarca o haberi anlatıp durmuştu," diye güldü Maddie. "Çünkü bu kutsal kasabada olay olmaz!"

"Biri daha ölmüştü," dedi Matthew gözlerini hatırlamaya çalışır gibi kısarak. "Genç bir kız. Şu güzel kalçaları olan."

"İğrençsin Matthew," dedi Maddie. "Ama doğru ondan beri hiç olay olmamıştı. Tanrım, o da bizim yaşımızda değil miydi!"

"Neyden bahsediyorsun?" dedim. Aklımı ona veremiyordum ama çığlık attığı için ona doğru dönmek zorunda kaldım. Dylan'ın kasabadan gittiği zamanı düşünmeye dalmıştım.

"Şu kız," dedi. "Hatırlasanıza. Sizin arkadaşınızdı." Dylan ve Henry'ye döndü. "Çocukken Ansel'i ondan kıskanırdım."

"Bebeğim herkes seninle iyi anlaşsa iyi olur, Anna'dan da hoşlanmıyordun ve o da şimdi ölü." Matthew yine gereksiz bir şekilde güldü.

"Summer'dan da hoşlanmıyordu," diye ona laf soktu Henry. Matthew gerildi. Maddie'nin tüm morali altüst oldu.

"Kesin sesinizi," dedim onlara doğru. "Kimden bahsediyorsun?"

"Becca mıydı?" diye sordu Maddie. Henry onaylarcasına başını salladı. "Nasıl ölmüştü o?" diye hızlıca devam etti uzun kızıl saç tutamlarını kıvırıp hatırlamaya çalışırken.

"Rebecca," diye tek tek heceledi Dylan gölü seyrederek. "Bileklerini kesip, intihar etti."

Gözlerim ona kaydığında onun soluk mavi bakışları da benimle buluştu. Yüzümde her zaman var olan donuk ifademin olduğunu umdum. Bir şey belli etmediğimi.

"Bu korkunç," diye fısıldadı Maddie bileğini tutarak. "Neden yaptığını biliyor musunuz?"

"Hayır," dedi Henry hüzünle.

"Bence asıl soru biz neden bunu yapmıyoruz?" dedi Dylan sessizce. Matthew güldü. Maddie irkildiğini söylerken kol tüylerini gösteriyordu. Ama Dylan sadece bana bakıyordu. Parmaklarım çantamın içindeki telefonumu ararken bir anlığına titredi. Parçalar bir yapboz gibi yavaş yavaş bir araya geliyordu ya da paranoyak yanım onları bir araya getiriyordu. Telefonumla ilgileniyormuş gibi sosyal medyada ekranı kaydırmaya başladım.

Dylan gittikten kısa bir süre sonra Ansel'in bileğinde gördüğüm o yarayı anımsadım. Her zaman yaralarla doluydu ama o başka bir izdi. Damarlarına çok yakın olan, insanı öldürebilecek türden bir yaraydı. *Babamı düşündüm,* demişti. *Çok içmişim Ky, endişelenme. Kendimi öldürmeyeceğim, henüz değil.* Ve gülmüştü. O kadar çok gülmüştü ki hâlâ sarhoş olduğunu biliyordum. Gözüm üzerinde demiştim. Bana o gülümsemesiyle bakmıştı. Sahte olanlardan biriyle değil. Keşke diyen gülümsemesiyle. Babam için demişti ama Dylan gittiği için kendine zarar vermek istediğini düşünmüştüm. Şimdi merak ediyordum ya Dylan o yara açıldığı için gittiyse? Ya Dylan o yaranın açılma nedeniyse?

Yeniden ona bakmak istiyordum, gözlerinin içine bakmak ve orada gerçeği aramak istiyordum. Ondan şüphelenmiştim. Herkesten şüphelenmiştim ama ne kadar arasam da elimde hiçbir şey yoktu. Şimdi kenarları paslanmış parçaları eşleştirmeye çalışıyordum. Her zamankinden daha zordu.

Başka bir soru ve bu en kötüsü: Ya o yaraları Dylan açıyorsa? Bunu yapar mıydı? Birilerine zarar verdiğini görmüştüm ama Ansel'e zarar verir miydi? Christopher en başından beri ondan şüpheleniyordu ve elinde bana söylemediği çok daha sağlam kanıtlar olduğuna emindim. Onunla birlikte çalışıyor gibi görünsek de sadece ona bilgi aktarımı yapıyordum, onun benimle bir şey paylaştığı yoktu bu yüzden canım fazlasıyla sıkkındı. Ya Dylan katilse ve buraya bu kadar insanı bu yüzden topladıysa? Son zamanlarda kimse yalnız hareket etmiyordu ve herkes ekstra tedbir alıyordu. Belki de ona istediği zemini hazırlayacak kadar aptaldım.

"Nereye gidiyorsun?" diye sordu Maddie ben ayaklandığımda.

"İçecek bölümünde bir sorun varmış ona bakacağım." Başımı telefondan kaldırmadan yanıtladım. Yeni bir mesaj sekmesi açtım. Yavaş adımlarla yürürken yapacağım şeyin hiçbir mantıklı yanının olmadığını biliyordum. İçeceklerin olduğu masaların yanında dolaşıp ekip arabalarını kontrol ettim. Sadece iskelede kalmamızı istiyorlardı. Ansel olsa ne yapardı diye düşündüm. Cevap o kadar da uzakta değildi.

"Ne kadar ileri gidebileceğimi merak etmiştin, sen ne kadar ileri gidebilirsin, beni öldürmesine izin verecek kadar mı?" Konumumu da ekleyip telefonu kilitledim.

Beni öldürecek kadar mı?

Ve sonra ormana girdim.

9. BÖLÜM: ADALETİ KENDİN SAĞLA

Memurlar beni apar topar dışarıya çıkarırken etrafımda olup biteni anlamaya çalışıyordum. Kolumu daha sıkı tutuyor ve acele ediyorlardı. Kelepçe bileğimi her zamankinden daha fazla sıkmıştı. Duruşma günündeydik ve sabah gelip birisi hazırlanmamı söylemişti. Üzerimi değiştirmem için bir gömlek ve pantolon vermişlerdi. Saçlarımı at kuyruğu şeklinde toplamış saati bekliyordum. Kontrol edecek bir saatim yoktu ama henüz erken olduğuna emindim.

"Ne oluyor?" diye sordum. "Nereye gidiyoruz?"

"Yürü," dedi sadece. Arkamızdan iki memur daha gelmeye başladı. Herkes bir yerlere koşturuyor ve ben neyden bahsettiğini anlamıyordum ama birbirlerine komut verip duruyorlardı. Bundan sonra bana ne olacağı duruşmada belli olacaktı. Bir umut beslediğim yoktu. Hak ettiğim yerdeydim ve duruşmadan sonra kalan hayatımı geçirmek için hücreden alınıp gerçek suçluların olduğu bir hapishaneye gönderilecektim. Kendimi buna hazırladığımı düşünüyordum. Sonra o sesleri duydum. Ana binaya çıktığımızda tüm pencerelerden yankılanıyordu.

"Çok geç," dedi içeriye doğru koşturan biri. "Arkaya gidin."

"O sesler ne?" diye sordum. "Neler oluyor?" Kalabalığın uğultusu yürüdükçe geride kalıyordu ama yuhalayan bağrışları hâlâ duyabiliyordum.

"Benim için mi?" diye sordum. "Beni mi istiyorlar?" Hep bir ağızdan katil diye haykırdıklarını duydum. *Onu asmak gerekiyor,* diyordu birileri. *Onu bize verin.* Bağrışlar o kadar fazlaydı ki daha önce bu kadar kalabalığı sadece turnuva maçlarında duymuştum. İrkildim ve kıpırdayamayacak hale geldim. İnsanlar gerçekten beni asmak istiyorlardı. Gözlerim açık kalmıştı. Bu gerçeği hiç düşünmemiştim. Onlarca insan benim o kızları öldürdüğüme inanmıştı. Birden hiç olmadığım kadar yalnız hissettim.

"Duruşmaya çıkacaksın," dediler. "Hadi araç bekliyor." Memurlardan biri diğerine araçla ilgili bir şeyler söyledi. Yangın merdivenlerinden inerken sesler kulağıma daha yoğun gelmeye başladı. Hepsini benim yaptığıma inanıyorlardı, herkesi benim öldürdüğüme, arkadaşlarıma benim saldırdığıma. *Neden inanmasınlar ki, sen bunları yapabilecek birisin.* Daha önce bir arkadaşını incitmedin mi? Sonra zemini hissetmemeye başladım. İnsan kendi kafasının içinde özgür mü yoksa hapis mi kalıyordu bilmiyorum.

"Dedektif Wallace," diye soludum. "Dedektif Wallace nerede?" Kimse cevap vermedi. Onlardan farkları yoktu. Sadece görevlerini yapıyorlardı, beni korumuyorlardı. Olabilecek başka bir kargaşayı önlüyorlardı. Ama gözlerinde görüyordum. O insanların haklı olduğuna inanıyorlardı. Beni onların önüne atmak istiyorlardı. Ben çoktan çarmıha gerilmiştim ve herkesin elinde odunu hazırdı, birinin ateşi yakmasını bekliyorlardı.

Nakil aracına bindirildiğimde memurlardan biri bana eşlik etti, iki kişi arkadan başka bir araçla takip ediyordu. Oturduğum yerde başımı yaslayıp gözlerimi kapattım. Artık Tanrıyı hissetmiyordum. Dylan daha eskiden bana Tanrının bir uydurma olduğunu söylemişti. İnsanların özellikle zayıf insanların tutunmak için aradıkları bir dal olduğunu ama en ihtiyaç duydukları anlarda Tanrının onları yalnız bıraktığını. Tanrı bir avuntuydu ona göre insanlar için. Tembellikti. Kendileri yapmak yerine Tanrıdan istemeyi seçiyorlardı. Ona inanmamıştım. Tanrının varlığını seviyordum. Yalnız olmadığımın kanıtıydı. Ama o geceden beri artık içimde Tanrıyı hissedemiyordum. Belki de hiçbir avuntum kalmamıştı.

Öyleyse öldükten sonra ne oluyordu? Dylan'ın söylediği gibi hiçliğe mi karışıyorduk yoksa cennet ve cehennem var olabilir miydi? Cezalandırılacak mıydım yaptıklarım için yoksa zaten cezamı burada çekiyor muydum? Bir an sadece bir saniye için hiç olmanın ne kadar cazip olduğunu düşündüm.

Araba sarsılınca başım iki kez çarptı. Ani bir frenle durduğumuzda virajı alamadan yol üzerinde kaydık. Memur bir yerden tutundu ama kelepçeler bana engel oldu. İçeride savrulup tekrar başımı bu defa demire çarptım. Araba durduğunda beynimin içinde şiddetli bir zonklama vardı. Beni bulduklarını düşündüm. Beni almaya geldiklerini. İnsanlar tanrı ve şeytan olabiliyorsa Azrail de onlardı. Kanatları yoktu. Melekler yoktu.

"İyi misin?" diye sordu memur. Gözlerimi açmak için çabalamadım. Arabanın kapısının açıldığını duydum.

"Ne oldu?" diye sordu.

"Bilmiyorum bir şeye çarptık ya da birine." Şoför açıklamasını yaparken kendi çabamla sadece popomun üzerine oturabilecek şekilde doğruldum.

"Sen bekle burada," dedi aşağı inerken. "Ben kontrol edeyim."

Kapının üzerime kapandığını ve kilitlenen sürgünün sesini duydum. Birkaç adım ve koşturma. Sonra ön kapının açılıp hızla kapanma sesi çarptı beynimde. Araba hareket etti. Memurun geri geldiğini duymamıştım. Hızlandı ve sarsıntıyla yola devam etti. İçeride tek başımaydım. Midem bulanıyordu. Başım dönüyordu. Gözlerimi kısarak zar zor bir şeyleri seçebiliyordum. Telle örülmüş kutu kadar pencereden dışarıyı görmeye çalıştım ama oturduğum yerde uzun ağaçların dalları ve kapanmış gökyüzü dışında bir şey seçemiyordum. Biraz doğrulup oturakla arabanın kenarına yaslanmayı başardım. Düşmemek için dizlerimi sıkıştırarak oturaktan destek alıyordum. Araba yavaşlar gibi oldu. Sonra yeniden ön kapının açılıp kapanma sesini duydum. Benim kapımın da açılacağını düşünerek bekledim. Kapı açılmadı. Bir daha ön kapı da açılmadı ama araba yavaşça, çok yavaşça hareket etmeye başladı.

"Buradayım," diye seslendim. "Hâlâ buradayım. Orada kimse var mı?"

Araba biraz daha hızlanmaya başladı. Bir küfür işittim. Zorlanıyordu. Araba birden daha çok sarsıldı. Aşağı doğru düşüyorum sandım. Arabanın ön kısmı bir çukura saplanmış gibi eğildi ama hiç ses çıkmadı. Yavaşça çok yavaşça biraz daha hareket etti. Sonra ağır şekilde bir çarpma hissi sardı her yanımı. Hafifçe zıplayıp zemine çakıldım. Yumuşak bir zemine düşmüşüm gibi. Yüzmek gibi hissettirmişti. Arka kapının aralıklarından zemine doğru su akmaya başladı.

"Neler oluyor?" diye bağırdım. Oturaktan destek alarak ayağa kalktım. Araba bir tekne gibi sallanıyor hareket etmeyi zorlaştırıyordu. Sola doğru yaslandım. Dizimle oturağa kendimi atmayı başardım. Şimdiden soluk soluğa kalmıştım. Biraz daha yana doğru yattı.

"Orada kimse var mı?" Bir hamleyle kendimi savurarak parmakları yakalamayı başardım. Kendimi yukarıya doğru çekerken zorlanıyordum ama nihayet dizlerimi oturağa sabitlemeyi başarmıştım. Pencereden dışarıyı gördüm. Pencereden iskeleyi gördüm. Pencereden arabanın göle doğru battığını gördüm.

Kapıya doğru yürümeye çalışırken araba daha çok sallandı, ön tarafı batıyor muydu? Geriye doğru yalpalayarak popomun üzerine düştüm.

"Beni duymuyor musunuz?" diye yeniden bağırdım. Boğazım acıdı. Oturağın zemine sabitlenmiş demirinden tutarak yukarıya doğru kalkan kapıya doğru emeklemeye çalıştım. Kelepçenin kenarıyla kapıya vuruyordum.

"Orada kimse var mı?" diye ağlamaya başladım. Kelepçeyi çıkarmaya ellerimi kurtarmaya çalışıyordum. Biraz daha kapıya vuruyordum. Dizlerim içeriye sızan suyla ıslanmaya başladı. Hızla batıyor ve suyun içinde kalıyordum. Ayağa kalkıp oturağın üzerine çıktım.

"Buradayım!" diye bağırdım pencerenin parmaklığından tutunup. Suyla aramda yarım metre vardı. Arabanın ön tarafı neredeyse tamamen batmıştı. "Buradayım, biri yardım etsin!" Bir şeyler görmeye çalıştım ama sadece göl ve bulutlarla çevrili gökyüzü vardı. Arabanın ön kısmı battıkça dengede durmak zorlaşıyordu. Kelepçeler tutunmama engel oluyordu. Sadece bağırıyordum, yardım istiyordum.

Su oturağa kadar yükseldi ama kimse gelmedi. Kimse sesimi duymadı. Ayaklarımı sallandırıp oturdum. Bacaklarım suyun içinde kaldı. Dizlerim panikle titriyor korku bedenimi ele geçiriyordu.

"İşte oluyor," diye fısıldadım kendime. "Bu defa işim bitiyor."

Birisi odunların üzerine bir kibrit çakıyor.

Oturağın üzerine doğru uzandım. Ayaklarımı ön taraftaki şoför kısmıyla benim olduğum kısmı ayıran çelik duvara yaslayıp kendimi olabildiğince yukarıda tutmaya çalıştım. Su etrafımda yükselirken sadece küçücük pencerenin kenarından gökyüzünü seyretmeye çalışıyordum. Kabullenmiştim. Her zaman bir şeyleri kabullenmem çok kolay olmuştu. Her zaman her şeyi hak ettiğimi düşünmüştüm.

"Çok acıyor babacığım."

"Yaralandın çünkü yaramazlık yaptın, bunu hak ettin Ansel. Koşmamalısın. Koşarsan düşersin. Düşersen yara alırsın."

"Özür dilerim babacığım."

"Nasıl yapacağını bilirsen yaraları iyileştirebilirsin."

Öğretmeye fırsat bulamadın babacığım. Ben koşmadım ama birçok kez düştüm. Hak ettim. O kadar çok yara var ki. Çok fazla dikiş. Çok fazla kan. Çok fazla iz. Yaralar tedavi edilemiyor babacığım. Tedavi edilemeyen yaralarım değil bak beni insanlar öldürüyor.

Su yavaş yavaş ciğerlerime doldu. Hıçkırmaya derin derin soluk almaya başladım. Kendi soluklarım kulaklarıma bir uğultu gibi suyla birlikte doldu. Gözlerimi kapatmam gerektiğini biliyordum ama son ana kadar gökyüzüne bakmaya devam etmek istiyordum. Daha sonra ne göreceğimi bilmiyordum. Gördüğüm son şeyin kapanmış göz kapaklarımın ardındaki yaralar ve sonsuz bir karanlık olmasını istemiyordum.

Kalbim göğsümü delecek gibi hızlı atmaya başladı. Ölüm korkusu, suyun içinde çarpan bir vurgun etkisi yaratmıştı. Hıçkırıyor ve panik atak geçiriyordum. Göğsüm sıkışıyor içeriye dolan suyun sesi şimdiden ciğerlerimi sıkıştırıyordu. Dizlerimin üzerine kadar tırmandı. *Belki babam oradadır,* diye düşünmeye çalıştım. *Babamı orada bulabilirim. Ölürsem babamı bulabilirim ve ondan bana öğretmesini isteyebilirim. Belki ölürsem nasıl yaşanılacağını öğrenebilirim.*

Su omuzlarıma dokunduğunda daha da irkildim. Buz gibi soğuktu. Gözlerimi iyice açıp gökyüzüne kilitlendim. Bir saniyeliğine kırparsam ve gözkapaklarımın ardındaki karanlığa sıkışırsam diye ödüm kopuyordu. Kulaklarıma değdi. Üşüyordum. Şimdiden çok soğuktu. Ölen insanların ellerinin ne kadar soğuk olduğunu hatırladım. Suyun içinde salınan ellerim kilitlenmişti. Uzandığım yerde suyun etkisiyle yavaşça hareket ettim ama kımıldamadım, gözlerimi gökyüzünden ayırmadım. Su önce dudaklarımın üzerine çıktı. Burnuma ulaşmamıştı ama dudaklarımı kapatır kapatmaz nefessiz kalmıştım. Sonra hızlandı. Şeritten çıkan kontrolünü kaybetmiş bir araba gibi. Bütün bedenim suyun altında kaldığında araba gölün içinde hareket etti, ön kısmı tamamen döndü, dikey olarak batmaya devam etti. Bedenim suyun içinde havalanırken döndüm. Gökyüzünü kaybettim. Küçük penceremden içeriye daha fazla su giriyordu. Karanlık işte orada benimleydi.

Becca, diye fısıldadım zihnimin içinde. Suyun altında benimleydi. Tıpkı o gece olduğu gibi uzanmıştı yanıma. Kafası benimkinin hemen yanındaydı. Yüzlerimiz bu defa birbirine dönüktü. Ama yıldızları izlemiyorduk artık.

Nasıl da sarhoştuk o gece, nasıl da mutsuzduk. Ama nasıl da dans etmiştik tüm gece ve kahkahalar atmıştık o tavan arasına gidene kadar. Nefret etmiştik dünyadan. Ve tüm insanlardan. Ama birbirimizin sırdaşı olmuştuk.

"Bunu denemelisin Angie," diye sırıtarak omzuma dokunmuştu. Avucunda yine o haplardan vardı. İki tane. Burun kıvırmıştım bir kez daha.

"Hadi," demişti. "Ne kadar mutlu olacağını düşün. Belki yaşamak isteyecek kadar."

Ona dönmüş ve daha çok kahkaha atmıştım.

"Yeterince sarhoşum," dedim işaret parmağımı boşluğa kaldırıp. Pencerede cam yoktu. Onu kimin kırdığını bilmiyorduk. Muhtemelen daha sarhoş olduğumuz günlerden birinde yine biz yapmıştık. Sonra yıldızları izlemek için öylece bırakmıştık.

"Ben senin için kurşun bile yiyebilirim Angie." Göz kırpıp hapların ikisini de ağzına attı.

Daha çok güldüm.

"Sen sarhoşsun ve saçmalıyorsun."

"Hayır, ciddiyim. Sen ve D. İkiniz için. Belki biraz da Henry. İşe yaramaz ailemden daha çok ailem olduğunuz için. Ama en çok senin için. Seninle birlikte ölürdüm."

"Ölmek yok Becca..." diye mızmızlandım.

Yerden kalçasını kaldırıp iyice yanıma doğru yanaştı. Omuzlarımız birbirine çarpıyordu. Elimi tutup havaya kaldırdı. "Bunları bana da göster," dedi. "Ben de yapmak istiyorum." Parmaklarımdaki yara bantlarının altında kalan küçük kesikleri gösterdi.

"Bu manyakça," dedim elimi çekip.

"Ama sende işe yarıyor," dedi.

"Bana bak..." Çenesinden tutup gülerek başını zaten bakmıyormuş gibi kendime çevirdim. "İşe yarıyor gibi mi görünüyor?"

"Hadi ama..." Ellerinden destek alarak doğruldu. Her zaman cebimde duran Dylan'ın hediyesi olan özel bıçağı kaptı. "Göster," dedi.

"Pekâlâ." Ben de onun gibi doğruldum. "Sadece küçük bir kesik. Ama bununla olmaz. Bu bir dikiş tutmaz." Becca bıçağı eline alıp özel işlenmiş desenlerini incelemeye koyuldu. Ayağa kalkıp dağılmış kitaplığın raflarını yalpalayarak aramaya başladım. İşte orada. Bir Yaz Gecesi Rüyası kitabının arasında yırtılmış bir kâğıdın içinde saklıydı. İki tane ince bisturi ucu, biri babamın özel neşter koleksiyonundan. Yeniden onun yanına yere oturdum. Benden daha kötü durumdaydı. Baş parmağımın iç kısmına iki milim kadar ince bir çizgi şeklinde kesik açtım.

"Bunu izle," dedim. "Çok küçük ve yüzeysel bir kesik ama kan biraz sonra oraya toplanacak ve küçük kesikten dışarıya çıkmak isteyecek. Bunu yaparken sızlayacak. Hafif şiddetli bir yanma gibi. Odaklandığımda vücudumdaki her şey sadece o sızıyı hissedecek. Sonra beynim ve vücudum onu iyileştirmek için harekete geçecek. İnsan fizyolojisi böyle işler. Kendini tamir etmeye çalışır." Çünkü canım çok yanıyor, her gün canım çok yanıyor ama görünürde bir yara yok. Kanamıyor. Kabuk bağlamıyor. Beynim ve bedenim onu tedavi edemiyor. Ben de iyileşebilmek için görünür bir yara açıyorum.

Önce onun telefonu çaldı. "Ne var?" dedi arayan her kimse. "Kendimi kesiyorum, sen ne yapıyorsun?" Bana bakarken kıkırdadı. Ayağa kalkıp pencerenin kenarına yürüdü. Duvara kadar emekleyip yaslandım. Odanın diğer ucundan ona bakıyordum ama kiminle konuştuğunu anlayamamıştım. Sonra benim telefonum çaldı. Gülmekle ağlamak arasında kararsız kalıp açtım telefonu. Ona ne zaman baksam böyle hissediyordum. Ağlamak istiyordum. Sebebi yoktu. Onu düşünmek, ona bakmak hepsi beni ağlatacak gibi oluyordu. Bazen onu çok sevdiğim için ağlamak istediğimi düşünüyordum. Bazen de beni bu kadar sevdiği için minnetten böyle hissettiğimi düşünüyordum.

"Selam, D."

"Selam, meleğim. Ne yapıyorsun?"

"Merak ediyorum," diye fısıldadım telefonu kulağıma sıkıştırıp. Bisturi uçlarından birini parmaklarımın arasında dolaştırıyordum. Kolayca hareket ediyor benimle bu oyunu oynuyordu. "Ölüme en yakın hissin ne olduğunu."

Keyifli bir şekilde "Biliyorsun zaten meleğim," dedi. Ses tonunu çok seviyordum. Benimle konuşurken daha çok. "Sevişmek gibi."

"Bu gece biraz ölüme yaklaşmak istiyorum," dedim. "Kalbimin nasıl hızlanacağını hissetmek istiyorum. Bedenimin yaşamak için savaşıp savaşmayacağını merak ediyorum. Beynim beni kurtarmak için mi mücadele edecek yoksa öldürmek için mi?"

"Angie," dedi memnuniyetsiz bir şekilde. Bunu yapmamdan o kadar da hoşlanmıyordu. Bir şeyleri kesmeyi seviyordu. Benim onu kesmemi de seviyordu. Ama benim kendimi kesmemi hiçbir zaman sevmemişti.

"Bugün oyun havanda değil misin bebeğim?"

Güldü.

"Seninle oynamaya her zaman hazırım. Neredesin?"

"Çatı katında."

"Pekâlâ," dedi. "Telefonu hoparlöre alıp olduğun yere uzan."

"Soyunmam gerekiyor mu?"

"Ben gelene kadar değil."

Birden müthiş bir heyecan hissettim ve bu tüm gün boyunca hissettiğim tek gerçek güzel şeydi. Gözüm Rebecca'yı aradı. Artık orada değildi, koridordan banyonun ışığı etrafı aydınlatıyordu. Ondan saklanmama gerek yoktu. O Kylie ve Maddie gibi değildi. Onlar gibi temiz ve normal değildi. Benim kadar dipteydi.

"Şimdi ne yapıyorum?" diye sordum.

"Yapmak istediğini."

"Ne kadar yaklaşmalıyım? Boynum nasıl?" Bisturinin ucunu hafifçe dudaklarıma dokundurdum, tenimde kaydırarak neredeyse nabzımın attığını hissettiğim o noktaya getirdim. "Nabzım şimdiden hızlanmış gibi hissediyorum."

"Hayır, boynun olmaz. Orayı ne kadar sevdiğimi biliyorsun." Sigara yaktığını duydum.

"Pekâlâ, daha aşağıya iniyorum, iki göğsümün arası keskin bir iz için koşturacak bir arazi gibi."

"Kalbin bana ait Angie," diye fısıldadı.

"Bana anlat," dedim. "İnsanlar bileklerini kestiğinde nasıl ölüyor Doktor Dylan OcConer."

"Bıçağın deriyi yırtmasının bir önemi yok, asıl mesele damarlara ulaşabilmekte. Küçük bariyeri aştığında seni hayata bağlayan birbirine ilmekli yüzlerce ipten tek bir tanesinin koptuğunu düşün. Bir insan hayatını oluşturan birbirinden gergin, incecik yüzlerce

damar. Biri kopuyor ve bir lastik gibi tüm sistemi alaşağı ediyor. Kan akışını kontrol edemezsin. Vücudun ani bir şok ve sarsıntı yaşıyor. Hepsi saniyeler içinde oluyor. Ölümü ve yaşamı hissetmek için çok kısıtlı bir anın var, yaşarken hissedemeyeceğin bir yükseklik, bebeğim bu hiçbir ölümlünün yapamayacağı bir tırmanış."

"Kaç dakika?" Diye fısıldadım. "Kaç dakika sürüyor?"

"Ben oraya gelene kadar bir dakikan var."

Sonra kestim. Ne kadar derine ineceğimi biliyordum. Kendimi öldürecek kadar değil. Ama bir şey oldu ve dikkatim dağıldı. Zemine bir şey çarptı. Sonra daha büyük bir çarpma sesi geldi. Elimdeki bisturi daha derine indi. Dönerken içimden bir küfür ettim. Bileğimden kontrolsüzce kan fışkırıyordu.

"Becca!" diye bağırdım. Önce yerde parlayan işlemeli o bıçak takıldı gözüme. Sonra onun arkasında duvarın kenarına yığılan Becca'nın ağırlaşmış bedeni. Aniden başım döndü.

"Ansel," diye seslendi Dylan telefonun diğer ucundan.

"Becca!" diye bağırdım. Bileğimde yanlış bir ipi kestiğimi hissettim. Tansiyonum düşüyor ya da yükseliyordu. Başım dönmüştü. Ona doğru koşmak ve yarasını sarmak istiyordum. Ama hareket edecek dermanım yoktu. Belki kendi yaramı sarmak için bile.

"İyileşmek istiyorsan yaraları dikmekle uğraşmamalısın Ans," diye fısıldadı gülümseyerek. "Ölmüş kişi günahtan özgür kılınır." Gözlerini kapattı.

Dylan içeri geldiğinde Becca'ya doğru sürünüyordum. Ama yetişememiştim. Bilincim yavaş yavaş kendine geldiğinde Dylan adımı sayıklıyordu. Bileğimi bandajlamış havada tutmam için beni telkin ediyordu.

"Becca," diye fısıldadım.

Adımı sesleniyordu.

"Dylan bileği," dedim.

"Kahretsin Ansel," dedi öfkeyle. "Bu kadar derin kesmemeliydin!"

"Dylan bileği."

İkimiz de bileklerimizi kestik ama birimiz dikebildik.

"Rogers," diye seslendi. Midemin üzerinde bir ağırlık hissediyordum. "Rogers," diye tekrar etti. Yüzümdeki parmakların aceleci hareketlerini hissediyordum. "Uyan, Ansel!" Gözlerimi kısa süreliğine açtım.

"Ölümün nasıl hissettireceğini bilmek istedim," dedim. "Ölmenin nasıl hissettireceğini. Ölüm yarasını iyileştirirsem yaşayabilirim sanmıştım. Yaşamayı istemek istedim sadece. Kendimi öldürmek istemedim kendimi yaşatmak istedim. Bilmiyordum." Nefes almaya çalıştım. "Onun, Becca'nın dinlediğini bilmiyordum. Ölmesini istemedim. Kimsenin ölmesini istemedim. Birimizi kurtarabilirdi. Benim yaramı sarmayı seçti. Beni yaşatmayı seçti." Yıllardır içime attığım o soğuk ölümü saklamanın boğulmaktan daha can yakıcı olduğunu fark ettim. "Telefonundan yardım çağırdım. Dışarıdaydım. Yardım gelene kadar bekledim. Yarası daha derindi. Benim gibi bilmiyordu. Ne kadar derinden kesmesi gerektiğini bilmiyordu. Yaralar hakkında benim kadar çok şey bilmiyordu. Ölmesini istemedim."

Etrafımda gül yaprakları vardı. Avuçlarımın içinde dikenli bir tane bırakılmıştı. Onları öldürmek isteyen biri beni kurtarmıştı.

"Sus," dedi. "Sus."

Gözlerim yeniden kapandı.

10. BÖLÜM: KAPANDAN KURTULAN KURT

KYLIE

Ophelia Valley bugün güneşle ödüllendirilmişti. Mevsim bu kasabada kışın yeterince ağır geçtiğine karar vermiş olmalıydı. Havada kar kokusu vardı ama Maddie'nin masanın üzerine çıkıp bluzunu sıyırarak güneşlenmesine engel değildi. Triko Chanel takımımın üzerinde oluşan küçük tiftik kümesi canımı sıktı. Bir yere takılmış olmalıydım. Kıyafetlerimin kusursuz görünmesini severdim. Güneş gözlüğümü memnuniyetsiz bir şekilde gözlerime indirdim.

"Ne düşünüyorsun öyle?" diye sordu Maddie. Ders arasında okulun arkasındaki kamelyaya gelmiş diğerlerini bekliyorduk.

"Hiçbir şey," diye yanıtladım elimdeki kitabın sayfasını çevirerek. "Okuyorum sadece." Maddie omzunun üzerinden bakıp inanmadığına dair imalı bir gülücük attı. Kitabı biraz daha yüzüme yaklaştırıp ondan kurtuldum.

O geceyi düşündükçe ensemdeki küçük tüyler ürperiyordu. Ormana gitmek ağaçların altından geçtiğim ilk anda berbat bir karar gibi görünmüştü. Gururum diğer her şeyden baskın olduğu için gölgelerin altında yürümeye devam etmiştim. Elimdeki telefonun cılız ışığı dışında hiçbir aydınlatma yoktu. Ormanlar günün en iyi saatlerinde bile tek başına dolaşırken insanları ürkütürdü. Gecenin bir vakti kasabada işlenen cinayetlerden sonra bir de üstüne üstün hoşlandığınız çocuktan şüphelenirken hiç tekin gelmiyordu. Dylan onca kişiyi kurban etmeyi göze almıştı, tam bir aptal olmadığım için beni de tatlı Ansel'i için seve seve kurban edeceğini tahmin ediyordum. Öğrenmek istediğim beni ne kadar önemsediği değil, beni öldürmek için oraya gelip gelmeyeceğiydi.

Bacaklarım o kadar titriyordu ki karşıma herhangi biri çıkarsa ne kadar hızlı koşabilirdim emin olamıyordum. Depoya yakın kuzey bölgesine doğru yürümeye devam ettim. Parmağım hızlı arama tuşunun üzerinde duruyordu. Beynim karmaşık ipler ve sorularla doluydu. Her bir ucu başkasıyla bağdaşan çözümlenemeyen düğümlerden nefret etmiştim. Rebecca'nın, eski arkadaşlarının ölümü odamdaki tablonun merkez noktasına yerleşecekti. Bu geceyi atlatırsam eğer odaklanacağım şey kesinlikle bu olacaktı. Onun ölümü, Ansel'in bileğindeki yara izi, Dylan'ın kasabadan gidişi, Ansel'in dağılması, Dylan'ın tekrar döndüğünde... O gece. Matthew'ın kafasıyla şaka yapıldığı gece. Dylan'ın geldiğini öğrendiğimiz gece. Ansel kaçarak gitmişti. Bunun sadece bir kalp kırıklığı olmadığını daha önce düşünmeliydim. Ansel her zaman tatlı gülümsemesiyle orada olmayı isterken hayalet görmüş gibi kaçmıştı. Her şey o döndüğünde daha kötüye gitmişti. Ansel kalp ağrısı çekmiyordu, Ansel Dylan'dan korkuyordu.

Ormanın bu kadar büyük olduğunu daha önce hiç fark etmemiştim. Eskiden burada grupların gülüşmeleri, ileriden bir yerden bir müzik sesi mutlaka bir yaşam belirtisi olurdu. Şimdiyse sadece kışın keskin soğuğunun sesi ve çam iğnelerinin ayağımın altında ezilirken çıkardığı sesler vardı. Üzerime bir ceket almadığım için pişman oldum, çıplak bacaklarım buz tutmuştu. Ortalık o kadar sessizdi ki çıtırtıyı duymamı kolaylaştırdı ama sanki birisi özellikle duymamı istemişti. Durup arkama bakmak yerine adımlarımı hızlandırdım, iyi bir koşucuydum, her sabah spor yapıyor ve sağlıklı besleniyordum ve insanların genelde ölmesine neden olan hataları yapmazdım, tamamen buna güveniyordum. O yüzden koşmaya başladım. Onunla karşılaşacaksam da onun ses çıkardığı yerde değil daha açıkta kaldığım ve ne yöne gideceğimi bildiğim bir yerde olacaktı.

Yeterince gittiğime karar vererek nihayet durdum. Elimdeki telefonun ışığını kapattım. İçimden saymaya başladım. Bir dakika geçtikten sonra tekrar yavaşça nefes alıp telefonun ışığını yaktım. Kendi etrafımda dönüyordum, ağaçların gölgeleri yanılmama ve birini gördüğümü sanmama neden oluyordu.

Bir anda telefon elimden fırladı. Biri sertçe kolumu yakalayıp belimin arkasına doğru bükmüş, diğer eliyle ağzımın üzerine bastırmıştı. Hızla beni ağaçların sıklaştığı tarafa çekti. Bir ağacın gövdesine yapıştırdığında nihayet gözlerini gördüm. Petrol mavisi, soluk bakışlarında ne bir korku vardı ne de öfke. Hiçbir şey.

Elini dudaklarımın üzerinden çekti, yavaşça nefes aldım. Adrenalinden soluk soluğa kalmıştım. Göğsüm hareket ettikçe ona çarpıyordu. İnsani duygulardan nefret ediyordum. Bir dakika önce korkarken şimdi nasıl olurdu da böyle heyecanlanabilirdim.

Üzerime doğru iyice eğildi.

"Dylan..."

"Kylie," dedi kaşlarını kaldırarak. Sesinde hafif bir alay vardı. Beni rahatsız ediyordu. Kimse daha önce benimle alay etmemişti. Kimse benimle alay edemezdi, ben onlarla ederdim. Aptal oldukları için. Beni öldürmeye çalışsa muhtemelen daha az incinirdim.

"Burada ne yapıyorsun?" Gözlerinde hafif bir parıltı yakaladım. Yüzü yüzüme çok yakında. Nane ve sabun kokusunu alıyordum.

"Bazı cevaplar arıyorum, tıpkı senin gibi." Alt dudağını dişleyerek güldü. Söylediğim bir şey onu eğlendirmişti ama ne olduğunu çözebilecek durumda değildim. Elinin hâlâ belimde olduğunu fark etmek odaklanmamı kolaylaştırmıyordu.

"Demek tıpkı benim gibi," dedi belimdeki elini biraz daha bastırarak. Ağzımdan soluklanmak zorunda kaldım. O an neye odaklandığımı nasıl anlayabilmişti. Burnu hafifçe burnuma dokundu, gözlerimi yeniden ona çevirdim. Çok yakınımdaydı.

"İstediğini yaptım," diye meydan okudum. "Şimdi öpücüğümü istiyorum."

Elini belimden çekip doğruldu. Karşımda dimdik bir şekilde durdu. Gülümsemeden eser kalmamıştı. Bir elini başımın yanından geçirip ağaca yaslayarak yeniden eğildi. Artık neredeyse sinirliydi. "Planımı mahvediyorsun," dedi sadece. "Seni öldürmek istese zaten yapardı." Baştan çıkartıcı bir tavırla dilini dudaklarında dolaştırıp "Seni öpmek istesem zaten yapardım," dedi.

Kolunu ittim. Yere düşen ve hâlâ feneri yanan telefonumu aldım. Depoya arkamı vererek iskeleye doğru koşmaya başladım. Kendimi rezil olmuş ve aptalmış gibi hissediyordum. Hayatım boyunca ilk defa.

"Dün Ansel'in duruşması vardı, neden ertelendiğini öğrenebildin mi?" diye sordu Maddie. Dikkatimi dağıttığı için memnun olarak gerçekten kitabı okumaya çalıştım.

"Birileri olay çıkarmış sanırım babam kasabadaki birçok insanın Ansel'in katil olduğuna inandığını söyledi," dedim. "Bazıları onun asılmasını istiyormuş." Saçmalık, diye geçirdim içimden. İnsanlar her zaman yanlış olana inanmaya meyilliydi. Onlar için gerçeğin önemi yoktu sadece konu kapansın istiyorlardı. Katilin o olduğuna inanıp iğrenç yaşamlarına devam etmek istiyorlardı.

"Zavallı Ansel," dedi Maddie. "Onun için çok üzülüyorum."

"Güneşlenirken mi?"

"Efendim?" diye döndü Maddie birden. Ağzımdan kaçırdığım şeyden mutlu olmamıştım ama pişman olmak gibi bir huyum da yoktu.

"Ben en azından onun yokluğunda sevgilisine sarmıyorum." Beni şaşkına uğratarak bir anda durdu. "Ah, pardon sen o buradayken bunu yapıyordun ve bütün bunlara sebep olan da bu!"

"Anlamadım," dedim. "Olanların suçlusu ben miyim?" Güneş gözlüğümü tek parmağımla burnumun üzerine indirdim.

"Sensin. İkimize de yalan söyledin, Dylan'a kafayı taktın yeni çıkmış bir çanta ya da yeni bir sınav notu gibi. Bu yüzden kavga ettiniz ve Ansel bizimle konuşmadı. Yalnız kaldı ve tuzağa düştü."

"Ansel her zaman olduğu gibi aptal bir çocuğun peşinden gittiği için bu halde." Tanrım, sözcükler kafamın içindeyken kulağa o kadar kötü gelmiyordu ama dudaklarımdan çıktığında insanlar dehşete kapılıyordu. Tamam biraz acımasız olmuştu ama haksız değildim, onun kötü durumda olduğunu da biliyorum ama ne zaman birileri ona arkasını dönse kendini başka bir adamın yanında bulmaya son vermeliydi.

"Dikkat et Ky," dedi masadan zıplayıp ayağa dikildiğinde. "Sen Ansel'in kim bilir neden kasabadan kovduğu bir çocuğun peşinden gitmeye başladın." Çantasını alıp bana arkasını döndü, birkaç adım attığında söylediği bir şey beni afallattı.

"Ne dedin sen?" dedim kolundan tutup.

"Ne dediğimi duydun?"

"Ansel Dylan'ı kasabadan kovdu mu?"

"Delirdin mi sen? Onca söylediğim şeyden buna mı takıldın?" Gözlerini hiddetle iri iri açtı. "Kıymetli Dylan'ı Ansel kovdu, evet." Yapay bir şekilde ağzını büküp güldü.

"Nereden biliyorsun?"

"Ansel bana anlattı," dedi kendini beğenmiş bir ifadeyle kollarını göğsünde birleştirerek.

"Nedenini söyledi mi?"

"Senin için olduğunu hiç sanmıyorum."

"Maddie, kes şunu. Bu önemli. Nedenini söyledi mi?"

"Artık ona katlanamıyormuş," dedi.

"Başka bir şey söyledi mi?"

Beni hafifçe omzumdan itti.

"Yeter artık Kylie. Bunlar seni ilgilendirmiyor. Kendine dönüp bakıyor musun? Seni tanıyamıyorum. Aş artık şunu, o çocuk yeni çıkan bir Louis Vuitton değil. Tanrım!" Saçlarını savurup yürümeye koyuldu.

Rebecca ölüyor. Dylan kasabadan gidiyor. Hayır, Dylan kasabadan kovuluyor. Tanrım, en mantıklı senaryo Rebecca'nın Dylan yüzünden ölmüş olması. Kahretsin. Ansel bu yüzden ondan ayrılmış olmalı ve belki de onu kasabadan ayrılması için tehdit etti. Bu yüzden döndüğünde ondan köşe bucak kaçtı. Bu yüzden ondan korkuyordu. Rebecca bileklerini kesmedi, kesildi. Ve belki de Ansel'in bileğini de… Ah, hayır. Lütfen olmasın.

Telefonumdan internet sekmesini açtım. Sadist kelimesini arattım.

11. BÖLÜM: BURUŞUK BİR KÂĞIT SADECE

Burnumda soluk alabilmem için bir oksijen maskesi vardı. Kolumdan damar yolu açılmıştı, iki farklı kabloya bağlıydım. Etrafımda olmasını isteyeceğim hiç kimse yoktu. Sadece Christopher, yaşlı dedektif ve şık takım elbiseli bir kadın. Christopher yaşlı dedektifi bir şey söylemek için odanın dışına çıkardı. Diğer tarafımda olduğunu gördüğüm bir doktor ve hemşire dikkatle bana bakıyordu. Onu duyup duyamadığımı sordu, bilincimin açık olup olmadığını... İyi olup olmadığımı sormadığına alınmadım. Gözlerimi kontrol etti ve peşinden birkaç soru daha sordu. Sonra hazır olduğumu söyleyerek dışarıya çıktı.

"Bayan Rogers," dedi genç kadın ihtiyatlı bir gülümsemeyle. "Ben sizin yeni avukatınızım. Davanızı ben takip edeceğim ve sizi ben savunacağım."

"Diğer avukata ne oldu?" diye zorlukla soludum. Boğazım tahriş olmuştu. Çok fazla su yutmuş olmalıydım.

"Daha önemli meselelerimiz var. Dedektifler birazdan gelecek ve size olay günüyle ilgili birkaç soru soracaklar. Bir süredir hastanede kalıyorsunuz, bilinciniz kapalıydı. Aracın nasıl göle devrildiğini öğrenmek istiyorlar. Fazlasını anlatmayın. Hatırlamadığınız hiçbir şey hakkında konuşmayın. Başka bir konu hakkında soru sorulursa cevaplamayın."

"Ben, size ödeme yapamam." Kirpiklerimi kırpıştırmaya çalıştım.

"Bu mesele değil," dedi. "Söylediklerimi yapabilir misiniz?"

Yutkunmak için kendimi zorlamadan başımı salladım. Herkesin bana söylediklerini yapabilirdim. Tüm bunların bitmesi için her şeyi yapabilirdim.

Dedektif Christopher ve yaşlı şefleri yanlarında başka bir memurla birlikte içeri girdi. Memurun elinde bir dizüstü bilgisayar vardı. Şef avukatın yanına duvarın kenarına geçti. Christopher yatağın yanına çektiği iki sandalyeden birine oturdu. Diğer memur da yanındaki sandalyeye.

"Geçirdiğin kazayı hatırlıyor musun Rogers?"

Başımı salladım.

"Sesli bir şekilde söyleyebilir misin?" Sesi sorgu odasında olduğunda daha yumuşak ve anlayışlıydı.

"Kaza anını hatırlıyorum." Beyaz odanın ışıkları gözlerimi alıyordu. Uyanık mıydım, hayatta mıydım, suçlu muydum? Kimdim?

"Neler olduğunu bize anlatır mısın?"

Kendimi zorlayarak öksürmeye çalıştım ama tükürüğümde boğulmak üzereydim. Dedektif ayağa kalkıp başımdan tuttu.

"Su," diye seslendim. "Lütfen biraz su içebilir miyim?" Göz göze geldik. Bakışlarında mağrur bir ifade vardı. Dudaklarını birbirine bastırıp başını salladı. Komodinin üzerinden su şişesine uzandı ama sonra hemşireden bir bardak rica etti. Yatağın yanındaki düğmeye basarak hareket ettirdi.

"Yeterli mi?" diye sordu. Daha doğrulmuş hissediyordum. Hafifçe, becerebildiğim kadar başımı salladım. Hemşire birkaç tane karton bardakla içeriye girdi. Suyu içerken Dedektif Wallace başımı tutup destekliyordu, gözlerim onu dikkatle seyreden yaşlı şefe döndü. Ashley'nin babası olmalıydı. Suyu içerken taşırdım. Christopher geri çekilince yeni avukatım benim için kâğıt mendil uzattı. Kabloların el verdiği ölçüde ağzımı silip boğazımı temizledim ve anlatmaya başladım.

"Nakil aracına bindirildim. Bir süre gittikten sonra araç bir şeye çarptı. Ya da bir şey araca çarptı. Bir gürültü oldu sonra araç sallandı ve durdu. Bizim olduğumuz taraftaki kapı açıldı. Sanırım şofördü, o yanımdaki memura bir sorun olduğunu ve birinin kontrol etmesi gerektiğini söyledi. Bana eşlik eden memur araçtan indikten sonra kapıyı üzerime kapattılar. Sonra ön taraftan kapının açılıp kapanma sesini duydum. Araç yeniden hareket etti. Sürekli sallandığı için başka bir yolda olduğumuzu düşündüm. Asfalt yolda değildik. Sonra araç yavaşladı. Yeniden ön taraftan kapının sesini duydum ama hemen sonra araç çok yavaşça hareket etmeye başladı. Başka bir gürültü daha duydum. Sonra düştüm. Pencereden baktığımda göle devrildiğimizi fark ettim. Bir süre yardım istedim ama kimse gelmedi. Araç tamamen suyun altına gömüldü." Nefes alarak durdum. "Oradan nasıl çıktım?"

"Seni kimin çıkardığını hatırlamıyor musun?"

"Hatırladığım son şey beni öldürmeye yetecek kadar su yuttuğum."

"Seni aracın dışında bulduk. Göl kenarındaydın."

"Ben, ne?" Bana bir şey söylemesi için yalvarırcasına Christopher'a baktım. Çaresiz görünüyordu. "Hayır, dışarıya çıkmadım. Arabanın içindeydim. Nasıl çıkabilirdim kilitlenmiştim ve ellerimde de kelepçeler vardı."

"Sakin ol," dedi kabloları düzelterek. "İyice düşünmeni istiyorum, bir anlığına da olsa kimseyi görmedin mi ya da duymadın mı?"

"Hayır."

"Pekâlâ," dedi. "Teşekkür ederim. İfadeni imzalaman için sana getirecekler."

Başımı salladım.

"Birkaç soru daha sormamız gerekiyor," dedi yaşlı şef.

"Görmüyor musunuz cevaplayacak hali kalmadı," diye karşı çıktı Christopher.

Şefi olan dedektif imalı ve ikaz eden bir ifade takındı. Hayır, benim yüzümden başının belaya girmesini istemiyordum.

"Cevaplayabilirim," dedim pes etmiş şekilde. Benden istediğiniz her şeyi yaparım. Bunların bitmesi için her şeyi.

"Sudan çıktığını hatırlamıyor musun?" diye sordu yaşlı şef. Christopher kapının yanına geçmiş kollarını öfkesini bastırmak için göğsünde kenetlemişti.

"Sudan çıktığımı biraz önce uyanınca öğrendim."

"Memurların yanına geldiğini de mi hatırlamıyorsun?"

"Hayır," dedim. "Beni siz mi çıkardınız?" Bakışlarımı bilerek Christopher'a çevirdim. Beni onun bulduğunu hatırlıyordum. Hayal meyaldı ama hatırlıyordum. Ona söylediklerimi hatırlıyordum. Ve bana susmamı söylediğini hatırlıyordum. Ama ne kadarını onlara anlattığını bilmiyordum.

"Sudan nasıl çıktığını bilmiyoruz," dedi yaşlı şef bana doğru yaklaşıp. "Biri seni kurtarmış ve gitmiş."

"Kim?" dedim cevabı bilmeme rağmen.

"Asıl soru neden," dedi rahatsız edici bir şekilde gülerek. "Bir katil. Diğer kızları öldürüp seni kurtarıyor."

"Affedersiniz," dedim acıdan gözlerimi kısarak. "Saygısızlık etmek istemem ama oradan baktığınız zaman kurtulmuş birine mi benziyorum?"

Tonton bir dede gibi güldü.

"Buradan bakınca çocuğum bir suç ortağı gibi görünüyorsun."

"Bu kadar yeterli," diye araya girdi avukat. "Sorularınızı sordunuz."

Yaşlı dedektif bir kez daha dönüp bana baktı sonra odadan çıktı. Yazdıklarımı not eden memur diğerlerinden daha merhametli görünüyordu. En azından bana suçlarcasına değil de üzgün gözlerle bakmıştı. Belki de acıyordu. Hangisi daha kötüydü artık emin değildim.

"Sizinle bir dakika konuşabilir miyim?" diye sordum. Avukat bana döndü ve gerçekten ona mı seslendim diye kaşlarını kaldırdı. "Lütfen," dedim. Diğerleri çıktıktan sonra kapıyı üzerimize kapattı. Elinde bir evrak çantası tutuyordu. Elinden geldiği kadar yanıma yaklaştı. İlk fark ettiğimde kimseye belli etmeden örtünün altına sakladığım kâğıdı parmaklarımla buldum.

"Size güvenebilir miyim?" diye sordum. Bunun saçma olduğunu biliyordum ama öncelikle birine bu soruyu sorduğunuzda verdiği cevaba ve ifadesine göre gayet sağlam çıkarımlar yapabilirdiniz ama bunun bir önemi yoktu çünkü benim de başka çarem yoktu. Doğrudan Christopher ile konuşmak istesem şüphe çekerdi ve isteyeceğim son şey onun da başını belaya sokmak olurdu.

"Sana gerçekten değer verdiğini bilmesem bu davayı kabul etmezdim," dedi samimiyetle. "O sana güvendiyse sen de bana güvenebilirsin." Kim olduğunu düşünmeme gerek yoktu. Bunu Christopher'ın ayarladığına emindim. Kâğıdı örtünün altından çıkardım.

"Bunun elimde olduğunu uyanınca fark ettim, ne zamandan beri orada bilmiyorum. Yemin ederim bilmiyorum. Ama kimin bıraktığına dair tahminim var. Henüz okuma şansım olmadı ama her şekilde başımı belaya sokacak bir not olduğuna eminim. Bununla ne yapmam gerekiyor?" Beyaz olduğunu benim de yeni gördüğüm kâğıdı ona doğru uzattım. Şaşırmış görünüyordu. Başta kararsız kaldı ama sonra uzanıp notu açtı. Memnun olmadığını anlayabilmiştim.

"Evet," dedi notu yeniden katlayıp. "Bu iyi görünmezdi."

"Ne yazdığını bilmek istemiyorum."

"İntikamını alacağını söylemiş diyebilirim."

Kaşlarımı çattım.

"Açık konuşacağım," dedi. "Senin katil olduğunu kanıtlayamazlar ama suç ortağı olmadığını da sen kanıtlayamazsın ve bu not seni suç ortağı gibi gösterecek bir şey. Bunu Christopher'a ulaştıracağım ve ben de ona güveneceğim. Kendime saklayamam ama resmi bir şekilde teslim de etmeyeceğim."

"Teşekkür ederim," diye fısıldadım.

"O gece olanlar hakkında bir şeyler söyleyebilsen işimi kolaylaştırırsın."

"Hatırlamıyorum," dedim.

"Onlara böyle söylüyorsun."

"Gerçekten hatırlamıyorum."

"Dene," dedi. "Hatırlamaya çalış."

12. BÖLÜM: ALEVLER GERÇEĞİ AÇIĞA ÇIKARIR

MADDIE

Ophelia Valley'de önemli olan bazı şeyler vardır ki bu gelenekleri oluşturan şeylerin başında da kutlamalar gelir. Annem bana küçükken parası olan ama kafasını dinlemek isteyen insanların bu kasabayı kurduğunu söylemişti. Burası onların istedikleri gibi yönettikleri kendi küçük dünyalarıydı. Yeni taşınan insanlara mutlaka nazik davranılır ve biraz *punch* ile kurabiye götürülürdü. Hava güzelse hafta sonları birileri bahçesinde *brunch* düzenlerdi. Çocuklar göl kenarına ya da biraz uzağa gitmeyi göze aldığında plaja kaçardı. Kasabanın kuruluş günü, Noel, Cadılar Bayramı, Meryem Ana Yortusu, Şabat, Hanuka, Paskalya, Azizler Günü, Ramazan Bayramı, Tu Bişvat Bayramı, Roş Aşana... Burası bir karnaval kasabası gibiydi. Her şey için kutlama yapmayı severdik. Herkesin inancına saygı gösterir ve onlarla kendi kutlamalarına katılırdık. Bir diğer çok sevdiğimiz gelenekse kasabanın beyzbol ve amigo takımıydı. Annemin amigo takım forması hâlâ duruyordu ve ben de kendiminkini kızıma vermek için saklayacaktım.

Diğer tüm kutlamaları ve bayramları herkes evinin içinde yaşamıştı bu yıl, kasabamızın üzerine bir kâbus çöktüğü için. Bu yüzden kasabanın iş adamları bile artık bu davanın takipçisiydi. Okulun güvenlik önlemleri için sponsor olanlar da yine o büyük iş adamları olmuştu. Çünkü kasabanın bir namı vardı ve kimse yatırımlarının heba olmasını istemiyordu. Bu yüzden bu akşam yapılacak beyzbol maçı iptal edilmemişti. Eyaletler arasında yapılıyordu ve biz güçlü bir takımdık. İki kolda da.

"İyi misin?" diye sordu annem kapıma yaslanıp. Yatağın üzerine bıraktığım amigo kıyafetimin önünde duruyordum.

"Bu doğru gelmiyor anne." Yüzümü astım. İçeriye girip kollarını etrafıma dolayınca başımı ona yasladım.

"Takımımdan üç kişi eksik ve onlar öylece çıkmadı, öldürüldü. En iyi oyuncularımdan biri hücreye kapatıldı ve o benim kardeşim gibi." Onunla birlikte yatağa oturdum. "Öylece bunu giyip oraya gidemem."

"Gidebilirsin," dedi. "Ve gideceksin de." Saçlarım havluya sarılmıştı, üzerimdeki bornozun yakasını düzeltti. "Maddie sen oraya çıkmazsan kimse çıkamaz. Sen kaptanlarısın, seni izleyecekler. Başınıza korkunç şeyler geldi ama siz çocuklar eğlenmeyi hak ediyorsunuz."

"Onlar da hak ediyordu."

"Tatlım, bu kadar hassas olmak diğer insanlar için iyidir ama kendin için kötü. Bazen vedalaşmayı bilmen gerekir. Gidenlerin gitmesine izin vermen gerekir. Onların peşinden gidemezsin Maddie."

"Kendimi kötü hissediyorum," diye itiraf ettim. "Onlara haksızlık ediyormuş gibi... Sanki onların yaşayacakları anlardan çalıyoruz."

Hüzünle kaşlarını kaldırıp beni kendine doğru çekti. "Maddie bu doğru değil. Böyle düşünürsen kendine haksızlık etmiş olursun. Eğer ölseydim babanın, dostlarımın ya da çok sevdiğim çocuklarımın benimle birlikte ölmesini istemezdim. Bir yerlerden onları izliyor olurdum ve yaşamalarını isterdim. Benim için de yaşamalarını."

"Anne öyle söyleme!" Kollarımı boynuna doladım.

"Ama bu doğru bebeğim. Her zaman yardımsever ve iyi kalpli oldun. Seninle gurur duyuyoruz. İnsanlarla paylaşmak çok güzel bir huy Maddie ama..." Geri çekilip iyice anlayabilmem için gözlerimin içine baktı. "Elindekinin yarısını onlara ver, hepsini değil ve daha fazlasını veremediğin için kendini suçlama."

Sözleri birden bütün hayatımı etkileyecek kadar anlam bulmuştu.

"Teşekkür ederim," dedim yanağına bir öpücük kondurup. "Seni çok seviyorum."

"Ben de seni bebeğim."

Annem çıktıktan sonra kendimi daha iyi hissediyordum. Yüz üstü yatağın kenarına doğru kendimi bıraktım ve telefonumu elime aldım. Takım grubuna motive edici birkaç cümle yazdıktan sonra birlikte gidelim demek için kişi listemde Henry'nin ismini arıyordum ama telefon elimde titredi ve ekranda Matthew'ın mesajı belirdi.

"Seni kaçta alayım bebeğim?"

"Bir saat sonra." Mesajı gönderip telefonu kenara bıraktım. Yataktan kalktım, yüzüme maske yapmak için banyoma girdim. Aynaya bakarken garip bir şey hissettim. Farkında değildim ama Matthew'ı aramak hiç aklıma gelmemişti. Bu son günlerde çok sık başıma geliyordu. Birkaç gün önce bundan şikâyet etmişti ama nasıl olduysa bu şimdiye dek benim dikkatimi çekmemişti. İlerleyen yaşlarımda daha geç kırışsın diye kaşlarımı çatmayı bırakıp hazırlanmaya devam ettim.

Saçlarıma kusursuz bukleler yaptım. Omuzumdan aşağı belime kadar sallanıyorlardı. Önlerinden iki yandan küçük tokalarla geriye doğru tutturdum. Yüzümdeki bıçak izini kapatmak için hâlâ iki kat kapatıcı sürmem gerekiyordu ama bunu eskisi kadar dert etmiyordum. Onun saldırısından kurtulamayanlar vardı ve ben buradaydım. Bu gece dans etmeyecektik sadece sahanın kenarında durup elimizden geleni yapacaktık bu yüzden topuklu ayakkabılarımı giymekte sakınca yoktu. Üzerime kot ceketimi giyinip çantamı koluma taktım. Gözlerimin üzerindeki bordo far göz alıcıydı ve daha da ileriye gidip bordo rujumu da sürmüştüm. Aynı anda hem göz makyajını hem de dudağı abartmamalıydınız ama kimin umurundaydı.

Matthew cipi ile evin önünde beni bekliyordu. Üzerinde fakültemize ait ceketi ve kot pantolonu vardı. Formasını soyunma odasına giyinecekti ama ben böyle daha iyi hissediyordum. Anna'nın ölü bulunduğu soyunma odasına girecek cesaretim henüz yoktu.

"Selam bebeğim." Dudağımdan öpmek için eğildiğinde refleksle yanağımı çevirdim. Şaşkınlıkla bana bakınca "Makyajıma iki saat uğraştım," diye gülümsedim. Her zamanki gibi koca sırıtışıyla cevap verdi. Arabayı çalıştırıp yüksek sesli bir müzik açtı. Keyfi yerindeydi. Keyfi hiç bozulmamıştı ki.

Yol boyunca karşı takımı nasıl alt edeceklerini anlatıp durdu. Onları mahvedeceklerdi. Ezip geçeceklerdi. Ve bu gibi şeyler. Bana nasıl olduğumu hiç sormadığını fark ettim. N'aber bebeğim, nasıl gidiyor bebeğim... Ezberden konuşuyordu ve ne zaman ona bir şey anlatmaya çalışsam bir şekilde anlatamıyordum.

Otoparka girdiğimizde uzun zamandır görmediğim bir kalabalık okulu sarmıştı. Her yerde hem ekip araçları hem özel güvenlikler hem de insanlar vardı. Sadece öğrenciler değil -ki böyle zamanlarda liseliler de kampüse hücum ederdi- geleneği yetişkinler de pas geçmezdi. Tahmin ettiğimden çok daha kalabalıktı.

"Vuhu!" dedi Matthew bağırarak arabayı durdurunca. "Tıpkı eskisi gibi." Coşkusu suratından okunuyordu. Emniyet kemerimi çözdüm, o hiç bağlamamıştı. İnmek üzereyken kolumdan tutup "Bugün çok güzel görünüyorsun," dedi.

"Teşekkür ederim."

Biraz daha sokulup dudaklarımı öpmeye başladı. Ellerini bacaklarıma kaydırmıştı ve eteğimi daha da yukarıya çekmek için uğraşıyordu.

"Bunu yapmayacağız," diye geri çekildim ama o çekilmedi. Dudaklarını boynuma indirdi. "Hadi ama Mads," dedi flörtöz bir şekilde. "Seni özledim bebeğim."

"Matt, otoparkta seninle oynaşmak istemiyorum."

"Çok gerginim," dedi. Kendi pantolonunun düğmelerini açarken onu omzundan itip ellerine baktım. "Ciddi misin?" diye sordum.

"Neyin var senin?" Ben de bir gariplik varmış gibi kaşlarını kaldırdı.

"Asıl senin neyin var?" Sandığımdan daha çok çıkışmıştım. "Bu da neyin nesi?" diye devam ettim. "Eskisi gibi olan bir şey mi görüyorsun Matt? Hiçbir şey eskisi gibi değil."

Ellerini kaldırarak koltuğuna yaslandı. "Abartıyorsun," dedi. "Sadece biraz eğlenmeye çalışıyorum."

"Sen her zaman eğlenmeye çalışıyorsun." Bunun bir sorun olduğunu belli etmek için kinayeyle başımı salladım.

"Biz birlikte eğleniyoruz Mads."

"Eğleniyorduk," dedim bastıra bastıra. "Eskiden eğleniyorduk ama olanlardan sonra..." Duraksayıp etrafıma baktım. Pamuk şeker yiyen insanlara, ellerinde renkli balonlar taşıyanlara, bahis yapanlara… "Matt son zamanlarda kendimi berbat hissediyorum."

"Yine Ansel meselesi mi?" Gözlerini devirdiğine inanamamıştım.

"O benim en yakın arkadaşım!"

"Bundan sıkıldım," dedi, alt dudağını dişlerinin arasına sıkıştırarak başını salladı. "Bunun ilişkimizi mahvettiğini görmüyor musun? Kimse senin kadar abartmıyor. Kylie'ye bak."

"Ben Kylie değilim kahrolası."

"Senin derdin ne?"

"Haklısın," dedim sakinleşerek. "Bu ilişkimizi mahvediyor. Bu mahvolmuş bir ilişki ve artık bunu sürdürmek istemiyorum Matt." Kapıyı açıp arabadan indim.

"Sen, ne..." O da aşağı indi ve öfkeyle kapısını çarptı. Arabanın etrafından dolaşıp önüme çıktı. "Sen ne dediğini sanıyorsun?"

"Gayet açık."

"Bu aptal triplerinden sıkıldım artık Mads." Sesini o kadar yükseltmişti ki birkaç kişi dönüp bize baktı.

"Burada aptal olan tek şey sensin ve inan bana sıkılan da benim." Uzaklaşması için işaret parmağımla omzunu ittim.

"Pişman olursan sakın beni arama."

"Hah!" diye bağırdım arkasından. "Seni affettiğim için pişmanım sadece!"

Arkasını dönüp bir şey söyleyecek gibi oldu ama başını sallayıp yoluna devam etti. İnsanlar etrafımda bana bakıyordu. Birçok kişinin telefonuna dönüp bu haberi yaydığına emindim ama gülümsüyordum. Hafifçe rüzgâr esti ve saçlarımı geriye doğru savurdu. Gülmeye başladım. Kendimi o kadar iyi hissediyordum ki deli gibi gülmek istiyordum.

"Maddie, sen iyi misin?"

"Ashley…" diye bağırdım. "Harikayım, sen nasılsın?" Gidip ona sarıldım ve gülmeye devam ettim. Kusursuz olması için inşa etmeye çalıştığım hayatım teker teker duvarlarından kurtuluyordu. Kendi üzerimde yarattığım baskı bir balon gibi sönüyordu. Kendimi yeniden keşfediyordum ve bu defa kimsenin etkisi olmadan.

"İyiyim," dedi Ashley çekingen bir tavırla. Saçlarını tepesinde sıkı bir atkuyruğu yapmış ve tıpkı benim gibi amigo üniformasını giymişti. Yedeklerdeydi ama sesimi çıkarmadım hatta kolumu omzuna atıp çim sahaya doğru yürürken ona nasıl olduğunu sordum. Ve ben iyiyim, dedim. Çok iyiyim.

"Matthew ile ayrıldınız sanırım?"

"Ayrılmak mı? Oradaydın ve onun kıçını nasıl tekmelediğimi görmedin mi?"

Kıkırdadı.

"Gördüm."

"İyi," dedim kaşlarımı kaldırarak. "Herkese böyle söyle. Onun koca kıçını tekmelediğimi. Tanrım, birinin yapması gerekiyordu artık."

"Sen sarhoş musun?"

"Değilim. Hadi gidip şu maçı alabilecekler mi bakalım?"

Çim saha oldukça genişti ve bakımı ihmal edilmezdi. Ona eş değer bir tribünü de vardı bu yüzden küçük bir kasaba olsa da eyalet maçlarının hatırı sayılır bir kısmı burada yapılırdı. Babam okulun bu yönüyle çok gurur duyuyordu çünkü kendisi sosyal aktivitelere oldukça önem veren bir yöneticiydi. Şimdiden oldukça kalabalıktı. Oyuncular henüz sahaya inmemişti. Bir anlığına önemli bir maçtan önce bunu yaparak Matt'e haksızlık edip etmediğimi düşündüm ama canı cehenneme. O ne zaman bir şeyleri önemseyen biri olmuştu ki? Dördüncü sınıf dışında.

"Kızlar gelmiş bile," dedi yanımda bir gölge gibi hareket eden Ashley. Beyaz boyayla çizilmiş saha sınırının hemen yanında bizim durduğumuz alan vardı. Tribünle sahanın arasında kalıyordu ama hareket edebileceğimiz kadar genişti ve kimse yoktu. Ashley'nin karşı takımın kızlarından bahsettiğini diğer köşeye bakınca anladım.

"Bu gece onlar bile canımı sıkamaz." Derin bir nefes aldım. Wander Hill takımını daha önce iki kez yenmiştik ama onlar da bizi geçen yıl yenmişti. O yüzden bu yıl oynanacak maç büyük önem kazanmıştı. Beyzbol takımında tabii. Amigo takımının bizim karşımızda pek şansı olmamıştı, kendi eyaletler arasında maçımızda onları her defasında alt ediyorduk.

"Sanırım sadece sen ve ben varız." Ashley umutsuzca çizginin bizim kısmımıza geçti. Arka tarafta iki tane bank vardı ama oturmak niyetinde değildim. "Kylie gelmeyecek mi?" diye sordu. Onun ismini duymak biraz keyfimi kaçırmıştı. Son tartışmamızdan sonra konuşmamıştık ve onunla bir süre daha konuşmayı düşünmüyordum. Aklını başına alması gerekiyordu.

"Nerede olduğunu bilmiyorum," dedim belli etmemeye çalışarak. İnsanlar yeterince hakkımızda konuşuyordu ve ben bir süre sadece Matt'in kıçını tekmelediğimin konuşulmasını istiyordum. Beni aldattığı zaman ve öldüğünü sandığım zaman fazla duygusal yaklaşmıştım. Hassastım ve kendimi suçlamıştım. Ona ihtiyacım olduğuna hatta onu sevdiğime inandırmıştım kendimi. Şimdi düşününce, hayatımız bu kadar ağırlaşınca aslında sadece vakit geçirdiğimizi görüyordum. Tüm o koşturma, partiler, antrenmanlar, turnuvalar, dersler ve sınavlar olmadığı zaman Matthew ile paylaşacak bir şeyimiz kalmıyordu.

"Orada işte," dedi Ashley. "Çoktan gelmiş." Eliyle işaret ettiği yöne döndüm. Kylie tribünlerde diğer insanların arasında oturuyordu. Elinde karton bir bardak vardı ve yanındakine bir şeyler söylüyordu.

"Ciddi misin..." diye mırıldandım.

Dylan. Sadece ikisi diz dize vermiş orada oturuyorlardı.

"Selam kaptan!" Sasha ve Hailey çizginin diğer tarafına yanımıza geldiler. Bize özgü olan selamımızı yaptık ve birbirimizin poposuna dokunduk. Amigo kızı esprisiydi.

“Bir yere mi gidiyorsun?” diye sordular.

“Siz esnemeye başlayın,” dedim omzumun üzerinden. “Geliyorum ben.” Merdivenlere doğru hızlı adımlarla yürümeye koyuldum. Normalde seyyar satıcıların buraya girmesi yasaktı ama kasabanın ruhu tazelensin diye bu gece hepsine izin verilmişti. Bana *hotdog* satmaya çalışan birini kibarca geri çevirip tribün merdivenlerini çıkmaya koyuldum. Gerçekten kalabalıktı, insanlar bana selam veriyordu ve ben hepsine gülümsüyordum.

“Sen ciddi misin?” dedim nefeslenmek için bile beklemeden Kylie’nin omzundan tutup. “Burada ne yapıyorsun, sahada olman gerekiyor.”

Dönüp bana baktı ve olağan sakinlikle “Dans edecek havamda değilim Maddie,” dedi. Yeniden Dylan’a döndü. Dylan dirseklerini dizlerine yaslamış bana bakıyordu.

“Ben senin kaptanınım,” dedim. “Takımdaysan bizimle birlikte oraya çıkarsın.”

Derin bir nefes aldı. “Bazılarımızın daha önemli işleri var bebeğim.”

“Daha önemli işin arkadaşının sevgilisiyle takılmak mı?”

Dylan dudaklarını “o” şeklinde kıvırdı, söylediklerim onu eğlendirmişti.

“Maddie, yeter artık.” Kylie sıkıldığını belli edercesine uyardı. Kendinden nasıl bu kadar emin ve rahat olabiliyordu. Bu durumun onu rahatsız etmediğine inanamıyordum.

“Asıl sana yeter. Ansel bir hücrede tek başınayken siz burada diz dize vermiş takılıyorsunuz ve bunda bir sorun yok mu?” İkisine de suçlayarak baktım.

“Beni karıştırma Maddie,” dedi Dylan. “Ben amigo takımında değilim.” Güldü.

"Birlikte misiniz?" diye doğrudan ona sordum. Gülen suratı asıldı ve insanları ürküten o ifadesini takındı. "Ben bundan korkmam Dylan," dedim bir ayağımı kırarak. "Ansel'i incitecek bir şey yaparsan sen benden korkmalısın."

"Ansel'i incitmem ben," dedi.

Kylie dönüp ona baktı.

"Yani?" dedim ayağımı ritim tutar gibi vurarak. "Birlikte misiniz değil misiniz?"

"Birlikte falan değiliz, saçmalamayı bırak." Dylan sıkılmış bir şekilde birasını başına dikti.

"Cevabını aldın mı?" diye sordu Kylie.

"Hah!" dedim saçlarımı savurarak. "Kızım senin cevabın bu. Senin alman gerekiyor. Daha ne demesi lazım!"

"Tanrım!" dedi öfkeyle ayağa kalkarak. "Maddie büyü artık, sadece sohbet ediyoruz. Bunun için birilerinden izin almam mı gerekiyor?"

"Hayır ama bir açıklama yapman gerekiyor."

"Ne için açıklama yapmam gerekiyor tam olarak?"

"Biz yakın arkadaştık Kylie. Üçümüz çok yakın arkadaştık. Sonra birimizin başına berbat bir şey geldi. Ona ulaşamıyorum. Ona yardım edemiyorum. Onunla konuşamıyorum. Daha kötü olan şu ki ben günlerdir diğer arkadaşıma da ulaşamıyorum. Telefonlarıma cevap vermiyor. Mesajlarıma dönmüyor. Bana hiçbir şey anlatmıyor. Benimle sohbet etmiyor. Ama ne zaman başımı çevirsem onu hep aynı kişiyle buluyorum. Bu açıklaman gereken bir şeydi."

"Maddie..." Başını yana eğdi.

"Kes," dedim öfkeyle ve ilk kez ona bu kadar sert çıkışarak. "Asıl sen büyü Ky. Dünya senin etrafında dönmüyor. Her şeyi sadece sen anlamıyorsun. Birlikte neyi çözdüğünüzü sandığınız umurumda değil."

Gözlerini kıstı.

Güldüm.

"Ah, bu kadarını anlayacağımı düşünemedin mi? Belki de sandığın kadar zeki değilsindir."

"Bunu konuşabilir miyiz?" Koluma doğru uzandı ama geri çekildim.

"Artık konuşamayız." Gitmek üzereyken Dylan'a döndüm. "Biliyor musun ne halt ettiğiniz umurumda değil ama ben, hep seni ve Ansel'i destekledim. Yine de diğerlerinin aksine ben neyi gördüm biliyor musun Dylan? Eminim herkes sen gittikten sonra Ansel'in nasıl dağıldığını anlatıyordur ama bu sadece birkaç gün sürdü ve sonra o en iyi haline geldi. Seninleyken olduğundan daha harika biri oldu."

"Sözlerine dikkat et Maddie," diye uyardı.

"Sen de hareketlerine dikkat et," diye ben de onu uyardım. "Onunla birlikte değilsin öyle mi? Ama son zamanlarda sen de sadece onunla birliktesin."

Herkes ayağa kalkıp tezahürat yapmaya ve alkışlamaya başladı. Bir an benim için olduğunu düşündüm ama hepsi sahaya bakıyordu. Oyuncular çimlerin üzerine çıkmış ve yerlerini alıyorlardı. Ve ben bu ikisi yüzünden geç kalmıştım. Bir daha dönüp onlara bakmadım. Saçlarımı düzelttim ve merdivenlerden aşağı doğru koştum. Kendimi gecenin başından iki kat daha fazla iyi hissediyordum. Sonunda onlarla yüzleşmiştim. Ansel'in annesine olanları öğrendikten sonra birçok şeye bakışım değişmişti. Çok güzel ya da çok akıllı olmak o kadar çekici gelmiyordu artık. O çok güçlüydü ve o an en önemli şeyin bu olduğunu biliyordum. Ona yardım edemiyordum ama ona saygı duyabilirdim.

Sahaya indim ve yanımda duran üç kızla birlikte tezahürat etmeye başladım. İsteyen üzerine alınabilirdi ama ben bu gece sadece kendimi alkışlayacaktım.

KYLIE

Maddie merdivenlerden inerken arkasından bakıyor ve söylediklerini düşünüyordum. *Sonunda,* diye kendi kendime mırıldandım. *Sonunda Maddie büyüdü ve neyin doğru neyin yanlış olduğunu görmeye başladı. Kendi düşüncelerini yüksek sesle söylemeye başladı.*

"Ona neden bir şey anlatmıyorsun?" diye sordu Dylan sahaya inip diğer kızlarla tezahürat yapmaya başlayan kızıl saçlı biraz deli arkadaşımı işaret ederek. "Aptal değil ki."

"Hassas," dedim bacak bacak üzerine atıp. "Onu hafife almıyorum, zehir gibi kafası olduğunu bilmesem onunla arkadaşlık etmezdim. Ama sanırım onu korumaya çalışıyordum. Hepimizden daha çok etkileniyor."

"Bu kasabada kimse istediği insanları koruyamıyor."

Uzanıp elindeki bira şişesini alıp büyük bir yudum aldım. Söylediğinde haklılık payı vardı. En başında dedektiflik bürosunu suçlamıştım, o katili bir türlü yakalayamadıkları için. Kendimi hepsinden daha üstün görmüştüm ve bunun peşine düşmüştüm. Her zaman bir şeylerin peşine düşerdim. Ama yanılmıştım. Son zamanlarda çok yanılmaya başlamıştım ve bu bir hayli canımı sıkıyordu. Nasıl bir beyin bu kadar insanı alt edebilir diye düşünüyordum. Hepimizden daha mı zekiydi, daha mı iyiydi... Hayır, sadece çok fazla sır saklıyorduk. Hepimizin sırları vardı ve onları saklamak için aslında katille iş birliği yapıyorduk. Hepimiz ona yardım ediyorduk. Bu yüzden bırakmıştım saklamayı. Bu yüzden şimdi o sahanın kenarında değil Dylan'ın yanında oturuyordum. Ve Dedektif Wallace'ın söylediklerini düşünüp duruyordum.

Ansel o çocuk yüzünden bu halde.

Ve Dylan'ı oyunlarla konuşturamayacağımı artık biliyordum. Ona istediğim kadar meydan okuyayım o hep bir adım öteye gitmeye meyilliydi. Burnumdan nefes alıp maçı izliyormuş gibi yaptım.

Nihayet kasabanın kutlama yapmak için bir sebebi olmuştu. Saatler sonra herkes ayağa kalkmış takımın kazandığı galibiyet için coşkuyla çığlık atıyordu. Maddie sahanın kenarında kızlarla zafer dansını yapmaya başladı. Eller yukarı, kalçalarını salla, bir ayağını öne doğru tekme atar gibi uzat, eller bele, ayağını kırıp yana doğru eğil, geriye çekil... Hayır, bunu atlamışlardı çünkü ne atlayıcı oradaydı ne de onu tutacak kızlar...

"Geliyor musun?" diye sordu Dylan.

"Nereye?"

"Kapalı spor salonunda kutlama yapılacak."

"Nereden biliyorsun?"

"Şu sarışın söylemişti." Çenesiyle Maddie'nin yanında dans eden Ashley'yi işaret etti. Gözleri telefonunun ekranındaydı. Buraya neden geldiğini biliyordum, kutlama için değil, kalabalıktı ve o yine katili arıyordu. Son zamanlarda yaptığı tek şey buydu. Ansel'i görmesine izin vermiyorlardı ve bu yüzden ilk başta Christopher'dan sonra kalan herkesten nefret ediyordu.

"Olur." Onunla birlikte kalkıp küçük sırt çantamı kollarımdan geçirdim. Merdivenlerden çıkarken önümde yürüyordu. İlk önce dışarıya çıktık. Yenilen takım oyuncuları ve onları desteklemek için gelen öğrenciler minibüslerle ayrılıyordu. Bazıları bunun bize moral vermek için kasıtlı kaybedilmiş bir maç olduğunu söylüyordu. Pek umurumda değildi. Maçı seyretmemiştim bile. Herkes ayağa kalkıp deli gibi bağırana kadar önde olduğumuzu da bilmiyordum.

Çantamın kollarımın altından geçen iki sapını tutup onunla birlikte yürümeye devam ettim. Yanımızdan geçen insanlara çarpmamak için geriye çekildiğimiz anlarda birbirimize çarpıyorduk. Çantanın sapını daha sıkı tutuyordum.

"İçecek bir şey ister misin?" diye sordu atıştırmalıkların satıldığı sokak tezgahına yanaşıp.

"Seninkinden olsun." Dönüp iki tane bira söylerken onu seyrettim. Üzerine oturan siyah pantolon ve gri bir tişört giyinmişti. *Nike* ayakkabılarının kısa bağcıkları kenarda sallanıyordu. Satıcıyla konuşurken boynunun hareket edişini, arada bir ensesine dokunuşunu, saçlarının dağınıklığını... her hareketini inceliyordum. Çok güzel ve pürüzsüz bir teni vardı. Elini arka cebine koyup diğer kolunu tezgâha yasladı ve satıcıyla sohbet etmeye başladı. Herkesle çok kolay iletişim kuruyordu. Bir daha onları hatırlamayacak olsa bile. Uzun boyluydu, eskisi kadar spor yapmadığı belli oluyordu. Gözaltlarında daima mor halkalar vardı. Gülümserken gözleri kısılıyordu, gülümsemesinden öpmek istediğimi fark edince derin bir nefes aldım. Sanki onu bir kez öpsem gerçekten nefes alacaktım.

"Al bakalım." Bira şişesinin kapağını dişleriyle açarak bana uzattı. Kendi şişesini de aynı şekilde açıp kapalı spor salonuna doğru yürümeye koyuldu. Yetişkinlerin çoğu arabalarına binmiş otopark çıkış yolunda uzun bir trafik oluşturmuştu. Öğrencilerin hatırı sayılır kısmı da gitmek için okulun farklı çıkışlarını kullanıyordu. Polis memurları insanları yönlendiriyor ve giriş çıkışları güvenli tutmak için ellerinden geleni yapıyordu.

Soyunma odalarını geride bıraktık. Etrafımdan gelip geçenlere başımı sallayarak ya da gülümseyerek selam vermeye çalışıyordum. Evet, arkadaşımın eski sevgilisiyle koridorda yürüyorum ve bundan rahatsız olmuyorum. Ama sizin iki yüzlülüğünüz rahatsız edici. Sırf ailem kasabanın yarısının sahibi diye benimle aranızı bozmak istemezsiniz bu yüzden hepiniz bana gülmeye ve arkamdan konuşmaya devam edeceksiniz.

“Bir şey sorabilir miyim?” dedim dayanamayarak Dylan’a. Ondan izin istemezdim ama biraz sonra bazı sınırları ihlal edecektim ve sonuçları pek umurumda değildi sadece onay verse daha iyi olurdu.

Sağ gözünü kırpıp soru sorarcasına hafifçe başını salladı.

“Neden Ansel?”

Dylan başına buyruktu. Havada adeta savrulan bir şeydi. Ansel’i sevmesinin nedenlerini anlıyordum. Sorduğum şey bu değildi. Birini bu kadar uzun süre sevmesiydi. Onun gibi biri, yakışıklı, her anlamda ilgi çekici, kesinlikle kafası çalışıyor ve en prestijli üniversitelerden birine gidiyor ama hâlâ küçük kasabadaki o kızı istiyor.

“Bana anlatacak bir şeylerin var...” dedi. Geri çekilme isteğiyle kaşlarımı çattım.

“Tanrım, bunu nasıl anlayabilirsin?” diye bağırdım kendimi tutamadan. Böyle bir çıkarım yapabilmek için zihnimi okuyor olsa bile bunu düşünmüyordum. Aklımdan geçen bir şey olsa belki yüzümden okuyor diyecektim ama imkânı yoktu. Gerçekten bu kadar ters köşe olmak canımı sıkıyordu.

Güldü.

“Gel,” dedi başıyla işaret ederek geldiğimiz yöne doğru geri yürüdü. Soyunma odalarına giden koridora döndü ve ortasında durdu. Duvara yaslanıp karşısına geçmemi bekledi. “Cesurca bir soru sordun,” dedi. “Böyle bir soru sorman için iki nedenin olabilir. Kafayı yemiş olmalısın ya da ikna olmaya ihtiyacın vardır. Beni takıntı haline getirmeye başlasan da kafayı yiyecek biri değilsin. Bu yüzden ikna olmaya ihtiyacın vardır, bana bir şeyler söylemek istiyorsun ama söylemen gerekiyor mu karar veremiyorsun.”

"Bu rahatsız edici," dedim kollarımı kavuşturup. "Sen hep bir adım öndesin. Ve sonra bana beni öpemeyeceğini söylüyorsun."

Şişeyi kafasına dikti ve hepsini bitirdi. Çoğunu yürürken içmişti. Yaslandığı yerden doğruldu. Sağ tarafa, ana koridora baktı. Gelip geçen insanlar vardı ama buraya bakmıyorlardı. Yanıma geldi. Bir şey söyleyeceğini sanıyordum ama beni duvara yasladı.

"Ne biliyorsun?" dedi. Artık o kadar güzel bakmıyordu. Yavaşça duvara çarpıp gülümsedim. Bir anlığına onu köşeye sıkıştırdığımı sandım ama köşeye sıkışan bendim. Bir saniye sonra şişeyi yere attı, tok bir ses çıktı. Sonraki saniyede parmakları çenemi kavramış başımı duvara bastırmıştı.

"Ne yapıyorsun?" dedim.

Bakışlarını tavana çevirdi, parmaklarını daha çok sıktı. "Seni severim Kylie," dedi. "Ama sabrımı zorlamaya başladın. Senin dengin değilim. Ne öğrendiysen söyle."

"Elini çek."

Biraz daha çenemi sıkınca gözlerimi birbirine bastırdım. Neredeyse şoka girmiştim. Onu daha önce öfkeliyken görmüştüm. Kavga ederken görmüştüm. İnsanlara onları öldürecekmiş gibi bakarken görmüştüm. Ama hiçbir zaman bunların hedefi olmamıştım. Şimdi delirmiş gibi bakan gözleri beni delip geçerken ne yapacağımı bilmiyordum. Korkmuştum.

"Lütfen kes şunu," dedim.

"Söyle."

"Bırak, tamam, bırak, söyleyeceğim." Ellerimle göğsünden onu uzaklaştırmaya çalıştım. Bir kez daha bana baktı. Gözlerimde gördüğü bir şey, muhtemelen korku, onu geriye çekilmeye sevk etti. "Kardeşlermiş!" dedim öfkeyle soluyarak. "Chris ve Rebecca kardeşmiş. Anneleri aynı, babaları farklı. Ne saklıyorsun bilmiyorum kahrolası ama Ansel'in başına ne geldiyse sakladığınız o şeyle ilgisi var. Ansel kimseye bir şey anlatmıyor. Onu kurtarmak mı istiyorsun? Git ve neler olduğunu anlat. Çünkü bu bana bir intikam meselesiymiş gibi geliyor." Onu göğsünden ittim ama hiç tepki vermedi. Afallamıştı. Birkaç kez gözlerini kırptı sonra kendine geldi. Kendi içinde herkesten sakladıkları o sırrı düşündüğüne adım kadar emindim. Ama artık onu öğrenmemin imkânı olmadığı ortadaydı.

"Beni gördü," dedi birden. Öfkesi saman alevi gibi sönmüştü. Neyden bahsettiğini o devam edene kadar anlamadım. "Ansel," dedi tavana bakarak. "Beni gördü. Olduğum gibi gördü. Gördüğü şeyi sevdi. Sen beni Ansel'i severken gördün, Ansel'i seviyor olmamı sevdin. İstediğin şey onun gibi sevilmek ama bu hiçbir zaman olmayacak." Anlamam için altını çizer gibi kaşlarını kaldırdı. "Sen Ansel olamazsın."

"Onu bu kadar çok seviyorsan bırakıp gitmemeliydin."

"Sevmek," dedi derin bir iç çekerek. "Sevmek doğru kelime değil Kylie. Onlar geçici duygular. Sevmekten kastın ne? Onu görünce heyecanlanmak falan mı? Çocukça hisler. Bir gün bir insanla tanışırsın ve onu içinde taşımaya başlarsın. Ansel ve bana olan buydu. Derine kazınır. Söküp atamazsın." Yeniden bana yaklaştı ama bu defa korkmadım.

İşaret parmağıyla alnıma dokundu. "Buranda değil, Kylie."

Avucunu göğsüme, kalbimin üzerine bastırdı. Bütün sıcaklığını hissetmek kalbimin hızlanmasına neden oldu. "Burada değil."

Gözlerimin içine bakarak elini bacaklarımın arasına bastırdı. "Ya da burada değil." Yutkundum ve geri çekilmek istedim ama çekilen o oldu.

"Bütün damarlarında dolaşır. Kanına karışır. Kemiklerine işler. Seni öldüren de o olur hayatta tutan da o." Ellerini iki yanımdan duvara bastırdı. "Bir gün biri sana bakar ve tüm benliğinin etrafını kın gibi sarmalayan bir zar oluşur. O gözlerin içinde yaşamaya başlarsın. Beni kendi gözlerinle gördüğünü sanıyordun." Yüzünü ekşitti. "Sen bunu hayal dahi edemezsin." Ellerini kaldırarak geri çekildi, arkasını döndü, koridordan sola döndü ve çıkışa doğru yürüyerek gözden kayboldu.

Duvara yaslanarak kendimi aşağı doğru bıraktım. Hâlâ elimde olan şişeden büyük bir yudum aldım. Sarsılmış, incinmiş ve kıskanmıştım. Geride bıraktığı boşluğa baktım. Onu sevmenin bana ne yapacağını görebiliyordum. Onu seversem kendimden nefret ederdim. Bunun tamamen yanlış olduğundan şüphem yoktu, sorun şuydu ki hayatımda ilk kez gerçekten bir şeyler hissediyordum. Sorun şuydu ki belki de kendimden nefret etmeye ihtiyacım vardı. Kanımda, kemiklerimde, damarlarımda sadece kontrol akıyordu. Babam kontrol güdümün benim süper gücüm olduğunu söylemişti ama bütün süper kahramanlar bu yüzden yalnız öldü.

Spor salonundan Kanye West'in *Heartless* şarkısının ritmi yükseliyordu. Çok kalabalık olduğunu sanmıyordum, ayağa kalkıp bir yere gitmem gerekiyordu ama bir anlığına hiçbir şey yapmak istemedim. Burada böyle dağılmış şekilde oturmak, belki biraz acı çekmek, yenilmiş hissetmek, her savaştan galibiyetle çıkamayacağımla yüzleşmek istiyordum. Beni ben yapan her şeyi birkaç dakikalığına orada bırakmak istiyordum. İçgüdülerim şarkı bitince ayağa kalkıp toparlanacaksın diyordu. Kontrol mekanizması yeniden devredeydi. Ama şarkı yarıda kesildi. Burnuma tuhaf bir koku geldi. Bir şey yanıyormuş gibi. Şişeyi kenara bırakıp yükselen bağrışlarla birlikte ayağa kalktım. Koridorlardan koşan insanları görünce yanlış giden bir şeyler olduğunu anlayıp ben de oraya doğru yürümeye koyuldum. İnsanlar koridorun bir ucunda kapıyı açmaya çalışıyordu ama belli ki bunu yapamıyorlardı. Spor salonuna doğru hızlı adımlarla ilerledim ama henüz girişinde yoğun bir duman çemberi öksürmeme neden oldu.

"Yanıyoruz!" diye bağırdı birileri. "Camlara koşun."

Spor salonunun yüksek tavana yakın camlarına ulaşmak için birileri birilerinin sırtına çıkıyor, başka birileri merdivenle ulaşmaya çalışıyordu. Matthew'ı gördüm ama Maddie yanında değildi. İçeride yaklaşık on beş kişi vardı ama duman görüşü engelleyecek kadar her yanı sarmıştı. Sırt çantamdan telefonumu aradım, burada telefon çekmiyordu ama yeterince vakit geçirdiyseniz oturakların en üst tarafında telefon çeken bir yer olduğunu bilirdiniz. Hızlı düşünmeye çalışıyordum, duman yükseliyordu ve yukarı çıktıkça oksijen de azalacaktı ama yapacak bir şey yoktu. Çantamdan çıkardığım bir kâğıt mendille ağzımı ve burnumu kapattım, zehirli dumanı solumak istemiyordum. Oturakların üzerinden diğer insanları yok sayıp o kısma geldiğimde Maddie ve Ashley ile karşılaştım.

"Evet, hemen yardım etmeniz gerekiyor," dedi telefonuna Maddie. Ashley endişeyle ona bakıyor ve öksürüyordu. Onların da eline birer peçete uzattım ve benim gibi ağızlarını kapatmalarını işaret ettim. Maddie telefonu kapattı. Ashley oturağa oturdu.

"Geliyorlar," dedi Maddie ama nefes almakta zorlanıyordu. Benim de başım dönmeye başlamıştı. Neler olduğunu sormak istiyordum ama konuşmak için doğru anda değildik. Ashley bilincini kaybedince başı arkaya doğru düştü. Maddie ve ben aynı anda onu kaldırmak için hamlede bulunduk. Ben bir elimde peçeteyi burnuma bastırıyordum ama Maddie Ashley'yi tutmak için onu kenara atmıştı. Kızın başını kaldırırken onun gözleri kaymaya başladı. Durup karnını tuttu. Kusacak gibi görünüyordu. Bayılacağını anlayınca kendini düşmeyecek şekilde oturağa bıraktı ve başını duvara doğru yasladı.

Durduğum yerden etrafa baktım. Her şey çok hızlı oluyordu. Birkaç kişi salonun ortasında düşüp bayılmıştı. Duman her yanımızı sardı. Öğürme ve öksürme seslerini duyuyordum. Ashley ve Maddie'yi buradan çıkarmalıydım ama nasıl yapacağımı bilmiyordum. Biraz daha duman solurlarsa zehirleneceklerdi.

"Bu tarafa!" diye bağırdı birileri. İçeriye giren memurları gördüğümde rahatladım. Hızlı ve çabuk müdahale etmeleri güzeldi. Sağlık görevlileri onlardan biraz sonra içeriye girdiğinde aşağı inmiş Maddie ve Ashley için yardım çağırmıştım. Onları sedyeyle dışarıya çıkardılar. Salonun dışına çıktığımda Maddie'nin tutulduğu ambulansın yanındaydım. Bir görevli nefes alabilmem için bana müdahale ederken gözlerim kararıyordu. Herkes koşturuyordu. Bir sürü ambulans vardı. İtfaiye sirenleri okulun dışından geliyordu. Yangın söndürme sistemi çabuk devreye girmiş ve memurların gelmesiyle bir felaket önlenmişti. Ama şimdilik.

"O nasıl?" diye sordum sağlık görevlisine. Maddie ambulansın içinde sedyede yatıyordu. Ashley başka bir ambulanstaydı. Ben daha iyi durumda olduğum için ayakta oksijen alıyordum.

"Hastaneye gitmeliyiz," dedi adam.

"Ben de geliyorum." Ambulansa binip sedyenin yanına oturdum.

Ophelia Valley bu gece bir zafer kazanmıştı ama kutlamalar o kadar da uzun sürmemişti. Yaslandım, Maddie'nin elini tuttum ve nefes almaya çalıştım.

13. BÖLÜM: GÖKYÜZÜ YENİDEN

Parmaklıkların kapısı açıldığında anahtarlıkların ezberlediğim şıngırtısı uyanmama neden oldu. Soğuk duvara yaslanmaktan yüzümün yarısı uyuşmuştu. Bütün eklemlerim birbirine girmişçesine ağrıyordu. Hareket etmek için kendimi zorlamadım. Sensörlü ışıklar Dedektif Christopher ve yanındaki iki kişinin yüzünü aydınlatıyordu. Biri ismini hatırlamadığım memurlardan biri, diğeri düzgün giyimli birkaç gün önce tanıştığım yeni avukatımdı.

"Ayağa kalk Rogers," dedi Dedektif Wallace. Onu ikiletmek gibi bir niyetim yoktu ama bacaklarımın açılması için biraz beklemem gerekti. Üzerimi düzeltip omuzlarımı germeye çalıştım. Dışarıya çıkarken yeniden kelepçeleri bileğime geçirmesi için ellerimi uzattım ama her zaman elinde olan kelepçeler bu defa yoktu.

"Bayan Rogers," dedi hayatımın geri kalanında çok seveceğim avukatım zarif bir gülümsemeyle. "Duruşma yapıldı. Artık özgürsünüz." Kelimeleri idrak edebilmek için birkaç kez zihnimde tekrar etmek zorunda kaldım. Boş bir ifadeyle Christopher'a döndüğümde çenesini yumruğuna yaslamış öylece bakıyordu. Bir şey söylemedi ama en önemlisi itiraz etmedi.

"Nasıl?" diyebildim sadece çünkü buradan çıkıyor olmam bir çeşit mucizeyi gerektiriyordu ve benim hayatımda onlardan pek fazla yaşanmazdı.

"Size açıklayacağım," dedi kadın. "Ama önce sizi buradan çıkaralım." Etrafa burnunu kırıştırarak bakıyordu. Christopher başıyla hadi der gibi işaret etti. Onları takip ederek koridor boyunca sessizce yürüdüm. Ofislerin olduğu kata geldiğimizde avukat evrak işlemleri için yanımızdan ayrıldı.

"Bir şey söylemeyecek misiniz?" diye sordum. Memur hâlâ yanımızdaydı bu yüzden Christopher ile direkt konuşamazdım.

"Avukatınız size açıklayacak." Söylediği tek şey bu olmuştu, daha sonra beni memurla bırakarak yanımızdan ayrıldı.

Avukat geri döndüğünde imzalamam için birkaç belge koydu önüme. Ne olduklarına bile bakmadan beceriksizce imzamı attım. Buraya girerken aldıkları eşyalarımı küçük bir kutunun içinde elime tutuşturdular. Kasabadan ayrılmamamı tembihleyerek çıkmama izin verdiler. Ne hissettiğimi anlayamıyordum. Ana binanın çıkış kapısına gelene kadar birinin kolumdan tutup beni kelepçeleyeceğine ve suçlarımın bir bir ortaya çıkacağına neredeyse emindim ama kadın zarifçe benim için kapıyı açtı ve günler sonra gün ışığının altına adımımı attım.

"Bir saniye burada bekle lütfen, arabayı getiriyorum." Ricasına başımı sallayabildim. Bir yanım hâlâ baygın düştüğüm o parmaklıklar arasında uyuduğuma inanıyordu ama güneşin tenimin üzerinde yarattığı sıcak etkiyi hayal edebilecek kadar iyi durumda değildim. Gözlerimin gün ışığına alışması arabanın gelişinden daha uzun sürdü.

Son model bir Mercedes tam önümde durdu. Kadın onu görebilmem için direksiyona doğru yavaşça eğildi. Kapıyı açarken kırılmış tırnaklarımın diplerinin ağrıdığını hissettim. Günler sonra yumuşak bir zemine oturmak garip hissettirmişti. O kadar tedirgindim ki bir süre sırtımı yaslayamadım elimdeki kutuyu sıkı sıkı tutup araba hareket edene kadar bekledim.

"İsmim Meredith," dedi nihayet anayola çıktığımızda. "Christopher'ın yakın bir arkadaşıyım."

"Ya," diyebildim. Verecek daha iyi bir tepkim yoktu.

"Ona bir borcum vardı," diye devam etti. Siyah saçlarını ensesinde bir topuz yapmıştı, yüzü yuvarlak ve çıkık elmacık kemikleri vardı. Kaç yaşında olduğunu anlamak güçtü. Hastane odasındaki ciddiyeti yerini daha sevecen bir ifadeye bırakmıştı. Onu en son eline bir kâğıt tutuşturduğumda görmüştüm. Sonra neler olduğunu öğrenmek istemiştim ama hastaneden bir gün sonra çıkarılmış ve hücreye geri dönmüştüm.

"Duruşma gerçekleşti dediniz. Ama benim de katılmam zorunlu değil miydi?"

"Bir haftadır davanı inceliyorum. Delilleri topladığımda trajik bir tuzağa sürüklendiğini görmemek aptallık olurdu. Üstten baktığın zaman suçlu görünüyorsun ama son günlerde elimize ulaşan birkaç şeyle birlikte dava senin lehine döndü. Seni suçlamaları için bir neden kalmadı. Mahkûmiyet kararı verilmeyecekse eğer duruşmaya katılma zorunluluğun yok. Tabii tamamen onların hatası yüzünden neredeyse göle devrilen o arabanın içinde ölüyordun -ki istersen bunun için dava açabiliriz. Bunun da etkisi vardı, katılacak durumda değildin." Zafer kazanmış gibi gülümsedi. Araba çok ilerlemeden bir petrol ofisine doğru dönüş yaptı, yakıt almak için yanaşmak yerine çıkışa doğru kenarda durdu.

"Tanıştığımıza memnun oldum Ansel Rogers," dedi Meredith. "Umarım bir daha görüşürüz. Tabii başka şartlar altında."

Kaşlarımı çatıp anlamaya çalıştım. Beni yol kenarına mı bırakıyordu. İnmem mi gerekiyordu. Hiçbir şey anlamamıştım. Henüz sorularım bitmemişti. Henüz hiçbir şey sormamıştım. Benim tarafımdaki kapı açıldı. Meredith arkama bakıp gülümsedi.

"Teşekkür ederim," dedi Christopher. "Her şey için."

"Sana yardım etmek benim için bir zevk," dedi. Yeniden bana döndü. "Yolun kalanını tanıdığın biriyle gideceksin." Elime uzandı. "Merak etme, bitti artık."

"Rogers," dedi Christopher.

Şaşkınlıkla kirpiklerimi kırpıştırdım.

"Teşekkür ederim," diyebildim Meredith'e. Arabadan inip Christopher'ın arka tarafa park edilmiş tanıdık Audi'sine bindiğimde parmaklarım kutuyu daha sıkı tutuyordu. Hiçbir şey söylemeden araba yolda hareket etmeye başladı.

"Hiçbir şey anlamadım," dedim. Sesim yorgun ve çatallı çıkıyordu, günlerdir birkaç kelime dışında tek kelime bile etmemiştim. "Nasıl dışarıdayım?"

"Seni bunca gün orada tutmaları bile haksızlık." Direksiyonu tek eline alıp bana döndü. Günlerdir sadece onun gözlerini görüyordum ama hep bir bariyer vardı. Resmiyet ve zorunluluk. Şimdi ise biraz kızgın biraz özür diler gibi bakıyordu. "Cinayetin işlendiği gün kanında yoğun miktarda *absent* çıkmış."

Bir anlığına irkildim ve bunun birçok sebebi vardı. Cinayetin işlediği o geceyi zihnim itiyor ve sürekli engel oluyordu. Diğer yandan absent mi... Onun satışının bile yasak olduğunu sanıyordum. Bu o kadar kısa sürede neden kendimden geçtiğimi açıklıyordu. Absent alkol miktarı en yüksek içkiydi ve bir yudumu bile insanı serseme çevirmeye yetecekken benim ne kadar içtiğimi düşünürsek...

"O kadar yoğun alkol etkisinde birinin kendinden fiziksel olarak güçlü birini bıçaklamasını bırak bıçağı tutması bile mümkün değil," diye açıklamasına devam etti.

"Bu yeterli mi?" Afallamıştım. Bir şeyler benim için iyi mi gitmişti?

"Olay gecesini ve durumunu ele aldığımızda tek başına yeterli değildi ama iki gün önce dedektif bürosuna bir flash bellek geldi. İsimsiz bir zarfta. Kilisede o gece yaşanılanların bir video görüntüsü."

Tüm kanın birden bedenimden çekildiğini hissettim, kalbim o gece dahi bu kadar hızlı atmamıştı. Öyleyse eğer, o gecenin videosu varsa eğer artık herkes her şeyi biliyor olmalıydı. Herkes ne yaptığımı biliyordu. Herkes nasıl bir canavar olduğumu biliyordu.

"Görüntülerde Chris Myers'ın sana uyuşturucu verdiği, seni zorladığı ve açıkça bıçağı eline tutuşturduğunu ve kendini öldürdüğünü görebiliyoruz. Tek sorun videonun sessiz olması, yani bütün bunları neden yaptığını bilmiyoruz ve sen de o geceyle ilgili hiçbir şey anlatmıyorsun." Bu kolumdaki iğne izini açıklıyordu. Onu hayal meyal hatırlıyordum.

Birden ağlamaya başladım. Tüm yaşanılanların artçı etkileri teker teker alnımdan vuruyordu ve her darbe beni geriye doğru sindiriyordu. Kutu elimden ayaklarımın altına düştü. Ellerimi gözlerime bastırdım ve var gücümle ağlamaya başladım. Yaşadığım korku, acı, hüzün, öfke, yalnızlık günler sonra içimde tutmaya çalıştığım, bastırdığım tüm gölge yanlarım üzerime hücum etti.

Araba yol kenarında durdu. Saçlarımı bir tanıdık gibi usul usul okşarken "Geçti artık," dedi. "İyisin Ansel."

İyisin Ansel.

Bir daha hiç iyi olabilecekmiş gibi hissetmiyordum.

Gözümün önüne gelen tek şey birilerinin kolumdan tutup sürekli beni bir yere sürüklediğiydi. Chris'in partiye. Chris'in arabaya. Chris'in kiliseye. Chris'in duvardan duvara. Beni sarsması. Mide bulantısı. Baş ağrısı. Polislerin içeriye yaptığı baskın. Bana doğrultulmuş silahlar. Patlamaması için ağladığım o anlar. Birinin yüzümde patlayacağına emindim. Yeniden sürüklenme. Sonu bitmeyen testler. Yüzüme bakan herkeste hep aynı suçlayıcı ifade. Test için kan alırken kasıtlı şekilde canımın yakılması. Tekrar tekrar üzerime kapanan hücrenin parmaklıkları. O ses sürekli kendini tekrara alarak yankı yapıyordu. Kelepçelerin şıngırdaması. Sorgu odasına giden karanlık koridor. Sorgu odasının ışığı. Masaya çarpan kalemlerinin sesi. Üzerime kapanan hücrenin demir parmaklıkları. Üzerime kapanan hücrenin demir parmaklıkları. Üzerime kapanan hücrenin demir parmaklıkları. Yaşlar kurudu.

"Zor olduğunu biliyorum," diye fısıldadı. "Çok zor şeyler atlattığını biliyorum. Ama sen dayanıklısın. Biraz daha dayanacaksın. Bütün bunlardan kurtulmana yardım edeceğim. Söz veriyorum Rogers, onun kim olduğunu bulacağım."

"Bana takacağın tek kelepçenin yatağa sabitlemek için olacağına da söz veriyor musun?" diye mırıldandım burnumu çekerken. Arabanın içini onu tanıdığımdan beri ilk kez duyduğum kahkahası doldurdu. Yumuşak ve içtendi. Ben doğrulurken parmaklarıyla hafifçe saçlarımı bile karıştırdı.

"Bana olan ilgini kaybettiğini sanıyordum," dedi yeniden arabayı çalıştırıp yola koyulduğunda.

"Sorgu ışığının altında da hâlâ gördüğüm en yakışıklı şey senin suratındı." Zorla gülümsemeye çalıştım. Kolunun altındaki boşluktan kendi sigara paketini ve çakmağını uzattı. Kabul ettim. Sigarayı yakıp dudaklarımın arasına sıkıştırdım.

Yeniden dışarıdaydım ve yeniden oyun başlamıştı.

Her şeyi takip etmeye çalışan gözlerim Ophelia Valley yazılı tabelaya takılı kaldı. Araba hızlıca yol tabelasını geride bırakmıştı. Ona doğru döndüm, "Nereye gidiyoruz?"

"Randevun mu vardı Rogers?"

Çok yorgun bir şekilde gözlerimi devirdim.

"Cidden, nereye gidiyoruz?"

"Seni kasabadan uzaklaştırıyorum."

"Ne… neden?"

"Onca şeyin sonunda seni götürüp bir eve tıkmanın zalimce olduğunu düşündüm. Dışarıda olmak isteyeceğini düşündüm ama kasabada dışarıya çıktığın an yine bir gazeteci gelecek, ya hâlâ suçlu olduğunu düşünen biri ya da meraklı biri daha da kötüsü katil."

"Biraz önce ülkeden çıkmamak üzere bir belge imzaladım biliyorsun değil mi?"

Güldü.

"Merak etme Rogers, hâlâ dışına çıkmadığımız birkaç kural var."

"Saydığını bilmiyordum."

"Saydığınızı," dedi. Yeniden gözlerimi devirdim ama istemsizce gülümsemiştim ve buna şaşırmıştım. Ona döndüğümde gözleri üzerimdeydi.

"Orada oturup yine böyle haylazca güldüğünü görmek güzel," dedi.

"Haylazca," diye tekrar ettim tek kaşımı kaldırarak.

"Haylazca ve tatlı."

"Benim başıma gelenler sizi daha çok etkilemiş sanırım Dedektif Christopher, yoksa bana acıyor musunuz?"

Tekrar güldü. Bana acımadığını biliyordum ve bu, o an için yeniden yola dönüp etrafı izleyebilecek kadar keyif verdi bana.

***

Dedektif Wallace bana sadece birkaç saat vermişti. Gece yeniden kasabaya ve o çılgınlığa dönmek zorundaydık. Yine de ona minnettar kalmıştım, dışarıya çıktığım ilk günü kötü ve meraklı bakışlar altında ya da yine dört duvarın arasında geçirmek zorunda kalmadığım için. Bunun aslında ne kadar önemli olduğunu ve benim için yaptığı şeyi yeni yeni idrak ediyordum.

Asıl yere gelmeden önce yol kenarında bir alışveriş merkezinde arabayı durdurmuştu. Beni acele ettirmemeye çalışıyor sanki her anı yaşamama izin veriyordu. Birkaç mağazanın vitrinine bakıp sonunda onun istediği bir tanesinden içeriye girdik. Benim için tek parça kimono model kısa bir elbise, kendisi için de keten bir ceket seçti. Bunların neden olduğunu sorduğumda gideceğimiz yere uygun olması gerektiğiyle ilgili bir şeyler söyledi. Elbise üzerime kolayca olmuştu ama en küçük beden olmasına rağmen belinde biraz boşluk kalmıştı. Christopher hepsinin parasını öderken benim için bir çift ayakkabı da almıştı, şeftali rengi kalın topuklu ayakkabıları arabada ayağıma geçirdim.

Sonra buraya, sadece özel üyelerin girebildiğinden bahsettiği bir kulübe geldik. Marinanın hemen dibindeydi. Estherburn, elit kesimin yaşadığı bir sahil bölgesiydi. Kylie'nin ailesinin burada birkaç apartman dairesi olduğunu biliyordum. Annem birkaç kez buraya babamla yemeğe geldiklerini söylemişti, elbette hiçbirinde ben yoktum.

Bu kulübü ise daha önce hiç duymamıştım.

"Yemeğini sevmedin mi?" diye sordu. Sahil kenarında oldukça şık bir restorandaydık. Maddie buraya bayılırdı. Önümdeki tabağa baktım. Hava tereyağı, şarap ve deniz tuzu kokuyordu.

"Her şey güzel," dedim. Solumda kalan marinaya özenle dizilmiş teknelerin güvertelerine ve daha uzaktaki gemilerin direklerine bakıyordum. Buradan bakınca onlar devasa geliyordu ama denizin üzerinde bir hiçtiler. Her zaman daha fazlası vardı.

"Birkaç hafta önceye kadar başka bir hayat tarzında ben de bu insanlar gibi görünüyor olmalıydım," dedim.

Christopher'ın gözleri sanki orada olduklarını yeni fark etmiş gibi insanlara kaydı. Restoranda oturuyor ve yemeklerini yiyip sohbet ediyorlardı.

"Nasıl?" diye sordu.

"Tasasız," dedim. "Dünyadan bir haber." Buzlu su bardağını dudaklarıma yasladım.

"Sen hiçbir zaman tasasız görünmüyordun."

"Seni uyardığım için," dedim. "O sayılmaz. Sana ne olduğumu en başında gösterdim. İpuçları bıraktım. O tatlı kız olmadığımı en başından beri biliyordun."

"O tatlı kız olmadığını evet," diye kabul etti. "Ama seni sandığın gibi görmüyorum. Kötü biri olduğunu düşünmüyorum."

"Onca şeyden sonra bile mi?" Hiç konuyu açmamıştı ama sudan çıktığımda ona Becca'dan bahsettiğimi biliyordum. Başını belaya sokmamak için ifade verirken o kısımdan bahsetmemiştim ama ona itiraf ettiğimi hatırlıyordum. Parçaları birleştiremeyecek kadar aptal değildi.

"Talihsizlik evet, kötülük hayır," dedi kararlı bir şekilde.

"Bana her şeyi sormak için daha ne kadar tutacaksın kendini?"

"Seninle ilgili öğrendiğim bir şey varsa o da sen konuşana kadar çenemi kapatmam gerektiği." Omuzlarını hafifçe silkti.

"Ah, Christopher. İlişkimiz için verdiğin emek gözlerimi yaşartıyor." Flörtöz bir tavırla buzlu sudan bir yudum aldım.

"Gel," dedi. "Biraz yürüyelim."

Halı döşenmiş zeminde topuklularla yürümek yine de zordu. Onun peşinden iskelenin uç kısmına doğru yürümeye çalıştım ama sonunda koluna girmeme izin verdi. Bir bankın üzerine gelişigüzel oturduğumuzda dirseklerimiz birbirine değiyordu. Onun yanında küçük, narin ve kırılgan hissediyordum. Yeniden bana bir sigara uzattı ama bu defa dudaklarımın arasına sıkıştırdığımda yakan o oldu. Sigaradan çok derin bir nefes aldım.

"Korkuyor musun?" diye sordu. Mavi bakışları bir o kadar mavi derin sulardaydı. Denize bu kadar yakın olmak iyi hissettiriyordu. Limonlu ferah bir korku etrafı çevrelemişti. Restorandan gelen çatal kaşık seslerine teknelerden gelen müzik eşlik ediyordu. Güneş tepedeydi. Gökyüzü yeniden tam karşımda. Elimi uzatsam dokunamazdım ama yine de artık duvarlar ya da parmaklıklar değil sadece ölümlü olmak giriyordu aramıza.

"Sudan mı?" Dudaklarımı büktüm. "Hayır."

"Yaşadığın olaydan sonra korkman gerekiyordu." Düşünceli düşünceli bana baktı. Sakalları uzamıştı ve gerçekten merak ediyor gibi görünüyordu.

Neredeyse güldüm.

"Bir kere parmağın kesilirse canın yanar ve korkarsın. İkinci kez kesildiğinde daha az. Üçüncü kez kesildiğinde çok daha az. Karanlık bir yoldan ilk kez geçerken de korkarsın ama ikinci kez geçtiğinde daha az. Sonra karşına karanlık ve sessiz bir yol çıkarsa korku yeniden alevlenir. Ama sonra karşına dar, sessiz ve karanlık bir yol çıkarsa korkun artar. Korku sadece yabancı ve yeni bir durumla artar. İçinde zaten büyük bir korku taşıyorsan daha azı o kadar da etkili olmaz."

"Neyden korkuyorsun o halde?" Gözlerini benden ayırmıyordu. Gözlerinde çok fazla şey vardı. Bir şeylere engel olamamak. Kendini sorumlu tutmak. Hüzün. Hepsini tanıyordum. Şimdi burada bankın üzerindeyken onları gizlemiyordu.

"Ölmekten değil, dedektif. Yaşamak benim için daha korkutucu. Çünkü nasıl yaşayacağımı bilmiyorum. Ama daha önce kaç kez öldüğümü tahmin dahi edemezsin."

Bir dakika kadar sessiz kaldı. Sonra biraz daha.

"Her şeye en baştan başlamamız gerekiyor," dedi. Sesi derinden geliyordu. Uzun bir yolu yeniden tırmanmaya başlayacakmış gibi bir yorgunluk vardı halinde. "Ne kadar zor şeyler yaşadığını biliyorum, hepiniz yaşadınız. Bunları bitirmenin tek yolu katili bulmak. Ve senin yardımın olmadan bunu yapamam. Bana yardım edersen en azından sana yaşama şansı verebilirim."

"Yaşama şansı..." Gözlerimi kapatıp güneşi hissetmeye çalıştım. Güzel bir hayal gibi geliyordu kulağa. Hani şu bir yaz günü saçlarınızdan tuzlu su akarken ve güneş teninizi parlatırken arkadaşlarınızla konuştuğunuz bir hayal gibi. Herkes hayal ettiği bir şeyden bahsederdi ve kumsalda otururken hepsi mümkünmüş gibi gelirdi.

"Hepinize," diye ekledi. "Bu kasabadaki tüm gençlere."

"Birileri daha öldü değil mi?" diye sordum. "Bana söylemiyorsun."

"Yangında ölen olmadı, senin sayende. Sen bize haber verdiğin için erken müdahale edebildik ama vermeseydin olacak kayıpları düşünmek istemiyorum." Avukata verdiğim not kağıdından bahsediyor olmalıydı. Üzerime kötü bir koku yapışmış gibi bedenimi sıktım. Kokudan kurtulamıyordum.

"Ne zaman oldu?"

"İki gün önce. Tüm kasaba bir turnuva maçının kasabadaki katilden daha önemli olduğuna karar verdi." Bundan memnun görünmüyordu. Parmakları bankın oturak kısmını sıktı. Son günlerde onun da kilo kaybettiğini fark ettim. Ve saçları uzamıştı, alnına dökülüyor ve karmaşık görünüyordu. Ben oradayken o da hep oradaydı. Bazen gece yarısından sonra yanıma gelemese de onu görebileceğim şekilde hücrenin oradan geçiyordu.

"Aldık mı?" diye sordum. Kaşlarını çatıp bana döndü. "Cidden, maçı aldık mı?"

"Şaka yapıyorsun!" Sinirle başını sallayarak diğer yana döndü.

"Ne?" dedim. "Bu çok sevdiğimiz bir gelenek. Beyzbol takımı ne yaptı bilmiyorum ama amigo takımı onlara karşı hiç kaybetmedi."

"Aldınız maçı." Gözlerini devirdi.

"Böyle şeylerle hiç ilgin yok değil mi?"

Cıks diye bir ses çıktı dudaklarından. Başını düşünceli bir şekilde yere eğdi. Son günlerde gördüğüm tek tanıdık yüz onunkiydi. Uzun zamandır tanıdıktı ama yine de garipti. O parmaklıkların ardında benden daha çok kalmış gibi görünüyordu. Kendini sorumlu hissediyordu. Orada bana bakıp hiçbir şey yapamamak da korkunç bir şey olmalıydı. Beni sorgulamak zorunda olmak. Köşeye sıkıştırmak. Üst üste aynı soruları farklı şekilde sormak.

"En başından beri sana yardım edeceğimi düşünüyorsun..." Uzaktan geçen bir teknenin içinde çalan şarkıya takıldı kulaklarım. "Ama ben her şeyi daha kötü hale getirmekten başka bir şey yapmadım."

"Sırların Ansel..." Sessizliğinden ne kadar rahatsız olduğu anlaşılıyordu. "Sırların hakkında yanılıyorsun, hiçbiri ölümden daha kötü değil." Birisi tekneden suya atladı. Eskiden biz de bunu çok sık yapardık. Dylan kasabadan gittikten bir hafta sonra Maddie bizim için bir tekne tatili organize etmişti. Kız kıza bir hafta sonu. Yemek yemek için karşı kıyıya çıktığımızda orada harika bir çocukla tanışmıştım, geceyi onunla geçirmeyi istiyordum ama Maddie buna şiddetle karşı çıkmıştı. O sevgilisini geride bıraktıysa benim de kurallara uymam gerekiyordu. Kylie hafta sonunu hepimizi kameraya alarak ve boş anlarında kitap okuyarak geçirmişti. O çocuk konusunda Maddie'yi ikna etmeyi bile denemişti. Kylie benim Dylan'ı atlatmam için daima beni teşvik etmişti. Bütün hafta sonu içtik, dans ettik ve yüzdük. Ben bugün anladım. Bazen suya yıllar önce atladığınızı bilirsiniz ama bugün suyun içindeymiş gibi hissedersiniz. Bana ondan olmuştu.

"Bazı sırlarım sizi de suç ortağı yapacak, gidip beni bildirecek misiniz? Annemi söylediğiniz gibi şefinize yaptıklarımdan da bahsedecek misiniz?" Ne kızgın ne de kırgındım. Samimiyetle sadece soruyordum ve onu bir kez daha uyarıyordum. "Yeniden bileklerime kelepçelerinizi mi geçireceksiniz? Benden ne istediğinizi bile bilmiyorsunuz Dedektif Wallace."

Bunun hakkında düşündüğüne şüphe yoktu. Gözlerime baktığında bunun gayet farkında olduğunu gördüm. Buna rağmen konuşmamı istiyordu. Çok komik bir şaka aklıma gelmiş gibi gülmek istedim ama ne komikti ne de şakaydı. Beni sandığımdan hatta kendi sandığından daha çok umursuyordu. Bunun sadece kızların başına geldiğini sanırdı insanların çoğu ama yanılırdı. Sadece kızlar başlarını belaya sokacağı kilo metrelerce öteden belli yanlış erkeklere vurulmazdı, erkekler de bu aptallığa kapılırdı. Tek fark benim gibi kızların o kadar da çok olmamasıydı. İyi ya da kötü olduğumu hiçbir zaman düşünmedim. İkisi de değildim. Kötü şeyler yapmıştım ama kötü şeyler yapmamayı da başarmıştım. Birilerine zarar vermiştim ama zarar vermemek için kaçmayı da bilmiştim.

"Rebecca'nın ölümü senin suçun değil," dedi. Dönüp ona bakmadım. Dışarıdaydım, yeniden rol yapmam gereken yerde. Arabada bir kez boş bulunup ağlamıştım bu yüzden yanağımın içini ısırdım. "Kendini suçladığını biliyorum ama değil. Onu araştırdık, arkadaşın olduğunu söylüyorsun ama bu kasabada siz kızlar arasında gördüğüm tek şey arkadaşmış gibi davrandığınız. Hepinizin sırları var."

"Rebecca ve ben öyle değildik." Hışımla ayağa kalktım. Ellerimi koyacak bir yer bulamıyordum. Onu düşünmek beni sudan çıkmış balığa çeviriyordu. Yapamayacağımı bilmeme rağmen nefes almaya uğraşıyordum. Korunma belki de koruma içgüdüsüyle kollarımla omzumu tuttum. Marina boyunca yürümeye koyuldum.

"Pekâlâ, Rebecca'nın daha önce de intihar etmeye teşebbüs ettiğini biliyor muydun?" İki kolumdan da tutup beni ona bakabileceğim şekilde kendisine döndürdü.

"Öyle bir şey olmadı!"

"Oldu!" diye kimsenin duymaması için biraz daha yaklaştı. "Onu sen öldürmedin. Senin yüzünden ölmedi. Chris yüzünden öldü." Duraksadı, ikilemde kalmıştı. Söylemesinin mi yoksa söylememesinin mi daha iyi olduğunu tartıyordu. Yanlış karar vermişti. "Çocukken Rebecca'yı istismar ediyormuş Ansel. Annesi ona inanmamış. Daha önce iki kez ölmeye çalışmış."

"Hayır," dedim başımı iki yana sallayarak. "Hayır, öyle bir şey olmadı." Nefes almaya odaklandım. Burnumdan havayı çekip ağzımdan nefes verdim. Kokuyordu, üzerimde bir şey kokuyordu. Elbisenin yakasını çekiştirip kokladım ama koku benden geliyordu. Benden geliyor olmalıydı. Çok kötü kokuyordu.

Başına bunlar gelmedi, birbirimizden bunları saklamadık. Onun neler yaşadığını bilmeden onunla eğlenmedim. Gerçekten arkadaştık ve ben onu seviyordum. Onu sevdiğimi biliyordu.

"Tedavi görmüş. İki yıl boyunca klinikte kalmış. Çok küçükmüş, bunlarla baş edememiş."

"Ben..." Ellerimi saçlarımın arasında geçirdim. Klinik, teknede uzaktan çalan müzik, eski bir hatıra. Kapanmış bir hastane. Bir anda zihnime hastaneye ait bir melodi doldu, dudaklarımı araladım ama ağzımı yeniden kapattım. Ona söylemekten vazgeçtim. Ne olduğunu bile anlamadığım bir şey için bir adım daha atmayacaktım.

"Eve gitmek istiyorum," dedim. "Beni evime götür lütfen. Çok yorgunum. Eve gitmek istiyorum."

"Yıllarca kendine bunu yaptın," dedi.

"Nereden biliyorsun?" diye sordum. "Bunu nasıl öğrendin?"

"Dylan söyledi." Dudaklarını birbirine bastırdı. "Gelip itiraf etti. Sana hiç söylememiş. Rebecca ile zaten klinikte tanışmışlar Ansel. Başına gelenleri biliyormuş ama Rebecca ona kimin yaptığını hiç söylememiş. Gidip teyit ettik."

"Bana söylerdi," dedim. "Dylan bana söylerdi."

"Daha çok kendini suçlaman için mi?" Acıyla gülümsedi. "Ansel, sana söyleyemezdi. Söylememesi o çocuğun hayatı boyunca yaptığı sayılı iyi şeylerden biri. Bana bak," kollarımdan tuttu yeniden. "Kendin için yapabileceğin bir şey yoktu, Rebecca için de yoktu, Dylan için de yoktu! Aileleriniz yapması gereken şeyler vardı. Siz çocuktunuz. Size bakması gereken onlardı. Kendini suçlamayı bırak."

"Eve götür beni," dedim. "Eve gitmek istiyorum."

Ben eve gitmek istiyorum ama evim neresi bilmiyorum. Babamın öldüğü o yer mi, annemin hiç olmadığı o yer mi… Yalnızlık bir insana çatı verebilir miydi, bir çatı bir insanın üzerine kaç kere devrilirdi…

14. BÖLÜM: BASAMAKTAKİ GICIRTI

Taraçaya çıkan basamaklar hâlâ gıcırdıyordu. En son annemin kusarken tutunmaya çalıştığı ahşap korkuluklar da dökülmek üzereydi. İyi bir bakıma ve elden geçirilmeye ihtiyacı vardı. Rüzgâr esince ağaçların arasından çam iğnelerinin kokusu burnuma dokundu. Aynı anda hem gerilim hem hüzün hem de rahatlama hissettim. Bildiğim bir yerdeyim diye düşündüm ama aslında en çok yalnız hissettiğim yerdeyim. Havadaki elim titredi. Christopher'ın arabanın kapısını kapattığını duydum. Eşyalarımı getiriyordu. Baş parmağımı kapının yanındaki dokunmatik cihaza okuttum, basit bir klik sesiyle kapının kilidi açıldı. Ona belli etmemek için derin bir nefes aldım ve sorun yokmuş gibi kapıyı ittim.

"Çağırmamı istediğin kimse var mı?" diye sordu eşiğe geldiğinde. İçeri girmemesi için kapıyı tutup bekledim.

"Hayır, yalnız kalmak istiyorum."

"Belki yalnız kalmaman daha iyidir."

"Benim için endişeleniyor musun Christopher?" Eskiden rol icabı da olsa gülümsemek ne kolaydı şimdi dudaklarımı nasıl kıvıracağımı bile hatırlamıyordum.

"Arkadaşlarınla arayı düzeltmeyi düşünüyor musun?"

"Belki," dedim. "Ama biraz daha bekleyebilir. Önce kafamı toplamaya ihtiyacım var."

Anlıyormuş gibi ağır ağır başını salladı. Elindeki poşeti ve kutuyu almak için uzandım, "Teşekkür ederim," dedim. "Her şey için." Ve bu birçok şeydi. Kendime bile itiraf edemediğim belki idrak bile edemediğim her şey.

"Ne yaptım ki?" dedi yarı sitemle. Olanlardan kendini sorumlu tutması çok şirin göründü o an için gözüme. Bunun insanı nasıl mahvettiğini biliyordum.

"Orada yalnız olduğumu hissettirmediğin için," dedim. "Belki öyleydi belki değil. Belki görev icabıydı belki değil ama arkamı kolladığını sanmama izin verdiğin için. Oradan çıkardığın için. Bana bir avukat tuttuğun için. Bugün nefes almama izin verdiğin için. Elimde bir bıçakla beni bulduğunda bile körü körüne inanmak yerine sorguladığın için Christopher."

Önce kaşlarını çattı. Bir şeyin kendi içinde muhakemesini yaparken dudağını ısırıyordu ve çenesi daha çok sivriliyordu. Yine başını salladı. Sanki diyecek ya da yapacak bir şey bulamadığında kolay bir kaçıştı bu onaylama onun için. Yüzünden bir şey okumak zordu. Hoşça kal der gibi yarım yamalak elini kaldırdı. Arkasını dönüp giderken ağırdan alıyordu. Taraçadan aşağı indi, arabasına kadar yürüdü, kapısını açtı ve durdu. Kapıyı yeniden kapattı, aceleci adımlarla birkaç basamaktan oluşan ahşap merdiveni tırmandı, yeniden kapının eşiğine geldi. Gözlerinde hem alev alev yanan bir korku hem de o alevleri harlayacak bir cesaret vardı. Beni içeriye doğru itti, kapıyı arkamızdan yarım bir şekilde ayağıyla iterek kapattı, belimden tutup sırtımı duvara yasladı, dudakları dudaklarımın üzerine örtündü. Yüzümü, gizleyemediği bir açlıkla ellerinin arasına aldığında elimdeki kutu düşmüş ve aniden bedenlerimiz birbirine yapışmıştı. Öpücüğün yoğunluğu omuzlarımdaki bütün kasılmayı alıp götürüyordu. İyi olmanın nasıl hissettirdiğini bile zar zor hatırlıyordum ama arzu ya da sadece istek, hepsini onun kollarının arasına kendimi bırakarak öğrenmeye bir saniyeliğine de olsa hazırdım.

Nefes nefese geri çekildi ama yüzümü bırakmadı.

"Bir şey olursa beni ara," dedi. "Ne olursa olsun."

Hızlı hızlı gözlerimi kırparak "Tamam," dedim. Kendini tamamıyla geri çekip yüzümü bıraktı. Kapıyı arkasından kapatarak çıktı. Nefesim düzenlenene kadar arabasını çalıştırdığını ve yolda uzaklaştığını duydum. Kendime gelmek için silkelendim, eğilip yere saçılmış kutuyu topladım. Eşyaları kenardaki komodinin üzerine bırakıp içeriye geçtim. Cep telefonunu masanın üzerine bıraktım, bugün açmayacaktım, bir gün daha bekleyebilirdi her şey. Tüm perdeler kapalıydı. Televizyonu açtım ve kanepeye yaslandım. Ev birden hiçbir şey değişmemesine rağmen bomboş göründü gözüme. Sanki daha önce burada kimse yaşamamış gibi.

Gözlerimi kapattım. Dışarıdaydım, dışarıda ve evimdeydim. Birçok şey olmuştu. Ama artık en büyük günahlarımın zincirinden kurtulmuştum. Rebecca'nın ölümüyle yüzleşmiştim. Birilerine itiraf edebilmiştim. Geçmişimdeki en kirli an artık sadece ikimizin esir olduğu bir sır değildi. Bileğimdeki iz belki hiçbir zaman iyileşmeyecekti ama nihayet kabuk tutmuştu.

Ona olanları düşündükçe, yaşadıklarını, Chris'in ona yaşattıklarını, kimseye anlatamadıklarını... Gözümden bir damla yaş düştü. Bir suçu itiraf eder gibi rahatladım. Belki neler yaşadığını bilseydim o bıçağı gerçekten ben saplardım Chris'e ve yaptığım şeyden asla gocunmazdım. En garip tarafı da tamamen rahatlamış hissetmem, içimdeki her şeyin boşalmış olmasıydı. Bir anda tüy kadar hafiflemiştim. Olabilecek her şey olmuştu. En kötüsünü yaşamıştım. Her şey gözüme yoluna girebilir gelmişti artık. Üstesinden gelebilirim gibi. Birkaç ay önce yaptığım şeyi artık daha doğru yapabilirdim. Yeniden arkadaşlarımla bir arada olabilirdim ama artık bu kadar sır tutmazdım. Annemin iyileşmesi için çabalardım artık ona olan öfkemi sessizce aktarmazdım. Küçük bir köpek sahiplenebilirdim. Yeniden sınavlarıma odaklanabilirdim, bu dönem çok şey kaçırdığımı biliyordum ama toparlayabilirdim. Hayattaydım, nefes alıyordum ve en önemlisi dışarıdaydım.

Zihnim birden beni durdurdu. Dylan'ın ismi zihnimde belirdiği anda durmamı işaret eden devasa bir kırmızı ışık yanmıştı sanki. Kalbim birden tepki verdi. Onunla yoluna koyabilir miydim her şeyi? Onunla aramızdaki o problemi halledebilir miydim? Bunu delicesine isteyen yanımın artık o kadar da baskın olmadığını fark ettim. Koşup onun kollarına atılmak, kendimi onun sevgisine, onun korumasına bırakmak kadar cazip gelen hiçbir şey yoktu. Tanrı şahidim olsun ki bunu deli gibi istiyordum. Ama ona karşı koyabilmenin artık daha güçlü hissettirdiğini de biliyordum. Onunla birlikte olmak benim güçlü yanıma set vuruyordu. Öyle çok biz oluyorduk ki ikimiz de kimliğimizi yitiriyorduk, tüm dünyayı dışarıda bıraktığımız bir odanın içinde yaşıyorduk. Ve aklım kalbimin yaptığı bu seçimin başlı başına yanlış olduğunu biliyordu ve kalbim, o öpücükten sonra bunun ne demek olduğunu anlıyordu. O kişi belki Christopher'dı, belki değil. Ama dünyada benim için bir *o kişi* olduğuna inanmak bile devam etmek için yeterliydi. Dylan'a benden başka bir şans vermek, onu benimle, kalbimi onun karanlık maviliğiyle zehirlememek...

Sıcak bir duş aldım. Saçlarımı uzun uzun taradım, ensemden bir örgü yaptım. Yanaklarımı hafifçe renklendirip dudaklarıma tatlı bir pembe rengi olan nemlendirici sürdüm. Üzerime uçuk pembe renginde kısa bir gömlek ve kot pantolonumu giyindim. Aynada kendime baktım, bir katil gibi değil de yardıma ihtiyacı olan bir kız gibi durmaya çalışıyordum. Buzdolabındaki her şey bozulmuştu ve kahve kavanozu bomboştu. Günler sonra karnımın kurt kadar aç olduğunu hissediyordum ve sigaram bitmişti. Olanlardan sonra ilk kez dışarı çıkacaksam en azından insanların gözüne korkutucu görünmesem iyi olacaktı.

Hava kararmıştı ama gece yarısına henüz saatler vardı. Katilden korkmayı bırakmıştım, belli ki öldürmek istediği ben değildim. Belki de o sıra bana hiç gelmeyecekti. Yaşadıklarımın ardından kaçmanın pek bir işe yaramadığını da tecrübe etmiştim. Eninde sonunda sobeleniyordun.

Cep telefonumu her ihtimale karşı yanıma aldım ama hâlâ açmamıştım. Anahtarımı ve çakmağımı cebime sıkıştırıp evden çıktım. Havada hâlâ ağaçların arasından esen rüzgârın kokusu vardı. Eski güzel bir anıyı anımsatan o kokulardan biriydi. Derin nefesler alarak yürüyordum, kaşlarımı çatmamaya ya da insanlara ters ters bakmamak için sık sık ifademi kontrol etmem gerekiyordu. Bir süre belki bununla uğraşacaktım ama sorun değildi, aklanmıştım, ben özgürdüm, suçlu değildim. Becca'yı ben öldürmemiştim. Geri kalan her şeyle yaşayabilirdim. Onun yasını tutabilirdim, daima tutacaktım.

Caddeler en son bıraktığım halinden daha tenhaydı. Yangın felaketinden sonra insanlar iyice gerilmiş olmalıydı. Evlerin perdeleri kapalı ama tüm odaların ışıkları açıktı. Bir korku kasabasını andırıyordu. Genelde gittiğimiz küçük kahve dükkanının açık olduğunu görünce içeriye girdim. Çalışan kişi değişmişti.

"İyi akşamlar, ne alırsınız?" diye gülümseyerek karşıladı beni. İçeride köşe masada oturan iki kişi vardı ama benim tarafıma bakmadılar. İlk giriş başarılı. Henüz kimse asılmam için üzerime atlamamıştı.

Vitrine bakıp muhtemelen bu saate kadar bayatlamış olsalar da bir tane sandviç ve yanımda taşımak için büyük boy yulaf sütlü bir kahve sipariş edip ödemesini hızlıca yaptım. Hazırlanmasını beklerken kasaya en yakın masalardan birine oturmuştum.

"Sandviçi ısıtmamı ister misiniz?" diye seslendi sarışın tezgahtar kız.

"Evet," dedim gülümseyerek. "Lütfen." Sevecenlikle karşılık verip sandviçi bir tabağın içinde mikrodalga fırına bıraktı. Makineyle birlikte ben de içimden saniyeleri sayıyor ve aynı zamanda kendime sakin olmayı telkin ediyordum.

Halledeceksin.

Halledeceksin.

Üstesinden gelebilirsin.

Her zaman bir yolunu buldun.

Bu defa daha kolay.

Söz veriyorum, halledeceksin.

Geçecek. Bu yaşanılanların hepsi geçecek. Her zaman geçti. Hiç izi kalmamış gibi kapanan yaralar oldu. Belki artık kanamasına bile gerek yok.

Mikrodalganın sesiyle neredeyse yerimden sıçrayacaktım. Önce karton kutudaki kahvemi sonra burada yemek için kâğıda sarılmış sandviçimi alıp teşekkür ettim. Yeniden masaya oturdum. Anahtarımı ve cep telefonunu masanın üzerine bıraktım. Sandviçten küçük bir ısırık aldım, midem çok küçülmüş belki de bana küsmüştü. Lokmayı çiğnemek ve yutmak bile zor geliyordu ama yavaş yavaş alışacaktım. Yavaş yavaş üstesinden gelecektim.

"Aman Tanrım, Ansel!"

Küçük bir dükkânda bu şiddette sadece Maddie Flaming böyle çığlık atabilirdi.

"Şimdi aklımdan ne geçtiğine inanamazsın, seni düşünüyordum ve babamdan beni buraya bırakmasını istedim." Birden arkasını dönüp dışarıda birine seslendi. "Baba, bak kim var burada!"

Hay aksi.

Aferin Maddie.

Bay Flaming küçük dükkâna takım elbisesi ve resmiyetiyle girdiği anda paniklemiştim. Peçeteyle ağzımı silip telaşla ayağa kalktım. Onu her zaman çok sevmiş ve çok saygı duymuştum. Aileme o kadar yardımcı olmuştu ki altında eziliyor bu yüzden çok fazla yüzüne bakamıyordum.

"Ansel," dedi yanıma gelip elini omzuma koyarak. "Seni görmek..." Bir anda duraksadı. "Başına gelenler korkunçtu," diye devam etti. "Nihayet her şeyin ortaya çıktığına çok memnunum. Bütün süreci takip ettim ama seni görmeme izin vermediler."

"Çok teşekkür ederim," diyebildim zayıf bir sesle. "Eminim elinizden geleni yapmışsınızdır."

"Baba Ansel'de bizimle gelsin."

Bay Flaming biraz şaşkınca "Tabii," dedi. "Tek başına kalmana gerek yok." Ama gözleri aynı şeyi söylemiyordu. Zavallı Maddie, kime emrivaki yaptığının bile farkında değildi. Bazen onun kadar saf ya da aptal olmayı istiyordum. Hayatın ona verdiği kadarını biliyor ve görüyordu sadece, hiç arkasına bakmıyordu.

"Teşekkür ederim ama eve dönmem lazım." Nasıl bir bahane bulacağımla ilgili bir fikrim yoktu ama sorarsa bir şey uyduracaktım. Mesela merdivenlere göz kulak olmam gerektiği gibi.

"Nasıl istersen," dedi babası çabucak. "Bir ihtiyacın olursa haber ver mutlaka."

"Tabii ki, teşekkür ederim." Daha ne kadar yalandan minnet edecektim bilmiyorum. Bu alışmak istemediğim şeylerden biriydi, ailelerin çocuklarıyla arkadaş olmasını istemediği ama bir yandan da haline üzüldükleri o kız olmak.

“Ben biraz burada kalacağım,” dedi Maddie babasına dönüp.

Bay Flaming bir bana bir Maddie’ye baktı. Bunu onaylamadığı ortadaydı ve bu saatte onu burada bırakmak istemediği için suçlayamazdım.

“Sadece bir şeyler alıp çıkacaktım,” dedim. “Buna gerek yok Maddie. Daha sonra zamanımız olur eminim.”

“Hayır,” dedi inat ederek. “İstersen beni daha sonra buradan alabilirsin.” Yeniden babasına dönüp kararlılıkla konuştu. Üzgünüm der gibi bakmak dışında bir şey yapamadım.

“Arabanın anahtarını sana bırakıyorum,” dedi babası gerçekten anahtarı onun avucuna sıkıştırarak. “Dikkatli olun, ikiniz de. Maddie telefonun mutlaka açık olsun ve çok geç kalmayın.”

“Elbette. İyi akşamlar,” dedim yine mahcubiyetle. O çıktıktan sonra ikimiz de bir an çok yakın durmamıza rağmen aramızda bir dolu mesafe varmış gibi kalakaldık. Hem aynı hem farklı görünüyordu. Üzerinde fırfırlı çok tatlı beyaz bir etek, dizlerinin üzerine kadar uzanan bir çorap ve topuklu botları vardı. Saçlarını tepeden topuz yapmıştı. Açık renklerde boyadığı göz kapakları onu canlı ve güzel gösteriyordu.

“Emrivaki yaptığımı biliyorum,” diye başladı konuşmaya. “Eğer istemezsen gidebilirim ama seninle konuşmak istiyorum Ansel, lütfen.” Küçük bir çocuk gibi kocaman açtığı yeşil gözlerine karşı gelmek vicdansızlık olurdu. Maddie insanlara böyle hissettiriyordu. Çıkık elmacık kemikleri ve iri gözleriyle hep bir oyuncak bebeğe benzetiyordum onu. Ruhu da öyleydi nasıl olsa.

“Oturabilirsin.” Nefes verip sandalyeye ilk ben oturdum. İstemsizce gözlerimi kaçırıyordum. Bir şeyle oyalanmak için sandviçi yeniden elime aldım.

"Her şeyin ortaya çıkmasına çok sevindim. Yemin ederim bir an bile aklımdan çıkmadın. O kadar perişan haldeydim ki. Seni yalnız bıraktığım için kendimden nefret ettim. Olan her şey için. Kylie'nin değil senin yanında olmalıydım. Ama ben bir taraf seçmemiştim, sadece olanların şokunu yaşıyordum. Bizim, üçümüzün arasının bozulacağı aklıma gelmemişti. Kylie..."

"Hey," dedim koluna dokunarak. "Sakin ol ve yavaştan al lütfen, daha bugün dışarıya çıktım ve bir şeylere alışmaya çalışıyorum." Elimle etrafı işaret ettim. Söylediği ya da takıldığı şeylerin benim için pek bir anlamı kalmamıştı. Neredeyse hapse düşüyordum ve bir nakil aracıyla gölün içine atılmış, katil tarafından kurtarılmıştım. Arkadaş dramaları için kendimi yaşlı hissediyordum.

"Haklısın." Dudaklarını ısırıp yine saçlarını parmağının etrafına dolamaya başladı. "Neler olduğunu sormaya korkuyorum."

Bu sorunun geleceğini biliyordum ama düşünmek, onlara bir cevap vermek için zamanım olacağını varsaymıştım. Ama bu eski benin yani yalanların, sırların arkasına saklanan Ansel'in yapacağı şey olurdu.

"Chris, Rebecca'nın üvey ağabeyiymiş," dedim. "Becca'yı hatırlıyor musun?"

Gözleriyle onayladı.

"Ölümünden beni sorumlu tutmuş. O dönemki arkadaşlarını daha çok. Ama sanırım altında suçluluk yatıyordu. O..." devam edebilmek için kahveden bir yudum almam gerekti. Bu yumuşak tadı ne kadar özlediğimi bilmiyordum. "O Becca'ya pek iyi davranmamış."

"Aman Tanrım," diye fısıldadı Maddie neler olmuş olabileceğini düşünürken.

"Kendini öldürerek benden intikam almak istemiş. Aynı anda hem kendinden hem benden kurtulmayı umuyordu sanırım. Dedektif böyle düşünüyor."

"Bu korkunç," dedi uzanıp elime dokunarak. "Psikopatça bir şey. Ansel ben ne diyeceğimi bilmiyorum. Yaşadığın onca şey... Hepsi üst üste gelmiş. Annen, Dylan... Sonra biz. Zaten manyak bir katil var. Sonra bu olay. Sonra arabanın göle uçması. Tanrım, ben olsam bunların hiçbirine dayanamazdım."

"Sandığından daha güçlüsün," diye gülümsedim. "Ama umarım hiçbir zaman ne kadar güçlü olduğunu öğrenmen gerekmez." İçeriye başka birileri girince başımı eğdim ve kahve bardağına bakmaya başladım. Neyse ki doğrudan tezgâha gidip sipariş verdiler.

"Seni tuzağa mı düşürdü?" diye sordu masanın üzerinden eğilip.

Bir lokma daha alıp çiğnemeye çalıştım.

"Anna'yı öyle bulduktan sonra kendimi kaybetmiştim. Sadece oradan çıkıp gitmek istiyordum. Doğru düşünemiyordum ve onun arabasına bindim. Sadece uzaklaşmak istemiştim. Bir partiye gitmek için ısrar etti ve ben kontrolümü kaybettim. Çok fazla içtim. Baş etmeye çalışıyordum ama edemedim... Sonra da kendimi o halde buldum işte." Dürüst olmak tüm detaylardan bahsetmeyi kapsıyor muydu yoksa üstün körü ana başlıkları vermem yeterli oluyor muydu? Bunu neye göre ayarlayabilirdim? Bana yeterli gelmişti.

"Keşke tüm bunları yaşamana engel olabilseydim. Keşke bunları geride bırakmanın bir yolu olsa." Gözleri sulandı.

"Zaman," diye kaşlarımı kaldırdım. "En şifalı yara bandıdır."

Kendi kendime güldüm.

"Bencilce biliyorum ama her şey öyle çok değişti ki bu beni mahvediyor Ans. Sadece arkadaşlığımız değil, hepimiz, bu olanlar her şeyi değiştirdi ve hiçbir şeye engel olamıyorum. Ne seni ne Kylie'yi durdurabildim."

"Kylie'ye ne oldu?" diye sordum.

"Kavga ettik ve ben ona inanılmaz şeyler söyledim. Sanırım bir yanım olanlar için onu suçluyor. Sana yaptıkları için."

"Hayır." Yüzümü buruşturdum. "Böyle düşünme, onun bir suçu yok."

"Gerçekten ona âşık olmuş Ansel," dedi inanamayarak. "Ve bununla kalmadı. Ne yaptıklarını bilmiyorsun. Kylie birkaç gün önce sözde ölenler için bir anma gecesi düzenledi. Dylan istemiş, bil bakalım neden..." Masaya doğru eğilip fısıldamaya başladı. Bense onun aksine oturduğum yerde dikleştim. Elbette istedi. Beni kurtarmak için.

"Katil birini öldürsün de senin suçsuz olduğun ortaya çıksın diye. Hepimizi kurban etmişler, inanabiliyor musun?"

"Kylie'nin daha akıllı olduğunu düşünürdüm," diyebildim sadece. Dylan'dan bunu beklerdim, elbette beklerdim. İşte beni paramparça eden şey buydu. Birbirimiz söz konusu olduğunda ne kadar ileri gideceğimizin sınırının olmaması. Ve kolayca buna başkalarını, en zeki görünenleri bile alet edebilecek olmamız.

"Bir şeyi istediği zaman nasıl hırslandığını ve gözünün karardığını biliyorsun." O da yaslandı. Onları yan yana düşününce ne hissettiğimden emin değildim. Rahatsız ediciydi ve bir açıdan ürkütücü. Sağlıksız. Hayır, bunu görmek istemezdim.

"Ve Matthew ile ayrıldık," dedi. Bunu duyduğuma oldukça şaşırmıştım. "Artık onunla birlikte olamayacağımı hissettim. Çok değişikti. Bir gün ona baktım ve onda sevdiğim bir şey kalmadığını fark ettim." Masaya bakıyor ve hafiflemiş görünüyordu.

"Buna sevindim Mad." Masanın üzerinden elini tuttum. "Sen her zaman daha iyisini hak ediyordun."

"Sen de öyle."

"Umarım." Yeniden kahvemi elime aldım.

"Okulda da her şey değişti. Artık masamıza Ashley ve Sasha oturuyor ama merak etme yerimizi onlardan alacağım sadece eskisi kadar umurumda değildi son zamanlarda. Ve Jenny, salyangoz takımı tamamen perişan halde. Ona üzülüyorum inanabiliyor musun? En yakın arkadaşlarından biri daha öldü. Sırf hayatta olduğumuz için başımıza gelen bunca şeye rağmen şanslı hissediyorum."

"Öylesin de." Gözümün önüne gelen bir tutamı kulağımın arkasına sıkıştırdım. "Ailen yanında ve hayattasın. Kalan şeyleri halledebilirsin. Bir süre sonra hatırlamayacaksın bile." En azından böyle umuyordum. Bir gün her şeyin hatırlanmayacak kadar geride kalacağını. Biri sorduğunda ya da rastgele bir anda bu anları anlatabilmek için durup uzun uzun düşünmemiz gerekeceğini umuyordum.

"Anneni ziyaret ettim," dedi dudağını sarkıtarak. "Keşke bize ondan bahsetseydin ama seni anlıyorum, hiç kızgın değilim ve kimseye söylemedim. Sadece sen yokken onu kontrol etmek istedim ve iyi olduğuna emin olmak istedim. Yapabileceğim bir şey var mı diye gittim. İyi görünüyor, doktor tedavisinin faydalı olduğunu düşünüyor. Evine girip bir şeyler yapmak da istemiştim ama şu dokunmatik cihaz bana engel oldu." Sinirine istemsizce kıkırdadım. Güldüğümü duyunca birden bana baktı ve mutluluk, biraz da rahatlamayla o da güldü.

"Teşekkür ederim Maddie," dedim. "Bu benim için çok kıymetli." Annemin hastalığından ona kimin bahsettiğini sormak üzereydim ama vazgeçtim. Bu konuda konuşmak istemiyordum. Bu konu ne kadar çabuk kapanırsa o kadar iyiydi. Ama onu görmeye gittiği için minnettar kalmıştım. İçim ısınmıştı ve üzerimden bir ağırlık daha kalkmıştı. Tüm bu olanlardan sonra benim onun karşısına çıkmaya cesaretim yoktu, iyi olduğunu duymak rahatlatıcıydı.

"Beni affettin mi?"

"Senden ya da Kylie'den nefret etmemiştim, sadece..." Durdum ve doğru kelimeleri aradım. Gerçekten ne hissettiğimi hatırlamaya çalıştım. İşte böyle, hepsi bu şekilde yok olacaktı. Oysa o an yaşandığında başıma gelen en kötü şey olduğunu sanmıştım. Şimdi hatırlamak için duraksadığım bir andı yalnızca. "Sanırım kendimden nefret ediyordum ve bir şeylerle yüzleşmeye ihtiyacım vardı."

"Bonnie bana dün gece insanın arada çığlık atması gerektiğini söyledi, bu şekilde içindekilerden kurtulurmuş yoksa şişermiş."

"O çok akıllı bir kız." Maddie'nin küçük kız kardeşi her zaman yaşından büyük laflar ederdi ve bu yanı bazen bize tatlı bazen ürkütücü gelirdi. "Sanırım ben de bir çığlık atmıştım."

"Bunun bir yardım çığlığı olduğunu hiç fark edemedik."

"Ben de edemedim."

"Babam gazetelere açıklama yaptı ve senin suçlu değil sadece tuzağa düşürülmüş bir kurban olduğunu söyledi. Televizyon kanallarındaki arkadaşından da bununla ilgili birkaç ricada bulundu. Ben de okulda neler olup bittiğini anlatıyorum herkese. Merak etme kimse seni suçlamıyor."

Bir an durup sadece ona baktım. Anlatmaya, özür dilemeye ve endişelenmemem için konuşmaya devam ediyordu. O demir parmaklıklar arasında bütün bunları düşünüyordum. Annemi. İnsanların hakkımda neler söylediğini. Haberleri. Gazetelerin manşetlerini --artık onları kimse okumasa da. Onlara karşı fazla acımasız davranmıştım. Maddie ondan beklemeyeceğim kadar çok şey yapmıştı benim için.

"Maddie," dedim onu durdurarak. "Ben gerçekten çok teşekkür ederim."

Durdu ve o da üzerinden bir ağırlık kalkmış gibi gülümsedi. "Sadece elimden geleni yaptığıma emin olmam gerekiyordu. Sen benim kardeşim gibisin."

"Minnettarım ama ne yaparsak yapalım birileri kendi komplo teorilerini kurup bunu sürdürecek. Gerçek katil yakalanana kadar ben tamamen masum olmayacağım."

"Şu yangın olayında, sonunda bir ipucu buldular. Hatta eşkâlini neredeyse görmüşler. Erkek olduğu kesinleşti. Kapüşon takıyormuş ama zayıf ve genç biri olduğunu söylüyorlar. Oldukça hızlı hareket ediyormuş." Yeniden bana doğru eğilmiş sağı solu kontrol ederek fısıldamıştı. "Havalandırmadan girmiş."

"Yaa..." demekle kaldım. Christopher bundan bahsetmemişti muhtemelen beni daha da korkutmak istemediği için.

"Kasabaya giriş çıkışlar her şey kontrol ediliyor. Şimdi o yaşta olabilecek herkesi bir çerçeveye aldılar. Herkesten cinayetlerin işlendiği zaman nerede olduklarına dair kanıt sunmalarını istiyorlar sanırım. En azından bir şüpheli listesine ihtiyaçları var."

"Buna sevindim," dedim. "Artık en azından hiçbir şeyden daha fazlasına sahibiz."

"Ben de öyle."

Sonra garip bir sessizlik oluştu. Belirli konuşacaklar bittiğinde ikimiz de ne konuşacağımızı bilemedik. Daha önce hiç böyle bir an yaşamamıştık. Özellikle Maddie'nin daima anlatacağı bir şey olurdu. Şimdi ona baktığımda gözlerinde hüzünlü bir olgunluk görüyordum. Bir şeyleri onarmaya çalışırken büyüyen küçük bir kız.

"Gitsem iyi olacak," diye ayaklandım. "Çok yorgunum."

"Elbette." O da benimle birlikte ayağa kalktı. "Keşke bize gelsen, tek başına kalmasan. Ya da istersen ben geleyim."

"Gerek yok Maddie, gerçekten ben iyiyim ve böyle kendimi çok daha rahat hissedeceğim. Biraz evimde olmaya ve düşünmeye ihtiyacım var."

"O halde yürüme seni arabayla bırakayım."

Anlattıklarından sonra yürümek o kadar da cazip gelmemeye başlamıştı ve kendini o kadar kötü hissediyordu ki buna da karşı çıkmak istemedim. "Olur," dedim. Kalan kahveyi de içip artıkları çöpe attım. Köşedeki masada oturan bir kızla göz göze geldim, bana gülümseyince hızla atan nabzım gevşedi. Artık böyle olacak, dedim kendi kendime. Göz göze geldiğin herkesten korkacaksın ama sonra geçecek.

15. BÖLÜM: ESKİ BİR YARAYA SAPLANAN BIÇAK

Takip ediliyor hissini ezberlemiştim. Kasabada işlenen ilk cinayetten itibaren değil, Becca'nın öldüğü o geceden itibaren Tanrının gözleri sürekli üzerimde gibi hissederdim. Sonra arkamı kollamayı öğrenmek zorunda kaldım çünkü arkamda kimse yoktu. Bir caddeden yürürken uzaktan bir göz hep üzerimde olurdu. Kahvemi içerken saçımın nasıl durduğuna dikkat ederdim. Ama sabaha karşı uyandığımda bu his çok daha gerçekti. Bir şey beni uyandırmıştı. Yatakta yan dönmüş vaziyette uyuyordum. Sıcaktan bunalmış gibi uyandım ve hemen arkamda bir varlık, bir ağırlık hissettim. İlk kez kilitlenip kalmanın ne demek olduğunu anladım. Saçlarımda çok hafif belki hayal gücümün uydurması olan bir nefes hissediyordum. Sanki görünmez eller saçlarımı okşuyordu. Pencereleri uyumadan önce kontrol ettiğime içimden yemin ediyordum. Ama oradaydı ve ben ne yapacağımı bilmiyordum. Gözlerimi sıkı sıkı kapattım. Normal nefes almaya çalıştım ama kalbim nabzımı zorlayacak şekilde atıyordu. Arkamı dönüp bakmalı mıydım, çığlık mı atmalıydım, yataktan kalkıp koşmalı mıydım… Aynı anda bir sürü şey düşünüyordum.

"Korkma," dedi yavaşça… Harflerin her birini teker teker söylemişti sanki. Dişlerimi sıktım. Bir kâbus olduğunu umdum ama varlığı hemen yanı başımdaydı. Aramızdaki tek şey üzerime örttüğüm ince örtüydü. Parmakları bu defa gerçekten saçlarımın üzerinde dolaştı. "Bir daha ne seni ne beni yeniden oraya atamayacaklar, kelepçelerini bize takamayacaklar."

Nefesimi tuttum. Gözlerimi açamıyordum. Gözlerimi açmaya, hareket etmeye cesaretim yoktu. Kan bedenimden çekiliyormuş gibi hissediyordum. Zifiri karanlık gibi zifiri sessizlik vardı önce. Sonra her şeyi aynı anda duydum. Merdivenin gıcırdaması. Yatağın üzerine çöken ağırlık ve altımdaki yayların hareket edişi. Pencereden içeriye esen rüzgâr. Ağaç dallarının birbirine çarpması.

"Ondan ya sen kurtul ya da ben kurtulurum," dedi. Sesini anlamaya çalıştım. Sesini öğrenmeye. Sesinden bir şey duymaya ama korku bedenimi ele geçirmişti. Sadece kelimeleri anlayabiliyordum. Sesini tanıyamıyordum.

"Bekçi köpeği gibi kapıda bekliyor, hepsi kapında bekliyor. Hepsini temizleyeceğim. Senin için bütün çöpleri temizleyeceğim. Sonra seni alacağım. Bizi bir daha oraya hapsedemeyecekler."

İçimden yalvarmaya başladım. Dua etmeye başladım. Bir hayaleti kovalamak ister gibi Tanrıdan yardım dilendim. Yavaşça gözlerimi açtım. Hiçbir şey olmamış gibi, hiçbir şey duymamış gibi örtüyü üzerimden geriye doğru açtım. Nefes alışverişini duyabiliyordum. O tarafa bakmadım. Hiçbir yere bakmadım. Gözümü kırpmadım. Bir robot gibi yataktan kalktım. Işığı açmadım. Koridorda yavaş yavaş yürürken hâlâ nefes almıyordum. Elimle merdivenin tırabzanını buldum. Merdivenleri indim. Bir ses, kıpırtı, hareket hiçbir şey olmadı. Dış kapıyı açtım. Dylan taraçada oturuyordu.

Bekçi köpeği gibi kapıda bekliyor.

Bağırmak, koşarak gidip ona sarılmak, yukarıda olduğunu söylemek istedim. Tek istediğim koşup ona sarılmaktı. Yardım et diye ağlamaktı. Sadece birinin varlığına ihtiyaç duydum.

"Ansel," dedi benimle birlikte yanan otomatik ışığa bakarak.

"Burada ne yapıyorsun?"

"Çıktığını duydum." Sigarasını atıp ayağa kalktı. Bana doğru yürüdü. Elimle durmasını işaret ettim. Gözlerim yanıyordu. Şok geçiriyordum.

"Sen de onun gibisin," dedim birden.

"Aklımı yitiriyordum," dedi orada durup. "Sana söylemiştim. Bizim birbirimizden başka kimsemiz yok. Artık bunu biliyorsun." Kendi kendine bir şeyler düşünüyor ve başını sallayarak yine kendini onaylıyordu.

Merdivenden gelen basamakların sesini duydum.

"Sen de onun gibisin," dedim tekrar. "Senin yüzünden etrafımda kimse kalmadı." Dizlerimin bağı çözülmüştüm. Tüm bedenim karıncalanıyordu.

"Ne?" dedi anlamamış gibi. Belki de sahiden anlamadı. "Kimseye ihtiyacın yok," dedi. "Seni nasıl terk ettiklerini gördün. Benimle olmadığın sürece yalnız olacaksın." Kaşlarını çatmış eliyle sanki orada birileri varmış gibi boşluğu işaret ediyordu. Etrafımda birileri olmasından hiçbir zaman hoşlanmamıştı. Sevgimi, ilgimi, zamanımı paylaşmaktan hiçbir zaman hoşlanmadı.

"Seninle olduğum sürece yalnız olacağım."

"Angie," dedi. "Sen neyden bahsediyorsun..."

"Sen de onun gibisin," diye tekrar ettim.

"Tamam..." Ellerini birbirine yapıştırdı. "Korktuğunu biliyorum. Ama artık bitti. Seni alıp buradan gidiyorum. Her şeyi geride bırakıyoruz."

Senin için bütün çöpleri temizleyeceğim. Sonra seni alacağım.

"Sen gidiyorsun," dedim. "Gitmelisin."

Ondan ya sen kurtul ya da ben kurtulurum.

"Kahretsin, seni ikna etmem için daha ne yapmam gerekiyor?" Birkaç adım bana doğru yaklaştığında refleksle geriye hareket edince durdu. Çıplak ayaklarıma ve bana baktı. Anlamaya çalışıyordu.

"En başından beri ben olduğumu düşünmüştüm. Kötü olan bendim. Seni kötülüğe sürükleyen bendim. Hayatını mahveden bendim. Seni mahveden bendim. Ama yanıldım. Kötü olan sendin D. Hayatım boyunca beni sadece senin sevdiğine inandım. Sadece sana güvendim. Sadece sana inandım. Senin yanında olduğum gibi biri olabileceğime inandım. Beni buna inandırdın, bende bir sorun olduğuna. Çünkü sen bana yaklaştın ve dedin ki *sorun değil* ama sorundu. Bunların hepsi sorundu sen düzeltmeme izin vermedin. İyileşmeme izin vermedin. Beni iyileştirenin sen olduğuna ikna olmam için daha fazla kanatmama izin verdin sadece. Sen de onun gibisin."

"Doğru düşünemiyorsun," dedi sersemleyerek. İlk defa kelimeler onu yalnız bırakmıştı. Onları her zaman usta bir cambaz gibi kullanırdı. Kelimelerin üzerinde dans ederdi. Ve onların ne anlama geldiğini bilirdi. Çok iyi bilirdi. Şimdi de anlıyordu, anladığı için bocalıyordu.

"Onun gibisin."

"Kafan karışık, hepsi senin kafanı karıştırdı. Ama ben her şeyi yoluna sokacağım. Onların yaptığı her şeyi unutturacağım."

Hepsini temizleyeceğim. Senin için bütün çöpleri temizleyeceğim.

"Onun gibisin, onun istediğini istiyorsun."

"Tek istediğim sensin benim, neyden bahsediyorsun? Siktiğimin *O*'su kim? Ben seni korumaya çalışıyorum, bunu görmüyor musun? Bize yaptıklarını görmüyor musun?"

Bir daha ne seni ne beni yeniden oraya atamayacaklar, kelepçelerini bize takamayacaklar.

"Görmüyorum çünkü beni korumuyorsun. Sen de onun gibi beni yalnız bırakmak istiyorsun. Bir katilin istediğini istiyorsun D. En başından beri ve ben bir katil hayatıma girip bir sürü kişiyi öldürene kadar senin bana ne yaptığını anlamayacak kadar aptaldım."

"Sana asla zarar vermem ben Angie." Alnı rahatsızlıkla kırıştı. Bakışları gerilmişti. Aramıza koyduğum mesafe onu huzursuz ediyordu. Burada ikimizdik, rol yapmadığımı biliyordu.

"Zarar sensin."

"Angie."

"Git," dedim kararlılıkla. "Seni hayatımda istemiyorum."

"Kasabada sana kafayı takmış bir katil varken gitmemi mi istiyorsun?" Yarı güler gibiydi. Daha çok inanamaz gibiydi. Şoka uğramıştı. Emin olduğu her şeyi sorgulamaya başlamıştı.

"Kasabada bana kafayı takmış bir katil yetiyordur belki." Ona bunu söylediğime, bu kadar rahat söyleyebildiğime inanamıyordum. Kelimeleri ben bile idrak edememiştim.

"Ansel..." Tökezledi, nefes alma ihtiyacı duydu. Onu tanıdığımdan beri ilk defa benim karşımda geriye doğru bir adım attı.

"Her şeyi kaybettiğimiz yerde bulmuştuk birbirimizi ve yine birbirimizin her şeyi olabileceğine inandık. Ama olamayız. Biz birbirimize zarar veriyoruz senin bunu görmen lazım. Benim için insanları kurban etmemen lazım. Benim kör olmamam lazım. İkimiz de yanıyoruz Dylan. İki büyük yangın birleşiyor biz bir araya geldiğimizde. Bu sevgi değil ki. Yaptığımız aptalca şeyler lisede kaldı. Artık öyle biri olmak istemiyorum, öyle bir hayat yaşamak istemiyorum. Sana baktığımda hâlâ köşe başında yüzü yara bere içinde kalmış bir çocuk görüyorum. Bütün kariyerini, başarabileceği her şeyi bir hiç uğruna silip atan birini görüyorum. Ama hatırla, sen de en sevdiğim şey yaraları iyileştirebilmendi. Babam gibi bir doktor olacağını bilmemdi."

"Senin için döndüm." Gözleri yanıyor gibi görünüyordu. Hiç gözünü kırpmadan bana bakıyordu.

"Benim için döndün ama hayatımı mahvettin. Arkadaşlarımla arama girdin. Kendimle arama girdin. Beni yalnız bırakıyorsun. Beni savunmasız kılan sensin. Sen olmasaydın tüm bunları yaşamayacaktım. Senden kaçarken Chris'in arabasına bindim!" Kelimeleri anlayabilmesi için tane tane sarf etmiştim.

"Bana baktığında bunları mı görüyorsun?"

Ne bekliyorsun der gibi kaşlarımı kaldırdım.

"Bense sana baktığımda âşık olduğum o kızı görüyorum."

"Yanılıyorsun. Sen içindeki zayıflığa kendini teslim etmiş bir kıza âşık oldun. Çünkü kendi zayıflıklarına teslim oluyorsun. Senin için o okulu bitirip doktor olmak, gerçekten doğru şekilde birini sevebilmek, insanlara yardım edebilmek zor. Bunlardan korkuyorsun. Korkup kaçıyorsun. Kaçıp âşık olduğun yalanının arkasına saklanıyorsun."

"Ve şimdi sen beni sobeliyorsun." O da alayla belki de sitemle güldü. "Bu beni kasabadan kaçıncı gönderişin..." Öfkeden köpürüyordu. Çektiği acı öfkeye dönüşüyordu. Sitem ediyordu. İçten içe haksızlığa uğradığını düşünüyordu. Belki de öyleydi.

Elimde bir silah vardı. Tetiği çektim. Daha önce de benim açtığım bir yaradan vurdum onu.

"Belki de hiç dönmemeliydin."

Sendeledi. Gerçekten sendeledi.

İçeriye girdim. Kapıyı üzerine kapattım.

"Angie," diye seslendi.

Kapının önüne çöktüm. Mesanem şişmişti. Midem ağrıyordu. Vücudum uyuştu. Burnum tıkanmıştı. Nefes alamadığım için ağlamak istiyordum. Boğuluyordum. Elimi göğsüme bastırdım, kuvvetli bir acı kalbime yaslanmıştı.

"Angie!" Kapıya vurdu.

Dizlerimi kendime çektim.

Ölmene izin veremem D, ölmene izin veremem. Senden uzak durabilirim ama seni tamamen kaybedemem. Sana zarar vermesi ihtimaline dayanamam.

"Angie!" Kapıyı yumrukladı. "Bunu yapma Angie. Bir kez daha yapma. Bizi mahvetme." Kapıya daha şiddetli vurdu. "Seni bırakmıyorum çünkü gerçekten seven insanlar bırakmaz. Çünkü gerçekten seven insanlar bunun için her şeyi yapar." Kapıya tekme attı. "Siktir Ansel!" diye bağırdı. "Yüzüme kapıyı kapatma! Bana arkanı dönme. Sevdiğin birine arkanı dönmezsin. Biz bunu yapmayız. Birbirimize yapmayız..."

Merdivenin orada bir ses kulağıma ilişti. Hareket. Adım. İyice duvara sindim. Elimi ağzıma bastırdım. Ağladığımı duymaması için hızlı hızlı burnumdan soluk alıyordum.

"Biz birbirimizi böyle bırakmayız!" diye bir kez daha kapıya vurdu. Karanlığın ortasında yerimden sıçradım. Sesindeki terk edilmişliği, yorgunluğu ve hayal kırıklığını hissedebiliyordum.

"Aç şu kapıyı Ansel!" Bir kez daha vurdu. Hıçkırdı. "Kapıyı aç." Bir yumruk daha attı. "Bana sırtını çevirme." Ellerimi kulaklarıma bastırdım.

Hepsi kafasında, diye sayıkladım kendi kendime. *Hepsi kafasının içinde. Hissettikleri gerçek değil. Yaşadıklarımız gerçek değil. Bu aşk değil. Aşk bu kadar zararlı değil. Başka birini sevecek. Başka biriyle daha iyi bir şansı olacak. Daha iyi bir hayatı olacak. Hayatta olacak.*

"Bir kere daha olmaz!" dedi. "Bir kere daha olmaz. Seni sevmeme izin ver."

Gözyaşlarını zapt edemiyordum. Elimi daha çok göğsüme bastırdım. Bir şeylerin yer değiştirdiğini sandım. İçimde bir şeyler kopuyordu. Kapıya her vuruşu göğsüme daha sert bir darbe almama neden oluyordu.

"O bıçağın dikiş tutmayan yaralar açtığını sana ben öğretmiştim Angie," dedi daha sessizce. Teslim olmuş gibi. Takati kalmamıştı. "Ama onunla kessen daha çok şansım olurdu."

Dikiş tutmaz.

Dizlerimin üzerinde mutfağa kadar süründüm. Pencereye yanaştım. Onu ağlarken gördüm. Onu kapalı bir kapıya gözyaşlarını silmeye bile gerek duymadan bakarken gördüm. Onu o kapıya sırtını dönemezken gördüm. Dakikalarca, sessizce o kapıya bakmaya devam etti. İlahi bir şey olmasını bekler gibi. Yine de arkasını dönmedi. Yavaş yavaş geriye doğru bir adım attı. Yere baktı, sonra yeniden kapıya baktı. Elini burnuna götürdü, nefes almaya zorlanıyor gibiydi. Saniyeler geçti. Sonra başka saniyeler. Daha uzun saniyeler. Bir kez daha onu giderken gördüm. Sanki bu an kafamın içinde yaşadığım her kahrolası gün tekrar tekrar yaşanmıyormuş gibi bir kez daha gidişini izledim. O an sonsuza kadar kapanmayacak bir yaranın benim de içimde açıldığını hissettim.

Mutfak tezgahının üzerinden büyük bir bıçak aldım hırsla. Önce salona girdim, sehpanın üzerinde olduğunu bildiğim cep telefonumu açtım, dedektife bir mesaj yazdım, telefonu koltuğun üzerine attım. Gözyaşlarımı elimin tersiyle silerek merdivenlere koştum, çıkarken ışıklardan birini yakabildim, koridor boyunca baktım ama kimse yoktu, annemin odasına, banyoya ve son olarak kendi odama baktım. Bir katil olmak için hazırdım. Öldürmek için hazırdım. Açık pencerenin ardında bırakılmış bir demet kırmızı gülü görünce çığlık attım. Avazım çıktığı kadar içimdeki her şeyden kurtulmak için çığlık attım. Yastığı, biraz önce uzandığı yatağa defalarca kez elimdeki bıçağı sapladım. Karyolaya saplanıp içinde kaldığında daha çok ağladım. Elime gelen her şeyi savurmaya başladım. Baş ucumda duran gece lambasını, komodinin üzerindeki melek biblosunu duvara fırlattım. Kanatlarından biri kırılıp duvarın dibine çarptı. Karanlığın içinde sadece merdivenden yansıyan ışıkla odamı sinir krizi geçirerek birbirine kattım. Sonra dizlerimin üzerine çöküp elimi kalbimin üzerine bastırarak ağlamaya devam ettim.

"Anneni en son ne zaman görmüştün?"

"Çok küçüktüm," dedi Dylan sigarasından içerken. "Eve gittim. Kapıyı açmaya çalıştım ama kilitliydi. Anahtarı çevirdim ama kilidi değiştirmişti."

"Bunu neden yaptı?"

"Hiç sormadım."

"Üzgünüm," dedim.

Başını karnıma yasladı, yanağını çıplak göbeğime sürttü. "Üzülme," dedi. "Sen hiçbir zaman kapıda kalmayacaksın. Ben kapıyı senin için her zaman açık bırakacağım."

"Ya kilitli olursa."

"O zaman kapıyı kırarım meleğim."

"Bir daha gitmedin mi oraya?"

"Kapattığın kapıları bir daha açmamalısın Angie, üzerine kapanan kapıları da bir daha çalmamalısın."

"Çalmam," dedim.

"Hayır, bunu anlamalısın. Bir kapıyı kapatırsan bir daha açmayacaksın. Yüzüne kapanan hiçbir kapıyı çalmayacaksın. Söz veriyor musun?"

"Neden?"

"Çünkü o zaman başka kapılar olmaz. Hep o kapının önünde kalırsın. Başka bir yol bulmalısın Angie. İnsanların hepsi boktan."

"Söz," diye parmaklarımı saçlarında dolaştırdım. "Ama ya zile basıp kaçarsam." Benimle birlikte güldü. "Ya kapıya yetişemezsem..."

"Hayatını ihtimallere emanet edemezsin. Her zaman tek bir şansın vardır. Bir atış. Kaybediyorsan kaybet ama bir kapının önünde durursan kaybetmek uzun sürer. Bir eve birden fazla yoldan gidebilirsin önemli olan varmaktır. İnsanlar hep bir çatısı olsun ister ama bizim kapılara ihtiyacımız var. Açık kapılara, anlıyor musun? İnsanı evde hissettiren şey duvarların arasında olmak değil, kapıdan çıktığında istediği zaman dönebileceğini bilmesidir."

"Evde kimse yoksa, anahtarımı kaybedersem."

"Bu yüzden anahtarını boynunda taşıyorsun meleğim." İki parmağıyla yanaklarıma bastırıp başımı iki yana oynattı.

"Peki kalbin kapısı olur mu D?"

"Anatomik olarak hayır."

"Bence var."

"Bilim öyle söylemiyor meleğim."

"O zaman neden senden başkası benim kalbime giremiyor?"

Başını çevirip bana baktı ve bir ay gibi gülümsedi.

"Bu çok aptalca ama tatlı ve komik."

"Öyle mi?"

"Tamam, senin kalbinin bir kapısı var."

"Bu profesyonel görüşün mü yoksa psikopatça olan mı?"

"Kalbinin kapısı benim için hep açık mı olacak?"

"O zaman başkaları da içeri girer," dedim. Uzanıp yavaşça saçımı çekti. Kıkırdadım. "Kapı yok," dedim saçlarının üzerinden öpüp. "Kalbim senin, onu yemek ister misin?"

"Çok cazip."

Tekrar güldüm.

Kapattığın kapıları bir daha açmamalısın Angie, üzerine kapanan kapıları da bir daha çalmamalısın.

***

Christopher geldiğinde evin önünde, omuzlarıma attığım bir battaniyenin içinde oturuyordum. Elimde dikenlerini zorla parmağıma batırdığım gül demeti vardı. Yüzük parmağımdan kan sızıyor yeni söndürmüş olmama rağmen bir tane daha yaktığım sigaranın izmaritinde lekeler bırakıyordu. Öylece önüme bakıyordum. Boşluğa. Hiçliğe.

Arabası keskin bir virajla basamaklara çok yakın bir noktada durdu. Tekerleklerin yarattığı toz bulutunu ışığın altında seçebiliyordum. Kapısını hızla açıp dışarıya çıktı.

"İyi misin?" diye sordu. Çok hızlı gelmişti. Çabucak gelmişti. Mesajda ne yazdığımı bile hatırlamıyordum ama yine de hiçbir şeye yetişememişti.

"Buradaydı," diye mırıldandım donuk gözlerimi yere çökmüş olmasına rağmen toz bulutundan ayırmadan. "Buradaydı. Uyandığımda yanımdaydı. Yatakta yanımda uzanıyordu. Saçlarımı seviyordu."

Yaklaşabildiği kadar yanıma yaklaştı. Dizimin hemen yanına eğildi.

"Sen iyi misin?" diye sordu yeniden.

"Buradaydı," dedim.

"Rogers," diye fısıldadı dikkatimi çekmeye çalışarak. "İyi misin?"

"Buradaydı."

Omzumdan tutup beni kendine doğru çekti. Göğsüne bastırdı. Bu kadar sert ve rahatsız olacağını düşünmemiştim hiç ama burnumu çekmeme ses çıkarmadan orada öylece sakinleştirmeye çalıştı.

"Şş," dedi. "Sadece nefes al..."

Dediğini yapmayı denedim. Nefes almaya çalıştım. Sadece nefes almaya odaklanmaya çalıştım.

"Bıktım," dedim alnımı göğsüne yaslayarak. "Şimdi yeniden memurlar gelecek, yeniden sorguya çekileceğim, evim yeniden çevrilecek, yeniden parmak izleri alınacak, insanlar yeniden bana neler olduğunu soracak. Bıktım."

"Biliyorum," dedi şefkatle. "Üzgünüm. Neler olduğunu anlatmak ister misin?"

"Onların çoğuyla yatmadım," dedim sigaranın birikmiş külünü tek parmağımla düşürürken. "Bazılarıyla yakınlaştım ama çoğuyla sevişmedim bile. Partilerde herkes sarhoş olur, maç sonrasında herkesin kafası güzel olur ben sadece onlarla dans ettim, yanlarında oturdum, kahkaha attım ve onlarla bazen odalarına gittim. Çoğu yatağa yatmadan önce sızıyordu ama ertesi gün hepsi ne kadar ateşli bir gece geçirdiğimizden bahsediyordu. Yalanlarını hiç bozmadım, bu işime geliyordu. İnsanlar bana bir etiket koyduğu için şanslıydım, karakterimi onlar çizdi böylece ne kadar acı çektiğimi ne kadar zayıf ve zavallı olduğumu kimse görmedi." Böylece onun gidişinin ardından bir enkaza dönüşmedim, tatlı ve eğlenceli Ansel'e dönüştüm.

"Sen zavallı değilsin."

"Öyleyim," dedim. "Bana acıyorsun, kendine aksini söylesen de olan bu. Annemle konuştun değil mi? Benim hakkımda hiçbir zaman iyi şeyler söylemez. Ama kendi hali benden daha beter. Ne garip onun anlattıklarını duyduğunda bile insanlar bana üzülür ona değil. Sorun değil, ben de kendime acıyorum. "

"Sana acımıyorum."

"Memurları çağır gelsinler. Bir an önce bitsin. Ama küçük bir sinir krizi geçirdim ve üst katı dağıttım." Yanımda duran gül demetini ona verdim. "Bir de bunlar var, birkaç yaprağı eksik umarım sorun olmaz."

Hava neredeyse aydınlanmıştı. Başımı taraçanın ahşap korkuluğuna yaslayıp onun telefon konuşması yapmasını dinledim. Rahatsız bir nefesle ayağa kalktı. Telefonunu çıkarırken tamamen isteksizdi ama yine de yapması gereken aramayı gerçekleştirdi. Ekibi kısa sürede bir kez daha evime geldi. Her yeri incelediler. Parmak izimi taklit edip kapıdan zorlanmadan içeriye girdiğini söylediler. Onlara göre katil artık hata yapmak üzereydi. Çok yaklaştıklarına inanıyorlardı. Onlara asıl bana çok ama çok yaklaştığını haykırmadım. Sordukları soruları yanıtladım. İfademi imzaladım. Şüpheleri bitmiyordu, o yakalanana kadar da asla bitmeyecekti. İçlerinden onunla bir iş birliği içinde olduğumu geçirdiklerini anlayabiliyordum. Ben olsam belki ben de böyle düşünürdüm.

Herkes nihayet gittiğinde Christopher'ın söylediği tek şey eşyalarımı toplamam gerektiği oldu. İkiletmedim, sorgulamadım. O koridorda beklerken küçük spor çantama elime gelen rastgele kıyafetlerden birkaç parça koydum. Üzerimi değiştirirken kapıyı kapatmadım. Pijamalarımı çıkarıp kot pantolon ve kapüşonlu bir sweatshirt giyindim. Arabaya bindik ve yol boyunca ikimiz de tek kelime etmedik, gidecek hiçbir yerim olmadığıyla ilgili.

16. BÖLÜM: BAŞKA BİR HÜCRE

Araba evin önünde durdu. Hatırladığım büyük siyah köpeği kimin geldiğini anlamış gibi koşturup ön tarafa yaklaştı. Christopher arabadan inip yine köpeğin başını okşadı.

"Merhaba büyük kurt," dedi sevecenlikle. Arabanın kapısını kapatıp çantamı omzuma taktım. Karşı taraftaki ağaca baktım. Buraya en son geldiğimde o ağacın dallarına güller asılmıştı. İçimden Christopher'ın da tehlikede olup olmadığını düşündüm. Ona baktım. Üzerinde siyah pantolonu ve beyaz tişörtü vardı. Üst bedenini neredeyse saran deri silah askısı üzerindeydi. Ona bir bütünmüş gibi uyum sağlıyordu. Buradan bakınca savunmasız görünmüyordu.

Doğrulup kapıya doğru yürürken köpek onu takip etti. Kapıyı açabilmesi için kenara çekildim. Evi son derece dijitaldi ve bu artık beni korkutuyordu. Katil benim evimin güvenlik sistemini kırıp içeriye girebilmişti ve memurların söylediğine göre bunu hiç de zorlanmadan yapmıştı.

"Evi biliyorsun," dedi köpeği için kabına yemek koyarken hafifçe dönüp. "Kendi evinmiş gibi küçük kurt." Yarım yamalak güldü ama başını çevirdiği için tamamını görme şansım olmadı.

"Küçük ne?"

"Kurtları sevdiğini sanıyordum."

"Yoksa *Teen Wolf* izlemeye mi başladın?"

“Aç mısın?” diye sordu sorumu geçiştirerek. “Tabii ki açsın,” dedi sonra. “Yakında sadece kemikten ibaret kalacaksın.”

“Vücudum hakkında bu kadar düşünmen beni duygulandırıyor.”

Gözlerini devirdi ama bunun hoşuna gittiğini biliyordum sadece eskisi gibi espri yaparken ben de gülümseyemiyordum. Evde dolaşırken her yerde olduğundan daha rahattı. Onun da bir kontrol takıntısı olduğuna yarı yarıya emindim. Televizyonu açıp sesini kıstı. Bir film kanalı açıldığı için memnun kalmıştım.

“Ne yemek istersin?” Mutfak kısmına geçip buz dolabını ve dondurucuyu teker teker kontrol etti.

“Buraya gelmem sorun olmayacak mı?” Hâlâ ortada dolanıyor ve etrafa bakıyordum. Çok az eşya vardı. Her şey hatırladığım gibi zarif ve ferahtı. Duvar olması gereken bir kısım boydan boya camdı. Ardından ormanın güzel manzarasını ve yolun geçtiği ağaçların arasında büyük gölü görebiliyordum. Hiç halısı yoktu ve tahta zemini evin diğer parçaların estetik bir uyum sağlıyordu.

“Neden sorun olsun?” diye seslendi.

“Şefin kızmasın.” Görmese de omuz silktim. Daha önce bir telefon konuşmasına şahit olmuştum. Bunu hiç doğrudan yüzüne söylememiştim ama birkaç imadan sonra anladığına emindim.

“Evime kimi alıp almayacağıma ben karar veririm ve şu an seni götürebilecek daha güvenli bir yer yok.” Çabucak, kararlı ve kesin konuşması iyiydi bir mesele daha olmak istemiyordum.

“Belki de hiç dışarı çıkmamalıydım.” Sesim kendi kulaklarıma bile çok ruhsuz gelmişti. Omuzlarım düşmüştü. Çok ağladığın zaman üzerine düşen o ağırlığın altında kalmıştım. Sadece konuşuyor ve hareket ediyordum ama daha çok bir kukla gibiydim.

“Bu kötümser düşüncelerini bırakman gerekiyor.”

"Öldüğüm zaman haber ver öyleyse."

"Ölmekle bir derdim yok ama herkes önce bir kez de olsun yaşamalı." Yanımdan geçerken omzuma dokundu. "Ben bir duş alacağım, dolaptan istediğini al." Merdivenleri hızla çıkmaya başladı. İştahla yemeğini yiyen siyah köpeğe baktım. Gerçekten kocamandı ve sivri kulakları vardı. Onun gerçekten kurt olup olmadığını sormam gerekiyordu.

Mutfaktan büyük bir bardak su alıp daha önce de kaldığım evdeki tek diğer oda olan arka taraftaki küçük konuk odasına geçtim. Her yer yine ürkütücü derecede düzenliydi. Evini kim temizliyordu acaba, onu ev temizlerken düşünmek başka bir zamanda olsa beni güldürürdü. Suyun tamamını bitirip perdeleri kapatarak yatağa uzandım. Gün yeni başlamıştı ve nasıl devam edeceğini düşünmek can sıkıcıydı. Uykum vardı ama uyuyabileceğimi sanmıyordum. Kendimi nasıl oyalayacağım hakkında hiçbir fikrim yoktu.

Yeniden doğrulup onun odasına doğru yürüdüm. Merdivenlerin sonunda bir duvar yoktu, camla kaplıydı ve kapının olması gereken yerde boştu bu yüzden basamakların ortasında durdum.

"Dedektif Wallace," diye seslendim.

"Hım?" Beline bağlı bir havluyla bir anda karşımda belirdi. Aşağıdan ona bakmak dikkat dağıtıcıydı. Islak saçlarından hâlâ su akıyordu, kollarından beyaz bir tişört geçirirken adonisleri gerçekten ama gerçekten nefes kesici görünüyordu. Ve o karın kasları. Neden sürekli büst gibi görünüyordu. Gerçekçi bile değildi.

"Rogers?" diye dikkatimi dağıttı.

"Efendim?"

"Bana seslenen sendin?" Benim dikkati dağılmış suratsızlığımın aksine eğleniyor gibi duruyordu.

"Anlamadım."

"Buraya gelip bana seslenen sendin, bir şey mi istiyorsun?" Kaşlarını kaldırıp sorgularcasına başını salladı.

"Şey, evet." Ne için geldiğimi hatırlamaya çalışırken orta parmağımla kaşımı kaşımaya başladım. "Kullanabileceğim bir bilgisayarın olup olmadığını soracaktım."

"Telefonuna ne oldu?"

"Onu açmak istemiyorum." Huzursuzca kıpırdandım. "Yeni mesaj veya hakkımda yazılanları görmek istemedim."

Anladığını gösterecek şekilde başını salladı. Görüş alanımdan çıktı. Bir şeylerin kurcalandığını duydum, sonra yeniden kapı boşluğunda belirip bana bir iPad uzattı. Alabilmek için kalan son basamakları da çıktım. Hemen eşikte durduğu için birden fazla yakınlaştık. Duş losyonunun ve şampuanının keskin kokusu çok ağır bir şekilde etrafımı sardı.

"Teşekkür ederim," dedim elinden alıp.

"Önemli değil."

Yeniden basamakları inerken bir anda döndüm. "Christopher," dedim. O da yeniden eşikte belirdi. "Ben, her şey için teşekkür ederim."

"Önemli değil," dedi yeniden. "Hiçbiri."

"Peki şu öpücük, o önemli miydi?" Bu hiç olmamış gibi davranabilirdim ama ikimiz de diğer türlü daha rahat hissediyorduk. Ben ona asılırken, espriler yaparken, bu kadar acı çekmezken ve bunu belli etmezken. O ne kadar acı çektiğimi anlamazken ve yapacak bir şeyi olmadığı için mahcup hissetmezken.

"Kafanı dağıtmaya ihtiyacın olduğunu düşündüm." Sonra yeniden gözden kayboldu. Gülümseyerek merdiven basamaklarını indim. Odaya gitmek yerine salondaki rahat kanepeye bağdaş kurarak oturdum. Son model gri iPad'in açma tuşuna bastım. Elbette Christopher'ın bir Spotify hesabı yoktu. Kendi kullanıcı adımı ve şifremi girerek listeye ulaştım. Antrenmanlarda çaldığım şarkı listesini oynatmaya bıraktım. Miley Cyrus'un *We Can't Stop* şarkısı odada yankılanırken yeniden mutfağa geçtim. Dolaptan sandviç yapabileceğim basit birkaç malzeme çıkardım. Dolapları ve çekmeceleri kurcalayıp ekmekleri buldum. Bıçağı elime aldığımda bir anlığına durmak zorunda kaldım. Başıma gelen birçok şeyin nedeni henüz çocukken elime bir bıçak almış olmamdı. İyileştirebileceğim her şeyi daha da kanatmıştım. Ama dün gece en beteriydi. Becca'dan beri en beteri. Dylan ne haldeydi, nerede, ne yapıyordu... Belki de Kylie'nin yanına gitmişti. Maddie son günlerde birlikte çok vakit geçirdiklerini söylemişti. Belki de benden Kylie ile intikam alacaktı. Belki de beni dinleyip onu sevecekti.

Kalbimi kesiyor gibi hissederek ekmekleri dilimledim. Malzemeleri kesme tahtasının üzerinde yavaş yavaş doğradım ama yeniden bütün tadım kaçmıştı. Yine de sandviçleri yapmayı başardım. Dolaptan meyve suyu çıkardım. Ada tezgâha iki tane bardak koyarken Christopher aşağı indi.

"Bu benim mi?" diye sordu jambonlu sandviç tabağını önüne çekip.

"Bana her zaman soru soruyorsun," diye mırıldandım. "Her şeyi öğrenmek istiyorsun. Bu defa ben sana bir şey soracağım." Tıkanmış burnumdan zorlukla nefes aldım. Dengesiz ruh halim bocalamama neden oluyordu. Tam bir şeylerin iyiye gidebileceğini düşünmeye başlamışken Tanrı bana bir uyarı göndermiş ve ayağımı denk almamı söylemişti sanki.

"Hayır Rogers, sevgilim falan yok." Yapay bir şekilde dudaklarını birbirine bastırıp güldü.

"Eğer bir şeyler saklıyorsam, sakladığım şeyler seni de bir şeylerin parçası haline getirecekse, belki işini bile tehlikeye atacaksa... Yine de bilmek ister miydin?" Öylece sordum. Açık bir uyarı gibi. Dikkatle. O bir polisti ve ben nihayetinde teslim oluyordum. Tek bir atış demişti iblisim, tek atış şansımı onda kullanacaktım. Tekneler dursun diye denize atılan bir çapa gibi. Durulmak için ona demir atmaya kararlıydım. Bunu istiyorsa yine bileklerime bir kelepçe geçirerek yapabilirdi ama artık birinin beni durdurması gerekiyordu. Durmak zorundaydım yoksa dayanamayacaktım.

Sandviçi dudaklarına götürmüştü, birkaç saniye öyle kaldı. Sonra yavaşça ısırıp ağır ağır çiğneyerek düşünmeye başladı. Nihayet gözlerini bana çevirdiğinde ayakta dikiliyor ve kararını vermesini bekliyordum.

"Evet," dedi. Peçeteyle dudaklarını silip. "Bilmek isterdim. Çünkü sen sağlıklı düşünemiyorsun, mantıklı değil duygusal kararlar veriyorsun. Dylan'ı ve Becca'yı bana en başında anlatsaydın bunların hiçbirini yaşamazdın. Daha da önemlisi sorumlusu olmadığın bir şeyin acısını çekmezdin."

"Dylan dün gece evimdeydi," dedim. "İfademde eksik olan birkaç şeyden biri buydu. Katil bana birinin bekçi köpeği gibi kapımda beklediğini söyledi. Ondan benim kurtulmamı yoksa kendisinin kurtulacağını söyledi. Ve bir daha ikimizin de oraya geri dönmeyeceğini söyledi. Yani bu daha önce onun da tutuklandığını gösteriyor öyle değil mi?"

"Başa sar," dedi. "Dylan'dan bahset." Tabağı tezgâha bırakıp telefonunu çıkardı ve muhtemelen notlarını açtı.

"Orada olduğunu bilmiyordum. Dışarıya çıktıktan sonra onu hiç görmedim ve telefonumu hiç açmadım. Ama aşağı indiğimde kapının önündeydi." Ben ona koşmamıştım ama o koşarak bana gelmişti. Sonra ben kapıyı yüzüne kapatmıştım. Ama kapıya çarpmışım gibi hissediyordum. Çok hızlı koşmuştum ve yavaşlayamamıştım, hızı kontrol altına alamamıştım ve çarpmıştım. Ani ve şiddetliydi. Şimdi canım yanıyordu. Bütün bedenim ağrıyordu.

"Katil de yukarıda, bundan eminsin değil mi?" Teyit etmek için başını kaldırıp gözlerime de baktı.

"Evet, ben aşağıdayken katil yukarıdaydı. Sonra ben kapıyı açtım ve Dylan ile konuştum."

"Ne konuştunuz?"

"Ona beni rahat bırakmasını, artık hayatımda olmasını istemediğimi söyledim." Bir suç itirafında bulunuyormuş gibi gözlerimi kaçırdım. Sorgu odasına defalarca girmeme rağmen bunu itiraf etmek daha utanç vericiydi. Kendimi daha büyük bir yanlış yapmış gibi hissediyordum. Ama ölmeyi hak ediyordu diye savunuyordum. Birinin ölümü hak etmesi mümkün müydü?

"Neden böyle söyledin?" Dikkatlice beni inceledi. Sorunun cevabı çok önemliymiş gibi konsantre olmuştu. Bu neyi değiştirirdi ki?

"Birbirimize zarar veriyoruz?" Bu çok bariz bir şeymiş gibi kaşlarımı kaldırdım. İçten içe biri tarafından bunun onaylanmasına ihtiyaç duyuyordum. Evet, deseydi derin bir nefes verirdim.

"Ne tür zararlar?"

İkimize karşı da dürüst olmak istiyordum bu yüzden konsantre olarak düşündüm. Beynimi gücümün yettiği kadar zorladım ve kendime nefes alacak hava boşlukları yarattım. "Duygusal olarak ikimiz de hasarlıyız. Dylan yalnız büyüdü. Benden daha yalnız belki. Bir araya gelince diğer her şeyi ve herkesi unutuyorduk. Ve birbirimizi hiçbir şey için yargılamaz ya da suçlamazdık bunlar bize zarar veren şeyler olsa dahi. Birlikte olduğumuz sürece bu hep böyle olacak bu yüzden onun bir şansı olması için artık eskisi gibi olmayacağımızı anlatmak istedim. O çok zekidir ve çok nazik, çoğunlukla merhametli ama istediği kişilere karşı. Başka bir hayat şansı var ve ona sahip olmasını istiyorum." Bir yanımın hâlâ sağduyulu olmasına memnun olmuştum. Gerçekleri itiraf edebilmek acıyı bastırmıyor ama saçlarını okşuyordu. Bir çeşit yatıştırıcı gibi, kalıcı değil ama en azından öldürmez.

"Katil seni onunla tehdit ettiği için peşini bırakmasını istedin." Bu bir tespit miydi soru mu emin değildim ama beklenti içinde olduğu ortadaydı. Hâlâ dava için mi konuşuyoruz yoksa benim özel hayatımı mı konuşuyoruz anlaşılması güçtü.

"O da var."

"Sonra ne oldu?"

"Bir süre beni ikna etmeye çalıştı ama geri adım atmadım sonra kapıyı üzerine kapattım. O sırada yukarıdaki her kimse koridorda, merdivenin başında dinliyordu. Onu duydum. Sonra mutfağa gittim, pencereden Dylan'ın gidişini izledim. Bir bıçak aldım ve onu öldürmek için yukarı çıktım ama yatağıma bir demet gül bırakıp gitmişti."

"Neden Dylan'dan yardım istemedin? Onu yakalayabilirdi. Senin için bunu seve seve yapardı." Başka bir çıkarım daha. Tespitleri tam hedefini buluyordu. Sanırım ona karşı düşürt olmaya beni iten şeylerden biri de buydu. Bazı konularda kendime güvenmemeye başlamıştım, diğerleriyle kıyasladığımda Dedektif Wallace benim hayatımı bana en yakın gözlerle izliyordu.

"Bu yüzden söylemedim. Onu yakalar ve öldürürdü ama onun katil olmasını istemiyorum. Buna sebep olmak istemiyorum."

"Yani Dylan'ın birini öldürebileceğini söylüyorsun." Şüpheyle gözlerini kıstı.

"Hayır," dedim hemen. "Hayır Christopher katil her kimse o Dylan değil." Panikle öne atıldım. "Yemin ederim değil. Öyle olduğunu bir an bile düşünsem sana en başında onun ismini verirdim. Vermedim çünkü her şeyin bu kadar kötüye gideceğini biliyordum. Dylan ve ben bir arada olunca böyle olur."

"Dylan dışında kimseyle ciddi bir ilişki yaşamadığını söyledi herkes, bu doğru mu?" Gözleri öne doğru kontrolsüzce atılan ayaklarıma kaydı sonra yeniden gözlerime döndü.

"Evet." Parmaklarımı tezgâhın üzerinde birleştirdim.

"Ve Dylan öylece gitti mi? Kolay ikna olacak ya da vazgeçecek birine benzemiyor."

"Bana aslan terbiyecisi diyebilirsin." Sıkıntıyla gözlerimi ovdum.

"Dylan ile bunu konuşmak ister misin?" diye sordu. "İstersen ona tehdit edildiğini söyleyebilirsin."

"Kapıyı kapattım bir kere."

"Bu ne demek?"

"Bir önemi yok." Kendime de bunu söylüyordum dün geceden beri. "Dediğim gibi onunla bir gelecek planlamıyorum. Ya da bir ilişki. Şu anda benden uzak durması daha iyi. Benim mantıklı olmam gerekiyor ve onun da beladan uzak durması gerekiyor."

Sesi de ifadesi gibi yumuşadı. "Böyle söylüyorsun ama üzgün görünüyorsun."

"Başka türlü olmasını isterdim." Nefes verdim. Ağzım kurumuş, göğsüm daralmıştı yine. "Onu incitecek şeyler söyledim ama aslında hepsi doğruydu. Buna gerek olmamasını dilerdim. Ve bu senin suçun, onu kasabaya getiren sensin." Öfkeyle ona baktım.

"Benim gitmem gerekiyor." Söylediğimi duymazdan gelip ayaklandı. "Halletmem gereken işler var. Bu evde güvendesin ama herhangi bir şey olursa hemen beni ara. Ve lütfen Ansel, lütfen ben gelene kadar düşün. Katil kimse derdi seninle. Sana zarar vermiyor ama Dylan'a zarar vermemesi de tesadüf değil. İstese onu da öldürebilir en azından deneyebilirdi ama bunu yapmadı, neden sence?"

"Benim için önemli olduğunu biliyor."

"Aynen öyle." Onaylayarak başını salladı ama şüphe içindeydi. "Kim seni bu kadar iyi tanıyor? Kasabada en yakın arkadaşların bile seni tanımazken kim bunları planlıyor?"

"Bunları kimseye anlatacak mısın?"

"Dylan ile konuşmam gerekiyor. Bir şey görmüş ya da duymuş olabilir. Ne kadar süre evin önündeydi öğrenmeliyim. Gerek kalmadıkça kimseye bir şeyden bahsetmeyeceğim."

"Ona bahsedemezsin."

"Evinin etrafında dolandığı için sorular sorabilirim."

Rahatlayarak başımı salladım.

"Yemek ye Rogers," dedi. "Gücünü toplamalısın."

"Tamam," dedim. "Yerim."

Sürekli bir şeyler saklamak çok boğucuydu. Sakladıkça bir şeylere engel olduğum da ortadaydı. Benim için yaptığı onca şeyden sonra nihayet onunla ortak çalışabileceğimize inanıyordum. Göz ucuyla telefonuma baktım ama hayır, açmayacaktım, kimseden haber almayacaktım. Onu merak ediyordum ama sadece bu kadarla kalmak zorundaydım. Doğru olan buydu. O kapının arkasında bizim için iyi bir şey yoktu. Hiç olmamıştı. Bizimki günahlarımızı yargılamamaktı. Bizimki yalancı şahitlikti. Tekinsizdik. Onu gerçekten seviyordum ve sevdiğim için iyi bir yaşamı olmasını istiyordum. Bir insanı sevdiğin zaman onun iyiliğini istersin. Kendi iyiliğin için birini istiyorsan bu zaten yanlıştır.

17. BÖLÜM: BIÇAĞIN İKİ YÜZÜ

Uykumun açılması için olabildiğince soğuk duşun altına girdim. Bedenim birden buz kesildi. Yeniden suların altında olmak zihnimi çabucak uyandırmıştı. Christopher'ın naneli şampuanıyla saçlarımı köpüklerken gözlerimi açık tutmaya çalışıyordum. Ne kadar süre burada kalmama izin verecekti, ben ne kadar burada kalmak isteyecektim ve bundan sonra beni neler bekliyordu öngörmek imkansızdı. Bir yanım her şeyi boş verip okula gitmeye hazırdı diğer yanım her şeyi bırakmaya hazırdı.

Vücuduma bir havlu sarıp banyodan çıktım. Bir süre öylece yatağa uzandım ve bekledim. Zihnimin durulmasını, bedenimin soğuk suyun etkisinden çıkmasını. Zamanın durmasına nasıl da ihtiyacım vardı. Bir anlığına da olsa herkes sussun, herkes her şeyi unutsun ve hiçbir şey düşünmeyeyim, hiçbir şey için endişelenmeyeyim istedim.

Arka tarafta kalan odada olduğum için ilk seferde zil sesini duyamamıştım ama saçımı kurutmak için banyoya geçerken içeride yankılanan melodiyi seçebildim. Üzerimdeki havluya baktım ve gelenin kim olabileceğini düşündüm. Saat henüz 11.00 bile olmamıştı. Dedektifin bir şeyi belki anahtarını unutmuş olabileceği kanısına varıp havluyu tutarak ön kapıya yürüdüm. Dürbünden uzanıp gelen kişiyi görünce derin bir nefes aldım. Onu en son okulda yaptığımız kavgada görmüştüm. Ve burada ne işi vardı hiçbir fikrim yoktu ama içimden bir ses benim için gelmediğini söylüyordu.

İçeriye gidip üzerime bir şeyler giyebilirdim. Ya da zil sesini duymazdan gelebilirdim. Ama sadece yaptım işte. Kapıyı açtım ve karşısına dikildim. Beni görünce dudakları aralandı. Şaşkınlıktan, sanki daha iyi görebilmek için bir adım geriye çekildi. Her zamanki gibi kusursuz görünüyordu. Kısa siyah saçları özenle fönlenmişti. Kulağında iki tane küçük kalp şeklinde küpe vardı. Siyah boğazlı bir kazak ve siyah kumaş pantolon giyinmişti. Güneş gözlüğü her zaman saçının üzerindeydi.

"Ansel," dedi nihayet konuşmaya başlayarak.

"Dedektif Wallace burada değil," diyebildim. Onunla konuşurken insan istemsizce kendisini yetersiz hissediyordu. Bir insan onunla nasıl yarışabilirdi ki. Benim kambur omuzlarıma nazaran duruşundan hiç ödün vermezdi. Vermesi de gerekmezdi.

"Ah," dedi. Kolay duraksayan ya da doğru kelimeyi arayan biri değildi ama bocaladığını görmek kaybettiğim ve nerede olduğuna dair hiçbir fikrimin olmadığı özgüvenimi bana hatırlatmıştı. "Çıktığını duymuştum, ben seni aramak istedim."

"Telefonumu açmıyorum," dedim. Sonra çok sert olabileceğini düşünüp "Henüz görmeye hazır değilim," diye ekledim saçlarımı rastgele gözümün önünden çekerek. "Anlarsın ya."

"Elbette," dedi. "Elbette." Durup çantasını kontrol etti. Başını yeniden kaldırıp "Tanrım, Ansel çok üzgünüm," dedi ve birden üzerime atladı. Kollarını boynuma o kadar sıkı doladı ki bir an boynuma kramp girdiğini sandım. Ve birden rahatladığımı. Ellerimi onun etrafına sardım. "Biliyorum," diye mırıldandım. Bir süre, ikimiz de birbirimizin yüzüne bakabilecek kadar sakinleştiğimizde geri çekildi.

"İçeriye girmek ister misin?" diye sordum nezaketen ve ne yapacağımı bilmediğim için.

"Lütfen," dedi. "Seninle konuşmaya çok ihtiyacım var."

Biraz afallayarak başımı salladım. Geçebilmesi için kenara çekildim. O içeri girdiğinde kapının eşiğinde şöyle bir etrafi kolaçan ettim. Ev kasabanın neredeyse dışında orman arazisinde kalıyordu ama sahibinden kaynaklı bir şekilde yine de bana olabilecek en güvenli yer gibi geliyordu. Kapıyı kapatıp Christopher'ın gösterdiği şekilde kilitledim.

"Yeni duştan çıktım, bir dakika izin ver giyineyim." Salondaki kanepeyi işaret edip "İstediğin gibi otur," dedim.

"Tamam..." Çantasını koltuğun kenarına bırakırken tedirgin görünüyordu. Onu orada bırakıp arka tarafa, odaya geçtim. Güzel birkaç parça bir şey giymek istiyordum ama yanıma eşya alırken ne aldığıma dikkat edecek durumda değildim. Kurtarıcı olan siyah taytımı ve bordo kazağımı hızlıca üzerime geçirip saçlarımı taradım. Kurutmak yerine omzumda hızlı bir örgü yapıp sigara paketimi alarak salona döndüm.

"Bir şey içmek ister misin?" diye sordum. Bu üzerime vazife miydi bilmiyorum ama benim sert bir kahveye ihtiyacım vardı. Christopher'a henüz onların arasında ne olduğunu sorma fırsatım olmamıştı. Hem de neredeyse her şeye neden olan o ikisinin benden gizlediği görüşmesi olmasına rağmen. Bunu anımsadıkça sinirim tazeleniyordu ama sağduyumu korumaya kararlıydım.

"Sen ne içiyorsan ondan olur," dedi. İkimiz için de kahve makinesine kapsül ekleyip çalışmaya bıraktım. Dolaptan iki fincan çıkarırken birkaç tanesini devirmiştim. Onunla ne konuşacağımı ne soracağımı bilmiyordum.

"Evde olacağını düşünmüştüm," diye seslendi. "Maddie şu sıralar benden nefret ettiği için bilmiyordum."

İstemsizce güldüm. Maddie kendine özgü biriydi ve istediği zaman Kylie gibi despot bir karaktere bile hayatı zindan edebilirdi.

"Evdeydim," diye açıklamaya koyuldum sırtımı tezgâha yaslayarak. "Dün gece bir olay yaşandı, dedektif beni buraya getirmek zorunda kaldı."

"Kötü bir şey mi oldu?"

"Katilin evimi ziyaret edip yatağıma uzanmasını nasıl yorumlarsan..." İnanamaz gibi omuz silkip hazır olan kahvenin fincanlara akmasını izledim.

"Aman Tanrım!" dedi Maddie'nin şaşırma tonuyla. Biz bu tonu kullanıyorsak gerçekten olağanüstü şeyler oluyor anlamına gelirdi ama Maddie her şey için hayret edebilirdi.

"Sana bir şey yaptı mı?"

"Hâlâ hayattayım." Kaşlarımı kaldırarak gülümsedim.

Bana bir daha hiç yapmak istemeyeceğim bir şey yaptı. Ona kendini kötü hissettirmemi sağladı. Dylan'ı bir kez daha terk etmeme neden oldu. En kötüsü de ona dünyadaki kimsenin hissetmesini istemediğim o duyguyu hissettirmemi sağladı; yalnızlığı ve güvendiği tek kişi tarafından da terk edildiğini. Yapayalnız kaldığını ve artık daima açılacağından emin olduğu bir kapısı kalmadığını.

Kahve fincanlarını sehpanın üzerine bırakıp onun çaprazında kalacak şekilde oturdum koltuğa. Gözleri her hareketimi bir kedi gibi takip ediyordu. Her şeyde bir anlam arıyordu ya da hiçbir şey kaçırmamaya çalışıyordu. İkisi de Kylie'lik hareketlerdi. Bir açıdan sevimli bir açıdan ürkütücüydü. Ve çok kısa süren bu gibi anlarda aslında birbirimize ne kadar da benziyorduk. Ve beni en çok korkutan da buydu.

"Sana anlatmak istediğim çok şey var ama nereden başlayacağımı bilemiyorum..." Kahve kupasına uzanıp ihtiyacı varmış gibi bir yudum aldı.

"Seni en çok üzenden başla," diye öneride bulundum. "Tecrübelerime göre dile en çok onlar kepenk vuruyor."

Başını pencereden dışarıya çevirdi. Kylie hayata şanslı doğanlardan biriydi. Varlıklı bir aile, onu önemseyen ebeveynler, güzel bir yüz en önemlisi de parlak bir zekâ. Hata yapma oranı düşük insanlardan biriydi. Yaptığı her şey ilgi çekici olurdu. Dokunduğu her şeyde mucizeler yaratırdı. Bu yüzden karanlık onu daha beter yutuyordu. Karanlıkla ilgili hiçbir şey bilmiyordu bu yüzden neden çekici geldiğini anlıyordum. Kylie ilk kez birini *bilmiyordu.*

"Kendimi ikna etmeye çalışıyordum," dedi gözlerini dışarıdan ayırmadan. "Kimseyi değil. Sadece kendimi. Ona kapılmadığıma, en yakın arkadaşımın sevgilisine kafayı takmadığıma dair kendimi ikna etmeye çalışıyordum."

Parmaklarımı birbirine kenetleyip yere baktım. Çıplak parmaklarımı kıvırmıştım. İşte sonunda itiraf etmişti. Bilmeme rağmen ondan duymak, hatası olmadığını düşünsem de kendimi berbat hissetmeme neden oldu. Çok güzel, çok akıllı, çok başarılı olduğu için değil... Onda benim gördüğüm şeyi gördüğü için. Dylan'dan hoşlanmak, ona âşık olmak belki normaldi. Ama ona kapılmak benim söyleyeceğim şey olurdu.

"Kasabadan ilk gittiğinde kendimi berbat hissetmiştim ama bunun bir fırsat olduğunu düşündüm. Daha ileri gitmemek için. Kendimi, seni, bizi kaybetmemek için. O kızlardan olmak istemedim. O kızlara dönüşmemizi istemedim. Bir erkek yüzünden arası bozulan en yakın arkadaşlar olmayı istemedim." Küçük bir gülümseme takındı. Olup biten şeylerin üzerine güldüğünüz türden bir gülümseme.

Bana döndü yavaş yavaş. Kaşlarımı çatmış ona bakıyordum ama sinirli değildim sadece ben de istememiştim bütün bunların başımıza gelmesini.

"Sen onu unutmuş gibi görünüyordun. Onu kolayca geride bırakmıştın. Hiç bahsetmiyordun. Üzgün değildin. Daha çok gülümsüyordun. Bütün bunların bir yanılsama olacağını düşünmedim çünkü onu bu kadar iyi tanımıyordum."

Başka bir yara daha açıldığını hissettim. Yemin ederim derinin üzerindeki o kesiği bile hissettim ama göster deseler kimseye kanıtlayamazdım. Artık onun yanlış olduğunu biliyordu, bilecek kadar yakınlaşmışlardı. Masanın üzerindeki paketten bir sigara çıkarıp beceriksizce yaktım.

"Dedektifler ilk sorgulardan birinde, seninle ilgili sorular sormaya başladığında onun ismini verdim. Bunu birçok sebepten yaptım ama kendimi kandırmayacağım dönecek olması ihtimali bile beni heyecanlandırmıştı. Ama onunla olmak değildi istediğim, yakınında olmaktı. Etrafımda olmasını istedim. Onunla kimseyle konuşamadığım şeylerden, bilimden, fizikten, uzaydan konuşmayı; adını hiç duymadığım kitapları anlatmasını istedim. Bunun seni nasıl etkileyeceğini düşünmedim, daha doğrusu etkilemez sandım. Onu aştığına neredeyse emindim. Ama artık bunun mümkün olmadığını biliyorum." Kaşlarının arası boğulduğu düşüncelerle birlikte kırıştı.

"Onu sen de aşamayacağın için mi?"

Belli belirsiz gülümsedi.

"Hayır," dedi kendinden emin bir şekilde. "Yaraların Ansel, nasıl oldu bilmiyorum ama yaralarının sahibi o." Gözleri bileğimdeki o beyaz boğuma takıldı. Elimi arkama saklamak istedim. "Artık onların nasıl olmuş olabileceğini düşünmek beni korkutuyor."

"Sana ne yaptı?" diye sordum dayanamayarak. "Aranızda ne geçti?"

"Yanlış olduğunu bilmeme rağmen o istediği için, onu etkilemek için yanlış bir şey yaptım. Hem de senin için istemesine rağmen. O gece gördüm Ans, sınırları olmadığını gördüm. Onu durdurmanın, engel olmanın imkânsız olduğunu gördüm. Dahası onunlayken durmak istemeyeceğimi anladım. Bu tamamen saçmalık." Yerine sığamıyormuş gibi ayağa kalktı. Odanın içinde küçük adımlarla volta atmaya başladı.

"Sen en akıllımızsın Kylie," dedim yaslanıp bacak bacak üzerine atarak. "Sana onunla ilgili bir şey ya da ne yapıp yapmayacağını söylemeyeceğim. Bu bir özürse gerek yok, onun nasıl olduğunu biliyorum. Karşı koyması zor."

Bunun onu daha çok tetikleyeceğini biliyordum. Zor olan şeylerin üzerine gitme eğilimi vardı. Yanlış olduğunu görmüştü uzak durmak için sadece kendi motivasyonuna ihtiyacı vardı. Ve seve seve onu teşvik edecektim.

"Her insan birilerine yenilir," diye devam ettim.

"Maddie cadısı senden daha çok tepki verdi," dedi başını iki yana sallayarak. "Canımı okudu."

"O Maddie," dedim istemsizce gülerek.

"Bunu konuşabildiğimiz için çok mutluyum." Yeniden yerine oturup rahatlamış şekilde bir nefes aldı. Artık daha Kylie gibi görünüyordu. Gözleri dolmuş bir Kylie.

"Diğer konuya gelecek olursak," dedi kirpikleriyle oynuyormuş gibi yaparak gözlerini silerken. "Christopher'ın babası ile benim babam arkadaş. Onunla daha önce tanışıyorduk. Hatta kasabaya ilk geldiğinde babam ona yardımcı olmamı istemişti." Bu durumlardan ne kadar nefret ettiğini göstererek gözlerini devirdi. Benim için çok yeni olan bu bilgiyi hazmetmeye çalışıyordum.

"Başta bizim davaya düşeceğini bilmiyordum sonra öğrendim. Zaten benden yardım istemedi ve kibarca işine karışmamamı ve kimseye onu tanıdığımdan bahsetmemi rica etti. Tabii sonra Ashley bütün sicilini ortaya döktü ama ben insanların hayatına burnumu sokmam, biliyorsun," dedi. Evet sevdiğim özelliklerinden biriydi. İkimiz de sınırlara önem verir ve saygı gösterirdik. Bu yüzden neden onu tanıdığından bahsetmediğini sorgulamayacaktım.

"Onunla bir arkadaşlığımız yok, sorgular dışında hiç konuşmamıştık bile ta ki ben saldırıya uğrayana kadar ve bir şeyleri çözmeye başlayana kadar. Bazı detaylar buldum ve yaptığım bazı şeylerin de çok zekice olduğunu düşündüm. Benden nefret etme en azından daha fazla nefret etme ama Ophelia.hell hesabı bana ait. O haberlerin hepsini ben yaptım."

Ağzım açık kalmıştı. Maddie'nin de benim de hatta kendisinin de o haberler yüzünden ne kadar zor durumda kaldığını hatırladıkça şokum sinire dönüyordu.

"Kylie, bunu nasıl yaparsın?" diye ayaklandım.

Ellerini dur der gibi havaya kaldırdı. "Katili bulmaya çalışıyordum ve emin ol çok işimize yaradı."

"Hepimizin hayatını ortaya serdin!"

"Senin peşinde olduğunu anlamıştım, o saçma haberler sayesinde teyit etmiş olduk. Maddie'ye söyleyemezdim, onu çok seviyorum Ans ama ağzını kapalı tutmayı bilmiyor. Seni de korkutmak istemedim çünkü neden bunu yaptığımı açıklamadan o hesabı açıklamanın bir yolu yoktu."

"Kayda değer bir şey buldun mu bari?"

"Çok şey buldum," dedi. "Sonra daha fazlasını da buldum. Dedektif Wallace'a onları göstermek için gelmiştim."

"Babanın arkadaşının oğlu ama ona Dedektif Wallace mı diyorsun?"

"Mesafeler öğrenci Rogers," dedi bana kötü bir taklit yaparak.

"Neler buldun?" Gerçekten kendimi kontrol etmeye çalışıyordum. Dikkatimi başka yöne vermeye çalıştım. İnsanları anlamak bir şeydi ama bunu hazmetmek başka bir şeydi ve Kylie bu sınırları çok zorluyordu.

"Ölen kızlarla ilgili gelen bilgiler arasında çok şey vardı." Onlara artık isimleriyle bile seslenmiyor oluşumuz can sıkıcıydı. Ölen kızlar olmuşlardı. Ve git gide kalabalıklaştığı için isimlerini söylemek zorlaşıyordu. "Hepsi belli sürelerde yeni birileriyle tanışmış ama gizemli kişi hakkında kimseye bir şey söylemiyorlarmış. Sadece sürpriz diyorlarmış. Bilgi olmadığı için kimse kimi araştırması gerektiğini bilmiyor. Summer hariç. Summer'ın Matthew ile bir ilişkisi olmuştu bunu biliyorsun." Evet, ölen kızlardan biriyle Maddie'yi aldatmıştı ve ondan daha fazla nefret etmeme neden olmuştu. Genelde kimsenin en yakın arkadaşının sevgilisini sevmediğine dair bir tweet okumuştum. Sonra Kylie'ye baktım. Bazıları da fazla seviyordu. Çılgın düşüncelerimi durdurmak için başımı salladım.

"Evet," dedim.

"Birileri bunu biliyormuş. Ve Maddie okulda magazin değeri en yüksek kişilerden biri. Bu yüzden birileri Summer'ı başka bir çocukla gördüğünde fotoğrafını çekmişler."

"Katili buldun mu?" diye yerimden sıçradım. Bu ihtimal karşısında ne hissedeceğimi bilemedim. Aynı anda müthiş bir rahatlık ve korku.

"Arkası dönük," dedi memnuniyetsiz şekilde. "Ve bir şapka takıyor." Eliyle başını gösterdi.

"Yine de bir şeyler bulunabilir," dedim hevesle. "Christopher'a söylemeliyiz."

"Sakin ol, söyledim, araştırdı, bir şey çıkmadı."

Hayal kırıklığı ile "Yaa," dedim.

"O kadar da üzülme," dedi bu sefer. "Dinle bir." Çok zarif bir şekilde bacak bacak üzerine atıp öne doğru eğildi, bütün bunların ortasındaki bir öğrenci gibi değil de bir kitap karakteri gibi görünüyordu. Havalı bir kitap karakteri. Ne korkusu vardı ne kaygısı. Kylie en başından beri bizim yarımız kadar bile etkilenmemişti. Ürkütücü derecede soğukkanlıydı. "Summer ile fotoğrafı çekildiği zaman mevsim yazdı bu yüzden şapkasına rağmen bir şey dikkatimizi çekmişti. Sağ kolunun arkasında bir dövme var. Kolaylıkla fotoğrafta seçilebiliyor."

"Fotoğraflar yanında mı?"

"Hayır, elimde kocaman bir arşivle dolaşmak pek mantıklı değil. Bu günlerde neler olacağını bilemiyoruz."

"Doğru."

"Sonra ben bir şey düşündüm, biliyorsun geçen yaz kamerayı elimden düşürmüyor sürekli vlog çekiyordum. Ve siz de sık sık görünüyordunuz. Düşündüm ki katil eğer senin peşindeyse ki öyle görünüyor o halde vloglarda bir şey bulabilirim."

"Çoğunlukla kendi içimizdeydik bu uzak bir ihtimal," dedim.

"Evet ama yine de baktım ve ne gördüğümü tahmin et."

"Söyle hadi."

"Yazın sörf yapmak için sizi zorla bir kumsala götürmüştüm hatırlıyor musun?"

"Elbette, yazın en eğlenceli kısımlarından biriydi." Kasabadan uzaklaşmıştık ve hepsini Kylie'nin ailesi karşılamıştı. Muhteşem bir hafta geçirmiştik. Maddie sörften nefret etmişti, Kylie ikinci gününde neredeyse uzmanlaşmıştı bense sörf tahtasına uzanıp gökyüzünü seyretmiştim.

"Ve dışarıdaydık."

"Ve birini gördün!" Gözlerimi beklenti ve biraz korkuyla açarak ben de ona doğru eğildim.

"Dövmeli çocuk. Yüzü görünmüyor, yine arkası dönük ama bu defa ten rengini ya da saçlarının nasıl olduğunu biliyoruz."

"Tanrım, fotoğrafı göstermelisin." Daha önce söylediği her şeyi unutmuştum. Bu zamana kadar bunun hayalini bin kez kurmuştum. Nihayet o pislikten kurtuluşumuzu ama dün geceden sonra bunun mümkün olmayacağını düşünüyordum. Şimdi bir şeylere bu kadar yaklaşmışken yemin ederim bütün yaraların iyileşme şansı vardı.

"Dedektif Wallace'a e-posta attım. Video hâlâ YouTube kanalımda duruyor." Telefonu çalınca dudağını ısırdı. "Babam," dedi ekrana bakıp. "Şirkette beni bekliyor, kapıdan uğrayıp bilgi verir çıkarım demiştim. Bu sefer beni öldürecek. Gitmem gerek." Hızlıca ayaklanıp çantasını omzuna taktı, aynı anda mesaj yazıyordu.

"Sormak istediğim daha çok şey var," dedim arkasından ama o çoktan kapıya ulaşmıştı bile.

"Dedektif Wallace'a sor," dedi. "Benim bildiğim her şeyi biliyor. Telefonunu açmayacaksan bize ulaşmanın bir yolunu bul. Sonra yine uğrarım." Kapıyı açıp çıktı. Pencereden arabasına binişini izledim. Geldiği ilk an, anlatmaya başladığı ilk an ve şu anki hali arasında dağlar kadar fark vardı. Benim tanıdığım, sevdiğim Kylie buydu. Kaybolmuş değil, mahcup değil. Bir şeyleri çözen, ne yaptığını bilen, babasıyla yarışan, akıllı Kylie'm. Kıskançlık güdülerimi bastırdım. Arkasından bakarken sadece farklılıklarımıza güveniyordum. Benim ona yenilmek için çok yaram vardı ama Kylie öyle yaralara sahip değildi. Bu zamana kadar onun kendisinden başka bir şeye önem verdiğini görmemiştim. Yine öyle olmasını umdum.

18. BÖLÜM: KASABAYI TERK EDEN HAYALET

Hiçbir şey yapmadan evde öylece durmak dayanılır gibi değildi. Özellikle aklımda bunca soru varken. Bir an önce Dedektif Wallace ile konuşmak istiyordum ama telefonumu güvenli bulmuyordum. O gelene kadar beklemeye kararlıydım tabii zaman bu kadar yavaş akmasa. Kylie'nin anlattıkları her şeyi daha karmaşık hale getirmişti. Dylan aklımın başka bir kısmını meşgul ediyordu. Dün geceden sonra neler olduğunu merak ediyordum. Birkaç kez Kylie'ye sormaya yeltenmiştim ama iç sesim bunu ona sormanın uygunsuz olduğunu söylüyordu. Belki bir anlığına telefonumu açsam Maddie'den öğrenebilirdim, eminim bana ulaşmak için çıldırıyordur ama burada tek başıma günlerdir kapalı olan o kahrolası telefonu açmaya cesaretim yoktu. Dedektife mesaj gönderdiğim anda tekrar kapatmıştım ve birkaç saniyemi alan o süre içerisinde bile onlarca bildirim almıştım. Onları görmek istemiyordum. Ne aptal bir katil mesajı ne insanların hakkımda ne düşündüğü. Gerçi o aptal magazin hesabı Kylie'ye aitse belki artık bana karşı kullanmıyordur. Her şey inanılmaz saçmaydı.

Aklımı meşgul etmek ve oyalanmak için evi temizlemeyi düşündüm. Kendi evimde sık sık temizlik yapıyordum. Dünyayı boş vermiş annem evle en iyi zamanlarında bile ilgilenmezdi. Bunu düşünür düşünmez aklım anneme kaydı. Onu unutmanın bu kadar kolay olması başka bir yaraydı. Hayatımda hiçbir zaman varlığını hissetmemiştim o yüzden yokluğu hiçbir zaman mesele olmamıştı.

Sonunda kendimi kanepeye atıp Netflix hesabımda izleyecek bir şeyler aramaya koyuldum. Filmi seçmek filmin kendisinden daha uzun sürmüştü. Sonunda *Don't Look Up* filminde karar kıldım. Oyuncu kadrosu ve konusu epey ilgimi çekmişti. Kendime hızlı bir salata yapıp iPad'i koltuğun kenarına koyarak bağdaş kurdum.

Filme dikkatimi verememiş sonunda sadece ses olsun diye akmasını beklemiştim. Dışarıya çıkmıştım ama başka bir hapse girmiştim sanki. Çıkıp ormanda yürümek istiyor ama yapamıyordum, kasabaya gitmek istiyor ama karşılaşacağım insanlardan çekiniyordum. Birçok şey olurken odağım tamamen değişiyordu. Pencereden bakmaya bile çekinmiştim sanki ormanın kendisi beni seyrediyormuş gibi.

Bugün hayatımın en uzun günüydü. Mutfaktaki malzemeleri kurcalayıp yemek yapmak için birkaç şey çıkardım. Buzluktan çıkardığım et çözülene kadar sebzeleri doğradım. iPad'den yeni bir müzik listesi açtım. Youtube'dan yemek tariflerine baktım. Sonunda haşlanmış sebzeler ve bonfilede karar kıldım. Bana kızacağını biliyordum ama yine de gevşemek için kendime bir kadeh kırmızı şarap doldurdum. Yemekler pişerken dağıttığım mutfağı olabildiğince oyalanarak temizledim ve her şeyi eski haline getirdim. Nihayet akşam olmuş ve ben buharı tüten ve oldukça lezzetli görünen yemeklerin başında Dedektif Wallace'ı bekliyordum. Bir kadeh diye başlamıştım ama zihnimi dizginlediğini fark edince şişenin sonuna kadar içtim. Yarı mayhoş halde başımı ada tezgâha yasladım. Burada ne yaptığımı bile bilmiyordum. Bir yandan benden hoşlanan bir yandan beladan başka bir şey getirmediğim dedektifin evinde yemek yapıyor ve onu bekliyordum. Öpücüğünü düşünmek ve kendimi aptalca hayallere daldırmak istemiyordum yine de bir yanım onu yeniden öpmek istiyordu. Muhtemelen hayatımın en sefil dönemindeydim ve son zamanlarda bunu sık sık içimden geçiriyordum.

"Demek yemek yapabiliyorsun Rogers..."

Sesle birlikte gözlerimi araladım. Uyuduğumu düşünmüyordum belki hafif sızmıştım.

"Merhaba," dedim uykulu bir sesle.

"Merhaba," dedi o da daha tatlı bir şekilde tezgâhın üzerine yaslanarak. "Günün nasıl geçti?"

"Bir arkadaşın uğradı."

"Arkadaşım mı?"

"Hı-hı."

"Kim o?"

"Kylie Davies."

Abartılı bir şekilde gözlerini devirdi.

"Birbirinizi tanıdığınızı bana hiç söylememiştin."

"Söylememiştiniz," diye düzeltti. "Ne zamandan beri sana hesap veriyorum?"

"Huysuz," diye söylendim. "Sen benim her şeyimi öğrenmek istiyorsun ama."

"Sen benim sorumlu olduğum bir davanın merkezinde olduğun için ve siz çocukları korumak görevim olduğu için."

"Çocuk değilim," diye sayıkladım. "Hiçbir zaman çocuk olmadım ben."

"Sarhoş olmuşsun ama." Uzanıp şişeyi salladı ve dibinde bir damla bile kalmadığını görünce onaylamaz bir tavır takındı.

"Keşke," dedim doğrularak. "Ama sadece gevşedim. Maalesef hâlâ tamamıyla kendimdeyim Dedektif Christopher."

"Diğer türlüsü sorumsuzca olurdu." Dik dik bana baktı. Arkasından güzel köpeğini yine içeriye aldığını ve yemeğini koyduğunu gördüm. Hiç aksatmadığı rutinleri vardı ve bunlara hâkim olan belki de tek kişiydim. Aylardır öyle ya da böyle vakit geçiriyorduk ve onun yanında kimseyi görmediğimi fark ettim. Çok çalışıyordu ama yine de çok yalnızdı. Ama ona bakınca, o kadar iyi görünüyordu ki bu yalnızlık onun seçimi gibi. Yalnızlık ona dayatılmamıştı, onu da uzanıp kendi almıştı.

"Hı-hı," dedim yemekleri tabaklara koyarken. "Yemek yememişsindir umarım."

"Kurt gibi açım."

"Christopher Wallace!" diye şaşkınlıkla topuklarımın üzerinde ona döndüm. "Bu bir espriydi."

"Neyden bahsettiğini bilmiyorum." Yüzünde yorgunluk dışında bir şey daha vardı ama zaten iyi bir haber beklemiyordum. Ona sorular sormak için yemek yemeyi bekleyecektim, zaten olmayan iştahımı tamamen kapatıp iyice güçsüz düşmek istemiyordum.

Bonfilenin çoğunu onun tabağına koydum yanına da sebzeleri. "Büyük kurda bol bol et," dedim tabağı önüne bırakırken. "Ve küçük kurda bol bol sebze."

Kendine dolaptan yeni bir şişe soğutulmuş şarap çıkardı. Kadehini alıp karşıma oturdu. Telefonunu çıkarıp bana uzattı.

"Ne?" diye sorguladım telefona bakarak.

"Şu saçma dizini izlemeyecek misin?"

Telefonu elinden alıp işaret parmağımı ona doğru kaldırdım. "Bak," dedim sahte bir kızgınlık ifadesi takınıp. "Bu zamana kadar yaptığın her şeyi alttan aldım, söylediğin her şeye tamam dedim ama bir daha sakın *Teen Wolf*'a saçmalık deme!"

"Her neyse." Uzun ve biçimli parmakları çatalını ve bıçağını kavrayıp yemeği karıştırmaya koyuldu.

"Sensin her neyse!"

"Yemeğini ye Rogers." Eti keserken bıçağın tabağın üzerinde çıkardığı sese burnumu kırıştırdım.

"Emredersiniz dedektif." İlk zamanlar ona bakarken sadece iyi bir vücut ve güzel bir yüzden ibaretti. Diğerlerinin bana baktığı gibi ona bakıyordum. Belki de insanlarla ödeşmek içindi. Şimdi ona bakınca gördüğüm şeyler beni rahatsız etmeye başladı. Bir çeşit alışkanlık haline gelmişti ve ben alışkanlıkları bırakmak konusunda hiç iyi değildim.

"Çok dinlersin ya."

"Bu bir sitem mi?"

"Belki."

Telefondan dizinin bir bölümünü açıp ikimizin de görebileceği şekilde şarap şişesine yasladım. Yemeğimi tırtıklamaya başladım. Gözlerimi ekrandan ayırmıyordum. Bir süredir yediğim ilk doğru düzgün şeydi. O kendi tabağını hızlıca bitirdi ama benimle birlikte oturup diziyi izlemeye devam etti. Yanlış giden bir şeyler olduğunu sezdim ama diziyi izlemeye devam ettim. Raftan bir kadeh daha alıp benim önüme koydu.

"Bu oldukça lezzetli olmuş," dedi ikimize de şarap doldururken. Bir konuşma başlatmaya hazırlanıyordu ama bu konuda becerikli değildi.

"Bunu iltifat olarak alıyorum." Ben de yemeğimi bitirip tabağı tezgâhın ortasına doğru ittim.

"Öyleydi."

"Teşekkür ederim o halde." Çenemi elime yaslayarak diziyi izlemeye devam ettim.

"Dylan kasabadan ayrılmış."

Uzanıp şaraptan bir yudum aldım. Sigara paketini tezgâhın üzerine bıraktı ama ona uzanmadım. Biraz daha şarap içip diziyi izlemeye devam ettim. Alfa kurtların geldiği sahneydi, uzun pençeleri olana ciddi bir manikür yapmak gerekiyordu, Maddie onu görse dehşete kapılırdı.

"Sabaha karşı ayrılmış. Kaldığı motele gittim, eşyalarını toplamış ve Boston'a bir bilet alıp gitmiş. Havaalanına Henry götürmüş. Sadece gitmek istediğini söylemiş."

"İfadesini almak için onu çağıracak mısın?" diye sordum, dönüp ona bakmadım. "Lütfen çağırma. Lütfen bırak gitsin. O gece neler olduğunu öğrenirse ona neden öyle davrandığımı anlar. Bırak bir hayatı olsun."

"Çağırmayacağım," dedi. "Ve kimseye bundan bahsetmeyeceğim."

"Okulu orada," dedim diziyi seyretmeye devam ederek hızlı hızlı başımı salladım. "Bu iyi." Gözlerim sızlıyordu ama nefes almaya devam ettim. "Doğru kararı verdi."

"Senin için doğru mu peki?"

"Elbette. Olması gereken bu. Hiç dönmemeliydi. Lütfen kimseye özellikle Kylie'ye bundan bahsetme."

"Yeniden aynı şeyleri yaşayacaksın, saklasan bile bir şeyler olduğunu anlayacaklar. Bu defa herkes daha fazlasını biliyor. Özellikle Kylie."

"Onlara ben açıklarım," dedim. "Bir şeyler bulurum."

"İyi olacak mısın?"

Gülümsedim.

"Ben yalnız olmaya meyilliyim," diye mırıldandım. "İnsanların gitmesi o kadar da sürpriz değil."

"Sen göndersen bile mi?" Bakışlarının ağırlığını üzerimde hissediyordum ama karşılık vermek için dönemiyordum. Gözlerime baksa ne kadar bitik vaziyette olduğuma emin olurdu. Şimdilik bunu tahmin ediyordu muhtemelen, bırakalım da öyle kalsın.

"Annem beni birçok kez evden kovdu ama ben hiç gitmedim."

"Neden gitmedin?"

"Çünkü onu seviyordum." Ve hiç kapının kilidini değiştirmedi.

"Dylan'ın berbat biri olduğunu düşünüyorum ama kendi tarzında seni seviyor."

"Kendi tarzında." Ve bütün mesele de bu. Neden daha güzel sevemiyor? Neden severken birbirimizi incitmek zorundayız? Neden sadece normal olamıyoruz? Neden birbirimize bakarken bile acı çekiyoruz? Kilit nokta buydu. Dylan bunu reddediyordu çünkü diğer insanlar umurunda değildi. Onların önemi yoktu. Onun dünyasında sadece Dylan ve Ansel yaşıyordu. Ama ben gerçek dünyada yaşamak istiyordum. Kafamızın içinde bir kapanda değil. Onunla diğer her şey arasında bir seçim yapmak istemiyordum. Diziyi kapatıp telefonu ona doğru uzattım. Tabakları tezgâhtan alıp suyun altından geçirdikten sonra bulaşık makinesine yerleştirdim. Orada oturup beni izlemeye devam etti.

"Kylie mailden ve bir şeylerden bahsetti." Konudan uzaklaşmak için öylesine söyledim. Haberi olduğunu biliyordum ama o an ne fotoğraflar ne gelişmeler önemliydi. İşte mesele bu diye kendimi telkin ettim. *Bıçağı boynuna dayanmış bir katili bile sana unutturuyor.*

"Onunla konuştum," dedi. "Kendini iyi hissediyorsan seninle de konuşmamız gerekiyor."

"İyiyim."

"Rogers..." Buna pek de inanmadığı sesinden anlaşılıyordu. Onunla bunun tartışmasına girmeyecektim ki bu epey anlamsız olurdu. Büyük oval tabakları düzgünce yerleştirip yukarıdan bulaşık makinesine baktım. Annemle sorun yaşadığım zamanlarda da bunu yapıyordum. Sanki evi toplayınca içimizdeki dağınıklıktan da kurtuluyordum. Yıllar içinde kendimi kandırmanın, bir şeylerin yerini saçma sapan şeylerle doldurmanın çok fazla yolunu bulmuştum.

"Bugün duş almayacak mısın?" Ona dönüp rahat bir tavır takınmaya çalıştım. Bunu yemediğine adım kadar emindim ama üstelemeyeceğine de emindim.

"Birlikte alalım mı diyeceksin?"

Zorlukla gülümsedim. İşte bundan bahsediyordum. Hiçbir konuda beni zorlamaz.

"Sen duş al ben de bir kahve alıp ayılayım sonra konuşalım."

"Pekâlâ." Masadan kalktı, bir şeyler daha söylemek istiyordu ama ben söylememesini istiyordum. Bu yüzden o bir şey daha söylemeden odaya geçtim. Kapıyı arkamdan kapattım ve yere doğru kendimi bıraktım. Sonra ağlamaya başladım. Elimi, sesimin çıkmaması için ağzıma bastırarak ağlamadım.

Sobe, Ansel.

Artık tamamen yapayalnızsın. Tıpkı istediği gibi.

Gözyaşlarımı sildim. Bolca soğuk su ve sabunla tekrar tekrar yüzümü yıkadım. Ağladığım belli olmasın diye gözaltlarıma kapatıcı sürdüm. Saçlarımı taradım ve daha dolgun durması için elimle dalgalarını şekillendirdim. Tek istediğim şey o kahrolası kimse onu bulmaktı. Benden ne istediği umurumda değildi. Sadece bitmesini istiyordum. Her şeyin sona ermesini.

İçeriye döndüğümde hâlâ aşağıya inmemişti. Ağlama ataklarımın hızı konusunda acı acı güldüm. Buna bile alışmıştım. İnsanın gerçekten alışamayacağı şey yoktu belki de. Böyle devam ederse bir katille yaşamaya da alışabilirdim. Trajikomik düşüncelerime son verip kahve makinesini çalıştırdım. Bir şeye odaklanmak iyiydi, bu beni diğer tüm kötü düşüncelerden kurtaracaktı.

Kylie'den henüz bugün aldığım bilgileri tekrar etmeye başladım. Benim peşimde olduğunu düşündüğümüz genç bir çocuk vardı. Dövmesi vardı. Bir süredir belki de beni takip ediyordu. Kızları bir şekilde kandırıyor ve kendini gizli tutmayı başarıyordu. Kalbini kırmış olabileceğim kişileri düşündüm, birinin böylesine peşimize düşmesi için gerçekten incitmiş olmam gerekiyordu. Ancak aklıma gelen kimse yoktu. İnsanlar beni zaten eğlenceli olduğum için severdi. Reddettiğim insanlar bile bunu eğlenceli bulurdu. Ben oyun oynardım, onlara gülümseyerek hayır derdim kimsenin gururunu kırmazdım. Kylie bu konuda kesinlikle daha beterdi. Bir keresinde ona çıkma teklifi eden bir çocuğu şöyle bir süzmüş ve benimle dalga mı geçiyorsun demişti. Başka birine sadece bakıp yüzünü buruşturmuştu. Ki o kimsenin testlerini geçemediği, kimseye evet demeyen kızdı. Birinin onu saplantı haline getirmesi daha olasıydı bu yüzden bu şey bana hâlâ gerçek gelmiyordu.

İki tane büyük kahve fincanıyla kanepeye yürüdüm. Fincanları sehpaya bırakıp etrafta not alabileceğim bir şeyler aramaya koyuldum. Dedektif ıslak saçlarıyla merdivenden inerken elinde yine bir sürü dosya ve kâğıt tutuyordu. Siyah eşofman altı ve uzun kollu siyah bir tişört giyinmişti. Paçaları yerlere değiyordu ve yine çok iyi görünüyordu. İnsanın ev halinin böyle olması pek de adil değildi. Ben biraz önce kapatıcı sürmüştüm yüzüme! Kâğıt aramama son verip sehpanın hemen yanına yere bağdaş kurup oturdum.

"Boş bir kâğıda ihtiyacım var," dedim. Önce aklımdakileri dökmek istiyordum. Karşıma kanepeye oturdu. Elindekileri sehpaya bırakıp boş bir dosya kağıdını bana doğru masanın üzerinden kaydırarak itti. Üzerine siyah bir kalem bıraktı.

"Kolunun arka kısmında dövme olan bir çocuk," diye not aldım.

"Sol kolunun arkasında bir çift göz," diye ekledi ama benim için çok da önemli bir detay değildi. Göz olması ürkütücüydü gerçi. Şu an sadece bazı başlıklar atmak istiyordum.

"Kızlar için özellikle yeni tanıştıkları çocukları gizlemek kolay değildir. En yakınlarından bir de." Sesli düşünmeye başladım. "Ne yaptığını çok iyi bilen hatta iyi derecede insanları manipüle edebilen biri olmalı." Kalemi çeneme yaslayıp bekledim, sessizce başını salladı.

Hatırladığım kolunun arkasında dövme olan kimse yoktu. Ama ben çoğunlukla öylesine takıldığım kimseyi hatırlamazdım. Ben sadece rolümü yapar ve günü bitirirdim.

"Pekâlâ, gerçekten benim peşimdeyse neden bana daha farklı şekilde ulaşmaya çalışmadı? Düşünüyorum ama ısrarla benimle olmak isteyen kimseyi hatırlamıyorum. Belki sadece Ivan. O bile bir süredir peşimde değil. Diğerleri sadece benimle iyi bir gece geçirdiklerini söyleyip yoluna devam etti. Bazıları daha sonra tekrar takılmak istemişti ama daha fazlası değil. Kimse benimle gerçekten ilgilenmemişti." Yanaklarımı şişirip bıkkınca nefesimi verdim. Tanrı aşkına kim bir kızı istiyor diye diğer kızları öldürürdü…

"Peki ya bütün bunlar da başka bir tuzaksa?" diye sordum. "Tıpkı Chris'in kurduğu gibi. O da benimle ilgilendiğini sanmama neden olmuştu ve herkese iyi çocuk rolü oynamıştı. Gerçekten çok aptalım."

"Bu senin aptallığın değil konuştuğum herkes onunla ilgili güzel şeyler söyledi." Chris'ten bahsediyordu, onunla ilgili konuşmak bile gerilmeme yetti. "En korkunç suçları işleyen insanlar hakkında bile duyduğumuz şeyler bunlar. Olay olur ve sonra herkes o kişinin böyle korkunç bir şey yapabileceğine ihtimal vermediklerini söyler."

"Aptalım çünkü birinin, iyi görünen birinin gerçekten benimle ilgilendiğini düşündüm," dedim. "Onlar sadece güzel yüzümü ve vücudumu istiyor zaten, ben de güzel olan başka bir şey yok." Bunu dramatik olsun diye ya da ben insanların objeleştirdiği zavallı bir kızım narası atmak için söylememiştim. İnsanlar beni böyle görmüştü çünkü böyleymiş gibi davranmıştım. Çünkü kendimde sevmediğim çok şey vardı ve kimsenin o şeyleri sevebileceğine inanmıyordum.

"İnsanların sevgisini gözünde büyütme," dedi sadece. "Bunun bir tuzak olabileceğini ben de düşündüm ama yangın olayı onu ele verdi. İlk kamera görüntüsünü de o zaman alabildik. Sana yapılanlara öyle öfkelendi ki hata yaptı. Yakaladığımız görüntüde yüzü yine yok ama Kylie'nin bulduğu fotoğraflarla eşleşti."

"Gerçekten mi?" Birden yine gerildim. Birisinin aylardır beni takip ettiğini ve hiç fark etmediğimi öğrenmek buz gibi donmama neden oldu.

"Biraz önce haber geldi. Bugün gelen fotoğraf daha net bir görüntüydü ve tamamen eşleşiyor."

"Ve beni çok iyi tanıyan biri..." Bacaklarımı kendime çekip kollarımı etrafıma doladım.

"Seni ve arkadaşlarını," diye ekledi. "Onların zaaflarını biliyordu. Tek bir ayrıntı dışında. Bana kalırsa Dylan'a zarar vermedi çünkü onun senin zaafın olduğunu düşünüyor."

"Ah..."

"Ama senin zaafın Dylan değildi."

Ona ters ters baktım. Sonunda ne olduğunu çözmüş olmalıydı ama zaten yeterince açıktı, görmek isteyen herkes için.

Yalnızlık.

İnsan neye sahip değilse onu arzulardı. Neye çok fazla maruz kalırsa en büyük korkusu haline gelirdi.

"Yine de mantıklı gelmiyor. Bana takıntılıysa ve zaafım olacak kadar önemsediğim Dylan'a neden zarar vermesin ki? Özellikle beni yalnız bırakmaya çalıştığı göz önüne alınırsa." Bunun üzerine daha detaylı düşünmem gerekiyordu. Atladığımız bir şeyler olmalıydı.

"Seni incitmek istemiyor." Dudak büktü.

"Maddie ve Kylie'ye saldırdı ama," dedim. "Hatta anneme de."

"Belki de Dylan'ı rakibi olarak görüyordur ve böylece onu yenmiş oldu."

Anlamayarak yüzümü kırıştırdım. "Nasıl yani?"

"Dylan'ı öldürse ölmüş olacaktı ama böyle yaparak sana seçim yaptırdı. Dylan hayatta ama kaybetti."

"Bu gerçekten saçmalık." Seçtiği kelimeler canımı çok sıkmıştı. Kendimi daha suçlu ve mümkünmüş gibi daha kötü hissetmeye başladım.

"Kırmızı güller," dedi, ben ellerimi saçlarımın içinde gezdirirken. "Sana bir şey ifade ediyor mu?"

"Herkes kırmızı gülleri sever."

"Özel bir şey Rogers," dedi. "Düşün. Onu seçmesinin mutlaka bir sebebi olmalı."

Çenemi dizime yaslayıp dediğini yaptım ve düşünmeye koyuldum. Kırmızı güller… Eski, babamla yaşadığımız büyük evimizin bahçesinde bir sürü gül ağacı vardı. Çocukluğumdan beri güllerin arasında yaşamıştım.

"Eski evimizde çok fazla gül vardı," dedim. "Ve çok güzellerdi."

"O evde yaşadığın dönem tanıdığın insanları düşün, aklına bir şey geliyor mu?"

"Onlar güzel zamanlarımdı." Dikkatimi vermek ve yardımcı olmak için gerçekten çaba sarf ediyordum. "Babam hayattaydı. Becca hayattaydı. Etrafımda son yıllarda olduğu kadar çok insan yoktu. Evime gelenler belirli kişilerdi. Ve güllerle ilgili hiçbir detay yok."

Kâğıda birkaç şey yazdı muhtemelen söylediklerimden önemli bulduklarını not alıyordu. Sonra başka kağıtları kurcaladı.

"Peki ya müzik?" dedi. "Aynı müzik miydi yoksa farklı mı?"

"Sanırım aynıydı."

"Emin misin?"

"Değilim elbette, konsere gidip dinlemedim. Birinde evimde uyanıp müziği duydum. Diğerinde ormanda arkadaşımın arabasında takla attıktan sonra duydum. Ve en sonuncusu da yatağımda yatarken duyduğumdu. Müziğe dikkat edebilecek halde değildim." Ve açıkçası o sesi zihnimden uzaklaştırmak için uğraş veriyordum hatırlamak için değil. Biri arkamdan ellerini uzatıyormuş gibi hissettiriyordu. İğrenerek omuzlarımı silktim.

"Sözleri var mıydı?"

"Hayır, sadece melodi." Biraz durup düşündüm ama hayır, emindim hiç şarkı sözü yoktu sadece melodi vardı.

"Peki, dün gece evine geldiğinde seninle konuştuğunu söyledin. Sesi sana tanıdık gelmedi mi?" Sabrını gerçekten takdir ediyordum. Asla onun işini yapamayacağımı anladım. Bıkmadan usanmadan bu soruları kaç kere ve kaç farklı şekilde sorduğunu hatırlamıyordum artık.

"Hem de hiç. Çok sakin, ürkütücü bir sesi vardı. Ne yaptığından da ne söylediğinden de emindi. Genç birine aitti. Çok kalın da değildi ince de. Neredeyse güzel bir sesi vardı." Kahve fincanına uzandım, hâlâ sıcaktı ve çok susadığım için yarısına kadar damağımı yakmasını önemsemeden içtim. Hatta biraz hoşuma bile gitmişti.

"Fotoğraflar ve video da genç biri olduğunu gösteriyor. Senden en fazla birkaç yaş büyüktür." Renkli çıktıları evirip çevirip tekrar tekrar inceledi. Eğilerek ben de tekrar baktım ama hâlâ bana kimseyi anımsatmıyordu. Bundan emin olduğumu düşünüyordum çünkü insanları son yıllarda hep dış görüşüyle değerlendirirdim. Kısasa kısas.

"Tamam, emin değilim ama melodiyi bir yerden tanıdığımı düşünüyorum. Ama bu tesadüf olabilir. Sadece müzik ve her yerde müzik çalar." Yüzü asılınca bir şey yapma ihtiyacı duydum. Bunca şeye rağmen sanki sürekli ya başa dönüyor ya da olduğumuz yerde sayıyorduk. Bazı parçalar bulsak da olanlarla uyuşmuyordu ya da olay daha farklı gelişiyordu.

"Nerede?" Çabucak başını kaldırıp bana döndü.

"Nasıl ya da neden hatırlayamıyorum ama bir hastane çağrışımı yapıyor." Devam etmeden önce duraksadım, düşünürken alnım kırışmıştı. "Buradan bir yere varmam çok zor çünkü babam hayattayken zamanımın çoğunu onunla hastanede geçiriyordum. Her fırsatta oradaydım. Çok uzun zaman doktor olmak istedim."

"Seni ne vazgeçirdi?"

"Babamın ölümü." Bariz bir şeymiş gibi omuz silktim.

Dudaklarını birbirine bastırdı. Bana bakıp ne görüyordu acaba.

"Nasıl bir çağrışım?"

"Sorun da bu," dedim fincanı yine mutsuz bir şekilde dudaklarıma yasladım. Zorla bir yudum içtim. "Hani bir koku alırsın ve o kokuyu daha önce biliyor olursun ama nereden ya da kimden bildiğini hatırlayamazsın ya, öyle bir şey." Üzgünce omuz silktim. Gerçekten uğraşıyordum ve dünya üzerinde bu davanın sonuçlanmasını en çok isteyen bendim ama elimden bu kadarı geliyordu.

"Tamam," dedi kağıtları üst üste toplayıp. "Bugünlük bu kadar yeterli."

"Ne? Daha bir şey bulamadık bile."

"Şimdiden saatler oldu Rogers. Bazen bir şeyleri çözebilmek için düşünmeyi bırakmak gerekir. Ve gözlerin kıpkırmızı."

"Hayır, ben iyiyim." Ellerimle gözlerimi ovdum. Biraz sızı vardı ama gerçekten iyi hissediyordum. Hatta bir şeyler üzerinde çalışmak bana dışarı çıktığımdan beri en iyi hissettiren şey olmuştu.

"Senin uyuman lazım."

"Benim o katili bulmam lazım."

"Hayır, benim o katili bulmam lazım." Yan yan alayla bana baktı. "Senin hayatta ve uslu kalman lazım." Kağıtları nereye koyacağını biliyor gibi dosyaladı ve kapağını kapattı.

"İkisi de zor."

"Dene." Önümdeki kâğıdı kendine doğru çekip onu da diğerlerinin arasına yerleştirdi.

"Hangisini?"

"İlk önce uyumayı." Kalemin kapağını kapatıp bu defa dik dik baktı.

"Ne kadar sıkıcı olduğunu unutmuşum."

"Olduğunuzu." Kaşlarını kaldırdı.

“Etik değerleriniz burada kalmamla ilgili ne söylüyor, sorun yaşamayasınız Dedektif Wallace.” Bugün işe gittiğinde bundan bahsetmiş miydi merak ediyordum. Daha önce bunun bir sorun olduğunu biliyordum. Onun tarafından biraz rahatlatılmaya ihtiyacım olduğunu itiraf ediyordum. Nasıl oluyorsa bana söyleyeceği her şeyi kabullenmeye hazırdım. Doğru değildi ama o söylüyorsa doğru olarak kabul edebilirdim.

“Hayır, tanık koruma programı olarak düşünebilirsin bunu.” Oldukça rahat görünüyordu ve bu beni de büyük oranda rahatlattı. “Tanık koruma programı mı?” Bu sefer ben kaşlarımı çattım.

“Evet.”

“Peki, katil benim evimin güvenlik sistemini kırdı ya burayı da kırarsa. Çünkü evin tamamen dijital.” Gözlerimle etrafı taradım. Evi zaten kasabanın merkezinde uzakta ve kuytudaydı ve duvarının bir kısmı komple camdı. Pinterest’te karşınıza çıkan şu doğanın içindeki evlere benziyordu. Çok zarif ve estetikti ama bu kimin umurundaydı.

“Kıramaz.” Yine oldukça kendinden emin konuştu ama tuhaf bir şekilde o konuştuğu zaman bu kendini beğenmişlik ya da ukalalık olarak gelmiyordu, yine doğru geliyordu. Ondan etkilendiğimden falan değil gerçekten ne yaptığını bildiğine inandığımdan. Ben dahil etrafımdaki herkes pervasızdı, bir şeyleri belki de sandığımızdan da kolayca riske atabiliyorduk. Tüm bu çılgınlığın ortasında parti vermek gibi ama o her zaman dikkatliydi.

“Çok emin konuşuyorsun.”

“Söz veriyorum Ansel Rogers, sana bir şey olmayacak.” Elini yemin ediyormuş gibi göğsüne bastırıp bir saniyeliğine yapay bir şekilde güldü ve sonra somurtmaya devam etti.

“Bunu daha önce de duymuştum!” Tek kaşımı kaldırarak ben de ona alayla güldüm.

"Evet, hâlâ hayattasın."

"Başıma gelmeyen şey kalmadı!"

"Ve her şeye rağmen yine de buradasın." Bana baktı ve gözlerini kapatarak başını salladı.

"İnanılmaz birisin gerçekten!"

"Git ve uyu."

"Emredersiniz!"

Bir süre inat edip o toparlanıp gitmesine rağmen orada oturmaya devam ettim. Sonra ışıklar söndü. Telefonuyla yaptığına emindim bu yüzden duymasını umarak sesli sesli söylendim. Tek başıma kalmak istemiyordum ve arka odaya geçip yatağa uzanınca rahatsızlığım daha da arttı.

Pencerenin arkasından gecenin karanlığında ormanı görmek iyi gelmiyordu. Yatak o kadar genişti ki sürekli arkamda biri var mı diye kontrol edip durmuş sonunda sırt üstü dönerek tavanı izlemeye koyulmuştum. iPad'den bir şeyler izlemeye çalıştım ama haklıydı, uykusuzluk beni ele geçiriyordu, gözlerim kapanmak üzereydi. Dayanamayarak ayaklandım. Yatağın üzerinden yastığı kapıp örtüyü arkamda sürükleyerek salona geçtim ve merdivenleri çıkmaya başladım. Açık kapı eşiğinden girip karanlıkta bir şeyler görebilmek için gözlerimin alışmasını bekledim.

Gözleri kapalı bir şekilde yatıyordu. Belki de çoktan uyumuştu. Rahat, ketum, domuz! Yanına yatma fikri beni cezbetse de burada olduğumu fark ettiği an olay çıkaracağı için onu pas geçip yatağının karşısında, cam duvarın kenarına sabitlenmiş kanepeye geçtim. Yastığı yerleştirip uzandım. Örtüyü üzerime örterken beni izlediğini fark ettim ama bir şey söylemedi ben de nihayet biraz huzurla gözlerimi kapatabildim.

19. BÖLÜM: KİLİSENİN ÇANLARI ÇALIYOR

Üzerimdeki hırkanın kollarını avuç içlerime kadar çektim. Gerginlikten ayaklarımı sallayıp duruyordum. Direksiyonu diğer eliyle tutup elini dizimin üzerine bastırdı. "Sakin ol," dedi. "Bir şey olmayacak."

"Peşimdeki katili ve onun yaptıklarından beni sorumlu tutan kasaba halkını saymazsak." Sabahın erken saatlerinde dedektiflik bürosuna gitmek için yola çıkmıştık. Bazı resimlere bakmamı ve bana tanıdık gelip gelmediğini öğrenmek istiyordu. İstersem resimleri bana getirebileceğini söylemişti ama daha fazla kimseye yük olmak istemiyordum. Ve bir şekilde dışarıya çıkmak zorundaydım.

"Sen aklandın," dedi gözünü yoldan ayırmadan. "İnsanların ne düşündüğünün bir önemi yok."

"Herkes beni de seksi dedektif olarak görüyor olsa ben de insanların ne düşündüğünü önemsemezdim."

Önce güldü.

"İnsanların senin hakkında da buna yakın bir şey düşündüğüne eminim."

Yandan yandan ona bakarken "Peki sen," diye sordum. "Sen hakkımda ne düşünüyorsun Christopher?"

"İflah olmaz biri olduğunu."

Dudaklarımı ona doğru büzdüm. "Kafamı dağıtmaya ihtiyacım var."

Gülümsemesi genişledi.

"Düzgün dur," dedi ona doğru eğildiğimde hafifçe omuzumdan iterek beni koltuğa sabitlerken.

"Aklıma bir fikir geldi. En başında düşündüğümüz gibi neden beni kurban etmiyoruz. Araba göle yuvarlanınca beni kurtarmaya geldi sonuçta. Beni bir yere bağlayıp kurtarmasını bekleyebiliriz."

"Riskli."

"Ben bu riski alırım," dedim.

"Ben almam." Yeniden ciddileşti, direksiyonu iki eliyle sıkıca kavradı.

"Neden?"

"Siz çocukları korumakla görevliyim Rogers."

"Sadece bu yüzden mi?" Yanından geçtiğimiz ağaçların yavaş yavaş çiçek açtığını gördüm. Nihayet bahar geliyordu.

"Başka ne olacak?" Bana bakmadı ama ben bakışlarımı camdan alıp ona döndüm. "Bir bağ kurduğumuzu düşünmüştüm," diye huysuzlandım.

"Çünkü tehlikedesin ve ben de senin için ideal bir konumdayım. Güvende hissetmek istiyorsun." Başını bir defterde yazılı maddeleri okuyormuş gibi oynattı. Gözlerini yoldan ayırmıyordu ama arabanın biraz daha hızlandığını hissettim.

İnanamayarak ona baktım. "Böyle mi düşünüyorsun?"

"Böyle olduğunu biliyorum."

"Yani ben seni bir kalkan olarak mı kullanıyorum." Bir bacağımı kendime çekip ona bakabileceğim şekilde döndüm.

"Böyle olmasında bir sakınca yok, işim bu." Nefes alıp parmaklarını çenesine götürdü. Bir şeyle oyalanmaya ihtiyacı varmış gibi sakallarını kaşıdı. Paranoya yapmıyordum, bana bakmaktan kaçınıyordu.

"Kadınlar hakkında gerçekten hiçbir şey bilmiyorsun değil mi?"

"Yeterince şey biliyorum."

"Anlat bana bildiklerini."

"Sanmıyorum."

"Neden, aksini kanıtlarım diye mi korkuyorsun?"

"Belki."

"Seni bir kalkan olarak görmüyorum. Seni bir ihtimal olarak değerlendiriyorum. Hani bazen yaptığın şeyler kötü sonuçlanır ya, düşünürsün ya diğer seçeneği seçseydim ya başka yoldan gitseydim diye... Senin gibi birini sevseydim diye düşünüyorum. Sonra senin gibi birinin beni sevmeyeceği gerçeği aklıma geliyor." Ona kendimi ifade edebilmek ne kadar kolaydı. Filtresiz. Süzgeçten geçirmeden. Yalansız. Sadece hissettiğim gibi konuşabilmek.

"Neden böyle düşünüyorsun?" Dönüp bana baktı, gerçekten anlamamış gibi görünüyordu.

"Kendime acımıyorum sadece gerçekçi oluyorum. Ben hasarlıyım, insanı yoruyorum. Anlaşılması güç olabiliyorum. Başta bu herkes için dikkat çekici oluyor ama kimse bunu sürdürmek istemiyor. Ben sadece eğlenceliyim." Gülerek ayaklarımı ön kaputa yasladım.

"Bunun nesi kötü, eğlenceli olmanın?"

"Lunaparka sadece eğlenmek istediğin zaman gidersin ama insanlar deniz kenarına her zaman gider. Bu öyle bir şey. Ben lunaparkım. Uzaktan güzel görünüyorum. Herkes uzaktan eliyle işaret edip ne kadar güzel olduğumu söylüyor. Sonra ışıkları sönüyor, ışıklar söndüğünde hiçbir büyüsü kalmıyor. Ama gece sahile gitsen orada yine birilerini görürsün. Deniz kenarlarını insanlar yirmi dört saat sever. Her mevsim başka sever. Gece başka gündüz başka sever. Ben lunaparkım."

Araba yavaşlayınca yolun bittiğini fark ettim. Onunla ne zaman konuşmaya başlasam zaman böyle hızlı akıyordu. Arabayı park edip, el frenini çekti. Kapıdan çıkarken "Ben deniz kenarına gitmem," dedi.

Yüzümde bir saniye sonra sileceğim aptal bir gülümsemeyle ben de arabadan indim.

Günün erken saatlerinde cadde sessizdi, hava bulutluydu ama yağmur yağacak kadar değil. Dedektiflik ofislerinin olduğu ana binadan içeriye girip kapıyı geçmem için tuttu. İçerisi son hatırladığımdan daha farklıydı. En son buraya getirildiğimde bileğimde kelepçeler vardı, üstüm başım kan içindeydi ve kendimde bile değildim. Sersemce etrafa bakıyordum. Habercilerin uzattığı mikrofonlar ve yüzümde patlayan flaşların arasından geçirilmiştim. Memurların hepsi bana bakıyor ve kasabanın başına gelen onca şeyden benim sorumlu olduğuma inanamıyordu. İnanamamak lafta kalan bir şeydi. Çünkü herkes kötü ihtimalleri kolay kabul ediyordu. Ama masum oluşum kanıtlanmasına rağmen insanlar hâlâ benim suçlu olduğumu düşünüyordu.

"Gel," dedi sakince omzuma dokunup beni yönlendirerek. "Bu taraftan." Birkaç bakış bana döndüğünde hemen yanına çekti beni. Başımı dik tutmaya çalışıyordum ama tırnaklarımın kenarlarına baskı uygulamaya başlamıştım bile. Dedektiflik ofislerinin olduğu uzun koridoru geride bıraktık. Üst kattaki sorgu odasına girdik. İçeride daha önceden tanıştığım ama tutuklu kaldığım sürede pek görmediğim Dedektif Oliver vardı.

"Merhaba," dedi. "Resimleri hazırladım, yaş grubunu göz önüne alırsak çok fazla seçeneğin yok."

"Teşekkürler Oliver," dedi Dedektif Wallace. "Gerisini biz hallederiz."

İkimizi de başıyla selamladıktan sonra odadan çıkıp bizi yalnız bıraktı. Derin bir nefes verip gerginlikten sandalyelerin birine çöktüm. Dedektif resimleri masanın üzerine hepsini görebileceğim şekilde yayarken etrafa bakmamaya çalışıyordum. Burada olduğumu, kaç kez sorgulandığımı, işlediğim cinayetleri itiraf etmemi beklediklerini... Hiçbirini düşünmemeye çalışıyordum.

"Acele etme," dedi geriye çekilip benim için yer açarken. "Hepsine dikkatlice bak ve sana tanıdık gelip gelmediğini anlamaya çalış."

O gece katil bana bir daha ikimizin de oraya dönmeyeceğini söylediğinde bunun hapsedilmek olduğu sonucuna varmıştık. Bu da onun da daha önce tutuklandığını gösteriyordu. Kylie'nin bulduğu resimler ve en son yangın felaketinde kameraya yakalanan görüntüyü hesap ederek bir yaş ortalaması elde etmişlerdi. Ophelia Valley ve çevresindeki yakın olan birkaç yerden o yaş skalasına uygun suçluların resimlerini çıkarmış bir şeyler bulmayı umut ediyordu.

Yerimden kalkıp fotoğraflara doğru bakabilmek için eğildim.

Onlarca fotoğraf vardı. Hepsi otuz yaşından küçük birbirinden farklı yaş gruplarında erkeklerdi. Benim de böyle bir fotoğrafımın olduğunu hatırlayınca iyice gerildim. Christopher bir bana bir resimlere bakıyordu, bir mucizeyi bekler gibi. Kendi sıkıntılarımı bir kenara bırakıp resimlere odaklanmayı denedim. İncelemek için elime aldığım ilk resimde yirmilerinin başında görünen esmer bir çocuk vardı. Suçlu gibi görünmüyordu. Suçlu gibi görünmek mümkünse tabii.

"Tanımıyorum," diyerek resmi masanın boş kısmına bıraktım.

Dedektif Wallace yeniden kenara ayırdığım resmi önüme kaydırdı. "Daha dikkatli olman gerekiyor," dedi. "Gözlerine, çene yapısına, kaşına, belki yara izine… Bulabildiğin her detaya bak. Bu kişi her kimse onunla herhangi bir yaşında tanışmış olabilirsin. Buradakilerin hepsi son beş yıl içinde bir suç kaydı bulunanlar."

"Çok fazla kişiyle tanıştım, etkinliklerde bir sürü kalabalığa girdim ya yanlış bir şey söylersem," dedim çekinerek. "Ya yanlış birini suçlarsam."

Ağır ağır yanıma gelip kolumu okşadı. "Baskı yok," dedi. "Biri ya da birileri sana tanıdık gelirse onu doğrudan suçlamayacağız. Araştıracağız. Yaptığımız şey bu elimizde olan her şeyi araştırıyoruz."

"Tamam." Bıkkın bir nefes verip ilk resmi yeniden önüme çektim. Bu defa daha dikkatli bir şekilde bulabildiğim her detaya bakıyordum. Hem tanıdık hem değildi. Buna nasıl karar verebilirdim ki insanlar sık sık birbirini anımsatabilirdi.

"Hayır," dedim son kararıma vararak. Diğer resme geçtim. Sonra diğerine. Her birinin yüz hatlarını, göz renklerini incelemeye çalışıyor bana tanıdık gelen ya da bir şeyler uyandıran bir nokta arıyordum.

Daha uzun gelen birkaç saatin sonunda ara ara mola vererek aynı şeyi yapmaya devam ettim. Her anında yanımdan ayrılmadan bekleyip rahat hissetmem için çabaladı. Kapıyı çoğunlukla açık bırakıyordu, buraya sorgulanmaya değil de bir şeyi çözmeye yardım etmek için geldiğimi anlatmaya çalışır gibi. Nihayetinde kenara sadece tanıdık gelen dört kişinin resmini ayırabilmiştim. Birini tanıdığıma neredeyse emindim ama nereden olduğunu bilmiyordum. Okuldan biri olduğunu düşünüyordum.

"Herhangi biriyle bir ilişkin oldu mu?" diye sordu dört resmi eline alıp çatık kaşlarıyla incelerken.

"Hayır, sadece onu okuldan biliyorum."

Gösterdiğim sarışın çocuğu kırmızı bir kalemle işaretleyip kenara not aldı.

"İyi iş çıkardın," dedi.

"Artık gidebilir miyim?"

"Gitmek istediğin bir yer mi var?"

"Burası dışında herhangi bir yer." Gözlerim üzerime üzerime gelen duvarlarda dolaştı. Buradayken ürpermiyordum ama şimdi o anları düşünmek canımı sıkıyordu.

"Beni takip et." Önümden yürümeye başladı, bir yandan resimleri inceleyip sağ elinde tuttuğu bir kâğıdı kontrol ediyordu. Muhtemelen kâğıtta onların kim olduklarıyla ilgili kişisel bilgiler vardı. Bana bundan bahsetmemesini istemiştim. Alt kata inerken koridordaki birkaç yüz bize doğru döndü. Dedektif Wallace hiçbir şeyi fark etmedi ama memurlardan biri doğrudan, hiç düşünmeden üzerime doğru yürüyüp "Bu ülkede adalet yerini bulmalı!" diye bağırdı. Birden taş kesildim. Christopher çok hızlı bir şekilde başını kaldırıp kâğıdı yere bırakarak beni kenara çekti.

"Ne yapıyorsun Benson," diye gürledi.

"Yeğenim mezardayken suçlusunun böyle başıboş dolaşmasına engel oluyorum!" diye bağırdı adam. Yanındaki birkaç memur onu tutmaya çalışıyordu. "Cezasını adalet vermiyorsa ben vereceğim."

Dedektif Wallace beni iyice arkasına çektiğinde tırnaklarımı tişörtüne geçirdim. Donmuştum. Adamın sesi birkaç kez daha kafamın içinde tekrarladı. Yeğeninin kim olduğunu düşündüm. Chloe? Summer? Anna... Belki de Becca'ydı. Hayır, onunla olanları bilen kimse yoktu. Sadece Christopher.

"O da yeğenin gibi bir kurban," dedi. "Ve yeterince zor şey yaşadı. Geri çekil Benson."

"İşbirlikçi!" dedi adam onu dinlemeden. "Haberleri duymadığımı mı sanıyorsun Wallace? Katil arkana sakladığın o kıza takıntılı. Belki de yalan söylüyor ve ona yardım ediyor. Onun yüzünden başka kızlar ölüp duruyor. Yaptıklarını duydum. Neden onu bir çöp poşetine koyup ormana bırakmıyorsun."

"Son kez söylüyorum, geri çekil."

"Onun yüzünden sen de mezara girdiğinde bu söylediğin için pişman olacaksın," dedi adam. O an başka bir darbe daha aldım. Bunu hiç düşünmediğimi fark ettim. Her zaman o kadar korumacı ve güvenli duruyordu ki onun başına bir şey gelme olasılığını düşünmemiştim. Ama adam her kimse haklıydı. Bana bu kadar yakın olursa tıpkı Dylan'a yaptığı gibi Dedektif Wallace'a da musallat olabilirdi.

"Gel, Ansel." Elini etrafıma dolayıp beni sola, duvar tarafına çekti. Adamların yanından geçene kadar başımı kaldırmadım. Hızlı adımlarla koridorda ilerledik, sonunda sol taraftaki bir kapının önünde durduk. Kapının yanında onun soyadı yazan bir isimlik asılıydı. Odasının kapısını açıp beni içeriye soktu. "Burada bekle," dedi. Kapıyı üzerime kapattı ve gitti. Orada durup bir süre kapalı kapıya baktım. Dışarıdaydım ama yine dört duvarın arasındaydım.

Ve yine yalnızdım.

"Tanrım, bana yardım et…" Ellerimi saçlarımın diplerinden geçirip sakinliğimi kazanmaya çalıştım ama nafile bir çabaydı. Kalbim çok hızlı atıyordu, ellerimin titrediğini yeni fark ediyordum. Odanın köşesine geçip duvara yaslandım. Bir tehlikeye karşı hazır bekliyor ya da gizleniyordum emin değildim. Kapı yeniden açıldı. Gözlerim dolmuştu, kirpiklerim ıslanmıştı ama yaşları tutmayı başardım. Christopher yeniden içeri girdi, yüzünden büyük bir öfke okunuyordu. Halimi görünce çatık kaşları düzeldi. Bir şey söylemek için dudaklarını araladı ama vazgeçip çabuk adımlarla yanıma geldi. Beni kendisine doğru çekip sıkıca sarıldı. Önce afalladım ama kollarımı boynuna doladım. Artık bildiğim tek tanıdık koku ona aitti ve bu düşünce beni her şeyden daha fazla köşeye sıkıştırıyordu.

"Geçecek," dedi saçlarımı usul usul okşarken. "Onu yakaladığımızda bütün bunlar bitecek."

"Ya haklı çıkarsa," diye fısıldadım. "Ya sana da zarar vermek isterse…"

Cevap vermedi. Eli bir an duraksadı ama sonra yavaşça beni kendinden uzaklaştırdı.

"Size," dedi tüm resmiyetiyle. "Ya size de zarar vermek isterse."

Başka bir günde olsa buna gülümseyebilirdim belki kahkaha bile atabilirdim ama sadece uzanıp kendimi ona yasladım ve yeniden bana sarılmasını istedim. Sadece istek de değil muhtaçlıktı artık bu. Yalnız olmak istemiyordum. Yalnız kalmak istemiyordum. Birine yaslanmak istiyordum. Gülümsemek, mutlu olmak ve sevilmek istiyordum. Onun gibi biri tarafından sevilmek.

"Beni bir yere götürür müsünüz Dedektif Christopher?" diye mırıldandım. Çenemi omzuna yaslamıştım ve uzun zamandır daha rahat hissettiğim bir yer olduğunu hatırlamıyordum.

"Nereye gitmek istiyorsun?"

"Kiliseye."

"Ansel…" dedi uyarır şekilde yüzüme bakabilmek için kendini geri çekip.

"Gitmek zorundayım," dedim. "Hatırlamak zorundayım."

"Bunun bir yararı yok, o dosya kapandı."

"Benim için değil."

"Video gayet açıktı." Tartışmaya kapalı olduğunu belli edercesine başını salladı. Bu konu onu huzursuz ediyordu. Kendini yetersiz bulduğundan şüphe etmeye başlamıştım. O hücrede geçirdiğim onca zaman boyunca neyin ne olduğunu biliyordu ama kanıtlayamamıştı bu yüzden de hiçbir şeye engel olamamıştı.

"Videoyu seyretmeyeceğim, ne yaşadığımı hatırlamak istiyorum. Oraya gitmem gerektiğini biliyorum." Israrım karşısında tüm vücudu gerildi. "Onaylamıyorum ben," dedi.

"Christopher..." Uzanıp bileğine dokundum. "Katil o gece oradaymış. Engel olabilecekken olmamış sadece videoya çekmiş. Bu gözünüzden kaçmış olamaz. Belki onu gördüm. Her detaya ihtiyacımız olduğunu sen söyledin. O geceyi hatırlarsam başka bir ipucumuz daha olacak."

"Kendini riske atıyorsun," dedi. "Ansel ben deniyorum ama görüyorsun, bazı şeylere engel olamıyorum. Bir sonraki sefer seni nerede bulacağım, hastanede mi bir ceset torbasında mı?" Öfkeyle soluk alışverişi hızlandı.

"Senin suçun değil," dedim çabucak. "Yapabileceğin her şeyi yapıyorsun."

Buna inanmıyormuş gibi küçümsercesine güldü. Sandığımdan daha çok zedelenmiş olmalıydı. Bunu ya da bu kadarını düşünmemiştim. Olaylara onun penceresinden bakmamıştım.

"Hiçbir şeyi çözemiyorum," diye öfkeyle tısladı. "Korumam gereken öğrencilerden bilgi alıyorum." Sıkıntıyla ensesini tuttu, çok huzursuzdu. "Kimseyi koruyabildiğim de yok."

"Hey..." dedim elini tutarak. "Bunu yapma. Kendine böyle yüklenemezsin. Sen doğru olanı yapıyorsun." Bana bakması için biraz bekledim. "Kendinden şüphe duyma ama izin ver ben de sana yardım edeyim."

"Çok büyük travma yaşadın. Bunun üstüne gitmek için doğru zaman değil." Gözleri huzursuzca etrafta dolanıyordu. Bunu onun da düşündüğü ortadaydı. Ve kendini bir şekilde benden sorumlu tuttuğu. İşini yapmasına engel oluyordum.

"Üstesinden gelebilirim." Güvence vermek için duruşumu dikleştirdim. Sesim iyi çıkıyordu ama o kadar da sakin hissetmiyordum.

"Gelemezsin."

"Yanımda olursan gelirim," dedim doğrudan gözlerinin içine bakarak bir adım daha yaklaştım. "Hem motivasyonumu hafife alıyorsun. Birisi -ki burada sizi kastediyorum Dedektif Wallace- davayı sonlandıracağı için bana büyük vaatlerde bulundu. Yoksa sözünüzden cayıyor musunuz?"

"Arkanı dön," dedi birden.

"Ne, neden?"

"Dön arkanı."

Yavaş yavaş duvara doğru döndüm. Biraz daha yaklaştığını hissedebiliyordum. Sebepsiz bir heyecana kapıldım. Artık ona dokunabiliyor olmak şu sıralar bana iyi hissettiren tek şeydi. Saçlarıma doğru eğildi. Ellerini saçlarımın üzerinde hissettim. İki yanımdan onları toplayıp omzuma doğru bıraktı. Birkaç saniye sonra bir zincir boynumdan aşağı doğru sallandı. Daha önce bana verdiği haç işareti olan kolye. Onu neredeyse unutmuştum.

"O gece kilisede düşürmüşsün," dedi. "Aldım."

"Bunu kanıt olarak almanız gerekmiyor muydu?" Yeniden ona döndüm.

"Senin de söylediğin gibi," dedi. "Etik kuralları ihlal edeli çok oluyor."

"Teşekkür ederim." İçtenlikle gülümseyip kolyeyi parmaklarımın ucuna alıp oynamaya başladım.

"Önce yemek yiyelim," dedi. "Saatlerdir buradayız ve oraya akşam gitmek daha iyi olur, şimdi birileri olabilir."

Bunu düşünememiştim. İnsanların olduğu saatlerde kilisede görünmesem daha iyi olurdu. Dışarıdaki memur gibi düşünenler olduğunu biliyordum. Ve bu yüzden artık Tanrının evine bile yasaklıydım. Tanrı tarafından da terk edilmiştim sonunda, ne hoş.

Yeniden koridora çıktığımızda kimse dönüp bize bakmadı ama herkes orada olduğumuzu, oradan geçtiğimizi biliyordu. Dedektif Wallace oldukça rahat olsa da ben hemen yanında hızlı adımlarla ilerliyordum. Kapıdan çıktığımızda derin bir nefes alıp doğrudan arabasına gittim. Bulutlar iyice yoğunlaşmıştı böyle giderse gece yağmur yağacaktı.

Yerel bir restorana gidip arka masalardan birine oturduk. Yemekleri sipariş verirken başımı masaya yaslayıp bekledim. Duvardaki saatin sesini duyabiliyordum ama ortalık tenhaydı. Henüz hava kararmamıştı, güneşin batışına birkaç saat daha vardı. Gün batana kadar beni yanından ayırmadı. Restorandan bankaya oradan yeniden ofise geçip işlerini bitirmesi için odasında onunla birlikte bekledim. Yanında olduğum sürece tek kelime etmemeye özen gösterdim. Burada onun yanında olmak, onu beklemek, çalışırken onu izlemek, insanlara emirler dağıttığını görmek hoşuma gitmişti. Benimle konuşurken artık kaşlarını daha az çatıyordu. Ara sıra başını kaldırıp ne yaptığıma bakıyordu. Oyalanmam için cep telefonu nu elime tutuşturmuştu ama onu kenara bırakıp kendisini izlemeyi tercih edecektim. Nihayet paydos ettiğinde isteksizce ama cesur olmaya çalışarak ayaklandım. Ne oraya gitmek ne de bir şeyleri tekrar yaşamak istiyordum ama haklıydı, katili yakaladığımız zaman bütün bunlar bitecek ve ben nihayet rahat bir nefes alabilecektim.

Bu kadar kasvetli ve kapalı havaları artık sevmiyordum. Arabaya binip kapıyı üzerime kapattım. Motoru çalıştırdığında başımı pencereye yaslamıştım. Birkaç damla hafif hafif camda belirdi. Gözüm o yağmur damlasına takıldı. Sesi kafamın içinde pat pat yankılanıyordu. Gözlerimi kısarak bir şeyi hatırlamaya çalıştım.

Yağmur damlaları arabanın camlarını dövüyordu. Silecekler öyle hızlı çalışıyordu ki takip edemiyordum. Başım korkunç derecede ağrıyordu. Kollarımı bile hissedemeyecek kadar sarhoş olmuştum. Sadece iki bardak kokteyl içtiğimi hatırlıyordum ama beynimden vurulmuş gibiydim.

"Şuna ne dersin, kiliseye gitmeyi düşünüyordum." Chris'in sesini yağmurun sesinden ayırmak bile zordu. Başım çatlıyordu. Kaşlarımı çattım. Arada sırada orada bazı öğrencileri görürdüm ama onlar çoğunlukla ailesi tarafından zorlananlardı.

"İnançlı biri olduğunu bilmiyordum," diye mırıldandım.

"Peki ya sen?" diye sordu. "Sen inançlı biri misin?"

Bir süre kafamı toplamak için cama yaslandım. Yağmur damlalarını parmağımla takip ediyordum. Hepsi sanki nereye gideceğini bilir gibi bir yolu izliyordu.

"Kadere inanmak istiyorum." Sesim kendi kulağıma bile zor ulaşmıştı. "Bu beni inançlı biri yapar mı?"

"Gidip öğrenelim." Belli belirsiz gülümsedi.

"Belki başka zaman." Mümkün olduğunca ona döndüm ve kibar olmaya çalıştım ama istediğim tek şey yalnız kalmaktı ve yanımda bana asılan bir erkekle dolaşıp Dylan'ı olduğundan daha tehlikeli bir hale getirmek şu sıralar isteyeceğim son şeydi. Onunla partiye gitmek yeterince iddialı bir hamle olmuştu.

"Açıkçası çaresiz durumdayım," dedi. "Yani istersen sana benimle gelmen için yalvarabilirim. Ben oraya gidiyorum çünkü..." Duraksadı, konuşurken sesi titriyordu. Başımı kaldırıp ona baktığımda gözlerinin acıyla yandığını gördüm. "Birini kaybettim," diye

itiraf etti. "Ölümünden kendimi sorumlu tuttuğum birini." Gözünden bir damla yaş aktı. Boğazıma kocaman bir yumru oturdu.

Ben de bir sürü kişiyi kaybettim.

"Üzgünüm," dedim içtenlikle. Başka bir şey söyleyemedim. Nasıl diye sormadım. İnsan çoğu kez sevdiği birini kaybedince kendini suçluyordu. Ben iki tane cinayeti üstlenmiştim. İkisi de benim suçumdu ve kelepçeler her geçen gün daha çok yaklaşıyordu bileğime.

"Seninle gelirim." Derin bir nefes verdim. Bunu yapabilirdim. Onunla orada oturup kendine acımasını seyretmeme de gerek kalmazdı, ben kendime acıyor olurdum.

"Rogers," diye seslendi Christopher. Birkaç kez tekrarladığını gözlerimi açınca anladım. "Uyudun mu?"

Uyumuş muydum? Ellerimle gözlerimi ovdum. Yağmur o kadar hızlı değildi artık sadece atıştırıyordu.

"Dalmışım," dedim. Kafamın içindeki dalgalanmayı neredeyse somut bir şekilde hissediyordum. Özellikle baş ağrısını hatırlıyordum. Kilise meydanın hemen sonundaki sıralanmış evlerin ardında kalıyordu. Bitişik birkaç binanın arasında. Önünde devasa çam ağaçları ve köşede, birkaç blok ötede küçük marketin yanında.

Chris arabayı kiliseden birkaç bina ötede durdurdu. Hava iyice kararmıştı. Kendi başıma açamayınca benim için arabanın kapısını o açtı. Emniyet kemeri takılı değildi. Kolumdan sertçe tutup beni aşağı çekti. Bir an tökezledim.

"İyi misin?" diye sordu.

"Başım dönüyor," dedim. "Ve ağrıyor. Çatlayacakmış gibi. Beni eve götürür müsün?"

"Gel," dedi kolunu etrafıma sararak. "Biraz sonra her şey bitecek."

"Kendimi iyi hissetmiyorum," diye ısrar ettim.

"Biraz gülümse," dedi. "Şuradaki kadın seni kaçırdığımı düşünecek. Kasabada bir katil geziyor." İstemsizce kıkırdadım. Sonra daha çok gülmeye başladım. Gözlerim sulandı. Ağlamak yerine daha da çok güldüm.

"Beni kaçırsan da bu kimsenin umurunda olmazdı." Sesli düşünmek gülümsememi bölmedi. Kilisenin kapısına yanaştığımızda Chris burnunu saçlarımın üzerine sürttü. "O halde ben de seni kaçırırım," dedi.

"Hayır, hayır... Bu iyi olmaz."

"Tanrıdan başka kim günahları bağışlayabilir ki?"[1]

Yine o yazı ile göz göze geldim. Kilisenin girişinde eski taş kolonun üzerinde ahşap bir tabelada yazıyordu. Kalın taşların arasında bizi izleyen duvar resimlerinin önünden geçerek yürüdük. Beni taşıyan oydu. Adım atacak durumda değildim. Midem bulanıyordu. Sadece birkaç şeyi görebiliyor sonra yeniden gözlerimi kapatmak zorunda kalıyordum. Ahşap oturakları sırasıyla geride bıraktık. İçerisi neredeyse karanlıktı. Sunak taşının üzerinde yanan köhne bir lamba dışında hiç aydınlatma yoktu. Sunak taşı.

"Çünkü ölmüş kişi günahtan özgür kılınır."

O yazıyı görebileceğimiz en yakın oturağa oturmamı sağladı. Ama neredeyse beni oraya doğru fırlatmıştı. Yere düşmekten son anda kurtulup kelimenin tam anlamıyla oturağa tırmandım. Dizlerim tutmuyordu.

"En büyük günahın neydi?" diye sordu. Soruyu doğru düzgün anlayamadım. Sadece günah dediğini duydum ve bütün parçalar kafamın içinde harekete geçti. Çok fazla günah işlemedim ama büyük günahlar işledim.

---

1 İncil'den alıntı.

"Birini sevmek günah olabilir mi?" Önümde durdu.

Başımı iki yana salladım. Sesini zar zor duyuyordum. "Hayır."

"Çocukken işlediğimiz günahlar affedilir mi?" diye sordu.

"Kendimi iyi hissetmiyorum."

"Onu aradığımda bana böyle söylemişti. Çocuk olduğunu söyleyip durdu. Ona yaptıklarım için beni hiç affetmedi. Her gün beni affetmesini istedim. Sadece onu sevdiğimi söyledim. Anneme söylememesi gerektiğini söyledim. Onu aradım. 'Kendimi kesiyorum, sen ne yapıyorsun?' dedi bana. Güldüm. Her zaman komik bir kızdı."

Durdum. Cümle bir yerden tanıdık geldi. Zihnimde bir yer buldu. Sonra cebinden bir bıçak çıkardı. Görebileceğim şekilde havada birkaç kez salladı. Üzerindeki nakış işlemeyi hatırladım. Bana ait olan bıçaktı. Dylan'ın yıllar önce hediye ettiği ikimiz için özel bir esprisi olan dikiş tutmazdı. Onu o gece orada onunla bırakmıştım.

"Başta inanmadım," dedi Chris. "Sonra diğer konuşmaları duydum. Başka bir kızın sesini. Kendini kesmekten bahsediyordu. Bileğini kesmekten. Ölüme yaklaşmaktan. Sonra bana dedi ki 'Bu günahı sen işledin ama bu günahla ben kirlendim.' Ne demek istediğini anlamadım. Sonra acı bir ses geldi. 'Sadece ölürsem kurtulurum,' dedi. 'Çünkü ölmüş kişi günahtan özgür kılınır.'

Tutunarak ayağa kalkmayı denedim. Durduğum yerde sallandım.

"Kimsin sen?" diye sordum. "Nereden biliyorsun?"

"Rebecca'yı hatırlıyor musun, Ansel?"

"Kimsin sen?"

"Rebecca'nın ağabeyiyim."

"Onun ağabeyi yoktu."

"Babalarımız farklı ama annemiz aynı."

"Onun ağabeyi yok, kimsesi yoktu."

"Bu yüzden mi onu öldürdünüz?"

"Onu öldürmedim. Ben sadece..."

"Sen ve hastalıklı sosyopat sevgilin onun ölümüne neden oldunuz."

"Ben..."

"İnkâr mı edeceksin?"

"Ben ona zarar gelmesini istemedim."

"Ama geldi değil mi? O öldü, sen de onu bırakıp kaçtın. Sonra da berbat hayatını yaşamaya başladın. Oraya gidip bu bıçağı buldum. Üzerinde onun kanı vardı ama onun ismi yoktu." Bıçağı parmaklarının etrafında birkaç kez çevirdi.

"Kendimi suçladım. Sonra yanlış kişiyi suçladığımı fark ettim. Senin peşine düştüm. Seni izledim. Kendi fırsatımı aradım. Seni öldürmek istedim. Seni öldürmek için bir plan yaptım. Sonra hayatına dahil oldum ve neyi gördüm biliyor musun? Ölüm senin ödülün olurdu. Çünkü Becca haklıydı, ölmüş kişi günahtan özgür kılınır."

"Hayır," diye bağırdım. "Hayır!"

"Özgür kalmak istiyorum," dedi. "O geceden beri onunla buluşacağım o günü bekliyorum. Onun gibi özgürlüğe ulaşmayı. Günahlarımdan arınmayı. Ama bedelini ödemeden olmaz."

Kolumu sıyırdı. Ceketinin iç cebinden bir şeyler çıkardı. Bir şırınga. Küçük bir tüp. İğne paketi. Hepsinin sesini duyuyordum.

"Gitmem gerek," diye sayıkladım. "Buradan gitmem gerek."

Kolumdan tutup yeniden oturağa doğru fırlattı. Kolumu sıyırdı.

"Buradan gitmem gerek."

Boğazıma sarıldı öyle güçlü sıktı ki bir an nefes alamayacağımı düşündüm. Kilisenin çan odasından bir ses geldi. Birden bağırmaya başladı. Yardım çığlıkları atmaya. Bana bakarken gülümsüyordu ama yardım dileniyordu. Rol yapıyordu. Kime bağırıyordu? Sonra etrafa vurmaya başladı. Kafasını bir duvara çarptı. Alnı kanamaya başladı.

"Ne yapıyorsun, dur! Lütfen, dur."

Yanıma yaklaştı. Bıçağı parmaklarımın arasına tutuşturdu. Ona bakmaya çalışıyordum, ne yaptığını anlamaya ama sanki karşımda birkaç taneydi.

"Bana ne yaptın?" Hiçbir şeyi göremiyordum. Hiçbir şeyi seçemiyordum.

Parmaklarımı iyice sıktı. Avucumun içindeki metalin soğukluğu dışında hiçbir şey hissetmedim.

"Özgürlüğünü elinden alıyorum," dedi daha çok gülerek. "Ben de özgürlüğüme ulaşıyorum." Ellerini bıçağı tutan ellerimin etrafına bastırdı. Bıçağı kendine doğru bastırdı. Etini kesip ona saplanmasını hissettiğimde nabzım durmuş gibi hissettim.

"Çünkü ölmüş kişi günahtan özgür kılınır."

Onunla birlikte yere yığıldım. Bıçak karnına saplanmıştı. Dizlerimin üzerindeydim. Her yere kan akıyordu. Ellerim titriyordu.

Merdiven basamaklarının gıcırdaması kulağımın içindeydi sanki. Bir kâbusun içinde olduğumu ve her şeyi uydurduğumu düşündüm. Adımları duymaya başladım. Yavaştı ama sonra hızlandı. Arkamda durdu. Ahşabın sesini hatta eğilip bükülmesini hissettim. Ellerim tir tir titriyordu. Gözlerimi önümde öldüğüne emin olduğum bedenden kaldıramıyordum. Saçlarımda belli belirsiz bir hareketlenme hissettim. Uzak bir dokunuş. Başımı hafifçe çevirdim. Gözlerim onun kara gözlerini buldu.

"Sen annemin şeklini almış bir melektin," dedi. Polis sirenlerini duydum. Biraz daha gözlerime baktı. "Az kaldı," dedi. "Hiçbirinin seni önemsemediğini sadece benim seni sevdiğimi göreceksin. Sonra tekrar bana geleceksin." Kara gözler kapandı. Gülümsedi. Arkasını dönüp gitti. Uzun kollu siyah kazağı kapıya takıldı. Bir çivi kazağından bir parça ip söktü ama devam etti. Üşümeye başladım. Üzerimdeki kana bulanmış kıyafetlere baktım. Amigo kız ölü bulundu. Ne diyeceklerdi... Kimse bana inanmazdı. Sadece ölüm kurtarabilirdi. Sadece ölüler kurtulabilirdi.

Çünkü ölmüş kişi günahtan özgür kılınırdı.

"Ansel," dedi Christopher. "Ansel, bembeyaz oldun. Bana bak." Kollarımdan tutuyordu. Kendime gelmem için sarsmaya başladığında irkildim. Göz kapaklarım açılıp kapanıyordu. O andan bu ana geçiş yapan zihnim adeta korkuyu çağıran titreşimler yayıyordu. Omuzlarım kasıldı. Derin derin soluk almaya başladım. Buz gibi terliyordum. Korkudan yeniden titremeye başladım.

"Ansel," dedi. "Ansel, kendine gel. Buradasın. Güvendesin."

Ağzım kurumuştu. Tüm vücudum tehlikeye karşı tepki veriyordu. İçgüdüsel olarak kaçmak istiyordum. Ayaklarım buradan koşarak uzaklaşmak istiyordu. Kara gözler ensemdeymiş gibi hissediyordum. Beni bıraksa koşabilecektim ama bırakmadı.

"Ansel!" dedi daha yüksek bir sesle. "Beni duyuyor musun?"

"Çıkar beni buradan," dedim kasılmış çenemi zorlayarak. Hareket etmem için kollarımı bıraktı. Geri geri yürümeye başladım. Sunak taşına bakarak hızlı adımlarla oradan çıktım. Çıkarken bir çiviye takıldı hırkamın ucu. Hızla dönüp onu kendime çektim. Durup çiviye baktım. Küçük bir kumaş parçası orada sallanıyordu ama sadece oydu. Başka bir iplik ya da başka bir iz yoktu. Yeniden dönüp koşmaya başladım. Duvar resimlerinin arasından hızla ilerledim. Her birinin gözlerini bu defa net bir şekilde seçebiliyordum. Biliyorlardı, hepsi biliyordu. Bu taş duvarların arasında dolaşmıştı. Orada oturmuş beni seyretmişti. Yanıma gelmişti.

Dışarıya çıkıp arabanın kapısına yaslandığımda derin derin nefes almaya çalıştım. Nasıl nefes alındığını hatırlamam gerekti. Burnumdan soluklanıp ağzımdan nefes verdim. İnsanın nefes alışverişini fark ettikten sonra bunun için çabalaması gerektiği ve doğal akışına döndüremediği birkaç saniye olurdu. Paniklerdi. Sanki geri kalan hayatı boyunca kendisi nefes alıp vermek zorunda kalacakmış gibi hissederdi. O anın içindeydim. Doğal akışını bulamıyordum.

Omzuma dokunduğunda yerimden sıçradım. Kim olduğunu görünce yeniden arabaya yasladığım ellerime baktım. Boğumlarım bembeyaz olmuştu. Korkudan kendimi sıkmıştım. Gözler kafamın içinden çıkmıyordu. Etkisinden çıkamadığım bir korku filmi gibi sürekli kendini hatırlatıp duruyordu.

"Ne oldu," diye sordu. "Ne hatırladın bu kadar korkacak?"

Sadece başımı iki yana salladım. Görüntüler hayal meyal beliriyordu ama sesler, sözler hepsi su kadar berrak ve netti. Yanıltıcı olmak istemiyordum. Sadece korkuyordum. İlk kez bu kadar gerçekti. Tüm söylenenlere, bulunan ipuçlarına rağmen ilk kez gerçekti. Gerçekten katil her kimse benim peşimdeydi. İstediği şey bendim. Tüm bu olanlar benim yüzümdendi.

"Al bunu iç." Kapağını açıp bir su şişesi uzattı. Destek vermek için bir eli kolumu tutuyordu. Parmaklarının üzerimdeki sıcaklığına odaklanmaya çalıştım. Birkaç yudum zorlukla içtim, ağzımdaki kuruluk hafifledi.

"Haklıymışım," diye fısıldadım şişeyi ona geri uzatırken. "Oradaymış. Yanıma gelmiş, benimle konuşmuş. Yarım yamalak hatırlıyorum. Söylediklerini hatırlıyorum."

"Kim olduğunu biliyor musun?" Yüzüme bakabilmek için o da bir elini arabaya yaslayıp üzerime doğru eğildi. "Yüzünü hatırlıyor musun?"

Sırtımı arabaya yaslayıp yüzümü ellerimin arasına aldım. O görüntüden kurtulmak istiyordum ama hatırlayıp ona bilgi vermek zorundaydım. İşkence gibiydi. "Koyu gözleri vardı, boyu çok uzun değil. Senden bir karış kadar kısa belki. Saçları kısa, çok kısa."

"Başka," dedi aceleyle. "Zihninde tazeyken hatırlamaya çalış. Bulduğun her detayı söyle."

"Siyah bir kazak giyiyordu. Eski bir kazağa benziyordu." Nefes alabilmek için durdum. "*Sen annemin şeklini almış bir melektin,* dedi. Az kaldı, dedi. Hiçbirinin seni önemsemediğini sadece benim seni sevdiğimi göreceksin sonra tekrar bana geleceksin, dedi." Söylediğim her şeyi telefonuna kaydediyordu. Kelimeleri tekrar etmek ağlama isteğimi tetikledi. Hem korkutucu hem mide bulandırıcıydı. Kontrolsüzce kolumu kaşımaya başladım her şey üzerime yapışmış gibi hissediyordum.

"Başka?"

Kendimi zorladım ama başka bir şey yoktu. Chris'in bana yaşattıkları dönüp duruyordu ama başka bir şey... İyice hafızamı zorladım.

"Kahverengi eski botlar. Bağcıkları özenle bağlanmıştı. Dar bir kot pantolon giyiyor olmalı. Pantolonun paçaları botların içindeydi. Ama düzgün görünüyordu."

"Saçlarının rengini hatırlıyor musun?"

"Çok karanlıktı," dedim. "Koyu renk olmalı. Ama emin değilim." Beynimi olabildiğince zorladım. İstemeyerek gözlerimi kapattım o anı her şeyiyle gözümün önüne getirmeye çalışıyordum. Kilisedeki duvar resimleri, alevleri titreyen mumlar, duvardaki gölgeler, sürekli zihnimde dönen yazılar... Mum ışığının yansıdığı küt bir burun.

"Küt bir burnu vardı," dedim. "Işıkta beliriyordu. Uzun ya da küçük değil hatta belki yüzüne göre kaba. Bir şarkı mırıldanıyordu, siren seslerini duyduğumda, giderken sanırım, marketten bahsediyordu ve çiçeklerden." Başımı iki yana salladım. Kulaklarım saatlerce uçmuşum ya da suyun altında kalmışım gibi tıkanmıştı. Rüzgâr çanı sesi kafamın içinde sersemletici bir uğultuya neden oldu. Zihnim çok ağırlaşmıştı. Kendimi korumak için içgüdüsel olarak unutmaya çalıştığım şeyleri bir ipucu uğruna sürekli tekrarlıyordum. Aynı kâbusu göreceğini bile bile uyumak kadar korkunçtu.

"Tamam," dedi. "Arabaya bin hadi, aklına bir şey gelirse mutlaka söyle bana."

Açtığı kapıya döndüm. Arabaya binmem için elimden tuttu. Kendimi doğrudan koltuğa bırakıp başımı yasladım. Uzanıp emniyet kemerimi bağladı. Sürücü koltuğuna geçerken etrafa bakıp durdu. Eve varana kadar ikimiz de sessizliğimizi koruduk. Karanlıkta orman yolundan geçerken ellerimi birbirine kenetlemiştim, arabadan inene kadar hiç kımıldamadım. Köpeği yine arabanın sesine geldi. Dedektif Wallace yine onun başını okşadı ama benim yanıma gelip omzumdan tutarak eve girene kadar ayrılmadı. Işıklar yandığında kendimi güvenli bir limandaymış gibi hissedeceğimi düşündüm ama ensemdeki bakışlar hâlâ yerindeydi.

"Duş alıp, yatacağım," dedim o köpek için mama kabını doldururken arka tarafta kalan odaya doğru yürüdüm. Sabah uyandığımızda örtüyü ve yastığı yeniden aşağı indirmiştim. Göz ucuyla yatağın üzerine rastgele atılmış o şeylere baktım. Birden sanki biri üzerine uyumuş gibi rahatsız bir ürpertiye kapıldım. Hızlıca havluyu alıp kendimi sıcak, çok sıcak suyun altına bıraktım. Ama umduğum kadar gevşemedim. Saçlarımı kuruturken aynadan kendimle göz göze geldim. Söylediği gibi hâlâ bembeyazdım. Gözlerim hem yorgun hem korku içindeydi. Kurutma makinesini hırsla fişinden çekip oradan çekildim. Yatağa uzandım ve ne kadar süre bilmiyorum ama gözümü kırpmadan, ışığı kapatmadan öylece tavanı izledim.

Hiçbir şey beni sakinleştirmedi. Hiçbir şey gözlerimi kapatmama izin vermedi. İç çamaşırlarımla örtünün içine girmiştim kalkıp pijamalarımı giyerek yastığı kolumun altına sıkıştırdım. Salon karanlıktı. O da odasına çekilmişti. Merdivenlerden çıkıp boş olan kapı eşiğinden geçtim. Aşağıdaki loş ışığın aydınlığı onun üzerine vuruyordu. Gözleri açıktı hemen bana döndü. Bir elini başının altına almış o da tavanı seyrediyordu. Hiçbir şey söylemeden yatağın diğer tarafına dolandım. Boş kısma yastığı bırakıp örtünün içine girdim ve ona doğru dönerek ellerimi yanağımın altına sıkıştırdım. O da bana doğru döndü. Eli gelişigüzel ikimizin ortasında kalacak şekilde örtünün üzerine düştü. Yatağın içinde biraz daha yaklaştım.

"Hâlâ öyle bakıyorsun," dedi.

"Nasıl?"

"Seni ne bu kadar korkuttu?"

Derin derin soluklandım.

"Hayatım boyunca hep çok sevilmek istedim." Dilimi dudaklarımın üzerinde dolaştırdım. "Sık sık kiliseye gidip Tanrıya bunun için yalvarıyordum. Sevilmek için. Birini çok sevmek ve çok sevilmek istedim. Sevginin rahatlığını hissetmek. Bunun ne demek olduğunu bilmiyorum. Zor bir durumda kaldığında, tişörtüne bir şey döktüğünde mesela birini arayıp kıyafet getirmesini istemek kadar basit şeyler... Çok başım ağrıdığı için birini aramak ve gelip beni almasını söylemek. O kadar küçük şeyler ki aslında... Bunlara sahip olmak istedim. Birinin önceliği olmak. Hani insanların hayatında oluyor ya, bir telefonu, tek bir sözü yetiyor hemen koşa koşa geliyorlar. Ondanım olsun istedim. Birinin o'su olmak. Herhangi biri. Bunu o kadar çok istedim ki..." Yavaş yavaş gözlerimi kapatıp açtım. Dikkatle dinliyordu.

"Bugün birinin bana kafayı taktığı için birilerini öldürdüğü kesinleşti. Bu bugüne kadar hep bir ihtimaldi, içten içe bunun herkesi yanlış yönlendirmek için yapılan bir tuzak olduğuna emindim. Aptal olduğumu düşünme ama..." Durdum. Bunu nasıl söyleyeceğimi bilmiyordum.

"Kimsenin senin için birini öldüreceğine inanmadın," diye o tamamladı. Dudaklarımı ısırarak başımı salladım.

"Bunu istememiştim," diye fısıldadım. "Böyle korkunç bir sevgi değil."

Parmağı elmacık kemiğimi yavaşça okşadı. "Bu sevgi değil zaten," dedi. "Bu takıntı, psikopatlık. Herhangi biri olabilirdi. Bu tür insanlar yaptıklarına bahane bulmayı severler. Öldürmenin bir anlamı olduğuna inandırırlar hasta zihniyetlerini. Sen bunun sorumlusu değilsin."

Gözümden bir damla yaş aktı. Baş parmağıyla nazikçe sildi onu. Örtünün altından eli belime kaydı, beni kendine doğru iyice çekti. Kolunu başımın altından geçirdiğinde içgüdüsel olarak iyice yanaşıp başımı göğsüne yasladım.

"Ben hiç lunaparka gitmedim," diye mırıldandı kulağıma doğru. "Ama gitmeyi hep çok istedim."

Gözlerimi yavaş yavaş kapatıp iyice ona doğru sokuldum.

20. BÖLÜM: YUVARLAK MASA

Uzun zamandır ilk kez gerçekten uyuduğumu hissederek gözlerimi araladım. Dinlenmiş ve biraz olsun gevşemiş hissediyordum. Aklımda kalan onca şeye rağmen. Uyanır uyanmaz beni karşılayan şeyin Christopher'ın yüzü olmasını isterdim ama yatakta tek başımaydım. Yine de onun varlığını temsil eden o keskin koku buradaydı. Aşağıdan kıpırtılar geliyordu, hâlâ evde olduğu için mutlu hissettim ve yastığını kendime doğru çekerek bir süre de başımı onun üzerine bırakıp uyukladım. Söylediği son sözleri düşündükçe sersem gibi hissediyordum. Her zaman lunaparka gitmek istedim mi demişti o, daha yeni ona kendimi bir lunaparka benzettiğimi söyledikten sonra hem de...

Evet, Christopher. Bana gel...

"Aptal aptal gülümsemeyi bırak da kaldır kıçını," dedi. Gözlerimi açıp eşiğe baktım. Cam duvara yaslanmış domuz gibi bir ifadeyle bakıyordu.

"Çok istiyorsan gel de sen kaldır kıçımı."

Gözlerini benden popoma doğru kaydırdı. Örtüyü sıyırmış bir bacağımı onun yattığı tarafa doğru atmıştım. Ve kıçım tamamen açıktaydı. Gözlerini kısarak popoma bakmaya devam etti. Örtüyü üzerime çektim.

"Mahrem diye bir şey var."

"Evet," dedi. "Bunu biliyor olman beni şaşırttı."

"Sabah sabah yine günışığı gibisin." Gözlerimi devirdim.

"Bir şeyler hazırladım, kalk ye. Ben çıkıyorum."

"Dur bir dakika," diye doğruldum hemen. "Beni de bırak."

"Nereye gideceksin?"

"Okula gitmek istiyorum."

"Nasıl oluyor da her durumda bu kadar cüretkâr olabiliyorsun?"

Ayaklanıp yastığımı yine kolumun altına sıkıştırdım. "Ne demek istiyorsun?" Bir yandan yatağının örtüsünü düzeltmeye koyulduğumda o da diğer tarafa geçip örtünün diğer ucundan tutarak yardımcı oldu.

"Konu ne olursa olsun bodoslama dalıyorsun. Bu bir erkekle flört ederken de böyle, arkadaşlarınla vakit geçirirken de bir katille burun buruna geldiğinde de."

"Durursam ne değişecek ki? Denerim olursa olur olmazsa olmaz."

"Etkileyici ve bir o kadar kırıcı."

"Kırıcı olan da neymiş?" Kendi içinde düşüncelere dalmıştı. Bugün daha da tuhaftı. Her zaman tuhaftı ama bugün daha tuhaftı.

"Bir erkeğe asılıyorsun diyelim." Yastığını örtünün altından çıkarıp örtüyü iyice gererek milimetrik bir şekilde her yerin eşit olması için çekiştirip duruyordu.

"Eee," dedim gülümseyerek.

Bir erkek.

"Yani olursa olur olmazsa olmaz diye mi düşünüyorsun?"

"Başka bir seçenek mi var?" Tek kaşımı kaldırıp bu konuşmanın nereye varacağını merak etmeye koyuldum.

"Çabalamaya ne oldu?"

"Dedektif Romantik Wallace'a bakın siz. Yoksa duygularınızı mı incitiyorum?"

"İzin versem incitirdin." Yastığı yerine bırakıp bana döndü ve oldukça ciddi görünerek merdivenden inmek için harekete geçti.

"Ne?" diye bakakaldım arkasından. "Seni incitebileceğimi mi düşünüyorsun gerçekten?"

"Sizi Rogers," dedi huysuz huysuz ilk zamanlardaki gibi. "Sizi."

"Sizi incitebileceğimi mi düşünüyorsunuz Dedektif Bugün Daha da Tuhafsın Wallace?"

"Okula gitmek istiyorsan on dakikan var."

"Soruma cevap alamadım." Peşinden merdivenlerden inerken kendi yastığım hâlâ kucağımdaydı. Ona bir şeyleri dayatmak istemediğim için yastığı alıyordum. Bu ona *merak etme sürekli burada uyumak istemeyeceğim* garantimdi.

"Dokuz dakika elli saniyen kaldı."

"Beni bırakıp gidecek misin yani?"

"Evet. Dokuz dakika yirmi beş saniye."

"Orman yolundan tek başıma okula gitmeme mi izin vereceksin yani?" Elimde yastıkla karşısına geçip dik dik ona baktım.

"Vereceksiniz. Evet. Dokuz dakika üç saniye."

"Bugün gerçekten sinir bozucusun." Onu salonda bırakıp hızlı hızlı arka taraftaki odaya geçtim. Çantamdan siyah kadife şortumu çıkarıp hızlıca giyindim. Üzerine beyaz bir tişörtle kareli kalın gömleğimi giyindim. Çoraplarımı çabucak ayaklarıma geçirdim. Yüzümü yıkayıp dişlerimi fırçaladım. Saçlarımı elimle dağıtıp buklelerimin arasından parmaklarımla birkaç kez geçtim. Çantamı koluma atıp salona geçerken dudağıma nemlendiricimi sürmeye çalışıyordum.

"Hazırım."

"Al." Güzelce paketlenmiş muhtemelen bir sandviçi bana doğru uzattı. "Şunu iç." Ve bir portakal suyunu tezgâhta bana doğru itti.

"Ben portakal suyu sevmem."

"İç."

Gözlerimi kısıp burnumu kırıştırarak da olsa portakal suyunu yarısına kadar bir kerede içmeyi başardım. "Bu kadar yeter."

"Böyle mi gideceksin?" diye sordu baştan aşağı beni süzerek.

"Ne var?" Ben de onun ne giydiğine baktım. Siyah üzerine oturan bir pantolon, gri bir tişört ve her zamanki gibi kollarından ve göğsünden onu sarmalayan silah kılıfı.

"Hava buz gibi." Bariz bir şeymiş gibi çenesiyle dışarıyı işaret etti.

"Üşümem ben," dedim sonra elimle onu gösterdim. "Hem sen kendine bak." Üzerinde bir tişört vardı yani.

"Tamam, yürü hadi." Tezgâhın üzerinden mat lacivert renk olan kahve termosunu ve telefonunu kaptı.

"Ne oldu sana, kötü bir haber mi aldın, yeni bir şey mi oldu?"

"Her zamanki halim."

"Tabii," dedim sinirle peşinden yürürken. Kapıyı peşimizden kapattı. Arabaya bindim, ben sigara yakarken o her zaman yaptığı gibi etrafı kolaçan ediyordu. "Bugün ne yapacaksınız Dedektif Wallace?" diye sordum.

"Niye soruyorsun?"

"Merak etmem yasak mı?"

"Merak etmene gerek yok."

"Ama ediyorum."

"Neden?"

"Sadece merak ediyorum Christopher," dedim biraz yüksek sesle. Tersliği bana da bulaşmıştı. Bacak bacak üzerine atıp dirseğimi dizime yaslayarak sigaranın dumanını üfledim.

"Birkaç kişiyle görüşeceğim. Seni okuldan kaçta alayım?" Toprak yoldan yukarıya çıkarken hızı ayarlayamadığı için araba sarsıldı ve sigaranın külü koltuğa döküldü. Döşemeyi yakmaması için elimle silkelerken neredeyse gözüme geliyordu.

"Beni bırakacak birilerini bulurum," diye terslendim.

"Hayır, ben alacağım. Kaçta alayım?"

"Bilmiyorum."

"Telefonunu yanına aldın mı?"

"Hayır, o sapıktan yeni bir mesaj görmek istemiyorum."

"Benimle nasıl haberleşmeyi düşünüyorsun?" Dönüp bana bakarken yüzünde ciddi ama küçümseyici bir ifade vardı.

Ben de aynı şekilde ama yapay bir gülümsemeyle ona baktım. "Birinden arayabilirim."

"Telefon numaramı yaz bir yere."

"Gerek yok, ezberledim."

Durup bana baktı. Ve büyük bir pot kırdığımı fark ettim.

"İyi yapmışsın." Sesi yumuşadı. "Bir şey olursa mutlaka bana haber ver."

"Tamam."

Beklenmedik bir gerilimin ağırlığını hissediyordum. O da tüm olanlar yüzünden fazlasıyla yorulmuştu. Aylardır bir hiçin peşinde, hayalet avında gibi o katili arıyordu. Birçok kişinin ölümünden tüm teşkilat kendini sorumlu tutuyordu. Tüm bunlar yetmezmiş gibi ben de başına kalmıştım. Geri zekalının teki olduğum için en ufak ilgisini belki nezaketen gösterdiği anlayışını yanlış anlamaya meyilliydim. Onunla ilgili hayaller kurmaya bir son verip katili bulmaya odaklanmalıydım. Başka hiçbir şey düşünmemeliydim. Ne olacaksa ya da olmayacaksa tüm bunlar sona erdiğinde belli olacaktı.

"Bıraktığınız için teşekkür ederim Dedektif Wallace," dedim.

"Dikkatli ol."

Başımı sallayarak arabadan indim. Okulun otoparkındaydım. Arabayı çalıştırıp gidişini izledim sonra etrafıma bakabildim ve kalbim son zamanlarda çok tanıdık olan o çarpıntıyla yorulmaya başladı. Nabzım hızlanmış yine nefes alabilmek zorlaşmıştı. Her şey bu otoparkta bugünün aksine yağmurlu bir günde meydana gelmişti. Dylan'a burada bağırmıştım. Chris'in arabasına burada binmiştim. Sonra tüm hayatımı tepetaklak eden olaylar yaşanmıştı. Eskiden bu okulun en popüler kızlarından biriydim, herkesin konuşmak istediği, merhaba dediğim herkesin durup başka bir şey söyleyecek miyim diye beklediği... Yavaş yavaş popülerlik savaşında yok olmaya başlamıştım. Önce arkadaşlarım tarafından yalnız bırakılmış sonra ihanetler ve yalanlar bir bir yüzüme çarpmıştı. O çok havalı kızdan zavallı kıza öyle hızlı dönüşmüştüm ki dünyadaki varlığımı bile sorgulamam gerekmişti. En iyi anlarım olduğunu o çok beter gecelerde bilmiyordum. Şimdi ise zavallıdan daha kötü haldeydim. Hâlâ bir şüpheliydim ve şüpheyle ilgili bildiğim yegâne şey insanların kolay atlatamadığıydı. Şüphe zehri bir kere kanınıza girdiğinde yavaş yavaş sizi ele geçirirdi ve çıkması neredeyse imkansızdı.

“Ansel, bu sen misin?”

Çantama sıkı sıkı tutunup sese doğru döndüm. İsmimi ne zaman duysam geriliyordum artık. Ama şaşkın bakışlarıyla beni karşılayan motosikletinden inen Ivan oldu. Onu en son ne zaman gördüğümü bile hatırlamıyordum.

“Merhaba,” dedim çekingen bir tavırla.

Güzel bir gülümsemeyle yanıma gelip “Selam güzellik,” diye yanağımdan nazikçe öptü. Nefes verdim. Hazırlandığım tepki bu değildi ama rahatladığımı itiraf etmek zorundaydım. “Nasılsın, başına gelen onca şeyden sonra?”

“İyi olmaya çalışıyorum.” Belli belirsiz gülümsedim. “Sen nasılsın?”

“Yokluğun beni kahretti.” Muzırca sırıttı. “Seni burada görmeyi çok özledim.” Üzerindeki deri ceketin yakalarını düzeltip ellerini saçlarının arasından geçirdi.

“Teşekkürler, çok naziksin.”

“Saat çok erken, idareye falan mı geldin?”

“Sadece okulda olmak istedim,” diye yalan söyledim. Buraya gelmek istemiştim çünkü herkesin gözlerine bakmak istiyordum. Bütün gün bir yerde durup kilisede hayal meyal hatırladığım o kişiyi bulmak istiyordum.

“Antrenman yapmak için gelmiştim, benimle gelmek ister misin?”

“Kafeteryaya geçsem daha iyi olur.” O yöne doğru baktım ama çok da hevesli değildim.

“Saat sabahın 08.00’i,” dedi. “Orada senin aradığın kimse yoktur. Gel benimle kızları arayıp nerede olduklarını öğreniriz.”

"Pekâlâ," dedim. Söylediği mantıklı gelmişti. Maddie ve Kylie'yi arayıp olan biteni anlatmak ve aramızı eskisi gibi yapmak istiyordum. Yeni gelişmeleri de öğrenmek ve bildiklerimi onlarla paylaşmak istiyordum. Birlikte spor salonuna doğru yürümeye koyulduk. Haberleşmek bu günlerde çok önemliydi. Ve Maddie'nin bana ulaşmak için çıldırdığına emindim. Kylie aralarının hâlâ bozuk olduğunu söylemişti bunu da hemen düzeltmemiz gerekiyordu. Sadece birkaç ay önce biri gelip bu olanları anlatsa üçümüz de gülüp geçer ihtimal bile vermezdik. Şimdi hepimiz bir köşeye savrulmuştuk.

"Dylan kasabadan gitmiş," dedi. "Doğru mu?"

"Öyle duydum." Bazı haberler çok hızlı yayılıyordu. İnsanlar onları ilgilendirmeyen şeyler söz konusu olduğunda hep öğrenmeye hevesliydi.

"Bu siz yeniden ayrıldınız anlamına mı geliyor?"

"Biz yeniden birlikte değildik," dedim rahatsız olmuş bir şekilde. Ivan hiçbir zaman zeki biri olmamıştı ama onca şeyden sonra cidden soracağı ya da konuşmak isteyeceği şey bu muydu… Daha okula yeni gelmiştim ama şimdiden çıkıp ormanın içindeki sığınağıma dönmek ve Christopher'ı beklemek istiyordum.

"Ona kalırsa siz hep birlikteymişsiniz." Küçümsercesine güldü.

Vücuduma binlerce iğne saplanmasına benziyordu Dylan'ı düşünmek. Acının hangi noktada olduğunu anlamak imkansızdı. O kadar çok acı vardı ki birini durdursam diğeri beni kanında boğacaktı. Biz her zaman birlikteydik ve birbirine kördüğümle bağlı bir yanımız daima birlikte kalacaktı ama bir daha asla bir araya gelmeyecektik. Belki başka bir hayatta, bambaşka bir kasabada... Belki o zaman bile yine birbirimizi terk edecektik.

"İnsanlar konuşmayı çok seviyor," diye geçiştirmeye çalıştım.

"Buna memnun oldum," dedi. "Onun yanında senin ruhun çekiliyordu." Neredeyse boğulmuştum.

İnsanların Dylan ve benim hakkımda konuşmasını istemiyordum. Onun hakkında böyle kötü ithamlarda bulunmalarını istemiyordum. Bizi kurcalamalarını istemiyordum. Anlamayacakları şeylere burunlarını sokmalarını ve sanki çok biliyormuş gibi davranmalarını istemiyordum. Hayatınıza bazen bir insan girer ve o insanın ne olursa olsun hiçbir zaman bitmeyeceğini bilirsiniz. Bu geçecek bir şey değildir. Derideki bir yara gibidir. İyileştiğini sanabilirsiniz. Hiç iz kalmayabilir ama bazı zamanlar, durup dururken ve her şey yolundayken oranızın ağrıdığını hissedersiniz. Havalar çok soğuduğunda belki. Hatırlarsınız sonra. Nasıl hissettirdiğini. O kadar büyük ve yoğun bir şey hissettiğinizde bu bir gün sona ermez. Başkalarını sevseniz bile, başkaları ile çok mutlu olsanız bile ya da onunla olmak istemeseniz bile. Sadece geçmez işte. Bir kere bulaşmıştır. Bir yanınız onunla olan kötü anların çok farklı olabileceğini fark eder. Başka birisi gelir ve onunla kötü olan her şeyin iyi versiyonunu gösterir. Evet, dersiniz, yanlış olan oydu çünkü öyle olmasına, kötü olmasına gerek yoktu, başka bir seçenek vardı. Bambaşka bir yanınız da mutlu olduğunuz anlarda sadece bir saniye için düşünür, onunla bu anı yaşayabilir miydik, ya şimdi burada o olsaydı, bu anı onunla paylaşsaydım diye... O kadar hızlı olur ki artık bunu ezberden yaptığınızı anlardınız. Çünkü o kadar büyük bir yara iyileşmez. Sadece, bazen nerede olduğunu unutursunuz.

"Sen neler yapıyorsun," diye konuyu değiştirdim. "Takım ne durumda?"

"Kasabada artık her şey keyifsiz."

Spor salonundan içeriye girdik. Kıyafetleri üzerinde olduğu için doğrudan antrenman alanına gelmiştik. Spor çantasını oturakların olduğu kenara bıraktı. İçeride bizden başka kimse yoktu.

"Benimle ısınmak ister misin?" diye sordu.

"Hayır," dedim. "Diğerleri nerede?"

"Birazdan gelirler." Basketbol topunu kapıp birkaç kez sektirdi. "Gergin görünüyorsun."

"İnsanların tepkilerinden çekiniyorum," diye itiraf ettim.

"Saçmalama," dedi topu sahaya doğru fırlatarak yanıma geldi. "Herkes senin katil olmadığını biliyor."

"Böyle mi düşünüyorsun?"

"Elbette." Saçımın birkaç tutamını yüzümden çekerken yanağımı okşadı. Diğer elinin parmağıyla çenemi ona bakabilmem için kaldırdı, yavaş yavaş yüzüme doğru eğildi. "Seni çok özledim," dedi. "Eki günlerimizi..." Dudakları çeneme dokununca onu uzaklaştırmak için ellerimi göğsüne bastırdım. "Buraya gelip bana tezahürat yaptığın günler, o günlere geri dönmek istiyorum Ans..." Yeniden yüzüme doğru eğildi.

"Ivan," dedim. "Geri çekil lütfen."

"Hadi ama Ansel, eskiden bunu çok sık yapardık."

"Sadece birkaç kez." Kaşlarımı kaldırarak onu uyardım.

"Benimle olursan kimsenin sana yaklaşmasına izin vermem."

"Ivan, kes şunu." Biraz daha sertçe ittim. Elini belime koyup beni kendine çekmeye çalıştı. Rahatsız olduğumun farkında değildi.

"Artık o popüler kız değilsin," dedi burnunu yanağıma sürterek. "Benimle olmak bunu değiştirir biliyorsun."

"Buna gerek yok."

"Nazlanma Ansel," dedi kaşlarını çatıp. "Seni yeterince bekledim. Herkes gitti ama ben hâlâ seni istiyorum."

"Yeter!" Bu defa tüm gücümle ittim. Birkaç adım geri çekildi. "Neyden bahsediyorsun sen?"

"İnsanların söylediklerini duydum," dedi. "Birilerini yaralamaktan hoşlanıyorsan beni de kesebilirsin." Rahatsız edici bir şekilde güldü. Gözleri sanki onları görebiliyormuş gibi yaralarımda dolaştı.

"Bu da ne demek?" Kalbim aniden hızlanmaya başlamıştı. Neyi ima ettiğini düşünmek paniklememe neden oldu. Ayaklarıma ya da bütün vücuduma kramp girdiğini sandım. Böyle bir şeyi kim söylerdi…

"Chris ile sevişirken mi onu bıçakladın?"

"Onu ben öldürmedim!"

"Bıçak elinde bulunmuş." Dilini dudaklarında gezdirip neyi inkâr ediyorsun dercesine güldü.

"Tanrı aşkına, madem buna inanıyorsun gelip nasıl beni öpmeye çalışırsın!"

"Benim için hâlâ oldukça eğlencelisin."

"Geri zekalı!" diye bağırdım. "Uzak dur benden. Bir daha sakın benimle konuşma."

"Konuşmak zorunda değiliz."

"İğrençsin," dedim kenara bıraktığım çantamı alırken. "Midemi bulandırıyorsun." Oradan nasıl çıkacağımı şaşırdım. Ben giderken Matthew ve birkaç kişi içeriye giriyordu. Beni görünce hepsi bir anlığına durdu ve alışkın olduğum şekilde değil, ne yapacaklarını bilmez şekilde bakmaya başladılar. Aptal Matthew bile çekingen bir tavır almıştı. Buna gerçekten inanamıyordum. Yan dönerek dar bıraktıkları duvar kenarından geçtim. Koridora çıkarken arkamdan fısıldaşmalarını duyabiliyordum. Artık böyle mi olacaktı?

Nefes alabilmek için yeniden otoparka döndüm. Birkaç araba daha gelmişti ama hâlâ boş sayılırdı. Elimin tersiyle o aptalın değdiği her yeri silmeye çalıştım. Onun için üzülecek değildim ama fena halde sinirlerim bozulmuştu. Bu kadar kolay biri olarak görülmek sinirimi tepeme çıkarmıştı. Aklı neredeydi bunun!

Sakin ol Ansel, sakin ol... Bunlara hazırlıklı olmalısın. Ne için buraya geldiğini unutma. Onu bulursan buna son verebilirsin. Bütün bu saçmalıklardan kurtulabilirsin. Ağzım kurumuştu. İnsanların en sık geldiği yere kafeteryaya gidip içeriye giren herkesin gözlerine ve koluna bakmaya kararlıydım. Saçlarımı düzelttim, şortumu ve omzuma düşen gömleğin yakasını düzelttim. Her zaman nasıl yürüyorsam öyle yürümek istedim ama omuzlarım düşmüş, adımlarım çekingen kalmıştı.

"Daha önce bunu binlerce kez yaptın," diye sesli bir şekilde kendime mırıldandım. Çok basit, her şey sadece nasıl göründüğünle ilgili. İyi görünürsen insanlar iyi olduğunu düşünür. Üzerine bir yara bandı yapıştır ve ne kadar acıdığını belli etme.

Çantamdan kırmızı rujumu çıkarıp pudramın küçük aynasından destek alarak güzelce dudağımı boyadım.

"Daha iyi."

Yüzüme biraz pudra geçip hava kapalı olsa da güneş gözlüğümü taktım. İnsanlarla arama belli bir mesafe koymak istiyordum ve doğrudan onlarla göz göze gelmemek işime yarardı. Özellikle bugün herkese dik dik bakmak için burada olduğum düşünüldüğünde mantıklı bir hareketti. Yürümeye başladım, omuzlarımı dikleştirdim ve acele etmedim. Hızlı yürümek insanı tedirgin ve kaygılı gösteriyordu. Aheste aheste içeriye girerek bana dönen yüzlere gülümsedim. Her zaman yaptığım gibi bir kahve ve tost siparişi verdim. Fısıldaşmalarını duymadım. Ne diyorlar diye dikkat kesilmedim. İçeride çalan müziğe ayağımla hafifçe ritim tutup siparişlerimi teslim aldım. Elimde tepsiyle topuklarımın üzerinde döndüm ve etrafa göz attım. Masaların çoğu doluydu. Bizim daima oturduğumuz masa da dolu olanlardan biriydi. Zorbalığı sevmiyordum, Maddie ve Kylie o masayı üniversiteye başladığımız ilk gün seçmişti. İnsanlar üzerinde kontrol sahibi olmanın bir yolu olduğu konusunda hemfikirdi ikisi de. Biz Henry ile durmuş bir kenarda onların haline gülüyorduk. Şimdi ise o masaya baktığımda ne kadar haklı olduklarını görüyordum. İnsanlar güç uygulanmasını seviyordu. Bu zamana kadar bizim dışımızda kimse o masaya oturmamıştı. Bizden korktukları için değildi, böyle olduğunu sanmıyordum. Bizimle aralarını bozmamak içindi. Şimdiyse bizim aramız bozulmuştu ve herkes bunu canlı yayın gibi naklen izlemişti.

Kendimden emin adımlarla masaya doğru yürüdüm. Kızların başı bana doğru döndü. Yanlarında iki tane daha önce görüp görmediğimi hatırlamadığım çocuk oturuyordu. Kendi hallerinde ve doğal görünüyorlardı. Benimle alay edecekler ya da bize meydan okuyacak birileri gibi değil. Ama yine de bizim masamızda oturuyorlardı.

"Bu masa dolu," dedim en tatlı gülümsememle. "Başka bir masaya geçer misiniz lütfen?"

"Biz otururken boştu," dedi kararsız şekilde birisi.

"Sen yeni geldin," diye ekledi diğeri.

"Bu masa her zaman doludur," dedim gülümsememi hiç bozmadan. "Bunu herkes bilir."

"Neden?"

"Başka boş masalar da var." Elimle diğer masaları işaret ettim. Tepsiyi sol kolumla karnıma destekleyerek tuttum. Ağırlığımı bir bacağıma vermiş rahat görüntümü korumaya devam ediyordum.

"O halde onlardan birine otur," dedi çocuklardan biri. "Burada bir şey üzerinde çalışıyoruz."

Önlerinde duran kitaplara ve defterlere baktım. Kalemle bir şeylerin altını çiziyor ve notlar alıyorlardı. Yaptığım şey birden çok saçma geldi. İnsanları rahatsız ediyordum, bir masa için. Ama yine de yapmaya devam ettim.

"Bunu sabaha kadar tartışabiliriz çünkü ben bir şey üzerinde çalışmıyorum," dedim. "Masadan kalkıp çalışmanıza devam edebilirsiniz."

"Deli galiba," dedi biri.

"Biraz kaçıktır ama deli değil, masa bizim için önemli. Hem bakın nasıl kibar soruyor arkadaşım." Kolunu omzuma attı. Ona hiç bakmadan bile Maddie'nin geldiğini anlamıştım. Birden gerçek bir rahatlama hissettim. Sesinde hiçbir pürüz yoktu, söylediği, istediği şeyden emindi. Ne yaptığını biliyordu. Ve asla geri adım atmazdı.

"Kalkalım," dedi kızlardan biri Maddie'yi işaret ederek. "O rektörün kızı."

"O halde daha kibar davranması gerektiğini biliyor olmalı," dedi çocuklardan biri.

"Zaten çok kibar değil miyim?" Maddie kolunu omzumdan çekip avuçlarını masanın üzerine bastırdı. "Sadece lütfen başka bir masaya geçin." Kirpiklerinin altından ona gülümsedi. Mavi tişörtlü çocuk o bakışların karşısında dudaklarını kıvırdı. Karşı koyması zor şeyler vardır. Maddie'nin bir ceylanınkileri anımsatan masum gözleri gibi.

"Lisede misiniz?" diye sordu diğer çocuk. "Benim masam olayları çok banal değil mi?"

"Ama benim masam," dedi Maddie ona da aynı tatlılıkla. Benim gibi rol yaptığını zannetmiyordum. Maddie böyleydi. İnsanları tatlı tatlı ikna ederdi. Kylie burada olsa muhtemelen çoktan masadan kalkmış olurlardı. Ürkütücü bir soğukluğa sahipti, ses tonu doğrudan bir emir kipi çağrışımı yapıyordu. İnsanlar onunla bir tartışmaya girmezdi.

"Tamam, bana numaranı verirsen masadan kalkarım." Mavi tişörtlü çocuk kollarını göğsünde kavuşturarak sandalyesine yaslandı. Yüzünde daha büyük bir gülümseme meydana gelmişti.

"Masadan kalkıp sonra numaramı istersen veririm," dedi Maddie. Bundan sakınmasına gerek yoktu. Çocuk şaşırdı ama sonra diğeri "Kalkın hadi," dedi. "Sabah sabah bunlarla uğraşamam." Kızlar defterleri ve kitapları toplayıp daha uzakta olan bir masaya taşımaya koyuldular.

"Size yardım edeyim," dedim tepsimi masaya bırakıp kalan eşyalarına uzanırken.

"Gerek yok," dedi kız.

"Peki, teşekkür ederim. Çok naziksiniz."

Hepsi bana inanamıyormuş gibi bakıyordu. Ve yarı alayla. Ve yarı aptal mısın der gibi. Birçoğunda haklılardı. Ama bu masaya ihtiyacımız vardı. Yeniden bir şeyleri toplamak için bu masaya sahip olmalıydık. Düzelebilmek için, biz olabilmek için. Bu bizim kendi yuvarlak masamızdı. Herkesin eşit olduğu. Birilerinin arası bozulursa bu masa onları birleştirirdi. Bu masaya oturduğumuz sürece affediciydik. Sadece bir masa olsa da bizi bir ara da tutabiliyorsa belki de o kadar da basit değildir.

"Son birkaç haftadır hiçbir şey beni bu an kadar mutlu etmemişti," dedi Maddie sandalyeye kurulup dirseklerini masanın üzerine yasladığında. Üzerinde turuncu kısa tek omuz askısı olan bir crop ve beyaz şortu vardı. Saçlarına her zaman olduğu gibi kalın bukleler yapmıştı. Renkli makyajını yapacak kadar iyi durumdaydı.

Maddie ne olursa olsun sabah kendini dolabının önünde bulup ne giyeceğini düşünürdü. Ve onun her şeyden sıyrılabildiği bir ana sahip olduğu bu yönünü ara sıra kıskanırdım.

"Seni burada görmeyi hiç beklemiyordum ama çok mutlu oldum." Uzanıp elimi tuttu. "Daha iyi misin?"

"Keşke Mads," diye mırıldandım.

"Sana anlatacağım çok şey var!" Heyecanla bana doğru eğildi. "Dylan'ın gittiğini duydun mu?"

"Ivan biraz önce spor salonunda beni sıkıştırdı, resmen zorla öpmeye çalıştı."

"Ne?"

"Evet," dedim imayla kaşlarımı kaldırarak. "Popüleritemi kaybetmişim ve onunla olarak geri kazanabilirmişim." Midem bulanmışçasına yüzümü astım ki bulanmıştı da. Bu kadar küçüldüğüne inanamıyordum.

"Böyle mi söyledi?" Maddie kalkıp onu dövecekmiş gibi sandalyenin ucuna doğru kıpırdandı.

"Bir de katil olduğum imasını yaptı ama ona rağmen benimle eğlenmek istiyormuş."

"Ivan daha önce de aptalca davranmıştı ama hiç bu kadar aptalca davranmamıştı. Gerzek. Onu gördüğüm yerde öldüreceğim."

"Boş ver," dedim.

"Ashley'den bir şeyler duydum." Sandalyesini biraz daha yaklaşmak için kaydırdı. "Katilin fotoğrafları mı bulundu?"

"Evet." Kahvemden bir yudum içip tostu ısırdım. "Ama belirgin değiller. Yine de artık elimizde daha çok şey var."

"Senin neyin var? Bu iyi bir şey değil mi?"

"Birkaç şey oldu." Ona anlatmak istiyordum ama rahat değildim. Nasıl tepki vereceğini bilmiyordum. Maddie genelde iyimser biriydi ama bazı durumlarla başa çıkamıyordu ve o anlarda neye nasıl tepki vereceği belli olmuyordu.

"Ansel, ben senin tarafındayım. Bu daima böyle olacak." Bacak bacak üzerine atıp tostumdan bir parça kopardı. "Bak, bazı şeyler yaşandığını ve aramızın bozulduğunu biliyorum ama bunların hepsi yanlış anlaşılmaydı. Seni seviyorum. Kylie aptalını da seviyorum. Siz her zaman benim ailem olacaksınız."

"Kylie benimle konuşmaya geldi ve bazı şeyler için özür diledi." Konuya nereden gireceğimi bilmiyordum bu yüzden bodoslama davrandım.

"Ne?" Küçük bir çığlık atınca insanlar bize döndü. Hiç dikkat çekmek istemediğimiz ve tamamıyla normal görünmek istediğimiz şu günlerde Maddie ile konuşmaya bu yüzden çekiniyordum. Kız hiçbir şey yapmasa da bütün gözleri üzerine çekmeyi başarıyordu.

"Şş," dedim. "Aslında doğrudan benimle konuşmaya gelmedi. Tanrım! Neyi anlatacağımı bile bilmiyorum. Tamam, dinle. Seninle kahvecide karşılaştığımız günü hatırlıyor musun?" Dikkat çekmemek için her zamanki ses tonumu kullanıyordum ama yakın masalarda oturanları fark edince mecburen fısıldamaya başladım. "Buradan gidelim," diye bir öneride bulundum sonunda. "Çok fazla insan var."

Maddie insanları yeni fark etmiş gibi kaşlarını çatıp etrafına baktı. Söyleyeceklerimi pür dikkat bir merakla bekliyordu ama beni ikiletmedi.

"Bahçede kimse yoktur," dedi. "Gidelim."

Eşyalarımızı toplarken benim aksime acele etmiyordu. Tosttan bir parça daha koparıp ağzına attı, peçeteyle dudaklarının kenarını silip bize doğru bakan birkaç kişiye gülümsedi. El salladı ve nasıl olduklarını sordu. Kimse ona garip davranmadı, herkes hevesle ona hatırını sorup yola devam etti. Maddie tişörtünün askısını düzelttikten sonra çantasını kolundan geçirip dirseğine yasladı. Yanıma geldi, koluma girdi ve sanki çok komik bir şeyden bahsediyormuşuz gibi kafeteryadan çıkarken güldü. Size söyledim, bu konuda benden daha iyiler. Her zaman öyle oldular.

Otoparktan geçerken tuttuğu nefesini yorgunca verdi. "Anlat," dedi. "Meraktan öleceğim."

"Sen beni eve bıraktıktan sonra biraz oyalandım sonra uyudum. Gece çok tuhaf bir hisle uyandım. Hani biri seni izliyormuş gibi hissedersin ya, öyleydi. Sonra arkamda, dibimde birinin yattığını fark ettim."

"Lütfen bana o kişinin Dylan olduğunu ya da Dedektif Seksi olduğunu ya da boş ver Ivan geri zekalısı olduğunu söyle." Gözleri korkuyla irileşti.

"Keşke!" dedim. "Ona dönüp bakamadım. Benimle konuşmaya başladı. Bir nevi özür diliyor ve yapılanların hesabını soracağını söylüyordu. Korkunçtu Mads!"

Kolumdan çıkıp bir iki adım öne doğru yürüdü. Ellerini boşlukta sallıyor ve "Aman Tanrım!" diye sayıklıyordu. Ağzı yarı açık kalmıştı. "Tüylerim diken diken oldu," dedi kollarını bana doğru uzatarak. "Hem de lazer epilasyona bir ton para döküp onca acıyı çekmeme rağmen."

Kontrolsüz bir şekilde güldüm. Sadece Maddie böyle bir anda böyle şeyler düşünebilirdi.

"İşte şimdi senden korktum," dedi. Bir an panikleyecek gibi oldum. "Böyle bir şey yaşayıp hâlâ nasıl böyle dışarıya çıkabilirsin? Ansel sana gerçekten çok imreniyorum. O havuz meselesini hâlâ aşamadım. O günden beri havuz katına gitmiyorum bile. İnanılır gibi değil. Akıl almaz. Korkunç bir çılgınlık bu. Ne demek uyandım ve katil arkamda yatıyordu ve benimle konuşuyordu. Gerçekten delirmeme ramak kaldı."

"Sakinleş," dedim ellerimle durmasını işaret edip. Oradan oraya yürüyor ve hararetle sayıklıyordu. "Bana evimin önünde bekleyen birinden bahsetti."

"Daha bitmedi mi?" Gözleri yuvalarından çıkacakmış gibi açıldı.

"Nasıl yaptım bilmiyorum ama yataktan kalkmayı başardım, aşağı indim ve kapıyı açtım." Kendimi koruma içgüdüsüyle kollarımı sıvazladım. "Dylan oradaydı."

"Ona söyleseydin ve katilin icabına baksaydı."

Saçmalama dercesine ona baktım.

"Bakma öyle, Dylan bence onun üstesinden gelebilirdi."

"Sonra hayatı mahvolurdu. Bir katili öldürdüğü için." Düşüncesi bile benim için rahatsız ediciydi.

"Sence öldürür müydü?"

Belli belirsiz gülümsedim.

"Ne yaptın peki?"

"Ona hayatımdan çıkmasını söyledim, tamamen çıkmasını istediğimi."

"Bu yüzden mi gitti?" Elini açık kalan ağzına bastırdı. Gözleri etrafta dolaşıyor ve bu bilgiyle ne yapacağını bilmiyor gibi görünüyordu.

Üzgünce başımı salladım.

"Ans, bunu halledebileceğin birçok seçeneğin varmış." Yanıma gelip kollarımdan tuttu. "Katilden bahsetmek istemediysen sadece evden çıkıp onunla bir kafeye falan gidebilirdin. Bunu neden yaptın? O ilk gittiğinde ne kadar acı çektiğini biliyoruz."

"O döndüğü için başımıza gelenlere bak Mads," diye mırıldandım ama bir yanım müthiş bir suçluluk hissediyordu.

"Bunu ben de düşündüm ama yine de..."

"Burada kalsa kendi hayatını da mahvedecekti. Okulu orada ama o burada aylaklık ediyor. Nasıl geçindiğini bile bilmiyorum." Aklıma gelen birkaç ihtimal vardı ve onları düşünmek istemiyordum. Eskiden nasıl uyuşturucu bulduğunu hatırlamak bile canımı sıkmıştı. En büyük kavgalarımızdan birini onun uyuşturucu sattığını öğrendiğimde yapmıştık. Bunu yapmayı bırakması için onu ikna etmem gerekmişti.

"Hayır, aptallaşma bu senin suçun değil."

"Derste işlemiştik hatırlıyor musun, bazı maddeler bazı maddelerle bir araya geldiğinde tehlikeli olur. Tek başına zararı yokken karışım halinde ölümcül sonuçlar doğurur. Biz öyleyiz işte."

"Hidrojen peroksit ve sülfürik asit gibi." Alt dudağını sarkıttı. Bu iki maddeyi karıştırdığında patlayabilirdi. Tıpkı Dylan ve ben gibi.

"Sonra ne yaptın? Beni arasaydın hemen gelirdim."

"Dedektifi çağırdım yine eve gelip bir sürü işlem yaptılar. Gece kendi evine götürdü beni."

"Ansel Rogers…" dedi flörtöz sesiyle.

"Maddie üç saniye önce Dylan diyordun…"

"Buna sonra geleceğiz. Katil evdeydi, yine yakalayamadılar mı onu?"

"Hayır, ben onları çağırmadan gitmişti zaten. Ertesi gün dedektif iş için çıktığında zil çaldı, gelen kimdi tahmin et?"

"Yatağında katille uyanıyorsun ben artık tahmin yeteneğimi kaybettim!" Saçlarını omzundan geriye atarken başını salladı. Cevap vermek için yanımızdan geçen kızların gitmesini bekledim. Sonra koluna girip ters yöne doğru onu da beraberimde yürüttüm. "Kylie," dedim. "Dedektifi görmeye gelmiş."

"Dylan'dan sonra şimdi de dedektif mi?"

"Bağırma hemen!" Yavaşça kolunu sıktım. "Christopher ile daha önceden tanışıyorlarmış. Babaları arkadaşmış. Bize söylememiş çünkü Christopher öyle istemiş. Kim olduğunun bilinmesini istemiyormuş."

"Ne yani, bize söylese herkese ilan mı edecektik. Saçmalık."

"Ben anlıyorum aslında, Kylie'yi bilirsin. Özel alanı konusunda oldukça ciddidir."

"Ben artık onu bilmiyorum ve anlamıyorum."

"Neyse, birden bana sarıldı ki biliyorsun bu da Kylie'nin sık yaptığı bir şey değil. O çok sevgisini gösteren biri değil. Konuşmak istedi ben de içeri aldım. Dylan'dan etkilendiğini itiraf etti."

"Sana mı?! Şaka yapıyorsun!" Birisine durmasını işaret eder gibi elini havaya kaldırmıştı.

"Özür diledi, bence samimiydi. Gerçekten iyi görünmüyordu. Onu hiç bu kadar sarsılmış görmemiştim. Dahası da var. Bizimki dedektifle birlikte katilin izini sürüyormuş."

"Dur bir dakika..." Yeniden yürümeyi bıraktı. "Ansel bizden bu kadar çok şey saklamış olması korkunç."

"Ben de bizden birçok şey sakladım."

"Sen annenin özel hayatına saygı gösteriyordun ya da geçmişteki korkunç bir travmanı atlatmaya çalışıyordun. Bunlar aynı değil. Kendine yüklenmeyi kes. O hepimizi ilgilendiren şeyler konusunda düpedüz yalan söyledi." Oldukça ciddi ve sitemkardı. Kafasında kurduğu şeyler de haksız sayılmazdı ama bunu kişiselleştirdiğini düşündüm. Kylie olduğu sürece Maddie hep ikinciydi. Başarı oranında da popülaritede de öyle. Kylie istemediği için kendisinin kaptan olduğunu bile sanıyordu.

"Kendi bildiği şekilde halletmeye çalışıyormuş." Başka ne diyeceğimi bilmiyordum. Muhtemelen benim yerimde başkası olsa o da Kylie'ye daha kızgın olurdu ama ben onca şeyden sonra bunlara kafayı yormayı bırakmıştım ve bazı meselelerde onu daha iyi anlayabiliyordum. Yine de evet, en azından Ashley itiraf ettikten sonra bize ondan bahsedebilirdi.

"Her zamanki gibi!" diye bağırdı. "Her şeyin en doğrusunu bildiğini sanıyor. Tek kafası çalışanın o olduğunu düşünüyor. Hepimiz bir şeylerle boğuşuyorduk." Öyle öfkeliydi ki ve onun tarafından bakıldığında o kadar haklıydı ki Ophelia.hell hesabının da Kylie'ye ait olduğunu söyleyemedim. O hesaptan Maddie için de paylaşımlar yapılmıştı ve Maddie hepsinde çok kırılmıştı. Şu anda bunu kaldıramayacağını düşündüm.

"Fotoğrafları o bulmuş," dedim konuyu değiştirmek için. "Epey uğraşmış ama bir şeyler bulmuş. Kolunda dövmesi olan biri. Sonra ben bir şey hatırladım, kilisede Chris'in öldüğü gece..." Durup nefes almak için ikimize de izin verdim. "Bana çok şey içirmiş, gecenin çoğunda kendimde değildim. Ama o gece katil de oradaymış. Yanıma gelip benimle konuşmuş. Görüntüler net değil ama Matthew boylarında ve koyu kısa saçları, kapkara gözleri var. Okula bu yüzden geldim belki buradadır, belki insanlara bakarsam onu tanıyabilirim."

"Bu çok tehlikeli," dedi. "Bütün bunları düşünmek bile korkunç." Ellerini beline koyup nefes egzersizlerine başladı.

"En kötüsüne gelmedim." Yanağımın içini ısırıp gözlerimi kapattım. "O benim peşimde Mads, beni istiyor. Bana takıntılı. Bütün bunlar birisi bana kafayı taktığı için yaşanıyor."

"O halde seni korumalıyız," diye çıkıştı. "Tanrı aşkına Ansel! Burada ne yapıyorsun?"

"Benim içinmiş diyorum," dedim. "Bu seni rahatsız etmiyor mu?"

"Elbette ediyor. Daha çok tehlikedesin anlamına geliyor."

"Ama Maddie, bunlar benim için oldu. Benim yüzümden insanlar ölüyor."

"Aptallaşma," dedi kaşlarını çatıp. "Matthew'ın beni aldatması ne kadar benim suçumsa bu da o kadar senin suçun olabilir." Omzumdan tutup beni kendine doğru çekti. Kollarını boynumdan geçirip sıkı sıkı sarıldı. "Psikopatın teki hedef olarak seni seçmiş, öldüresi varmış Ansel sen sadece bahanesi olmuşsun. İnsanlar sevdikleri için çiçek alır, kahvaltı hazırlar, film izlerken sarılır, kötü gününde yanında olur. Birini sevdiğin için kimseye zarar vermezsin."

"Kendimi berbat hissediyorum," diye itiraf ettim.

"Hissediyor olman bile mucize. Hepimizin öyle. Bütün bunları yaşamak, bu olanlara maruz kalmak. Hepimizin iyi bir terapiye ihtiyacı olacak. Dilerim Christopher en kısa zamanda o manyağı bulup sonsuza kadar kodese atsın." Saçlarından gelen bebek şampuanı kokusunu içime çektim. Maddie her zaman böyle kokardı, bebek pudrası gibi. Bazen de çilek gibi. Bu koku sadece onunla böyle özdeşleşiyordu.

"Kylie geliyor," dedi hafifçe geriye çekilerek. Birden savunma pozisyonu aldı. Maddie tarzında. Saçlarını geriye doğru savurdu, başını hafifçe yana eğdi ve bir bacağını öne doğru uzattı. Ona gerçekten çok öfkeliydi.

"Dylan gitmiş!" Kylie aceleci adımlarla yanımıza vardığında söylediği ilk şey bu oldu. Gözleri kıpkırmızıydı. "Senin yüzünden mi?" diye soludu. "Yine senin yüzünden mi gitti?" Doğrudan bana bakıyor ve yakarıyordu.

"Şaka mı yapıyorsun," diye araya girdi Maddie. "Onca şeyden sonra bir de yüzsüzce gelip ona hesap mı soruyorsun?"

"Senin yüzünden mi Ansel?" dedi Kylie onu duymazdan gelip.

"Kylie," dedim sıkılmış bir şekilde.

"Neden?" dedi dudaklarını birbirine bastırıp. Bir şeyler daha söylemek istemiş ama söyleyememişti sanki.

"Onunla olmak istemediğimi söyledim o da gitmeyi seçti. Hep böyle oldu Kylie. Dylan ben varsam var, ben yoksam burada kalması için bir sebebi yok." Yara bandını hızlıca çek. Yüzleşmesi gerekiyordu. Onu yeterince alttan almıştım ama burada durup bana hesap sorabileceğini sanması çok saçmaydı.

"Ona gitmesini mi söyledin?"

"Gerçekten bunu yapmak istemiyorum." Elimi sallayıp yürümek için döndüm.

"Bana arkanı dönme Ansel!" Sesi çok kırgın geliyordu ve bu cümle birden beni oraya sabitledi. "Üzgün olduğumu söylemiştim. Üzgündüm. Bütün bunlar başımıza geldiği için üzgündüm."

"Öyle de olmalısın," dedi Maddie hiçbir şekilde alttan almayarak.

"Biliyor musun," diye fısıldadım ona doğru birkaç adım atıp. "Her zaman sana saygı duydum, bana hiç burnu büyük gibi gelmedin çünkü kendine duyduğun saygı, kendini seviyor oluşun hatta herkesten çok seviyor oluşun hayranlık vericiydi. Senin aksine ben kimsenin mükemmel olmadığını biliyordum ama sen mükemmele en yakın şeydin. Bir gün hata yapacağını hiç düşünmemiştim."

"Hata yapmadım."

"Yaptın," diye gülümsedim. "Benim aptal olduğumu sanmak yaptığın tek hataydı." Şaşırmış görünüyordu. "Sen insanlara neler yapmaları gerektiğini söylersin. Maddie her şeyden haberdar olmak ister bu yüzden onları dinler. Bense Kylie, insanları seyrederim. Çoğu zaman insanlar farkında bile olmadan. Kimse bakmıyor sandığı zaman insanların ne kadar çok şey anlattığını bilsen şaşardın. Bahse girerim onları hiç izlemedin çünkü insanlarda ilgiline çeken pek şeye rastlamazsın, onları o kadar önemli görmezsin."

Duyduklarının hoşnutsuzluğu ile omuzlarını dikleştirdi, kaşlarını çatmıştı.

"Yıllardır seni izliyorum. Kendinle yarışını, kendinle bitmek bilmeyen derdini, savaşını. Azmini her zaman takdir ettim ama her şeyi olan bir insan için fazla çalışkandın. Sürekli bir şeyleri kanıtlama mücadelesi veriyordun. O anda senin aslında kaybedecek ne çok şeyin olduğunu anladım. Kusursuz taklidi yapıyordun çünkü hata yapmaktan korkuyordun. Seveceğin kişiyi bulmak için testler uydurup duruyordun çünkü kendini ikna etmeye çalışıyordun. Hata yapma ihtimalini en aza indirgemek için uğraşıyordun. Ama kalp öyle işlemez. Bu yüzden en yanlış kişiyi seçti. Kalbin hata yaptı, o hatayı kapatmak için tüm benliğini ortaya koydun. Bahse girerim onun ne kadar yanlış biri olduğunu biliyorsun, evet, bunu çok iyi biliyorsun ama asıl duygusal kriz nedir biliyor musun, tüm bu bilince rağmen yanlışın kapısını çalmaktır. Sen yanlışı bu kasabaya çağırdın, ifade verirken benden ve Dylan'dan bahsettin, onların onun ifadesini almak isteyeceğini biliyordun. Her şeyi hesap ettiğini biliyorum. Kendine onun bir şüpheli olduğu yalanını söyledin. Oldukça inandırıcı bir yalandı. Gerçekten onun suçlu olduğunu da düşündün ve hatta peşine düştün, bu kalbini yanıltmanın başka bir yoluydu. Ama kötü bir haberim var Ky, kalbin sana bu yalanı uydurmadı sen bu yalana inanmak istedin. Dylan aradığın katil değil ama inan bana bir şeyleri öldürebilir."

Gözleri kısıldı bana bir yabancıya bakar gibi bakıyordu. Kendini topla yoksa ben toplayacağım der gibi. Duydukları onda başka bir şeyleri harekete geçirmişti. Meydan okuyordu.

"Karşıma geçip Dylan ile ilgili hesap soramazsın," dedim onun kadar dik durarak. "Sana fazla mı anlayış gösterdim? Dylan ile bir şansın olmadığını biliyorsun." Son cümleyi vurgulayarak keskin bir şekilde dile getirdim. "Neyi zorluyorsun, böylesi herkes için daha iyi."

Yeni bir gösteri daha.

"Sadece etrafımda olmasını istiyordum," dedi çantasını yere atarak. "Bunu anlamak neden bu kadar zor. Sadece burada olmasını istedim." Parmağıyla önünü işaret etti. "Tek yalnız olan sen değildin Ansel. O da yalnızdı. Orada kimsesi yok. Her şeyi bu kasabada. Tanıdığı, onu seven herkes bu kasabada!"

"Başının çaresine bakar."

"Senin baktığın gibi mi?" Kaşlarını kaldırdı.

Yarım yamalak güldüm. Bakışlarımı bulutlara çevirip dudaklarımı sıktım ve derin bir nefes aldım. "Evet, Kylie. Aslına bakarsan tam olarak öyle. Benim baktığım gibi. Benim hayatıma devam ettiğim gibi. Bu sayede hayatta kalabildiğim gibi. Orada burada devrilen bir sarhoştan fazlası olabildiğim gibi."

"Sen buna hayatta kalmak mı diyorsun?" dedi. "Sen sadece rol yapıyordun."

"Sen de rol yapıyordun, arkadaş olduğunuzu söyleyerek."

"O kadar insan içinden senin sevgilinden etkilendiğim için özür dilerim Ans," dedi yüzünü buruşturarak. "Çok özür dilerim. Özür dilerim ama bu benim elimde değildi. Sadece kahrolası kasabada kalmasına izin verseydin."

"Senin hayatını da mahvetmesi için mi?" diye patladım sonunda. "Aptal mısın, senden hiçbir zaman hoşlanmadı. Seni beni kıskandırmak için kullanıyordu. Kullanmaya devam ederdi. Seni etkilemeye devam ederdi. Sana kim olduğunu, nasıl biri olduğunu unuttururdu."

"Belki de nasıl biri olduğumu unutmaya ihtiyacım vardır," dedi daha sakince. "Kendin dışında kimin neye ihtiyacı olduğunu en son ne zaman düşündün Ansel?"

"Yanlış kalbe girmeye çalışıyorsun, bir mezara iki ceset sığmaz." Kaşlarımı çattım, buradan geri dönmeyecektim.

"Aslında teknik olarak sığar," dedi basit bir fizik formülüymüş gibi. "Ama senin aksine ben ölü değilim." Çantasını yerden aldı. Verecek iyi bir cevap aradım ama kırgın gözlerinde donup kalmıştım. Önce geri geri yürümeye başladı sonra dönüp daha hızlı adımlarla gitti.

Aslında ikimiz de aynı şeyi söylüyoruz Kylie, ben de seni hayatta tutmaya çalışıyorum.

"Aklını kaçırmış," dedi Maddie.

Hiçbir şeyi ve hiç kimseyi önemsemeyecek kadar dağılmış görünüyordu. Onu ilk kez böyle görüyordum. Daha önceki konuşmamızda bana aklı başında gelmişti ama belki de haklıydı, Kylie'yi gözümde fazla büyütmüştüm. Onun kolay teslim olmayacağını düşünmüştüm. Belki hırs yapmıştı ve sadece şımarıklık yapıyordu ama içimde bir şey öyle olmadığını söylüyordu. Onunla birlikte olmak değildi derdi, bunu istese de muhtemelen olmayacağını biliyordu, sadece etrafında olmasını istiyordu söylediği gibi. Berbat görünse de ona da iyilik yaptığımı bir gün anlayacaktı. Ve belki onu bir çeşit tutsaklıktan kurtardığım için teşekkür ederdi. Onun yanında oturabilirdi, onunla bir kitap hakkında konuşabilir ya da saçına dokunabilirdi. Ama Dylan beni onunla incitmezdi. Onunla oynardı ama bu bile benim seyretmem için olurdu.

"Kırılmış," diye fısıldadım. "Kylie'nin kalbi kırılmış."

"Sinirleri bozulmuş, hadi gidelim buradan." Başını iki yana sallayarak amfiye doğru yürümeye başladı. "Derse katılmayacak sanırım."

Onu takip ederken düşüncelerim allak bullak olmuştu. Hali iyi görünmüyordu. Söylediği şeyler kafamın içinde kendini tekrara aldı. *O da yalnız,* demişti. *Orada kimsesi yok. Sevdiği, tanıdığı herkes bu kasabada. Sadece kalmasına izin vermeliydin. En son ne zaman kendinden başkasını düşündün...*

"Sen sınıfa git," dedim. "Ben bir öğrenci işlerine uğrayacağım." Koridorun yol ayrımında parmağımla idare bölümünü işaret ettim.

"Gelmemi ister misin?"

"Gerek yok." Önemsiz dercesine elimi salladım. O koridordan amfiye doğru devam ederken ben üst kata giden merdivenlerden çıktım. Üst kattaki tuvaletler diğerlerine nazaran daha az kullanılıyordu. İçerisi tahmin ettiğim gibi boştu. Tek tek kabinleri kontrol edip bir tanesine girdim. Klozetin kapağını kapatıp üzerine oturdum ve nefes almaya çalıştım. Parmaklarım birbirini itiyordu sanki, gerilimle çantamı kurcalayıp daima orada olan metal törpümü çıkardım. Sol avucumun parmaklarını birkaç kez açıp kapattım. Avuç içimdeki çizgiyi takip ederek törpünün ucunu deriye batırdım. Dilimi dişlerimin arasına sıkıştırıp biraz daha baskı uyguladım. Kan yırtılan derinin arasından akarken içimden zehirli bir parça çıkıyormuş gibi rahatlamaya başlamıştım. Uzun zamandır bu kadar büyük bir kesiğe ihtiyacım olmamıştı. Boydan boya elimin içinde törpünün ucunu gezdirdim.

Onun da yalnız olduğunu biliyorum. Bunu en iyi ben biliyorum. Ama senin aksine Kylie onun bu kasabada daha da yalnızlaştığını da en iyi ben biliyorum. Bu kasaba onu sadece zehirliyor. Tüm kötü anları burada. Tüm terk edilmeleri. Kimsesizliği. Hoyratlığı. Yüzüne kapanan tüm kapılar. Dışarıda ise onun için bir şans var. Bu kasabada biz varız, tanıdığı ve sevdiğine inandığın insanlar ama bir insanı asıl yalnızlaştıran da bunlar. Orada yeni insanlarla tanışma ihtimali var. Kafasının içindeki hırslardan, oyunlardan kurtulma ümidi var.

Belki bir gün biri onun yaralarının etrafına bir samanyolu inşa eder. İçine kazınan kızdan uzak bir kasabada. Başka bir kız onu kazanır ve o zaman kaybettiği bir şey olmadığını anlar. Ona gerçekten gülümseyen ve onunla bisiklet sürmeyi seven bir kız. Dizleri kanadığında incinen bir kız. Onun yarasını iyileştirir ve nasıl büyük bir lütuf olduğunu anlar. Bazı kızların acı çekmekten hoşlanmadığını görmeli. Ya da ona yenik düşmediğini. Birini sadece günahına ortak olarak etkileyemezsin. Onu severken kanatmazsın. Üzgün olduğunda eline ucu keskin bir şey vermezsin. Sarılırsın ve geçer. İkimizin de öğrenmesi gereken şeyler var ama birbirimizden değil. Çünkü sen bir konuda haklıydın, bazen yanlış kişi biz oluruz.

Acıyı hissetmeye izin verdim. Bedenimin yine kendini iyileştirmek için çabalamasını istedim. İki ayrı kişiymişiz gibi aslında kendimden yardım dilendim. Tuvalet kabininden çıkıp elimi musluğun altına tuttum. Suyla birlikte biraz daha yandı yeni açılan yara. Kan bir süre lavabonun içinde çoğaldı. Biraz peçete alıp üzerine bastırdım. Sızısını daha kuvvetli hissetmek için biraz daha baskı uyguladım. Havası alınmış bir cam şişe gibi rahatlamıştı bedenim. Peçeteyi avucumun içinde sıktım, çantamı koluma taktım ve amfiye gittim.

Henüz ders başlamadığı için memnundum. Maddie'yi daima olduğu gibi ön sırada buldum ve onlarca bakışın altında yanına oturdum. Çantasını çekip herkese gülümsemeye devam etti. Bu defa Kylie yanımızda değildi. Gözüm onun oturduğu kenara kaydı, tabletini açıp her ders başladığında gözlüğünü takması ve bizden bir koltuk yana kayması hayalet gibi onun yerine oynadı. Yanımda sadece Christopher'ın iPad'i vardı ben de onu çıkarıp içeriye giren profesöre dikkat kesildim.

"İyi misin?" diye sordu Maddie.

"Evet.

"Kylie'yi takma ne dediğini bilmiyor."

Başımı salladım ama onun kadar keskin konuşamıyordum. İki yanlı canım sıkılıyordu. Kylie acı çektiği için ve Kylie Dylan yüzünden acı çektiği için. Bu berbat bir durumdu. Ona hem kızgındım hem de onun için üzülüyordum. Bir başkasının, bu kadar yakından tanıdığım birinin Dylan'a benzer hisler beslemesi bir kurşun kalemle tenimde bir delik açmaya benziyordu. Bu zor ve gereğinden daha acı verici olurdu ve hatta belki kalemin ucu derime saplanırdı. Bunun üstesinden geleceğine güveniyordum. Akıllıydı ama her insanın arada duraksama ihtiyacı olurdu. Kylie kendine nefes almak için çok yanlış bir durak seçmişti tek sorun buydu.

Blok dersti ve sandığımdan uzun sürdü. Açıkçası dersten hiçbir şey anlamamıştım. Düşünüp duruyor ve görünmez olmaya çalışıyordum. Dersin sonunda Maddie babasının ofisine gitti, o yokken kütüphaneye gittim ve insanların gözlerine baktım. Dışarıya çıkıp basketbol oynayan çocuklara özellikle kollarına baktım. Gelip geçen herkesi tıpkı onların da beni izlediği gibi izledim. Fısıltıların, göz kaçırmaların ve birbirilerine işaret etmelerin sonu gelmedi. Birkaç tanesi çekinmeden fotoğrafımı bile çekti.

Öğle arasında Maddie ile yemek yerken vaktimizin çoğunu kafeteryada geçirdik. Bir ara Matthew ve aptal arkadaşları geldi.

Matthew Maddie'ye bakmaktan çekinmiyordu ve Ivan aralarına katıldığında her şey daha da karışmak üzereydi. Bana yaptığını kolayca unutmuştum ama Maddie unutmamış ve ona birkaç şey söylemişti. Matthew bu durumdan rahatsızdı en azından Ivan onlara bir şey söylememişti ama artık söylemek zorundaydı.

Maddie telefonla hararetle konuşarak yanıma geldiğinde tuvalet kabininden çıkmış ellerimi yıkıyordum. Elimdeki taze yara kanamaya başlayınca Maddie'nin gözleri takıldı. Telefonu kapatıp "Eline ne oldu?" diye söylendi.

"Kapıyı açmaya çalışırken kestim."

"Sarılması gerekiyor Ansel."

"İyiyim ben, kiminle konuşuyordun?" Avucuma birkaç yaprak havlu kâğıdı sarıp aynada kendimi kontrol ettim.

"Ah," dedi birden heyecanla. Dikkati çok çabuk dağılıyordu. "Çabuk ol, çok işimiz var."

"Ne oluyor Maddie, birine bir şey mi oldu?" Çantamı koluma takarken içim çekildi.

"Hayır, dedektif aradı. Sana ulaşmaya çalışıyormuş."

"Ve?"

"Akşam bir etkinliğe katılacakmış, senin de onunla gitmeni istiyor. Yani seni yalnız bırakmak istemiyormuş." Dirseğiyle kaburgalarımı dürtüp imalı bir gülücük bahşetti bana.

"Ne etkinliği?" Yüzümü astım. "Hiç parti havamda değilim. Onu arayıp kendi başıma idare edebileceğimi söylerim. Henry ile takılırım."

"Olmaz," dedi. "Akşam Henry benimle olacak. Hem bu fırsatı kaçırmana ölsem izin vermem. Seni onun için özel bir etkinliğe davet etti. O adamla ilgili hiçbir şey bilmiyoruz. Bu çok büyük bir olay." Koluma girip tuvaletten çıkarken beni ikna etmeye çalışıyordu ve söyledikleri çok cazip geliyordu kulağa.

"Saçmalama, sadece ayak bağı oluyorum. Tanık koruma programı gibi bir şeydeyim." Ben de onu ikna etmeye çalışıyordum ama hiç gerçekçi gelmiyordu kulağa. Böyle söyleyince bana da saçma gelmişti. Düşününce bana değer verdiği çıkarımını yapabiliyordum ama söylediği gibi bu bir kurban ve güvenilecek liman olayına dönmüştü. İkimiz için de riskli bir noktadaydık.

"Ansel yürü hadi, seni hazırlamamız lazım."

"Maddie, gerçekten istemiyorum. Hiç havamda değilim. Nasıl bir etkinlik olduğunu bile bilmiyorum."

"Kokteyl gibi bir şeymiş ben de bu kadarını öğrenebildim. Dedektif seksi domuz asla detay vermiyor."

Bir an Maddie'nin onu sıkıştırdığını düşününce gülümsemeden edemedim. Bu ana şahit olmak isterdim. Christopher'ı kıvranırken ve söyleyecek bir şey ararken görmek kesinlikle beni eğlendirirdi.

"Henry neden akşam seninle, aranızda ne oluyor hem o neden beni görmeye gelmedi?"

"Dylan ile birlikte gitmişti. Bugün dönüyor." Christopher Dylan'ı havaalanına Henry'nin bıraktığını söylemişti, ona eşlik ettiğinden haberim yoktu. Onun var mıydı acaba? Önemsiz bir detaydı ama sadece merak etmiştim.

"Tek başına mı?" diye sordum rahatsızca.

"Evet, Dylan dönmüyor, kesin bilgi."

Bunu biliyor olsam da yine de kalbim hızlanmıştı işte. Bir daha bu kasabaya dönmeyeceğini biliyordum. Bir kapı kapandığında Dylan bir daha o adrese gitmezdi. Bu ben bile olsam. O gece aklıma geldikçe boğazım kuruyordu. Kapının önünde dakikalarca beklemişti. Hemen çekip gitmesi gerekiyordu çünkü kapıyı kapatmak kırmızı çizgiydi ama o açmam için çabalamış ve açılmayacağını anladığında bile bir süre orada beklemişti. Bu beni mahvediyordu ama bunun bir saplantı olması daha can yakıcıydı. Keşke sadece sevseydik birbirimizi.

"Ve siz?" dedim düşüncelerimden silkelenmek için.

"Bilmiyorum Ans, ona haksızlık etmek istemiyorum. Sadece birden sadece o ve ben kaldık. Herkes bir tarafa dağıldı. O olmasaydı ne yapardım bilmiyorum."

Anladığımı belli edercesine başımı salladım. Maddie'nin arabasına yürüdük. İşte benim de istediğim buydu. O olmasa ne yapardım diyeceğim biri. Ve birinin o olmasa ne yapardım diyeceği kişi olma isteği. Daha fazlası değil. Bir cümle güveni istiyordum.

21. BÖLÜM: ANNELERİN KIRDIĞI KALPLER İYİLEŞMEZ

Maddie'nin dolabından giyinmek bir Barbie bebeğin dolabından giyinmekle hemen hemen aynı şeydi. Nereye gideceğimi bilmiyordum ama yine de her şey çok abartılı geliyordu. Ben genelde kısa ve düz elbiseleri severdim. Mümkünse iddiasız renkleri olanları. Sade bir zariflik seviyordum. Maddie ise uçuş uçuş renkli elbiselere bayılıyordu. Dolabında siyah bir şey bulmak imkansızdı. Çok açık pembe saten askılı bir elbisede karar kıldık. Bileğimdeki kelepçeden kalma izi ve daha öncesinden var olan izleri saklamak için elbiseyle aynı renk skalasında kumaş bir ceket aldım üzerime. Omuzlarımdan su gibi aşağı akıyordu ve oldukça modern görünüyordum. Boyu benden uzun olduğu için kalın topuklu ucu açık olan koyu mavi sandaletlerini giyindim. Ayak numaralarımız aynı değildi ama bu sandaletler zaten ona olmuyordu sadece çok beğendiği için almış ve olmasını ummuştu. Maddie aynı renk küçük bir çanta tutuşturdu elime. Saçlarımı yaklaşık kırk dakika ısıya maruz bırakarak dümdüz yapmayı başarmıştık. Elbisenin rengine yakın bir tonda gözlerime dumanlı bir makyaj yapıp geri kalanı sade tuttuk. Süslenmeyi ve bir şeyler için hazırlanmayı severdim. Çok renkli ya da uçuk bir şekilde değil ama makyaj yapmayı özellikle meyveli dudak parlatıcılarını çok seviyordum. Christopher geldiğini söyleyen bir mesaj yazdıktan sonra da dudaklarıma bir kat daha parlatıcı sürdüm.

"Şahane oldun," dedi Maddie. Avucumun içindeki kalın bandajı gizlemek için çantamı sol elime aldım. "Bana haber vermeyi unutma," dedi kapıya geldiğinde. Annesi üst katta çocuklarla birlikteydi. Kulağı onlardaydı, Bonnie yanına gelmesi için yarım saattir bekliyordu.

"Telefonum yok," diye hatırlattım. Yanaklarını şişirip ofladı. "Yine de haber ver."

Dışarıya çıktım. Arabası kapının önündeydi, ona yaslanmış sıkılgan bir tavırla bekliyordu. Sesi duyunca doğruldu. Bana baktı ve kaşlarını kaldırdı.

"Sen... Güzel görünüyorsun," dedi.

"Siz de öyle Dedektif Wallace." Üzerinde her zamanki kot ve tişörtlerinin aksine oldukça kaliteli görünen siyah bir takım elbise vardı. Saçları özenle taranmıştı ve tıraş olmuştu. Etkinlik onun için önemli olmalıydı. Klasik ama hâlâ oldukça çekiciydi.

"Bu gece Christopher." İşaret parmağını kaldırıp göz kırptı. Ben kaşlarımı kaldırırken o etrafımdan dolanıp kapıyı benim için açtı.

"Bu geceyi şimdiden sevdim öyleyse Christopher..." Arabaya binerken elimi hafifçe omzuna sürttüm. Gözlerini devirmesini görmezden geldim. Arabasını bile yıkatmıştı içinde belli belirsiz deterjan kokusu vardı, onun keskin parfüm kokusuyla harmanlanmıştı. Bileğinde oldukça pahalı görünen siyah deri kayışlı saatine bakıp gergince nefes verdi.

"Bu kadar mutlu nereye gidiyoruz?" diye sordum asık suratına imada bulunarak. Tamamen sıkılmış görünüyordu. İsteksizliğini kilo metrelerce öteden dürbünle bile görebilirdiniz. Ama bu isteksizliğine aykırı bir şekilde de gece için titizlenmişti, bu da beni epey merak etmeye itiyordu.

"Babamın iş yemeği, aslında bir lansman." Yakasını çekiştirip tıraş ettiği sakallarını kaşıdı alışkanlıkla.

"VENS dergisinin mi?" Birden ilgimi çekmişti. Ashley'nin onun hakkında bize verdiği ilk bilgilerden biri buydu. VENS tüm dünyada oldukça popüler olan moda ve yaşam tarzı dergisiydi. Dünyanın en ünlü yıldızları her ay kapaklarına konuk oluyordu. Hepimizin aylık üyeliği vardı üzerine konuşmayı ve en çok sayfalarını karıştırmayı sevdiğimiz dergilerden biriydi.

"Bunu nereden biliyorsun?"

"Kylie'den değil," diye belirttim, kimseyi zan altında bırakmak istemiyordum ve gerçekten ondan değil Ashley'den öğrenmiştim. "Uzun zamandır biliyorum."

"Neden söylemedin?"

"Birilerinin aksine ben insanların özel hayatına burnumu sokmamayı bilerim." Tatlı tatlı gülümsedim.

"Senin özel hayatın benim ilgilendiğim davanın temel konularından biri." O da tatlı tatlı surat astı.

"O yüzden mi beni de götürüyorsun?"

"Aklımın burada kalmasını istemiyorum." Bunalmış şekilde arabanın camını açıp dirseğini oraya yasladı. Parmaklarını dudaklarına götürmüştü. Yola bakıyordu ama düşüncelerinin karman çorman olduğunu anlayabiliyordum.

"Yani bende mi?"

"Evet."

"Bu beni heyecanlandırmalı mı?"

"Eline ne oldu?" diye sordu birden. Gözünü yoldan hiç ayırmamıştı, bunu görmesine bile şaşırdım. Ufak bir bandaj yapıştırmıştım ama kapatmaya özen gösteriyordum. Sandığımdan çok daha dikkatliydi ve her zaman bu huyu beni gafil avlıyordu. Katili hâlâ bulamamış olması gerçekten tuhaftı.

"Ufak bir kaza." Sağlam olan elimi yaralının üzerine koydum.

"Ufak kazalara çok sık maruz kalıyorsun." Göz ucuyla bana baktı, bu ifadesini hiç sevmiyordum. Bakışlarına öyle bir şey yapışıyordu ki anlaşılıyormuşum gibi hissediyordum. Yaptığım şey çok yanlış geliyordu ki bunun zaten yanlış olduğunu biliyordum ama daha farklıydı. Utanıyordum. Üzülüyordum. Daha önce sadece Dylan'a bakarken hüzünlenirdim. Ona bakmak beni mahvederdi. Bu yüzden bu duygu beni çok korkutuyordu. Beni sevdiğini bildiğim birini andırıyordu.

"Öpersen geçer," dedim elimi ona doğru uzatarak. İteceğini sanmıştım ama beni şaşırtarak elimi tuttu. Araba yavaşladı ama durmadı. Gözlerini kısa bir süreliğine elime çevirdi sonra yeniden yola döndü ama elimi bırakmadı. Sıcak ve büyük avucunun içinden garip bir elektrik akımı benim parmaklarıma uzandı.

"Bir gün saklayamayacağın kadar çoğalacaklar," dedi bandajın üzerinde hafifçe parmağını dolaştırıp. "İyileşmelerine izin ver."

"Bu gece nasıl davranmamı istersin?" Konuyu değiştirmek zorundaydım çünkü bu onunla konuşmaya hazır olduğum bir şey değildi. Kimseyle değildi. Kendimle bile değildi. "Öğrenci miyim, korumaya çalıştığın bir tanık mıyım, arkadaşın mıyım, belki de sevgilin olurum."

"Fark etmez," dedi. "Sadece işimle ilgili konuşmamaya çalışırsan sevinirim."

"İstersen hiç konuşmam."

"Öyle bir şey istemem." Rahatsız olmuş bir şekilde kaşlarını çattı. Nasıl bu kadar mükemmel olabiliyordu. Bazen domuz, kaba ve inanılmaz huysuzdu. Ama çoğunlukla ve çoğunlukla da en doğru zamanlarda nazik, cömert ve güvenliydi. Ona kapılmamak için iyi yanlarına çok odaklanmıyordum. Bu kadar yakışıklı olması zaten sinir bozucuydu.

"Yani ailenle tanışacağım," diye devam ettim.

"Kısmen," dedi.

"Kardeşin var mı?"

"Hayır."

"Olmasını ister miydin?"

"Onun iyiliği için hayır." Sadece kendi bildiği bir şakaya gülüyormuş gibi güldü. Artık onu biraz olsun tanıdığım için gülücüğün sahte olduğunu anlamıştım.

"Neden böyle söyledin?"

"Şimdiden çok soru sordun."

"İyi," dedim. Arabanın müzik çalarını açmak için hamlede bulundum ama telefonuna bağlıydı. Ben ona dönmeden telefonunu kilidini açarak bana uzattı.

"Sen hiç müzik dinlenemez misin," diye mızmızlandım. "iPad'de de Spotify yoktu."

"Arabada dinlemem."

"Şanslısın ki ben yine hesabımı seninle paylaşıyorum." Önce uygulamayı indirmek sonra da hesabı açmak için profil bilgilerimi girmem gerekti. Sonunda göl kenarında yürürken dinlediğim şarkı listesini oynatmaya başladım. Harry Styles'ın sesi arabanın içini doldurunca yaslanıp yolu seyretmeye koyuldum. Avucumun içindeki bandajla oynayıp durdum. Belki bir gün yeterince normal olup daha fazla yara için can atmayı da bırakırdım.

***

Bir buçuk saat mesafedeki Peeldenburg'a geldik. Şehrin göbeğine ve iş yerlerinin kalbine. Burası tam anlamıyla canlıydı. Alışveriş yapmaya sık geldiğimiz bir yer olduğu için yabancı değildim. Christopher daha önceden aşina olduğu belli bir otoparkın VIP girişine saparken hareketlerini inceliyordum. Üzerinde başka bir rahatsızlık olduğuna emindim ama çözememiştim. Belki de ailesiyle arası iyi değildi ya da böyle davetlerden hoşlanmıyordu. Daha önce hiç araba asansörü görmemiştim, Christopher arabayı valeye verdi. O asma katları arabanın içinde çıkmadığımız için memnun olmuştum. Gri taş zeminden yürürken elini belime koyup beni yönlendirmeye başladı. Dokunuşu içimi gıdıklamıştı. İleriden hoş bir müzik sesi geliyordu. Merdivenlerden inip çok hoş bir açıklığa ulaştık. Christopher etrafa göz atıp kapı girişinde bekleyen insanları es geçti, beni doğrudan masaların arasından geçirip uzun boylu, sarışın ve gözlerinizi kısarak bakarsanız Christopher'a benzeyen birinin yanına götürdü.

"Ansel, babamla tanış. Calvin Wallace."

Hay aksi, bu çok hızlı olmuştu. Önce biraz durup ona birkaç soru sormak için vaktim olacağını düşünüyordum. Etrafı bile doğru düzgün inceleyememiştim. Şu adam kadınların halinden cidden anlamıyordu.

"Ah." Gülümseyerek bana doğru uzattığı elini sıktım. Gözleri Christopher'ın mavi gözlerinin aksine kahverengiydi. Gülümsemesi zarif ve güven vericiydi.

"Christopher nihayet," dedi omzuna dokunarak. "Seninle tanışmak bir zevk Ansel."

"O zevk bana ait." Ellerimi önümde çantanın sapında birleştirdim. Hiç baba gibi görünmüyordu, yaşını bilmiyordum ama ağabeyi olduğunu söylese de ona inanırdım. Muhteşem genlere sahip olmalılardı.

"Seni görmeyeli uzun zaman oldu." Elindeki kadehinden bir yudum alıp Christopher'a bakabilecek şekilde döndü. "Bir dava üzerinde çalıştığını duydum."

"Senin işin için buradayım," dedi huysuz küçük bir oğlan çocuğu gibi gözünü ovuşturarak. Kıkırdamamak için alt dudağımı ısırmam gerekti.

"Zor bir davaymış öyle mi? Aylardır sürüyor dediler."

"İşimi mi takip ediyorsun?"

"Sen benimkini takip etmeyince ben de seninkine merak sardım." Kadehinden bir yudum almadan önce küçük bir kahkaha attı. Sevecen hatta tatlı görünüyordu. Gülerken gözlerinin kenarındaki çizgiler iyice belirginleşti ve yaşını biraz olsun ele verdi.

"Her şey yolunda mı?" diye sordu babasına. Onları bırakıp şöyle bir etrafa baktım. Bir müzenin içinde olduğumuzu ancak o zaman fark ettim. Ya da bir resim galerisi. Taş duvarlar girintili çıkıntılıydı. Ön taraf tamamen açık ve muhteşem bir manzarayı görüyordu. İçerisi çok kalabalık değildi ama hâlâ gelenler vardı. Gri duvarlarda büyük çerçevelerin içinde boyama VENS dergisi kapakları sergileniyordu. Her birinin altında farklı sanatçıların imzası vardı. Sol tarafta kalan duvarın bir kısmına ahşap bar belli ki sonradan oturtulmuştu. Masalar birbirine yakın değildi ve hepsi klas görünüyordu. Çok davetli olmadığını bunun özel bir tanıtım olduğunu o an anladım. Hazırlanırken Maddie ile belki ünlüler de olur diye konuşmuştuk ama şimdilik aşina olduğum bir yüz görmemiştim.

"Bir şeyler içelim mi Ansel?" Christopher'ın nezaketen yönelttiği sorusuna "Olur," diye cevap verdim. Oradan ayrılırken babasına hafifçe tebessüm ettim. Aynı nezaketle karşılık verdi. Bara yaslanıp "İki kadeh *Château Lafite,*" dedi. Sonra bana döndü. "Şarap dışında bir şey mi tercih ederdin?" Kararsız kalmıştı.

"Şarap iyi," diye onayladım.

"Yanına biraz frenk üzümü lütfen," diye kadehleri alırken yeniden siparişte bulundu. Birkaç kişi daha gelip içkilerini alıyordu. Christopher kadehlerden birini bana uzattı, elinde ordövr tabağı ile bizi uzun kokteyl masalarından birine yönlendirdi. Havyar, birkaç küçük deniz mahsulü ve biraz da üzüm vardı. Şarabından kocaman bir yudum içti, tabağı benim önüme itti.

Biraz sonra yanına birkaç kişi geldi. Babasının arkadaşları olduğunu düşündüm, daha çok geçerken onu görmüş ve selam vermek için durmuşlardı. Hepsi Bay Wallace ile aynı yaşta gibi görünüyordu. Christopher onlarla konuşurken maskeli bir nezaket sergiledi. Bir eli gömleğinin manşetiyle oynayıp duruyordu.

Bir an burası için fazla mı sıradan kaldım diye düşündüm ama bu erkeklerin çoğunun papyon takmasıyla ilgiliydi. Kadınlar daha sade ve oldukça zarif görünüyordu. Görünüşümle ilgili kendimi hiç güvensiz hissetmezdim o yüzden üzerinde durmadım. Christopher diğer erkeklerin aksine ince siyah bir kravat tercih etmişti ve ara ara eli istemsizce ona gidiyordu. İçinden çıkmak için can atıyor gibi görünüyordu ve açıkçası ben seve seve onu boynundan çıkarabilirdim.

"Christopher..." Onun yaşlarında görünen bir kız ona yaklaştı.

"Emma."

Kız onu iki yanağından da öptü. "Seni görmek çok güzel," dedi. "Nasılsın?" Sonra bana doğru dönüp hafifçe tebessüm etti. Mavi uzun bir kokteyl elbisesi giyiyordu. Küllü sarı saçlarını salaş bir şekilde eliyle yana doğru attı.

"Ansel," diye tanıttı Christopher elini belime yerleştirip. "Emma okuldan arkadaşım."

"Merhaba," dedim. Başıyla selamlayarak gülümsedi. "Güzel organizasyon," dedi yeniden ona dönüp. Tatlı ve narin bir sesi vardı.

"Teşekkür ederim," dedi Christopher.

"Gelip babama selam vermelisin," dedi kız ona elini uzatıp. Christopher itiraz edecek birkaç kelime arıyordu sanki ama dudaklarını birbirine bastırdı. "Hemen gelirim," dedi bana.

"Acele etmene gerek yok," diye gülümsedim. Salonun diğer tarafına doğru yan yana yürüdüler ve ara sıra birileriyle konuştular. Onları izlerken şarabı çok kaçırmamaya çalışıyordum. Kolay etkilenen biri değildim ama yine de dikkatli olmak istedim. Tasasız bir şekilde müziğe kulak veriyor ve kimse tarafından tanınmamanın keyfini çıkarıyordum. Beni buraya bu yüzden getirmiş olabileceğini bile düşünmüştüm. Ona baktım, aramızda neredeyse dört beş masa vardı ama onları görebiliyordum. Başını kaldırıp bana baktı sonra karşısındaki adama dönü. Arada bir bunu yapmaya devam etti. Müzik değişmiş benim yavaş yavaş içtiğim şarap bile azalmıştı. Christopher iki kez daha kravatına dokunup onu çekiştirince bunu bir imdat çağrısı olarak aldım ve oraya doğru yürüdüm. Böyle organizasyonlara daha önce de katılmıştım. Ophelia Valley kutlamalara bayılan bir kasabaydı. Bu yüzden ondan çok daha rahattım hatta onun aksine iyi vakit geçiriyordum.

"İyi geceler," dedim elimi çekinmeden Christopher'ın omzuna koyup masadaki diğerlerine doğru.

"Onu çok tuttuk," dedi Emma. "Affedersin ama onu yakalamak kolay değil. Baba bu Ansel, Christopher'ın arkadaşı."

"Kız arkadaşıyım," diye tatlı tatlı gülümsedim. Emma pot kırmış gibi dudaklarını kımıldatıp özür dilerim dedi. Gerçekten tatlı bir kızdı. Sadece ben oyunbazın tekiydim ve neden böyle bir anda Christopher ile uğraşmayayım ki…

"İzninizle onu alabilir miyim artık?"

Christopher bıyık altından gülümsedi ama hemen topladı.

"Elbette," dedi Emma'nın annesi olduğunu tahmin ettiğim kadın. Onlara iyi geceler diledikten sonra elimden tutup beni masadan uzaklaştırdı. Yüzünde halinden memnun bir ifade vardı. Rahatlamış olduğunu bile söyleyebilirdim.

"Artık ben de senin süper kahramanınım," dedim. Masaya dönmek yerine açık teras alanına yürüdük.

"Ben senin süper kahramanın mıyım?" Nihayet kravatı biraz gevşetip gerçekten gülümsedi.

"En yakın şeysin en azından."

"Sensin şey."

"Cık cık..." dedim. "İnsan kız arkadaşıyla böyle mi konuşur?" Sahte bir alınganlıkla ellerimi tırabzana yaslayıp ondan uzaklaştım. Deniz kokusu rüzgâra karışıp üzerime çarptı. Hava nefisti. Gökyüzünde şahane bir dolunay vardı. Karşıya baktığımda bir o kadar şahane mehtabı gördüm. Başımı gülümseyerek yukarıya kaldırdım. "Bu şarkıyı seviyorum."

"Gel, dans edelim biraz." Belimden tutup beni kendine doğru çekti, ellerini üzerimden kaydırarak parmaklarıma kenetledi. Diğerlerinin dans ettiği noktaya kadar yürüdük ama onların kenarında kaldık. The Weekend, *Die For You* çalmaya devam ediyordu. Karanlığın altında alev alev yanan mavi gözlerine baktım. Belimden tutup göğsüm onunkine değene kadar beni kendine çekti. Elleri kalçamın birkaç milim üzerinde durduğunda kollarımı gevşek şekilde boynuna doladım. Ağır ağır hareket etmeye başladık. Avuçlarından güneş yayılıyordu, bütün bedenimi bir sıcaklık sardı. Müzik mi onun bakışları mı ruhumu okşuyordu ayırt etmek güçleşti. Bana her zaman baktığı gibi bakmıyordu. Bunu düzeltmem gerekiyordu yoksa o yoğunluk altında eriyebilirdim.

"Senin olayın ne?" diye sordum. "Lüks hayatından kaçan sıkılmış çocuk musun?"

Biraz düşünüp omuz silkti. "İnsanların çoğu gibi hayatın anlamını arıyorum."

Kıkırdadım.

"Ophelia Valley'de mi?"

"Oranın nesi var?"

"Sen gelmeden önce epey eğlenceliydi aslında."

"Şimdi incindim işte." Gülerken çenesi saçlarımı okşadı.

"Gerçekten," dedim gözleriyle buluşup. "Neden kendine başka bir hayat kurdun?"

"Doyum noktasına ulaştım diyelim."

"Bütün bunlara doymak mümkün mü?" Gözlerim etrafta dolandı. Babam hayattayken annemle birlikte buna benzer birçok etkinliğe katılırdı. O çok iyi bir doktordu. Sürekli konferanslara ve seminerlere katılırdı. Ben daha küçükken annem benimle kalmak zorunda olduğu için bundan nefret ederdi. Dadı böyle katılmıştı ailemize. Yeterince büyüdüğümde babam istese de annem onlara katılmamı sevmezdi. O anne olmayı sevmiyordu, derdi aslında hiç benimle olmamıştı. Benim varlığım onu kendisi olmaktan alıkoyuyordu. Birinin annesi yapıyordu. Bu yüzden kasabadaki eğlenceleri daha çok severdim, babamla dans edebildiklerimi, lunaparka gittiklerimi…

"Senin sıkıldığın şeyler olmaz mı hiç?"

Hayretle kaşlarımı kaldırdım. "Son birkaç ayımı komple silip atabilirler."

"Beni de yani." Gözleri parladı, imalı bir hali vardı ki söylediği beni biraz heyecanlandırmış olabilirdi.

"Hım," dedim düşünüyormuş gibi bakışlarımı yıldızlarla dolu göğe çevirip. "Şöyle olabilir, son birkaç ay hiç yaşanmamış gibi olur. Sonra ben Kylie ile her zaman gittiğimiz o kokteyllerden birine katılırım ve orada seni görürüm."

Keyifle gülümseyip "Sonra," dedi.

"Sonra seninle dans etmek istediğimi söylerim. Sen de huysuzun teki olduğun için muhtemelen beni reddedersin."

"Hiç kimse seni reddetmez." Belimdeki eli yeterince dikkat dağıtıcı değilmiş gibi baş parmağını biraz hareket ettirdi.

Nefes al, Ans...

"Haklısın," diye başımı salladım. "Dans ederken muhtemelen sohbet etmek zorunda kalırdık. Sen bana kim olduğumu sorardın. Ben de buradan bir buçuk saat uzakta olan o kasabada yaşadığımı anlatırdım. Amigo kızlardan biri olduğumdan bahsederdim, erkeklerin büyük çoğunluğu gibi buna bayılır ve beni o kıyafetlerin içinde görmek isterdin."

"Haklısın," dudak büktü. "Görmek isterdim ve çok haklı olurdum."

Tatmin olmuş bir şekilde gülümsedim.

"Sonra seni maçlardan birine davet ederdim. Bir kot pantolon ve tişört giyinerek gelirdin, sana bakar ve dans etmeye devam ederdim. Beni dans ederken izlemeye bayılırdın. Herkes sana bakıp kim olduğunu sorardı, ben de onlara gülümserdim."

"Şu gülümseme," dedi.

"Ne olmuş gülümsememe?"

"Sadece haksızlık. İnsanları tek bir küçük gülümsemeyle alt etmen."

Tatlı tatlı omuzlarımı kaldırıp indirdim.

"Sonra," diye anlatmam için teşvik etti. Düşünürken alt dudağımı içeriye doğru kıvırdım. Benimle bu oyunu oynadığına inanamıyordum. "Sonra sana okulu gezdirmeyi teklif ederdim. Arka tarafta, bisiklet yolunun üzerindeki kamelyaya götürürdüm. Orada biraz konuşup yürümek için söğüt ağaçlarının yanına giderdik. Ben bir ağaca yaslanırdım. Sen beni öpmek için uğraşırdın."

Başını sallayıp gülümsemeye devam etti. Şarkı değişmişti ama biz orada durmaya ve sallanmaya devam ettik.

"İzin verir miydin?" diye sordu.

"Sanırım bunu asla öğrenemeyeceğiz." Sahte bir iç çektim.

"Göreceğiz." Elini kaydırıp parmaklarımı tuttu, beni aniden uzaklaştırıp kendi etrafımda döndürdükten sonra ona çarpacağım şiddette yeniden çekti. Keyifle kıkırdadım. Müzik kesildi, mikrofonda babasının ismi yankılandı. Herkes benim gibi o tarafa doğru döndü. Geniş bir kemerin altında Bay Wallace konuşma yapmak için kadehini hazırlamış bekliyordu.

Kapıya yakın boş masalardan birine yanaştık. Eli hâlâ belimdeydi. İçeriye yeni gelenler vardı. Gazetecileri o an fark ettim. Dört beş kamera ve bir o kadar mikrofon hemen yanı başında duruyordu. İki tanesinin de kenarda içeriyi çektiği birden gözüme takıldı ve neredeyse sendelememe neden oluyordu. Kasabanın yerel gazetesinde bir hafta boyunca sadece benim haberlerim yapılmıştı ama dış basında da cinayetlerin ve haberlerin yer aldığını ve bazı bölgelerde oldukça gündemde olduğunu biliyordum. İsteyeceğim en son şey bu davette bir mikrofonun katil olup olmadığımı sormak için yanıma tünenmesiydi.

"Sakin ol," dedi Christopher. "Onlar magazin habercileri, haberleri bilseler ve hatta seni tanısalar bile ilgilerini çekmezsin."

"Emin misin?" diye sordum.

"Seni öyle bir duruma sokmam." Kararlı gözlerine güvenerek rahatladım ve derin bir nefes aldım. Babası konuşmasına başladı, insanlar pür dikkat onu dinliyordu. Ben gözlerimi yine de gazetecilerden alamadım ama gerçekten Bay Wallace dışında kimseyle ilgilenmiyorlardı.

"Ünlülerin falan da olacağını düşünmüştüm," diye fısıldadım kulağına doğru. Yine güldü, bu gece çok gülmüştü. "Doğrudan VENS ile ilgili değil bu," diye açıkladı. "Yeni girişimi, onu tanıtıyor ve bunu VENS üzerinden yapıyor."

Anladığımı belirterek başımı salladım. O yüzden bu kadar sakindi demek ki. Kylie'nin babasının burada olup olmadığını sormak için döndüğümde babasından çok ters bir yöne bakıyor ve oldukça kaygılı görünüyordu. Bakışlarını takip ettim. Siyah uzun saçlı ve gümüş rengi muhteşem bir elbisenin içinde orta yaşlı bir kadın merdivenlerden aşağı iniyordu. Christopher babasına baktı. Bay Wallace de onun gördüğünü görmüştü, birbirlerine baktıkları saniyeler içinde sözsüz bir konuşma gerçekleştirdiler. Christopher kadına doğru yürüdü, dikkat çekmemek için arada durup konuklara gülümsemeye çalışıyordu. Bu nedenle kadın ondan daha hızlı hareket edip bize doğru yaklaşmış bulundu. Christopher'a bakıp genişçe gülümsedi ama aynı şekilde karşılık alamadı.

Christopher eğilip onun kulağına bir şeyler söyledi, kadının yüzü düştü ama bunu çabucak kamufle etti. Başını iki yana salladı sonra onun koluna girerek benim durduğum masaya doğru yürümeye başladılar.

"Kız arkadaşın mı?" dedi ellerini masaya yaslayıp bana kocaman gülümseyerek. Mavi gözleri ışıl ışıl parlıyordu. Daha tanıştırmadan kim olduğunu anlamıştım. Christopher babasına benzemiyordu çünkü annesinin tıpatıp aynısıydı.

"Ansel," dedi rahatsız bir şekilde. "Annemle tanış, Aster Brook." Soyadını söylediğinde onların ayrı olduğunu ve neden rahatsız olduğunu anlamaya başlamıştım.

"Merhaba," dedim ama kadın beni kendine doğru çekip yanağımı öptü.

"Merhaba tatlım, çok güzelsin."

"Teşekkür ederim, siz de öylesiniz. Kesinlikle çok güzelsiniz." Resmen ışıldıyordu. Saçlarına ne kullandığını sormak zorundaydım. Gözleri çakmak çakmak bakıyordu. Kaç yaşında olduğunu bilmiyordum ama kimsenin umurunda olacağını sanmıyordum. Bahse girerim onunla okula gitsem bütün takım önünde eğilirdi.

"Onu şimdiden sevdim Christopher." Ellerimi tuttu. "Neler yapıyorsun Ansel?"

Ben cevap vermek için makul bir şeyler ararken Christopher dudaklarının arasından "Babam bir konuşmanın ortasında," dedi. Annesine karşı çok daha mesafeliydi, neredeyse kızgındı. Gülümsemesi sadece silinmemişti sanki adeta yok olmuştu. Bir daha o gülümsemeyi göremeyeceğimi bile düşündüm.

"Baban ve ben birbirimizi dinlemeyi yıllar evvel bıraktık tatlım."

"O halde neden buradasın?" Konuşurken onun yüzüne bakmıyor doğrudan yapay bir gülümsemeyle babasını seyrediyor gibi davranıyordu. Ben de başımı Bay Wallace'a çevirdim ve onu dinliyormuş gibi davrandım.

"Bu dergide benim de payım var Christopher, burada olmayı hak ediyorum."

"Böyle olmadığını ikimiz de biliyoruz."

Kadın kaşlarını çattı, Christopher'ın önünde duran kadehi alıp başına dikti. Bir seferde bitirmişti. Bu sahne birden bana çok tanıdık geldi ve midemde buz gibi bir kramp hissetmeme neden oldu.

"Yapma," dedi. "Bu geceyi mahvetme." Kadehi elinden aldı ama çoktan sonunu görmüştü.

"Aylar sonra karşılaşıyoruz ve bana böyle mi davranıyorsun?" Gözlerinde sahte bir yaş belirdi. Burada olmamalıyım gibi hissettim ama gidersem daha çok dikkat çekeceğimi düşündüm. Olabildiğince mahremiyet sağlamak için başımı çevirdim ve masayla arama sanki babasının konuşmasını daha iyi duymaya çalışıyormuş gibi birkaç adım mesafe koyup öne çıktım.

"Bu şekilde ortaya çıkman doğru değil."

"Christopher, telefonlarımı açmıyorsun. Baban da açmıyor. Beni böyle yalnız bıraktığınıza inanamıyorum."

"Onu aldattıktan sonra telefonlarını açmasını mı bekliyorsun," diye adeta fısıldayarak kükredi. "Yapma, anne. Sen tercihini yaptın. Birçok kez."

Soğukkanlı ve kayıtsız konuşuyordu ama ben bile incinmiştim. Ne yapacağımı bilemeden orada dikilmeye devam ettim.

"Her insan gibi hatalar yaptım bu kadar acımasız olma."

"Bunları konuşmanın yeri değil. Lütfen bunu yapmayı kes."

"Yüzüme bile bakmıyorsun."

Christopher cevap vermedi. Babası konuşmasına belli ki planladığından erken son vermişti. Diğerlerine katılarak ben de onu alkışladım. Küçük bir teşekkürle birlikte basın geceden ayrıldı. Magazin olmalarına rağmen gitmeleri beni rahatlatmıştı. Christopher babasının hareketlerini izliyordu. Birkaç kişi onu tebrik ediyor ve konuşmasında bahsettiği şeylerle ilgili sorular soruyordu. Açıkçası ne konuştuğuyla ilgili hiçbir fikrim yoktu. Yanımda küçük çaplı bir kıyamet kopmuştu. Ve asla şahit olmak istemeyeceğim bir manzaraydı.

"Aster," dedi babası bozmadığı gülümsemesiyle yanımıza geldiğinde. "Burada ne halt ettiğini sanıyorsun?" Bozuntuya vermeden kadını yanaklarından öptü, kadın da aynı yapaylıkla ona karşılık verdi.

"Onu çıkarıyorum." Christopher araya girmeye çalıştı ama annesi de babası da ona aynı şekilde mâni oldu.

"Benim dergimin etkinliğine beni çağırmayı düşünmedin mi?" diye çıkıştı Bayan Brook. O konukları diğerleri kadar önemsiyor gibi görünmüyordu. Babasına karşı elini kaldırıp etrafını gösterirken mutsuzdu.

"Sesine dikkat et." Bay Wallace onu kolundan tutup iyice masaya yaklaştırdı. "Bunun dergiyle ilgisi yok ki sen o derginin beşinci yıl etkinliğinde de yoktun. Altıncıda da. Yedincide de. Beşinci yılında sevgilinle tatildeydin. Altıncı yılında oğlun seni görmek istemişti ama ortalıkta yoktun. Yedinci yılında diğer dergilere yine sevgililerinden biriyle manşet olmuştun. Şimdi her ne yapıyorsan git ve onu yapmaya devam et."

Ah, siktir. Bunu gerçekten duymamalıydım.

"Oğlumla arama girme," diye karşı çıktı kadın. Christopher sinirle gülümseyip arkasını döndü. Daha fazla dayanamıyor gibiydi.

"Ona her baktığımda senin iğrenç suratını gördüğüm için sevgili oğlumuz bütün sahip olduklarını reddettiği boktan bir kasabada boktan işlerin peşinde koşturuyor."

"Ne?" diye soludu kadın. "Christopher, serveti reddedemezsin."

Christopher babasına döndü. "Tebrik ederim," dedi. "Şimdi gidiyorum ve onu da götürüyorum."

Babası içgüdüsel bir refleksle onun kolunu sıvazladı. Fısıldayarak teşekkür etti. Bir daha dönüp annesine bakmadan onu bekleyen konuklarının arasına döndü.

"Gidelim," dedi annesine. Hayalet gibi sessizce arkasından yürümeye başladım.

"Gerçekten reddetmedin değil mi?" diye sordu Bayan Brook. "Bütün bunlar senin Christopher. Bunları kızı yaşındaki metresleriyle yemesine izin veremezsin."

"Tanrım!" dedi sabır dilenir gibi onu tanıdığımdan beri ilk kez. Merdivenlerden çıkarken "Tek derdin bu değil mi?" diye annesini sıkıştırdığını duydum. "Nerede, ne yaptığım önemli değil. Yeter ki sana para akmaya devam etsin."

"Öyle olmadığını biliyorsun."

VIP girişin olduğu otoparka geldik. Vale bizi görür görmez hareketlendi. İlk önce annesinin olduğunu tahmin ettiğim beyaz bir araba yanımıza yanaştı. Şoför ön kapıdan çıktı ama Christopher onu eliyle durdurdu. Arka kapıyı annesinin binmesi için kendisi açtı. "Bir dahaki sefere anne, beni aramakla zaman harcama. Ne kadara ihtiyacın olduğunu muhasebeye söyle hesabına yatırsınlar."

"Christopher..."

"İyi geceler." Kapıyı onun üzerine kapattı. Kadının aşağı inmesini ya da camı açıp bir şeyler söylemesini bekliyordum. Ama araba hareket etti ve uzaklaştı. Ve ona baktığımda böyle olacağını bildiğini gördüm.

Siyah Audi geldiğinde hâlâ orada olduğumu hatırladığına şaşırmıştım ama yine benim için kapıyı açtı. Sessizce koltuğuma yerleştim. Kendi yerine oturduğunda durdu ve gözlerini kapatarak koltuğa yaslandı. Berbat görünüyordu. Ben de öyle hissettim. Birkaç saniye sonra doğrulup arabayı çalıştırdı. İşaretli ışıklı alanı takip ederek gereğinden sert bir virajla ana yola çıktı. Bir şey söylemeli miyim yoksa sessiz mi kalmalıyım bilemiyordum. Anlık bir tereddüt yaşayıp çenemi kapatmam gerektiğine karar verdim. Onunla daha sonra konuşup ona şefkat göstermeyi istiyordum. Ama şimdi kendi içinde kalmaya ihtiyacı olduğunu düşündüm. İkimizin de karanlıkta düşünecek çok şeyi vardı.

Bu gece beni buraya neden getirdiğini merak ediyordum. Korumak için değil, onu tanımam için miydi? Tek sorun güvenliğim olsa kapıya yine bir araba dikip bunu sağlayabilirdi. Ya da Maddie'de kalmam için tembihleyebilirdi. Bilmiyordum ama artık bu kadar basit olduğunu düşünmüyordum. Yan gözlerle ona baktım. Ceketini çıkarmış ve arka koltuğa atmıştı. Keten gömleğinin içinde daha çekici görünüyordu. Arabaya bindiğimizden beri saçlarıyla o kadar çok uğraşmıştı ki artık düzenli değil alışkın olduğum gibi dağınıktı. O saçların arasında parmaklarımı dolaştırmamın nasıl hissettireceğini merak ederek dudağımı dişledim. Tam şu an kucağına tırmanmak ve ona sarılmak istiyordum. Başımı ona yaslamak, parmaklarımı saçlarında, çenesinde dolaştırmak ve onu öpmek istiyordum.

Böyle berbat bir aileye sahip olmasına rağmen böyle harika biri olabildiği için.

Benim aksime.

Ve benim gibilerin.

O kadar hızlı sürmüştü ki yol çok daha kısa sürdü. Araba evin önünde durdu. Köpeği daima olduğu gibi sese gelmişti. Ama sanki onu görmedi ve yanından geçip gitti.

"Kötü bir gün," diye fısıldadım eğilip köpeğin kulaklarını severken. Birbirimize alışmıştık artık bana hırlamıyor ya da huysuzlanmıyordu. Benimle birlikte eve girdi. Christopher'ın her zaman yaptığı gibi dolaptaki kutudan yemek kabına ilave ettim. O yemeğini yerken yanında bekledim. Sanki bana ne yapacağımı onun söylemesine ihtiyacım varmış gibi çaresizdim. Bütün ışıkları açmadı, köşedeki abajur dışında odayı aydınlatan bir şey yoktu. Televizyonu bile açmamıştı. Ve bu hali beni endişelendiriyordu. Buna benzer öyle çok an yaşamıştım ki en çok da bu yüzden sessiz kalıyordum, söylenebilecek hiçbir şey olmadığını biliyordum.

Annelerin kırdığı kalpler iyileşmez.

Yemeğini bitiren köpek huysuzca kapıyı tırmalamaya başladı. Dışarı çıkabilmesi için kapıyı açıp geri kapattım. Çantamı bir kenara atıp onu seyretmeye koyuldum. Rastgele koltuğa kendini bırakmış başını arkaya doğru yatırmıştı. Aklından neler geçtiğini bilmiyordum ama tahmin ediyordum. Bir anda tüm parçalar yerine oturdu. Bu çok fazla geldi. İşte bu yüzden herkes ebeveyn olmamalıydı. İşte bu yüzden bir kilide ihtiyacımız vardı. Bu kadar güçlü bir adamı diğer tüm kadınlara küstürebildiği için. Çok basitti. Belki mesele bile değildi diğer insanlara göre. Çoğunun ee ne olmuş diyeceği bir şeydi. Klişeydi hatta. Ailesiyle sorunu olan insanlar... Çünkü herkesin vardı öyle değil mi? Kötü kısmı da buydu aslında. Onu anlayabilmem çok kötüydü. Onu anlayacak çok fazla insanın olması daha kötüydü.

Cesurca davranmaya karar verip üzerimdeki ceketi çıkardım. Kanepeye gidip bir bacağımı dizlerinin üzerinden diğer tarafa atarak kucağına oturdum. Bakışlarını bana çevirdi. Biraz daha ileriye gidip ellerimi yüzüne yasladım. Parmaklarımı yavaşça favorilerinin üzerinde dolaştırıp çenesini okşamaya koyuldum. Eğilip usulca dudağını öptüm. Geri çekilip gözlerine baktım. Bir daha öptüm. Bu defa biraz daha uzun. Yeniden geri çekilip gözlerine baktım. Dudaklarımı bastırıp dilimle hafifçe dudaklarını araladım.

"Ne yapıyorsun?" diye fısıldadı.

Başımı yana yatırıp tembel tembel gülümsedim. "Kafanı dağıtmaya ihtiyacın olduğunu düşündüm." O gün beni öptükten sonra verdiği cevap buydu. Onu harekete geçiren de bunu anımsaması oldu. Gözlerini kıstı, belimden tutup beni kendine çekti. Yavaş ya da nazikçe değil sert ve sahiplenir bir tavırla öpmeye başladı. Saçlarımdan tutup ona uyum sağlayabilmem için başımı hareket ettiriyor, saç diplerimden baskı uyguluyordu. Alt dudağımı dişlerinin arasına sıkıştırdığında inleyip dizlerinin üzerinde hareket ettim. Beni kucağına doğru çekti. Bedenlerimiz birbirine yaslanmıştı.

Geri çekildiğinde ikimiz de soluk soluğa kalmıştık.

"Biliyor musun," diye fısıldadım göğsüm hararetle inip kalkarken. "Senden sandığımdan daha fazla hoşlanıyorum." Anlamaya çalışır gibi bakıyordu. "Bu kadar boktan şeyin içinde bu kadar iyi kalabildiğin için. Berbat bir aileye rağmen bu kadar harika biri olabildiğin için."

"Ya o kadar iyi biri değilsem."

"İspatla."

Cümleyi bitirmeden kendimi kanepede buldum. Üzerime doğru eğilmişti, çok yakınımdaydı. Bir şeye karar vermeye çalışıyor gibi bakıyordu.

"Kimseye söylemem," dedim. Yeniden öperek susturdu beni. Elleri kalçamdan aşağı kaydı, elbise tamamen sıyrılmıştı. Beni iyice kendine bastırdı. Tüm sinir uçlarıma kadar uyarılmıştım. Bütün sıcaklığını bedenimin her yerinde hissedebiliyordum. Kollarımı boynuna dolayıp parmaklarımı nihayet saçlarında dolaştırdım ve zevkle altında kıvrıldım. Hafifçe doğrulduğunda kollarım onu bırakmak istemiyordu, biri kenara düştü. Geri çekilip fermuarını indirdi. Gözleri saldırgan ve şehvet dolu bir arzuyla parlıyordu.

Bunu gerçekten yapacağız, diye düşündüm. Sonunda...

Elbisenin askılarını iki omzumdan aşağı doğru kaydırırken kollarımı hareket ettirerek ona yardımcı oldum. Parmakları köprücük kemiğimin üzerinden göbeğime kadar hareket ediyordu. Tekrar

tekrar beni seyrederek aynı hareketi devam ettirdi. Yeniden üzerime iyice eğildiğinde parmak uçları göğüs kafesimi sıkıştırıyordu. Bileklerimi birbirine bastırıp ellerimi başımın üzerine kaldırdı. Ona doğru yay gibi bir kavis çizerek kalçalarımı beklentiyle hareket ettirdim. Bu gözlerinde heyecanlı bir parlamaya neden oldu.

Eli baldırımı sıkıyordu. Kalbim beklentiyle hızlandı. Dudakları kulağımda sürtündü, tatmin dolu bir ses çıkardı. Derin bir nefes aldım. Yeni tıraş edilmiş sakallarını tenimde hissedebileceğim kadar yüzünü bastırıyordu. Kokumu içine çekmek, kokumu bulmak ister gibi.

Geri çekilip belli belirsiz yeniden bana baktı. Bu sefer onu boynundan tutup çeken ben oldum. Tereddüde düşmesini, doğrudan düşünmesini istemiyordum. İkimiz için de buna son vermek istiyordum. Bu ya olup biterdi ya da bir şeye dönüşürdü ama şu an duramazdık.

"Sakın duracağını söyleme," dedim.

"Çok geç." Dudaklarını boynuma, saçlarımın arasına gömdü. İç çamaşırımı parmağıyla kenara çekti, birden içimde tüm benliğimde onu hissettim. Kendini geri çekip tekrar itti. Dudaklarımı dişleyerek varoluşumda kurmak istediği hakimiyeti kabullendim. İnanılmaz hissediyordum. Hızlı ve hiddetli hali paha biçilemez bir haz sunuyordu. Kanepenin kenarından tutup ağırlığını çekmeye çalıştı, daha kolay hareket edebilmesi için kıpırdandım. Dudaklarını yeniden dudaklarıma bastırdı. Çeneme. Boynuma. Her yerdeydi. Gözlerimi sıkı sıkı yumdum. Delicesine bir histi, kendimi tamamen yukarıda hissediyordum. Bir bulutun üzerinde. Hafif ve rahat. Bedenim ve ruhum beklentiyle çıldırmak üzereydi. Son kez hiddetle içime doğru hareket ettiğinde başını göğsüme bastırdı. Nefes kesici, yabani orgazmın gevşemesiyle ikimiz de birbirimize dolanarak nefesimizin dizginlenmesini bekledik. Çenemle saçlarını karıştırıp kollarımı etrafına doladım. Memnun bir şekilde yanağını boynuma doğru sürttü.

"Nefis kokuyorsun," diye mırıldandı.

Öylece durduk. Elim çıplak sırtını usul usul okşarken. Sessizliğin altında. İyi yanı şuydu ki ne hissettiğini anladığımı biliyordu. Ama bu aynı zamanda kötü yanıydı da. Yine de konuşmadan anlaşabildiğimiz için memnundum. İnsanın böyle acıları sesli dile getirmekte zorlandığını biliyordum. Çok iyi biliyordum. Burada yanında olduğum için memnundum. Sadece benzer bir acı paylaştığımız için onu teselli edebildiğime seviniyordum. Nihai ömrümde bu yaranın bir işe yaradığına. Kalbim onun için de kırılıyordu. Bu kadar iyi biri olabildiği için.

22. BÖLÜM: PARÇALANMIŞ SENARYO

Bir film sahnesini daha iyi anlayabilmek, gözden kaçırdığınız şeyi görebilmek için geriye aldığınız anlar vardır. Bunu hayatın kendisi için de yapabilmek isterdim. Tüm bir yılı geriye oynatıp sahneleri detaylıca seyretmek belki daha yavaş oynatmak ve her sözcüğün aslında ne anlama geldiğini öğrenebilmek. Ya da bir videoyu kırpıp başka bir anla birleştirmek ve bütününe bakmak. Bazı küçük anları değiştirecek gücümün olmasını isterdim.

Christopher'ın telefonu kötü haberi vermek için çaldığında güneş henüz doğmuştu. Kanepede adeta üzerime devrilmişti. Gözlerini benden önce açmış yerdeki pantolonunun cebine ulaşmıştı. Telefonu cevapladı. Bir şey onu kötü geceden, çok iyi olan seksimizden ve yetersiz uykudan uyandırdı. Gözleri bana kaydı.

"Geliyorum," dedi. Kanepeden doğrulup giyinmeye başladı. "Durumu nasıl?" Telefonu omzuyla kulağı arasına sıkıştırmış gömleğini arıyordu. Onun üzerinde uyuyakalmıştık, doğrulup ona uzattım ama giyilebilecek halde değildi.

"Giyin," diye dudaklarını oynattı üst kata odasına çıkarken. Kötü bir haber olduğunu biliyordum. Ne kadar kötüydü bunu düşünmemeye çalışıyordum. Arka tarafta kalan odaya gittim. Hızlıca bir pantolon ve tişört geçirdim üzerime. Saçlarımı gelişigüzel bir topuz yapıp deri ceketimi kaparak salona döndüm.

"Ne kadar kötü?" diye sordum. Dış kapının orada bekliyordu. Arabaya gidene kadar hatta arabayı çalıştırana kadar sessiz kaldı. Pantolonunu çalışırken giydiği kotlardan biriyle değiştirmişti. Üzerinde kırmızı Lakers baskılı bir tişört vardı. Dalgın ve acele giyindiği ortadaydı.

"Kylie hastanede," dedi gözünü yoldan ayırmadan.

"Yaşıyor mu?"

"Yaşıyor."

Sonrası film şeridi gibiydi. İnsan konuşurken, yaşarken çoğunlukla ne yaptığını bilmiyordu. Sonuçlarını düşünmeden sadece yapıyordu. Böyle anlarda ise kontrolsüzce kendini sorgulamaya başlıyordu. Onu nasıl kırdığını hatırlıyordu ilk önce ve tüm kalbiyle bütün olanları geri almak istiyordu. Yetersizlik ve peşi sıra ümitsizlik.

Her zaman soğuk ve kasvetli hissettiğim hastanenin bekleme odasında sandalyeler boştu. Kylie'nin anne ve babası köşede doktorla konuşuyor, Maddie'nin babası ise arkadaşı için gözyaşı döken kızına destek oluyordu. Maddie geldiğimi görünce koşarak bana sarıldı. Şimdi ben kendimi daha ağır oynatılması için ayarlanmış bir film sahnesindeymiş gibi hissediyordum. Bir sahne vardı ama video gibi değil fotoğraf karesi gibi akıyordu. Uğursuz hastane ışıkları bir kareydi insana umutsuzluğu çağrıştırıyordu. Anne, baba ve doktor bir karede kaybı simgeliyordu. Babasına sarılmış ağlayan bir arkadaş pişmanlıktı. Koridorun başında görünen ve bir polisle gelen kız yalnızlıktı. Dedektif ona baktı ve görev arkadaşlarından bilgi almak için diğer köşede bekleyen memurların yanına gitti. Kareler zihnimde üst üste binmeye başladı.

"Sabahın köründe koşuya çıkmış," diye burnunu çekerek anlatmaya başladı Maddie. "Canı çok sıkkın olmalı. Güneş doğarken tek başına koşuya çıkmış. Birinin onu takip ettiğini düşünüyorlar, koşu rotasından çıkmış, tenis kortuna gitmiş sonra içeriye girmiş henüz açılmamış bile. Kurtulmak için camdan aşağı atlamış Ansel. Temizlik görevlileri bulmuş. Vücudundan bir sürü kırık var. Doktorlar saatlerdir ameliyat ediyor."

Tek yalnız kalanın sen olduğunu mu sanıyorsun, demesi gelmişti aklıma. Yalnız kaldığımızda nasıl avlandığımız. Onun peşine düşmüştü. Çünkü Kylie'yi yalnız bırakmıştık. Kylie'yi yalnız bırakmıştım.

"Otur şöyle," diye mırıldandım. Asıl oturmaya ihtiyacı olan bendim. Maddie'nin babası Kylie'nin anne ve babasının yanına gitmişti. Kylie'nin annesi ağlamıyordu, üzerindeki kaşmir kazağı ve kulağındaki küpeleri haberi almadan önce mi yoksa sonra mı taktı diye düşünüyordum. Babası bir iş toplantısındaymış gibi ciddiyetle doktorla konuşuyor ve net bilgiler istiyordu. Christopher diğer memurlarla konuştuktan sonra yanıma geldi.

"Benim olay yerine gitmem gerekiyor," dedi.

"Burada olacağım," dedim. "Beni düşünme."

"Onunla kalırım," dedi Maddie kolumdan tutarak. Dedektif Wallace ona bakarak başını salladı. "Aptalca bir şey yapma," diye uyardı beni. "Tek başına hiçbir yere gitme. Hastaneden ayrılırsan bana haber ver."

"Tamam," dedim. Gitmek istemiyor gibi bir süre daha bana baktı ama sonra koridorda gözden kayboldu. Başımı ellerimin arasına aldım. Üzülemiyor ve artık ağlayamıyordum. Sadece bu kâbusun bitmesini istiyordum. Mideme tekme yemişim gibi bir ağrı oturdu. Ağzıma ekşimsi bir tat geldi.

"Lavaboya gideceğim," diye mırıldandım.

"Ben de geliyorum," dedi Maddie koluma yapışarak. Hızlı adımlarla karnımı tutarak koridorda ilerledim. Tuvaletler alt kattaydı. Asansörü çağırdık, kabin üzerimize kapanırken Maddie bir alt katın düğmesine bastı. Işık yandı. Sıralamaya baktım. Daha önce bu hastaneye Maddie saldırıya uğradığı için gelmiştik. O gün onu öldürememişti çünkü ben yardıma gitmiştim. Onu benim için bağışlamış olmalıydı. Kylie'yi ise yalnız bırakmıştım. Onunla aramın kötü olduğu herkesin dilindeydi. Beni izliyordu, izliyordu ve Kylie ile tartıştığımı biliyordu. Bu yüzden ona zarar vermek istemişti. Asansörün ışığı yeniden yandı. Daha önce beni hapsettiği asansörün. Peki bunu neden yapmıştı? Christopher o gün gelip beni asansörden çıkarmasa ne olacaktı?

"Tanrım!" diye Maddie'nin kolunu tuttum. "Tanrım, nasıl fark etmedim!"

Geçmişten gelen görüntüler yeniden fotoğraf karelerine bölündü. Üzerimde etek ve gömlek takımımla hastaneye gelişim. Kalabalık gelişimiz. Hemşirelerin bize birer oda numarası vermesi. On dokuzuncu kata çıkarken sıkılmam. Sonra o odaya girmem.

"Neler oluyor Ansel," diye asansörün kapısının eşiğinde duraksadı. Kapı kapanacakken eliyle durdurmuştu. "Çabuk," dedim. "Telefonunu ver." Bunu yeni anladığıma inanamıyordum. Kırmızı gül. Kara gözler. On dokuzuncu kat.

"Yeniden bizi hapsetmelerine izin vermeyeceğim."

Maddie asansöre döndü. Telefonunu bana uzatırken gergindi. Christopher'ın numarasını tuşladım. İlk seferde açtı.

"Hastaneden ayrıldın mı?" diye sordum.

"Arabadayım."

"Geri dön," dedim. "Aşağıda benimle buluş hemen."

"Ne oldu?"

"Kim odluğunu biliyorum," diye nefes nefese soludum. "Galiba kim olduğunu biliyorum."

"Geliyorum."

"Ansel neyden bahsediyorsun, kimden?"

Asansörün giriş katı tuşuna bastım. Hepsi kafamın içinde birleşmeye başladı. Kırmızı güller... Müzik... Asansör... Giriş kapısına doğru koşmaya başladım. Christopher bizden önce gelmişti, arabasının kapısı açık şekilde yasak olan yere park edilmişti. Ona doğru koştum, kollarımdan tuttu.

"Bu hastane," dedim. "Asansör." Gözleri iri iri açılmıştı. "Burada kalıyordu. Yardım için. Biz okul tarafından gönderilmiştik. Hiç konuşmadı, sesini bilmiyordum. Gözleri."

"Ansel," diye sarstı beni. "Ansel, sakin ol. Sakince anlat. Anlamıyorum."

"Üniversitenin ilk yılı, amigo takımı etkinliği. Okulda travmatik suçluları topluma kazandırma programı vardı. İyilik elçileri olmuştuk o yıl turnuvada. Bizden onlara destek olmamızı istediler. Bu hastane daha önce travma vakalarına bakıyordu. Sonra yenilendi, artık yok. On dokuzuncu katta, hiç konuşmayan biri vardı. Çocuk hapishanesinden gelmişti. Akli dengesi yerinde olmadığı için tedavi görüyordu. Hiç konuşmazdı. Yataktan hiç kalkmazdı. Bahçeden onlara kırmızı gül götürürdüm. Hepsine. Ama bir tanesini hatırlıyorum, hemşireler onun yanına gittiğim için mutlu olduğunu söylerdi."

"İsmi ne," dedi. "Kim?"

Alnımı ovup hatırlamaya çalıştım. Bu uzun zaman önceydi, çok uzun zaman önce. Hemşirelerin konuşmalarını anımsayama çalışıyordum. Hepimize yakamıza takmak için bir kartlık verirlerdi. Hepsinin dosyası olurdu. Odalara girmeden önce onlar hakkında bilgi alırdık.

"Austin mi?" diye fısıldadı Maddie.

"Austin," diye başımı salladım ona dönüp. "Austin. Soyadını hatırlamıyorum. Bu yıllar önceydi."

"Tanrım!" dedi Maddie. "Onu hatırlıyorum." Sonra eli yüzündeki makyajla kapatılsa da hâlâ orada olan ize gitti. "O odadan nefret ederdim," dedi. "Işığı berbattı ve..." Gözleri dehşete kapılmış gibi dondu. "Ve yüzümü kötü gösterirdi…"

"Yukarıya dönün," dedi Christopher telefonuna uzanarak. "Bir yere ayrılmayın."

"Christopher!" diye durdurdum onu. "Dikkatli ol, lütfen dikkatli ol."

"Hastanede kal!"

23. BÖLÜM: BIÇAĞIN DİĞER YÜZÜ

Beni nasıl onunla bir tutardı. Aynı rahimden çıkmış olduğumuz için bile tiksintiyle doluydum. Ben bir Tanrıydım. Annesini seven bir Tanrı. Bu yüzden küçük kız kardeşimi öldürdüm ve anneme onu ne kadar sevdiğimi kanıtladım. Çığlıklar atarak benim bir katil olduğumu söyledi. Ona ağlamamasını benim tüm insanlardan üstün olduğumu, beni daha çok sevebileceğini söyledim. Islah evine kapatıldığımda on yaşındaydım. Doktorlar benim akıl hastası olduğuma karar verdi. Annem hiç ziyaretime gelmedi. Onlara dedim ki annem gelene kadar kimseyle konuşmayacağım.

"Merhaba, Austin." Hemşire yine üzerime eğiliyor. Onun sesinden nefret ediyorum. "Bugün yeni bir ziyaretçin var. Kumral kıvırcık saçları ve yeşil gözleri var. Çimenlere benziyor." Gözlerim kapalı, bilincim kapalı ama odada olan her şeyi duyuyorum. Annem gelene kadar kimseyle konuşmayacağım.

"Chloe, Austin 25 yaşında bir travma vakası. Uyanmaz, konuşmaz. Islah evinde diğer çocuklar tarafından saldırıya uğradığında kendini dış dünyaya kapattı."

Yanlış anlatıyorsun. Saldırıya uğramadım onları bana vurmaları için kışkırttım ve karşılık vermedim.

"Teşekkür ederim," diyor kız. İsmi Chloe. İsmini sevmedim. Sesini sevmedim. Hemşire çıkıyor. Kız sessizce dolanıyor olmalı. Neye benzediğini bilmiyorum. Burada durup bana kitap okuması

gerekiyor ama yapmıyor. Telefonunu açıyor ve saati dolana kadar aptal sevgilisiyle konuşuyor. "Burası çok yüksek, pencereden bakamıyorum bile."

Sadece on dokuzuncu kattayız.

***

"Merhaba tatlım, bugün nasılsın?" diyor hemşire yine. Yastığımı düzeltiyor. İlaçları kontrol ediyor. Üzerimdeki örtüyü değiştiriyor. "Bugün sana Summer eşlik edecek. Sarı saçları, boncuk gibi mavi gözleri var." Benimle konuşurken hep aynı ince ses tonunu kullanıyor bundan nefret ediyordum.

"Merhaba," diyor Summer. Hemşire çıkıyor. Summer diğeri gibi değil, sandalyeyi çektiğini duyuyorum. Oturup kitap okumaya başlıyor. Okuduğu kitaptan nefret ediyorum. Telefonu çalıyor. Annesiyle kavga etmiş ve evden çıkmış. Kendisini kötü hissediyormuş. Annesinin hayatına karışmasından nefret ediyor. "Kahrolası hastanedeyim," diye ağlıyor. "Burada olmaktan nefret ediyorum." Sonra kıkırdıyor. "Hayır, bacaklarımı ellemeye çalışan ihtiyarın yanında değilim." Daha çok gülüyor. "Kız kardeşini öldüren bir suçlu," diyor benden bahsederken. "Bu saçmalık, ona bakmaya bile dayanamıyorum."

***

"Merhaba," diyor hemşire. "Harika görünüyorsun Austen." Yastıkları düzeltiyor. Ellerimi siliyor. Dudaklarıma nemlendirici sürüyor. "Bu Kylie. Saçları kısacık, gözleri bir kartalınkilere benziyor."

Kylie diğerleri gibi değil. Hemşire çıktıktan sonra başka bir ses duymam uzun sürüyor. Ne telefonla konuşuyor ne de kitap okuyor. Yürümüyor bile. Durup beni izlediğini düşünüyorum. Gözlerini üzerimde hissedebiliyorum.

"Psikopatların aynı zamanda dahi olduğunu okumuştum," diyor. Gözlerimin içine bakabiliyormuş gibi kesin konuşuyor. Onu merak ediyorum. "Çoğu insan bunu ürkütücü bulur ama ben insanların ne yaptığından çok beyinlerinin nasıl çalıştığıyla ilgilenirim." Bana doğru yaklaştığını hissediyorum. Gölgesi üzerime düşüyor. Eğilip baktığında beynimi görebilecekmiş gibi. "Konuşabiliyor ya da yazabiliyor olsaydın bundan zevk alabilirdim ama şimdi sadece vakit kaybı."

***

"Merhaba bebeğim," diyor hemşire. "Bugün nasılsın?" Elimin üzerinde bir şey hissediyorum. Acımıyor. Sadece bir his. İğnenin çıkarılması. Damar yolunu değiştiriyor. "Bu Anna," diyor. "Siyah uzun saçları ve küçük badem şekeri gibi gözleri var."

Anna bana şarkı söylüyor. Sesi güzel sayılır ama seçtiği şarkıdan nefret ediyorum. Bir süre sonra o da bundan sıkılıyor. Odanın içinde başka bir ses yankılanıyor. Telefondan geldiğini düşünüyorum. Bir kayıt. Üniversite için bunu yapması gerektiğini söylüyor. Anna ona cevap veriyor. "Bunu yapmaktansa bileklerimi keserim. Kuaför randevumu iptal etmek zorunda kaldım. Ders notlarım yeterince iyi."

***

"Merhaba günışığım," diyor hemşire. "Bu Maddie. Kızıl dalgalı saçları ve çok güzel yeşil gözleri var."

"Merhaba," diyor Maddie. Nazik ve tatlı bir sesi var. "Ona hangi kitabı okumalıyım?"

"Bunu soran ilk kişisin," diyor hemşire. "Daha önceden hoşlandığı şeyleri biliyor musunuz?" diye soruyor Maddie. Sesi bana küçük kız kardeşimi anımsatıyor. Onun kadar tatlı.

"Koleksiyoncu,"[2] diyor hemşire. Kız sessiz kalıyor. "İyi eğlenceler," diyerek çıkıyor hemşire.

"Pekâlâ," diyor Maddie. Sandalyeyi çekerek değil kaldırarak getiriyor yatağın yanına. Adım seslerini ve sandalyenin yatağın kenarına çarptığında çıkardığı sesi duyuyorum sadece. "Muhteşem Gatsby'ye[3] ne dersin?" Ve okumaya başlıyor. Arada durup kitap hakkında ve karakterlerle ilgili konuşuyor. Eğitimsiz ve yoksul bir aileden gelen Gatsby kendini baştan yaratıyor. Bütün bunları servet ve güç kazanarak yapıyor. Tek arzusu ise ilk aşkı Daisy'ye kavuşmak. Maddie bunu çok romantik buluyor. Ben öyle düşünmüyorum. Yanımda bir saatten fazla kalıyor sonra birisi kapıyı açıyor.

"Hâlâ burada mısın?" diyor.

"Matt," diye ayaklanıyor Maddie. "Zamanın nasıl geçtiğini anlamamışım." Kitabın kapağını kapatışını duyuyorum. Sandalyeyi yerine götürüyor. Yeniden yanıma gelip "Hoşça kal, Austen," diyor. "Sonraki sefer kitabı bitiririz belki."

***

"Merhaba," diyor hemşire. "Bugün nasılsın?" Kulağıma eğiliyor. "Bu kızı hiç sevmedim." Gülerek doğruluyor. "Bu, Ansel," diyor. "Kahverengi uzun saçları ve çikolataya benzeyen gözleri var."

Annemin yüzünü üzerine giymiş gibi.

"Bu gülleri nereye bırakayım?" diye soruyor Ansel. Hemşire ona bir vazo getireceğini söylüyor. Ansel kitap okumuyor. Sandalyeye oturmuyor. Hareket halinde. Ve konuşuyor. Anlatıyor. Annesinin onu sevmediğini. Kimsenin onu anlamadığını.

---

2 İngiliz yazar ve şair John Flowles'ın 1963 yılında yayımladığı ilk romanı. Kelebek koleksiyonuna takıntılı olan asosyal bir adamın Miranda'yı kaçırıp arzularının hedefi haline getirmesini konu alır.

3 Amerikalı yazar F. Scott Fitzgerald tarafından kaleme alınmış bir roman.

Diğerlerinden daha çok geliyor. Bazen ağlıyor. Bazen kahkahalarını duyuyorum. Sigara içiyor, hemşire onu azarlıyor ama benim hoşuma gidiyor. Diğerleri gibi değil. Ona kötü davranan takım arkadaşlarından bahsediyor. Kötü sözler söyleyenlerden. Erkeklerin onu çok sevdiğini ama kızların her zaman nefret ettiğini. Melek üzgün. Başka birisi daha ona melek diyor. Onu seviyor. Sonra onu sevmek istemiyor. Onun iyi olmasını istiyor ama uzakta olmasını. Ben de melekten uzakta olmasını istiyorum.

"Üniversite sandığım kadar kötü değil," diyor melek. "Amigo takımı çok zamanımı alıyor. Artık o kadar sık gelemiyorum."

Hayır. Gelmesini istiyorum.

"Chloe bugün tırmanıcı olmayı benden daha çok hak ettiğini söyledi." Mutsuzca pencereye doğru gidiyor. Sadece ayak seslerini duyuyorum. Ve pencereyi açışını. Onun için güzelleşmek istiyorum. Henüz onunla konuşacak kadar güzel değilim.

"Bacakları benim bacaklarımdan daha güzelmiş." Sesi kırgın çıkıyor. Kırgın olmasını istemiyorum. İnsanlar onu kırıyor. O bir melek. İnsanlar onun kanatlarını istiyor. Buna izin vermem. Onun için güzelleşmek zorundayım.

Kapı açılıyor.

"Ans, gitmemiz gerek." Maddie'nin sesini hemen tanıyorum. Daha sonra da yanıma gelip kitap bitene kadar okumuştu. "Kylie arabadaymış ve durmuyor."

"Ama daha saat dolmadı," diyor melek. "İçeriye gel."

Maddie kapıyı kapatıp içeriye giriyor. Telefonundan gelen flash seslerini duyuyorum. "Bu odanın ışığından nefret ediyorum," diyor. "Yüzümü berbat gösteriyor. Burnum büyük çıktı."

"Güzelsin," diyor melek.

"Kylie yine arıyor," diyor Maddie. "Hadi gidelim artık."

"Şimdi gitmem lazım," diyor melek.

Gitmesini istemiyorum. O gidiyor. Aptal müzik çalmaya devam ediyor. Hemşire yüzümde ıslak bezi gezdiriyor yine. Bana tatlı sözler fısıldıyor. Onun sesinden nefret ediyorum. Meleği geri istiyorum. Sesi anneme benziyor.

***

"Merhaba tatlım," diyor hemşire. "Bu Jenny, sarı kısa saçları ve yeşil gözleri var." Artık hiçbirini dinlemiyorum. Sadece meleği geri istiyorum.

24. BÖLÜM: HÂLÂ KANIYOR

Doktorlar Kylie'nin yoğun bakıma alındığını söylediğinde akşam olmuştu. Onu birkaç saniyeliğine sedyeyle çıkarırlarken görmüştük. Korkunç durumdaydı. Maddie yine gözyaşlarını tutamadı. Henry, Christopher hastaneden ayrıldıktan bir saat sonra yanımıza geldi. Telefonu sessizde kalmıştı ve haberi babasından öğrenmişti. Dışarı çıktığımdan beri onunla ilk kez karşılaşıyorduk. Konuşulacak tonlarca şeyimiz vardı ama sadece sarıldık ve koltuklara yaslandık. Maddie ona son gelişmeleri anlatırken ben duvarı seyrediyordum. Yıllar önce hasta yatağında bir çocuğu ziyaret etmiştim ve kendi aptalca dertlerimi anlatıp durmuştum. Belki de sadece tesadüftü. Beni hiç görmemiş, hiç konuşmamış biri bütün bunları yapabilir miydi? Eğer öyleyse bunu bu kadar geç anladığım için gerçekten aptalın teki olmalıydım.

"Ne düşünüyorsun kaşlarını öyle çatmış?" diye sordu Henry. Derin bir nefes aldım. "Bilinci kapalıydı," dedim.

"Bu bir tahmin Ansel." Elini dizime koydu. "Kendine yüklenme."

"Elimde değil. Bu kadar geç anladığıma inanamıyorum." Maddie ile bunu uzun uzun konuşmuş ve bazı çıkarımlar yapmıştık. Travma vakalarının birçoğunu ziyaret ederdik. Diğer kızlar Austen'den hoşlanmıyor onu ürkütücü buluyorlardı. Bu yüzden en çok ben ve sonra da Maddie onun yanına gidiyorduk. Maddie yüzünün yaralanmasının tesadüf olmadığını düşünüyordu. Detayları bir araya getirince ben de tesadüf olmadığını düşünmeye başlamıştım.

"Bu dava için aylardır bir sürü profesyonel ekip çalışıyor, onlar bile hiçbir şey bulamadı. Davaya en çok yardımcı olan sensin."

"Sorumlusu da benim," dedim.

"Değilsin, mantıklı ol lütfen." Henry saçmalama der gibi kaşlarını çattı.

"Evet, Ans. Saçmalama. Senin suçun değil," diye araya girdi Maddie. "Umarım tahminin doğrudur ve nihayet onu yakalarlar." Yeni bir şoka girmişti. Durumu idrak etmek ve kabullenmek insanı sarsıyordu. Maddie şimdi tanıdığı ve hatta yardım ettiği birinin ona saldırmış olmasıyla yüzleşiyordu. Buna ne kadar tanımak derseniz.

"Hangisi daha iyi inan bilmiyorum." Elimle başımı ovdum müthiş bir ağrı saplanmıştı.

"Maddie, hadi, eve gitmemiz gerekiyor artık." Babası ona seslendiğinde Maddie rahatsızca ayağa kalktı.

"Kylie'yi bırakmam," diye karşı çıktı.

"Maddie lütfen," dedi Bay Flaming. "Yoğun bakımda, ailesinin bile görmesini izin vermiyorlar. Annen evde çok endişeli ve kardeşlerin de huysuzlanıyor. Burada yapabileceğiniz bir şey yok." Makul olmasına istercesine kapıyı işaret etti.

"Ama burada olduğumuzu hissediyor."

"Tatlım, yarın sabah seni yine getiririm. Şimdi lütfen çantanı al." Babası bana döndü. "Sen de bize gelebilirsin Ansel." Bu defa içtenlikle davet ediyordu. Katille ilgili bu kadar şey ortaya çıkınca belki yeniden beni sevmeye başlamışlardı.

"Evet, o da gelsin." Maddie beni de kolumdan kaldırmak istedi ama kendimi geri çektim.

"Teşekkür ederim ama benim Dedektif Wallace'ı beklemem gerekiyor."

"Dikkatli ol," dedi babası.

"Ben onunla kalırım," dedi Henry Maddie'ye. "Merak etme. Git sen."

"Bir şey olursa bana haber verin."

Babası hareketlenmesi için kolunu onun etrafına dolayıp koridora doğru yönlendirdi. Maddie isteksizdi ama dudağını sarkıtarak gitti. Artık bu manzaraya bile üzülemiyordum. Bütün bu trajedi kişisel hüzünlerimi bastırmıştı. Ne ölmüş babam ne yanımda olmayı hiçbir zaman beceremeyen annemin eksikliği kalbime kızgın bir kurşun gibi saplanıyordu. Belki de büyümüştüm. Belki de hissizleşmiştim. Belki de alışmıştım.

"Sen çok güçlüsün," dedi Henry. "Başka kimse tüm bunlarla mücadele edemezdi." Üzerinde sarı renkli kapüşonlu bir sweatshirt vardı, koyu renk saçlarıyla hoş bir tezat oluşturuyordu. Konuşurken kapüşonundaki iplerle oynayıp durdu bir çocuk gibi.

"İnsanın başına geldiği zaman nelerle mücadele edebileceğini bilsen şaşardın." Belli belirsiz gülümsedim. Herkes benim çok güçlü olduğumu söylüyordu ama ben böyle düşünmüyordum. Başa çıkmak dışında seçeneğim yoktu sadece. Başa çıkabiliyor muydum ondan da emin değildim. Sürükleniyordum.

"Senin için uğraştık bunu biliyorsun değil mi?" diye sordu, oturduğu yerden bana doğru dönerek duruşunu değiştirdi. "Hiçbirimiz senden şüphelenmedik. Seni görmek için uğraştık ama izin vermediler." Biraz mahzun biraz şüpheciydi bakışları. Eskiden ona bakınca erkek kardeşime bakıyor gibi hissederdim ama son olanlar, Dylan'ın dönüşü bana bazı çizgileri hatırlatmıştı. Birdenbire hepsiyle arama görünmez bir duvar örülmüştü. Tek bir insan bütün bunlara neden olmuştu.

"Teşekkür ederim." Başka ne söyleyebilirdim bilmiyorum.

"Son zamanlarda Becca'yı çok düşünüyorum." Bakışları yere kaydı böylece gözlerimi kaçırdığımı ve hâlâ nasıl bir suçluluk duyduğumu göremedi. "Eski günlerimizi çok özlüyorum. Çok mutlu olduğumuzu sandığım günleri. Ama ne sen ne Becca ne de D yeterince mutluymuşsunuz. Bunu hiç görememişim."

"Mutluyduk." Buruk bir şekilde gülümsedim. "Olabileceğimiz kadar mutluyduk sadece. Dayanabileceğimiz kadar mutluyduk ama bir noktada hiçbirimiz dayanamadık."

"Ama anlamadığım bir şey var," dedi. "Chris Becca'nın üvey ağabeyi tamam ama neden ölümünden seni sorumlu tuttu?" Bakışlarımız buluştu. Dudaklarımı birbirine bastırıp ne söylemem gerektiğini düşündüm. Bazı şeyler ortaya çıkmıştı ama detayları Christopher dışında bilen kimse yoktu. O gece Becca ölürken onun yanında olduğumu Dylan, Christopher ve benden başka bilen kimse yoktu. Dosya kapanmış ve ben suçsuz bulunmuştum çünkü Becca'nın intihar etmesi için sebepleri vardı. Daha önce de birkaç kez bunu denemişti. Ben bunu polislerden, polisler ailesinden öğrenmişti. Chris'in onu taciz ettiğini de kimse bilmiyordu. Kilisede olanlar için birkaç farklı kanıt vardı. Biri benim kimseyi öldüremeyecek kadar sarhoş olduğumdu. Diğeri ve en önemlisi ise beni korumaya çalışan takıntılı bir katilin çektiği videoydu. Oradaydı ama Chris'in yaptıklarına engel olmamıştı. Sadece kaydetmişti. Ve günler sonra benim içinde olduğum araç göle itilince polislere göndermişti.

"Bunu konuşmasak olur mu?" diye sordum.

"Ashley bir şeyler anlattı. O gece oradaymışsın. Öldüğü gece. Dylan'a sordum ama onu son gördüğümde pek konuşacak halde değildi."

"Oradaydım," dedim ayağa kalkarak. Bileğimi ona doğru uzattım. "Bunu yapıyordum, o da yaptı. Kafayı bulmuştuk. Dylan beni kurtardı. Ama onu kurtarmak için kimse yetişemedi." Bir anda her şeyi söyledim. Son günlerde sürekli bunu yapıyordum ve tepkilere rağmen saklamaktan daha iyi hissettiriyordu.

"Ama tek başına bulundu," dedi Henry ayağa kalkarak. Anlamaya mı çalışıyor yoksa yargılıyor mu suçluyor mu bilmiyordum. Hepsini yapabilirdi. Belki hak ediyor belki hak etmiyordum. Sadece olmuştu ve bundan kaçamıyordum.

"Çünkü kaçtık," diye fısıldadım. "Onu orada bırakıp kaçtık. Ambulans çağırdık ve kaçtık."

"Kurtarma şansınız var mıydı yani?" Sesi hiddetlenmişti.

"Dylan nabzına baktı ve öldüğünü söyledi." Spor ayakkabılarıma ve zemindeki çizgilere bakıyordum. Bunu birinin gözlerine bakarak söyleyemezdim.

"Sen," dedi. "Sen kontrol ettin mi?"

"Dylan'ın yalan söyleyeceğini mi düşünüyorsun?"

"Artık Dylan'ın seni kurtarmak için her şeyi yapacağını söylüyorum."

"O Becca'yı severdi," dedim. Biraz öfkeyle gözlerine baktım. "Çok severdi." Bunu ima ettiğine bile inanamıyordum.

"Ansel sen baktın mı?"

"Öldüğünü biliyordum," diye kısık sesle çıkıştım. "Benim gözümün önünde kesti bileğini. Çok derin kesti. Ölmek için kesti. Yere düştüğü anda biliyordum. Ölümü görünce tanıyorum Henry. Dylan da biliyordu. Nabzını kontrol etmeden önce biliyordu. Kendimi bok gibi hissediyorum, yıllarca hissettim. Ne olursa olsun orada yanında kalmalıydım evet. Ama yapamadım. Korktum ve kaçtım. Ama o ölmüştü. Ve bunun için hiçbir zaman kendimi affetmeyeceğim." O geceden beri her gün ama her gün ben de kendimi bununla yargılamıştım. Kurtarma şansım var mıydı? Yoktu. Dylan'ın beni kurtarması bile mucizeydi. Ben olmasaydım, beni değil doğrudan onu kurtarmaya çalışsaydı yapabilir miydi? Bunu hiçbir zaman öğrenemeyecektim.

"Neden intihar etti?"

"Chris üvey ağabeyi. Onu taciz ediyormuş."

"Bunu bize söylemedi," dedi.

"Daha önce intihar etmeye çalıştığını da söylememişti." Kaşlarımı kaldırarak biraz küçümseyici bir tavır takındım. Uyanması gerekiyordu çünkü ne ben ne de Dylan da ona hiçbir şey anlatmamıştık kendimizle ilgili.

"Biz ne biçim arkadaşız böyle." Ayakta duramıyor gibi yeniden oturdu. Duvara yaslanıp kollarımı göğsümde birleştirdim. "Bir gün önce eskiden hayatımız ne kadar güzeldi diye düşünüyordum şimdi ise ne kadar vasatmış diye düşünmeye başladım."

"Çocuklar pervasız ve aptal görünürler." Belli belirsiz güldüm. "Onlara bakıp ne kadar tasasız ve ahmak diye düşünürler. Hepsi kendi savaşını veriyordur oysa. Kalabalık. Üç kişi de kalabalık otuz kişi de. Ama asıl kalabalık insanın kendi içindeki kavgası. Asıl yalnızlık da insanların arasında boy gösteriyor. Şuna bak sarhoş ve saçma sapan hareketler yapıyor dersin ama o duruma neyin düşürdüğünü sorgulamazsın. Ya da ne kadar kaba biri dersin. Ne kadar saf. Ne kadar obur. Ne kadar içine kapanık. Ne kadar komik. Ne kadar güler yüzlü. Ne kadar çalışkan hatta. Ne kadar sessiz... Herkesi daha kötü bir duruma iten kötü hisleri var. Bazıları onlarla baş edemiyor. Bazıları onlarla yüzleşmiyor. Bilemiyorsun işte." Bir o yana bir bu yana yürümeye başladım. Saklanmaktan yorulmuştum. Rol yapmaktan da öyle. Hakkımda ne düşünecekler diye endişelenmekten de. En iyi olduğunu düşündüğüm halimi oynamıştım ve onunla bile kimse için yeterli olmamıştım.

"Dylan bu yüzden mi gitmişti, suçluluk duyduğu için mi? Bu yüzden mi ayrıldınız?"

Kontrolsüzce güldüm.

"Ayrıldık ve gitti çünkü baş edemedik Henry. Canımız yanıyordu. Birbirimizin de canını yakıyorduk. İkimizden biri daha, hatta belki ikimiz de bileklerimizi kesmeyelim diye ayrıldık. Ben iyileşebileyim diye gitti." Parmağımı ona doğru sallayıp sesimi kıstım. "Bana öyle bakma çünkü ben kendimi suçlayabilirim ama sen ya da bir başkası beni suçlayamazsın. Sıkıldım artık insanların yargılayıcı, şüpheci bakışlarından." Sonunda taşıyormuş gibi salladım başımı. "Hâlâ anlamadıysanız bazı insanlar sizin kadar şanslı doğmuyor. Baş etmesi gereken şeylerle doğuyor ve inan ki sandığın gibi güçlü falan da değiliz. Bunu duymaktan da nefret ediyoruz."

"Seni yargılamıyorum."

"Gözleriniz ve ağzınız hiç aynı şeyi söylemiyor." Kimi kandırıyorsun der gibi kaşlarımı kaldırdım. En azından onlar da biraz dürüst olabilirdi.

"Bana neden kızgınsın?"

"Söylediğin gibi, vasat hayatlarımız vardı. Rol yapıyorduk. Artık bundan sıkıldım. En yakın arkadaşlarım tarafından yargılanmaktan. Sorgulanmaktan. Biz yanındayız Ansel demenizden. Değildiniz çünkü. Yan yana durmak birinin yanında olmak anlamına gelmiyor. Ben bunu çok geç öğrendim."

O da siniri bozulmuş gibi güldü. "Sıkıntılarını bizden gizleyen sendin Ansel."

"Saklamadım, söylemedim sadece. Tatlı hayatlarınıza şahit olup sürekli dert yakınmak kolay değil çünkü."

"Tamam," dedi ellerini havaya kaldırıp. "Senin yerine koyamıyorum kendimi. Yargılamış olabilirim. Çok şey oluyor yetişemiyorum. Özür dilerim. Burada ve iyi olduğun için mutluyum. Daha fazla kimseye bir şey olmasını istemiyorum. Bıktım bütün bunlardan. Endişe içinde yaşamaktan."

"İyi," dedim sitemle.

"Dylan'ı merak ediyorsan iyi."

"Etmiyorum."

"Onu bırakmamı istediğinde berbat bir haldeydi. Neler olduğunu anlatmadı sadece senin yanında olmamı söyledi. Hayatını yoluna koyması için saatlerce konuştum. Anlamış gibi görünüyordu."

"Umarım," diye iç çektim.

"Kylie'ye olanlardan ona bahsetmeli miyiz?"

"Yapabileceği bir şey yok. Gerçekten okula döndüyse bırak bir şansı olsun."

"Ben de öyle düşünüyorum."

Ağır ağır başımı salladım. Onu düşünmek kalbime bir elektrik akımı veriliyormuş gibi hissettiriyordu. Elimi göğsüme bastırmamak için tırnaklarımı avucuma geçirdim. Burada olmadığı için memnundum. Bunların dışında olması daha iyiydi. Özellikle şimdi bir şüphelimiz varken. Daha fazla bela istemiyordum. Henry haklıydı, birimize daha zarar gelmesini hiç kimse kaldıramazdı.

"Siz çocuklar eve dönmelisiniz." Kylie'nin babasının alışkın olduğum otoriter sesiyle başımı kaldırdım. Dakikalardır yerdeki karoları seyrediyor olmalıydım. Dalıp gitmiştim ama sesiyle birlikte hazır ol komutuna geçmem gerekiyormuş gibi hissetmiştim. Bay Davies bana her zaman korkutucu gelmişti. Kylie ile arkadaşlık etmemizden hoşlanmıyordu. Kylie'nin arkadaşları olmasından hoşlanmıyordu. Benim eksikliğini hissettiğim birçok şey Kylie için fazlaydı. Bu bana onun son tartışmamızda *en son kendin dışında kimi düşündün* serzenişini anımsattı. *Belki de kim olduğumu unutmaya ihtiyacım vardı,* demişti…

"Sakıncası yoksa beklemek istiyorum." Sesim güvensiz çıkmıştı. Git derse kalmak için bir şeyler yapabilir miydim emin değildim. Yoğun bakım ünitesinin kapıları açıldı, doktor bekleme odasına doğru gelirken Kylie'nin annesi ve babası da ona doğru yürümeye koyuldu. Birkaç adım arkalarında onları takip ettim. İkisi de yoğun bir gerilim saçıyordu. Annesinin elinde sürekli telefonu vardı birilerine mesaj yazıyordu.

Doktor karşısındakinin kim olduğundan haberdar görünüyordu. Bay Davies Ophelia Valley'nin hatta eyaletin en güçlü adamlarından biriydi. Herkes Davies ailesinden biraz çekinirdi.

"Bilincini kapalı tutuyoruz," diye tane tane makul bir şekilde açıklamaya koyuldu doktor. "Çok fazla ilaca maruz kaldı ve bedeninin kendini toplaması gerekiyor. Vücudunda birkaç kırık var, başını korumaya başarmış beyninde bir hasar olduğunu sanmıyoruz ama uyanmadan kesin bir şey söylemek zor. Güçlü ağrı kesiciler alıyor. Birkaç gün bu şekilde izleyeceğiz."

"Kızımı kasıtlı bir şekilde uyutuyor musunuz yani?" diye sordu annesi üstten bir tavırla.

"İç kanaması vardı, durdurduk. Bacağında ciddi bir kırık meydana gelmiş onu yerleştirmemiz uzun sürdü. Şimdi nasıl tepki verdiğini izlemek zorundayız. Hasarın ne düzeyde olduğunu bize önümüzdeki birkaç gün gösterecek. Bu durumda bilincinin kapalı olması en doğrusu."

"Onu görmek istiyoruz," dedi babası annesinin omuzlarından tutup ona destek vererek.

"Yarın bu konuda neler yapabiliriz bakalım."

"Başka bir hastaneye götürmemize gerek var mı?" diye sordu annesi. "En iyilerinden birine götürebiliriz."

Henry ile göz göze geldik. Yutkunarak gözlerimi doktora çevirdim. Yorgun ve bunalmış görünüyordu. Bana kendi babamı anımsattı. Onun öldüğü yaşlardaydı. Hasta yakınlarının nasıl bunaltıcı olduğunu biliyordum.

"Bu durumda hastayı sevk etmek doğru değil, hepimiz elimizden geleni yaptık ama isteğiniz o yönde olursa size engel olamam. Riskleri anladığınıza dair bazı kağıtlar imzalamanız gerekiyor. Kararınızı bildirirsiniz, şimdi izninizle." Doktor ellerini mavi önlüğünün ceplerine yerleştirip onları geride bıraktı.

"Gel, gidelim biz de." Henry koluma dokundu.

"Burada yalnız kalmasını istemiyorum."

"Yoğun bakımda," diye ikna etmeye çalıştı. "Yapabileceğimiz bir şey yok."

"Yine de burada olduğumuzu bilmesi lazım."

"Yarın yine geliriz," dedi. "Babası tekrar gelmeden gidelim hadi."

"Sen git," dedim. "Dedektif Wallace beni almaya gelecek. Onu bekleyeceğim, birazdan burada olur."

"Emin misin?"

"Evet."

"Seninle kalmamı ister misin?"

"Hayır, buna gerek yok. Git hadi. Sonra görüşürüz."

"Yeni bir şey olursa haber ver bana."

Yalandan başımı salladım. Onun peşinden annesi ve babası da bekleme odasına geri döndü. "Ansel, hâlâ burada mısın?" diye sordu Bay Davies.

"Yalnız kalmasını istemiyorum." Ona doğru kararlılıkla baktım ama karşısında o kadar da kararlı hissetmiyordum. Can sıkıcı bakışları ve soğuk bir ifadesi vardı. Bana varlığımı bile sorgulatabilirdi.

"Biz de gidiyoruz," dedi annesi ve bir anlığına şaşkınlığımı onlardan gizleyemedim.

"Ama Kylie burada," dedim boş bulunarak.

"Uyutuyorlar burada yapacak bir şey yok. Yarın tekrar geleceğiz."

"Ama hissediyor olmalı. Burada olmamız ona güç verir."

"Eve git tatlım," dedi. "Yeterince zor bir gündü." Seninle daha fazla uğraşamam diye çevirdi zihnim bu cümleyi. Babası telefonundan birkaç tuşa bastı. Şoförlerine hastanenin önüne gelmesini söyledi. Sonra kızlarını orada bırakıp gittiler. Hastanenin bekleme odasında tek başıma kaldım. Koridorun sonunda yoğun bakım ünitesinde Kylie tek başına kaldı. İçeriye giremeyeceğimi biliyordum ama kapısına kadar gittim ve yaslandım.

"Buradayım," diye fısıldadım. "Buradayım Ky. Çok üzgünüm."

25. BÖLÜM: SICAK BİR DUŞ

Dedektif Wallace gelene kadar kapının önünden ayrılmadım. Bir hemşire uyarmasına rağmen orada görünmez olmayı başardım. Bu konuda sandığımdan da daha iyiydim. Geldiğinde saat gece yarısını geçiyordu.

"Telefon işini çözmeliyiz," dedi merhaba bile demeden. "Bir kez daha Maddie ile konuşmak zorunda kalırsam o kızı tutuklamak zorunda kalacağım."

Elimi ona doğru uzatıp kalkmak için elinden destek aldım. "Onu mu aradın?" Gülmemek elde değildi.

"Ne zaman onunla konuşsam kendimi sorgu sandalyesinde oturuyormuş gibi hissediyorum." Parmaklarım hâlâ avucunun içindeydi. Bunun farkında mıydı bilmiyorum ama hoşuma gidiyordu. Sıcak ve biraz nasırlı elleri vardı.

"Buna karma deniyor." Biraz daha gülümsedim.

Gözlerini devirdi.

"Bir şeyler yedin mi?" diye sordu.

"Hayır. Bir şeyler buldun mu?"

"Sanırım. Ama başım korkunç ağrıyor. Gel, bir şeyler yiyelim." Hastanenin ışıklarına gözlerini alıyormuş gibi rahatsızca bakındı.

"Buradan ayrılmasam daha iyi."

"Ayrılmak zorundasın. Hemşireler seni çıkarmam koşuluyla bu tarafa geçmeme izin verdi. Bu saatte burada olmak yasak."

"Sen dedektifsin." Gözlerimi ihtiyaçla onun gözlerine dikip parmaklarını sıktım. "Onlardan rica etsen, kalmama izin verseler. Lütfen."

"Senin için daha kaç kuralı çiğnemem gerekecek?"

Bir anda ağzım kurumuştu, yanaklarıma tatlı bir sıcaklık hücum etti.

"Ansel Rogers kızarıyor mu?" Gözlerini kısarak daha iyi görebilmek için başını biraz geriye çekti.

"Lütfen," dedim yeniden içtenlikle. "Burada kalmak istiyorum." Hâlâ parmaklarımı tutan elini birazcık sıktım.

"Burada onun için yapabileceğin bir şey yok ama dışarıda var. Konuşmamız lazım, gel." O da elimi daha sıkı tutup beni yönlendirdi. Önce bekleme odasına geçtik. Sandalyelere baktım ama apar topar çıkarken yanıma çanta bile almamıştım. Koridordan devam edip asansöre bindik. Asansörün düğmesine basmak için tersinde kalmasına rağmen sol elini kullandı. Yere bakarken gülümsememek için yanağımın içini ısırdım. Kafeteryaya gitmek için beş kat aşağı inmemiz gerekiyordu, bana mı öyle geliyordu yoksa asansör ekstra yavaş mıydı emin olamadım. Kirpiklerimin altından ona baktım. Elimi tuttuğunu -hala elimi tuttuğunun farkında mıydı acaba? Çok yorgun görünüyordu ama buna rağmen hâlâ iyi görünüyordu. Bu kadar küçük ve kapalı alanda olmak dikkatimi dağıtıyordu. Varlığını bütünüyle hissediyordum ki bu daha da dikkat dağıtıcıydı. Neler bulduğuna odaklanmam gerektiğini biliyordum ama aklım saçlarına kayıyordu. Ve sonra dün geceye gitti. Parmaklarımı yeniden o saçların arasında dolaştırmak istedim. Üzerinde mavi renkli bir tişörtü vardı boynu tamamen açıktaydı ve ben artık tişörtün hatta pantolonun altındakilere de oldukça hakimdim. Daha büyük bir elektrik akımı üzerime resmen hücum etti.

"Neye bakıyorsun öyle?" diye sordu çatık kaşlarının arasından.

"Haklısınız Dedektif Wallace," dedim iç çekerek. "Bazı açılardan ben iflah olmam." Dudaklarımı ıslatmak için dilimi üzerinde dolaştırdım. Bakışları anlamaya çalışıyordu ve anlamaya başladığında yoğunlaştı. Başını çevirmeden gözleri asansörün kaçıncı katta olduğumuzu gösteren ışığına kaydı.

"İki kat sonra duracak," dedi.

"O halde iyi değerlendirelim." Sözleri benim için yeterince cesaret verici olmuştu. Omuzlarından tutunup parmak uçlarımda yükseldim, beklentiyle dudaklarımı onun dudaklarına bastırdım. Belimden tutup beni çevirdi, asansörün duvarına yaslanıp neredeyse benim kadar aç bir ihtiyaçla beni öpmeye devam etti. Elini saçlarımın üzerinden kaydırarak yüzümü ona doğru kaldırdı. Bir yabancılık ya da çekimserlik yoktu. Dişlerini dudağımın üzerine bastırınca hafifçe inledim. Asansör durdu, kapının açılacağını belirten küçük tıkırtıyla kendini çekip toparlanabilen o oldu. Kalbimin gümbür gümbür atmasını bekliyordum ama aksine müthiş bir sakinlik hissetmiştim. Omuzlarımdaki ağırlık kuvvetli iki el tarafından hafifletilmişti.

Serinkanlılıkla ikimiz de kabinden çıktık. Kafeteryaya giden koridorun ışıklarına gözümün alışmasını bekledim. İki tane hemşire bize doğru geliyordu, saçlarımı doğal bir hareketle düzelttim. Yanımızdan geçip gittiler. Paranoya yapmıştım.

Bu zamana dek birçok kafa dağıtma şekli denemiştim ama onu öpmek açık ara en iyisiydi.

"Sen bir yere otur ben bir şeyler alayım," dedi.

"Siz oturun Dedektif Wallace, ben hallederim." Yapay bir gülümsemeyle topuklarımın üzerinde döndüm ama duraksayıp yeniden ona dönmek zorunda kaldım. Bana sırıtarak bakıyordu ki bu birkaç dakika önce asansördeki şahane öpüşmemiz ve bir saniye önce hiç paramın olmadığını fark etmemden daha da etkileyiciydi.

"Çıkarken yanıma çantamı almadım," dedim. Bu şu ana kadar onun karşısında en mahcup hissettiğim andı. İnsanlardan para istemeyi hiç sevmezdim. Özellikle de ne kadar berbat bir hayatım olduğunu bilen insanlardan.

Cüzdanından bir kart çıkarıp bana uzattı en azından nakit para vermemişti. "Temassız ödeme yapabilirsin," dedi.

Başımı sallayıp yeniden satış tezgahına doğru yürüdüm. Sadece çok yorgun olduğunu düşünmüş ve onun için bir şey yapmak istemiştim ama keşke yapmayıp böyle yerin dibine girmeseydim. Annemden para istemekten bile nefret ederdim. Paranın kendisinden nefret ederdim.

"İki tane sade kahve lütfen," dedim. Soğuk sandviçlerin olduğu tezgâha bakarken büyük bir tane hindi fümeli sandviç sipariş ettim. Evde de bu tarz şeyler yediğini biliyordum en azından. Ödemeyi yapıp küçük tepsiyi alarak oturduğu uzak köşedeki masaya geçtim. Kahve bardağını ben tepsiyi masanın üzerine koymadan kapıp büyük bir yudum aldı. Çok sıcak olduğu için yüzünü buruşturdu.

"Kendine neden bir şey almadın?" Tepsinin içindekileri inceliyordu, vitrine bakmıştım ama hiçbir şey iştah açıcı görünmemişti. Onun parasını kullandığım için yemeyeceğim ya da ucundan tırtıklayacağım bir şeyi ziyan etmek istemedim.

"Aç değilim." Midemin boş olmasına alışmıştım hatta bu bana daha iyi hissettiriyordu. Bunca şeyin arasında bir yeme bozukluğum eksikti farkındaydım ama bunu sonra halledebilirdim.

Doğru bir tahminde bulundu. "Bugün hiçbir şey yemedin."

"Biraz önce yedim ya Dedektif Wallace." Dişlerimi göstererek gülümsedim. Sandviçin jelatinini açarken başını iki yana salladı.

Yemeden önce bana doğru uzattı ve itiraz istemiyorum der gibi gözlerini üzerime dikti. Sandviçin ucundan küçük bir ısırık alıp geriye yaslandım.

"Neler buldunuz?" Ellerimi masanın üzerine koydum. Anlatacaklarını duymak için isteksizdim ama bir şeylerin sonuçlanmasına ihtiyacım vardı.

"Austen Bertha." Sandviçten kocaman bir ısırık aldı. Bitirmesi için onu beklerken dizimi oynatmaya başladım. Neler söyleyeceğini merak ediyor ve endişeleniyordum. Psikolojik olarak çökmüştüm artık tepki veremiyordum ama yine de sonuçları tartabiliyordum.

"28 yaşında, on yaşında kız kardeşini öldürdüğü için ıslah evine gitmiş. Orada başka çocuklarla kavga etmiş, bir tanesini ciddi yaralamış ama sonra karıştığı bir kavgada kim vurduya gitmiş."

"Tanrım, ölmüş mü yani?"

"Hayır, komaya girdiğini sanmışlar ama daha çok psikolojik bir durummuş. Bilinci kapanmış. Konuşmayı ve insanların yanında gözlerini açmayı reddediyormuş. Bazen geceleri gözlerini açarmış ama hiçbir şey söylemezmiş. Muhtemelen diğer çocuklar bir araya gelip öldürene kadar onu dövmüşler." Bir ısırık daha aldı.

Tüylerim diken diken olmuştu.

"Çocuklar diyorsun, bu çok korkunç." Kollarımı içgüdüsel olarak etrafıma doladım. Çocuk kelimesiyle böyle bir trajediyi bağdaştıramıyordum.

"İki yıl boyunca hastanede kalmış, sen ziyaret ettiğinde hastaneye yatalı bir buçuk yıl olmuş. Daha sonra hastane taşınmış ve Austen birdenbire uyanmış ve konuşmuş."

Dikkatlice etrafıma bakındım, kara gözler tarafından izleniyormuş gibi hissettim.

Gerçekten uyanmış.

"Sonra?"

"Sonra ne olduğuyla ilgili kimsenin bilgisi yok. Hastaneden kaçmış, farklı bir eyalette olduğu için bizim kayıtlarımızda yok. Onu bulmak bu yüzden zorlaştı. Tutuklu kayıtlarına baktık ama zaten çocuk hapishanesindeymiş biz bunu hiç düşünmedik. Sonrasının kayıtları ise bu kasabada yok."

"Katil o mu?"

"En yakın şüphelimiz o. Ona bakan hemşirelerle görüştüm. Anlattıklarına göre nazik ve iyi huylu bir çocukmuş ama eşkali fotoğraflara ve senin anlattıklarına uyuyor." Gözlerini içeriye yeni gelen ve satış tezgahına giden birilerine çevirdi. O benden çok daha dikkatliydi. Muhtemelen hasta yakını üç kişi kendilerine birer tane kahve alıp bizden uzakta kalan bir masaya oturdular.

"Gözleri..." Çekinerek yutkundum. "Gözleri hangi renkmiş biliyor musun?" Ben ziyaret ederken bilinci kapalı olduğu için gözlerini hiç görmemiştim. Bu çok tuhaftı.

"Bir saniye." Sandviçi tepsiye bıraktı. Cebinden küçük bir not defteri çıkarıp birkaç sayfa aradı ve sonunda "Koyu kahve," dedi.

"Kilisede bana bakan kara gözleri hatırlıyorum."

"Karanlıkta olduğunu düşünürsek evet bu da uyuyor."

"Ama anlamıyorum. Bilinçsizdi. Beni tanımıyordu. Yüzümü bile görmedi." Onu ziyaret eden tek kişi de ben değildim. En çok bendim ama diğerleri de onunla zaman geçirmişti.

"Doktorlar konuşulanları duyabildiğini söylüyor. Annesine takıntılıymış ona olan sevgisini ispatlamak için kız kardeşini öldürmüş. Kıskandığı için. Annesi bir daha onu ziyarete gelmemiş. Annesi gelene kadar kimseyle konuşmayacağını söylemiş ve sonra gerçekten kimseyle konuşmamış ta ki hemşirelerin deyimiyle *uyanana* kadar."

"Sen annemin şeklini almış bir melektin..." Bana söylediği o sözü daha çok kendi kendime mırıldandım. Bu psikopatçaydı.

"Muhtemelen seni annesi yerine koydu. Kız kardeşine yaptığını senin arkadaşlarına yapıyor. Tüm o yıllar boyunca herkes tarafından örselenmiş. Diğer çocuklar ondan hep nefret etmiş. Sense ona çiçekler götürüyormuşsun."

"Kırmızı güller."

"Kırmızı güller."

"Şimdi ne yapacaksınız peki?" İçilmemiş kahve bardağını dudaklarıma yasladım. Birden içerisi soğumuştu sanki.

"Öncelikle ifade vermen gerekecek."

"Hadi ama!" Kahveyi sitemle masaya geri bırakıp kaşlarımı çattım. Yemin ederim beni maaşa bağlamak zorunda kalacaklardı.

Yapacak bir şey yok der gibi omuzlarını kaldırıp indirdi. "Sen şu anda elimizdeki tek gerçek tanıksın." Bundan o da memnun görünmüyordu. O kadar çok ifade vermiştim ki artık kendimi onlardan biri gibi hissetmeme ramak kalmıştı.

"İnsanlar onun bana takıntılı olduğunu öğrendiğinde yine benden nefret edecek."

"Soruşturmanın detayları gizli yürütülüyor. Basına bilmeleri gerektiği kadarını vereceğiz. Sen de bildiklerini kendine saklasan iyi edersin. O kız kardeşini öldürmüş bir çocuk insanlar buna odaklanacaktır."

"Annesine ulaştınız mı peki?"

"Arıyoruz ama tüm o olanlardan sonra ülkeden ayrılmış. Hastaneden bulduğumuz fotoğrafları etrafa ve basına vereceğiz." Sandviçin kalan kısmını masanın üzerindeki elime tutuşturdu, çenesiyle yememi işaret etti.

"Ama gizli yürütülecek demiştin." Zorlukla bir ısırık aldım ve çiğnemeye koyuldum.

"Bu zamana kadar bu kadar hareket etmesinin nedeni burada aranmıyor olmasıydı, kimsenin onu tanımıyor olması. Onu en son gördüğünde neredeyse komada yatan bir çocuktu. Hastaneden ayrıldıktan sonra nasıl değiştiğini bilmiyorsun belki daha önce de karşına çıktı. Çemberi daraltmamız için onu ifşa etmeliyiz. Böyle küçük kasabalara kaçıp saklanmak kolaydır ama kasabada aranmaya başladığında saklanamayacak kadar küçük olduğunu görecek. Çok az kaldı, Ansel."

"Ya o değilse."

"Şu ana kadar olan her şey örtüşüyor."

"Bana kızgın mısın?" diye sordum ağzımda büyüyen lokmayı yutup kahveden bir yudum aldım.

Birden şaşırdı. "Neden?"

"Bu kadar geç fark ettiğim için? Aslında hep gözümün önündeymiş. İlk başta anlamalıydım."

Peçeteyle ağzının kenarlarını sildi. Bir açıklama yapmaya hazırlanıyor gibi görünüyordu. Kendi kahve bardağını önüne çekti küçük bir yudum içip bakışlarını bana çevirdi.

"Ansel, sürekli kendini suçlamayı, başına gelenleri hak ettiğini sanmayı ve kendini daha çok yaralamayı bırakman gerekiyor."

Dişlerimi birbirine sürttüm. Beklediğim böyle bir cevap değildi.

"Ortada bazı işaretler olduğu doğru ama bunları bir araya getirmek profesyoneller için bile kolay değildir. Eksik birçok parça vardı. Tüm bu olanlar senin üzerine kurulmuş şekilde başlasa, ilk hedef sen olsan ya da sana olan takıntısını en başta belli etse belki parçaları birleştirirdin. Hiçbir şey böyle gerçekleşmedi. Komadayken okul kaynaklı katıldığın bir programda ziyaret ettiğin birinin seri katil olması, kimse senden bunu bilmeni beklemiyor. Kendinden bu kadar çok şey bekleyen sensin."

Başımı yana yatırdım.

"Bu kadar iyi olursan sen de beni incitebilirsin." Dudağımın kenarı hafifçe yukarı doğru kıvrıldı. Dün sabah izin verse onu incitebileceğimi söylemişti. Kendinin farkında değildi. Ve dün geceden sonra sebebini anlayabiliyordum. Babasını aldatan bir anne, kendisi yerine sürekli başkalarını tercih eden bir anne. Bahse girerim tüm kadınların annesi gibi onu inciteceğini düşünüyordu. Hiçbir şeyden haberi yoktu. Anneler...

Hastaneye kaldırılan kızını görmeye giderken bile küpelerini takmayı unutmayan Kylie'nin annesi.

Kapının kilidini değiştiren Dylan'ın annesi.

Kızının muhtemel bir canavar olduğunu düşünen ve hayatını çaldığına inanan Ansel'in annesi.

Kocasını aldatan ve sevgililerini oğluna tercih eden Christopher'ın annesi.

Kadınlar ve erkekler eşitti bana kalırsa. Ucu açık kapıları görmezden gelirsem. Ama ebeveynler ve insanlar eşit değildi. Ebeveynler piramidin en üstündeydi. Ne kadar çok şeye şekil verdikleri, ne çok şeye sebep olduklarını gördükçe iyi bir insan olsan dahi iyi bir ebeveyn olmayacağını anlıyordu insan. İnsanların böyle kolay ve pervasızca ebeveyn olması korkunçtu. Bunun için yasalar olmalıydı. Ebeveyn olmadan önce insanlar incelenmeliydi. Anne ve baba olmaya uygun olmayan kimse çocuk sahibi olmamalıydı. O zaman bu kadar mutsuz, acı çeken, hatalı çocuklar yaşamazdı. Dünya bile daha iyi bir yer olurdu. Sadece aile olmak için, yıllardır bir toplum geleneği gibi evlenenlerden çocuk yapmaları beklendiği için kaç milyar hayat zehirlendi bu zamana dek kim bilir. Mesele dünyaya bir çocuk getirmek olmamalı mesele bir çocuğa dünya verebilmek olmalı. Travma değil, yalnızlık değil, çekimserlik değil... Sevgisizlik, ilgisizlik değil. Ona gerçekten bir hayat vaat edilebilmeli.

"Gidelim mi?" diye sordu.

"Dün geceden sonra hiç konuşmadık." Parmaklarıma bakarak konuştum. "Sen iyi misin?"

"Evet, neden sordun?"

"Annen ve babanla olanlardan sonra... merak ettim sadece. Affedersin burnumu sokmak istemiyorum sadece üzgünüm."

"Olan her şeyi duydun," dedi. "Çocukken üzülüyordum ama..."

"Bitmez ki," diye kestim sözünü. "Kaç yaşında olursan ol o eksiklik hissi bitmez. Onunla yaşamayı öğrenirsin sadece. Sen öğrenmişsin. Harika bir adam olmuşsun. Kendinle gurur duymalısın."

"Öyle yapmalıyız sanırım." Ayağa kalktı. Üzerine konuşmak istemiyordu. Ben de onunla birlikte toparlandım, kahvenin son yudumunu içip karton bardağı masanın üzerine bıraktım. Yürürken koluna yaslandım. Neredeyse uykum gelmişti. Bir şey demedi, ellerini ceplerine soktu. Asansöre değil merdivenlere yöneldik. Kafeteryadan bir kat yukarıya çıktık, acil kapısının ana girişinden dışarıya çıktı. Bir ambulans kenarda bekliyordu. Birkaç kişi sigara içiyordu daha ilerideki köşede. Misafir otoparkına kadar yürüdük. Audi'nin kapısını benim için açtı, yerleşip emniyet kemerimi bağladım. Koltukların arasındaki bölmeden onun sigarasından bir tane alıp yaktım.

"Sana bir şey dinleteceğim," dedi oturup emniyet kemerini bağladıktan sonra. Arabayı çalıştırdı, telefonu müzik sistemine bağlandı ve bir melodi başladı.

"Bunu hatırlıyor musun?"

Elimi kulaklarıma bastırma isteğimle savaşmam gerekti.

"Evet," dedim. "Bu o melodi. Ne zaman etrafımda dolaşsa gözümü bu melodiyle açtım."

"O halde Ansel Rogers, katili resmen bulduk." Gözlerini ileriye dikti.

"Ne? Nasıl?"

Telefonunu kurcalayıp başka bir şey açtı, bu defa bir şarkıydı.

"Hemşirelerin söylediğine göre uyandıktan sonra sürekli bu şarkıyı dinliyormuş. Ama sana hep sözleri olmadan müziği dinletmiş."

"Bu şarkıyı biliyorum," dedim.

"Sözlerine dikkat et." Telefonu bölmeye koyup arabayı sert bir manevrayla otoparktan çıkarttı. Camlar kapalıydı ama bir rüzgâr esmiş gibi ürpermiştim.

Ed Sheeran, Supermarket Flowers

Süpermarket çiçeklerini aldım pencerenin kenarından

Döktüm bir günlük çayı fincandan

Matthew'ın yaptığı fotoğraf albümünü paketledim

Sevilmiş bir hayatın hatıraları

Aldım "Geçmiş Olsun" kartlarını ve içi doldurulmuş hayvanları

Döktüm lavaboya eski zencefilli birayı

Babam her zaman söylerdi, "Kötü hissettiğin zaman ağlama"

Ama anne, yaşlar akıyor her göz kırpışımda

Ah parçalar halindeyim, paramparça ediyor bu beni, ama biliyorum

Kırılmış bir kalp, sevilmiş bir kalptir

O yüzden söylüyorum Hallelujah'yı

Sen annemin şeklini almış bir melektin

Düştüğüm zaman beni tutmak için orada olurdun

Açıyorsun kanatlarını giderken

Ve Tanrı seni geri aldığında söyleyeceğiz Hallelujah'yı

Evindesin

Yastıkları düzelttim, yatakları yaptım, sandalyeleri topladım

Geceliklerini lazım olur diye düzgünce katladım

John arabayı süreceğini söyledi ve elini yanağıma koydu

Ve yüzümün kenarındaki göz yaşını sildi

Umarım dünyayı senin gördüğün gibi görürüm, çünkü biliyorum

Sevgi dolu bir hayat, yaşanmış bir hayattır

O yüzden söylüyorum Hallelujah'yı

Sen annemin şeklini almış bir melektin

Düştüğüm zaman beni tutmak için orada olurdun

Açıyorsun kanatlarını giderken

Ve Tanrı seni geri aldığında söyleyeceğiz Hallelujah'yı

Evindesin

Hallelujah'ı

Sen annemin şeklini almış bir melektin

Olduğum kişiyi görmelisin

Aç kanatlarını ve biliyorum

Tanrı seni geri aldığı zaman söyledi Hallelujah'yı

Evindesin[4]

---

4 Hristiyanların söylediği bir ilahi. Şükretme anlamı taşır.

"Sen annemin şeklini almış bir melektin..." diye tekrar ettim. Şarkının sözleri kanımı dondurmuştu. Daha önce bir yerde otururken, okulda, dans ederken... Bir yerlerde mutlaka kulağımıza çalınan şarkılardan biriydi. Ama böyle dinleyince, onu bir katil gibi dinleyince tüm tüylerim ürpermişti.

"Yarın ifade vermeye götüreceğim seni. Ama artık çok daha dikkatli olmak zorundayız. Çünkü artık daha kızgın olacak. Senin tarafından hayal kırıklığına uğramış gibi hissedecek. Onu ele verenin sen olduğunu anlayacak."

Ayaklarımı kaldırıp dizlerimi kendime doğru çektim. Korkuyla çenemi dizime yasladım. Son zamanlarda ne çok kişiyi hayal kırıklığına uğratmıştım. Bir katili bile.

"Tamam," dedim sadece.

"Az kaldı Rogers..." Sesi bir şekilde merhamet barındırıyordu. Bana karşı merhamet. "Yakında tüm bunların hepsi bitecek."

"Umarım."

Sonra korku ele geçirdi beni. Hepsi tek tek gözümde canlandı. Summer'ın göl kenarındaki anma gününde ağaçlığın içindeki depoda katille ilk karşı karşıya gelişim. Senin sıran değil, demişti... Ama sonra hep bir şekilde beni korumuştu. Sonra asansörde köşeye sıkıştırmıştı beni. Merak ediyorum kim olduğunu anlatmaya mı çalışıyordu yoksa beni o kata kadar götürüp yine köşeye mi sıkıştıracaktı. Kylie ile araba kazası geçirdiğimizde senin arabada olduğunu bilmiyordum diye mesaj yazıp af dilemişti. Evde tek başıma kaldığımda üzerimi örtmüştü... Kilisede beni kurtaran o videoyu çekmişti. Hapishane arabası göle devrildiğinde beni sudan çıkarmıştı. Evime, odama girmiş yatağıma yatmıştı. Saçlarıma dokunmuş bana seslenmişti. Şimdi tüm her şeyi bilerek onunla bir daha karşılaşma ihtimali ödümü koparıyordu. Hiç korkmadığım kadar korkmama neden oluyordu.

Araba durdu, köpeği geldi, onun başını okşadı, köpek sonra gelip benim de bacaklarıma sürtündü. Başını sevdim. Bizimle birlikte içeri girdi. Christopher onun mama kabına yemeğini koydu. Sonra bana döndü.

"Uyuyabilecek misin?" diye sordu. Saat gece yarısını çoktan geçmişti.

"Önce duş alacağım." Ellerimle kapanan gözlerimi ovaladım. Vücudumun her yerinden onun izleri vardı. "Beni yıkamak ister misiniz Dedektif Wallace?" diye takıldım tatlı tatlı. Tamamen ters köşe yapıp beni şaşırtarak "İsterim," dedi. Ellerimi gözlerimin üzerinden çektim kirpiklerimi kırpıştırarak ona bakakaldım. Çarpık bir şekilde gülümsedi.

"Ne oldu küçük kurt yoksa sadece konuşabiliyor muydun?"

"Hiçte bile sadece şaşırdım."

"Gel," dedi emir verici bir ses tonuyla elimi tutup kendi odasına çıkan merdivenlere ilerlerken. Yarı uyku mahmuru onu izledim. Gerçekten beni yıkayacağını sanmıyordum. Muhtemelen o da bana takılıyor ya da arabada beni korkuttuğu için yine kafamı dağıtmak istiyordu. Odasındaki diğer kapıyı açıp beni kendi banyosuna soktu. Banyosuna ilk kez giriyordum. Loş sarı bir ışıklandırması vardı, kayaç taşlardan oluşuyordu. Tamamı camdan, siyah çerçeveli büyük bir duşa kabini ve kocaman bir kayaya oyulmuş gibi duran yamuk bir lavabosu vardı. Elimi bırakıp duş musluğu açtı, parmaklarının suyun altına tutup ısısına baktıktan sonra tişörtünü üzerinden sıyırdı. Ben muhteşem sırt kaslarına bakarken hareket edip gülerek kapıya yürüdü.

"Orada öyle duracak mısın?" dedi kapıdan çıkarken. Nereye gittiğini anlamadığım için yine gözlerimi kırpıştırdım. Çok uykum vardı, neden çok uykum olduğu bir anda oyun oynayası tutmuştu ki. Üzerimdeki kıyafetleri çıkarıp tam oraya bıraktım. Saçımdaki tokayı çıkarıp suyun altına girdim. Sıcak ve rahatlatıcıydı. Saçlarım ıslanırken gözlerimi kapatıp yüzümü ıslatmak için başımı suya doğru kaldırdım. Cam çabucak buhar olmuştu ama yere düşen kemerinin sesi geri döndüğünü işaret ediyordu. Su damlalarının altından hafifçe gözlerimi açtım. Kalan tüm kıyafetlerini çıkarıp kabinin içine girdi. Tam karşımda durup bana bakıyordu. Suyun altına gelebilmesi için biraz geri çekilip ona yer açtım. Bana doğru bir adım daha attı, kolunu başımın hemen yanından uzatıp köşeye sabitli raftan şampuanını aldı, saçlarımın üzerine döktü, parmaklarıyla masaj yapar gibi çok çok nazikçe saçlarımı yıkamaya başladı. Yeniden gözlerimi kapattım, kendimi bu müstehcen ama bir o kadar şefkat dolu ana teslim etmeye çok hazırdım. Saçlarımı geriye doğru parmak uçlarıyla taradı.

Derin bir nefes aldım. Beklenmedikti. Benim için kesinlikle beklenmedik. Neden sadece beni öpmüyor ya da sadece dokunmuyor. "Gerçekten beni yıkayacağını düşünmemiştim," dedim şampuanı gözlerimden silmeye çalışarak.

"Ne sanmıştın?" Göremiyordum ama sesinden güldüğünü anlamıştım. Bana gülmesi hoşuma gidiyor, içimi yaz günü sıcaklığıyla kaplıyordu.

"Seks yok mu?" Burun kıvırır gibi sordum.

"Seks yok." Yeniden yanımdan uzanıp bu defa duş jelini aldı sonra hafifçe kaşlarını çattı. Kollarıma baktı. Kaburgama baktı. Bacaklarıma baktı. Çizikleri, morlukları, hiç kapanmayan bazı yaraları gördü. Dikkatli, çok dikkatlice elimi elinin içine aldı, parmaklarım avucunda kayboldu. Yumuşak bir duş kesesiyle kolumu boydan boya uzun bir patikanın keyfinin çıkarır gibi okşamaya başladı. Atacağı adıma dikkat ediyordu. İncitmekten korkuyor muydu?

"Biraz da şefkat," dedi sessizce bir şarkıyı mırıldanır gibi.

Bir yaranın üzerinden geçerken boşta olan elimin parmaklarını sıktım. Dudaklarım aralık kalmıştı, su damlaları yüzümden sıcacık bir şekilde akıyordu. Hem rahatlamış hem korkmuş hissediyordum. Dokunurken bir porselen bebeğe dokunur gibi dikkatliydi, gözlerini keseyi dolaştırdığı yerlerden ayırmıyordu. Her an kanayabilir gibi dikkatliydi.

"Bunu neden yapıyorsun?" diye fısıldadım.

Başını kaldırmadan bakışlarını bana çevirdi. Diğer elimi avuçlarının arasına aldı. Dirseğimin altındaki taze bir yaraya dokundu. "Sen bunu neden yapıyorsun?" diye sordu. Sessizce bekledim. "Okulunuza ilk geldiğimde, sizi araştırdığımda, sizinle konuştuğumda diğerlerine göre senin amigoluğa çok ilgisiz olduğunu fark etmiştim." Keseye biraz daha duş jeli döküp bu defa omuzlarımın hizasında sağdan sola doğru elini dolaştırmaya başladı. "Seni tanıdıkça bunun kamufle olduğunu anladım. Sadece *o amigo kız* olmana yardımcı olmuyordu, bu yaraları saklamana da yardımcı oluyordu. İnsanlara böyle söylüyordun değil mi, düştüm, çarptım... Sen tırmanıcısın. En çok hasar alan kişisin. O pozisyonu bu yüzden istedin."

Su üzerimden akıp gidiyordu ama sanki kar taneleri tenime batıyordu. İçerideki buhara rağmen kaskatı kesildim. "Bir çeşit ağrı kesici," diye fısıldadım. "Ne yaptığımı biliyorum."

"Bilmiyorsun," dedi. "Sana kimse şefkat göstermemiş ama sen de kendine hiç şefkat göstermemişsin." Yavaşça doğruldu ama ellerimi bırakmadı, gözlerinden kaçınmak için "Sanırım gerçekten seks yok," dedim, alnımı göğsüne yasladım. Göğsünden gelen mırıltı gibi gülümsemeyi duydum. Seninle ne yapacağım der gibi nefes aldı. Saçlarımı tek omzumda topladı. Sırtıma masaj yapmaya başladı. Keseyi bırakmış parmaklarını kullanmaya başlamıştı. Her bir omurumda oyalana oyalana tenimin üzerinde dairesel hareketler çizmeye devam etti. Sanki orada kocaman yosun tutmuş, paslanmış zincirler varmış ve şimdi teker teker o düğümleri açıyormuş gibi hissettiriyordu. İki eli omuzlarımda gevşetmek için baş parmaklarının ucuyla bastırdı. Suyla birlikte gözyaşlarım da akmaya başladı.

"Haberin olsun beni feci şekilde tahrik ediyorsun," diye mırıldandım. Yeniden kıkırdadı. Kıkırdaması çok güzeldi. Genizden ve içten geliyordu. Tatlı bir müzik gibi. Beni kendinden uzaklaştırdı.

"Bunun için bir şeyler yapabiliriz," dedi. Mavi gözleri akan suyun altında parlamıştı. İlk kez bu kadar donuk ve ne yapacağımı bilmez şekilde duruyordum. Ellerimi daha bir kez ona dokundurmamış, saçlarının içine daldırmamıştım bile. Beni şoka uğratmıştı. Konuşabildiğim için kendimle gurur duymakta çok haklıydım.

Keseyi yeniden eline aldı, beni suyun tam altına çekti, köprücük kemiklerimden usul usul aşağı inerken göğsümün ucunu hafifçe sıktı. Gözümü kapatıp dişlerimi sıktım. Göbeğime doğru dairesel hareketlerle inmeye devam etti. Birkaç saniye sonra karşımdaki boşluğunu hissetmiştim. Gözlerimi biraz açtığımda eğildiğini gördüm, yutkundum. Bacaklarımı aynı nezaketle yıkarken kalbim beklentiyle hızlanmaya başladı. Eli sol bacağımın üst kısmını kavradı, diğer eli keseyle bacağımın içine masaj yapıyordu.

"O geceyi hatırlıyor musun?" diye sordu. Sesinde bir şeyler değişmişti. Bir şekilde daha tehditkâr ve vaat dolu geliyordu kulağa.

"Hangisini?" Benimki ise uğursuz çıkıyordu ve biraz ağlamaklı.

"Şuursuzca parti yaptığınız geceyi, o odada seninle karşılaştığımız geceyi."

"Ah."

Nasıl unuturdum. Ben tam kendimi tatmin ederken onun kanepede oturup her saniyesini izlediğini. Parmaklarını ayak bileklerimde hissettim, yukarıya doğru saten bir kumaş üzerinde hareket eder gibi kaydırıyordu. Karnımın üzerinde bir karıncalanma oluştu, enfes bir histi. Burnunu bacağımın içine doğru sürttü. "Nasıl dayanılmaz olduğunu çok iyi biliyorsun," diye mırıldandı. Kirli sakalları tenime batıyordu, kendimi ona bastırmamak için bir hayli zor tutuyordum. Dudakları bacağıma dokununca suyun daha da ısındığını düşünerek başımı yukarıya doğru kaldırdım. İstediğim biraz serinlemekti ama dudaklarını çekmeden yukarıya doğru tırmandıkça alev almaya başladım. Dişleri bacağımla meşgulken parmaklarını diğer ayak bileğimden yukarıya doğru kaydırdı. Hissettirdiği kıvılcımları takip etmeye çalışıp darmadağın olmuştum. Beni önce hüzünlendirmiş şimdi de arzuyla kıvrandırıyordu. Hiç acıması yoktu. Parmakları bacaklarımın arasına kadar tırmandı, bacaklarımı ayırmak için hafifçe kavradı. Onları birbirine bastırma arzuma yenik düştüm.

"Çok gaddarsın," diye dişlerimin arasından tısladım.

"O gece sen de öyleydin."

"Ben tek başıma eğleniyordum."

"Sorun da bu, tek başına eğleniyordun." Parmağını içime kaydırdığında çok derin bir nefes aldım. Dili bacağımı okşarken parmağı tekrar tekrar hareket ediyordu. Bir yanardağın içine düştüğümü sandım. Kendimi koy vermemek için direnmeye devam ediyordum ama sonra diğer parmağını da oraya kaydırdı. Yavaşça ayağa kalktı, parmakları hareket ederken dudaklarını ağzıma bastırdı. Tamamen baştan çıkarılmıştım, tuzağa düştüğümü hissediyordum. Onu benim böyle etkilemem gerekiyordu ama tanrım, kimin umurunda, o dili ve parmaklarıyla bana her şeyi yapabilirdi ve lütfen yapsındı. Parmakları daha da hızlanınca dudağını ısırdım, bütün enerjim içimde kıpırdanan parmak uçlarında toplanmıştı. Beni duvara bastırıp diliyle dudağını dişlerimin arasından kurtardı, alt dudağımı sertçe emip parmaklarını geri çekip bir kez daha aynı şeyi yaptı ve kelimenin tam anlamıyla ellerimi kaldırıp teslim oldum. Soluk soluğa gözlerimi araladığımda memnun ve zafer sarhoşluğuyla gülümsüyordu. Parmaklarını çekince korkunç bir boşluk hissettim. Sersemlemiş ve birçok şeyden bitkin düşmüştüm. Parmaklarını dudaklarına götürdü, aheste aheste çok özel bir lezzetin tadına bakıyormuş gibi oyalandı.

"Hadi seni yatıralım artık." Saçlarımı suyun altında bir kez daha geriye taradı. Yıkanıyor olmaktan bir an hoşnutsuzluk duydum, bu hissin her bir anını üzerimde taşımak istiyordum. Öylece bedenimden akıp gitmesine hazır değildim.

Elimden tutup beni kabinden çıkardı, ikimizin de üzerinde suların akması kimsenin umurunda değildi anlaşılan. Banyo dolabından bir bornoz çıkarıp dikkatlice bana giydirdi. Kendi beline bir havlu doladı, bunu çok pratik bir şekilde yapmıştı. Sersemlemiş halde onu seyrediyordum. Ve bir insanın bundan asla sıkılmayacağını düşünüyordum. Küçük bir el havlusuyla saçlarımı kurulamaya başladı, onu durdurduğum tek an bu an olmuştu. Saçlarımı kurutmasa daha iyiydi.

"Kalsın böyle," diye huysuzca mırıldandım. "Beni artık rahat bırak, canıma okudun."

Güldü, bacaklarıma uzanıp bir anda beni kaldırdı. Bir şey söylemek yerine kollarımı boynuna doladım. Banyodan çıkıp beni yatağa yatırdı öylece. Açıkçası üzerimi giyinmek gibi bir derdim yoktu bornoz şu an dünyanın en rahat kıyafetiydi ya da onu delirtmek için çıplak uyuyabilirdim, bir ara intikamımı almaya ant içip gözlerimi kapattım. Uykuya karşı gelemiyordum. Beni sarhoş etmişti. Bana kendimi her anlamda çok iyi hissettirmişti ve hiçbir yerimde tek bir çizik yoktu. Hiç kan yoktu.

26. BÖLÜM: HALA ORADA

Yerimden sıçrayarak gözlerimi açtım. Nemli saçlarım yüzüme yapışmıştı. Christopher yataktan çıkmıştı.

"Neler oluyor?" diye mırıldandım yarı uyku sersemi. Evin içinde korkunç bir alarm çalıyordu. Onun dışarıdan geldiğini ayırt etmem birkaç saniyemi aldı. Korkuyla ayıldım, yataktan fırladım.

"Burada kal," dedi. Komodinin üzerinde duran askılığından silahını aldı, emniyet kemerini açtı. Üzerimde bornozla orada dikiliyordum. Onun üzerinde sadece bir pijama altı vardı. Merdivenlerden aşağı inerken ben dolabın kapaklarını açtım. Rastgele aldığım bir tişörtü bornozdan kurtulup üzerime geçirdim. Panikle peşinden merdivenleri indim. Salon tamamen karanlıktı. Alarm sesinin arabadan geldiğini Christopher'ın yanına pencereye vardığımda fark ettim. Köpeği arabanın etrafında dolaşıyor ve havlayıp duruyordu.

"Pencereden uzaklaş," dedi beni geriye çekip. Sözünü dinledim. Perdelerin arkasından etrafı kolaçan etti. Evin dört bir yanındaki pencerelere sırayla ve emniyetle bakıyordu.

"Dışarı çıkacağım," dedi. "Arkamdan kapıyı kilitle."

"Hayır!" diye karşı çıktım.

"Ansel, burada bekle." Kaşlarını kaldırıp kapıyı açtı ben ona yetişene kadar üzerime kapattı. Kapalı kapının ardında ne yapacağımı bilmez şekilde bekledim. Duvardaki dijital saat 04.37'yi gösteriyordu. Söylediğini yapıp kapıyı kilitledim. Ellerim titriyordu. Panik ve endişe birbirine karışmıştı. Salona koşup kanepenin arkasındaki pencereye gitmek istedim. Sehpanın üzerinde duran yığınla fotoğraf ve kâğıt dikkatimi çekmişti ama şu an önemli değildi. Perdenin arkasına geçip dışarıya baktım. Köpek havlayarak Christopher'ın bacaklarına yapıştı. Arabanın etrafında tetikte bir şekilde iki tur attı. Çıkarken eline aldığı anahtarla arabanın alarmını susturdu. Toprak yola doğru ilerlerken kalbim daha hızlı atmaya başladı. Dışarıda, karanlığın içinde tek başınaydı. Peşinden gitmemek için kendimi zor tutuyordum ama dışarıya çıkarsam sadece ayağına dolanır ve dikkatini dağıtırdım. Soğukkanlılığımı korumaya çalıştım.

Bir an evin içinde, onun olmadığı bir yerde tek başıma olduğumu fark ettim. Hızla arkamı döndüm, duvardaki bir gölge neredeyse çığlık atmama neden oluyordu ama sadece hareketimle kıvrılan perdenin yansımasıydı. Parmak uçlarımda koşarak mutfağa gidip bir bıçak kaptım. Bıçağı önümde tutup kapıya yakın pencere kenarına geçtim. Odaları kontrol etmeyi düşündüm ama aynı hızla bu fikirden vazgeçtim. Onunla karşılaşırsam ne yapardım bilmiyordum. Gözümün ucuyla yeniden dışarıya baktım, Christopher ağaçların arasında dolanıyordu ama karanlık baskındı. Kasabanın bu tarafında onun evi dışında yerleşim yoktu bu yüzden sokak aydınlatması onun evinin sınırlarında çok kötüydü. Her an ağaçların arasından biri çıkıp üzerine atlayacak diye kafamda korkutucu senaryolar kurmaya başladım. Gözlerim hem dönüp evi kolaçan ediyor, her köşeye bakıyor ve bir kıpırtı arıyor hem Christopher'ı takip etmeye çalışıyordu.

Evin arka tarafına dolanırken görüş alanımdan kayboldu. Onu takip etmek istiyorsam arka odaya gitmek zorundaydım ama bunu yapacak cesaretim yoktu. Bıçağı önümde hizalayıp beklemeye koyuldum. Bir dakikadan daha uzun sürer ve dönmezse odaya gidecektim. Dışarıdan gelen bir çıtırtı dikkatimi oraya çevirdi. Sert esen rüzgârın şiddetiyle ağacın dalları hareket ediyordu. Derin bir nefes aldım ve duvara gidip dakikalardır unuttuğum ışıkları yaktım. Üst katta sadece Christopher'ın odası vardı, alt katta arka tarafta ise benim kaldığım oda vardı. Bir kez daha pencereden dışarıya baktım ama Christopher dönmemişti.

Parmak uçlarımda nefesimi tutarak odaya doğru yürümeye başladım. Sessiz olmaya ve herhangi bir ihtimale karşı dikkat çekmemeye özen gösteriyordum. Bıçağı sağ elime alıp sol elimle odanın kapısını yavaşça açmaya çalıştım ama kilit oynadığında sessizliğin ortasında gürültülü bir çıt sesi çıkardı. İçimden küfredip ayağımla kapıyı tamamen açılması için ittim. Salondan yansıyan ışık yetersiz kalıyordu. Dönüp yeniden kısa koridora göz attım. Kapının eşiğinde bir adım atıp bıçağı tutan elimi hazır bir şekilde önümde tutarken sol elimle duvarda ışık düğmesini aramaya koyuldum. İçerisi çok karanlıktı. Nihayet oda aydınlandığında kalbim midemde atıyordu adeta. Gözlerim ışıkla birlikte sersemledi ama sonrasında derin bir nefes aldım. Kimse yoktu. Odanın içindeki banyonun kapısı açıktı, orası daha küçük olduğu için rahatlıkla içeriyi görebiliyordum bu yüzden doğrudan pencereye koştum. Perdeyi araladım ve karanlığın içinde Christopher'ı aramaya koyuldum. Görüş hizamda hiçbir yerde yoktu. Bahçesinin arka tarafı tamamen duvarlarla çevriliydi üzerinde de teller vardı ama birisi istediği taktirde yeterince motivasyonu varsa orayı geçebilirmiş gibi gelmişti. Yeniden salonun penceresine koştum ama orada da yoktu. Rahatlama yok olmuş yerini müthiş bir endişe ve korku dalgası ele geçirmişti. Gözlerim her yerde dolaşıyordu ama ne Christopher ne de köpeği görünmüyordu. Hızlı ve mantıklı düşünmeye çalıştım. Dışarı mı çıkmalıydım, birilerine mi haber vermeliydim. Kahretsin benim endişeleneceğimi tahmin ediyor olmalıydı. Şimdiye dönmesi gerekiyordu.

Nefes al, Ansel.

Nefes al.

Tanrım yardım et.

Lütfen yardım et.

Lütfen, lütfen ona bir şey olmasın.

Mantıklı düşün Ansel. Sen aptal bir kız değilsin mantıklı düşün.

Yeniden saate baktım. İlk baktığımda 37 geçiyordu ama şimdi 04.49'u gösteriyordu. Kahretsin, gereğinden uzun bir süreydi. Peşinden çıkmalı mıydım... Düşün, düşün, düşün. En kötü ihtimalle başına bir şey geldiyse bu bir tuzak olmalıydı. Dışarı çıkarsam o tuzağa düşerdim. Bana bir şey olması sorun değildi, bundan korkmuyordum ama eğer Christopher'ın yardıma ihtiyacı varsa ve ben bu zamanı yardım çağırmak yerine yakalanarak geçirirsem tamamen batırmış olurdum. Yeniden saate baktım 04.51 oldu. Sadece iki dakika daha dedim içimden. İki dakika daha bekleyeceğim ve yardım çağıracağım.

Üst kata koştum, merdivenleri çıkarken bıçağı düşürmüştüm ama dönüşte almak için durmadım. Etrafta cep telefonunu aradım. Pantolonunu banyoda çıkarmıştı. Banyoya koştum, ışığı yaktım. Yerde bıraktığımız dağınıklıktan eser yoktu. Ne onun kıyafetleri ne benim kıyafetlerim. Odaya geri döndüm, adrenalinden buz gibi terlemeye başlamıştım. Telefonunu komodinin üzerinde saatinin yanında gördüm. Telefonu kapıp yeniden aşağı indim. Pencerenin oraya koştum. Saate baktım. Üç dakika geçmişti bile. Ellerim titriyordu, telefonu açmaya çalıştım ama şifresi vardı. Doğrudan dedektiflik ofisini aramayı düşünmüştüm. Acil çağrı. Acil çağrıları şifresiz arayabilirim. Numarayı yazdım. Kapının kilidinin açıldığını gösteren bir klik sesi geldi. Elimde olması gereken bıçağa baktım ama yoktu. Kahretsin. Düşürdüğüm yere baktım ve var gücümle merdivene koşmaya başladım. Basamakları çıkarken ayağım takıldı, merdivenin kenarına kemiğimi çarpıp acıyla inledim. Uzanıp bıçağı alabilmiştim. Kapıya doğru dönerken ayağa kalkmaya çalışıyordum. Kendimi basamağa bırakıp derin bir nefes aldım.

"Tanrım," dedim ağlamaya başlayarak. "O kahrolası araba göle devrildiğinde bile bu kadar korkmamıştım."

Christopher kapıyı arkasından kilitleyip içeri girdi. Basamakların karşısında durdu. Elimdeki bıçağa ve telefona baktı.

"Polis mi çağırıyordun?"

"Başın dertte sandım." Zorlanarak ayağa kalktım, kemiğim fena halde sızlıyordu. Adrenalin etkisi geçince daha fazla acıyacağını biliyordum. Kemik ağrıları en beteriydi. Gidip ona sarıldım. "Bir daha sakın bunu yapma," dedim kollarımı sıkı sıkı boynuna dolayarak. "Dışarıda kalmak için en fazla üç dakikan var."

"Dakikaları mı saydın?"

Başımı salladım.

"Kimse yoktu," dedi.

"Neden bu kadar uzun sürdü?"

"Sen iyi misin?"

"Hayır, bacağımı merdivene çarptım."

"Kalbin çok hızlı atıyor." Ellerini sırtıma bastırdı. "Sana bir şey olmasına izin vermem."

"Aptal mısın," diye söylendim. "Sana bir şey olmasına izin verme."

Beni kendinden uzaklaştırdı.

"Sen bana aptal mı dedin?"

"Daha çok bir soru cümlesiydi."

Eğilip bacağıma baktı, derisi biraz soyulmuştu ama asıl ağrıya kemiğe çarpmam neden oluyordu.

"Dolaptan buz al," dedi. "Her ihtimale karşı evi kontrol edeyim."

"Ben biraz bakındım." Topallayarak dolaba doğru yürüdüm. Buzluğu azıcık karıştırıp bir buz torbası kaptım. O yukarıya bakarken kahve makinesine tablet yerleştirip çalışmasını bekledim. Tezgâha yaslanıp ağırlığımı diğer bacağıma verdim. Buzu kemiğe yaslamak bir an çok iyi gelmişti. Merdivenlerden inip arka tarafta kalan odaya gitti. Dolapların açılıp kapanma sesini duydum. Bu o anda benim aklıma gelmemişti ama yine de panik anını iyi idare ettiğimi düşünüyordum. Tanrım, kalbim ne kadar hızlı atmıştı.

Kahve makinesinin sesiyle doğruldum. Üzerimden uzanıp dolaptan fincanları alınca küçük bir sıçramayla dizimi mutfak dolabına çarptım.

"Mazoşist misin yoksa sakar mı..." Ters ters bakarak fincanlara kahve doldurdu. Sekerek kanepeye kadar yürüdüm içimden ona söyleniyordum, birkaç saat önce şefkatten bahsediyordu şimdi ise alay etmeye başlamıştı ya da kızmıştı asla bilemiyordun.

Kahveleri sehpanın üzerine bıraktı.

"Bunlar ne?" diye sorudum gördüğüm dağınıklık yeniden dikkatimi çekince. Birkaç fotoğrafı elime aldım. Annemin, Maddie'nin, Henry'nin ve ailelerinin fotoğrafları vardı.

"Yakınların," dedi bilgisayarını açarak.

Ters ters baktım. "Söylediğin iyi oldu."

"Dediğim gibi artık açık bir hedef haline geliyorsun, tehlikede olabilecek herkese güvenlik sağlıyoruz. Başka bir hata başka bir gözden kaçırma istemiyorum." Ben uyuduktan sonra da çalışmış olmalıydı. Gözleri yine kızarıktı ama bilgisayara bakarken oldukça kendinde görünüyordu. Hemen yanımda oturduğu için ben de ekrana döndüm. Birkaç şeyi tuşladı, bir anda ekran altıya bölündü her bir karede evin etrafından farklı bir görüntü vardı. Biraz hızlandırarak geriye sardı. Kapının tam önü görünüyordu, arka bahçenin büyük bir kısmı, iki yan cephe, garaj ve ağaç yolunun girişi.

"Benim evimin de güvenlik sistemi vardı ama oraya girebildi," dedim. "Buraya girmek mi istemedi sence?"

"Buranın güvenliği son teknoloji, ben kapıyı açmadığım sürece kimse giremez."

Anladığımı göstermek için başımı salladım ama dikkatini tamamen ekrana vermişti. Bir saat geriye alıp bu defa daha yavaş bir akımla izlemeye koyuldu. Yolda ya da bahçede bir hareketlilik yoktu. Saat 04.00'a kadar yoldan bir araba dahi geçmemişti zaten bu eve gelmediği sürece bu yönde gidilecek başka bir yer yoktu. Yol ayrımından sonra sağa sapıp eve ulaşabiliyordunuz. 04.15'te bir motosiklet yola yanaştı ağaçlığın arasında durdu. Kameranın açısından çıkmıştı. Görüntüyü geri sarıp birkaç kez daha izledi. Biraz sonra karanlığın içine bir gölge gibi birisi arabanın yanına geldi, arka tarafa eğilip oyalandı.

"Ne yapıyor?" diye fısıldadım sanki bizi duyabilecekmiş gibi.

"Lastikleri patlatmış."

Kalbim yeniden hızlanmaya başladı. Kaşlarımı çatıp izlemeye devam ettim. Arabanın etrafında dolaştı, kameranın kör noktasını anlamış gibiydi. Arabanın arkasına geçti ve gözden kayboldu. Ekrandaki karelerde onu ararken bir anda kapının önünde belirdi. Yerimden sıçradım. Doğruca kameraya bakıyor ve ne yaptığını biliyordu. Maskesi yoktu, gizlenmiyordu ya da korkuyormuş gibi görünmüyordu. Bir dakikaya yakın bir süre öylece durdu. Gözlerimizin içine bakar gibi kameraya bakmaya devam etti.

"Bu o," diye fısıldadım. "Austen."

"Fark edildiğini anlamış," dedi. Pür dikkatti, ne düşündüğünü anlayamamıştım.

Ensemde buz gibi bir soğukluk hissederek irkildim. Hâlâ ekrandan bize bakıyordu. Kapkara gözleri, kısa kesilmiş saçları, üzerine giydiği uzun motorcu montuyla birlikte. Nihayet dönüp kameranın açısından çıkmadan yürümeye başladı. Hiç acele etmiyor sanki yürüyüş yapıyor gibi sakince hareket ediyordu. Arabanın kaputuna tekme atıp alarmın ötmesine bilerek neden oldu sonra bir kere daha kameraya bakıp ceketinin iç cebinden kırmızı bir gül çıkarıp arabanın üzerine bıraktı. Ve gitti.

"Korkma," dedi. "Bu iyi bir şey. Panikliyor. Paniklediğinde hata yapacak, kendini ele verecek. Artık kimi yakalamamız gerektiğini biliyoruz."

Ama korkmuştum, korkmamak aptallıktı. Gözlerimin içine baktığını hissetmiştim. Berbat bir histi. Tüm bedenim buz gibi soğumuştu.

"Üzerine bir şeyler giyin."

Telefonuna uzanarak hızlıca bir arama yaptı. "Çok erken olduğunu biliyorum şef," dedi rahatsız bir şekilde. "Acil durum." Sonra olanları anlatmaya koyuldu. Artık onun yanında kalmam sorun değildi. Daha önce şefinin bundan nasıl rahatsız olduğunu hatırlıyordum ama her şeyin merkezindeki yalnız hedef olduğum için muhtemelen artık kimse sesini çıkarmıyordu. Lastikleri patlatan bıçağı tespit etmek ve delil aramak için olay yeri inceleme ekibi en kısa sürede burada olacaktı. Kalkıp arka taraftaki odaya gittim ve küçük bavulumdan giyinecek bir şeyler çıkardım. Bunu hiç düşünmemiştim. Yalnız bir hedef olduğum için, gidecek başka bir yerim olmadığı için burada kaldığımı. Kendimi kaptırmıştım. Şimdi sonuna gelmiştik. Her şeyin sonuna. Dava sonuçlandığında, katil yakalandığında burada kalmam için bir sebep kalmayacaktı. Ve bu bir anda kalbimi paramparça etti.

27. BÖLÜM: BEN HÂLÂ BURADAYIM

"Sonra ne oldu?" diye sordu Maddie dehşetle açılmış gözleriyle. Yorgunluktan bitmiş haldeydim.

"Olay yeri inceleme geldi ve şefleri, Ashley'nin babası. Kamera kayıtlarını aldılar. Sonra doğrudan polis merkezine gittik. Ben uzun bir ifade verdim. Fotoğraflarını teşhis ettim. Bildiğim her şeyi anlattım. O kadar çok soru sordular ki... Neyse ki artık kimse gözlerime katil diye bakmıyor. Sonra da Dedektif Wallace beni hastaneye bıraktı." Henüz öğlen saatlerindeydik ama ben dördüncü kahvemi içiyordum ve artık tadını alamıyordum bile. Tavuklu salatamı önüme çekip iştahsızca yemeye koyuldum. Bitkinliğimin büyük bir bölümü yeterli beslenmemekten kaynaklıydı.

"Al şunları iç," dedi Maddie çantasından iki tane tablet hap çıkararak su şişesini de uzattı. "Vitamin."

"Teşekkür ederim." Tabletleri suyla birlikte yutup salatayı biraz daha didikledim.

"Her gün bambaşka bir olay yaşıyoruz." Ellerini özenle maşaladığı saçlarının diplerinden geçirdi. "Artık bu kâbus bitsin ne olur," diye yakarmaya başladı.

"Okulu ve tüm o saçmalıkları özlediğime inanamıyorum." Çatalla bir salatalığı hırsla böldüm.

"Deli misin," dedi. "Sınavları bile özledim. Bir daha asla şikâyet etmeyeceğim."

"Muhtemelen bu dönemi tekrar edeceğiz değil mi?" Bir bu eksikmiş gibi yüzümü buruşturdum.

"Hayır, tüm kasabayı etkileyen olağanüstü bir durum olduğu için sadece sınavlara girmemiz yeterli olacak. Devamlılığa bakmayacaklar. Telafi sınavları da yapılacak."

"Eh, bir tane güzel bir haber. Kylie rahat bir nefes alır."

Maddie'nin yüzü düştü.

"Kendini suçlama," dedim. "İnan bana bunun hiçbir faydası yok, çok iyi biliyorum. Ne yaparsan yap olaylar bir şekilde en kötü haliyle şekilleniyor." Hastaneye benden önce sabahın erken saatlerinde gelmişti. Kylie'nin durumunda bir değişiklik yoktu. Daha garip olan ise annesinin benden bile sonra gelmiş olması ki ben polis merkezindeydim, babasının ise işi dolayısıyla henüz gelmemiş olmasıydı. Ebeveynler son zamanlarda sinirimi tepeme çıkarıyordu. Henry ve Maddie gibi iyi ailelere sahip örnekler olmasa çocukların ebeveynlerinden ayrı büyütülmesini savunacaktım.

"Bir insan üzülmeye alışır mı Ans," dedi bıkkınlıkla. "Yemin ederim tükenmiş hissediyorum. Tüm neşem kaybolmuş. Birileri gelip parıldayan ışığımızı çalmış gibi."

"Sen her zaman parlıyorsun."

"Artık değil, yeni koleksiyon highlighter'ım bile işe yaramadı."

Güldüm.

"Anneni görmeye gittin mi?" diye sordu birden. Neyse ki zaten yiyebileceğim her şeyi yemiştim. Salata tabağını masanın ortasına doğru itip karton bardağı kendime çektim.

"Hayır."

"İstersen seninle gelebilirim." Uzanıp elimi tuttu. "Dışarıda beklerim."

"Daha sonra." Omuz silktim. "Bu haldeyken onun karşısına çıkmak istemiyorum. Başımda bu kadar bela varken. Sanki bulaşıcıymış gibi."

"Öyle söyleme."

"Biliyorum, sadece bitmesine ihtiyacım var Mads."

"Benim de öyle." Sonra yüzünü buruşturdu. "Bu arada kötü şeyler yaşadığını biliyorum ama berbat görünüyorsun," dedi. Saçlarım dağınıktı öylesine toplamak zorunda kalmıştım. Mecburen kaçıncıya giydiğim pantolon yıkanmadığı için kötü duruyordu ve üzerimdeki uzun kazak da hiç uyumlu değildi.

"Gerçekten..." diye ben de kendime yüzümü buruşturdum. "Evden çıkarken bavuluma ne koyduğuma bakmamıştım." Kazağın kollarını çekiştirdim ama ben de kendimi iyi hissetmiyordum.

"Şöyle bir şey okumuştum," dedi. "İnsan kötü hissettiği zaman kendini salıyor, saçına giyimine özen göstermiyor ya bu çok yanlışmış. Asıl o zamanlar daha özen göstermeliymişiz ki daha iyi hissedelim yoksa daha kötü hissediyormuşuz. Anladın mı?" Kurduğu karmaşık cümleye gülmemek elde değildi ama başımı salladım.

"Anladım. Ben de öyle düşünüyorum. İnsan her durumda kendine özen göstermeli. Yani teoride buna katılıyorum ama pratiğe dökemiyorum. Dedektif Wallace beni almaya geldiğinde eve uğramak istediğimi söylerim."

"İstersen ben götürebilirim seni." Gözleriyle onları görebilecekmişiz gibi üst katı işaret etti. "Kylie'nin babası gelmiştir ama çok durmayacaklar gibi hissediyorum. Onlar gittiğinde biz nöbeti devralmış gibi oluruz."

"Gidip gelelim mi yani?" Kendi içimde düşünmeye koyuldum. Aslında eve gitmek eşyalarımı toplamak hatta üzerimi değiştirmek çok iyi hissettirirdi. Veterinere de uğramak ve birikmiş parayı almak istiyordum, gözaltına alındığım zamandan beri ne durumdaydı bakmam da gerekiyordu.

"İstiyorsan," diye omuz silkti Maddie. "Ama Henry'yi de çağıralım. Sizin eve gideceksek yalnız olmamakta fayda var."

"Doğru," diye katıldım. "Gidelim mi o halde?"

"Henry'ye haber veriyorum o zaman ben."

"Haber ver o zaman sen." Gülümsememi gizlemedim. Bana mı öyle geliyordu yoksa Maddie onu görmek için heyecanlanıyor muydu? Bu çok hoşuma giderdi. Nihayet birbirini hak eden iki doğru insanın bir araya gelmesi. Bazılarımızın aksine.

Arabasına doğru yürürken hâlâ telefona eğilmiş mesaj yazıyordu.

"Matthew ile tamamen ayrıldınız değil mi?" diye sordum. Onca hengamenin arasında bundan bahsetmişti ve normalde büyük sükse yapacak bir haberdi ama olanların arasında kaynamıştı.

"Kesinlikle," dedi. "Başta biraz mesajları ve aramaları ile beni yordu ama sonra bıraktı. Selamlaşmıyoruz bile."

"Ve sen iyi hissediyorsun?" Soru sorar gibi ona döndüm ama sırıtarak mesaj yazıyordu.

Bir an başını kaldırıp telefonu tuttuğu elini sallayarak "Bu olanların arasında ne kadar iyi hissedilebilirse," diye gözlerini irileştirdi. "Ama merak etme Matthew konusunda pişmanlığım yok, acı da çekmiyorum. Kararımdan eminim." Arabasının anahtarını büyük çantasında bir süre aradı, açılması için düğmeye basıp sürücü koltuğuna geçti. Ben de yerime yerleştiğimde "Biliyor musun," diye bana döndü. Arabayı çalıştırmış ısıtıcıyı ayarlıyordu. "Onu affettiğim için çok memnunum. Summer olayı yüzünden. Onu affetmeseydim kırık bir kalple ayrılmış olacaktık. Ne kadar süreceğini bilmediğim bir ıstırap çekecektim. Şimdi ise hafiflemiş hissediyorum. Kafamda hiçbir kuşku ya da soru işareti yok. Onunla olmak istemediğimi biliyorum. Ondan iyisini hak ettiğime de oldukça eminim." Dudaklarını birbirine bastırıp özgüvenli bir şekilde direksiyonu çevirdi. Otoparktan çıkarken ona gururla bakıyordum.

"Çok sevindim," dedim. "Gerçekten çok sevindim. Bu benim mutlu suratım." İşaret parmağımla memnuniyetimi yeterince yansıtmayan suratımı gösterdim.

"Aslında sana şunu söylemeye çalışıyorum." Gözlerini yoldan ayırmadan çamurlu bir su birikintisinin üzerinden geçti neyse ki etrafta kimse yoktu. "Dylan konusunda hiçbir zaman açık olmadın ama o döndüğünde, ona nasıl baktığını gördüm Ans. Yarım kalmış bir şeyi görünce tanırım. Belki sizin de ihtiyacınız olan budur. Bir şans daha verip olup olmadığını görmek."

Ah, keyfimi nasıl kaçıracağını biliyordu.

"O okulu kazandıktan sonra hep birlikte ziyarete gittiğimiz zamanı hatırlıyor musun?" Sesi neşeli çıkıyordu, bahsettiği anın hatırasıyla gözleri bile gülümsemişti. Benimkilerde. Başımı salladım sadece. "Bir kitapçıya gitmiştik, epey büyüktü hepimiz bayılmıştık."

"Hatırlıyorum," dedim. Müzeye benzeyen üç katlı kocaman bir kitapçıydı. Eski saray kütüphaneleri havasını veriyordu. İçeride okunmak için bekleyen sayısız kitap insanı kendine çekiyordu.

"Orada çalışmaya başlamış. Dün kabul edilmiş. Yurttan atıldığı için bizim ziyaret ettiğimiz zaman kaldığımız, hani Airbnb'den bulmuştuk ya o küçük daireyi kiralamış. Kitapçıya çok yakındı."

"Yaa..." diyebildim sadece. Verecek daha iyi bir cevabım olmasını isterdim. Haklı çıkmıştım. Ben onun hayatını onun bana yaptığı gibi sınırlıyordum. Birbirimizden çalıyorduk. Bensiz daha iyiydi. Her zaman öyleydi. Bensiz olduğu zamanlar da sevmeye başlamıştım onu. İşin içine ben girince, onun yanına ben gelince bir şeyler değişmeye, bozulmaya başlamıştı.

"Yani oraya gidebiliriz demek istiyorum Ansel Rogers." Dirseğiyle kolumu dürttü.

"Dylan ve benim bir şansımız olsaydı bunu bilirdim bebeğim," diye mırıldandım. "İyiliğimizi istiyorsun biliyorum ama..." Duraksadım. "İnan bana..." Yeniden o his, çok acı çekiyormuşum gibi. Ucu kırık bir bıçağın kalbime saplanmasına benzeyen. "O hikâyenin yarım kalması olabilecek her sondan daha iyi."

"Onu sevdiğini hissediyorum," dedi.

"Bazı insanlar birbirini artık sevmediği için ayrılmazlar ki," dedim. "Bazen birini sevsen de onunla olamazsın işte. Sarılmak istesen de yapmazsın. Özlesen de aramazsın. Sevgi her zaman fayda sağlamaz. Her şeye yetmez ya da her şeyin üstesinden gelmez demiyorum bak, bazen birini çok seversin, çok ama çok seversin ama bunun dünyanın en yanlış şeyi olduğunu bilirsin." Gökyüzüne baktım. "Birbirini sevmek birlikte olmak için yeterli değil."

"Benim dünyamın prens ve prensesiydiniz." Üzgün bir şekilde dudağını kıvırdı.

"Prens prenstir. Prenses de prenses. Mutlu son masallarındır. Zaten prensesler şövalyelerin omuzunda ağlar."

"O zaman umalım da şövalyeni bul."

Gülümsedim.

"İlk önce veterinere uğrayalım."

"Şuraya bak," dedi yanından geçtiğimiz bir vitrinin camlarını işaret ederek. "Her yere asılmış."

Oturduğum yerin el verdiği ölçüde döndüm, haklıydı, yanından geçtiğimiz tüm dükkanların camlarında, evlerin duvarlarında, ağaçların gövdesinde ARANIYOR ilanıyla Austen'in resimleri asılıydı. Dedektiflik bürosu sıkı çalışıyordu. Şimdiden kasabanın her yerinde olduğu düşünülürse artık onu yakalamak umarım daha kolay olur.

"Çok tuhaf..." Gözümü resimlerden alamadım. "Sonunda kim olduğunun bulunduğuna inanamıyorum. Aylar sonra."

"Ben de," diye nefesini verdi Maddie. "Çok az kaldı hissediyorum."

Veterinere doğru yanaştı. Bir şey daha dikkatimi çekmişti, bir süredir insanlar sokağa çıkmaya, dükkanlarını açmaya yanaşmıyordu. Kasabada hayalet bir sessizlik hakimdi. Ama cadde kalabalık, butikler açık ve mağazalarda alışveriş yapan insanlar vardı. Gazeteleri okumuyor ya da haberleri izlemiyordum ama nihayet gündem değişmişti. Benimle ilgili haberler yerini gerçek katilin kimliğine bırakmıştı. Christopher böyle olduğunu söylemişti ama ilk kez bunu görüyordum. İnsanlar onun neye benzediğini öğrendiği için bile nefes alabilmişti. Belki bir gün biz de eskisi gibi olabilirdik.

"Burada biraz oyalanabilir misin?" diye sordu Maddie başını eğip etrafa bakınarak. "Güzel, etraf kalabalık ve veteriner açık. İçeride insanlar var gibi görünüyor."

"Oyalanırım ama neden?"

"Henry okuldaymış, ben onu alıp geleyim sen buradaki işlerini bitir sonra üçümüz sizin eve gideriz."

"Olur," dedim çabucak. Okula uğramayı ve o aptalları görmeyi hiç istemezdim. Özellikle Ivan ile yaşadığım o saçmalıktan sonra. Ve bahse girerim şimdi herkes katille ilgili sorular sormak için an kolluyordur.

"Çabucak gidip gelirim," dedi.

"Acele etme dikkatli kullan. Epeydir ortalıkta yokum zaten işim hemen bitmez."

"Dur, şunu al," dedi ben kapıyı kapatmak üzereyken. Bana uzattığı telefonuna baktım. "Ne olur ne olmaz yanında dursun."

"Sen ne yapacaksın?"

"O iş telefonum. Grup etkinliklerini ve en popüler kız olma serüvenimi oradan yürütüyorum kendi telefonum değil." Diğer elindeki mor kılıflı telefonu salladı.

"Elbette." Turuncu kılıflı telefonu elinden aldım. "Teşekkür ederim."

"Haberleşiriz."

Kapıyı kapattım, araba uzaklaşırken arkasından bir süre baktım. Maddie her zaman iyi kalpliydi, bazen saf olabiliyordu ama artık üzerinde değişik bir şey vardı. Büyümüştü ya da olgunlaşmıştı. Kendini bulmuştu belki de. Gittikçe daha da güzelleşiyordu. Bazen her şey üzerimize yıkılıyor gibi hissederiz ama belki de bu yeni bir şey inşa etmemiz için bir şanstır. Çok kötü şeyler yaşadık ama aslında neyin gerçekten önemli olduğunu anladık.

Veteriner kliniğine girdim, ön tarafta masada oturan kadın değişmişti. Şimdi yerinde genç ve güzel yüzlü bir çocuk oturuyordu. Belki de yeni asistanlardan biriydi. İçerisinin dekorasyonu da değişmişti ya da değişiyordu. Bazı eşyalar kutuların içinde yerde ve bazı yeni eşyalar da etrafta diğerlerinin yerindeydi.

"Merhaba, nasıl yardımcı olabilirim?" diye sordu genç çocuk masanın arkasından.

"Merhaba," dedim kedi kafeslerinin olması gereken sol köşeye bakarak. Orada şimdi uzun bir raf ve hayvanlarla ilgili kitaplar bulunuyordu. Birkaç kedi biblosu ve en altta da mamalar.

"Ansel, merhaba, sen mi geldin?" Annemin ofisinden yokluğunda veterineri bıraktığı yardımcı hekim çıktı. Üzerinde önlüğü ve yakalığı vardı. Mezun olalı henüz birkaç yıl olmuştu ama epeydir annemin yanında çalışıyordu.

"Merhaba," dedim. "Bir süredir yoktum ama eminim haberlerden duymuşsunuzdur." Mahcubiyetle dudaklarımı birbirine bastırdım. "Bazı yanlış anlaşılmalar..."

"Annen durumu açıkladı," dedi sevecenlikle. "Şimdi iyi olmana sevindim. Unuttuğu bir şey mi varmış?"

"Annem açıkladı mı?"

"Evet, senin de onunla gideceğini sanıyordum. Okul için mi kaldın?" Önündeki kutudan çıkardığı şeyleri ofise götürüp yeniden yanıma döndü.

"Annem buraya mı geldi?" Saçlarımı sakin olmaya çalışarak kulaklarımın arkasına sıkıştırdım.

"Geçen hafta buradaydı," dedi daha yavaş bir şekilde. Sanırım bundan haberim olmadığını yeni yeni fark ediyordu. "Devir işlemlerini tamamlamak için."

"Devir işlemleri mi?"

"Kasabadan taşınacağını söyledi, başta yapabileceğimden emin değildim ama bir süredir burada tek başımayım biliyorsun. Ben de burayı devralmamın iyi olacağını düşündüm." Memnun bir şekilde gülümseyip yaptığı değişikliklerden gurur duyuyormuş gibi etrafına baktı.

Etraf benim için döndü. "Annem burayı devretti, bunu mu söylüyorsun?"

"Bundan haberin yok mu?"

"Ben..." Nefes al Ansel. "Ben bir süredir hastane... Arkadaşım. Kylie. Ben. Aklımdan çıkmış olmalı."

"Doğru, yakın arkadaşındı. Şimdi nasıl?"

"O yoğun bakımda," dedim. "Annem… Annem nerede?"

"Bilmiyorum Ansel…" Üzgünce dudak büktü. Söylediklerinden pişman olmuş gibi görünüyordu. Ne yapacağını bilemeden yeniden kutunun içine uzandı.

"Başka bir şey söyledi mi?" diye sordum zorlukla.

Başını iki yana salladı.

"Ben..." Nefes al Ansel. Cümleyi tamamlayamadan geri geri yürümeye başladım. Kliniğin kapısını iki elimle itip dışarıya çıktım. Elimi burnuma bastırdım. Hızlı hızlı cadde boyunca yürümeye koyuldum. Başımı kaldıramıyordum. Sadece daha hızlı yürümeye çalışıyordum. Haftalardır bu kasabanın çoğu benim katil olduğumu ya da katilin iş birlikçisi olduğumu düşünmüştü ama hiçbir anında bu kadar utandığımı hatırlamıyordum. Annem tarafından terk edildiğimi bir yabancıdan öğreniyordum.

Kliniğe girene kadar yol etrafımda uzayıp gitti. Bazı insanların uzuvlarını kendine ait hissetmediğini okumuştum bir makalede. Ne demek istediklerini yol boyunca koşarken anlamıştım. Bacaklarım bana ait değildi ama daha beteri aklım da bana ait değildi. Doktorunun görüşmesini yarıda kestim, sekreteri bundan memnun olmadı ama Doktor McMahon her zaman anlayışlı biriydi.

"Annem nerede?" diye sordum soluk soluğa.

"Bir bardak su getirir misin?" diye seslendi sekreterine. "Gel, Ansel." İçerideki hastasına ya da her kimse ona döndü ve biraz sonra geleceğini söyleyerek özür diledi. Onunla birlikte koridora çıktım.

"Sana söylemediğini tahmin ediyorum," dedi.

"Annem nerede?"

"Bazı insanlar ebeveyn olmak için doğmaz Ansel."

"Annem nerede?"

"Bir süredir oldukça iyi durumdaydı. Tedavisinden olumlu sonuç aldık. Sonra yeni bir hayat kurmaya ihtiyacı olduğunu söyledi, her şeyi geride bırakmak istediğini."

"Gitti mi?"

"Onu en son taburcu olduğunda gördüm."

"Veterineri devretmiş."

"Anne olmak ona ağır geliyor, seni sevmediğinden değil bu sorumluluğun altından kalkamıyor. Ruh hali buna müsait değil. Kendini daha başarısız hissediyor. Eminim kendini toplayacak..."

"Yeter," dedim. "Yeter!"

Dedektiflik bürosuna kadar koştum. Rüzgâr yüzümü hissetmeyeceğim kadar çarpmıştı. Dün gece masanın üzerinde gördüğüm fotoğraflar şimdi anlam bulmuştu. Annemin fotoğrafı da oradaydı. Bir insanın klinikte yatan birini korumasına gerek yoktu. İzlemesine gerek yoktu. Kötü bir koku almışım gibi içime çektiğim oksijen bir anda ağırlaştı. Durup dinlenmeye ihtiyacım vardı ama içeriye daldım. Ne kadar çok kişinin bana baktığı umurumda değildi.

"Dedektif Wallace burada mı?" diye sordum nefes nefese.

"Burada değil."

"Nerede olduğunu biliyor musunuz?"

"Hayır küçük hanım."

Ona ters ters bakıp geldiğim kapıdan geri çıktım. Ana yolda ilerlerken göz kapaklarım titriyordu. Maddie'nin bana verdiği telefonu cebimden çıkarıp tuş kilidini açmaya çalıştım. Kahrolası şeyin şifresini vermeyi unutmuştu. Soyunma odasındaki dolabının şifresini denedim. İlk seferde açıldı. Üç kere yanlış yazdıktan sonra numarayı doğru tuşlamayı becerdim. Telefonu kulağıma tuttum. Birkaç kez çaldı ve sonunda "Dedektif Wallace," diye cevap verdi.

"Biliyordun değil mi?" dedim yolda yürümeye devam ederek.

"Ansel?"

"Biliyordun. Bu yüzden onu da korunacaklar arasına aldın."

"Anlamıyorum, bir saniye." Arkadan rüzgârın uğultusu geliyordu. Birkaç saniye sonra bir kapının açılıp kapanma sesini duydum. "Şimdi söyle."

"Kahretsin Christopher! Annemin beni terk ettiğini biliyor muydun?"

Sessizlik.

Cevabımı almıştım.

Göğsümden bir hıçkırık kaçtı.

"Neden söylemedin?" diye fısıldadım.

"Neredesin?"

"Neden söylemedin?"

"Neredesin?"

"Cevap ver!" Yolun kenarında durdum. Ne tarafa gideceğimi bile bilmiyordum. Kendi etrafımda dönmeye başladım. Dünyada bir an kendimi küçücük hissettim.

"Gitmeye kararlıydı."

"Neden?" diye fısıldadım daha çok kendi kendime. Arabalar yanımdan hızla geçerken nefes almaya çalıştım.

"Haberleri görmüş." Bıkkın bir nefes verdi.

İnanmış. Katil olduğuma inanmış.

"Önemi yok," dedi. "Onsuz daha iyi olursun. Yetişkinsin."

"Onun sözleri mi bunlar?" diye soludum. "Böyle söyledi değil mi? Büyüdüğümü. Ona ihtiyacım olmadığını."

"Durdurmaya çalıştım Ansel," dedi. "Çok üzgünüm. Reşitsin, yasal olarak bir yetişkinsin."

Burnumu çektim.

"Sen de bana acıyıp evine mi aldın?"

"Öyle olmadığını biliyorsun."

"Bilmiyorum," diye fısıldadım. "Hiçbir şey bilmiyorum."

"Bazı insanlar anne baba olamaz," dedi. "Herkesin bir çocuğu olmak zorunda değil."

"Ama benim bir annem olmak zorundaydı." Telefonu kapattım. Kenardaki tuşuna basıp tamamen kapattım. Yola doğru koştum. Elimin tersiyle gözlerimi sildim.

28. BÖLÜM: KAPALI KAPILARI AÇMAMALISIN

Kazağımı çekiştirerek çantamı ve cep telefonunu güvenlik kontrolü için kutuya bıraktım. Ben geçerken sinyal öttü. Güvenlik memuru beni kenara çekip üzerimi ararken öylece bekledim. Kollarıma bakarken yere devrilecek gibi oldum.

"İyi misiniz?" diye sordu.

"İyiyim."

"Geçebilirsiniz."

"Teşekkür ederim."

Bilet satış bölümünde uzunca bir kuyruk bekledikten sonra Boston'a en yakın saatteki bileti aldım. Üç çocuklu bir ailenin bavulları çocuklardan birinin koşturmasıyla devrildi. Babası yaklaşıp çocuğu kucağına aldı, birlikte gülümsediler. Yaşlı bir kadın kızını bulabilmek için benden yardım istedi. Uçuş saatini beklerken insanların arasından uzaklaşmak için önce terasa çıkıp sigara içtim. Çok konuşan bir grubun gülüşmeleri kulağımı tırmalayınca oradan da çıktım. Tuvalete gidebilmek için kafelerin yanından geçtim. Küçük bir havalimanıydı. Çok küçüktü. Belki bu yüzden bu kadar kalabalık görünüyordu. Belki de benim yalnızlığım taşıyordu artık.

Eğilip muslukta avuç avuç su çarptım yüzüme. Gözlerim buğuluydu. Gerçekten bunu yapmıştı. Sonunda beni terk etmişti. Veda bile etmemişti. Onu rezil ettiğimi düşünmüş olmalıydı. Kasabanın sevilen veteriner hekimi yıllardır saygınlığını kaybetmemek için utanılması gereken bir şeymiş gibi hastalığını bile gizlemişti herkesten. Bana gizletmişti herkesten. Kızının, bir türlü sevmeyi beceremediği kızının katil diye manşetlere çıkmasını yedirememiş olmalıydı. Elbette. Aklıma gelmemişti. Bu utançla nasıl o kasabada yaşamaya devam ederdi. Ona beni terk etmesi için yıllardır aradığı bahaneyi vermiştim.

"Sen iyi misin kızım?"

Sesle birlikte döndüm. Büyük annem yaşlarında bir kadındı. Hoş, hiç büyük annem olmamıştı. Ama ne kadar kolay kızım demişti bana. Annem hiç söylememişti.

"İyiyim." Gülümsemeye çalıştım. Tuvaletten çıktım.

Uçuş saatlerce sürmüştü. İlk kez kasabadan bu kadar uzaklaşıyordum. Hayatım boyunca kasabadan gitmenin hayalini kurmuştum. Üniversiteyi Dylan gibi belki onunla o kasabadan uzakta bir yerde okumak istemiştim. Ama annemi yalnız bırakamamıştım. Babamdan sonra ben de çekip gitmek istememiş, kasabada kalmıştım. Birileri gitmişti ama ben hep orada kalmıştım. Uçaktan indikten sonra neredeyse daha uzun süren bir otobüs yolculuğu yaptım. Caddeden bir paket sigara ve bir kutu yara bandı aldım. Kanayan bütün parmaklarıma yara bantlarını yapıştırırken gözlerimin kuruduğunu fark ettim. Kirpiklerim ağrıyordu. Daha önce hiç kirpiklerim ağrımamıştı. Görüşüm bulanıklaşmıştı. Gözlerimde bir duman vardı. Ötesini göremiyordum. Ama o kitapçının nerede olduğunu hâlâ hatırlıyordum.

Bir buçuk gündür Ophelia Valley'den uzaktaydım. Tüm o yolculuk bir gün sürmüştü. İki buçuk saattir bir kapının metrelerce uzağındaydım. Dylan bir saat önce içeriye girmişti, bitirmeden söndürdüğü sigarasını attığı çöp kutusunun hemen yanındaydım. Kollarımı iki yanımda sarkıtmış kapıya bakıyordum. Birkaç adım atıyordum. Sonra yine geriye çekiliyordum.

Sevgili D, bugün yine terk edildim. Uzun zaman geçti biliyorum, alışmam gerektiğini biliyorum ama yine de canım ne zaman o kadar çok yansa hâlâ sen oradasın sanıyorum. Başımı kaldırıyorum, canım o kadar çok acıyor ki o an düşünemiyorum, sadece aklıma sen geliyorsun, gözlerim etrafta seni arıyor. Her defasında bulacağımı sanıyorum. İstediğim tek şey koşmak, koşup sana sarılmak. İyi hissetmeyi hatırlamak istiyorum. Ya da daha kötü hissetmeme yardım etmeni. Sadece tüm bunlarla baş edemiyorum ama bunu kimseye söyleyemem. Onların beni gördüğü gibi iyi olmalıyım ama iyi değilim. Birinin bunu görmesine ihtiyacım var. Sevildiğim bir ana ihtiyacım var. Sevildiğimi hatırladığım bir ana. Bunu ne zaman istesem aklımda sadece senin gözlerin beliriyor. Birbirimizi sevmek milyonda bir olan bir başarısızlıktı. Şimdi anlıyorum. Neden artık bir arada olamadığımızı. Havai fişekler gibi, bir anda büyük bir patlama ve parlama. Sonra sönüyor. Tehlikeli. Bir anda olan bir şey. Şimdi hatırlıyorum, o köprünün altında bir anda sevmeye başladığımızı birbirimizi. İşte bu yüzden yanlıştı. Benim o saatte o köprünün orada olmamam gerekiyordu. Senin o köprüde o çocuklar sana saldırdığında belki de ölmen gerekiyordu. Her şey yanlış ve bir anda başlamıştı. İlahi kuralları çiğnediğimize emindim. O gece orada bulunmak büyük bir günahtı. Hiç yaşanmaması gereken bir anda göz göze geldik, gökyüzüne fırlatılan bir havai fişek patladı ve biz birbirimizi sevdik.

Bana söylemiştin, bunun frenleri tutmayan bir arabanın içinde olmak demek olduğunu ve ben de buna bayılmıştım. Ben seni o arabanın içinden attım. Çünkü çarpacaktım. Frenleri tutmuyor dediğinde sana inanmıştım. Sağ çıkamayacağımı biliyordum. Frene basmayı denemedim. Çünkü sana inanmamak ölmekten daha korkutucuydu.

Sana ilk kez git dediğimde ve sen gittiğinde kalbimin nasıl lime lime olduğunu hatırlıyorum. İlk zamanlar kolaydı. Gün geçtikçe yokluğun ağırlaştı. Boşluk büyüdü. Sen gelmedin. Bir katil ortaya çıkana, sorgu yapılana ve sen çağrılana kadar. Gelmemeyi başardın. Dönmemeyi başardın. Ben olmadan da devam etmeyi başardın. Sadece, aynısını yapabilmek istiyorum. Benim de bir şansım olsun istiyorum.

İnsanlar bana neden bir arada olamayacağımızı soruyor. Onlara anlatamıyorum. Bunun sevmekle alakalı olmadığını. Bunun hiç olmaması gereken bir şey olduğunu anlatamıyorum. Birbirimizi sevmenin bir ölüyü sevmek demek olduğunu nasıl açıklayabilirim? Bana ortada bir ceset olmadığını söylerler ama ben onlara sevmeyi sürdürürsek ortada bir ceset olacağını söyleyemem. Çok fazla insan vardı D. Etrafımda her zaman çok fazla insan vardı. Hep kalabalıkta yenildim ama elimde hep bir kupa vardı. İnsanlar kazanmakla kaybetmek arasındaki benzerliği anlamadılar. Çok kalabalıklardı, beni sevebilecek onlarca insan vardı ama bunu sen seçtin ve şimdi de bir katil kollarını etrafıma dolamak istiyor.

Benim suç ortağımdın. Biz geçecektik bu dünyanın üzerinden, sen ve ben. Yaşam bizim oyunumuz olacaktı. Köşe başındaki bir tehlike gibiydin sen. Ben köşe başını aldım senden. Şimdi ikimizin de kalbi ucu kırılmış bir bıçak gibi. Körelmiş ve pas tutmuş. Ve son kez aynı sigaradan içimize duman çekiyoruz. Her zaman mağlup olduğumuzu biliyorduk, birbirimize kalışımızdan belki. Birbirimizin zaferi olsaydık eğer, sen de biliyorsun, diğerleriyle yarışmak zorunda kalmazdık. Her öpüşümüz ve sarmaş dolaş uykularımız birbirimize açtığımız başka kurşun yaralarıydı. En çok kanatan kazanır sandık. Kan kaybederken birbirimize aşkla bakıyorduk bunun bir hastalık olduğundan habersizce. Beni hep birbirimize uzun uzun baktığımız o sıcak nemli günlerdeki gibi hatırla, iskelede otururken, ayaklarımızı sallarken ve bir bardak buzlu çay içerken. Ve iskeleden birlikte atlayacak birini sev kendine, bu defa ölmek için olmasın. Veya öldürmek.

Vazgeçmiyorum, korkma. Tökezleyerek de olsa sözümü tutuyorum. Kapına kadar koştuğum anlar olmuyor değil ama kapıyı çalmadan geri dönüyorum. Sadece, bazen, saatlerce o kapının önünde oturuyorum.

"Birini mi arıyorsun?"

Saatler sonra gözlerimi o kapıdan ayırıp yabancıya doğru döndüm. Üstü başı kirliydi. Sakalları uzamış, saçları birbirine karışmıştı. Elinde birkaç tane kolye tutuyordu.

"Neden sordunuz?" Dalgınlıkla gözlerimi sildim hiç yaş olmamasına rağmen kötü bir alışkanlıkla.

"Kaybolmuş gibi görünüyorsun."

"Ben iyiyim," dedim. "Teşekkür ederim."

Kolyelerden birini görebilmem için havaya kaldırdı. Ucunda küçük bir Meryem Ana figürü vardı. "Tanrıya inanır mısın?" diye sordu. Derin bir nefes aldım.

"O bana inanmıyor." Belli belirsiz gülümsedim. "İyi günler bayım."

"Tanrı kaybolmuşların yanındadır!" diye bağırdı arkamdan. Omzumun üzerinden dönüp ona bakarken yürümeye devam ettim. Tuhaf, diye iç geçirdim sadece. Ama muhtemelen yanılıyorsunuz bayım. Tanrı beni seyrediyorsa sadece hayıflanıyor olmalı.

Otobüse bindim, ne kadar sakin ve yolundaydı her şey burada. Eskiden kasabamızda olduğu gibi. Yan yana oturan bir çift sohbet ediyor. Başka bir koltukta oturan kız yanında ayakta duran çocuğa telefonunda eğlenerek bir şeyler gösteriyordu. Bir başkası müzik dinlerken başını sallıyordu.

Boş koltuklardan birine oturup hâlâ cebimde olan Maddie'nin telefonunu açtım. Tahmin ettiğim gibi birçok mesaj vardı. Şuursuz biri değildim, belki olmalıydım ama hiçbir zaman yeterince şuursuz olmamıştım bu yüzden onlara bir haber bırakmıştım. Havaalanında Maddie'ye bir süreliğine kasabadan uzaklaşmak istediğimi merak etmemesi gerektiğini yazmıştım. Ama yeterli olmamıştı.

Maddie'den onlarca, Henry'den birkaç tane mesaj vardı. Nerede olduğumu soruyorlar, yanıma gelebileceklerini ve endişelendiklerini söylüyorlardı. Merak ediyorum acaba annemle ilgili korkunç gerçeği öğrenmişler miydi? Şimdi içim buz gibiydi, acı çekmiyordum. Ama düşünmeden edemiyordum. Bir çocuğun annesi tarafından terk edildiğini duysam ne düşünürdüm? Muhtemelen üzülürdüm, çok üzülürdüm. Herkes üzülmez miydi? İnsanlar daha ne kadar üzülecekti benim için? Ve bu öylesine bir üzülme değildi. Bu birine zavallı diye buruk bir sesle söyleyebileceğiniz türden bir üzülmeydi. Acıma istemiyordum. Daha fazla bu duruma maruz kalmak istemiyordum. Elimdeki telefon birden çalmaya başladı. Kayıtlı olmayan numarayı hemen tanıdım. Hiç mesaj atmamıştı ama sebebini az çok tahmin ediyordum.

"Dönüyorum, merak etmeyin Dedektif Wallace..." diyerek cevapladım.

"Ansel..." Umutsuzlukla nefes verdi. Endişeli miydi? Daha çok yorgun muhtemelen. Ne diyeceğimi bilemediğim için bekledim. Ayağımın birini kendime çekip başımı yine dizime yasladım.

"İyi misin?" diye sordu.

"Başıma bir şey gelmedi." İyinin anlamı artık buymuş gibi geliyordu. Yine de sesimin kırgınlığını saklayamamıştım. Ona kırgın değildim. Artık kızgın da değildim. Sadece bu halde olmak zoruma gidiyordu. Gururum kırılmıştı. Kendimi yardıma muhtaç hissetmekten usanmıştım. Ve hoşlandığım, çok hoşlandığım bir adam tarafından bu kadar rezilliğin ortaya dökülmesi can sıkıcıydı.

"Neredesin?"

"Bildiğinize eminim." Parmaklarım bana hediye ettiği kolyenin ucuna dokundu yine.

"Dönüyorum dedin."

"Otobüsteyim, havaalanına gidiyorum."

"Ben..." Sessizleşti. "Ne diyeceğimi bilmiyorum."

"Bir şey söylemek zorunda değilsin," derken çok içtendim. "Muhtemelen isteyeceğinden çok fazla hayatıma maruz kaldın. Yaptığın her şey için minnettarım ama lütfen üzerinde bu kadar sorumluluk hissetmeyi bırak."

"Sen bir üniversite öğrencisisin," dedi. Sesi bitkin çıkıyordu. "Ben bir memurum. Dahası senin de dahil olduğun bir soruşturmanın görevli dedektifiyim. En başından itibaren kendime bunu söyleyip durdum. Senin bir öğrenci olduğunu. Tamamen yanlıştı. Mevcut durumda senin bana yakınlaşman normaldi, kendine bir kahraman arıyordun. Peşinizde bir katil vardı hepiniz kahraman arıyordunuz."

Konuşmanın nereye gideceğini öngöremedim. Devam etmesini beklerken kaşlarımı çattım.

"Sen uzun zamandır kendi hayatının kahramanısın. Bunu çok sonra fark ettim. Bana böyle bir aileye sahip olmama rağmen bu kadar iyi biri olduğumu söylemiştin," dedi. Ben duraksadım. Ona söylediğim çoğu şeyi hatırlıyordum. Hiçbiri öylesine değildi. "Anneni verandada bulduğumuz o gün, onu hastaneye götürdüğümüzde, sen bekleme odasında beklerken, onun doktorunu arayıp süreci sorunsuz bir şekilde yönetirken ben de aynı şeyi düşünmüştüm. Babanın öldüğünü aklımda tutmadığım için üzgünüm," dedi. Gözlerim sulandı. "Dosyanda yazıyordu, hepinizin dosyasında yazıyordu ama dikkate almamıştım. Sadece gerekli olduğunu düşündüğüm bilgilere odaklanmıştım. Ne zaman bu davayı değil seni çözmeye çalışmaya başladığımı hatırlamıyorum."

"Sorun değil," diye mırıldandım nefesimi tutarak.

"Sorun," dedi boğuk bir sesle. "Etik kuralların hepsinin dışına çıktım. Seni öptüğüm için değil. Kayıp ilanlarında senin yüzünü görmeye başladığım için. Seninle ilk tanıştığımda senden nefret etmiştim, bana annemi hatırlattığın için. Dünya umurunda değildi sadece eğlenmek istiyordun. Bulunması gereken kayıp kız oydu. Sonra seni gördüm. Gerçekten gördüm. Bu çılgınlığın ortasında ayakta kalmayı başaran çok güçlü bir kız gördüm."

"Yapma," dedim elmacık kemiklerime doğru süzülen yaşları yok sayıp. "Bana güçlü olduğumu söyleme."

"Sana acımadım," dedi. "Sana hayran kaldım. Bir daha hiçbir kadına inanmayacağıma emindim. Beni tesir altına aldın Öğrenci Rogers."

"Neden böyle söylüyorsun?" dedim yarı ağlamaklı.

"Sana ulaşamadım hem de peşinde psikopat bir katil varken. Aklımı kaçıracaktım."

"Benden sorumlu değilsin."

"Senden sorumlu hissetmiyorum. Sana bir şey olmasından korkuyorum. Daha fazla bir şey olmasından."

"Buna engel olamazsın."

"Denerim. Olamazsam da yanında olurum."

"Ne kadar süre?" Burnumu çektim. "Sıkılman için başıma kaç şeyin daha gelmesi gerekiyor?"

"Senin suçun değil."

"Öyle ya da değil bunun ne önemi var? Yine de benim başıma geliyor. Bununla yaşaması gereken benim."

"Tek başına yaşaman gerekmiyor."

"Sadece biraz uzaklaşmak istedim," diye savundum kendimi. "Dayanamadım, kaçmak istedim."

"Bunun için seni suçlamıyorum." Yatıştırıcı davranmaya çalışıyordu. Arkada bir anons geçti. Bir uçuşun haberini veriyorlardı. Telefonda uğultu yaptı.

"Sen neredesin?" diye sordum.

"Havaalanındayım. Boston uçuşunu bekliyorum."

"Şaka yapıyorsun."

"Daha erken gelmeliydim."

"Ama ben dönüyorum."

"O halde bu bilete ihtiyacım yok."

Söyleyecek bir şey bulamadım. Afallamıştım. Düşünemiyordum, telefon kulağımda sadece bekliyordum. Bir şey hissetmem gerekiyordu. Mutlu olmam gerekiyordu. Kalbim hızlanmalıydı. Ama hissetmiyordum. Bu çok anlamsızdı. Doğru gelmiyordu. Mümkün de gelmiyordu.

"Ansel?"

"Buradayım."

"Yanlış bir şey mi söyledim?"

"Hayır, kafam karıştı sadece."

"Sana o kadar kötü mü davrandım?"

"Biraz." Güldüm.

"Pekâlâ, bunu telafi etmemiz gerekiyor."

"Eminim bir şeyler düşünmüşsündür."

"Uzun zamandır düşünüyorum."

"Aklıma çiçekler ve kalpler gelmiyor."

"Çiçekler ve kalplerden bahsetmiyorum."

Kendimi tutamadan kıkırdadım. Kesinlikle deli olduğumu düşünüyordu. Öyle değil miydim?

"Boston'a neden gittin?"

"Anlık bir karardı."

"Anlık bir kararla Dylan OcConer'ın yanına mı gittin?"

"Şey, evet. Bu biraz garip mi oldu?"

"Sinir bozucu diye tanımlayabiliriz."

"Onu görmedim." Bunu neden söylediğimi bilmiyordum, birden ağzımdan çıkmıştı.

"Bulamadın mı?"

"Buldum." Dışarıda akıp giden şehri izliyordum. Gökyüzünü. Yüksek binaları. Karşıya geçmek için el ele bekleyen insanları. "Neden geldiğimden emin değilim," diye itiraf ettim. "Eski bir alışkanlık sanırım."

"Kötü alışkanlıklar."

"Oldukça uygun. Bir saniye." Otobüs ineceğim durağa gelmişti. Çantamı omzumdan geçirip açılan kapıdan çıktım. Hava sıcaktı ama bunaltmıyordu. Güneş batmak üzereydi.

"Ne oldu?"

"Havaalanına geldim," dedim. Kapılara doğru yürürken kalabalığın arasından acele ediyordum. Bir saniyeliğine telefonu çevirip saate baktım. Uçuşuma az kalmıştı.

"Bilet alınca haber ver."

"Sabah almıştım," dedim. "Bir saat sonra."

"Birini sadece görmek için o kadar yol mu gittin?" Ses tonundan ne düşündüğünü anlamak zordu ama kaşlarını çattığını ya da parmaklarıyla çenesiyle oynadığını hayal edebiliyordum.

"Bana mı öyle geliyor yoksa kıskanıyor musun?" Çift kanatlı kapıdan geçtim. Güvenlik noktasına çantamı bıraktım "Bir dakika, telefonu güvenliğe bırakmam gerekiyor." Telefonu da bırakıp XRAY cihazından geçtim. Yine üzerimde hiçbir şey olmamasına rağmen cihaz sinyal verdi. Güvenlik görevlisi beni arayıp yine bir şey bulamayınca diğer insanların bavulunun arasında kalan eşyalarımı ezilmekten kurtarmaya çalıştım.

"Tamam," dedim telefonu yeniden kulağıma götürüp. "Sendeyim."

"Hayır, Boston'dasın."

"Yoldayım."

"Neden?"

"Ne neden?"

"Neden oradasın Ansel, anlamama yardımcı ol." İç çekti. Önce kendim anlamaya çalıştım.

Aklıma ilk gelen şeyi söyledim. "Sanırım kendimi çok yalnız hissettim."

"Ve onun yanına mı gitmek istedin?" Atladığım bir şeyler olmalıydı. Tamam, birkaç gündür yakınlaştığımızı biliyordum ama bunun sadece olduğunu düşünüyordum. Sadece oluyordu. Buna bir anlam yükleyeceğini düşünmemiştim. Beni ciddiye aldığını düşünmemiştim.

"Beni sevdiğini bildiğim tek kişi o."

"O halde neden dönüyorsun?"

"İstediğim bir sevgi değil."

"Sanırım haklıydı."

"Anlamadım, bir dakika." Biletli geçiş noktasına geldim. Bavulum olmadığı için rahat ilerliyordum ama diğer insanları beklemek zorlayıcıydı. Telefonumdan online ekranı açıp biletin barkodunu okutup kimliğimi gösterdim. Başka bir güvenlikten geçmek için yeniden eşyalarımı bıraktım.

"Kim haklıydı?" diye sordum. Büyük ekrandan uçağın hangi kapıdan kalkacağını ve ne kadar zamanım kaldığına baktım. Henüz geçiş açılmamıştı.

"OcConer," dedi. "Sizin hiçbir zaman ayrılmayacağınızı söylemişti."

"Biz ayrılalı çok oluyor." Onunla Dylan hakkında konuşmak doğru gelmiyordu. Kimseyle Dylan hakkında konuşmak doğru gelmiyordu. Bu çok bize özeldi, bize özgüydü ama belki de en çok burada hata yapıyordum. Bu çemberi bir yerden kırmalıydım.

"Eminim kast ettiği bu değildi." Kinayeli bir şekilde konuşmasına güldüm. Bir kahve siparişi verdim, ücreti öderken "Ne kast etmiş olabilir?" diye takıldım. Bay her zaman ciddi Wallace'ın kıskançlığı her zaman şahit olabileceğim bir durum olmazdı muhtemelen.

"Benimle eğleniyorsun."

"Birazcık."

"Ben eğlenmiyorum."

"Dylan ve ben çocukluğumuzu ve en kötü sırlarımızı paylaştık. Kast ettiği şey bu. Onlar her zaman bizimle kalacak."

"Şimdi kıskandım." Yarı alay eder şekilde mırıldandı.

"Merak etme, geçmişimde şahit olmak isteyeceğin tek bir şey bile yok. Hiçbir şey kaçırmadın." Kahveyi alıp teşekkür maksatlı gülümsedim. Sigara içmek için terasa doğru yürümeye koyuldum.

"Geleceğinde olacak."

Güldüm. Çok da inandırıcı olmadığı aşikardı.

"Bana bir bak Christopher," dedim.

"Uzun zamandır bakıyorum."

Dudağımı ısırdım.

"Ya sen kendine kahraman arıyorsan?" diye sordum. "Bana gerçekten bak." Sigarayı yaktım, içime çekip dumanı üfledim. "Sorunlu ama saygın bir ailen var. Saygın bir işin var. Bense belirsizlikler içindeyim. Düne kadar bir katildim. Bugün katilin işlediği cinayetlerin sorumlusuyum belki. Annem beni terk etti. Berbat bir ilişki geçmişim var. Gerçekten yan yana bir resimde olabileceğimizi mi sanıyorsun? Sevgili mi olacağız yani." Kontrolsüzce güldüm. "Bunun ne kadar komik göründüğüne bak. Herkes bir kahraman arıyordu ama belki de sen aslında bunu üstlendin. Benim durumum da bunun için çok uygundu. İnsanların benden etkilenmesine alışkınım ben. Ama sen gülümseyip ertesi gün yüz üstü bırakacağım aylak bir çocuk değilsin."

"Bırakman gerekmiyor."

"Öyle mi? Dava bittiğinde ne olacağını sanıyorsun? Her zaman başka davalar ve benim gibi kızlar olacak."

İtiraz ederken sesi hiddetlenmişti. "O kadar basit değil."

"Bazen o kadar basittir."

"Senin için o kadar basit."

"Bunun benimle hiçbir ilgisi yok."

"Elbette var. Aslında ne kadar çok insanı incittiğinin farkında değilsin. Eğlenirken, alay ederken, seninle ilgilendiklerinin farkındayken."

Yeniden şaşırmıştım. Sigaranın dumanını üflerken aklıma bir şey geldi. O gün birlikte yatağın örtüsünü düzeltirken bana, *izin verseydim beni incitirdin,* demişti. Ne demek istediğini anlamamıştım. Ve o gün ruh hali değişmiş aramıza bir mesafe çekmeye çalışmıştı.

"Öyle mi görüyorsun?" diye sordum inanamaz gibi. "Seni onlarla bir tuttuğumu mu düşünüyorsun?"

"Bu gayet açık değil mi?"

"Christopher..." Söyleyecek doğru kelimeleri arıyordum. "Ben senin gibi biriyle olmak için çok şey verirdim. Gerçi pek bir şeye sahip olduğum söylenemez ama. Anlamıyor musun, ben senin beni seveceğine inanamam. Bu mümkün değil. Çok saçma. Kendine bak ve bana bak. Bende ne bulmuş olabilirsin ki. Güzel, eğlenceli ve evet tahmin edildiği kadar sığ biri değilim. İnsanları şaşırtabilirim ama yine de yeterli olmadığım çok açık değil mi?" Birkaç kişinin terasta dönüp bana baktığını görünce doğruldum. Sigarayı söndürüp oradan çıkarken nefes almaya çalıştım. "Sen bir insanın isteyebileceği her şeysin. Bazen huysuz ve çekilmez olmadığını söylemiyorum tabii... Ama naziksin, iyisin, güvenilirsin, çok ama çok etkileyicisin. Muhteşem kasların, büyüleyici gözlerin ve dedektifte değil de bir modelde olması gereken yüzünden bahsetmiyorum bile."

"Şu anda seni öpmek istiyorum."

"Birkaç saat beklemen gerekecek." Uçağın kalkacağı kapıya yaklaşmıştım, görevliler bilet kontrol etmeye ve uçağa almaya başlamıştı. Döneceğim için mutlu telefonu kapatmam gerektiği için mutsuz hissetmiştim.

"Bütün bunlar bittiğinde beni okula çağır, o elbisenin içinde seni seyredeyim ve bisiklet yolunda yürüyüş yapalım. Seni öpmeme izin ver." Babasının davetinde dans ederken ona söylediğim hayali tekrar etti. Bu bende yeniden bir ağlama isteği yarattı, burnumu çekerken ona yakalandım.

"İnince haber ver," dedi. "Burada bekliyorum."

"Emredersiniz Dedektif Wallace."

Sessizlik.

"Şimdi kapatmam gerekiyor." Kurumuş dudağımdaki kabuklarla oynamaya başladım.

"Tamam. Dikkatli ol."

"Olurum."

"Uyumaya çalış."

"Çalışırım."

"Bir şey yemedin değil mi?"

"Bana hiç yemek pişirmediğini fark ettim."

Yorgun bir şekilde güldü. "Ne istersin?"

"Bir saniye." Telefonu kulağımdan çektim. Yeniden biletin göründüğü ekranı açıp barkodu okutabilmesi için görevliye verdim. Kimliğimi gösterdim.

"Fırında tatlı patates ve bonfile."

"Tamam," dedi eğlenerek. "Markete gideyim."

"Ve şarap içerken *Teen Wolf* seyretmeliyiz." Neyse ki cam kenarına denk gelmiştim. Çoktan yerleşmiş iki kişiden müsaade istedikten sonra yerime kuruldum. Kemerimi bağlarken telefonu omzumla kulağımın arasına sıkıştırdım.

"Daha yaratıcı olabiliriz," dedi.

"Dedektif beni heyecanlandırıyorsunuz." Fısıldamak zorunda kalmıştım ama yine de güldüm.

"İyi," dedi. "Neredeyse bana olan ilgini kaybettiğini düşünüyordum."

"İlgimi kaybetmeyecek kadar akıllı, hayalini kuracak kadar aptalım."

"Hayal olması gerekmiyor, Ansel."

"İsmimi senden duymak çok tuhaf. Keşke bunu sana anlatabilsem."

"Dene."

"Hiç geleceğini düşündün mü?"

"Uzun zaman düşünmemiştim," dedi çabucak. "Ama son zamanlarda düşünüyorum."

"Yakın gelecekten bahsetmiyorum. Daha uzak. Uzağa baktığında ne görüyorsun?"

Cevap vermedi.

"İşte bundan bahsediyorum," dedim. Kemerlerimizi bağlamamız ve telefonları uçuş moduna almamızı söyleyen bir anons yapıldı. Duyduğunu tahmin ediyordum.

"Ben benimkini hiç göremedim bile." Dudağımdaki kabuklardan biri koptu. "Kapatmam gerekiyor. Hoşça kal." Birkaç saniye bir şey söylemesini bekledim ama cevap gelmeyince telefonu kapattım. Ruh halim yine kötümserleşmişti. Telefonu uçuş moduna alıp çantama, onu da aşağıya ayaklarımın dibine bıraktım. Yaslandım ve uçak hareket etmeye başlarken muhteşem Boston manzarasını izlemeye koyuldum.

Uçak gökyüzüne doğru kalkışa geçtiğinde bunun benim şansım olup olamayacağını düşünüyordum. Düşüncelerim dağılmıştı. Annem, katil, Kylie... her şey farklı bir köşedeydi. Keşke beni bir süreliğine gerçeklikten koparan bu telefon konuşması hiç yapılmamış olsaydı. Ona asılmak, ona takılmak başka bir şeydi. Onunla sevişmek bile başka bir şeydi. Ama şimdi her şey tuhaflaşmıştı. Ona nasıl bakacağımı, nasıl davranacağımı bilmiyordum. Ona ne diyeceğimi de bilmiyordum. Bunu hayal etmek bile kendimi aptalmışım gibi hissettiriyordu. Mantıklı olmaya çalışıyordum. Benden etkilendiğine inanmak zor değildi ama bunun ne kadar süreceğini kestirmek zordu. Hiçbir zaman yeterince uzun olmamıştı. Şimdi kendini kaptırmış olması var olan şartlarda olağandı. Kendini beni koruması gerektiğine inandırmıştı. Bu onun işiydi. Bir de hormonlar vardı. Bilimsel boyut. Ve aramızdaki kontrolsüz çekim de inkâr edilemezdi. Ama bunların hepsi insanları çok kolay kandırırdı. Çok kolay bunların uzun vadeli olduğuna inanabilirdik. Sonra yanılırdık. O hayatına devam ederdi ve ben mahvolurdum.

Yine de içimdeki bu neşeye karşı koymak zordu. İnsan olmaktan nefret ediyordum. Tüm bu duygular insan olmanın zorunluluğuydu. Müthiş bir açlıkla aradığım bu sevilme hissi insan olmanın getirisiydi. Keşke sevgisiz yaşayabilseydik. Keşke bunun olmasını, gerçekten olmasını bu kadar çok istemeseydim. Ve sağduyumu yok sayıp bu hisse yenileceğimi bilmeseydim. Onu gördüğüm an kendimi koyuvereceğimi biliyordum. Bunu çok istiyordum. Ama bir kez daha hayal kırıklığına uğrayıp korkunç bir ıstırap çekmeyi istemiyordum.

29. BÖLÜM: FIRTINA BULUTLARI

Ara sıra uykuya dalsam da çoğunlukla kabuslarla bölünmüştü. Her uyandığımda başka bir şey üzerime çullanıyordu. Terk edilmek. Korku. Kaygı. Yalnızlık. Katil. Kylie. Dylan.

Ophelia Valley fırtına altındaydı. Uçak inerken o kadar çok sallanmıştı ki son yarım saatte midem ağzıma gelmişti. Birinin korkudan panik atak geçirdiğini görmek de sinirlerime pek iyi gelmemişti. Tek tesellim Christopher'ın beni orada beklediğini bilmekti. Sadece akışına bırakmaya karar verdim. Bu zamana kadar düşünmenin pek faydasını gördüğüm söylenemezdi. Ne olursa olurdu ve sonrasında gerekirse baş ederdim. Hayatım diğer insanlarınkinden daha zordu, daha zor bir kaderi yaşıyordum ama hayattaydım ve bununla başa çıkmak zorundaydım. Üstesinden gelebilirdim. Daha iyisini yapabilirdim. Ve yapmak için kendime söz verdim.

Uçaktan inip ona sarılmak için koşmaya başladım. Küçük bir havaalanı olması faydalıydı. Çok kalabalık değildi. Çıkış kapısından geçtiğimde yağmur kasabayı ele geçirmişti. Karanlıkta bir şeyleri seçmek zordu. Uzaklaşmadan bir saçağın altına sığınıp çantamdan telefonu çıkardım. Hâlâ kapalıydı, açılmasını beklerken bir yandan gözlerim etrafta onu arıyordu. Yağmurdan kaçınmak mümkün değildi, saçlarım ve yüzüm damlalara maruz kalıyordu. Maddie'nin şifresini tuşladım. Yağmur birden kesildi. Birisi karşımda duraksamıştı. Başımı yukarıya kaldırdım, yüzümdeki gülümseme, içimdeki neşe bir anda yok oldu. Görmeyi beklediğim mavi gözler yerine görmekten korktuğum kara gözler doğrudan bana bakıyordu. Elinde siyah bir şemsiye vardı, ikimizin arasında duran tek şey oydu.

"Beni endişelendirdin," dedi. Kalp atışlarım hızlandı. Donup kaldım. Boyu benden uzundu. Yapılıydı. Ve ben düşünme yetimi kaybetmiş gibi hissediyordum.

"Neden kasabadan ayrıldın?"

Bu şekilde karşıma çıkıp böyle sakince sanki arkadaşmışız gibi benimle konuşuyor olması kendime gelmemi zorlaştırıyordu. Sesini zihnim hemen tanıdı. O gece yatağımda benimle konuşan ses ona aitti. Görüntü o fotoğraflara aitti. Artık komadaki çelimsiz çocuk gibi görünmüyordu. Yüzü şekillenmişti, gözleri çekik, burnu düzgün ve dudakları canlı görünüyordu. Hafif sakallıydı. Saçları kısa tıraş edilmişti. Üzerinde asker yeşili kapüşonlu bir parka vardı. Aynı kahverengi botlar. Kilisede gördüklerim. Ve kot pantolon. Ona ait her şeyi tartmaya çalıştım.

"Yorgun görünüyorsun. Uçuşun nasıldı?"

Kendime gelebilmek için gözlerimi kırpıştırdım. Yağmur şiddetini artırdı. Yanımdan hızla geçip giden insanlara baktım. Bir şey söylemek, yardım istemek için ağzımı açtığımda iki parmağını dudaklarımın üzerine bastırdı.

"Beni böyle incitme," dedi. "Zaten yeterince yaramazlık yaptın." Gözlerim korkuyla ona döndü. Gülümsüyordu. İçtenlikle ama bir deli gibi gülümsüyordu.

"Polisler burada," diye yalan söyledim. Sesim istediğim kadar güçlü çıkmadı. Daha çok panikliyordum çünkü Christopher'ın çoktan burada olması gerekiyordu. Beni burada bekleyeceğini söylemişti.

"Can sıkıcı dedektifi mi söylüyorsun?" Kaşlarını kaldırdı. "Onu kafana takma."

"Ona ne yaptın?"

Yeniden gülümsedi.

"Bana kızgınsın," dedi. "Neden kızdığını biliyorum. Senin için hepsini temizleyeceğimi söylemiştim ama olmadı. Benimle oyun oynamak istedin değil mi? O yüzden herkese kim olduğumu söyledin? Uzun sürdüğü için sıkıldın mı?"

"Sen aklını kaçırmışsın."

"Telafi edeceğim," dedi. "Şimdi gitmemiz gerekiyor."

"Seninle hiçbir yere gelmem."

"Merak etme." Parmakları saçlarıma dokundu, yüzümü geri çekerek dokunuşundan kurtuldum. Yüzü asıldı. Neredeyse sinirlendi. "Yeni bir oyun hazırladım," dedi. "Bu defa sen de olacaksın."

"Neyden bahsediyorsun?"

"Maddie bizi bekliyor." Yeniden bu defa düzgün dişlerini göstererek gülümsedi. Boğazıma kocaman bir yumru oturdu.

"Sakın," dedim. "Sakın ona bir şey yaptığını söyleme."

"Daha yapmadım. Bu defa birlikte yapacağız. Çünkü sen sıkıldın biliyorum."

"Maddie nerede?"

"Araba bizi bekliyor. Hadi gidelim." Elini bana doğru uzattı. Yeniden etrafa baktım. "Christopher'a ne yaptın?"

"Benimle gel!" dedi biraz daha yüksek bir sesle. "Her şeyi öğreneceksin."

"Seninle hiçbir yere gelmiyorum."

"Sinirlenmeye başlıyorum melek."

"Maddie nerede!" Göğsünden olabildiğince güçle onu ittirdim. Birkaç adım geriye sendeledi. Gözlerini yumup dudaklarını birbirine bastırdı. Kimse bir şey fark etti mi diye etrafa baktı. Koşmaya başladım. Var gücümle koşmaya başladım. Ne yöne gideceğimi bilmiyordum. Karşıma çıkan ilk adamın kolundan tuttum.

"Yardım edin," dedim panikle. "Bana yardım edin."

"Ne oldu?" dedi. "İyi misiniz hanımefendi?"

"Katil. Katil burada. Peşimde. Orada." Arkamı döndüm. Yoktu. Biraz önce durduğum saçağın altına baktım, çevreye baktım. Ama yoktu.

"Nerede?" dedi adam.

"Oradaydı. Şimdi oradaydı. Lütfen yardım edin."

"Tamam, sakin ol. Gel güvenliğin oraya gidelim."

Başımı salladım. Giriş kapısına doğru yürümeye başladık. Dizlerim titriyordu. Elimdeki telefonu fark ettim. Son aramalardan Christopher'ın numarasını çevirdim. Telefon iki kez çaldı. Yüreğimi ağzıma getiren bir çarpma sesi duydum. Yanımda yürüyen adam arabanın darbesiyle yere düştü. Etraftan birileri çığlık attı. Ön kapıdan dışarı çıktı, elinde bir silah tutuyordu, herkes çığlıkla geriye çekildi. Beni kollarımdan yakaladı, arabanın içine sokarken debelendim. Ayağımla koltuktan destek alarak beni içeri sokmasına engel olmaya çalıştım. Saçımdan kavrayıp başımı arabanın kapısının kenarına sertçe vurdu. Kafamın içinde şiddetli bir zonklama hissettim. Karşı koymaya devam etmek istedim ama beynimden diğer uzuvlarıma komut gitmiyordu. Diğer insanların bağrışlarını duyabiliyordum hâlâ. Gözlerim açıktı. Polis çağırın diyordu. Araba hareket etmeye başladı. Başım düştü.

***

Güneşin altında uyuyakaldığımı düşündüm. Çıtırdayan odun sesinin kemiklerimden geldiğini. Başımın üzerinde bir yığın çuval varmış gibi ağırlık hissediyordum. Gözlerimi açtığımda gördüğüm ilk şey şöminenin yanan alevleri oldu. Önünde duruyor ve birkaç odun daha atıyordu. Yeşil parkasını çıkarmıştı, üzerinde gri örgü kazak vardı. Ses çıkarmadan nerede olduğumu anlamayı denedim. Küçük bir dairedeydim, muhtemelen sonradan buraya çekilmiş bir kanepenin üzerinde yatıyordum. Ellerimi ve ayaklarımı hareket ettirebiliyor muyum diye nefesimi tutarak kontrol ettim. Bağlı değildim. Üzerimde bir battaniye vardı, oldukça terlemiştim. Hareket ettiğini fark edince gözlerimi kapattım. Normal görünebilecek şiddette nefes alıp vermeye çalışıyordum. Kalktığını ve parkenin üzerinde yürüdüğünü duydum. Botları ayağında değildi. Benim de ayakkabılarımın çıkarılmış olduğunu fark ettim. Başka kimse var mı diye etrafı dinledim ama şöminedeki ateş dışında tamamen sessizdi.

Bir kapının açılıp kapandığını duydum. Hareket etmek istiyordum ama bekledim. Tek bir şansım vardı ve onu en iyi şekilde kullanmak zorundaydım. Kapı yeniden açıldı ve kapandı. Parkenin üzerindeki küçük sürtünme hareketlerini zar zor duyuyordum. Yanımda durduğunu tahmin ettim, üzerime bir gölge düşmüş ateşin şiddetini de bastırmıştı. Parmakları şakaklarımın üzerinde dolaştı. Tepki vermemek çok zordu. Tüm varlığımla nefesime odaklanmaya çalıştım.

Nefes al, nefes ver. Sakince. Normal akışta görünmek zorunda. Uykuluymuş gibi. Ağır ağır sadece nefes al nefes ver.

Nihayet parmaklarını çekti. Ateş yeniden doğrudan bana vurunca uzaklaştığı için şükrettim. Havaalanında çarptığı adamın durumu nasıldı? Maddie gerçekten elinde miydi? Christopher neden orada değildi? Sakin ol, Ansel… Havaalanında bir sürü insan olanları görmüştü. Eminim kameralar da yakalamıştı. Neler olduğunu herkes öğrenmiş olmalıydı. Kaç saattir baygındım? Neredeydim? Tanrım, lütfen hâlâ kasabada olalım.

Başım ağrıyordu. Tepkilerini değerlendirmeye çalıştım. Oyun oynadığımı sanıyor. Onunla oyun oynadığımı sanıyor. İsteği dışında bir şey yaparsam bana zarar vermeye meyilli. Kesinlikle akıl hastası. Doğru şekilde hareket edersem onu kontrol edebilir ve kaçmak için bir fırsat bulabilirim. Onun tarafındaymış gibi görünmem gerekiyor. Bunu yapabilirim. Rol yapabilirim.

Yavaşça gözlerimi açtım. Yeni uyanıyormuş gibi yavaş yavaş kıpırdandım. Ellerimle gözlerimi ovdum. Sakince doğruldum. Uyku sersemiymiş gibi dizlerimi sarkıtıp boş boş bakındım. Gözlerimi yarı açık tutuyordum. Hareket ettiğini fark ettim. Ona doğru başımı kaldırıp "Austen?" dedim yumuşak bir tonda yeniden gözlerimi ovalayıp.

"Nihayet uyandın."

"Çok mu uyudum?" diye sordum esneyerek. "Affedersin. Sıkılmış olmalısın."

"Sorun değil melek. Başın nasıl?" Yanıma oturdu. Yanağımın içini ısırarak "Biraz ağrıyor," dedim küçük bir çocuk gibi. "Ama hak ettim bunu. Özür dilerim seni kızdırmak istememiştim."

"Canın yandı mı?" Üzgün bakan koyu renk gözlerini üzerime dikti. Onlara bakıp çığlık atmamak bir hayli zordu.

Kendimi zorlayarak başımı saçlarımın üzerindeki avucuna yasladım. "Birazcık. Ağrı kesici var mı?"

"Önce yemelisin," dedi sadist gibi. Ayağa kalktı. Elini uzattı. "Gel, sana yemek hazırladım."

Tanrım, ciddi misin.

Gülümsemek için dudaklarımı zorladım, parmaklarımı avucuna bırakıp kalktım. Etrafa dikkat kesildim. Küçük bir dairedeydik. Muhtemelen ikinci ya da üçüncü kat. Perdeleri kapalı olsa da pencerenin ardında ağaç dallarını seçebiliyordum. Sol tarafa doğru giden bir koridor vardı. Pencereyle şömine arasındaki boşlukta hazırlanmış bir masa vardı. Sağ tarafta iki kapı bulunuyordu ama başka odalara açılan kapılardı. Çıkış kapısının nerede olduğundan emin değildim. Ve muhtemelen kilitli olurdu.

"Ellerimi ve yüzümü yıkayabilir miyim?" diye sordum. Ne kadar çok yer öğrenirsem o kadar iyiydi. Ama karşımdakinin bir manyak olduğunu hesap edememiştim. Hâlâ tuttuğu elimi biraz daha sıkıp beni peşinden sürükledi. Bulunduğumuz odadaki diğer iki kapıdan birini açtı. Küçük bir tuvalet ve banyo. Benimle birlikte içeri girdi. Ona gülümseyerek elimi çektim. Sabun döküp elimi yıkarken dikkatle bir laboratuvar faresiymişim gibi beni izlemeyi sürdürdü. Kendime gelmek adına yüzümü da yıkadım. Kâğıt havlu uzatınca birkaç yaprak kopardım. Duşa kabinin yanındaki boş duvarda banyo penceresi vardı. Oldukça ufaktı ama zorunda kalırsam içinden geçebilirdim.

"Teşekkür ederim," dedim.

Yeniden masaya döndük. Çorba, makarna ve su. Oturmam için sandalyemi çekti, yeniden gülümsedim. Gözleri odanın sarı ışığının altında belirginleşmişti. Koyu kahverengi gözleri vardı ama sanki içi bomboştu. Belki bu yüzden bana bu kadar karanlık gelmişlerdi.

Çorba kasesini önüme çektim.

"Sen mi yaptın?" diye sordum.

İnsanları öldürmediğin zamanlarda yemek mi yapıyorsun?

"Senin için." Cömertçe gülümsedi.

"Çok naziksin. Benim için birçok şey yaptın."

Daha büyük bir gülümsemeyle yemeğini yemeye koyuldu. İçinde zehir olmadığını umarak kaşığın ucuyla yavaşça içmeye çalıştım. Bundan nasıl kurtulacağımı hesap etmeye çalışıyordum.

"Burası yaşadığın yer mi?" Etrafıma bakınıyormuş gibi yaptım. "Çok tatlıymış."

"Evet, benim dairem. Kendi evim var."

Kaşlarımı kaldırdım.

"Kasabada mıyız?"

"Çorbanı beğendin mi?"

"Ah, evet. Çok lezzetli." Bir kaşık daha içmeye çalıştım. Cevap vermek istemediği soruları üstelememeliydim. Pot kırardım. Bunu istemiyordum. Masada hiç bıçak olmaması detayı gözüme takıldı ama çatal da gerektiği yerde bıçak kadar keskin olabilirdi.

"Hastaneden çıktıktan sonra neler yaptın?" Dudaklarımı ıslattım. "Epey değişmişsin."

"Senin için." Gülümsedi. Tanrım gülümsemesi çok ürkütücüydü. Bende çığlık atma ve yutkunma isteği yaratıyordu.

"Kendini çok geliştirmişsin."

Başını salladı.

Çorba kasesini masaya itip makarna tabağını çektim. Çatalı elime alıp makarnayı yavaş yavaş karıştırdım. İçinde hiçbir şey yoktu. Herhangi bir sos, domates ya da peynir. Sade, düz makarnaydı ve bu detay bile korkutucuydu. Neden bilmiyorum buz gibi hissettiriyordu. Tane tane ağzıma atmaya çalıştım.

"Çorbayı sevmedin mi?"

"Ben vücuduma dikkat ediyorum," dedim elimle kendimi göstererek. "Zayıf kalmalıyım."

Duraksadı. Dehşete kapılmış gibi görünüyordu. Yanlış bir şey söyleyip söylemediğimi düşündüm. Sinirlenmişti. Gözlerinden, o delik deşik bakışlarından belliydi. Ayağa kalktı. Önümdeki tabağı alıp duvara fırlattı. Tabak birkaç parçaya ayrıldığında yerimden sıçradım.

"Benim hatam!" dedi başını sallayarak. "Benim hatam. Bunu düşünmeliydim. Küçük dansçı melek." Başını daha hiddetli salladı. "Dikkat etmeli. Güzel görünmeye dikkat etmeli." Başını ellerinin arasına aldı. "Düşünmedim." Sayıklarken bir bağırıyor bir sesi kısılıyordu. "Melekler dikkat etmeli."

Kilitlenmiştim. Duvarın kenarına, dökülmüş makarnaların yanına diz çöküp sayıklamaya devam etti. Ne yapmam gerektiğini bilmiyordum.

"Sorun değil," demeye çalıştım.

"Melek güzel görünmeli!" diye bağırdı.

"Az yersem bir şey olmaz," dedim. "Yemek çok güzel. Bak yiyorum. Sevdim. Yemeği sevdim." Çorbadan bir kaşık daha aldım. Gözlerini bana çevirdi, yan bakarak, gözünü hiç kırpmadan beni izliyordu. Biraz daha içmeye ve gülümsemeye çalıştım.

"Yemeğine devam edebilirsin," dedim. "Birlikte yemek yiyelim." Sesim titremişti ama fark ettiğini sanmıyordum. Bir süre daha oradan bana bakıp ayağa kalktı. Sandalyesine geri oturdu. Hiçbir şey olmamış gibi yemek yemeye devam etti.

"Maddie'nin burada olduğunu söylemiştin," dedim. "İçeride mi?" Çenemle diğer kapıyı işaret ettim.

"Kandırdım." Çok komik bir şakaymış gibi sırıttı.

"Ona zarar verdin mi?"

"Kapısında bekçiler bekliyor." Çatalı tabağa sürtüp tiz bir ses çıkarttı. "Ama sen benim için bekçi köpeğinden kurtuldun."

"Dedektif?" diye sordum. "Ona ne oldu?"

"Onunla ilgili konuşmayalım." Kaşlarını çattı. "Keyfimi kaçırıyor."

"Benim de." Gülümsedim.

Kaçamak bir şekilde ona baktım. Yaptığı işe tamamen odaklanmıştı. Makarnasını yerken başını kaldırmadı. Kazağın altındaki omuzları geniş görünüyordu. Seri katillik yaparken spor yapmayı ihmal etmemiş olmalıydı. O kızları nasıl kandırdığını yüzüne bakınca anlayabiliyordum. Dışarıdan zararsız görünebilirdi ama onu daha önce görmüş olsaydım da ben bu bakışların hayra alamet olmadığını bilirdim. Küt bir burnu vardı. Gözleri hafif çekikti. Kaşları rahat görünüyordu, yüzünde hiçbir kaygı ifadesi yoktu. Christopher onun diğer çocuklar tarafından ölümüne dövüldüğünü söylemişti ama yüzünde ya da başında herhangi bir yerde kalıcı bir iz bırakmışlar gibi görünmüyordu. Belki bunu da düzeltmişti.

"Yemeğini bitirdin mi? Sen hazırladın ben de toplayayım." Ayağa kalktım, çorba kasesini elime aldım.

"Bitti."

"Mutfak neresi?"

"Orası." Tuvaletin yanındaki diğer kapıyı işaret etti. Onun önündeki kâseyi de alıp yavaş yavaş mutfağa doğru yürüdüm.

"Evi sen mi dekore ettin?" diye sordum etrafı incelerken dikkat çekmemek için. Küçük bir mutfağı vardı. Perdeyle kapatıldığı için arka tarafı göremiyordum. Tezgâhta hiç bıçak yoktu ya da kafasına sertçe vurabileceğim bir şey. Oyalandığımı düşünmemesi için yeniden içeriye döndüm.

"Her şeyi ben yaptım," dedi. Yerinden kalkmış eline tabağı ve hiç açılmamış ekmek sepetini almış mutfağa gidiyordu. Kalan birkaç şeyi de elime alıp peşinden gittim. Tabakta kalanları çöp öğütücüsüne dökerken ona bakmamaya çalıştım. Elimdekileri tezgâha bıraktım. "Yardım etmemi ister misin?"

"Melek dinlensin." Gülümsedi. Ben de gülümsedim. İçeriye döndüm. Duvar kenarındaki kırıklara baktım. Uzanıp hâlâ mutfakta mı diye kontrol ettim, öğütücünün sesi geliyordu. Duvar kenarına koşup tabak kırıklarından bir tanesini alıp kanepenin minderinin altına sakladım. O yeniden odaya döndüğünde kırıkları üst üste topluyordum.

"Melek dinlensin!" dedi sinirlenmiş bir şekilde. Gözleri yeniden o boşluğa dönüşmüştü.

"Yardım etmek istedim." Kirpiklerimin altından tatlı tatlı bakmaya çalıştım. "Sen benim için çok şey yaptın. Ben de senin için yapmak istedim."

"Melek dinlensin."

"Peki."

Elimdekileri yere bırakıp ayağa kalktım.

"Özür dilerim," dedim. Kanepeye geçip kenarına oturdum. Bir dakika boyunca orada durup beni izlemeye devam etti. Tüylerim ürpermişti. Ateşi seyrediyor gibi yapıyordum ama ödüm kopuyordu. Bunu daha ne kadar sürdürebilirim emin değildim. Birden kendine gelmiş gibi silkelendi, duvar kenarına gitti. Kırıkları ve dökülen makarnaları toplayıp mutfağa gitti. Elim boynuma gitti, bir anlığına korkmuştum ama kolye hâlâ benimleydi sadece kazağımın içinde kalıyordu. Diğer eşyalarım ortada görünmüyordu. Maddie'nin telefonundan muhtemelen kurtulmuştu. Bir süre geri gelmedi. Ellerimle başıma dokundum. Darbe aldığı yerde şişlik vardı ve hâlâ sızlıyordu. Oraya buz koymam gerekiyordu.

Tanrım, lütfen yardım et.

Ellerimi şakaklarıma bastırıp düşünmeye koyuldum. Tek bir şansım vardı ve iyi bir plana ihtiyacım vardı. Şansı iyi kullanmalıydım. Uyumasını bekleyip kaçmayı deneyebilirdim. Dış kapı olmazdı, oranın kilitli olduğuna emindim riske atamazdım. Yakalandığım anda bir daha onu kandıramazdım. Mutfaktaki balkon kapısı ya da banyodaki pencere en iyi seçeneklerimdi. Banyo için üzerine çıkabileceğim bir şeye ihtiyacım vardı. Lavabonun altında temizlik için kullanılan malzemeleri görmüştüm. Salondan sandalye taşımaktan daha güvenli olurdu. Banyo kapısının kilidi yoktu o yüzden hızlı olmak zorundaydım. Kaçıncı katta olduğumuzu öğrenmem gerekiyordu. İkinci kattan atlama riskini göze alıyordum, bir yerimi kırıp yola devam edebilirdim.

Tanrım, delilik bu.

Tamam, sakin ol… Onu tuzağa düşürmenin bir yolunu bulabilirdim. Doğru anı beklerdim ve üzerine saldırırdım. Yeterince yaralamayı başarırsam, bacağından mesela, evden çıkacak zaman kazanabilirdim ama bu durum ters şekilde de sonuçlanabilirdi.

Bir başka ihtimal, bir noktada evden çıkmak zorunda kalacaktı. Belki onu benim için bir şey alması gerektiğine ikna edebilirdim. Evden çıkardı ve ben de şansımı denerdim.

Kahretsin, Christopher neden orada değildin! Bekleyeceğim demiştin neden orada değildin...

"Melek için ilaç." Birden önümde dikildi. Açık elini bana doğru uzatmıştı. Bir tane tablet ve diğer elinde de su bardağı tutuyordu. İlacı ve su bardağını aldım. Hapı ağzıma atıp dilimin altına saklayıp sudan bir yudum içtim. Dilimle hapı yanağımın kenarına ittim.

"Teşekkürler," dedim. Mutfağa gittiğinde hapı ağzımdan çıkarıp şöminenin içine attım. Odunlardan birinin üzerinde kalmıştı. Kahretsin.

Odaya döndü. Nereye baktığıma baktı.

"Üşüdün mü?" diye sordu.

"Hayır."

Şömineye doğru yürümeye koyuldu. Ayağa fırladım. Önüne geçtim. "Kahve," dedim. "Kahve var mı?"

Anlamaya çalışır gibi başını yana eğdi.

"Dans eden kızlar kahve içer."

"Dans eden meleğe kahve," dedi.

"Kahve."

Yeniden döndü mutfağa gitti. Nefesimi verdim. Mutfaktan gelen sesleri dinleyip şömineye döndüm. Kenarda duran odunlardan birini alıp diğer odunu ittim. Tablet ateşin içine düşüp saniyeler içinde eridi. Odunu yanması için atıp yeniden kanepeye döndüm. Suyun kaynama sesi geliyordu, ayağa kalkıp pencereye yürüdüm. Perdenin arkasından etrafı izlemeye çalıştım. İkinci kat. İkinci kattaydık, bu iyiydi. Önü açıktı. Karşısı kasabanın ana yoluna bakıyordu ve arkasında da orman vardı. Kasabada değildik ama uzakta da değildik. Doğru tahmin ediyorsam Christopher'ın evinden birkaç kilo metre daha içerideydik. Etrafta başka evler de vardı. İkinci katta olduğumuza göre burada yaşayan başka insanlar da olmalıydı. Su sesi kesildi. Yeniden hızlıca kanepeye döndüm.

"Kahve," dedi yanıma gelip. Dişlerini göstererek gülümsüyordu.

"Teşekkür ederim." Sıcak bardağı elime alıp sanki yanmış gibi ona doğru devirdim. Geriye sıçradı.

"Elim," dedim biraz çığlık atarak. "Yandım. Çok acıyor." Kahvenin çoğunluğu onun üzerine devrilmişti. Acıyı hissetmiyor gibi doğrulup bana yanaştı. Elimi tuttu eğilip üflemeye başladı. Burnunu kırıştırmıştı. Ona bakıp yine duraksadım. Elimde hiçbir şey yoktu onunsa kazağının üzerine gelmişti ve yaktığına emindim yine de sesini çıkarmamıştı.

"Sen de yandın," dedim elimi kendime çekip. "Su tutmalıyız."

Dönüp üzerine baktı. Kahvenin onun üzerine döküldüğünü yeni fark etmiş gibi. Kolumdan tutup beni banyoya kadar çekiştirdi. Musluğu açıp elimi altına tuttu.

"Yanmış olmalısın," diye tekrar ettim. "Yarana bakmalıyız."

Gülümsedi.

"Ben iyiyim." Parmakları yeniden saçlarıma dokundu. Musluğu kapatıp elimi üzerime sildim. "Bana karşı hep çok naziktin." Birkaç saç telini geriye doğru itti. "Hastanede hep benimle ilgilendin. Artık ben de seninle ilgileneceğim."

"Buna gerek yok," dedim. "Karşılık beklemiyordum."

Yine gülümsedi.

"Benimle ne yapacaksın?" diye sordum. "Buraya neden geldik?"

"Artık bizi ayıramazlar." Başını iki yana salladı. "Kimse bize kötülük yapamaz."

"Kimse bize kötülük yapmıyor."

Kaşlarını çattı.

"O insanların hepsini öldürdün," dedim. "Bunu neden yaptın?" Dayanamamıştım ve yanıma yaklaştığı her saniye panikliyordum.

"Onlar kötü. Kötü. Bana kötü davrandılar. Seni üzdüler."

"Bana bir şey yapmadılar."

"Onlar kabaydı. Çok. Çok. Çok kabaydılar."

"Sana ne yaptılar?" diye sordum gergin bir şekilde midemi tutarak. Kuvvetli bir sancı girmişti. Panikliyordum. Sakin olmaya çalıştım ama mümkün değildi.

"Hastane odasına geldiler," dedi kaşlarını kaldırarak. "Benim ne kadar zavallı olduğumu söyleyip durdular." Hareket etmeye başladı. Bana çarpmaması için geri çekildim. "Orada olmaktan nefret ediyorlardı." Ellerini kısa saçlarının arasından geçirdi. "Onları ben çağırmamıştım." Gözlerini patlayacakmış gibi açıp bana baktı. Kusmak üzereydim. "Ama sen öyle değildin…" Gözlerini birkaç kez kırptı. "Bana çiçekler getirdin. Sana verdiğim çiçekleri sevdin mi?" Ellerini kaldırdı, elleri kasılmaktan titriyordu, damarları belirginleşmişti. Onları saçlarıma yaklaştırdı. "Anneme benziyorsun," dedi. Saçlarımdan bir tutamı hâlâ hiddetle titreyen parmaklarının arasına aldı. Konuşurken nefes nefeseydi. "Onun gibi saçların, onun gibi gözlerin."

"Ben annen değilim," dedim ağlamaklı bir tonla. Midemden bir inleme geldi. Kontrolümü kaybediyordum.

Gülümsedi. Sadece buz kesici bir şekilde gülümsedi.

"Gitmek istersem?" diye sordum korkuyla. "Bana ne yapacaksın?" Geriye doğru birkaç adım attım. Her defasında bana yaklaşmaya devam etti. Alay eder gibiydi. Sanki oynadığım oyunu anlamıştı. Zevkle gülüyordu.

"Gitmek yok." Başını iki yana salladı. "Gitmek yok. Gitmek istemek yok."

"Burada mı yaşayacağız?"

"Burayı sevmedin mi?"

"Dışarı çıkmak istersem, dans etmek için okula gitmem gerekiyor."

"Burada dans edebilirsin."

"Burada dans edilmez."

Dişlerini göstererek gülümsedi.

Elimden tuttu. Elimi çekmeye çalıştığımda eklemlerimi kıracak kadar sıktı. Koridora doğru götürdü. Bir, iki, üç. Bütün kapıları saydım. Koridorun sonunda çelik kapı vardı ve anahtar üzerindeydi. İkinci kapıyı açtı. Birden daha da gerildim. Işıkları açtı. Bomboş bir oda. Odanın bir duvarı aynalarla kaplıydı. Geri kalan duvarlarda fotoğraflarım vardı. Onlarca fotoğraf. Hepsi habersiz çekilmiş. Çoğunluğu dans ederken. Bazılarında yanımdakilerin yüzü karalanmış. Ağlamamak için kendimi zor tutmuştum. Bu çok uzun zamandır beni izlediğini kanıtlıyordu. Bir fotoğraf geçen yıla aitti. Turnuvada çekilmişti, o zamanı hatırlıyordum. Turnuvaya özel pembe renkli bir takım giyiniyorduk ve saçlarımın bir ucu pembeye boyanmıştı.

"Dans edeceksin," dedi. Pencerede demir parmaklıklar vardı. Nabzım hızlanmaya, midem bulanmaya başladı. Buradan çıkamayacağımı düşündüm. Başım dönüyordu. Burada kalacağım diye düşündüm. Bundan kurtulamayacağım. Bu defa kurtulamayacağım.

"Sen çıldırmışsın!" dedim belli belirsiz bağırarak. Artık dayanamıyordum. Aklımı kaçırmak üzereydim. Geldiğimiz odaya doğru yürüdüm. "Burada kalmayacağım, seninle kalmayacağım. Seninle hiçbir şey yapmayacağım."

Peşimden geldi. Koltuğun yanında duruyordum.

"Odayı beğenmedin mi?" diye sordu.

"Buradan gideceğim."

"Gitmek yok."

Bir anda durdu. Pencereye doğru koştu. Sesleri ondan daha sonra duydum. Polis sirenleri. Yakından gelmiyordu ama yaklaşıyordu. Pencereye doğru koştum. Perdeyi çekip camı açmaya çalıştım. Saçımdan tutup beni var gücüyle geriye çekti.

"Böyle yaşanmaz!" diye bağırdım. Tırnaklarımla ellerini itmeye çalışıyordum. "Bunların hepsi saçmalık. Burada kalıp seninle ne yapmamı bekliyorsun. Öldürdüğün, saldırdığın, yaraladığın o insanlar benim arkadaşımdı. Senin yüzünden bir tanesi hâlâ can çekişiyor."

"Onlar kötü insanlar."

"Asıl kötü sensin. Beni burada zorla tutuyorsun."

"Seni seviyorum."

"Seviyorsan gitmeme izin ver."

"Gitmek yok."

Dirseğimle kaburgalarına doğru sert bir hamlede bulundum. Elinden kurtulmuştum, pencereye doğru koşarken yeniden bu defa kolumdan yakaladı. Dudağımda patlayan hızlı ve kuvvetli bir tokat attı. Sendeleyerek pencereye çarptım.

"Melek..." dedi hayal kırıklığına uğramış gibi.

"Yeter," dedim. "Yeter ne olur bırak artık. Hayatımı mahvettin. Vazgeç artık. Bunun sonu yok görmüyor musun? Ne bekliyorsun burada seninle mutlu yaşayacağımızı mı?"

"Mutlu öleceğiz," dedi dişlerini göstererek. "Sıra bize de gelecek. Hepsi bittiğinde sıra ikimize gelecek."

"Yaklaşma!" İyice duvara yaslandım.

"Seni sevdiğim için öldürdüm hepsini!"

"Kız kardeşini de beni sevdiğin için mi öldürdün?"

Bu onu delirtmişti. Birden gözleri döndü. Yüzü öyle bir hal aldı ki çok yanlış bir şey söylediğimi düşündüm. Korkudan kalbim göğsümden fırlayacakmış gibi atıyordu.

"Küçük Helen'im…" dedi. Acı çeker gibi yüzünü buruşturdu. "Küçük Helen'imi seviyordum."

"İnsan sevdiği zaman böyle şeyler yapmaz."

"Annem onu daha çok seviyordu." Gözleri yuvalarından taşacakmış gibi açıldı. "Sen de onlar yüzünden benim yanıma gelmeyi bıraktın." Yeniden bu defa daha büyük bir şiddetle yüzüme vurdu. Yere düştüm. "İkinize de sevgiden başka ne verdim?" dedi ağıt yakar gibi. Koltuğa doğru emeklemeye çalıştım. Peşimden gelirken ayak bileğimi tam arkasından kuvvetle çiğnedi. Acıyla dizimi kendime doğru çektim. Bileğime yetişmeye çalışırken karnıma bir darbe aldım.

"Canımı yakıyorsun," dedim.

"Seni sevmek istedim!" Bir kere daha vurdu. "Şimdi yine gitmek istiyorsun." Bir kere daha vurdu. Polis sirenleri daha da yaklaşıyordu. Yumruk yaptığı ellerini kendi kafasına vurmaya başladı. "Yanlış yaptım! Yanlış yaptım!"

Koltuğa doğru süründüm. Minderin altına elimi atıp kırık parçayı bulmaya çalıştım. Arkamdan gelip minderi kaldırdı. Parçayı gördü. Alıp duvara fırlattı. Geriye doğru çekilmeye çalıştım. Şömineye kadar ellerimin üzerinde kendimi kaydırdım. Ayağa kalkıp kenardaki odunlardan birini alıp arkasından ensesine doğru vurdum. İnledi. Bir kez daha vurdum. Bir kez daha bu defa kafasına isabet ettirerek. Dizlerinin üzerine çöküp yerden ayağımı çekti. Yeniden yere düştüm. Bana doğru gelirken etrafta başka bir şey aramaya koyuldum. Alevlerin içinde tamamı yanmamış odunlardan birini elime aldım, o üzerime doğru eğildiğinde yanmış kısmını gözüne doğru bastırdım. Acıyla feryat edip geriye çıktı. Eliyle gözünü tutuyordu. Topallayarak ayağa kalktım. Masanın etrafından dolaşıp koridora koşturdum. Kapıya ulaştığımda peşimden geliyordu. Bir eli yanmış gözünün üzerindeydi. Anahtarı çevirip kilidi açtım, kapıyı arkamdan geri kapattım. Çıplak ayaklarla merdivenlerden sekerek indim.

"Yardım edin!" diye bağırmaya başladım. "Biri yardım etsin."

Apartmanın dış kapısından çıkıp kapıyı kapattım. Yerden bir taş alıp kenara saklandım. O kapıdan çıktığı anda taşı bir kez daha sırtına vurdum. Yere düştü. Etrafa bakındım, bir kaçış, bir yardım arıyordum. Diğer evlerin pencereleri hiç açılmadı. Polis sirenlerine doğru koştum. Bu tarafta değillerdi. Omzumun üzerinden arkaya baktım. Ayağa kalkmaya çalışıyordu. Tek ayağımın üzerine basmaya zorlanarak koşmaya çalıştım.

"Buradayım!" diye bağırdım. "Buradayım."

Yolun ortasında koşmaya başladım. Çıplak ayaklarıma taş ve rüzgârda savrulan çam iğneleri batıyordu. Ayağımın üzerine basmak her adımda daha da zorlaşıyordu. Omzumun üzerinden arkama baktım, o da yola çıkmıştı. Benden daha rahat hareket ediyordu. Gözüne hiçbir şey olmamış gibi görünüyordu. Göğsümden bir hıçkırık kaçtı. Daha hızlı koşmaya çalıştım. Sağ tarafım ormana çıkıyordu, sol tarafımda belli belirsiz aralıklarla dizilmiş ama kullanılmayan taş evler vardı. Birden kollarını üzerimde hissettim. Belime sarılmış ikimizi birlikte yere devirmişti. Başı çarpan ben oldum. Üzerimde duruyordu. Yumruk yaptığım ellerimle ona vurmaya çalışıyordum. Zorlandı ama nihayetinde ellerimi başımın üzerinde birbirine kenetledi.

"Böyle olmamalıydı," dedi.

"Olmamalıydı kahrolası!" Bütün gücümle kolunu ısırdım. Dişlerimi etine saplayana kadar kendimi sıktım. Acıyla elimi bırakmak zorunda kaldı. Sabit durmam için dirseğiyle çeneme vurdu. Beynim birden sarsıldı. Nefes almak için üzerimdeki ağırlığından kurtulmaya çalıştım. Soluğum kesiliyordu. Hayatta kalma güdüsüyle dizimi bacaklarının arasına geçirdim. Yeni aldığı darbeyle ikiye büküldü. İki elimle onu üzerimden itip bacaklarımı kendime doğru çektim. Ayak bileğimden yakaladı.

"Bırak beni," diye yalvardım. "Bırak artık!"

Yeniden düştüm. Ayaklarımı rastgele sallayarak vuruyordum. Eliyle bacaklarımı yakalamaya çalıştı. Biraz önce odunla gözünün altına, yaktığım kısma topuğumu geçirdim. Küfrederek geri çekildi. Önce hızla emekleyerek ondan uzaklaştım, sonra ayağa kalkıp karnımı tutarak koşmaya başladım.

Siren sesleri iyice yaklaşırken nihayet arabalar görüş hizama girdi. Bir kez daha arkama bakıp kontrol ettim. Arabaları gördü. Kazağının altından, kemer kısmına sıkıştırdığı bir silah çıkardı. Bileğimin acısını yok sayarak daha hızlı koşmaya başladım. Bana yaklaştığında arabalar durdu. Polisler pozisyon alıp silahlarıyla beklemeye koyuldular.

"Ateş etmeyin!" diye bağırdı biri. Sese dönüp onu gördüm ve ağlamaya başladım. Bana doğru koşmaya başladı. Ona doğru koşmaya başladım.

"Melek!" diye bağırdı arkamdan. Rüzgâr yüzüme çarpıyordu. Her yerim acıyordu. Durup kusmak istiyordum sadece. Yolun ortasında kendimi onun kollarına attım. Bir eli beni tuttu. Bir silah patladı. Beynimin içinde rahatsız edici zonklama birkaç kez kendini tekrar etti. Kulaklarımda birkaç saniyelik bir işitme kaybı yaşandı. Vurulduğuma emindim ama neremin kanadığını bilmiyordum.

"Geçti," dedi.

Dizlerimin üzerine düştüm.

"Ansel, geçti. Buradayım."

Elindeki silahı yere bırakıp gözümdeki yaşları silmeye koyuldu. Geriye doğru baktım. Austen yerde yatıyordu. Bacağından kanlar akıyordu. Memurlar etrafını sarmış onu kelepçeliyordu. Vurulan oydu.

"Hey..." dedi toprak ve gözyaşıyla kaplanmış yüzümden saçları çekerken. Çömelip beni dizine yasladı. Elleri sıcak ve sertti. Bu dokunuşu tanıyordum. Ekip arabalarının seslerini ve telsiz konuşmalarını yok saydım. Etrafımızda hareket eden insanlar arabayla hızla giderken pencereden görebildiğim siluetlere döndü.

"Neden havaalanında beklemedin?" diye sordum. Hıçkırmaya başladım, zar zor konuşuyordum. Çok canım yanıyordu.

"Bekliyordum," dedi buruk bir pişmanlıkla. "İçeride."

"Ah..." Koşarak dışarı çıktığımı hatırladım. İçeride beklediğini düşünmemiştim. Dışarıda yağmurun altında ya da arabasında olur diye düşünmüştüm. Yine benim hatam.

"Üzgünüm." Dudaklarını yavaşça alnıma bastırdı. "Ambulans nerede?" diye sordu başını çevirip. Keskin çenesi kasılmıştı.

"Geleceğini biliyordum." Sertçe yutkundum. "O kolye sadece bir kolye değildi, değil mi?"

"Biliyor muydun?"

"Beni iblislerden korumak için bir kolyeye güvenmeyeceğini düşündüm." Zorlukla dudaklarımı kıvırdım. "Ve havaalanında sürekli ötüp durdu." En başından beri şüpheleniyordum ama içinde küçük bir böcek olduğunu orada anlamıştım. Nerede olduğumu o kolye sayesinde bulmuştu.

Elleriyle yanaklarımı sildi, dudaklarını yavaşça alnıma bastırdı.

“Tatlı patatesler?” diye sordum. Bana yemek pişireceğine söz vermişti.

Gülümsedi.

“Sanırım ısıtmamız gerekecek.”

“Olur.”

Ambulansın sesi yaklaştı. Polisler ve kurtarma görevlileri etrafımı sarmaya başladı. Hareket edip edemediğimi sordular. Başımı iki yana salladım. Christopher kollarını bacaklarımın altından geçirip sedyeye yatırdı.

“Neren acıyor?” diye sordu sağlık görevlisi. Parmaklarım hâlâ onun elinin içindeydi. Bırakmasını istemiyordum. Ambulans kapıları kapandı, yeniden sirenler çalmaya başladı ve hareket etti.

30. BÖLÜM: BİR AĞACIN ALTINDA

"İnsanlara şöyle söylüyorum," dedim mezar taşının çaprazında kalacak şekilde bağdaş kurup. "Annem iyi bir iş teklifi aldığı için taşındı. Ben okulum bitene kadar burada kalacağım. Onunla gitmek istemedim, bütün hayatım burada." Kendi kendime gülümsedim. "Becca, insanlar buna inanıyor. Ben de artık sanki üniversite için ailesinden uzak bir şehre taşınmış o kızlar gibi hissediyorum. Zaten hep bunu istemiştim." Başımı yukarıya kaldırarak temiz havayı içime çektim. Biraz gökyüzünü seyredip uzaktan da olsa kalabalığın sesini dinledim.

"Annem eski evin tapusunu benim üzerime devretmiş. Emlakçı kapıya gelene kadar orayı da elinden çıkardıysa diye düşünüp duruyordum." Kendi kendime güldüm. "Bu kadarını yapmış en azından. Gerçi artık o evde kalmıyorum, satılığa çıkarıldı. İçindeki tüm eşyalarla, her şeyiyle oradan kurtulmam gerektiğini düşünüyorum."

Zaten taraçayı da bir türlü onaramamış, merdiveni tamir etmeye çalışırken iyice kırmıştım. Kıkırdadım. Oraya dair hatırlanacak pek bir şey de kalmamıştı geriye.

"Duyuyor musun?" dedim yeniden mezar taşına dönüp. "Her şey eskisi gibi. Sadece iki ay geçti ama insanlar bir hafta sonra bile her şeyi unutmuştu. Müzik sesine bak... Lunaparktan geliyor olmalı." Gözlerim mini eteğimin altındaki çıplak bacaklarıma kaydı.

Güneşin altında parlıyorlardı. İzler vardı ama yaralar ya da yara bantları yoktu. O son kesiğin üzerinden yıllar geçmiş gibi geliyordu. Bazen hâlâ bunu yapmak istiyordum ama kendime engel olmak eskisinden kolaydı.

"Şimdi gitmem lazım." Eğilip mezar taşını öptüm. Sırt çantamı omzuma taktım, güneş gözlüğümü gözlerime indirdim ve havayı içime çekerek yürümeye başladım. Bu mezarlığı seviyordum, şimdiden içinde tanıdığım çok kişi olmasına rağmen. Melek kanatları olan bir heykelin yanından geçerken duraksayacak gibi oldum ama etrafından dolaşıp ilerlemeye devam ettim. Anılar her zaman karşıma çıkacaktı, Ophelia Valley benim evimdi ve her köşesinde birilerinden izler taşıyordu. Bazıları acıtıyordu, bazılarını gülümseyerek hatırlayabiliyordum hâlâ ve bazıları korkunçtu ama yine de iyi bir şeyler birikmeye devam ediyordu. Hava güneşliydi, nihayet yaz geliyordu ve hepimizin buna ihtiyacı vardı.

Otobüs durağına yaslanıp yeni telefonumu çantamdan çıkardım. Numaramı da her şeyle birlikte değiştirmiştim. Sosyal medya hesaplarına şöyle bir göz attım. Son paylaştığım fotoğrafın altına birkaç yorum daha eklenmişti. Tüm o haberlerden sonra biraz daha popüler olmayı başarmıştık, neyse ki insanlar artık o kâbusu konuşmayı ya da sormayı bırakmıştı.

Okula giden otobüse bindim. Son haftadaydık ama kasaba şimdiden cıvıl cıvıldı. Karnaval kuruluyordu ve herkes bunun için heyecanlıydı. Her şeyden sonra yaptığımız ilk eğlence, sabırsızlıkla beklediğimiz bir kutlamaydı. Mağazaların hepsi açılmıştı. Caddeler yine kalabalıktı ve dükkanların önünde yeniden renkli masalar vardı. İnsanlar yine dondurma tezgahında sıra oluyordu ve fırından yine çok güzel kurabiye kokuları yayılıyordu. Vitrinlerde renkli açık hava sinemasının afişleri ve yaz boyunca yapılacak etkinlikler vardı. Ne kayıp ilanı ne de aranıyor afişleri… hepsi şimdi rüzgârda savrulmuş bir kâğıttan ibaretti. Geceler bile canlanmaya başlamıştı. Birileri partiler vermeye devam ediyordu. Dün gece hepimiz göl kenarındaki o depoda buluşmayı bile başarmıştık.

Austen ölmemişti, bacağından ağır bir şekilde yaralanmıştı ve o bacağını muhtemelen bir daha kullanamayacaktı. Suçlarını itiraf etmiş ve müebbet alarak eyalet hapishanesine gönderilmişti. Tüm hafta boyunca haberlerde sadece o vardı. Yerel gazetelerde değil ülkedeki her kanal bunu yayımlamıştı. Basına verilen bilgilerin hepsi kontrollüydü. Austen itirafından sonra bunun sadece benimle ilgili olmadığı ortaya çıktığı için rahatlamıştım. Tek saplantısı ben değildim. Amigo kızlar onun saplantısıydı. Onu ziyarete yanına giden herkes, konuşmalarını duyduğu herkes. İfadesinde Maddie'den kız kardeşime benziyordu diye bahsetmesi yeni bir haberdi. Onu en çok bu yüzden öldürmek istemişti, Maddie'de ailesi tarafından çok sevildiği için.

Okulun durağında otobüsten indim. Telafi sınavları yüzünden her yer oldukça kalabalıktı. Kulaklığımı çıkarıp doğrudan kafeteryaya yürüdüm. Kendime bir içecek alıp etrafa göz attım. Köşedeki masada oturuyor ve gülümsüyorlardı. Beni görünce el salladı, yanlarına gitmeme rağmen ben de onlara el salladım.

"Neden bunları giyiyorsun?" diye sordu Maddie. Üzerimde amigo takımının kıyafeti vardı. "Bugün antrenman mı vardı?"

"Sakinleş," dedim sandalyeye yerleşirken. "Öylesine giydim." Kendi kendime gülümsedim.

"Ah," dedi derin bir nefes verip. "İlaçlar biraz aptallık yaptı ben de."

"Terapi nasıldı?" diye sordum. Belki onun yaptığını hepimiz yapmalıydık, gerçi Maddie okuldan birkaç kişinin daha onun doktoruna gittiğini söylemişti zaten ama sanırım benim birileriyle daha paylaşmaya değil artık geride bırakmaya ihtiyacım vardı. Kendimi kendim iyileştirmek istiyordum.

"Verimli," dedi memnun bir şekilde. "İki haftadır hiç çığlık atarak uyanmadım."

"Senden ne haber?" dedi Henry başını kaldırıp.

"İyi," dedim. "Becca'ya uğradım."

"Ben de geçen gün oradaydım."

"Çiçekleri gördüm." Anlayışla gülümsedim.

"Şunlardan kurtulacağım günü sabırsızlıkla bekliyorum!" Kylie masaya koltuk değnekleri ile zorlanarak geldiğinde ona yardım etmek için kalktım. Bacağı ve kolu hâlâ alçıdaydı ve uzun bir tedavi süreci daha vardı önünde ama yine de hayattaydı. Nihayet üç hafta önce gözlerini açmıştı. Gözlerini açtığında bir süre şok geçirmişti. Neler olduğunu, nasıl düştüğünü, o sabah neden evden çıktığını hatırlamıyordu. Hatırlamak da istemiyordu.

"Yine de sana yakışıyorlar," dedi Maddie gözleriyle onu şöyle bir süzünce. Kylie ona burnunu kırıştırarak sandalyeye oturdu. Üzerinde kısa, bol bir kot şort ve tek omuzlu beyaz bir tişört vardı. Alçısını dengelemesi için yüksek tabanlı spor ayakkabılarını giyiyordu.

"Belki Channel yeni koleksiyonunda alçı çalışır," diye takıldım. Kylie aramızda en marka düşkünü olanımızdı ki öyle bir aile servetim olsa muhtemelen ben de öyle olurdum.

"Bir dakika," dedi Maddie telefonuna bakarak. "Ky, ophelia. hell hesabından bir paylaşım yapılmış." Maddie artık bu gerçeği de biliyordu ve aramızda hiçbir sır kalmamıştı. Kylie hâlâ hastanede yatarken bunu söylemiştim ve artık tepki verecek hali bile kalmamıştı.

Kylie altını çizdiği notlardan başını kaldırdı. "O hesaba uzun zamandır girmedim," dedi.

"Şifresi başkasında var mıydı?" diye sordu Henry.

"Hayır," diye çabucak cevapladı. Telefonunu eline almış bir şeyler deniyordu. "Hesaba giremiyorum." Kaşlarını iyice çattı.

"Bu da ne demek?" diye sordum.

"Birisi oyun oynamak istiyor sanırım."

Maddie huzursuz olmuştu, Kylie düşüncelerine daldı bense birden sadece rahatsız hissettim.

"Onu bırakın şimdi," dedi Henry. "Aptalın tekidir. Resmen yılın son sınavına gireceğiz ve resmen son yılımızdan önce bu son yazımız."

Kylie'nin hemen gözleri parladı. İş hayatına atılmak için deliriyordu. Hepimizin önünde üniversitenin son yılı vardı ama haklıydı, bu bizim tamamen gerçek hayata atılmadan önceki son yazımızdı.

"Son yaz…" İç geçirdim.

"Son yaz," diye tekrar etti Maddie… "Bu biraz hüzünlü."

"Ama kesinlikle eğlenceli olacak." Henry kolunu arkasına alıp gözlerini kapatarak yaslandı. "Yaz boyunca tatil yapacağım. Tekneden aşağı inmeyeceğim."

"Ben çocukları Disneyland'e götüreceğim," dedi Maddie. "Söz vermiştim."

"Biz Roma'ya gideceğiz galiba. Ya da Viyana. Ansel, sen ne yapacaksın?"

Ağır ağır omuz silktim. "İş arayacağım." İki ayı bir şekilde geçirmiştim. Elimde kalanlarla, bankada olanlarla ve çoğunlukla birilerinin sayesinde ama artık kendi düzenimi kurmam ve hayatımı geçindirmem gerekiyordu.

"Densizlik yaptım," dedi Kylie özür dileyen bakışlarla.

"Saçmalama." Elimi sallayarak güldüm. "Zaten kasabadan uzaklaşmak için pek hevesli değilim."

"Ve sanırım bunun sebebi geliyor." Maddie başını kaldırmış pencereden dışarıya bakıyordu. Hepimiz onun baktığı yöne döndük. Sırıtıp ayağa kalktım. "Ben kaçar," dedim.

"Sınava geç kalma sakın!" diye seslendi Kylie arkamdan. Kafeteryaya çıkarken saatimi kontrol ettim. Kapının yansımasından kendime baktım. Saçlarım düz bir şekilde omzumdan aşağı sallanıyordu. Yüzümde yazlık, sade ama pembe tonlarda bir makyaj vardı. Dışarıya çıkmadan parlatıcımın üzerinden geçtim. Sonra merdivenlerden zıplayarak inerek onun tam önünde durdum. Kaskını çıkarıp bana baktı ve gülümsedi.

Onca zaman boyunca tek değişmeyen şey onun yüzüne bakarken hissettiğim mutluluk ve muhtemelen hayranlıktı. Ona bakmaktan asla sıkılmıyordum. Üzerinde beyaz tişörtü vardı, hafta sonu için babasının yanına gitmişti ve orada biraz bronzlaşmıştı, bu tenine çok yakışmıştı. Elleriyle kaskın dağıttığı saçlarını düzeltirken bir anlığına her şey ağır çekimde hareket etmeye başladı. Kaslarının hareket edişine kadar aptal aptal izlemeyi sürdürdüm. Baş parmağıyla çenesindeki hafif çıkmış sakallarını kaşıdı.

Elini bana doğru uzattı, sıcak parmakları benim ince ve genelde soğuk parmaklarımla kesişti. Yeniden o güvende ve rahatlık hissi etrafımı sardı. Onun dokunuşu beni hafifletiyordu. Üzerimdeki ağırlık -ki ben bunun zamanla aslında yalnızlığın ağırlığı olduğunu öğreniyordum, onun temasıyla azalabildiği kadar azalıyordu. Nefes almama izin verecek kadar.

"Seni özledim," dedi beni kendine doğru çekerek.

"Bu etik mi Dedektif Wallace."

Biraz daha kendine çekip gülerken "Sanmıyorum," dedi. Elmacık kemiğimin üzerinden öptü. Etrafımızdaki insanlar bize bakıyordu ama bunu hiç umursamadan diğer elini belime koydu. "Bu o kıyafet mi?" diye sordu. Daha çok kendi kendime eğlenerek kısık bir kahkaha attım, elinden kurtularak kendi etrafımda şöyle bir döndüm.

"Nasıl?" diye sordum bacaklarımı kırıp.

"Şahaneymiş." Kaskı göğsüne bastırıp çenesini de onun üzerine yasladı. Gülümserken yavaşça yanağında küçük bir çukur oluştu. "Bana okulu gezdirecek misin?"

Kendimi tutamadan yeniden güldüm. Başımı sallayıp elimi uzattım. Motordan inip kaskı bıraktı, parmaklarını parmaklarıma kenetledi.

"Hafta sonun nasıl geçti?" diye sordum yürürken. Telefonda çok konuşma şansımız olmamıştı hem o babasıyla meşguldü hem de benim işlerim çok birikmişti bu yüzden gerçekten merak ediyordum.

"Fena değil," dedi sıkılgan bir tavırla. "Babam yeniden evlenmeyi düşünüyormuş, bunu paylaşmak için benimle görüşmek istemiş."

"Öyle mi?"

"Evet. Beni şaşırttı. Kendinden genç hatta epey genç birini bekliyordum."

"Önyargılısın," dedim alttan alttan bakarak. Babasıyla bir kez tanışmıştım ama sanırım iyi ve kötü insan ayrımını yapabiliyordum. Nasıl bir baba olduğundan emin değildim ama kötü biri değildi.

"Doktoruyla birlikteymiş bir süredir, o kadını severim aslında. Uzun zamandır tanışıyoruz."

"Yani onaylıyor musun?"

"Onayımı istediğini sanmıyorum."

"Bence seni onayını istediği için görmek istemiş."

"Gerçekten öyle mi düşünüyorsun?" Durup bana döndü, kararsızlıkla kaşları çatılmıştı. Parmağımı düzelmesi için o kırışıklığın üzerine bastırdım, gözleri bana döndü. "Bence sen babana yeterince şans vermiyorsun." Kamelya dolu olduğu için yürümeye devam ettik. Herkes çimlere akın etmişti, yayılmış güneşleniyor ya da oturmuş sohbet ediyorlardı.

"Bilmiyorum," dedi.

"Ee, onaylıyor musun yani?" diye tekrar ettim.

Dudaklarını büktü. "Evet, mutlu olmasını isterim."

"Annen bunu nasıl karşılar?"

"Muhtemelen hoşuna gitmez."

"Onunla konuştun mu?"

"Konuşmadığımı biliyorsun."

"Babana bir şans ver," diye yakındım. Sırf annesine benzediği için ondan olabildiğince uzak durmaya çalışıyordu. Çünkü babası annesinden nefret ediyordu.

Sonunda söğüt ağaçlarına geldiğimizde elini bırakıp bir tanesinin gövdesine yaslandım.

"Senin hafta sonun nasıldı?" diye sordu karşımda durup. Yeniden ellerimi tuttu ama bu defa açtığı ellerinin üzerine ellerimi yaslayıp boğumların üzerini kontrol etti. Bunu ara sıra yapıyordu, yeni bir kesik olup olmadığına bakıyordu ve bunu yaparken dünyadaki en ciddi ifadeyi takınıyordu. Sorun olmadığını görünce rahatladı ve parmaklarımı teker teker dudağına bastırdı. O bunu yaparken içim gıdıklanıyordu.

"Bilirsin işte, yeni daireme yerleşmeye çalışıyorum." Benim için küçük ama şirin bir apartman dairesi bulmuştuk. Daireyi bulan bendim ama ben anlaştıktan sonra sözleşmeyi imzalamadan Henry ayrı, Kylie ayrı, Christopher ayrı hem sahibiyle hem emlakçıyla defalarca görüşmüştü. Onlar yüzünden adam bana kiralamaktan vazgeçecekti neredeyse.

“Beni beklemeni söylemiştim,” dedi rüzgârın önüme düşürdüğü saçları çekerek.

“Bir an önce bitsin istedim hem zaten eşyaları getirip onlar yerleştirdi. Eski ve taşınacak bir şey yoktu.” Daire küçük olduğu için çok fazla eşya almam gerekmemişti, sadece temel şeyler vardı şimdilik ve kalanını da zamanla yani para kazanmaya başladıkça tamamlayabileceğimi umuyordum.

“Neden benimle kalmadığını bir daha anlatsana,” dedi huysuzlanarak. Hastanede gözlerimi açtığımda uzun uzun konuşmuştuk ve o anda bana bunu söylemişti. Onunla yaşamamı istediğini ve oldukça ciddiydi. O kadar detaylı anlatmıştı ki bunun anlık ya da rastgele değil düşünülmüş bir karar olmadığına ikna olmuştum ama yine de kabul edemezdim.

“Çünkü benim yetişkin bir kadın olarak kendi başıma idare edebiliyor olmam gerek,” dedim onun yüzüne dokunarak. “Ayrıca ilişkimiz henüz çok taze ve neler olacağını bilmiyoruz.”

“Ansel Rogers bir ilişki içinde olmayı becerebilecek mi?” Kaşlarını kaldırarak sorgularcasına bana baktı. Parmaklarımı öylesine yüzünde gezdirirken kıkırdadım.

“Yani bu diğer yakışıklı çocukları öpemeyeceğim anlamına mı geliyor?”

Gözlerini kıstı.

“Hiç mi?”

“Seni tutuklarım.”

“Biliyorum Dedektif Wallace, yapabilirsiniz.” Eğlenerek sırıttım.

“Bu konuda rahat mısın?” diye sordu.

"Hangi konuda?"

"Gerçekten bu ilişkiyi istiyor musun?"

Anlayışla derin bir nefes aldım. Benim tarafımdan bakıldığında bu çok garipti ama herkes en çok bunu sorguluyordu. Ben yapabilecek miydim? Maddie, Kylie hatta Henry bile bizi öğrendikten sonra beni uyarmıştı. Hayatımda tek bir tane ciddi ilişkim olmuştu ve sonrasında olanlar da benimle ilgili pek güvence vermiyordu.

"Christopher," dedim tane tane konuşarak. "Şu an nasıl hissediyorum biliyor musun? Her şeyi yapabilecekmiş gibi. Her şeyi başarabilirmişim gibi. Hiçbir şeyden korkmuyorum. Annem gitti diye ağlamıyorum ya da tek başıma kaldığım için. Bütün yaz çalışmam gerektiği için gerilmiyorum. Acaba yapabilecek miyim diye düşünmüyorum. Yapabileceğimi biliyorum. Hem okulu hem işi aynı anda götürebilecek miyim? Son yılım nasıl olacak, sonra ne yapacağım... Bunların hiçbiri beni endişelendirmiyor. Korkutmuyor. Neden biliyor musun?"

Başını yavaşça iki yana salladı.

"Senin sayende." Ellerimi boynuna dolayıp onu biraz daha yakınıma çektim. "Sen bana bakıyorsun ve ben kendimi dünyadaki en kıymetli şeymişim gibi hissediyorum. Var olduğumu hatırlıyorum. Görünebilir olduğumu."

"Şimdi seni öpmeme izin verecek misin?"

Başımı gökyüzüne kaldırıp kıkırdadım. Yeniden ona bakıp dudaklarına küçük bir öpücük bıraktım.

Sonra sana okulu gezdirmeyi teklif ederdim. Arka tarafta, bisiklet yolunun üzerindeki kamelyaya götürürdüm. Orada biraz konuşup yürümek için söğüt ağaçlarının yanına giderdik. Ben bir ağaca yaslanırdım. Sen beni öpmek için uğraşırdın.

Beni ağaca yaslayıp dudaklarını benimkilerin üzerine bastırdı. Her zamanki gibi can alıcıydı. Ama bir an, sadece bir anlığına arkamda biri varmış gibi hissedip doğruldum, ellerimi ondan çekmeden yaslandığım ağacın arkasına baktım.

"Ne oldu?" dedi hemen.

Ağacın arkasında kimse yoktu. Burnumdan nefes aldım. "Eski bir paranoya Dedektif Wallace," diye mırıldandım masum bir gülümseme takınarak.

Bu defa beni kendine çekip sıkıca sarıldı.

"Söz veriyorum, Ansel Rogers. Burada olduğum sürece sana bir şey olmayacak." Ve ben ona inandım.

SON